Benjamin Dierstein est né à Lannion, dans les Côtes-d'Armor. Enfant des cités HLM bretonnes et des comptoirs de bistrot, biberonné à Ellroy, Peckinpah et Cimino, il dirige actuellement le label de musiques électroniques breton Tripalium Corp. Paru en 2018, *La Sirène qui fume* est son premier roman, pour lequel il a reçu le Prix découverte polar Sang-froid. En 2020, il a publié *La Défaite des idoles* chez Nouveau Monde éditions. *Un dernier ballon pour la route* a paru aux éditions Les Arènes en 2021. *La Cour des mirages*, son dernier roman, a paru en 2022 chez le même éditeur.

DU MÊME AUTEUR

La Défaite des idoles
Nouveau Monde éditions, 2020
et « Points Policiers » n° P5338

Un dernier ballon pour la route
Les Arènes, 2021
et « Points Policiers » n° P5504

La Cour des mirages
Les Arènes, 2022
et « Points Policiers » n° P5699

Benjamin Dierstein

LA SIRÈNE QUI FUME

ROMAN

Préface de Caryl Férey

Nouveau Monde éditions

TEXTE INTÉGRAL

ISBN 979-10-414-0005-8

Préface

La Sirène qui fume est donc le premier roman de Benjamin Dierstein, et sûrement pas le dernier. Contentons-nous pour le moment de savourer celui-ci. On parle parfois de bébé qu'on a porté, d'un texte accouché, ce genre de truc. Certes, sortir un livre de sa caboche demande des efforts mais, à mon sens, cela n'a pas grand-chose à voir avec un nouveau-né, plutôt avec le sentiment d'être parvenu à aller au bout d'une longue, longue envie. Et, à la différence d'un bébé, le texte pondu ne nous appartient plus. On en a la responsabilité, certes, mais c'est toi, le lecteur, qui as notre vie entre les mains. Notre histoire. Ça fait un peu pompeux dit comme ça, mais quand on passe cinq mille heures (je viens de compter le temps consacré à mon dernier roman) concentré sur la même tâche (je parle du temps assis devant l'ordinateur, pas debout, presque aussi long, quand on pense à son histoire et à ce qui ne va pas dans ce foutu foutoir), je vous jure qu'on s'envoie au maximum – ou alors on est adroit, ce qui dans la bouche de Brel était un vilain défaut, en pensant au tiroir-caisse plutôt qu'à l'originalité du récit.

Benjamin Dierstein est seul, il vient de sortir son premier roman. Personne ne le connaît, lui-même n'est plus le même depuis qu'il a commis ce livre. Aucun repère devant lui, le vide. Et tous ces ouvrages disponibles pour si peu de lecteurs, du moins jamais assez, l'offre et la demande, un cauchemar. Faire son trou dans ce rhizome est un travail de taupe, de mineur qui ne risque rien d'autre qu'un bon vent : pas de coup de grisou chez nous, que cette peur du vide.

Il faut rester modeste : il y a des ministres qui vendent quatorze livres. Il faut y croire : il y a des inconnus qui se font rembarrer dix fois avant de sortir le premier *Harry Potter*. Il vaut mieux surtout fermer les yeux et attendre, le destin dira tout – ou rien. De toute façon, il n'y a pas de quoi la ramener. Un best-seller hexagonal commence à cinquante mille ventes, soit un Stade de France à moitié vide, avec pour seul avantage que personne ne vous reconnaît dans la rue. L'enjeu n'est pas là. Partager, c'est tout ce qui importe. Ou alors on a la prétention d'écrire des choses importantes, universelles ou qui se justifient d'elles-mêmes, mais dans ce cas nous ne sommes pas du même monde.

Benjamin Dierstein est seul. Ou plutôt mille, avec ses personnages. Ils sont soignés, durs au mal, du pur *hard-boil*. Un premier roman, vraiment ? Le style indiquerait plutôt le contraire, un vieux briscard du polar, un peu d'Antoine Chainas, du DOA sous amphets, précis, nerveux, sans fioritures. Pourtant, les histoires de flics à la PJ ne m'emballent pas plus que ça : trop vues à la télé, dans les séries ou au cinéma. Là, non. Il y a certes tous les clichés du genre, le flic de province qui débarque dans la mare aux crocodiles, le flic violent plus près des truands que de la vertu, le club privé où les femmes ont la place du mort, mais ça marche. On est tout de suite dedans, happé, loin des maladresses qu'on pourrait craindre d'un premier roman. Est-ce vraiment un premier roman ? Oui. Le premier que j'ai commis n'avait pas ce niveau. À l'heure où j'écris, je ne sais rien de Benjamin, d'où il sort ni son âge, mais il y a de la maturité pour amateurs dans ce texte.

On y trouve plusieurs voix, celle du héros à la première personne, avec son univers propre, sa femme et quelques secrets bien gardés. On y trouve aussi la voix du antihéros, à la deuxième personne du singulier : un vrai casse-gueule en soi, qui pourrait saccager la narration. Là, pas du tout. Passé les premiers paragraphes, fatalement un peu troublés, on suit l'autoroute pour l'enfer avec un plaisir non dissimulé : le ton est ancré dans l'âme noire de cet antihéros malgré lui, un peu salopard mais jusqu'au-boutiste. Ces deux voix se répondent, se rencontrent, s'opposent et se renvoient la balle, d'un genre choc hydrostatique. C'est vif, précis, sans fioritures, violent on l'a compris, « âpre », comme on dit sur les quatrièmes de couverture, avec une fin aussi longue à venir qu'implacable. Les femmes et les enfants y sont malmenés, c'est l'époque qui veut ça, évitant la complaisance, ce péché mortel.

Bravo Benjamin. Je ne sais pas si le deuxième roman est plus difficile à écrire que le premier ; certains disent tout la première fois et se retrouvent à sec, ou tentent de refaire le même coup et, comme les saisons des séries télévisées, se perdent en usant la corde. On peut aussi prendre un héros récurrent, pour minimiser les risques. Je ne sais donc pas le chemin que tu vas prendre, si tu joueras les Icare ou les Phénix, l'important est que tu es, aujourd'hui, sur le chemin de la littérature. À toi d'y rester, de tracer ta route intime et de te surprendre toi-même, à chaque page, en te disant que ce n'est jamais assez.

La Sirène qui fume est en tout cas un putain de bon roman, comme dirait Bukowski.

C'est tout le plaisir qu'on vous souhaite.

Caryl Férey

1

Dimanche 13 mars 2011

Paris, IXe.

Minuit.

Le long d'un trottoir : une BMW Série 7, tous feux éteints. Un homme attend au volant.

Ses yeux rivés cent mètres devant : sur une Renault Espace III, garée à l'angle de Clichy et Fromentin.

L'enseigne du Bunny Bar martèle la rue à grands coups de flashes rose fluo. Une jeune fille sort de l'établissement : talons hauts, jupe rouge, blouson en cuir vert.

Depuis la Renault, une femme lui fait signe. La fille allume une cigarette sur le perron, cligne de l'œil, tire quelques taffes, puis l'écrase sur le trottoir et rejoint la femme.

La Renault démarre. La BMW suit.

Direction place de Clichy, puis virage à gauche. La BMW suit.

Virage à droite, traversée du périph, deux virages à gauche, puis à droite, et à gauche à nouveau. La BMW suit.

Un petit parking sombre, perdu au milieu des docks de Saint-Ouen : hangars, grues, terrains vagues, immeubles en construction.

La Renault se gare, puis éteint ses feux.

La BMW suit, feux éteints.

Obscurité totale : la BMW avance à tâtons, cherche sa proie dans le noir.

Une lumière qui s'allume au loin : l'intérieur de la Renault.

La femme et la fille sont toujours à l'avant.

Dans la BMW, l'homme enfile des gants, attrape un Ruger MKI calibre 22 long rifle, puis sort de son véhicule : porte fermée doucement, approche à pas de loup.

Des éclats de voix féminines dans le silence de la nuit.

Dans la Renault : la fille qui remet un portefeuille et une clé USB à la conductrice.

Dans le portefeuille : carte d'identité, passeport, carte bleue, carte vitale.

L'homme ajuste son arme, la place devant la fenêtre conducteur, et tire.

La vitre explose. La tête de la conductrice est projetée contre la fille, qui hurle de toutes ses forces et se cache derrière le corps.

L'homme avance son arme à l'intérieur de la voiture. Avant qu'il puisse tirer, la fille attrape sa main et l'écrase contre les débris de la fenêtre. L'homme crie. Le coup part tout seul. Une balle vient déchiqueter l'oreille de la fille et repeindre la vitre passager. Hurlements. La fille tourne les clés, restées sur le contact. Moteur. Elle plonge entre les jambes de la morte, embraye avec sa main gauche, passe la première vitesse avec sa main droite.

L'homme regarde la Renault démarrer en trombe.

Le pied de la morte : bloqué sur l'accélérateur.

La fille a tout juste le temps de relever la tête pour voir le mur en face. Coup de volant à quatre-vingt-dix degrés, une seconde trop tard. La voiture s'écrase sur le mur.

La main de l'homme : des bouts de verre incrustés dans la paume.

Minuit quarante-six sur sa montre.

Face à lui, la Renault, enfoncée dans un bâtiment. L'alarme qui sonne et le capot qui fume. Un toussotement. La portière passager qui s'ouvre. La fille, le visage en sang, qui sort à quatre pattes.

Elle s'étale sur le sol du parking.

L'homme s'approche.

Elle essaye de se relever, en vain.

Lui debout, elle par terre.

Il est presque arrivé à son niveau.

Elle rampe.

Elle hurle.

Il se penche vers elle.

Elle se retourne : visage de poupée, effrayée.

Elle lui demande de ne pas tirer.

Il tire.

I

COMPROMISSIONS

2

Samedi 19 mars 2011

Deux heures du matin. Tu titubes dans la rue.

Les lampadaires te bourdonnent dans la tête avec cette lumière orange blafarde qui donne la nausée. La même lumière orange, tous les soirs, toutes les nuits. Journée de merde, enquêtes de merde. Un exhibitionniste qui traîne du côté des Buttes-Chaumont et que tu n'arrives pas à coincer. Trois déclarations de viol : le samedi, c'est toujours carton plein. Ton enquête sur la filière serbe de Jovanovic et Deda, que tu traînes depuis quatre mois et qui n'aboutit à rien. Le quotidien de merde à la BRP[1]. Et puis ton petit business avec Gérard, ton chef de groupe. Qui te permet de t'éloigner chaque jour un peu plus de ta dette.

Pour finir la journée en beauté : des pintes de bloody mary au London Club. Tu n'es pas encore au lit que tu as déjà mal au crâne.

Musique de merde à fond la caisse. Tu tournes la tête et tu vois des jeunes qui font la fête dans un appartement au rez-de-chaussée. Des filles en mini short qui rient aux

1. Brigade de répression du proxénétisme (anciennement brigade des mœurs ou Mondaine).

éclats. Des garçons qui boivent du whisky à la bouteille. Des couples enlacés qui se roulent des pelles. Une jeune fille blonde, vingt ans à peine, les cheveux mi-longs. Elle te rappelle Sandra. Même tête de poupée. Mêmes yeux dans lesquels on se perd. Même cul d'étudiante, ferme et bombé. Même corps bien dessiné avec lequel on a envie de jouer. Sa bretelle de soutif qui dépasse. Tu plisses les yeux pour reconnaître la marque. Une de tes occupations favorites pour exercer ton excellente acuité visuelle. Aux contours du liseré noir, tu dirais un Aubade ou un Lise Charmel.

Un jeune te voit la mater et te fait un doigt. D'habitude, tu leur fais peur avec ton crâne rasé, ton mètre quatre-vingt-dix et ton cuir noir. Mais pas à lui.

Tu fouilles dans tes poches et en sors tes clés. Pas envie d'aller te coucher seul ce soir. Pourtant, tu n'as rien fait pour ramener une fille.

La porte de ton immeuble s'ouvre. La boîte aux lettres : ton nom, *Christian Kertesz*, barré et remplacé par *enculé de flic*. Un an que c'est comme ça. Tu montes les marches. Pas d'ascenseur. Au dernier palier, tu reprends ton souffle et tu pousses la porte avec un *ouf* de soulagement. Comme tous les soirs, tu te promets de fumer moins de clopes le lendemain. Deux paquets par jour, ça laisse des traces.

Ton appartement : des pièces vides et sans chaleur. Une chaîne hi-fi flambant neuve, qui n'a jamais vraiment servi. Quelques disques égarés. Un lit aux draps usés qui sentent la transpiration. Et des cartons avec tes affaires, toujours pas déballées depuis trois ans.

À cette heure-là normalement, tu t'étales sur le lit et tu dors en moins de deux minutes. Mais là, à travers le mur, tu entends les nouveaux voisins qui crient. Arrivés il y a deux semaines, et ils foutent déjà le bordel. Ça résonne dans ton crâne comme un marteau-piqueur. Une femme qui pleure et qui hurle et qui pleure encore. Un homme qui hurle à son tour. Des bruits de coups. Des objets cassés.

Tu ne peux pas dormir. Tu as envie d'une femme, mais pas n'importe laquelle. Tu veux Sandra. Ta Sandra. Trois ans que tu la touches dans tes rêves, toutes les nuits. Trois ans que tu vis avec le souvenir de son corps. Ses seins, son ventre, son cul. Des formes fabuleuses qui te fascinent toujours autant. Ses jambes, gracieuses, élancées. Son visage d'ange blond, éternellement jeune. Peut-être qu'aujourd'hui elle ne ressemble plus du tout à l'image que t'en fais. Tu t'en fous. Tu vis avec un fantasme. Un fantôme. Mais ça te suffit. Les autres femmes ne t'intéressent plus.

Tu sors ton téléphone et tu composes son numéro. Tu ne le fais jamais à jeun, mais bourré ça ne loupe pas. Et le lendemain tu te mets des baffes.

Une bonne dizaine de sonneries, une voix fatiguée qui décroche.

– Allô ?

Tu imagines Sandra à l'autre bout de la ligne. Tu penses à ses formes. Tu penses à ses tétons.

– Allô ?

Tu vois son corps nu. Tu as envie de la prendre, là, maintenant.

– Christian, c'est toi ? T'as vu l'heure ?

Tu la revois à votre mariage, quand tu la sautes dans les chiottes de la salle des fêtes.

– Bon Dieu, ça devient du harcèlement !

Une voix nasillarde la remplace au téléphone. Laurent. Ce con de Laurent.

– Christian, ça suffit. On a déjà posé une main courante et je vois que ça ne sert à rien, tu continues à nous harceler. Qu'est-ce qu'on doit faire ?

Tu imagines ce fils de pute au lit avec Sandra et tu sens tes narines qui gonflent.

– Christian, ça fait trois ans, merde ! Il est temps de te faire soigner, psychopathe de m

BLAM – on raccroche brusquement. Tu écoutes la tonalité qui s'étire à l'infini. La voisine hurle. Bruit de verre cassé. Le voisin qui crie à son tour. Un bref répit de silence, et quelque chose qui se fracasse dans l'appartement d'à côté.

Tu essayes d'imaginer ta femme nue, mais avec leur chambard tu ne peux pas te concentrer. Le sang te monte à la tête. Tu bous à l'intérieur. Tu connais bien cette sensation. Quand tu as bu, ça peut faire très mal.

La femme hurle de plus belle.

Tu exploses et tu sors de l'appartement : la porte des voisins est ouverte. Tu rentres.

Lui : en train de frapper sa femme, à terre. Dans le couloir : un petit garçon en pyjama, qui regarde la scène. Par terre : du verre brisé, une chaise cassée, un sac à main renversé, des pièces de monnaie. Sur les murs : du sang. À proximité de l'homme : a priori aucun objet qui pourrait servir d'arme.

Le voisin décoche une nouvelle droite à sa femme. Le petit garçon se retourne. Il te voit dans l'entrée et hurle de toutes ses forces. Le voisin s'arrête en pleine action et te regarde, ébahi. Tu cherches le visage de la femme. Tu le trouves : un œil sérieusement amoché, le nez en sang, la lèvre supérieure fêlée. De la peur dans ses yeux. Elle regarde ta main, tu regardes ta main, il y a ton Sig Sauer dedans. Tu n'as même pas fait attention.

– Qu'est-ce que vous foutez là ?

Le temps que le voisin prononce trois mots, tu te rapproches de lui à grandes foulées. Tu le prends par le col. Tu le soulèves du sol. Tu le projettes contre le mur.

Le petit garçon crie et s'enfuit en courant dans sa chambre.

Son père est retombé au sol. Tu lui mets plusieurs coups de godasse dans les côtes. Il hurle de douleur. Tu n'as pas fait attention à la femme, qui s'est relevée et qui te saute sur le dos en beuglant.

Tu l'envoies valser d'un revers de la main. Elle s'écroule dans une étagère à bouquins. Tu prends le bonhomme par le col. Tu le remets debout et tu lui fourres ton flingue dans la bouche. Il a les yeux écarquillés, mais il ne dit rien. Sa femme est à terre, en larmes.

– Arrêtez, je vous en prie.

Le bonhomme t'implore. Sa femme se rue sur le téléphone : tu te retournes et tu lui décoches un coup de pied dans le dos. Elle s'étale de tout son long sur le meuble télé.

Coup d'œil sur le spectacle quelques secondes, le temps de ranger ton Sig Sauer. Le voisin : contre le mur, à terre, sonné. La femme : par terre, dans les vapes. Tu sens comme une libération dans ton corps. Tes nerfs qui sont retombés. Quand tu sors de l'appartement, tu vois la femme qui se relève et s'agenouille à côté de son mari.

Depuis le couloir, tu entends la voix du petit garçon qui les a rejoints. Ils pleurent tous les trois. Tu les entends encore quand tu t'allonges sur ton lit.

Dans ta tête : leurs corps qui se serrent fort, leurs bras chaleureux. Tu te sens bien, comme envahi d'amour. Ta léthargie s'enfonce dans les draps, le vide t'appelle, trou noir.

3

Lundi 28 mars 2011

Ça sent bon, une odeur qui fait chaud au cœur et qui apporte un peu de sensualité à la grisaille parisienne. Ça sent la tomate, l'oignon, le basilic, les odeurs du Sud, ça sent la pétanque et les herbes sèches de la Provence, les rires insouciants et les visages usés par le soleil. Et pourtant dehors il pleut à verse, les visages sont fermés sous leurs capuches, les klaxons résonnent dans la nuit et le métro aérien s'engouffre sous la terre dans un fracas assourdissant.

Deux semaines qu'on est arrivés, et je défais encore mes cartons, en sirotant un verre de château-trianon 2010, saint-émilion grand cru. Face à moi, *La Révolution trahie* de Trotsky, *L'État et la Révolution* de Lénine, *Discours sur le libre-échange* de Marx, *Le Petit Livre rouge* de Mao Zedong, *Dieu et l'État* de Bakounine, *Théorie de la propriété* de Proudhon, *La Morale anarchiste* de Kropotkine : souvenirs de mes années rouges, la fac de droit, les bastons avec le GUD, les profs de droite, les querelles post-soixante-huitardes entre maoïstes, trotskistes, léninistes, anarchistes et gauchistes de toutes sortes. J'aime ranger les livres ensemble, par époques, par théories, par auteurs, pour avoir une vision théorique globale de la pensée humaine quand je parcours ma bibliothèque.

Je continue à remplir l'étagère en reniflant les doux arômes qui parviennent de la cuisine. *L'Art de la guerre* d'Émile Wanty, *La Guerre dans l'histoire de l'Occident* de Michael Howard, *Stratégies de la guérilla* de Gérard Chaliand, *Les Maîtres de la stratégie* d'E.M. Earle, *Les Batailles décisives du monde occidental* de J.F.C. Fuller : mes lectures quand j'étais un gosse insouciant qui rêvait de devenir général et qui s'est pris l'horreur de la guerre en pleine gueule, celle des civils assassinés et des innocents massacrés quand je suis parti au Tchad avec l'opération Manta en 1983, pour empêcher Kadhafi de passer la frontière.

Des délits et des peines de Cesare Beccaria, *Traité des lois* de Cicéron, *Théorie de la justice* de John Rawls, *La Formation de la pensée juridique moderne* de Michel Villey : mes livres de chevet quand je suis entré dans la police, avec l'envie fracassante de tout nettoyer de l'intérieur et d'appliquer une justice totale et absolue.

Je vide le dernier carton de livres et installe sur l'étagère mes coupes de judo, glanées ici et là au gré des compétitions, ainsi qu'une photo d'Élise et de Juliette, nos jumelles, quand elles avaient sept ans et de grands sourires édentés, avant, bien avant que le destin ait décidé de s'abattre sur nous comme il s'abat chaque jour sur les autres, sur ces inconnus dont on lit le nom dans le journal et qu'on se rassure de ne pas être, en se disant que ça ne nous arrivera jamais.

J'ouvre une nouvelle pile de cartons, mes disques, des centaines de disques, disques rares, disques importés, free-jazz, be-bop, musique baroque et opéras principalement. Je n'ai pas envie de les ranger maintenant, je me sens fatigué, *adagio*, alors je rejoins la cuisine.

Isabelle est debout à côté du frigo et contemple les nuages noirs, le front collé à la vitre, je sais à quoi elle pense, je sais à quoi elle rêve, son jardin, ses plantes, ses fleurs, ses arbustes, sa vie d'avant. Je l'enlace par-derrière, elle a un soubresaut de surprise, puis se retourne vers moi et me prend par le cou.

– Ça ne va pas ?

Elle sourit pour se donner une contenance, mais je vois très bien qu'elle a les yeux mouillés.

– Si, très bien.

– Tu ne te plais pas ici ?

– Bien sûr que si.

– Menteuse.

Elle se détache de moi et s'allume une cigarette.

– C'est grand. Très grand.

– L'appartement ?

– Très drôle. Cet appart doit faire à peine le quart de notre maison, Gabriel.

Et pourtant. Quatre-vingts mètres carrés, boulevard Pasteur, appartement neuf, poutres apparentes, petit balcon, quartier calme, n'importe qui serait heureux ici. Mais Isabelle n'aime pas la ville. À Rennes, on habitait dans une grande maison en périphérie avec un jardin immense, à côté d'un bourg de sept cents âmes. Isabelle ne mettait jamais les pieds en ville, elle restait à la maison la plupart du temps, pour faire des sculptures érotiques qu'elle revendait à prix d'or à des collectionneurs zélés. Et puis elle cuisinait, s'occupait du jardin, donnait des cours de dessin et de violon à des gamins dans des banlieues résidentielles. Isabelle déteste les voitures, les gens qui marchent vite, les supermarchés, les produits conditionnés, la pollution, les téléphones portables, la violence.

– Non, c'est Paris qui est grand.

– Tu vas t'habituer.

– C'est dangereux aussi. Il se passe beaucoup de choses dans une grande ville, surtout avec ton métier.

– La routine, comme à Rennes.

Si on est ici aujourd'hui, c'est ma faute, alors je m'approche d'elle, la serre fort dans mes bras, et je sens des larmes chaudes qui coulent sur ma chemise. Je la serre encore plus fort, mais la porte d'entrée s'ouvre si brusquement qu'Isabelle sursaute et laisse tomber sa cigarette par terre. Élise traverse le salon en trois enjambées pour rejoindre sa chambre, *prestissimo*.

– Salut.

Élise a quinze ans, elle porte des baskets fluo, des sweats fluo et des lunettes fluo. Elle tourne à seize de moyenne cette année mais, sous ses aspects de première de la classe *fashion*, elle sort avec des garçons de dix-sept ans, fume des cigarettes, boit de l'alcool, met des minijupes et du rouge à lèvres, et maintenant elle veut des piercings et des tatouages. Quand elle nous le demande, je dis non, elle dit si, je dis non, elle hurle, je hurle, elle part dans sa chambre, Isabelle ne dit rien, les tatouages, elle trouve ça chouette, c'est une artiste.

Je desserre mon étreinte, Isabelle sèche ses larmes et reprend son couteau pour finir de découper ses légumes. Je retourne à ma bibliothèque, Élise traverse à nouveau le salon à toute allure, ouvre la porte d'entrée, je me retourne vers elle et crie :

– Tu vas où ?

– Dehors.

Et elle claque la porte.

Quinze jours que c'est comme ça tous les soirs, parce que ma fille me déteste, je l'ai arrachée à tous ses copains de Rennes et c'est sûrement la pire chose qu'on pouvait lui faire.

Sur mon étagère : Régis Debray – *L'Indésirable*, Pablo Neruda – *Incitation au nixonicide et Éloge de la révolution chilienne*, Fidel Castro – *L'Histoire m'acquittera*, Jean-Paul Sartre – *On a raison de se révolter*, mes classiques de tous les temps, ceux qui m'accompagneront jusqu'au bout. La pensée politique, les jeunes d'aujourd'hui, ils n'en ont plus rien à faire.

Le lendemain, à huit heures zéro six, après une heure de footing sous la pluie le long de la Seine : encore et toujours les cartons, mais cette fois c'est dans une pièce obscure, étroite, numérotée 415. Devant moi, mon nouveau bureau, vide, métallique et froid, celui du commandant Michel Morroni, qui a déjà rangé ses affaires et fête aujourd'hui son départ en retraite. Autour de moi, cinq autres bureaux, ceux de mes nouveaux collègues, dont j'ai appris les noms et grades par cœur pour éviter toute surprise : le commandant Franck Beauvais, procédurier, qui vient de prendre la tête du groupe suite au départ de Michel Morroni, la capitaine Laurence Verhaeghen, le lieutenant Patrice Gabach, les brigadiers Frédéric Daigremont et Nesrine Bensaada. Sur les murs, des drapeaux de pays asiatiques, des agrandissements de photos de cadavres et un planning à l'abandon cachent une vieille peinture blanche qui s'écaille dans les coins. En face de mon bureau, un miroir me renvoie ma petite taille et ma calvitie naissante, saleté de calvitie naissante, qui crée depuis quelques années comme un îlot sur le haut de mon front.

Dehors, à travers le vasistas qui éclaire la pièce, la pluie tombe toujours, la Seine est grise et l'air humide a comme un parfum de nostalgie de mes années rennaises. Le rêve de tous les gamins de l'école de police, les bureaux de la Crime sous les toits du 36 quai des Orfèvres, et pourtant ce goût amer qui persiste dans ma bouche.

– Capitaine Prigent ?

Je relève la tête : face à moi, un quarantenaire impeccable, grand, costaud, cravate noire typique du 36, les cheveux déjà blancs, un demi-sourire un peu gêné collé sur la tronche.

– Lui-même.
– Salut, mon vieux. Je suis le commandant Franck Beauvais.
– Enchanté.
– T'es arrivé en avance, non ?
– Il y a dix minutes, le temps de m'installer. Un des gars du groupe Le Goff m'a montré les bureaux.
– Installe-toi et fais comme chez toi. Tu peux ranger tes affaires où tu veux.

En disant ça, il balaye la pièce d'un geste de la main, passant successivement par les bureaux de chacun, qui débordent de dossiers et de tasses de café sales, pour finir sur un vieux frigo surmonté d'un bocal à poissons rouges, accolé à une armoire remplie de paperasses, médailles, photos de groupe et babioles touristiques.
– C'est noté, commandant.
– Appelle-moi Franck, mon vieux.

Il ressort, je plonge la tête dans mes affaires et sors une vieille horloge en bois de mon carton, un héritage de mon grand-père qu'il faut remettre à l'heure tous les mois parce qu'elle perd une bonne dizaine de secondes par jour. Un de mes rituels depuis des années, quelque chose qui m'aide à me sentir bien, à me sentir chez moi. Je regarde l'horloge du bureau fixée au mur derrière, huit heures vingt-trois, elle est synchro, tout va bien.

À huit heures trente-sept, deux femmes débarquent, le jour et la nuit : la première, grande, blanche comme un navet, bien coiffée, en tailleur, rectiligne, et la deuxième, pas vraiment grande, pas vraiment blanche, pas vraiment coiffée, en jogging et les épaules affaissées. C'est la première, la commissaire Nadia Chatel, déjà rencontrée à plusieurs reprises pour les besoins de mes enquêtes rennaises, qui se présente à moi :
– Capitaine Prigent, comment allez-vous ?

– Bien, commissaire, et vous ?

Elle me serre la main avec la poigne d'un bûcheron.

– Très bien, merci. Vous avez vu le commandant Franck Beauvais ?

– Oui, il est passé tout à l'heure.

– Il est parti rejoindre le reste du groupe, qui va être sur le terrain aujourd'hui. Mais le brigadier Nesrine Bensaada sera là toute la journée, elle va vous faire un topo sur les enquêtes en cours.

– Enchanté, brigadier.

Nesrine Bensaada me balance un regarde complice en guise de réponse, puis s'installe à ce qui ressemble à son bureau, le pire de tous, rempli à ras bord de merdes en tous genres : dossiers qui vomissent des centaines de pages, paquets de chewing-gums vides, tasses de café froid, gobelets sales et j'en passe.

– Je vous laisse, capitaine. N'hésitez pas à me sonner au besoin.

Dès que Nadia Chatel a passé la porte, ma nouvelle collègue se retourne vers moi, sourire en coin et yeux malicieux :

– C'est toi le nouveau capitaine, alors ?

– Oui. J'en ai pas l'air ?

– J'imagine que si. On a entendu pas mal de choses sur toi.

– Vous avez entendu quoi ?

– Des choses.

Les choses, je sais très bien ce que c'est : tout ce que j'espérais en venant ici, c'est qu'elles ne me précèdent pas, mais on ne peut pas empêcher des flics de se renseigner, après tout c'est leur métier. Nesrine Bensaada me regarde en se triturant les ongles, à l'aise mais stressée, et pendant qu'elle me parle elle détaille ses doigts un par un, déjà rongés jusqu'au sang.

– Il paraît que t'es une espèce de héros. Que t'as été décoré deux fois à la BRI[1] et que t'as sauvé quatre otages dans un braquage de banque.

– C'est vrai.

C'est vrai, mais ce n'est pas ça, les choses.

– Il paraît aussi que t'as eu la main lourde avec tes collègues de la BPM[2], et que c'est pour ça que t'es ici.

On y arrive. Je me prépare à répondre mais elle me lance un regard foudroyant du haut de son mètre soixante-cinq tout en muscles, et embraye :

– Moi je m'en branle de ces conneries, mais c'est pas le lot de tout le monde ici. Je te préviens, certains ne voient pas ton arrivée d'un bon œil. Donc évite de faire du remous comme t'as pu faire à Rennes, si tu vois ce que je veux dire.

– Merci du conseil, brigadier.

– Nesrine.

– Gabriel.

– On s'y met ?

– Je suis prêt.

Elle ouvre un nouveau paquet de chewing-gums, en avale trois d'un coup, et me montre une vieille cafetière au-dessus du frigo.

– Si t'as besoin de café, tu te sers. Quand ça déconne, ou qu'il n'y a plus de filtre, il y a une machine en bas.

J'acquiesce, puis la rejoins à son bureau où elle me fait un topo sur les affaires en cours. Incendie volontaire : un appartement mis à feu à Romainville, celui d'un dealer connu des collègues des Stups, pas de morts, des suspects actuellement sur écoute. Homicide : un corps en plusieurs morceaux retrouvé dans un sac éventré à Bagnolet, le long du périphérique, une tête, des jambes et un tronc, sexe

1. Brigade de recherche et d'intervention (également appelée Antigang).
2. Brigade de protection des mineurs.

de la victime en cours d'identification. Tentative d'homicide : un serveur agressé à l'arme blanche à Montreuil, trois coups de couteau dans le ventre, deux suspects identifiés et recherchés, mobile non connu. Homicide : un homme abattu par balle dans un parking souterrain dans le VIIIe, un suspect en cours d'identification grâce au réseau de caméras.

Il est onze heures trente-sept à ma montre quand je décroche les yeux des dossiers et des photos. Nesrine lit la fatigue sur mon visage, saturé d'informations, et me fait un signe :

– On fume une clope ?

– J'ai arrêté de fumer, mais je veux bien faire une pause.

Elle ouvre le petit vasistas, que deux barreaux de fer empêchent de franchir mais qui est pourtant à peine plus large qu'une gamine anorexique, puis je dis en souriant :

– C'est pour empêcher de sauter ?

– Oui.

– Tu déconnes ?

– Non. Richard Durn a sauté d'ici.

– Richard Durn ? La tuerie de Nanterre ?

– Tout juste. Il a fini là, vingt-et-un mètres plus bas.

– Bon Dieu.

– Ouais. C'était en 2002, Beauvais et Coco étaient là déjà. Ils ont mis les barreaux après.

– Coco ?

– Le surnom du brigadier Frédéric Daigremont, que tu vas rencontrer tout à l'heure.

– Un communiste ?

– Non, c'est une histoire à la con, tout le monde l'appelait déjà comme ça quand je suis arrivée. Au début, les collègues l'appelaient Daigre, puis ça s'est transformé en Aigre-Doux, je sais pas pourquoi, et puis en Cornichon.

Pendant un moment, tout le monde l'appelait Corniche, et puis à la fin c'est devenu Coco.

– Belle histoire.

– Ils ont voulu faire la même chose avec moi, mais ça n'a pas pris. Les gens m'appelaient Nes au début, et puis un connard a eu l'idée de m'appeler Nescafé et après ça tout le monde m'appelait Caoua. Ils trouvaient ça marrant vu que je suis rebeu, mais je leur ai fait comprendre que ça se passerait pas comme ça. Maintenant on m'appelle Nesrine, point barre.

Après la clope, on se remet devant l'ordinateur et on regarde les vidéos de surveillance du parking en mangeant des sandwichs carrés sous plastique. Un homme, dont on distingue mal le visage, qui ouvre la porte d'une voiture à l'arrêt, tire trois fois sur le conducteur puis ressort du parking, à pied, comme si de rien n'était.

– Un classique ça. Sûrement un règlement de comptes. Le paquet c'est un Gitan, et les Gitans, on sait ce que ça fait : ça vend de la came.

– On n'a rien d'autre que la vidéo pour l'instant ?

– On a commencé à enquêter sur le réseau du cadavre, mais il y a du taf. La commissaire Chatel voulait que tu bosses sur ça pour te mettre dans le bain. On va s'y atteler tous les deux. Mais pas de stress, c'est un Gitan donc c'est pas prio, si tu vois ce que je veux dire.

Des années que je me bats contre les injustices qu'on peut croiser au quotidien dans la police judiciaire, celles qui nous sont édictées par tous les petits ronds-de-cuir qui vont et qui viennent au gré des gouvernements, mais là je viens d'arriver, alors j'écrase.

– Je vois ce que tu veux dire. On commence par quoi ?

– Avant d'auditionner ses petits copains, va falloir se fader les archives pour voir s'il y a des précédents dans la famille. Sachant que la plupart des affaires sur les

Gitans sont gérées par la BRB[1], il faut qu'on récupère les dossiers pour qu'on sache où on fout les pieds.

– Je prends les archives.

– Ça tombe bien, un rat de bibliothèque, c'est ce qui nous manquait ici.

Je passe une bonne partie de l'après-midi dans les dossiers, mets de côté tout ce qui concerne les Gitans, puis les épluche un par un, cherchant le nom du cadavre ou de ses proches entre les lignes. Je trouve celui d'un de ses cousins dans une affaire de meurtre à la hache de 2008, et celui d'un de ses oncles dans une fusillade l'an dernier qui a fait deux morts.

Quand je reviens dans le bureau avec les dossiers sous le bras, il est déjà seize heures quarante-six et le capitaine Laurence Verhaeghen trône au milieu de la pièce, grande, impressionnante, froide comme un ministre du Travail. Elle se tourne vers moi et m'offre son visage hautain : des cheveux bruns regroupés en chignon sur sa tête, une grande, très grande bouche entourée de deux grandes rides intimidantes, comme un sourire du Joker, et des yeux bleu clair, presque transparents, des yeux dans lesquels on ne voit rien, que de la glace.

– Ah le voilà, le justicier.

– Capitaine, ça suffira.

– Laurence Verhaeghen. On se connaît, non ?

J'acquiesce, on s'est déjà rencontrés lors des réunions intersyndicales pour lesquelles je montais souvent à Paris : Verhaeghen est à la tête de Synergie-Officiers Paris, syndicat réac contre lequel je me bats depuis des années avec le SNOP[2].

– Gabriel Prigent. On se connaît oui, je m'occupais du SNOP Rennes.

1. Brigade de répression du banditisme.
2. Syndicat national des officiers de police.

– Ah, un idéaliste, parfait. Courage Prigent, ici les belles idées ça finit souvent à la broyeuse.

Elle me tape sur l'épaule et sort de la pièce, pendant que Nesrine me regarde avec un grand sourire en mastiquant son chewing-gum :

– Je t'avais prévenu, t'auras pas que des potes ici.

– La concernant je m'en doutais, il y a déjà eu quelques frictions entre nos syndicats.

– Il n'y a pas que ça. Tous les groupes de la BC[1] sont potes entre eux, mais chez nous c'est le bordel. Le départ de Morroni a créé un appel d'air, et ça n'a pas aidé pour la cohésion du groupe, loin de là. Verhaeghen et Beauvais sont rivaux depuis des années, et carriéristes l'un comme l'autre. Les deux ont tout fait pour récupérer son poste de commandant, et c'est Beauvais qui l'a eu. Depuis, ça se tire la bourre à la moindre connerie, si tu vois ce que je veux dire.

– Pourquoi c'est Beauvais qui l'a eu ?

– Parce que Verhaeghen et Morroni ne peuvent pas se piffrer.

– Pourquoi ?

– Parce que Michel Morroni est un putain d'enculé de petit macho de merde. Un sale rital qui n'a aucun respect pour les femmes, pire que les Arabes. Sauf qu'il a le bras long, et qu'il est pote avec Beauvais.

– Je vois.

– Je ne pense pas que ton arrivée soit là pour calmer le jeu, si tu vois ce que je veux dire. Verhaeghen et Beauvais se mettent tellement la pression pour arriver au sommet qu'un nouveau capitaine dans le groupe, ça leur fait comme qui dirait un troisième concurrent.

– Ils vont être rassurés, je ne suis pas là pour monter les échelons.

1. Brigade criminelle.

– C'est pas ce qu'on dit. Et ce qu'on dit concernant la raison de ta mutation, ça n'aide pas non plus.

– Faut pas écouter ce qu'on dit.

– En tout cas, si t'es là pour ramasser le jackpot comme tout le monde le pense, méfie-toi de Verhaeghen. Beauvais est très fort, mais Verhaeghen est une tueuse. Dans trois quarts des cas, c'est elle qui débloque les affaires. Tu vois la chaise, là ?

Nesrine me montre un vieux siège usé, dont le rembourrage sort en partie du dossier.

– C'est là qu'on met les suspects. La semaine dernière on a auditionné un mec pas net pour une sale histoire. C'est un paumé qui aidait sa grand-mère à faire ses courses contre un peu de blé parce que ce trou-du-cul était incapable de trouver un taf. On a retrouvé la mamie égorgée avec un couteau à pain. Dans son armoire, il y avait un double-fond avec un cahier de comptes et suffisamment de place pour cacher des millions, mais c'était vide. On a reçu le gars deux fois mais il n'a jamais rien lâché, il disait que c'était pas lui et qu'il était triste pour sa grand-mère. Il avait l'air crédible, il n'y avait pas ses empreintes sur le couteau et on n'a pas trouvé la thune chez lui. On est tous tombés dans le panneau, sauf Verhaeghen qui savait que c'était lui. Je ne sais pas comment ni pourquoi, mais elle était sûre d'elle. Pour le faire cracher, elle l'a fait revenir une troisième fois, mais ce coup-ci avec ses parents. Elle lui a sorti plein de trucs horribles qu'elle a inventés, comme quoi on l'avait vu montrer sa bite à des gamines dans l'immeuble, qu'il y avait des traces de viol et du sperme dans le cul de la vieille et que c'était le sien. Les parents étaient effondrés, sa mère hurlait à chaque fois que Verhaeghen disait bite ou sperme. Le mec a complètement craqué, il s'est mis à pleurer sans s'arrêter, et il a avoué qu'il avait buté la vieille pour le fric, mais qu'il n'avait rien à voir avec les histoires de cul.

– Un classique. Utiliser des proches et leur balancer des conneries pour mettre la pression.

– Un classique peut-être, mais moi je dis chapeau.

– C'est l'heure du pot. Vous venez ?

Je me retourne, un type d'une cinquantaine d'années est dans l'encadrement de la porte, cheveux longs, mal rasé, un sourire jusqu'aux oreilles et le tarin d'un mec qui ne boit pas que de l'eau.

– Gabriel, je te présente Coco.

Coco me serre la main avec énergie et me balance un clin d'œil. Un peu de chaleur humaine qui fait du bien dans cette pièce 415 plutôt hostile. On échange trois mots puis on se dirige vers le pot de départ du commandant Michel Morroni, en commençant par descendre les marches, où on croise un mec sapé comme le prince Albert, avec les pinces au poignet, et un autre avec la tronche ravagée par l'alcool, des crevasses énormes sur le visage. On traverse les couloirs du deuxième étage, on passe devant la machine à café, des flics qui taillent le bout de gras et me regardent avec un air méfiant, la vieille armoire de l'amicale de la BC, connue dans tout l'Hexagone, des escaliers, des flics en uniforme, encore, qui taillent le bout de gras et me dévisagent avec un air méfiant, des vapeurs d'alcool dans les couloirs, le pot a commencé depuis une petite heure déjà. On arrive dans la salle de repos, ils sont une cinquantaine, soit la moitié de la BC, à boire des pastis, des bières, des verres de punch, certains sont déjà à moitié bourrés, ça rigole et ça fait des blagues de flics. Des saladiers de piémontaise qui suintent la mayo premier prix trônent sur les tables, il y en a des kilos et ça me donne la nausée.

Un type avec un coup dans l'aile s'approche de nous et commence à discuter avec Coco. Il a l'œil vitreux, les épaules voûtées, l'air profondément dépressif. Coco fait les présentations :

– Patoche, c'est Prigent, le nouveau. Capitaine, je vous présente le lieutenant Patrice Gabach.

Je souris, Gabach me rend un visage fermé, glacial, dans lequel je vois qu'il sait pourquoi j'ai quitté la DIPJ[1] de Rennes, pourquoi je suis arrivé ici dans leur groupe. Je tends la main, Gabach ne prend même pas la peine de la serrer, il me laisse humilié et part rejoindre d'autres collègues. Nesrine me prend à part avant que je puisse dire quoi que ce soit qui enfonce le clou, mais c'est trop tard, j'ai les nerfs en pelote :

– Quel fumier.

– Je t'avais prévenu.

– Je le retiens, lui.

– Et c'est parti. J'étais sûre que ça commencerait comme ça.

Je regarde Gabach rejoindre un homme, costard bling-bling, lunettes fumées, la peau grasse, et qui fait le spectacle au fond de la salle devant sa petite cour d'officiers, Beauvais compris.

– C'est qui ?

– Le mec que tu remplaces. Michel Morroni.

Je regarde le show : blague de Morroni, tout le monde rigole, anecdote de Morroni, tout le monde rigole, anecdote de Beauvais, tout le monde écoute sagement, petit mot de Morroni pour ponctuer l'anecdote de Beauvais, tout le monde rigole, surtout Beauvais qui se marre comme une baleine. Verhaeghen est en retrait, elle discute avec des officiers de la section antiterroriste, pas de joie sur son visage, une façade rigide, droite, austère comme un colonel de gendarmerie. La commissaire Nadia Chatel discute avec les huiles dans un autre coin de la

1. Direction interrégionale de la police judiciaire.

salle : le divisionnaire, des commissaires de la BRI, des Stups, de la BPM, des scribouillards de l'état-major, des magistrats.

Au moment où je détaille ce petit groupe pour deviner leurs fonctions, deux gros bras me bousculent en nous dépassant, sans aucun geste amical ni excuse. Un gros type, chevelu, moustache mal taillée, la cinquantaine bien tassée, imper en cuir de flic qui se la joue, et un grand gaillard, crâne rasé, bâti comme une armoire à glace, plus jeune que moi. Je toussote, ils ne se retournent pas et filent tout droit rejoindre Michel Morroni, qui les prend dans ses bras. Je me tourne vers Nesrine, elle sourit.

– Les gars de la BRP. Pas du genre à s'excuser.

– Ils ont l'air de bien copiner avec Morroni.

– Oh oui, ça remonte à loin tout ça. Le gros là, c'est Gérard Berthelot. Il travaillait aux Stups à Marseille avec Morroni dans les années quatre-vingt-dix. Ils ont débarqué ici il y a une dizaine d'années.

Franck Beauvais me montre du doigt, visiblement il montre à Morroni et à ses petits copains qui va le remplacer. Les deux gars de la BRP se retournent et me font un signe, mais j'ai à peine le temps de leur répondre qu'ils ont déjà tourné la tête vers Morroni.

– Et l'autre, le grand ?

– Christian Kertesz. Un ancien des Stups aussi, mais de Paris.

Une haleine fraîche de menthe dans mon cou.

– Une bande de sacrés vicelards, voilà ce que c'est. Des hommes corrompus par l'argent et le pouvoir.

Je me retourne, l'homme qui vient de dire ça doit faire un bon mètre quatre-vingt-cinq, du gel dans les cheveux, un sourire de vieux beau, et il mâche son chewing-gum avec un bruit pas possible comme dans les vieilles séries américaines.

– Commandant Marignan. Enchanté.

Nesrine le salue en baissant la tête, je lui tends la main énergiquement :

– Capitaine Prigent.

– Je sais. Vous êtes le remplaçant de Morroni. Le nouvel officier du groupe Beauvais.

Marignan me tape sur l'épaule, je recule d'un demi-millimètre, juste assez pour lui signifier qu'on n'est pas encore assez copains pour jouer les franches coudées.

– Pas facile de succéder à Michel Morroni. Tous ceux que vous voyez là bossent avec lui depuis bientôt dix ans, et une chose est sûre, c'est qu'il avait le don pour se faire des bons copains.

Nesrine toussote, l'air gênée, je ne sais pas qui est le commandant Marignan mais je lis dans les yeux de ma collègue que ce n'est pas le genre de type avec qui il faut discuter en ce moment même, et pourtant je renchéris :

– Vous êtes de la brigade ?

Marignan sourit comme si je venais de dire la connerie du siècle.

– Inspection générale des services.

Je déglutis, j'essaye de donner l'impression que je n'ai pas tiqué, mais Marignan sait que j'ai tiqué, et je sais qu'il sait que j'ai tiqué. Les hauts gradés de l'IGS connaissent tous mon nom et savent très bien ce qui s'est passé à Rennes.

– Ça va faire du bien à la brigade d'avoir du sang frais avec un grade comme le vôtre. Mais il va falloir vous accrocher.

– Merci du conseil.

Je me retourne comme pour le snober et j'attrape un verre au hasard sur la table, du punch, je déteste les alcools sucrés mais j'avale quand même la moitié d'un trait, pendant que Nesrine rejoint d'autres flicards et me laisse seul avec le bœuf-carotte.

Au fond de la salle, un flic glisse sur du punch renversé et tombe par terre, ses collègues en uniforme se tordent le bide, Morroni et sa bande se retournent, ils ricanent quelques secondes, puis reprennent leurs discussions. Marignan me regarde et lève son verre :

– Elle est belle notre police. À la santé du commandant Michel Morroni !

Morroni entend son nom et nous regarde avec les gencives crispées, lève son verre discrètement vers Marignan, nous sourit, bon Dieu ça sent la testostérone à plein nez.

– Je connais bien votre groupe, Prigent. J'en ai fait partie il y a quelques années. J'ai été ami avec Michel Morroni et avec Franck Beauvais. Mais depuis que je suis à l'IGS, les choses ont radicalement changé.

– Vous enquêtez sur lui ?

– J'ai monté un dossier pour un juge qui l'a dans le nez. J'ai tout fait pour le coincer, mais malheureusement il est intouchable.

– De quoi est-ce que vous l'accusez ?

– Morroni travaille avec les Corses. Il gérait un business à Marseille il y a quinze ans, et depuis qu'il a été muté ici, il bosse en douce pour la division parisienne d'une famille corse. Il facilite des obtentions de licence pour des night-clubs, évacue les concurrents en se servant de son insigne et protège les clubs en question en évitant que des descentes puissent y avoir lieu. Il a des parts dans chacun de ces clubs, qui créditent chaque mois des comptes *offshore* qui lui appartiennent sous un faux nom.

– Pourquoi vous me racontez tout ça ? C'est confidentiel, non ?

– Parce que j'ai confiance en vous.

– Pourquoi moi ?

– Vous le savez très bien.

– Je ne veux en rien avoir affaire aux enquêtes de l'IGS.

– C'est pas ce qu'on m'a dit.

Je lui lance un regard noir, et croise le sien, sans expression, impossible à déchiffrer.

– Vous ne voulez pas savoir à quoi vous attendre avec un prédécesseur de cette trempe ?

Je ne dis rien, Marignan continue :

– Je n'ai jamais réussi à prouver l'existence de ces comptes et c'est là tout le problème. Michel Morroni se fait des couilles en or, mais son compte bancaire officiel est blanc comme neige. Tout passe par des propriétés sous un faux nom. Il a des maisons en Dordogne, en Corse, dans les Alpes, mais sur le papier, rien n'est à lui. Il a monté avec des associés une société fantôme qui a des parts dans des casinos un peu partout sur la Côte d'Azur, mais son nom n'apparaît nulle part.

– Mes collègues sont au courant de tout ça ?

– Gérard Berthelot et Christian Kertesz, les deux gars de la BRP qui vous ont bousculé, travaillent avec lui sur les clubs et le racket des macs. Ils bossent pour Toussaint Mattei, l'associé de Morroni, qui gère les affaires courantes de leur famille corse à Paris. Au sein de la BC, tout porte à croire qu'il arrosait Franck Beauvais et Patrice Gabach, mais je ne suis sûr de rien. Ce qui est certain, c'est que Morroni est la plus grosse pourriture de Paris. Le 36 est plutôt propre, mais lui c'est tout le contraire. Il s'est fait la main sur les indics pendant ses années aux Stups, et depuis il utilise sa fonction pour se faire un paquet de fric. Tout le monde sait très bien qu'il n'est pas net, même si personne n'est au courant de ce qui se passe réellement. Personne ne voulait vraiment savoir. Ils fermaient tous les yeux, y compris la commissaire Nadia Chatel. Les huiles, c'est pareil : ils n'avaient qu'une hâte, le voir dégager du service, mais ils ne voulaient rien entendre. Là-haut, ils ne veulent surtout pas de scandale, le terrain politique est suffisamment compliqué en ce moment avec toutes les attaques contre Guéant.

Je sens comme une sueur froide qui me coule le long de l'échine, emportant avec elle mes doux rêves sur le Quai des Orfèvres. Marignan sent ma gêne, il sourit, puis me met une tape dans le dos avant de ressortir de la pièce :

– L'argent et le pouvoir, le vice de tous les hommes. Bienvenue au 36, capitaine.

Je dégrafe le premier bouton de ma chemise, pris par un soudain coup de chaud, l'odeur de la mayo et de la bière me monte aux narines, nausée, haut-le-cœur, visage en sueur, je tourne les talons et je prends la direction des toilettes.

Je m'asperge d'eau froide, des images s'entrechoquent derrière mes paupières, Michel Morroni dans sa villa en Dordogne, je mets ma tête sous le robinet, Morroni qui récupère le cash dans des boîtes de nuit, mon cou sous l'eau, sensation de froid intense, Morroni toujours, j'augmente la pression, Morroni qui se marre avec ses deux potes de la BRP, le grand et le gros, j'augmente encore le débit, Morroni disparaît, je relève la tête et je pousse un soupir en me regardant dans la glace, le visage trempé. Il y a de la panique dans mon regard, de la fatigue dans mon corps, dans cette barbe déjà grisonnante et ces quelques cheveux en bataille sur mon crâne, dans la musculature que j'ai héritée de l'armée mais que j'ai perdue depuis la fin de mes années à la BRI de Nantes, depuis que je n'entretiens plus mon corps, depuis l'accident lors de la prise d'otages en 1994, qui m'a valu une médaille et un trou dans le bide.

J'ai à peine le temps de relâcher mes nerfs en regardant ma tête que la porte des toilettes s'ouvre, et je vois dans le miroir les deux salopards de la BRP qui se dirigent vers les urinoirs.

Le plus jeune me fait un clin d'œil dans le miroir avant de se mettre à pisser, je l'observe de long en large, ce type est impressionnant, il dépasse facilement le mètre quatre-vingt-dix, et inspire tout sauf confiance avec son crâne rasé et la grosse barre de sourcils noirs au-dessus de ses yeux. J'ai oublié son nom, mais l'autre, celui du gros, je l'ai retenu : Gérard Berthelot. J'actionne le sèche-mains électrique, dans le miroir ces deux fumiers sont en train de chuchoter, ils me montrent du doigt, ils parlent de moi, Berthelot se marre, je sens une boule dans mon ventre, qui me tord les tripes à l'endroit précis de ma blessure, mes nerfs qui craquent, une crise d'angoisse qui monte, depuis cinq ans je me bouffe des crises d'angoisse en permanence, depuis ce soir du 13 juillet 2006 où ma vie de famille a basculé, je ne suis jamais tranquille, il suffit de la moindre chose, un endroit confiné, le métro, une cave, des toilettes, un ascenseur, et je sens l'angoisse qui m'envahit, alors j'ai toujours plusieurs plaquettes de médocs sur moi au cas où, Valium, Tranxène, Xanax, et Tercian pour les crises aiguës.

J'essaye d'entendre ce qu'ils disent, mais cette saleté d'appareil met un temps monstre à arrêter son vacarme, j'entends mon nom qui résonne dans leurs bouches, *Prigent, Prigent*, et je les vois qui se bidonnent comme des gosses puis, enfin, quand le sèche-mains s'arrête, je lâche :

– Il y a un problème ?

Le grand rasé se retourne, il se marre.

– Pardon ?

– Je vous demande si vous avez un problème.

Gérard Berthelot embraye en ricanant, il tient à peine debout, l'haleine chargée de bière et de tabac :

– Aucun problème, monsieur le capitaine.

Mon cœur s'accélère, mes veines se tendent, mes poings se serrent, je n'aime pas qu'on se paye ma tête alors je m'approche du grand et je me poste devant lui pendant que le gros continue de pisser.

– Qu'est-ce que tu disais pendant que je me séchais les mains ? J'ai pas bien entendu.

– Oh oh, mais c'est John Wayne le nouveau, dis donc.

Il a les yeux rougis, il pue l'alcool, et je me rappelle brusquement son nom : Christian Kertesz.

– Monsieur Kertesz, j'aimerais que v

PSSSSSSS – quelque chose de chaud contre ma jambe, je me retourne d'un coup, Berthelot est derrière moi, complètement saoul, bidonné, en train de me pisser dessus. Il pouffe de rire, Kertesz se marre à son tour et, pendant qu'ils gloussent comme des collégiennes, je lève mon genou droit et l'enfonce dans les parties de Berthelot. Le gros lard s'arrête net de rigoler et se plie en deux en hurlant. Le temps que je me retourne pour tenter d'esquiver ce qui vient par-derrière, Kertesz m'a attrapé par le col et me projette dans les airs, mes années de judo ne peuvent rien y faire et je vole pendant une brève seconde, j'atterris contre les urinoirs, puis je sens une vive douleur dans le dos en m'étalant sur le carrelage.

Je relève la tête, Kertesz prend Berthelot par la main pour l'aider à se mettre debout, le gros a le souffle coupé mais il continue de se marrer, et ils me balancent tous les deux un regard menaçant mais amusé en franchissant la porte des toilettes.

Quand je me redresse, j'ai le dos en compote, je m'asperge à nouveau le visage d'eau froide, j'ai une furieuse envie de me battre et je sais que ça ne va pas se calmer tout de suite. Je me regarde dans la glace, j'ai les mains qui tremblent, je sens l'angoisse qui monte, j'avale un Valium, un Tranxène, je souffle, je repasse la tête sous l'eau froide, je vois Kertesz qui me projette en l'air, je mets bien la tête sous l'eau, je souffle, je me regarde à nouveau dans la glace, je reprends confiance et je contrôle la crise.

Je ressors des toilettes, j'ai de la pisse sur mes chaussures et je n'ai plus qu'une envie, rentrer chez moi pour éviter de péter les plombs, retrouver ma femme et ma fille, manger et dormir en oubliant cette fin de journée lamentable. Je traverse les couloirs du deuxième étage, sur le palier de la salle je vois Berthelot, Kertesz, Beauvais et Gabach qui discutent avec un verre à la main, Berthelot est encore tout rouge, je prends l'escalier juste avant eux pour éviter de leur passer devant, mais je l'entends distinctement qui continue son manège :

– Vous trouvez pas que ça sent la pisse, les gars ?

Ils se marrent comme des baleines, même Franck Beauvais qui a l'air gêné se marre, alors je descends les marches en serrant les poings, j'ai envie de justice, je hurle vengeance à l'intérieur, je me sens comme un gamin qui vient de se prendre une raclée, la tête comme une Cocotte-Minute, prête à exploser, mais bon sang j'ai quarante-six ans, c'est plus de mon âge ces conneries, alors je pousse la porte du rez-de-chaussée, je me retrouve dehors, il pleut toujours et je me prends un coup de vent en pleine poire, ça me calme d'un coup et je respire.

Quand je mets la clé dans la serrure de la voiture, je pense à Isabelle et à notre petit cocon douillet, j'ai envie de manger un repas brûlant, d'écouter des opéras et de suer dans ma couette en serrant fort le corps de ma femme.

4

Mercredi 30 mars 2011

Neuf heures. Le réveil de ton BlackBerry hurle comme tous les matins et te sort d'un sommeil de plomb. Un sommeil sans rêves, comme chaque nuit que tu passes.

Tu as mal au crâne. Tu ne sais même plus où vous avez fini hier, après le pot de départ de Michel. Visiblement dans un club de Toussaint Mattei, puisque tu es dans un de ses studios privés quand tu ouvres les yeux.

Grand lit avec parure en soie. Moquette impeccable. Une tanière à passes de luxe.

Tu ouvres les rideaux. Le boulevard de Clichy sous la pluie. Gris et triste. Pas encore de touristes, juste une rue qui sent la gueule de bois.

Tu te lèves, tes jambes se déroulent sous toi, léger vertige.

Poche intérieure de ton blouson : une boîte de Guronsan. Deux comprimés. Douche bien froide, gel douche gommant énergisant mangue-coriandre. Toussaint a toujours eu le don d'équiper ses garçonnières avec des produits de luxe.

Ton téléphone sonne et te fait mal à la tête.

– Christian, c'est Didier.

Didier Cheron : un ancien flic qui connaît le monde entier comme sa poche. Un vieux briscard qui a servi la mitterrandie des débuts à la fin, et est encore très proche des réseaux socialistes aujourd'hui. Passé par les douanes, les RG et la DST. A un tableau de chasse long comme le bras, de l'affaire Farewell aux attentats du métro Saint-Michel. Rencontré dès tes débuts dans les Stups, il y a presque vingt ans, quand vous avez monté ensemble un gros coup contre Canal +. À la retraite depuis six ans. Dirige désormais une boîte de sécurité privée qui fait dans la revente de matos, le gardiennage haut de gamme, la surveillance, la filoche pour les particuliers. Et dans le renseignement en douce pour les copains.

– Didier, comment ça va ?

– Bien, et toi mon petit chat ?

– Fatigué.

– J'ai un plan qui peut t'intéresser. C'est un ami haut placé qui a un souci, sa fille a fugué depuis deux semaines et il commence à avoir les jetons. J'ai personne de dispo, alors j'ai pensé à toi. Toujours preneur d'un peu de travail supplémentaire, non ?

De l'ironie dans sa voix. Didier sait très bien que tu es preneur. Que tu as besoin de rembourser ta dette. Encore un million deux à l'heure qu'il est.

– Je suis preneur.

Avenue George-V, en plein VIIIe : rue pavée, large, bordée d'arbres, de voitures neuves, de grands immeubles, d'hôtels chics et d'ambassades. Tu te gares en double file et tu avales deux chewing-gums menthe forte, pour être sûr d'avoir une haleine irréprochable.

Tu cherches le nom sur l'interphone doré de l'immeuble. Le Maréchal, Édouard : tu presses. Une voix de femme :

– Oui ?

– Christian Kertesz.

– Monsieur Kertesz, nous vous attendions.

Petit cliquetis à l'ouverture de la porte.

– Dernier étage à gauche.

Le Guronsan circule dans tes veines. Tu montes les marches quatre à quatre et tu te sens bien. Doigt sur la sonnette. Une femme austère d'une cinquantaine d'années ouvre la porte. Du rouge à lèvres rose. Un chignon trop serré. Des yeux menaçants entourés de noir.

– Entrez, je vous en prie.

Tu la suis jusque dans le salon. Parquet impeccable sans une trace de poussière. Chandeliers au plafond. Murs blanc immaculé. Tableaux cubistes. Picasso, Braque, et d'autres dont tu ne connais pas le nom. Des imitations pour bourgeois raffinés.

Un homme à la fenêtre, qui fume le cigare en regardant la pluie. Costume Calvin Klein noir à rayures. Chaussures italiennes sur mesure. Une minuscule tache blanche sur le revers de son costume. Quelques cheveux gris. Le cigare : impossible de reconnaître la bague à cette distance, malgré tes dix-huit sur dix à chaque œil. À l'odeur : un Vegas Robaina. Il se retourne. À première vue, tu lui donnes entre cinquante et soixante ans.

– Monsieur Kertesz. Ravi de vous rencontrer.

– Moi de même, monsieur Le Maréchal.

Sourire de faux-cul, la peau sèche, un bon quatre-vingt-dix kilos de bourgeois bon vivant.

– Vous nous avez été fortement recommandé par notre ami commun Didier Cheron. J'imagine qu'il vous a déjà expliqué ce dont il s'agissait ?

– Si j'ai bien compris, c'est votre fille qui a disparu.

– Précisément, monsieur Kertesz, précisément. Clotilde a disparu il y a deux semaines. Le 16 mars exactement. Nous pensons qu'elle est toujours à Paris et qu'elle a trouvé refuge chez l'un de ses amis.

– Quel âge a-t-elle ?

– Seize ans. Nous fêterons ses dix-sept ans en juillet.

– Pourquoi vous n'êtes pas allés voir la police ?

– Parce que nous savons très bien comment la police s'occupe de ce genre d'affaires. Mal.

Il tire une bouffée de son cigare.

– Que vous soyez flic, privé ou je ne sais quoi ne m'intéresse pas, monsieur Kertesz. Ce qui m'importe, c'est que vous soyez suffisamment motivé pour la retrouver. Et ça, je sais comment l'arranger.

Il sort une enveloppe de sa veste et la pose sur la table. Le contenu a l'air épais, mais tu restes de marbre.

– Pourquoi avoir attendu deux semaines pour faire appel à quelqu'un ?

Le Maréchal tique. Il est nerveux.

– Nous pensions qu'elle reviendrait. Que ce n'était qu'une fugue passagère. Nous avons enquêté avec nos propres moyens, mais nous n'avons rien trouvé.

Tu t'avances vers la table et tu ouvres l'enveloppe. Deux liasses de vingt-cinq billets. Des billets de deux cents. Dix mille euros.

– Il s'agit là d'une avance pour couvrir vos frais. Vous recevrez le double si vous la retrouvez.

Tu ranges l'enveloppe dans la poche intérieure de ton blouson. Jackpot. Merci Didier. Exultation intérieure. Mais rien de tout ça sur ton visage.

– C'est d'accord.

Le Maréchal fait un signe à sa femme, restée en retrait, puis se tourne à nouveau vers la fenêtre.

Elle s'approche de toi.

– Vous me suivez, monsieur Kertesz ? Je vais vous montrer sa chambre.

Tu acquiesces et tu la suis. Le Maréchal te salue sans se retourner, les yeux dans le vague.

– Au revoir, monsieur Kertesz.

Un long couloir : des tableaux, des vases, des masques africains. Des bibelots qui chiffrent à plus de cinq zéros. Une photo de famille. Le Maréchal avec sa femme et une fillette d'une dizaine d'années : cheveux blonds, air malicieux, grands yeux noirs.

Une porte de chambre.

– C'est ici.

Tapisserie rose. Pas de posters pour gamines, ni la moindre coquetterie affichée au mur. Moquette blanche, immaculée. Pas de tache ni de trace de pas. Un bureau, rangé au millimètre. Pas d'ordinateur. Un lit fait, sans un pli de travers. Une bibliothèque. Aucun livre qui dépasse. Platon, Hegel, Kant, Rousseau, Freud. Aucun roman pour ados. Pas de bande dessinée. Pas de magazine pour filles.

Tu poses instinctivement la main sur un des tiroirs du bureau, puis tu te tournes vers Mme Le Maréchal.

– Je peux ?

– Naturellement, monsieur Kertesz.

Tu ouvres le premier tiroir : une boîte à crayons et un carnet. Tu le feuillettes : que des pages blanches. Les autres tiroirs : du matériel d'écolière, neuf. Aucun manuscrit, aucun journal, pas la moindre note écrite à la main, pas le moindre Post-it griffonné. Aucune trace de vie.

– Elle vivait dans cette chambre avant de fuguer ?

– Clotilde passait beaucoup de temps dehors. Elle sortait souvent. Elle dormait chez des amies.

– Vous avez des noms ?

– Je vous ai préparé une liste de ses relations connues. Nous les avons déjà interrogées. Elles nous ont dit ne pas avoir vu Clotilde depuis le 16 mars.

– Est-ce qu'elle a une carte de crédit ? Un téléphone portable ?

– Elle a les deux. Mais la carte n'a pas servi depuis le 16 mars, et le téléphone non plus.

– Un ordinateur ?

– Il semblerait qu'il ait disparu avec elle.

Tu inspectes le placard à vêtements : des pulls, des jupes, des sous-vêtements bien rangés.

– Vous avez trouvé quelque chose, quand vous avez cherché ?

– Non. Rien du tout.

– Pourquoi pensez-vous qu'elle n'est pas sortie de Paris ?

– Parce que Clotilde connaît beaucoup de monde ici, et personne en dehors. Les seules fois où elle a vu la province, c'était pendant le peu de vacances qu'on a passé dans la Loire, dans le château familial. Clotilde n'a aucun point de chute hors de Paris, monsieur Kertesz.

Tu inspectes la table de nuit : vide.

– Vous savez maintenant, avec internet, on peut se faire des amis aux quatre coins du monde.

Elle ravale sa salive.

– Je n'y avais pas pensé.

Tu inspectes le lit : draps neufs.

– Que faisiez-vous le 16 mars, madame Le Maréchal ?

– C'était un mercredi soir. Nous étions à une réception chez des amis de mon mari. Clotilde n'était pas là quand nous sommes rentrés à la maison, mais nous avons l'habitude qu'elle couche dehors sans nous prévenir. Elle avait déjà découché la veille. Nous avons compris qu'il y avait un problème quand le lycée nous a appelés le lendemain parce qu'elle n'était pas venue.

Tu te mets à quatre pattes, à la recherche du moindre signe au sol.

– Qui est la dernière personne à l'avoir vue ?

– Ses amies du lycée.

Tu te relèves et tu fais face à Mme Le Maréchal.

– Vous vous entendez bien avec elle ?

Elle cligne des yeux. Fragile derrière le masque.

– Clotilde est une enfant difficile. Nous ne partageons plus vraiment sa vie depuis déjà plusieurs années.

– Est-ce qu'elle avait des raisons de fuguer ?

Ses yeux se mouillent. Elle est prête à craquer.

– Mon mari est persuadé qu'il s'agit d'une fugue. Mais j'en doute profondément.

Elle te touche le bras.

– Je ne suis pas aussi optimiste que lui. Je pense que ma fille s'est peut-être fait enlever, monsieur Kertesz. Ou pire.

Elle fond en larmes.

Au bureau de la BRP, les collègues tirent la tronche.

Tu prends un café à la machine et tu t'installes à ton bureau.

Tu ouvres le paquet que t'a donné la mère Le Maréchal avant de partir : des photos en pagaille. Clotilde autour d'une table familiale. Clotilde qui essaye du maquillage. Clotilde qui embrasse un ado moche et boutonneux. Clotilde à une fête avec ses copines, visiblement bourrées.

Tu es frappé par sa ressemblance avec ta femme sur certains clichés. C'est Sandra avec vingt ans de moins. Mêmes grands yeux noirs, profonds, insondables. Même petit nez pointu. Mêmes cheveux blonds, au carré, avec une frange.

Tu respires un grand coup et tu fouilles dans le colis. Un calepin avec les noms, numéros de téléphone et adresses de ses copains. Certains entourés au marqueur jaune par sa mère. Nicolas Martineau : son petit ami. Anne-Marguerite de Beauvau : sa cousine. Rebecca Blanchart : sa meilleure amie depuis l'école primaire.

Des photos, encore.

Clotilde qui boit du champagne pour son anniversaire, avec ce qui ressemble au gratin des jeunesses UMP. Coiffures moches, fringues ringardes et sourires de faux-culs.

Clotilde au lycée, qui prend la pose avec sa classe. Des boutonneux et des ados sans style, à la pelle. Et elle, magnifique, qui illumine tous les autres avec ses yeux de lionne.

Clotilde dans la queue d'un cinéma. Qui fait semblant d'être naturelle, mais qui pose, bien sûr. Comme sur toutes les photos. Gamine et déjà mannequin dans la tête. Trop consciente de l'aura qu'elle dégage.

Une série de quinze clichés : Clotilde sur un lit avec son copain. Les cheveux mouillés. Lui en caleçon et chemise, elle en culotte et tee-shirt. Leurs vêtements trempés par terre. Ses jambes, fines, majestueuses, comme celles de Sandra. Son air mystérieux, doux, mais terriblement sérieux. Comme si elle jouait une partie d'échecs en permanence.

Des lettres : la correspondance avec sa cousine. 2006, 2007, 2008. Un rapide coup d'œil : des histoires de cul sans intérêt. Trop daté. Trop jeune à l'époque.

Le relevé de son téléphone portable pour le mois passé : dernier appel le 16 mars à dix-sept heures quarante-deux. Tu compares le numéro de téléphone avec ceux notés dans le calepin : c'est celui de sa meilleure amie, Rebecca Blanchart.

Son relevé bancaire pour le mois de mars : plus de mille euros de dépenses courantes. Dernières opérations : un retrait de trois cents euros le 16 mars à vingt-trois heures dix-sept, et une facture d'hôtel de cent-soixante-deux euros payée à huit heures quarante-trois.

Une photocopie de sa carte d'identité : Clotilde Le Maréchal, née le 10 juillet 1994 à Paris.

Et puis c'est tout. Toute sa vie tient dans cette boîte.

Ta première conclusion : la petite a forcément d'autres affaires quelque part. À vérifier : si son petit copain Nicolas Martineau ne serait pas tout simplement en train de l'héberger.

Tu allumes ton ordinateur et tu fais des recherches sur les enlèvements à Paris ces dernières années.

Deux-mille-trois-cent-quarante-six disparitions de mineurs inscrites au registre en 2010. Deux-mille-trois-cent-trente-cinq cessations de recherche. Onze enfants toujours disparus. Tiphaine Diebler, née le 22 mars 1998 à Nanterre. Jordan Caillet, né le 4 septembre 2001 à Paris. Chouaib El-Silmi, né le 30 janvier 1995 à Paris. Maddalena Sylberberg, née le 16 juillet 2000 à Strasb

– Alors, ça bosse dur ?

Tu relèves la tête : Gérard Berthelot se tient devant toi, son café à la main, un mégot de gitane entre les lèvres. Flic depuis plus de vingt ans. Ton collègue à la BRP depuis 2009. Ton pote à la vie à la mort depuis qu'il t'a sorti de la merde noire dans laquelle tu t'étais fourré, pour offrir une vie en or à ta Sandra après la mort de Charles. Certainement pas un homme de confiance pour les autres, mais comme un sixième doigt de la main pour toi.

– Je suis sur un truc pour Didier Cheron. Une gamine qui a fichu le camp.

Il acquiesce, puis te tend un dossier :

– Tiens, cadeau. Du neuf sur Jovanovic.

Ranko Jovanovic : un petit connard de mac serbe. Import de filles paumées de Hongrie, de Roumanie, des Balkans, d'Ukraine, pour en faire des escort-girls pour mecs friqués. Une quinzaine de sites web à son actif. Un marché en pleine expansion. Quatre mois que vous êtes dessus. Trois que vous l'écoutez non-stop et que vous cherchez le réseau derrière pour faire tomber toute la pyramide.

Tu ouvres le dossier : une série de photos prises depuis un sous-marin. Cinq filles avec des seins comme des pare-chocs de quatre-quatre, qui attendent devant un bâtiment haussmannien en fumant des cigarettes 100's. Grillées à deux kilomètres avec leurs tenues de putes. Gros plans sur les visages : deux filles avec des ecchymoses. Jovanovic qui arrive. Gros plan sur sa sale gueule : sa bouche de traviole, son regard méprisant avec les filles.

Tu reposes le dossier puis tu passes dans le bureau de Jelena, votre traductrice serbe. Casque vissé aux oreilles, en pleine concentration. Vingt-six ans, des cheveux longs, longs, longs. Arrivée en France pour les études il y a deux ans. Repérée à la fac il y a quatre mois quand vous avez commencé à enquêter sur la filière de Jovanovic. Abordée discrètement et engagée en moins de trente minutes. Pas besoin d'arguments, elle déteste les petits macs serbes. A vu une de ses meilleures copines partir à Berlin faire le tapin et revenir au bled avec la gueule en vrac et un œil en moins. Un client un peu trop tendu l'avait frappée avec sa ceinture.

– Du nouveau ?

– J'ai traduit les dernières bandes.

Elle te donne un paquet de cinquante pages.

– Il a passé trois heures au téléphone hier. Bon courage.

Tu lis les écoutes d'une traite. Histoires de famille, réseaux à Belgrade, retour au bled, belles filles serbes : rien à becter là-dedans.

Tu regardes à nouveau les photos de Clotilde et tu te perds dans ses grands yeux noirs.

Première donnée empirique : elle quitte l'hôtel à huit heures quarante-trois. Elle prend le bus ou le métro pour rejoindre son bahut dans le XVIe. Lycée Passy Saint-Honoré. Non, pas le métro. Pas une fille comme elle. Elle prend le taxi. Elle paye en cash. Elle passe la journée en cours. Elle sort à dix-sept heures trente. Elle appelle sa copine Rebecca Blanchart à dix-sept heures quarante-deux. Sur la route pour la rejoindre, elle se fait enlever.

Tu appelles Rebecca. Aimable, distinguée, dévouée. Elle n'est pas à Paris. Elle revient le 1er avril. Tu prends rendez-vous et tu raccroches.

Tu essayes d'appeler Anne-Marguerite de Beauvau, sa cousine. Pas de réponse.

Tu essayes d'appeler Nicolas Martineau, son copain. Dix secondes d'échanges max, le temps qu'il t'envoie bouler :

– Je m'en branle, de cette pétasse.

Et il raccroche.

Tu essayes de le rappeler. Pas de réponse.

Tu essayes de rappeler Anne-Marguerite. Pas de réponse. Tu lui laisses un message.

Tu regardes l'horloge. Tu as envie de faire un tour. Tu fourres la carte de l'hôtel dans ta poche et tu sors.

Hôtel Parme : un établissement familial, quatre étoiles.

L'endroit où Clotilde s'est servie de sa carte bleue pour la dernière fois le matin du 16 mars. Un règlement de cent-soixante-deux euros. Le huitième paiement effectué avec sa carte bleue dans cet hôtel : sept autres paiements entre janvier et mars, aucun en 2010.

Avant de sortir de la voiture, tu regardes une photo d'elle. Tentative d'assimilation du personnage. Elle pose devant l'objectif. Elle sait qu'on la regarde. Cheveux blonds, attachés. Yeux noirs qui brillent. Collier saillant. Décolleté qui laisse entrapercevoir le haut de ses seins. Boucles d'oreilles qui font la moitié de son visage. Belle et ténébreuse. Tu fouilles dans son regard maquillé, mais tu ne trouves rien. Un regard dur et aguicheur. Un regard de comédienne, le même que celui de Sandra. Il y a quelque chose derrière ce masque, bordel. Mais tu ne sais pas quoi.

Quand tu passes les portes de l'hôtel, la tête du réceptionniste vire au gris. Sûrement ta tête qui ne lui revient pas. Tu sors ta carte pour le calmer :

– Brigade de répression du proxénétisme.

Il fait la grimace. Tu lui tends une photo de Clotilde.

– Je recherche une gamine disparue.

– Jamais vue.

– Elle a dormi ici dans la nuit du 15 au 16 mars. Je peux vérifier vos registres ?

– C'est à quel nom ?

– Clotilde Le Maréchal.

Il fouille dans un classeur. Tu regardes les murs : des peintures moches. Il feuillette les pages. Il trouve le registre du 15 mars et suit du doigt les lignes de la page en marmonnant les noms des clients inscrits.

– Nous n'avons rien à ce nom-là.

Tu souffles.

– Vous avez des montants de cent-soixante-deux euros ?

– Oui, ça correspond à nos chambres doubles.

Tu avances la main vers le registre.

– Je peux ?

– Allez-y.

Tu regardes les noms inscrits et les montants qui correspondent : sept personnes ont payé cent-soixante-deux euros cette nuit-là.

– Est-ce que c'est possible de savoir comment ces clients ont payé et à quelle heure exactement ?

– Tout est parti à la comptabilité.

– Vous pouvez vous renseigner ? Je vous laisse ma carte avec mes coordonnées.

– C'est d'accord. Je vous appellerai.

– Vous étiez ici la nuit du 15 ?

– Non, je travaille une nuit sur deux et je n'étais pas là ce soir-là.

– Vous avez du personnel dans l'hôtel en ce moment ?

– Les femmes de chambre sont parties.

Tu ne dis rien, tu attends qu'il déballe.

– Notre bagagiste et gardien habite ici, il est présent tous les soirs. Suivez-moi.

Il t'indique une chambre au rez-de-chaussée, au fond d'un couloir. Tu y vas et tu toques trois petits coups. Un ours d'au moins deux mètres ouvre la porte. Chauve. Des grandes oreilles. Le nez cassé. Une tête de boxeur repenti en gorille.

– Police.

Il t'accueille avec un rictus façon foutage de gueule. Ça commence mal. Tu lui tends la photo de Clotilde.

– Je cherche cette fille. Ça vous dit quelque chose ?

– C'est une pute ?

Tu fronces les sourcils. Il se marre.

– Sacrément bandante en tout cas.

Tu entends tes tempes qui battent et le sang qui te monte à la tête.

– Vous savez, des pétasses de ce genre, il en passe tous les jours.

Ta mâchoire qui se crispe, l'émail qui frotte.

– Mais il faut dire que celle-là a une sacrée paire de nichons.

Tu l'attrapes par le cou et tu le colles contre le mur.

– Je ne cherche pas une pute. Je cherche une gamine de seize ans.

Il continue à sourire.

– Une gamine qui fait ses devoirs dans des chambres d'hôtel ?

– Qu'est-ce que t'en sais, tu la reconnais ?

– Peut-être. Peut-être pas.

Tu plaques ton bras libre contre son cou. Il commence à étouffer, mais il se marre encore. Il sait très bien qu'avec un mouvement du petit doigt il te met par terre.

– Remontre-moi la photo, flicard.

Tu maintiens ton emprise quelques secondes, avec une furieuse envie de voir sa tête exploser sous l'effet de la pression.

– Je te conseille de ne pas te foutre de ma gueule.

Tu le relâches et tu lui tends la photo. Il y jette un coup d'œil et se marre.

– Oui, je la connais.

– Pourquoi tu l'as pas dit plus tôt ?

Son sourire s'évapore.

– J'ai pas envie de passer ma nuit à faire une déposition à la con.

– Pas de déposition, on fait tout en *off*.

– Désolé pour toi mon pote, mais la fille que tu cherches est une pute. Elle est venue plusieurs fois cette année avec des copines, et avec des clients différents à chaque fois. Elles prennent des chambres doubles pour passer la nuit entière.

Les images se brouillent dans ta tête. Tu vois la gamine au pieu en train de faire des galipettes. Nausée.

– Tu l'as vue récemment ?

– La dernière fois, ça devait être il y a deux ou trois semaines.

– Elle était seule ?

– Avec une copine.

– Décris-la-moi.

– Grande, rousse, cheveux bouclés.

Vingt-deux heures. Tu fonces à quatre-vingts sur le boulevard des Batignolles. À la radio :

... *L'Assemblée nationale a adopté ce mercredi en commission le projet de loi réformant la garde à vue, qui prévoit la présence de l'avocat tout au long de cet acte d'enquête. Malgré les réticences du ministre de l'Intérieur Claude Guéant, le texte sera examiné en séance publique la semaine prochaine...*

La gamine quitte l'hôtel en même temps que les clients. Elle va au lycée. Celui qui l'a baisée toute la nuit en veut plus et la suit. Il attend toute la journée qu'elle sorte du lycée. Il la chope à la sortie. Il veut encore une nuit d'amour. Elle l'envoie chier. Il s'énerve. Elle essaye de le semer. Il lui court après.

... *Quatre mois après le début de la crise en Côte d'Ivoire qui oppose les forces d'Alassane Ouattara au président Laurent Gbagbo, les rebelles continuent d'avancer dans le pays, avec la prise hier de Daloa et Bondoukou...*

Tu essayes de chasser les scénarios de ta tête, mais tu ne peux pas t'empêcher d'y penser.

... *Le PSG cherche encore officiellement ses prochains actionnaires alors que, selon certaines sources qataries, un accord aurait déjà été trouvé, le tout avec la bénédiction de l'Élysée, qui entretient des liens étroits avec le Qatar...*

Tu coupes la radio.

Rue de la Pompe, XVIe arrondissement.

L'adresse de Nicolas Martineau, son petit copain. Visite surprise.

Dans ta main : ton sac de sport avec le matos habituel. Pied-de-biche, burin, perceuse, et hache pour les effractions musclées.

Hall d'entrée ouvert. Coup d'œil sur les boîtes aux lettres. Martineau : rez-de-chaussée. Potentiellement l'appartement de ses parents. Tu balayes la question et tu poses le doigt sur la sonnette.

La porte s'ouvre. Un jeune trou-du-cul te regarde la bouche grande ouverte : Nicolas Martineau. Il fronce les sourcils. Tu sors ta carte de police.

– Pol

BLAM – il te claque la porte au nez. Bruit de serrure. Tu essayes d'ouvrir : trop tard. Tu tends l'oreille : rien. Tu attends dix secondes, puis tu ressors : Nicolas Martineau qui s'échappe par la fenêtre et qui détale comme un lapin dans la rue. Tu essayes de le rattraper, mais après deux enjambées tu comprends qu'il t'a déjà semé. Trop de clopes aujourd'hui.

Tu fais demi-tour, et tu entres par la fenêtre.

À l'intérieur : un salon avec quelques meubles. Canapé en cuir. Grand écran plat. Une console. Des restes de fête. Des taches : sur le sol, sur les murs, sur les canapés. Sur la table basse : des jeux vidéo, un cendrier rempli, deux bouteilles de whisky, un morceau de shit, un gramme de coke. Un joint qui fume encore.

La cuisine : un évier rempli à ras bord de vaisselle sale. Les placards : quelques assiettes et des boîtes de conserve.

Les toilettes : sales. La salle de bains : sale. Des médocs : Valsartan, Lisinopril, Carvédilol, Furosémide. Des inhibiteurs pour baisser la tension artérielle, des bêta-bloquants, des diurétiques, de la nitroglycérine en cas de crise aiguë. Diagnostic rapide : faiblesse cardiaque.

La première chambre : des matelas, des duvets, des cendriers. Aucun meuble ni affaire personnelle. La deuxième chambre : un lit, un bureau rempli de paperasses, un ordinateur portable, des meubles vides. Tu entreprends de tout fouiller méticuleusement. Au bout de quatre minutes, tu trouves un répertoire qui contient le numéro de Clotilde. Au bout de sept minutes, tu trouves une boîte à chaussures remplies de photos. Des photos de Clotilde. Des photos de Clotilde et Nicolas. Des photos de Clotilde et ses copines, nues, qui se roulent des pelles. Des photos de Nicolas Martineau avec sa bande de petits caïds. Au bout de onze minutes, tu trouves un carnet rempli de noms associés à des sommes d'argent. Vincent : huit mille euros. Aboubacar : dix mille euros. Ben : douze mille euros. Ça continue sur des pages et des pages. Au bout de quinze minutes, tu décides de retourner la chambre au complet. Tu trouves une cache dans le mur et une autre sous le lit. Un pochon d'environ cinquante grammes de coke. Une trentaine de savonnettes de shit. Un P38 9 mm Parabellum. Une liasse de billets qui compte plus de vingt mille euros.

Tu empoches le tout. Tu prends aussi l'ordinateur et les photos.

Il est vingt-trois heures passées et tu n'as pas envie d'aller te coucher.

London Club, rue Arsène-Houssaye, à deux pas des Champs.

Clin d'œil au videur, échange de sourires, petite tape sur l'épaule.

Intérieur sombre, petit, bruyant. Blindé de monde. Deux filles seins nus sur scène. Les lumières qui partent dans tous les sens : rouge, bleu, vert, jaune, violet.

Toussaint Mattei au comptoir, avec son cou de taureau et ses paluches comme des gants de baseball. Armani, Rolex, Dior, chaîne en or, gourmette, pompes en croco, bijoux de la tête aux pieds : la panoplie du voyou bling-bling à l'ancienne. Des comme ça, on n'en fait plus maintenant.

Il te voit et te fait signe d'approcher.

– Christian, petit couillon, viens là que je t'embrasse.

Accolade.

Toussaint Mattei : un ancien nationaliste corse, qui a lâché la politique pour le droit commun. Trente ans de braquos, à taper des banques et des blindés sur l'île de Beauté et la Côte d'Azur. Responsable depuis dix ans des affaires parisiennes de sa famille, le gang des Bastiais : des clubs, des bars à hôtesses, des cercles de jeu, des call-girls et un circuit d'approvisionnement de coke. Toussaint est un survivant : deux fois qu'il réchappe à une tentative d'assassinat. Elles se multiplient contre lui et ses amis depuis trois ans. Depuis la mort de Richard Casanova, leur parrain à tous.

– Tiens couillon, regarde celle de droite. Une de nos nouvelles filles. On l'a repérée dans un club concurrent et on l'a persuadée de venir bosser avec nous.

Tu lèves la tête : elle effectue un strip tout en douceur, en effeuillant lentement son costume d'infirmière. Un super cul, mais à cet instant présent ça ne te fait rien. Tu as le visage de Clotilde gravé devant les yeux.

– Elle est pas mignonne, cette petite ?

Elle dégrafe sa jupe et offre à la foule une vue frontale sur son string rouge sang. Sifflets et applaudissements. Elle te regarde droit dans les yeux pendant une fraction de seconde. Le sang qui monte. Toussaint qui en fait des caisses :

– Regarde-moi ça, non mais regarde-moi ce cul.

Tu observes son visage. Maquillage discret. Des lèvres fines de chaton. Des joues creusées. Un tout petit menton. Tu vois les yeux de Sandra dans les siens et tu te sens vide.

Le barman te sert ton traditionnel verre de bloody mary. Tu trinques avec Toussaint.

– On m'a dit qu'Henri Botey était cuit, ça y est ?

Henri Botey, alias Monsieur Éric : une petite star locale du XVIIIe. Soixante-dix-sept ans. Tenancier de bars à putes à Pigalle depuis quarante piges. Protégé pendant des années par des collègues partis à la retraite. Très copain avec plusieurs gros cadres du Front national, dont Jean-Marie Le Pen. Parrain de sa fille Marine. La droite et les socialos vont se faire plaisir. Les gratte-papiers aussi.

– Les collègues sont dessus depuis plusieurs mois, ils arrivent au bout.

– L'Empereur de Pigalle. J'étais gamin qu'il était déjà là. Il y avait lui et Alain le Gitan. C'est dingue quand même, d'être resté aussi longtemps en place. Quarante ans, bordel.

– Le monde est en train de changer, Toussaint.

La fin du vieux monde, celui des voyous vieille France, des julots en costard cintré, des dandys à P38. Le début d'un autre, celui des macs qui frappent leurs putes et leur donnent à peine à bouffer.

– Et il change beaucoup trop vite, Christian. Les gamins d'aujourd'hui s'en foutent, des types comme Botey. Ils ne comprennent pas, ils ne respectent plus rien. Avant, il y avait un apprentissage, on faisait les choses dans l'ordre. Maintenant, ils brûlent les étapes. Ils veulent tout, tout de suite. Ils se gavent, comme des petits enculés. À l'époque, tous les bénéfices des affaires de chacun étaient mis en commun et on divisait, en parts égales. Avec la Brise de Mer ou la bande des Bergers, on partageait tout. Les jeunes, ils ne savent pas ce que c'est. Maintenant, c'est chacun pour sa gueule. Ça fait longtemps que ce monde est en train de changer, mais je crois qu'on arrive au bout. On est encerclés de partout, les Ruskofs, les Romanos, les Chinetoques, et même notre propre famille corse. Une vaste enculerie, voilà ce que c'est.

Tu te retournes vers la scène. La fille a disparu, remplacée par une autre. Beaucoup moins sensuelle. Beaucoup plus vulgaire. Beaucoup plus facile à regarder.

Deuxième tournée de bloody mary.

– Comment ça se passe, avec Tramoni ?

– Des rumeurs disent qu'il va tout faire pour récupérer le Cercle Wagram. Ces petits enculés nous ont virés après la mort de Richard et, maintenant qu'on a repris la main, ils essayent de nous dégager à nouveau. Tout le monde est tendu en ce moment. Dominico veut en finir avec Tramoni et la Brise de Mer, on va devoir retourner au charbon. On n'a pas fini de compter les morts.

Dominico Battesti, dit Domi le Boucher : ancien cadre du MPA[1] et de sa branche armée, le FLNC-Canal

1. Mouvement pour l'autodétermination : mouvement nationaliste corse fondé par Alain Orsoni en 1990 et éteint en 1999.

habituel[1]. Auteur avec Richard Casanova et quelques autres du « casse du siècle » selon les médias : le braquage de l'agence UBS de Genève en 1990, plus de trente-et-un millions de francs suisses dérobés. Sous contrôle judiciaire depuis l'an dernier dans l'affaire Jean-Claude Colonna. En cavale au Gabon depuis plusieurs mois, où il fait la fête tous les jours avec le fils Bongo. Décidé, comme tous tes amis corses, à éliminer les derniers restes du gang de la Brise de Mer et de la famille Tramoni, avec qui il se livre à une vendetta interminable depuis 2006. Battesti est à la tête du cercle de jeu Wagram, qui permet de blanchir l'argent des casses et de la poudre. Il l'a obtenu en janvier, à la suite d'un putsch contre le clan de Tramoni, qui s'était approprié l'établissement après la mort de Richard Casanova. Tu as aperçu Dominico Battesti deux ou trois fois lors de grands évènements, mais pas plus. Il reste généralement invisible.

– Et toi ?

– Moi, c'est pareil. Je suis tendu et c'est pas bon pour les affaires. On vit dans un monde en guerre depuis la mort de Richard. Tous les mois, il y a un nouveau cadavre. On s'est tous entretués comme des cochons, et c'est pas fini.

Toussaint a l'œil triste, comme souvent le soir après une certaine heure. Il te met une petite tape sur l'épaule en souriant.

Troisième tournée de bloody mary.

Bouffée de chaleur. Envie d'une fille. Tu balades ton regard dans la salle, mais tu ne sais pas ce que tu cherches. Et puis tu vois la nouvelle danseuse, qui se faufile dans la foule pour atteindre le comptoir. Rhabillée, perruque retirée, presque incognito. Tu reconnais ses petites lèvres

1. Front de libération nationale corse : mouvement nationaliste terroriste, scindé dans les années 90 entre Canal historique et Canal habituel.

rouges qui pétillent. Elle te voit. Grand sourire. La même banane sur le visage de Toussaint :

– Ah, voilà la plus belle.

Elle l'embrasse et te regarde.

– Christian, je te présente Vanina, notre nouvelle danseuse.

Tu la dévisages de haut en bas. Petit haut blanc décolleté, veste à fausse fourrure, mini jupe en Skaï, talons courts, pas de bas. Elle te fait une bise et se tourne vers Toussaint.

– J'ai droit un verre, patron ?

– Mais bien sûr, ma chérie.

Quatrième tournée de bloody mary.

Tu reposes le verre et, en même temps que le liquide coule dans ta gorge, tu sens une gêne sur ta joue droite. Tu y passes le revers de ta main : une grosse trace de rouge à lèvres dessus.

Vanina voit ta main et éclate de rire.

– Alors, t'as aimé le spectacle ?

Tu as envie de répondre, mais tu ne sais pas quoi dire. Tu as à peine le temps d'ouvrir la bouche que Toussaint te coupe :

– C'était superbe, comme d'habitude.

Elle : l'œil coquin, les mains qui gigotent, excitée comme une puce. Toi : serein mais bouillonnant, les yeux scotchés sur ses jambes dénudées qui frétillent.

Toussaint se tourne vers toi et te glisse à l'oreille :

– Je crois bien que t'as un ticket, Christian.

Un appartement de Toussaint, au-dessus du London Club, qui ressemble à tous les autres appartements de Toussaint. Un grand lit aux draps de satin. Une coiffeuse. Un chandelier. Du gel douche à la mangue. Une ambiance chaleureuse, loin des coins à putes dégueulasses que tu croises tous les jours au boulot.

Vanina court jusqu'au lit et saute dessus en chantant à tue-tête. Elle : à deux cents à l'heure. Toi : en retrait et fatigué.

– Tu viens ?

Tu acquiesces. Elle te prend par la taille, enlève tes fringues, puis relève la tête avec un grand sourire dans les yeux. Tu essayes de rentrer dans le jeu, mais tu as des images de Clotilde dans la tête.

– Il y a un souci ?

– Non, tout va bien.

Elle te prend la main pour t'allonger sur le lit, commence à te chevaucher et à se frotter contre toi pour te faire durcir. Tu essayes de te concentrer, mais tu ne vois que Clotilde. Tu penses à Clotilde. À cette gamine qui s'est fourrée dans tu ne sais quoi et qui t'obsède sans savoir pourquoi. Vanina s'allonge sur toi. Elle t'embrasse dans le cou. Tu déplaces ta tête malgré toi pour la fuir.

– Ça ne va pas ?

Tu la regardes, elle est belle, mais tu as une boule dans le ventre parce que tu as peur pour Clotilde.

– Je suis désolé, Vanina. Je dois y aller.

– Tu ne veux pas ?

– Pas ce soir.

Tu te lèves, tu te rhabilles, et puis tu sors en lui faisant un clin d'œil.

Des images de Clotilde plein la tête pendant que tu descends les marches de l'immeuble. Clotilde qui roule des pelles à ses copines. Tu traverses le London Club. Clotilde qui propose des doublettes aux clients, avec sa grande copine rousse. Tu cours le long des Champs-Élysées. Clotilde qui fait des vidéos de cul filmées par son copain Nicolas. Tu arrives à ta voiture, essoufflé. Tu prends l'ordinateur du petit Nicolas Martineau dans le coffre et tu l'ouvres. Pas de mot de passe. Tu fouilles. Tu trouves. Des dossiers avec des noms explicites. Des photos. Des vidéos. Quatre vidéos de Clotilde. Une première où elle rigole avec une bande de gamins qui fument des joints. Des jeunes gars de quatorze ans à peine, sapés en costard. Des filles habillées comme des poules de luxe. Une deuxième où Clotilde fait un strip-tease à Nicolas. Clotilde qui regarde la caméra comme si elle baisait avec. Clotilde qui plonge son regard dans l'objectif. Clotilde qui se passe la langue sur les lèvres. Clotilde qui se passe les mains sur les seins. Clotilde qui retire doucement sa jupe. Clotilde qui dit à Nicolas qu'elle veut se faire sauter jusqu'à plus soif. Un léger défaut de prononciation. Tu remets en arrière. Un chuintement, discret, mais bien présent : *choif* au lieu de *soif*. Tu laisses défiler la vidéo. Elle se met dos à la caméra, bombe le cul et le plante sous l'objectif. Dans son dos, un petit tatouage, juste au-dessus des fesses. Tu fais pause : une sirène qui fume avec un porte-cigarette. Tu remets lecture. Elle se dandine devant la caméra, en regardant l'objectif avec la bouche en cœur. Tu vois Sandra dans ses yeux, dans sa bouche, dans son cul. Tu pourrais presque la toucher. Tu as envie de la toucher. Clotilde commence à baisser sa culotte. Tu vois le haut de sa raie.

Tu refermes d'un coup sec le rabat de l'ordinateur, et tu démarres.

5

Jeudi 31 mars 2011

La pluie tombe sans discontinuer, les essuie-glaces crissent comme si on frottait un rocher sur le pare-brise, le ciel est noir, tout noir, l'intérieur de la voiture sent les relents de vomi et le vieux tabac froid, Nesrine somnole sur le siège passager après vingt-et-une heures de permanence à la brigade, la radio crache des vieux slows périmés, tout est si pourri ce matin que même les chiens qu'on croise tirent la tronche.

Depuis mon footing tout à l'heure j'ai froid et j'ai mal au ventre, j'ai trop tiré sur la corde, la douleur me lance comme elle le fait parfois, elle crie, elle me rappelle qu'il y a eu une balle à cet endroit, que c'est fini les exercices de ce genre, que j'ai bientôt cinquante ans et qu'il est temps que je prenne du bon temps.

La brigade fluviale a trouvé à l'aube une bagnole dans la Seine avec une surprise dans le coffre, et a appelé le Parquet et l'état-major dans la foulée, qui ont saisi la brigade à six heures trente-deux ce matin. Avec Nesrine on est en retard à cause de mon footing matinal, je me suis perdu dans les ruelles du Ve pendant une bonne demi-heure, alors on fonce vers les docks de Saint-Ouen pour rejoindre le groupe au plus vite. Un plaisir de voir le jour, ou ce qui ressemble vaguement à du jour, après la permanence passée à éplucher les relevés téléphoniques du Gitan qu'on a retrouvé dans le parking, des pages et des pages de SMS, tous absolument sans intérêt, des pages et des pages de numéros à vérifier, rien qui nous permette pour l'instant d'identifier la moindre piste.

Je suis les indications du GPS sans broncher et, quand la voix me dit qu'on arrive sur les quais, je plisse les yeux et reconnais au loin plusieurs voitures de police concentrées sur le bord de la route. Nesrine se réveille, on gare la 307, puis on rejoint l'attroupement avec la capuche vissée sur la tête et les pieds qui pataugent dans les flaques. Devant nous, une dizaine de collègues s'agitent autour d'une Renault Espace au capot enfoncé : Gabach et Coco en train de fouiller les alentours, Verhaeghen qui discute avec des bleus de la brigade fluviale, et Franck Beauvais dans la voiture, en train de faire des prélèvements en costard-cravate.

Un bref salut de la main à l'assemblée, regards blasés en retour. Beauvais me fait un signe de tête et me montre le coffre, ouvert, j'avance un peu plus et je vois les deux corps, noyés, encore trempés, deux jeunes filles en état de décomposition très avancé, les visages raides et blêmes, les vêtements tachés de sang, la plus vieille avec un trou dans la tête juste au-dessus de l'oreille gauche, la plus jeune avec un trou dans la tête en plein milieu du front.

Ça pue, je grimace malgré moi, Verhaeghen s'approche avec son long manteau de cuir et me prend à part :

– On se sent pas bien, Prigent ? T'aimes pas les cadavres peut-être ?

– Parce que t'aimes ça, les cadavres, toi ?

Elle perd son sourire et se plante devant moi en me regardant comme si elle allait me buter sur place.

– Je sais ce que c'est, un cadavre, Prigent, j'en ai vu suffisamment. J'en ai vu tellement que je peux imaginer n'importe qui en cadavre. J'ai juste à fermer les yeux et je sais à quoi tu ressembleras quand tu seras mort.

– C'est quoi ton problème, Verhaeghen ?

– Mon problème, c'est les petites fiottes arrivistes qui ont les boules des cadavres et qui vont sucer des bœufs pour se faire une place au soleil dès leur premier jour de boulot.

Je la ferme, mais j'ai envie d'exploser.

– J'ai lu ton dossier, Prigent. Tes idéaux de justice absolue à la con, ça prendra pas avec moi.

– Je t'emmerde.

Je n'ai pas que ça à faire, alors je la laisse plantée là, avec les macchabs, et je rejoins le reste du groupe. Franck Beauvais me fait un topo :

– Les gars de la fluv ont trouvé la bagnole au petit matin. Une péniche a tapé dedans en passant et les a prévenus. On l'a sortie de l'eau il y a moins d'une heure. La flotte est rentrée de partout donc pour les empreintes et compagnie, c'est peau-de-bite.

Coco et Gabach se rapprochent de nous, je leur fais un signe de tête pour dire bonjour, Gabach me rend un rictus hautain avec sa tête de cadavre ambulant, puis lance à Beauvais :

– Avec toute la pluie qui est tombée, ça va être compliqué de trouver quelque chose. Aucune trace visible qui permette de comprendre le trajet de la voiture en tout cas.

Beauvais acquiesce et se gratte le nez :

– Pas de stress, mon vieux, on va attendre les gars de l'IJ[1].

Nesrine sourit et nous montre la route de la tête :

– Ah ben les voilà. Avec le proc et la taulière.

Je me retourne, la commissaire Chatel s'avance vers nous, avec derrière elle deux collègues de l'IJ et, à ses

1. Identité judiciaire : police scientifique en charge notamment des portraits robots.

côtés, un grand type raffiné, costard gris, cheveux en brosse, lunettes noires qui prennent la moitié de son visage. Elle marche vite, droit, si bien que les autres gusses ont du mal à la suivre. Ça fait marrer Nesrine, qui me balance un coup de coude dans les côtes :

– Lui, c'est Wittmann, le proc.

– Il a une bonne tête.

– C'est un rond-de-cuir, ni plus ni moins. Toi t'es officier, donc peut-être qu'il daignera t'adresser la parole. Les brigadiers comme moi, on peut aller se faire foutre pour avoir ne serait-ce qu'un regard.

– Je vois le genre.

– Il se tape Chatel, mais faut pas le dire. Tout le monde le sait, mais ils font comme si personne n'était au courant.

– Merci pour les commérages Nesrine, mais ça ira, j'ai pas forcément envie de savoir qui couche avec qui.

– C'est elle qui porte la culotte, si tu vois ce que je veux dire.

– T'as d'autres potins dans le style ou t'as fini ?

– T'aimes pas les potins ?

– C'est pas mon genre.

– Ton genre c'est quoi, alors ? Genre on s'emmerde ?

Je n'ai pas le temps de répondre à Nesrine que Nadia Chatel et le proc arrivent à notre hauteur. Beauvais les salue, Wittmann répond au taquet, fixé sur notre chef de groupe, sans adresser un seul regard à l'assemblée :

– Messieurs dames. Alors, qu'est-ce qu'on a ?

– Deux macchabs dans le coffre.

La taulière se retourne vers les deux flics de l'IJ et déballe aussi sec :

– Bon. On nettoie tout et on remballe. Franck, vous me faites toute la zone jusqu'à la route au peigne fin. Et je veux une équipe qui aille voir tous les voisins à un kilomètre à la ronde. Si cette bagnole est ici, il y a une raison et je veux savoir pourquoi.

Beauvais nous montre du doigt.

– Verhaeghen, Prigent, Coco, Bensaada, vous prenez les témoins. Gabach avec moi, on ratisse la scène de crime.

On acquiesce et on regarde autour de nous : un terrain vague en construction sur la droite, futur parc de Saint-Ouen, la ligne du RER C sur la gauche et, entre les deux, des bâtiments de ZAC, quelques enseignes de grande distribution, un restaurant, une brasserie, et des zones de travaux à la pelle. Verhaeghen balance, autoritaire, sans même nous regarder :

– Bensaada et Prigent, vous prenez tout ce qui est à gauche de la rue Ardoin. Avec Coco, on prend tout ce qui est à droite.

Je réponds du tac au tac :

– Je n'ai pas d'ordres à recevoir d'un capitaine, Verhaeghen.

– C'est quoi ton problème, Prigent ? Ça t'emmerde que ce soit une femme qui te donne des ordres ?

J'ai envie de lui rabattre son caquet mais je ne trouve rien à redire, alors on se dirige vers la 307 sans moufter avec Nesrine, la tête baissée pour éviter de se prendre les bourrasques en pleine face, mais à l'intérieur ça bout comme un volcan.

– Verhaeghen commence sérieusement à me taper sur le système.

– Elle t'a dans le nez, y a pas à chercher. Je t'avais prévenu de pas jouer au con. Marignan, c'est comme la peste, faut pas s'en approcher.

– Bon Dieu, j'ai discuté à peine cinq minutes avec lui, on va pas en faire tout un foin.

– Ça change rien. Faut pas t'en approcher, point barre. C'est un nid à emmerdes. Si les gars de la brigade commencent à penser que t'es une balance, ça va foutre une merde pas possible, si tu vois ce que je veux dire.

– Il m'a fait un topo sur Morroni et je suis parti, c'est tout.

– C'est déjà trop. Marignan est un ancien de la BC donc on connaît bien l'animal. Il était dans le même groupe que Franck Beauvais, avant même que Morroni prenne le commandement de l'équipe. J'ai pas connu tout ça, je suis trop jeune, mais les collègues en parlent souvent. Richard Durn, David Sagno, Bérenger Brouns, c'est eux.

– Joli tableau de chasse.

– Verhaeghen veut le même, donc si tu te mets sur sa route, t'es mal barré.

– Verhaeghen, je l'emmerde.

À l'approche de la voiture, je respire un grand coup l'air frais apporté par la pluie, Nesrine continue son baratin en mâchouillant son chewing-gum :

– Elle te fait trop de sensations, hein, tu débordes ?

– Qui ça ?

– Verhaeghen.

– Non.

– T'as envie de te la taper ? Elle est bonne, non ?

– Non, je n'ai pas envie de me la taper, merci.

Je rentre dans la voiture, je claque la porte, Nesrine fait de même.

– Moi, j'ai bien envie de me la taper.

– T'es gouine ?

– Ça te dérange ?

– Non, tu fais ce que tu veux.

– Ça tombe bien. Ça me dérange pas non plus que tu sois une balance, je te rassure.

– Merci, ça fait plaisir.

Je démarre, je passe la première, mes yeux s'arrêtent rapidement sur le mur d'en face, le mur d'un grand hangar commercial, j'immobilise la voiture alors que j'amorçais mon demi-tour, je regarde plus en détail le mur d'en face, Nesrine me demande ce que je fous, je regarde bon sang, m'emmerde pas, oui c'est ça, c'est bien ça, la trace d'une voiture qui l'a percuté, reconnaissable aux marques laissées par les formes du pare-chocs et des phares, le mur est abrité et la trace a l'air fraîche, c'est sûrement rien mais ça vaut le coup d'œil vu l'état de la Renault qu'on vient de repêcher. Je sors et je claque la porte, Nesrine me suit.

– À quoi tu joues ?

– À Sherlock Holmes.

Je passe mon doigt sur la trace dans le mur, des petites écailles de peinture tombent, l'accident est récent. Je regarde minutieusement aux alentours, dans une zone restée miraculeusement sèche grâce à l'avancée de toit qui la protège, et trouve, à deux mètres, dans les gravillons le long du mur, une tache brune, la couleur du sang séché. Je me baisse et je passe le doigt dedans, je sais à l'avance que Franck Beauvais pourrait me flinguer pour ça mais je m'en fous, je le porte à ma bouche : c'est bien du sang.

Nesrine me regarde, hébétée, puis se penche à son tour pour trouver de nouvelles traces. On revient sur nos pas en cherchant d'éventuelles empreintes de pneu sur ce foutu parking, mais avec ce qui est tombé tout est trempé comme une soupe. On se divise le parking en deux et on passe au peigne fin chaque mètre carré, les mains sur les hanches, le dos baissé, les yeux fixés sur le sol, à chercher une aiguille dans une botte de foin mouillé, avec la pluie qui vient nous fouetter les flancs.

– J'ai une douille putain, j'ai une douille !

Le temps que je rejoigne Nesrine, elle hurle à nouveau :

– Et des éclats de vitre !

Je sors mon vieux téléphone portable, compose le numéro de Beauvais et lui demande de se ramener dare-dare avec les gars de l'IJ.

Prigent : 1. Verhaeghen : 0.

À seize heures zéro sept, après un sandwich triple steak enfilé en deux minutes chrono, je suis à l'IML[1] avec Nesrine et Beauvais, l'IML et cette odeur reconnaissable entre toutes, celle de la mort conservée dans un frigo. On a revêtu les blouses blanches, les gants, mes yeux fixent la tempe du cadavre numéro 1, aspirés par le trou dans sa tête, un trou propre, lavé de son sang séché et des bouts de cervelle qui se faisaient la malle, j'ai le bide en vrac, mangé beaucoup trop vite, et cette odeur de cadavre, cette odeur de mort qui me monte à la tête comme le parfum des enfers.

Les deux corps sont allongés chacun sur une table en inox, celui de la femme, avec son trou dans la tête, Corps Non Identifié Numéro Un, et celui de la jeune fille, avec son trou dans la tête, les paupières ouvertes et les yeux dans le vide comme si elle regardait le plafond sans ciller, Corps Non Identifié Numéro Deux. Je regarde son anatomie en détail, ses joues de hamster, ses bras frêles, son petit tatouage sur l'épaule, celui d'une sirène qui fume avec un porte-cigarette, ses seins fermes, un corps de femme, mûr, mais des traits de petite fille.

De petite fille morte.

Des images de ma fille Juliette m'arrivent en pagaille et ma respiration s'emballe, Juliette et Élise qui jouent dans notre jardin à Rennes, mon cœur cogne comme un marteau-piqueur, Juliette qui me cherche dans le métro bondé, mes mains tremblent, je sue comme un bœuf, Juliette encore, immortalisée à jamais sur la photo de cette saleté d'avis de disparition, que je vois et revois à chaque fois que je fous les pieds dans le moindre commissariat.

Le légiste incise le corps de la gamine du menton jusqu'au nombril, je reprends mes esprits et évacue la montée d'angoisse de force, deux Xanax discrètement

1. Institut médico-légal.

dans la bouche pendant que Nesrine et Beauvais regardent les viscères de la fille sans broncher et que le toubib nous fait un topo sur ce qu'elle a mangé avant de se prendre une balle en pleine tête. Rien d'anormal, à vérifier aux analyses pour éventuellement détecter des traces de drogues. Le légiste sort un à un les poumons, le cœur, le foie, l'estomac, l'intestin, le duodénum, le pancréas, son assistant soupèse chaque organe sur une balance et le toubib les étudie ensuite.

Le silence de mort est pesant, je pose ma main sur l'épaule de Nesrine et lui chuchote à l'oreille :

– Je vais fumer une clope.

J'ai arrêté de fumer depuis dix ans mais j'ai toujours un paquet sur moi au cas où, typiquement pour ce genre de moments, pendant lesquels je préfère sortir fumer plutôt que de voir le médecin replacer tous les organes, une fois examinés, à l'intérieur du corps, avant de tout recoudre comme s'il réparait une bagnole. Je passe les portes de l'IML, sors une cigarette de mon paquet et la fume en deux minutes chrono, l'écrase, en sors une autre, et pendant que je recrache la fumée je me repasse tout dans la tête, les deux corps, la Renault Espace dans la Seine, l'accident dans le mur, tout ça au milieu de rien, il y a forcément eu une deuxième voiture, il faut identifier cette saleté de deuxième voiture.

Je n'entends plus que mes pensées, je n'entends ni le brouhaha des bagnoles au-delà de la place Mazas, ni le bruit de la fumée de cigarette que je recrache dans le froid, je n'entends que les images que j'ai dans la tête, et pourtant Nesrine est à côté de moi, en train de gueuler en mastiquant un chewing-gum :

– Ho ! Tu m'écoutes ?

– Quoi ? Qu'est-ce que tu fais là ?

– On a fini.

– Je te suis.

J'écrase la moitié de ma troisième cigarette par terre et on retourne dans la salle d'autopsie, le légiste a la blouse couverte de sang, une scie repeinte en rouge trône à côté de la table, la boîte crânienne de la gamine a été ouverte en deux, et Franck Beauvais tient dans les mains un scellé avec la balle extraite dedans.

Le toubib nous fait son topo, en désignant avec ses doigts gantés les différentes zones du corps touchées :

– La fillette : côtes brisées, rotule droite brisée, épaule droite brisée. Une balle dans la tête à bout portant et une autre qui lui a arraché la moitié de l'oreille droite.

Je fixe mes yeux sur l'oreille, il manque distinctement le lobe et une partie du cartilage.

– Elle a des contusions sur tout le corps. La conséquence du crash. La mort a été causée par la balle. On estime le décès à quinze jours environ, aux alentours du 13 ou 14 mars.

Le légiste nous montre l'autre corps, celui de la jeune femme, incisé au niveau de l'abdomen, ses organes entassés à côté d'elle, le crâne ouvert en deux, comme du gibier sur une table de boucherie.

– La femme est morte avant le crash, d'une balle dans la tête. On a retrouvé des éclats de verre dans son cuir chevelu, certainement dus à l'explosion de la fenêtre. Comme pour la fillette, son corps est complètement démoli : bras cassés, jambes cassées, côtes cassées. On a fait des prélèvements sur chaque organe. J'envoie ça au labo et je vous tiens au courant.

Franck Beauvais se gratte le nez, comme pour entraîner son flair, puis demande :

– Rien d'anormal ?

– J'y arrive. La fille a des ecchymoses qui datent d'avant la nuit du meurtre. Et notamment des traces de strangulation. On a examiné son vagin et son anus. Les deux portent des traces de violence qui remontent a priori à plus de trois semaines. Elle a été pénétrée avec quelque chose d'irritant qui lui a lacéré une partie des parois vaginales, le rectum et le col de l'utérus.

Je déglutis, Beauvais continue sur sa lancée :

– Vous avez une idée de ce qui a pu faire ça ?

– Pas pour l'instant. Je vais m'y pencher plus en avant et je vous tiendrai au courant.

– Et pour la femme ?

– L'examen du vagin et de l'anus montre qu'elle avait des pratiques sexuelles très régulières. Et vu l'état de son foie et de son estomac, elle ne devait pas être en très bonne santé.

Le légiste nous raccompagne vers la sortie, nous serre la main, puis rajoute avec un grand sourire dans l'embrasure de la porte :

– Ah, au fait. Un détail qui vous amusera. La fillette avait un poil pubien dans la bouche. Appartenant visiblement à la femme.

Dans la voiture, j'ai le visage de la gamine avec le crâne ouvert en deux, et toujours cette saloperie de sandwich au steak qui ne descend pas.

... François Hollande officiellement candidat à la présidentielle après le discours donné cet après-midi à Tulle devant les militants et les élus de Corrèze. « Comment pouvais-je prétendre à la plus haute responsabilité du pays si je n'avais pas la confiance de ceux qui me connaissent », a-t-il commencé...

Je mets le volume de la radio à fond pour éviter d'avoir à parler avec Nesrine, j'ai des visages de morts dans la tête et j'ai tout sauf envie de causer.

... Seulement dix-sept pour cent d'intentions de vote pour François Hollande dans les sondages, alors que Dominique Strauss-Kahn est en tête avec quarante-six pour cent...

Des visages de morts avec le crâne ouvert en deux, avec un poil dans la bouche, une morte qui lèche une autre morte, une morte qui se prend une balle en pleine tête.

... La Fédération socialiste de l'Hérault mise en cause pour des factures liées à des sociétés de limousines et à des nuits d'hôtels de luxe au nom de Robert Navarro et d'autres membres exclus du parti depuis l'an dernier...

Une morte qui jouit avec la langue d'une autre morte en elle, une morte qui se prend une balle et des éclats de verre sur le côté de la tête, une morte ouverte en deux avec tous ses organes à côté d'elle, je manque de me prendre la bagnole de devant et écrase le frein d'un coup, la voiture pile à cinq centimètres du pare-chocs en face.

– Qu'est-ce que tu fous, putain ?

– Rien, j'étais dans la lune, c'est tout.

– Quand on conduit, on regarde la route.

– Écoute, j'avais déjà mon permis que t'étais encore à faire dans tes couches, alors tes remarques, ça ira, merci.

Nesrine part dans un fou rire glacial, qui lui tient presque jusqu'au 36.

En arrivant devant le 36, je laisse Nesrine monter seule et je repars en sens inverse vers les bureaux de la BPM. Je me présente à l'accueil, je serre quelques mains, je monte à l'étage et je me retrouve face à une grande Noire avec des mèches de cheveux teints en rose et des boucles d'oreilles immenses. Je regarde les dessins d'enfants sur les murs, je demande :

– Capitaine Martial ?

– Elle-même. Vous êtes ?

– Capitaine Prigent, brigade criminelle.

– Le nouveau du groupe Beauvais ? Vous savez que vous êtes le sujet le plus prisé des machines à café depuis votre arrivée ?

Je grince des dents, elle continue :

– Qu'est-ce que je peux faire pour vous ?

– Je cherche une disparue.

– On cherche tous des disparues.

– La mienne est peut-être dans un frigo à l'IML.

– Vous avez consulté le FPR[1] ?

– Non, j'ai besoin de toutes les déclarations, même celles sur lesquelles on n'a pas lancé d'investigations.

Elle me lance un sourire pincé pour me dire *courage*, puis me montre un ordinateur.

– Vous avez eu des jeunes filles depuis le weekend dernier ?

– Oui, plusieurs cas. Vous trouverez tout ce qui concerne les disparitions de mineures ici.

Je m'assieds en face de l'ordinateur et regarde droit devant moi avant de mettre le nez dans les photos. Placardé au mur, le traditionnel poster avec les seize portraits d'enfants les plus recherchés en France, et parmi eux ma fille Juliette, dix ans, qui me regarde avec ce visage clinique, blanc, froid comme la mort. Les autres enfants à côté d'elle ont ces mêmes yeux sans vie, décolorés, vieillis par le temps, ce sont eux les fantômes des temps modernes, eux qui nous hantent chaque jour avec leurs visages figés dans l'instant. Comme à chaque fois que je vois Juliette, mes yeux se brouillent mais je reprends le contrôle, j'en ai fini avec tout ça depuis un an déjà, j'ai arrêté le suivi psychologique et toutes les conneries imposées par la PJ de Rennes, je n'en ai plus besoin parce que Juliette est morte, morte et enterrée, enterrée je ne sais pas où mais bien enterrée, quelque part dans une

1. Fichier des personnes recherchées.

petite tombe, avec son pote Émile, le dinosaure violet en peluche qu'elle trimballait partout et qui a disparu avec elle, c'est ce que je me dis tous les soirs, pour tourner la page mais, tous les matins, quand je me lève, la première chose qui me vient à l'esprit, c'est de la retrouver.

Un Valium avalé sans eau, puis j'épluche toutes les déclarations et je remonte jusqu'au début de l'année, en passant rapidement sur les photos comme un zappeur frénétique qui s'exciterait sur la télécommande.

Léa Rousselle, disparue le 26 mars dans le XXe, Manon Langlais, disparue le 22 mars dans le XIIe, Amandine Salmon, disparue le 16 mars dans le XVIe, Mélissa Ly, disparue le 13 mars dans le XIe, Élodie Klein, disparue le 11 mars dans le XVe, des noms, des noms et des noms, des visages sans fin, des jeunes et des plus vieux, certains enlevés et d'autres tout simplement partis en balade, la plupart retrouvés, trois mille disparus en moyenne chaque année à Paris, un quart seulement de cas inquiétants, quatre-vingt-seize pour cent d'affaires résolues.

J'ai le visage de la fille dans la tête, le Corps Non Identifié Numéro Deux, son visage ouvert en deux, mais je ne la trouve pas dans les fichiers, alors je regarde ma montre, il est vingt-deux heures trente-quatre, ça fait trois heures que je fouille dans les registres, je me lève, je salue la capitaine Martial qui est encore plongée dans ses dossiers, et je rentre à la maison, enfin.

Quand je tourne la clé dans la serrure, je le fais tout doucement pour ne pas réveiller les filles, mais Isabelle n'est pas couchée, elle est affalée dans le canapé, devant des conneries à la télé. Je m'assieds à côté d'elle et je l'embrasse, elle se dégage d'un coup sec comme si je puais la mort.

– Tu sens le cadavre.

– Je vais aller prendre une douche.

– Il est vingt-trois heures, Gabriel, tu vas réveiller Élise.

Je ne dis rien, je me lève et je vais vers la cuisine, au cas où je trouve quelque chose à me mettre sous la dent, tout sera le bienvenu excepté un sandwich triple steak, j'ai déjà donné aujourd'hui. Isabelle gueule depuis le salon :

– Ça va être ça tes horaires à Paris ? Des journées de trente heures ?

– J'étais d'astreinte cette nuit, et on a trouvé deux cadavres ce matin.

– Je te connais, au début tu dis que c'est exceptionnel et après, c'est tous les jours comme ça.

– Je ne bosse pas demain, ma chérie.

J'avale trois tranches de jambon à l'arrache, une dizaine de cornichons, je me lave rapidement la figure au produit vaisselle et je retourne aux côtés d'Isabelle.

– C'est mieux ?

– Non, ça pue.

Elle regarde la télé sans vraiment suivre, avec des grands yeux vides rivés sur l'écran, puis elle se tourne vers moi avec un grand sourire, un peu feint mais ça fait quand même chaud au cœur :

– J'ai repéré une expo à aller voir. On fait ça demain ?

Je passe mon bras au-dessus d'elle, la ramène vers moi et l'embrasse dans le cou :

– On pourrait aussi passer la journée au lit, sous la couette.

– C'est ce que je fais depuis deux semaines. J'ai envie de sortir, Gabriel. Les expos, c'est peut-être le seul intérêt d'être à Paris, donc ça serait quand même dommage de ne pas en profiter.

– C'est quoi, ton expo ?

– Des peintures primitives qui représentent des morts. Je me suis dit que ça pouvait t'intéresser.

– Très drôle.

Elle rit, passe sa main sur ma calvitie comme si c'était un jouet, puis pose délicatement ses lèvres sur les miennes et se lève :

– Je vais me coucher. Tu me rejoins ?

J'acquiesce d'un mouvement de tête, attrape la télécommande, zappe sur quelques conneries puis trouve une émission sur Émile Louis. Dix minutes à regarder l'horreur d'un œil distrait, puis je pense au corps de ma femme, qui m'attend, au chaud, sous les draps, et je me lève à mon tour.

Comme tous les soirs, je jette un coup d'œil à la pièce de Juliette, là où on a gardé tous ses objets, là où j'ai reconstitué sa chambre malgré les réticences d'Isabelle, là où chaque jour je trie les papiers concernant les démarches pour la retrouver, les courriers, les lettres des associations de soutien aux familles, toute cette paperasse qu'Isabelle vomit désormais, elle qui veut avancer, elle qui veut vivre, mais moi je n'y arrive pas, je ne peux pas m'y faire, j'essaye mais la culpabilité me rattrape, parce que j'étais avec elle ce soir-là, j'étais là, bon Dieu, alors je regarde la chambre quelques secondes puis j'éteins la lumière.

En passant devant la chambre d'Élise, ça sent quelque chose que je connais, que je connais très bien et qui n'a rien à faire là, alors j'ouvre la porte malgré le panneau de sens interdit, Élise est en culotte et tee-shirt, avec un casque plus gros qu'elle sur les oreilles, accoudée à la fenêtre, un pétard dans la main, les yeux écarquillés derrière ses lunettes vert fluo :

– Qu'est-ce que tu fous là ?

– Qu'est-ce que je fous là ? C'est chez moi ici, non ?

– Non ici c'est ma chambre putain, et tu frappes avant d'entrer !

– On ne parle pas à son père comme ça, Élise.

– Je t'emmerde.

– Qu'est-ce que tu fumes ?

– Je fume ce que je veux.

Je m'approche d'elle, lui prends le joint des mains violemment et je tire une taffe.

– Du shit.

– Oui du shit, ça te pose un souci ?

Elle reprend le pétard et tire dessus comme une forcenée, ses yeux sont rougis par le THC, ses paupières à demi fermées, même enragée elle n'est pas crédible pour un sou.

– Mais t'es complètement défoncée, ma pauvre fille.

– Oui, complètement défoncée. Et je ne fais pas que fumer du shit, je prends aussi de la coke et des ecstas. T'es content ?

Elle n'a pas le temps de finir de brailler que ça part tout seul, sans prévenir, je vois ma main qui se lève et qui lui arrive sur le côté droit du visage, comme si je ne pouvais rien y faire. Le bruit de la claque résonne dans toute la chambre, le sang lui monte aux joues et les larmes aux yeux, elle me crache à la figure, enfile un pantalon et sort en furie de la pièce.

– Juliette !

Elle se retourne et me regarde, ahurie, la trace de ma main sur la joue gauche.

– Juliette ? Tu viens de m'appeler Juliette, pauvre taré ?

Je m'approche d'elle sans rien dire, tout doucement, j'ai juste envie de la serrer dans mes bras, mais elle explose :

– Je suis Élise, moi, Élise, tu comprends ? Je suis vivante, bordel de merde !

Elle sort de l'appartement en claquant la porte, je cours pour la rattraper mais la voix d'Isabelle derrière me rappelle à l'ordre.

– Laisse tomber, tu ne la ramèneras pas.

– Elle a quinze ans, on ne va pas la laisser toute seule dans Paris, Isabelle.

– Je sais où elle va, elle a des copines de classe dans le quartier.

– Qu'est-ce que t'en sais, d'où elle va ?

– Lâche-la un peu.

– C'est ma fille bon sang, et j'aimerais savoir où elle va, c'est tout.

– Laisse-moi gérer, je vais lui envoyer un texto.

Ce genre de relation mère-fille, je n'ai rien à y répondre parce que ça se fait sans moi, moi le réac avec mes principes à la con.

– C'est pas normal de lever le ton parce que ma fille fume du shit ?

– Il y a différentes manières de lever le ton.

– À mon époque, quand tu te prenais une tarte, tu la fermais, point barre.

– À ton époque, l'avortement était illégal, Gabriel.

– Oui, et tout bien réfléchi, c'était peut-être pas plus mal. On donne trop de liberté aux jeunes aujourd'hui, ils se foutent de tout et deviennent complètement idiots.

– Tu sais quoi ? T'étais beaucoup moins con avant.

Elle pousse un soupir et retourne se coucher, et moi je reste dans le couloir comme un crétin, voilà ce que c'est la vie de flic, rentrer exténué après deux jours sans dormir, pour essayer de combattre l'horreur, pour protéger sa famille, puis rentrer à la maison et se retrouver seul, aussi seul qu'on l'est tout au long de la journée, quand on passe des heures à poursuivre des cadavres.

Je m'allonge sur le canapé avec le reste de joint, je tire une taffe, c'est du shit dégueulasse, non seulement elle fume à son âge mais en plus elle se fait arnaquer par un petit salopard de dealer qui vend de la merde. Ça ne m'apaise pas du tout, alors je rallume la télé et je regarde Émile Louis, ma berceuse à moi.

6

Vendredi 1er avril 2011

Dix-huit heures trente sur le cadran de ton BlackBerry : le réceptionniste de l'Hôtel Parme appelle.

– Monsieur Kertesz ?

– Lui-même.

– J'ai récupéré les noms des clients, inspecteur.

Dans ta poche intérieure : un petit carnet à spirale.

– Je vous écoute.

– Nous avons quatre règlements par carte de cent-soixante-deux euros pour la nuit du 15 au 16 mars. Pour des chambres aux noms d'Huguette Perrin, Christelle Depayras, Pierre Bonnaud et Heinrich Kellermann.

Deux femmes, dont Huguette Perrin que tu élimines d'office. Prénom trop ancien. Deux hommes, dont un Allemand. Soit c'est la copine rousse de Clotilde qui a laissé son nom, soit c'est le client. Tu penches pour Christelle Depayras ou Heinrich Kellermann. Tu aimes bien le dernier : un Boche en vacances qui décide de s'offrir deux minettes.

– Vous pouvez me faxer les factures ? Le numéro est sur la carte que je vous ai laissée.

– Je m'en occupe de suite, inspecteur.

Tu raccroches et tu sors de ton bureau pour te poser devant le fax. Au bout d'une minute, quatre factures qui sortent de la machine. Tu retournes à ton bureau et tu sors le relevé bancaire du mois de mars de Clotilde. Tu compares les heures de paiement. La troisième facture concorde. Règlement par carte à huit heures quarante-trois : il s'agit de Christelle Depayras.

Tu fouilles dans le STIC[1], les fichiers de la police et des cartes grises. Tu trouves une seule Christelle Depayras.

Née le 26 août 1991 à Paris. Aucun antécédent dans les fichiers. Une seule trace : une plainte déposée en février 2009 pour agression et vol de sac à main. Sa dernière adresse : rue Coquillière dans le Ier arrondissement.

Ton téléphone qui sonne : Sylvain Cazenave, ton ancien collègue aux Stups. Un des trois piliers du trio infernal que vous formiez avec Jérôme Dos Santos, à l'époque où vous étiez inséparables. Copains comme cochons. En pointe sur plusieurs dossiers chauds des années quatre-vingt-dix et deux-mille. Mais tout ça, c'était avant. Avant de faire une grosse connerie que tu rembourses encore à l'heure actuelle.

Tu décroches. En début d'après-midi, tu as transmis à Sylvain les photos trouvées chez Nicolas Martineau, le petit copain de Clotilde. Efficace, comme à son habitude :

– J'en ai identifié deux.

– T'as les noms et les adresses ?

– Bien sûr. Le premier, c'est Abdelkader Zaamoum. Né le 5 février 1993 à Sarcelles. Il a été arrêté trois fois par les collègues du 95 : trafic de cannabis et de cocaïne. Il a six mois de sursis qui n'attendent que de lui tomber sur la gueule. Le deuxième qu'on a identifié, c'est Vincent Fernandez. Lui est un peu plus vieux. Né le 18 septembre 1988 à Cergy. Il a déjà tapé un an ferme à Osny-Pontoise.

1. Système de traitement des infractions constatées.

Il s'est fait gauler plusieurs fois pour trafic, racket et cambriolage. Et on connaît bien ses frangins aussi. Le plus vieux des Fernandez est en train de taper vingt ans à Melun pour un braquo.

– Tu les connais ?

– Non, pas ici. On n'a jamais eu affaire à eux. Mais les collègues du Val-d'Oise les connaissent bien. Je t'envoie leurs dossiers par mail, comme ça t'auras leurs dernières adresses connues.

– Et Nicolas Martineau ?

– On n'a rien. Jamais appréhendé.

– Merci Sylvain. À charge de revanche.

Tu raccroches. Des fourmis dans les jambes. L'adrénaline qui tourne à plein régime dans le sang. Une furieuse envie d'aller rendre visite à Vincent Fernandez et Abdelkader Zaamoum. Une furieuse envie d'aller appréhender Christelle Depayras.

Une soirée qui s'annonce bouillante après une journée de merde : cinq heures à éplucher les dossiers de la brigade sur la prostitution de mineures. Aucune trace de Clotilde Le Maréchal dans les procès-verbaux. Aucune photo d'elle dans les procédures. Pas de grande rousse non plus.

Dans les archives, tu es tombé par hasard sur une photo qui te rappelait quelqu'un. Une procédure de 2008 : Marcel Salun, né le 2 décembre 1963 à Nice. Appréhendé au volant de sa voiture en compagnie de trois mineures bulgares. Salun avait été placé en GAV[1]. Suspecté de participer à un trafic de mineures organisé par la mafia serbe. Un ancien légionnaire, en retraite depuis près de vingt ans.

Les filles avaient été auditionnées et n'avaient rien lâché. Elles avaient été confiées aux services de

1. Garde à vue.

l'Immigration. Marcel Salun avait passé quarante-huit heures en cellule et n'avait rien lâché non plus. Les collègues avaient fait une perquise à son domicile et n'avaient rien trouvé. Il s'en était tiré blanc comme neige. Il avait dit qu'il avait trouvé les trois filles en train de faire du stop. Les collègues n'avaient aucun chef d'accusation et avaient laissé tomber.

Tu as regardé les photos de Marcel Salun plus en profondeur. Un gaillard d'au moins deux mètres avec des bras de catcheur. Les dents pétées. Le nez cassé. Une moitié de son oreille droite arrachée. Des tatouages. Impossible de te rappeler où tu avais croisé cette tête. Visiblement en affaires avec la mafia serbe : peut-être avec Jovanovic. Une piste pour l'emmerder : Salun, un ancien légionnaire qui s'est reconverti en passeur pour des filles de l'Est, et qui les lui revend pour qu'il les maque. Plausible. Tu as décidé de garder ça pour plus tard et tu as placé le dossier sur le bureau de Gérard avec un Post-it : *Piste pour Jovanovic ?*

Les fourmis, encore. Besoin de te dégourdir les jambes. Tu regardes ta montre : dix-neuf heures quinze. Ça tombe bien, tu as rendez-vous dans quarante-cinq minutes avec la meilleure amie de Clotilde, Rebecca Blanchart.

Rebecca est une jeune fille distinguée, comme Clotilde. Hautaine, comme Clotilde. Malicieuse, comme Clotilde. Tu le vois dans ses yeux quand elle arrive avec quinze minutes de retard devant le Bar des Halles du IIe arrondissement.

– Mademoiselle Blanchart.

Elle fait la moue et s'assied en face de toi sans te regarder.

– Désolée pour le retard.
– Merci d'avoir répondu à mon appel.
– Je vous en prie.

Des petits yeux bleus, pénétrants. Un blazer bleu avec des boutons dorés. Un foulard bleu autour du cou. Une barrette bleue dans les cheveux.

Elle commande une coupe de champagne. Tu bois un bloody mary.

– Avez-vous eu des nouvelles de Clotilde ?

– Non, aucune. Pas depuis sa disparition.

Aucune empathie dans sa voix. Aussi sèche qu'une bonne sœur.

– La dernière fois, c'était au téléphone. Elle m'a appelée après les cours pour savoir ce que je faisais. Elle voulait qu'on se rejoigne tout de suite pour aller faire les magasins. Je ne pouvais pas, donc je lui ai proposé qu'on se retrouve le soir. Elle m'a dit que ça n'était pas possible parce qu'elle sortait avec d'autres amis.

– Quels amis ?

– Je ne sais pas. Je ne les connais pas. Elle traîne avec plein de gens qui sont dans le porno et ce genre de trucs. Je ne les ai jamais rencontrés.

– Dans le porno ? C'est-à-dire ?

– Je ne sais pas vraiment. Ils font des films amateurs, ils organisent des soirées. Ce genre de trucs.

– Ses parents sont au courant ?

– Non.

– Vous ne leur en avez pas parlé ?

– Non. Et je vous prierai de faire de même.

– Est-ce que ces personnes ont un rapport avec Nicolas Martineau ?

– En partie. Mais Clotilde traîne également avec d'autres gens, et quand Nicolas a compris que Clotilde passait du temps avec ces gens-là, il a pété un plomb. Ils se sont engueulés. Il l'a même frappée.

L'image t'arrive en pleine tête. Un courant d'air froid te parcourt l'échine.

– Je crois qu'ils n'étaient plus vraiment ensemble après ça.

– Ça date de quand ?

– C'était pendant les vacances de Noël. Ça faisait déjà plusieurs mois que Clotilde traînait dans ce milieu, mais depuis cet hiver elle n'a vraiment pas arrêté. Elle passait son temps dans des partouzes et ce genre de trucs.

– Vous les avez rencontrés, ces nouveaux contacts ?

– Je ne voulais rien savoir. Elle m'a parlé de certains garçons qu'elle fréquentait, mais je ne me rappelle plus leurs noms.

Tu ne dis rien, pour laisser sa mémoire faire un effort.

– Il y a quelqu'un qui pourra vous en dire plus, c'est sa cousine. Annie.

– Anne-Marguerite de Beauvau ?

– Oui. C'est elle qui lui a présenté certaines personnes.

– Vous la connaissez bien ?

– Non. Je la voyais de temps en temps quand on était petites. Mais ça fait des années que je ne l'ai pas revue. Clotilde a fait les quatre-cents coups avec elle. Moi, j'ai toujours été la copine austère. La copine rationnelle. Annie était tout le contraire, et c'est ça qui attirait Clotilde.

– Est-ce que vous lui connaissez une amie grande et rousse ?

Elle lève les yeux en l'air.

– Non, ça ne me dit rien.

– Des gens qui lui voudraient du mal ?

– Je ne sais pas. Peut-être Nicolas. C'est un nerveux. On ne sait jamais de quoi il est capable.

– Ils étaient ensemble depuis longtemps ?

– Environ deux, trois ans je crois. Ils se sont rencontrés au collège. Nicolas et ses copains venaient dans le XVIe pour vendre du shit. Clotilde a toujours aimé les rebelles,

les types dangereux, alors elle s'est naturellement mise à traîner avec eux.

– Vous avez une idée d'où je pourrais le trouver ?

– Je ne l'ai rencontré qu'une fois. Chez lui, dans le XVIe. Je ne sais rien d'autre. Je n'ai jamais voulu en entendre parler. Quand elle a commencé à sortir avec lui, nos relations se sont dégradées. Je la voyais moins souvent.

– Vous pouvez me parler d'elle ? De son caractère ?

– Clotilde a toujours été l'exact contraire de moi. Une fonceuse. Une tête brûlée. C'est une joueuse. Elle aime jouer avec les gens, les manipuler. Se servir de ses atouts pour les attirer, et les rejeter ensuite.

– Elle sort avec beaucoup de garçons ?

– Elle en drague énormément. Elle se fait payer des verres, elle fait les yeux doux. Elle met des tenues provocantes. Et dès que le mec qu'elle a levé est excité, elle le plante sans dire un mot. C'est du Clotilde tout craché.

– Vous avez une idée de ce qui a pu lui arriver ?

Elle hésite.

– Non, vraiment pas. Je ne pense pas qu'elle ait fugué. Clotilde est heureuse, je crois. Elle rit tout le temps. Elle n'avait aucune raison de partir.

Sa voix qui tremble et l'émotion qui perce à travers.

– Je ne sais pas. Peut-être qu'il lui est arrivé quelque chose à cause de ses fréquentations.

– Rebecca, je peux te tutoyer ?

Petit geste de surprise. Elle acquiesce.

– Si tu as une idée d'où Clotilde a pu mettre les pieds, dis-le-moi. Je comprends que tu n'aies rien dit à ses parents. Mais si elle est dans le pétrin, il faut que je la retrouve. Je la ramènerai à la maison. Et je ne dirai rien à ses parents.

Elle te fixe profondément dans le blanc des yeux.

– Je ne sais rien.

Elle finit sa coupe de champagne d'une traite et se lève.

– Si vous trouvez quelque chose, rappelez-moi. Je pourrai peut-être vous aider.

Tu opines du chef et la regardes s'en aller. Un sacré petit bout de femme, dur comme un roc.

Tu essayes à nouveau d'appeler Anne-Marguerite de Beauvau. Aucune réponse. Répondeur plein. Trois jours que tu cherches à la joindre sans succès. Deux visites chez elle, personne sur place. À réessayer demain. En attendant : tenter la piste Christelle Depayras.

Tu remontes dans la voiture et tu roules en direction de la rue Coquillière.

... L'offensive des partisans d'Alassane Ouattara touche à son but. Après avoir pris mercredi le contrôle de Yamoussoukro, ils se sont emparés du port stratégique de San Pedro, avant d'arriver aux portes d'Abidjan, où siège le gouvernement du président sortant ivoirien, Laurent Gbagbo...

Sur le pare-soleil : une photo de Clotilde. Ta préférée. Celle où elle se prépare dans la salle de bains, habillée comme si elle partait à l'opéra. Choisie après des heures passées à regarder tout le contenu du carton. Posée là pour la regarder à loisir quand tu roules. Sa grande robe noire, impériale, fendue sur le côté. Son sourire teinté de rouge à lèvres qui remonte jusqu'aux oreilles. Sa petite frange blonde qui tombe sur son front. Comme celle de Sandra quand tu l'as rencontrée.

... Toujours pas de piste après la mort de l'élu corse Dominique Domarchi, au cœur d'une enquête sur les marchés truqués au Conseil général de Haute-Corse, et froidement abattu devant son domicile lundi dernier. Certaines sources attribuent sa mort à la guerre des gangs qui fait rage sur l'île de Beauté depuis plusieurs années entre d'anciens membres de la Brise de Mer...

Ses grands yeux noirs soulignés de mascara. Impénétrables, fascinants. Des énigmes en forme de billes, impossibles à percer. Quand tu la regardes, tu te sens comme un collégien transi, complètement happé par cette fille. Tu penses à tous les jeunes puceaux qui s'y sont cassé les dents. Tous ceux qui ont cherché la fille derrière l'image fuyante. L'être humain derrière la façade. Tout ce que tu as toujours cherché avec Sandra, et que tu n'as jamais trouvé.

Rue Coquillière : une toute petite rue en sens unique, remplie de commerces et de passants. Tu gares la voiture comme tu peux sur un bout de trottoir. Gyrophare bien en évidence.

Le numéro 12 : un vieux bâtiment haussmannien, à la façade noircie par la pollution.

Une première porte qui donne sur un hall. Tu sors ta clé PTT et tu entres dans l'immeuble. Une deuxième porte, fermée. Tu trouves le nom Christelle Depayras sur l'interphone, et tu appuies sur le bouton d'au-dessus : Roger Bruneau. Roger a une grosse voix et a l'air de mauvaise humeur.

– Bonjour, je suis le copain de Christelle, votre voisine.

– Et alors ?

– Et alors j'ai oublié le code.

Il ouvre. Un rapide coup d'œil sur la boîte aux lettres. Christelle Depayras : troisième étage gauche. Les marches, une par une, pour ne pas arriver essoufflé. La gélule de Ritaline avalée dans la voiture qui commence à pousser.

La porte de Christelle Depayras. Une sonnette. Un coup léger. Du bruit à l'intérieur. La porte qui s'ouvre. Une jeune femme d'une vingtaine d'années. Un mètre soixante-cinq. Des lunettes à branches noires. Des cheveux blonds coupés au carré. Un grand pull en laine à col roulé. Un jean serré. Tout sauf une grande rousse aguicheuse.

Tu sors ta carte de police.

– Mademoiselle Depayras ?

– Oui. Il y a un problème ?

– Vous me laissez entrer ?

Elle ouvre la porte en grand et t'invite à pénétrer dans l'appartement. Un studio de trente mètres carrés à peine. Des étagères remplies de bouquins. Une cuisinière à plaques. Une étudiante.

Tu lui demandes si elle connaît Clotilde Le Maréchal. Elle répond non. Tu lui demandes si elle connaît l'Hôtel Parme. Elle répond non. Tu lui demandes ce qu'elle a fait la nuit du 15 au 16 mars. Elle répond qu'elle ne sait pas. Tu insistes. Elle tremble comme une feuille en sortant son agenda. Elle était au cinéma avec son petit ami. Il peut confirmer. Tu lui demandes si elle connaît Anne-Marguerite de Beauvau et Nicolas Martineau. Elle répond non. Tu lui demandes si elle fréquente les cercles échangistes ou les réseaux de prostitution. Elle commence à paniquer et te demande ce qui se passe. Tu lui demandes de répondre à la question. Elle répond non, elle ne fréquente aucun réseau de cul. Tu regardes profondément dans ses yeux. Tu vois l'angoisse d'une jeune femme déstabilisée qui ne comprend rien à ce qui lui arrive. Tu lui dis qu'une chambre a été prise à son nom le 15 mars à l'Hôtel Parme. Elle ne comprend pas. Toi si. Tu comprends que tu t'es trompé sur toute la ligne. Tu lui demandes d'enlever ses lunettes. Elle est à deux doigts de fondre en larmes mais elle le fait. Christelle Depayras a un visage fin, un front haut, des cheveux blonds, des yeux noirs. On pourrait la confondre, de loin, avec Clotilde Le Maréchal. Tu lui rappelles l'histoire de son sac volé en 2009. Elle embraye en te disant qu'elle avait perdu tous ses papiers. Tu lui demandes si on a retrouvé ses agresseurs. Elle répond non. Tu lui demandes si elle se souvient de leurs visages. Elle répond oui. Tu sors une photo de Nicolas Martineau de ta poche intérieure et la lui montre. Elle écarquille les yeux. Tend le doigt vers Martineau. Ouvre la bouche sans pouvoir parler.

Tu fonces sur le périph en direction de Pontoise, la dernière adresse connue d'Abdelkader Zaamoum. Tu as joué aux dés dans ta tête et décidé de parier sur le petit rebeu. Six mois de sursis qui lui pendent au bout du nez. Jeune. A priori plus fragile que Vincent Fernandez.

Le gyrophare qui illumine la nuit. Les voitures devant qui s'écartent sans demander leur reste. Le compteur frôle les cent quarante. Tes neurones aussi.

... *Cinq mois après sa prise de fonctions à la tête de l'UMP, Jean-François Copé traverse une zone de fortes turbulences, révélant les difficultés croissantes à assurer la synthèse entre les centristes et l'aile droite du parti. À treize mois de la présidentielle, sa tâche est sérieusement compliquée par une percée du Front national, amorcée aux régionales et confirmée aux cantonales...*

Février 2009 : Nicolas Martineau agresse une étudiante et lui vole ses papiers d'identité. Il choisit volontairement une cible qui permet à Clotilde de se faire passer pour elle. Christelle Depayras est née en 1990. Elle a dix-neuf ans. Clotilde ressemble déjà à une jeune femme mais elle n'a que quatorze ans. La carte lui permet de faire tout ce qui est interdit aux mineurs. Clotilde commence à se faire appeler Christelle Depayras. Elle rencontre des jeunes échangistes qui font du porno amateur. Elle leur dit qu'elle est majeure. Elle traîne dans les milieux porno. Elle se prostitue en doublette avec une grande rousse.

Tu ouvres la fenêtre et tu respires un grand coup les gaz d'échappement. Si la petite connaît aussi bien les réseaux de cul à Paris, alors il y a de fortes chances que tu l'aies déjà croisée.

Tu gares la voiture deux pâtés de maison avant l'adresse du petit Zaamoum. Tu laisses ton sac de sport dans le coffre. Objectif : choper le gamin. La jouer avec précaution. Ne pas refaire le même coup qu'avec Nicolas Martineau.

La rue du Vert-Buisson : une rue calme, faite de petits immeubles résidentiels alignés face aux rails de RER.

Le hall qui s'ouvre avec la clé universelle. Pas d'interphone. Zaamoum : un appartement au rez-de-chaussée. Tu colles ton oreille contre la porte. De la musique. Tu poses le doigt sur le judas et tu appuies sur la sonnette. Des bruits d'objets qu'on déplace à la va-vite. La musique qui s'éteint brusquement. Tu appuies à nouveau sur la sonnette. Tu tends l'oreille : plus aucun son. Tu attends trente secondes : toujours rien.

Tu repars à la voiture, tu attrapes une matraque cachée sous le siège passager et tu retournes en cinq sec à l'immeuble de Zaamoum. Le tour, par-derrière. Les fenêtres du rez-de-chaussée sont à hauteur humaine. Tu comptes : une, deux, trois. Tu t'arrêtes devant la fenêtre qui correspond à l'appartement du gamin. Pas de volets. Des rideaux couleur blanc cassé qui empêchent de voir à l'intérieur. Tu approches ton oreille. Aucun son.

Tu prends un peu de recul. Si c'est pas la bonne fenêtre, demain au petit déj ça ne sera pas café-croissant, ça sera bœuf-carottes. Tant pis. Tu prends une longue inspiration et tu assènes de toutes tes forces un grand coup de matraque sur la fenêtre. Les deux vitres se brisent d'un coup, et l'armature avec. Tu prends appui sur le rebord et tu bondis à l'intérieur. Un cri. Le gamin est en train de courir vers la porte d'entrée. Tu le reconnais immédiatement : Abdelkader Zaamoum. Quatre grandes enjambées pour traverser l'appartement. Le gamin a le temps d'ouvrir deux des trois verrous qui le protègent de l'extérieur. Il est en train de défaire le troisième quand tu lui flanques un coup de matraque dans les omoplates. Il hurle et tombe au sol. Un deuxième coup en plein dans les côtes. Il hurle de plus belle et se tord de douleur. Tu le prends par le col, le remets debout de force, lui fais traverser l'appartement dans l'autre sens et le jettes sur un canapé.

– Nicolas Martineau.

Il te regarde avec un air affolé. Balbutie quelque chose d'incompréhensible.

Tu brandis la matraque au-dessus de sa tête.

– Nicolas Martineau. Je ne vais pas le répéter une troisième fois. T'as deux secondes pour me dire où il est.

– J'en sais rien.

Tu t'apprêtes à lui mettre un troisième coup dans les côtes, mais il hurle plus fort que tout et stoppe net ton mouvement.

– Arrêtez, merde ! Je ne sais pas, je vous dis ! Il m'a appelé hier soir et il m'a dit qu'un flic était venu chez lui. Il est parti se cacher mais il ne m'a pas dit où.

– Je vais m'impatienter, petit con.

– Promis ! Je ne sais pas où il est, merde !

Tu relèves la tête et tu observes autour. Salon tout équipé. Neuf. Canapés en cuir. Équipement high-tech. Il y a forcément de la coke ou du shit quelque part.

– Écoute-moi bien, fiston. Je sais très bien ce que tu planques ici. Je vais t'expliquer ce qui va se passer si tu n'es pas gentil avec moi. Je vais fouiller tout l'appart. Je vais te ramener au poste avec ce que tu planques dans les murs. Je vais te faire passer en comparution immédiate. Ton sursis va tomber. Tu vas écoper de six mois. Je vais te faire sortir au bout de trois. Je vais aller voir tes copains les Fernandez et leur expliquer qu'on t'a accordé une remise de peine parce que tu les as tous balancés.

– Je ne sais pas où il est, je vous l'ai dit.

Ses yeux sont pleins de larmes, il va craquer dans la minute. Il sent la peur. Tu penses : *putain il va me claquer dans les doigts, le petit con.* Mais tu fermes ta gueule. Nouvel essai : méthode douce.

– Tu sais pourquoi je suis ici ?

Il renifle, essuie ses yeux.

– Pour le shit ?

Tu fais non de la tête.

– Je cherche Clotilde Le Maréchal. Elle a disparu. Tu la connais ?

Il hésite. Dans ses yeux : l'envie de ne pas déconner avec toi. La franchise motivée par la peur.

– Je ne sais pas où elle est. Je ne savais même pas qu'elle avait disparu.

– Je vais te donner une chance de te rattraper. Tu vas appeler ton petit copain Nicolas. Tu vas lui dire que j'ai sa coke, son shit et sa thune. Tu vas lui dire que je suis prêt à tout lui rendre et à ne pas entamer de poursuite. Je veux le voir demain. C'est clair ?

Le gamin reprend des couleurs. Il hésite, puis d'une voix chevrotante :

– Oui.

– Donne-moi tes papiers.

– Hein ?

– Donne-moi tes papiers, petit con.

Il sort un portefeuille de sa poche de jogging, l'ouvre pour en extirper ses papiers mais tu le lui arraches des mains.

– Ça, je garde. Je te le rendrai quand j'aurai vu Martineau.

Tu sors une carte de visite de la poche intérieure de ta veste.

– Tu m'appelles demain sans faute. Si je n'ai pas de nouvelles avant vingt heures, je reviens ici et je te ramène au placard. Et si t'as essayé de te faire la malle, je te colle tous les flics de France au train. C'est clair ?

– C'est clair.

– À demain.

Tu te diriges vers la porte. Tu enlèves tranquillement le troisième verrou. Tu sors de l'appartement, la matraque à la main. Tu la portes à ton nez et la renifles. Tu aimes l'odeur du caoutchouc encore chaud, qui vient tout juste de servir.

En rentrant à la maison, tu passes par les Champs, sans vraiment savoir pourquoi. Sûrement par peur de rentrer tout seul. Envie de traîner, de voir du monde. Après quinze minutes à tourner, tu trouves une place pas trop loin du London Club. Un clin d'œil au portier. Vendredi soir. Bondé à ras bord. Des jeunes cadres dynamiques en costard qui sirotent des margaritas en reluquant les filles qui dansent sur scène. Tu t'enfonces dans la foule pour rejoindre le bar. Pas de Vanina.

Toussaint, au fond, qui te fait signe. Il te montre les marches qui mènent à la partie privée. Tu le rejoins et tu le suis. Quand tu arrives dans son bureau, il est déjà affalé dans un grand fauteuil en cuir. Un barreau de chaise dans le bec et un verre de whisky dans la main droite. Petit coup d'œil rapide sur la pièce. Des étagères remplies de bibelots, de photos encadrées et de coupes.

– Je t'avais jamais fait monter ?

– Non, c'est la première fois que je viens ici.

Tu reconnais du beau monde sur les photos. Richard Casanova. Michel Tomi. Jean-Luc Germani. Dominico Battesti. Michel Morroni. Gérard Berthelot.

– Ça prouve que tu montes en grade. Un whisky ?

Tu acquiesces. Il te sert. Tu continues à détailler la pièce. Une écharpe du Sporting Club de Bastia étendue sur le mur de gauche. Une autre de l'AC Ajaccio sur le mur de droite. Tu plisses les yeux pour lire ce qui est inscrit sur les coupes. Toutes des trophées du SC Bastia. Tu pointes l'écharpe de droite du menton :

– Je croyais que vous les Bastiais n'étiez pas forcément en bons termes avec Ajaccio ?

– Je suis un Bastiais avant tout. Mais l'AC, c'est le club d'Alain, donc je supporte quand même.

Alain Orsoni : vieux copain nationaliste de Toussaint, fondateur du Mouvement pour l'autodétermination. Président de l'AC Ajaccio depuis son retour en grande pompe sur l'île de Beauté en 2008, après des années d'exil en Amérique du Sud. Jamais croisé, mais tu sais qu'il fait partie des amis très proches de tes copains corses.

Ton regard se pose sur le mur derrière Toussaint. Au-dessus de lui trône un trophée de chasse. Une tête de lion empaillée.

– Tu chasses le lion ?

Toussaint se marre.

– Non, mais j'aimerais bien. C'est Pasqua qui nous a offert ça.

– Pasqua ?

– Ouais. C'était un cadeau pour Tomi.

Michel Tomi : le grand manitou pour tes amis corses. Celui qui a hérité du trône après la mort de Richard Casanova. Connu comme étant monsieur Corse-Afrique, à la tête d'un empire colossal sur le continent africain : des mines, des bars, des casinos, et surtout la licence PMU au Cameroun et au Gabon. Ami de longue date de Dominico Battesti, de Jean-Luc Germani et de Richard Casanova. Gère toutes ses affaires à distance depuis l'Afrique. Tu l'as déjà croisé au Wagram ou au London Club, quand il vient faire des emplettes pour la famille Bongo à Paris : montres de luxe, bijoux et voitures de course. Les rumeurs disent aussi qu'il émarge à la DCRI[1], où travaille son frère Paul-Antoine en tant que commissaire.

– Pourquoi ?

– Pour le remercier. Tomi a financé la campagne de Pasqua aux européennes en 1999. C'était encore la belle époque. On faisait nos petites carambouilles pour transformer la Corse en territoire d'outre-mer, et Pasqua nous a beaucoup aidés. On y croyait encore à notre belle Corse, pleine d'hôtels et de casinos, avec un régime fiscal allégé. Un petit Monaco, mais chez nous. C'était pour le bien de tout le monde, pour faire de l'argent, et l'argent, c'est ce que tout le monde veut, non ? Mais ces couillons de politicards nous ont laissés tomber, comme d'habitude. Une vaste enculerie, voilà ce que c'est.

Tu souris. Tu laisses Toussaint déballer, comme il aime faire quand il s'emporte.

– C'est bien fini, tout ça. On s'est cassé le cul pendant des années. On achetait des terrains, on construisait dessus, on fabriquait des casinos, des boîtes de nuit, des hôtels. Maintenant mes neveux, ces petits couillons, ils ne bougent plus le cul de leur ordi, ils cliquent sur leurs actions en bouffant leur putain de McDo, et puis c'est tout.

Tu te marres. Toussaint aussi. Il te sert un whisky.

– Bon, assez parlé de ces conneries. Il faut qu'on discute affaires, Christian. J'ai besoin d'un coup de main. Ça te permettrait d'effacer un peu plus rapidement ta dette envers Dominico.

– Je t'écoute.

– Un nouveau détaillant nous a approchés pour la coke. Kader Sahraoui. C'est un Kabyle. Avec ses frères et ses cousins, ils ont la mainmise sur toute une partie du nord de Paris. Ils tiennent deux kébabs dans le XXe pour

1. Direction centrale du renseignement intérieur (devenue DGSI depuis).

blanchir la maille. C'est des petits arrivistes, mais ils ont l'air sérieux.

– Qu'est-ce que tu veux que je fasse ?

– J'aimerais m'assurer qu'on se fourre pas dans un guêpier avec lui. Tu peux vérifier avec tes potes des Stups qu'il n'est pas pisté ?

– Bien sûr.

– Merci, Christian. Dominico s'en souviendra.

Dix minutes après, tu cherches des yeux, méticuleusement, dans la salle du London Club. Tu cherches, tu cherches, et puis tu trouves. À l'autre bout du bar, en train de se faire brancher par un touriste. Elle rayonne comme une guirlande, avec ses yeux en forme de cadeaux de Noël. Tu les rejoins en mettant des coups de coude à droite et à gauche pour avancer, puis tu t'interposes entre eux deux.

– Excusez-moi, mais je discutais avec la demoiselle.

Tu te retournes. Il voit que tu n'es pas d'humeur et il la ferme. Vanina te fait un grand sourire. Les yeux qui pétillent. Visiblement pas de rancœur. Elle boit un cocktail de toutes les couleurs.

– Bonsoir, lieutenant.

Tu hausses les sourcils.

– Je vois que t'es bien renseignée.

Elle sourit. Ses lèvres parlent pour elle. Tu te sens bien. Tu ne penses plus à Clotilde Le Maréchal. Tu ne penses plus à Rebecca Blanchart, Nicolas Martineau, Anne-Marguerite de Beauvau, Abdelkader Zaamoum et aux autres. Tu penses à Vanina. Et elle se tient devant toi avec des yeux remplis de désir.

7

Mardi 5 avril 2011

Il fait froid chez nos voisins de la Mondaine. Il fait froid et je fais face à ces deux salopards de Kertesz et Berthelot, dans leurs bureaux, avec un café bouillant, bouillant mais infect, qui me brûle les mains et me triture les nerfs. Sixième café de la journée, celui de trop, celui qu'on regrette quand on sent les pulsations de son cœur battre plus vite qu'une rafale de kalachnikov sous amphets. Nesrine a déjà avalé le sien, d'un trait, et elle fixe nos interlocuteurs en mordillant le bout de ses doigts.

Gérard Berthelot me tend le dossier avec un air gras, un air qui suinte le mépris et la malbouffe quotidienne.

– Et voilà, capitaine.

Danuta Risztov, née le 13 janvier 1983 à Bácsbokod, dans la campagne hongroise. Identifiée une première fois à Paris par les services de la BRP en octobre 2007. Repartie en Hongrie ensuite, revenue à Paris en janvier 2010, puis repartie, puis revenue ici à partir de mars : un parcours classique d'escort-girl venue de l'Est, qui repart au pays pour nourrir la famille. Je regarde les photos, je reconnais son visage de poupée Barbie, celui qui repose actuellement dans les casiers de l'IML avec le crâne ouvert en deux.

– C'est elle.

Berthelot répond du tac au tac, avec son haleine chargée de gitanes et son dédain naturel :

– Je le sais que c'est elle.

– Comment vous l'avez identifiée ?

Berthelot sourit, Kertesz me fait son regard de dur puis il lâche :

– On la suit depuis plusieurs mois. Elle est arrivée via un réseau d'import de filles qui passe par les Serbes, il y a sûrement une dizaine d'années. Elle est devenue mama il y a quelques mois.

– Mama ?

– Elle recrute elle-même les filles au bled. Certaines qui sont volontaires, d'autres un peu moins. Elle leur donne un visa, et en échange les filles ont une dette, donc elle les fait bosser pour son réseau.

– Vous avez plus d'infos sur le réseau ?

Au bout de cinq secondes :

– Oui.

Nesrine, les ongles encore dans la bouche, impatiente comme d'habitude :

– On joue à quoi là ? On a deux cadavres sur les bras, ça vous emmerde de nous filer un coup de main ?

Kertesz monte au créneau :

– Écoute petite, ce réseau, ça fait des mois qu'on bosse dessus, alors on va vous lâcher les infos, mais au compte-gouttes. Si vous faites les boulets à fouiller là où il ne faut pas, vous allez foutre en l'air tout ce qu'on a mis en place.

Je plante mes yeux dans ceux de Kertesz et je joue la confiance :

– On va faire attention.

Il acquiesce, me lâche un autre dossier, bien plus gros, des pages et des pages d'écoutes, de photos prises depuis des soum, de rapports consignés minutieusement. Sur la couverture, un nom : Ranko Jovanovic.

– Interdit de toucher à Jovanovic. On cherche à coincer le mec au-dessus, donc si vous grillez Jovanovic, vous baisez jusqu'à l'os tout notre taf.

Je commence à ouvrir le dossier et je dis :

– Ça, c'est le Parquet qui en décidera.

Christian Kertesz pose violemment ses poings sur le dossier, et coince ma main sous la couverture.

– Je te conseille pas de jouer au petit malin, Prigent. Il y a bien plus que deux cadavres en jeu. Il y a une cinquantaine de filles dans la nature et dans ce qui est en train de devenir l'un des plus gros réseaux de prostitution de Paris.

Je sors ma main de son emprise et récupère le dossier d'un coup sec.

– C'est bien noté, Kertesz.

Je regarde Nesrine, elle aussi a une furieuse envie de les envoyer balader, mais on reste sages, on prend le dossier et on part faire des photocopies dans la salle d'à côté.

Une heure plus tard, on est dans nos bureaux de la BC, je bois mon septième café de la journée et j'ai les nerfs en pelote. Nesrine épluche le dossier pendant que je regarde un par un les sites internet sur lesquels Danuta Risztov est référencée. Toujours le même profil, toujours les mêmes photos, toujours les mêmes infos.

Nom : Nikki. Nationalité : hongroise. Âge : vingt-sept. Épilation du maillot : rasée. Taille : cent-soixante-quatorze centimètres. Poids : cinquante-cinq kilos. Mensurations : quatre-vingt-douze – soixante-cinq – quatre-vingt-onze. Langues : anglais, serbe, français, hongrois. Trente minutes : deux cents euros. Une heure : deux-cent-soixante-dix euros. Services : masturbation, pénétration vaginale, fellation, fellation nature, soixante-neuf, sodomie, éjaculation faciale, éjaculation buccale.

Je ferme les yeux et je vois son corps tout blanc à l'IML qui se prend des éjaculations faciales, nausée, la tête qui vrille, je prends un Valium et j'essaye de garder le contrôle. Écœuré par ces culs rebondis, par ces filles qui se ressemblent toutes, jeunes, grandes, vulgaires, je fais un signe à Nesrine et je sors pour souffler un peu.

Dehors, l'air est frais et le soleil de fin d'après-midi inonde les berges de l'île de la Cité. J'essaye de profiter quelques instants des rayons en laissant mon visage engourdi brûler lentement sous les UV, mais j'ai à peine tiré deux taffes que mon vieux Nokia vibre. C'est le commandant Franck Beauvais, je décroche :

– Ça va, Prigent ?

– On fait aller.

– Alors ? La fille ?

– C'est bien elle.

– Elle était suivie par la BRP ?

– Oui.

– Alors écoute-moi bien, mon vieux. Si c'est un dossier chaud de la BRP, on les laisse gérer le truc. On ne fout pas la merde sur des enquêtes en cours, c'est clair ?

Je sens les rayons du soleil me rentrer sous la peau et faire comme des bulles avec mon sang.

– C'est clair ?

– Oui.

Mon sang qui chauffe et que j'essaye de refroidir en respirant calmement, l'effet du Valium qui adoucit lentement mes nerfs. Je reprends :

– Ça donne quoi, les analyses ?

– Des traces de cocaïne dans le sang de la pute, et sinon RAS. On a aussi eu les résultats de la FED. Les rares empreintes qu'on a pu déceler dans la bagnole sont celles des cadavres, rien d'autre à se mettre sous la dent.

Et il raccroche. Quatrième coup de fil de la journée, quatrième piste en forme d'impasse.

À dix heures zéro neuf ce matin, la balistique a appelé : les douilles trouvées sur le parking correspondent à des balles tirées par un 22 long rifle. Ils essayent d'identifier la marque de l'arme à partir des stries trouvées sur les balles, mais rien de concret pour l'instant.

À midi, les gars du LPS[1] ont appelé : ils ont fini d'analyser les échantillons de sang prélevés sur le parking et ont isolé trois ADN différents, celui de la pute, celui de la fille et celui d'une troisième personne. Tous inconnus au Fnaeg[2]. Ils ont comparé le sang de l'inconnu avec celui qu'on a retrouvé incrusté dans les bris de vitre : c'est le même ADN. Première conclusion : notre homme s'est blessé en percutant les bouts de verre enfoncés dans la portière. Coco a passé la matinée à appeler les hôpitaux parisiens pour savoir si un homme blessé au bras ou à la main s'était rendu aux urgences : aucune piste pour l'instant.

À quinze heures vingt-deux, les techniciens de l'IJ ont appelé : leurs relevés montrent que la Renault a été tractée jusqu'à la flotte par une autre bagnole. Aucune trace laissée sur le terrain, donc non identifiable pour l'instant.

Conclusion : à part le réseau de putes et le mac serbe à qui on n'a pas le droit de toucher, on n'a aucune piste qui tienne le coup.

Je remonte l'escalier A avec une espèce d'envie sourde de faire les choses à ma façon et d'envoyer bouler tous ceux qui veulent m'en empêcher. Je croise deux Apollons de la BRB, ces gars-là sont toujours jeunes, beaux et musclés, c'est impressionnant, on croirait qu'ils passent le concours d'entrée chez les Chippendales, je les salue, je monte en soufflant, au troisième étage je passe devant le groupe Le Goff, qui comme nous dépend de la commissaire Nadia Chatel, affairé avec son histoire de sac rempli de membres retrouvé à Bagnolet. Ils pensent avoir

1. Laboratoire de police scientifique.
2. Fichier national automatisé des empreintes génétiques.

identifié la victime et auraient une piste sérieuse pour le suspect : au moins chez certains, ça avance. Quand je passe devant la machine à café, j'hésite un instant mais bon, huit cafés, ça devient dangereux à mon âge, et avec les médocs je me sens bien, parfois tellement bien que j'ai tendance à oublier que j'en ai pris, du coup j'oublie que j'ai ces saloperies d'angoisses qui peuvent revenir sans qu'on me prévienne et je bois du café jusqu'à plus soif sans faire attention.

Dans le bureau du groupe Beauvais, Coco a fait son apparition avec une tenue de sport des années quatre-vingt enfilée à la va-vite, qui lui va comme un gant avec sa tête d'alcoolo.

– Chouette, ton jogging.

Il me fait un sourire pincé genre *bonne blague*, je le lui rends avec un petit signe de tête. Pendant qu'ils finissent d'éplucher le dossier Jovanovic avec Nesrine, je retourne devant ma bécane noyée sous les photos de putains, je continue mes recherches, repasse sur chaque site où est inscrite Danuta Risztov, page par page, dans l'espoir d'y trouver l'autre fille, mais je ne la trouve pas, elle reste Corps Non Identifié Numéro Deux. Je lis les commentaires laissés sur Danuta sur plusieurs sites, elle suce bien, elle pompe bien, elle est bonne, elle prend bien dans le cul et, au milieu de tout ça, deux remarques négatives, elle n'était pas assez rasée pour le rendez-vous, elle n'est jamais venue au London Club le 14 mars, dans ma tête ça fait tilt, 14 mars, le jour où elle s'est pris une balle dans la tête. Je regarde l'adresse du London Club sur internet puis j'éteins, il est dix-neuf heures passées et j'ai promis à Isabelle de revenir tôt pour qu'on mange ensemble.

Avant que je passe la porte, la balistique qui rappelle :

– C'est bon, on a identifié le flingue. C'est un Ruger MKI. Pas d'autres infos pour le moment.

– Bon boulot, merci pour le coup de fil.

Je raccroche et je lance à Nesrine :

– Ils ont identifié le flingue : Ruger MKI.

– Étonnant. Un collectionneur ?

J'opine :

– Possible. Ça donne quoi le dossier de la BRP ?

– Pas grand-chose. On n'a pas d'adresse pour Danuta Risztov, ni pour les autres filles ou Jovanovic. Juste des écoutes et des photos.

– Ils ne nous ont pas tout donné, ces petits fumiers. Ils ont forcément des adresses, forcément du monde en planque qui surveille tout ça.

– Qu'est-ce qu'on peut faire ?

– Je vais faire le forcing avec Beauvais demain. Au besoin, je passerai par Nadia Chatel.

– Si tu court-circuites Beauvais, tu vas te mettre dans une sale position, Gabriel.

– J'en ai rien à cirer.

Dans la voiture, je repense au London Club où avait rendez-vous Danuta, ça me démange mais je n'ai pas non plus envie d'arriver en retard, je peux déjà entendre la colère d'Isabelle, je regarde l'heure, je me donne une limite, je vais passer devant, je ne ferai que passer, je regarde à quoi ça ressemble et après je rentre.

... *« Il n'est pas question de reddition », assure un conseiller de Laurent Gbagbo, alors que la situation en Côte d'Ivoire reste extrêmement tendue face à la rébellion des forces d'Alassane Ouattara qui gagnent de plus en plus de terrain...*

Je remonte le boulevard du Palais, je revois les photos de Danuta Risztov qui me défilent dans la tête comme un album de souvenirs. Masturbation, pénétration vaginale, fellation, fellation nature, soixante-neuf, sodomie, éjaculation faciale, éjaculation buccale.

... En voulant justifier le débat sur la laïcité, le ministre de l'Intérieur Claude Guéant a déclaré que l'accroissement du nombre de musulmans et leurs comportements posaient problème, ce qui lui a valu une levée de boucliers sur Twitter et dans les médias...

Je suis les indications du GPS à la découverte de ces rues de Paris que je connais peu, rue de Rivoli, place de la Concorde, puis les Champs-Élysées, des pompes à fric à droite et à gauche, des enseignes jusqu'à la nausée, la plus belle avenue du monde ça m'étonnerait, la plus belle arnaque opérée par les promoteurs immobiliers, là d'accord.

... Selon un sondage IPSOS, Marine Le Pen arrive deuxième derrière DSK dans les intentions de vote des dix-huit – vingt-quatre ans, avec vingt pour cent et donc loin devant Nicolas Sarkozy, troisième avec seulement quatorze pour cent...

Je m'arrête rue Arsène-Houssaye, c'est une minuscule rue bordée d'immeubles haussmanniens, avec deux restaurants, un hôtel, et le London Club avec une place pour se garer devant, sûrement un miracle dans ce quartier infernal, ou alors c'est un signe, dans tous les cas ça ne se refuse pas, j'arrête la voiture et je rentre dans l'établissement.

L'intérieur est quasi vide, j'imagine qu'il est encore tôt pour les oiseaux de nuit, à part quatre clients au comptoir qui sirotent des cocktails hors de prix, il n'y a personne. Je m'attends absolument à tout sauf à le trouver là, alors je ne le reconnais pas tout de suite et pourtant je lui passe devant, à quelques centimètres, comme si mon subconscient m'avait mis un voile devant les yeux.

– Capitaine Prigent.

Je me retourne, surpris, et je vois Christian Kertesz, assis sur un tabouret de comptoir, en train de faire la cour à une petite brune aux yeux bleus qui me dévisage comme si j'étais un extra-terrestre. J'imagine que c'est mon style qui ne passe pas, ou alors ma tête qui ne lui revient pas, j'évite son regard et je me tourne vers le petit salopard de la BRP.

– Lieutenant Kertesz, quelle surprise.

– La surprise est pour moi. Qu'est-ce que tu fais ici ?

Je cherche mes mots quelques secondes, le temps de trouver une sortie saillante, mais ça ne vient pas vraiment alors je balance :

– J'investis. Et toi ?

– T'investis sur quoi ?

– Je fais mon boulot, c'est pas tes affaires.

Il sourit, ça m'énerve, le regard hautain de la petite pétasse à talons m'a déjà passablement mis les nerfs, alors je lâche sans réfléchir :

– Toi aussi tu fais ton boulot, visiblement. J'imagine que se taper des putes, c'est le quotidien de la BRP ?

Dans un coin de mon champ de vision, je sens la bimbo qui se lève de son tabouret, visiblement outrée, mais je continue à fixer Kertesz comme si ma vie en dépendait. Elle braille :

– Pardon ? Tu peux répéter ?

– Laisse tomber Vanina, c'est un pauvre type.

– Je ne me laisse pas traiter de pute comme ça Christian, c'est qui ce mec ?

Je continue à l'ignorer complètement et à fixer Kertesz.

– Ho ! Tu me regardes quand je te parle ? Tu me regardes, petite bite ? La pute, elle t'emmerde !

Je me retourne vers elle et ça sort d'un coup, d'un coup d'un seul, je ne sais même pas où je vais chercher ça :

– Retourne sucer des bites, on t'a pas sonnée.

En l'espace d'un éclair sa main pleine de bagues en toc s'envole vers moi, j'ai tout juste le temps de décaler légèrement la tête sur la gauche mais je me prends quand même une volée qui me rase le visage et m'écorche la joue avec ses saletés de bijoux en plastique. Je n'ai pas le temps de réfléchir, je deviens un robot qui fonctionne aux réactions épidermiques et, en une fraction de seconde, je lui attrape la main pour lui faire une clé de bras. Elle hurle et je valse dans les tabourets, propulsé par le coup que Kertesz me met en plein dans l'arcade. Je reste étalé par terre quelques secondes, ça tourbillonne, points jaunes, points verts, points bleus, je sens déjà mon œil qui commence à gonfler et le sang qui me dégouline sur le visage. Je n'essaye même pas de me relever tellement je suis sonné, c'est Kertesz qui se penche sur moi avec son petit sourire en coin :

– T'es pitoyable, Prigent. Pitoyable.

– Je t'emmerde.

– Pourquoi est-ce que tu viens foutre ta merde ici ?

J'hésite, j'ai plein de sang qui me tombe dans les yeux et je ne vois presque plus rien, mais je dis :

– La pute, Danuta Risztov. Elle avait rendez-vous ici le jour où elle s'est fait buter.

– Ça ne sert à rien de chercher par ici. Je connais bien l'endroit et je n'ai jamais vu Danuta ni aucune des filles de l'Est ici.

– Un client devait la retrouver là.

– Alors c'est le client qui a demandé à ce qu'elle le retrouve ici. Les Serbes, les Hongroises et le réseau de Jovanovic ne sont pas du tout les bienvenus ici.

– Il faut bien que je cherche quelque part.

– Alors cherche au bon endroit, Prigent.

– Vous ne nous avez donné aucune adresse, le dossier est vide.

– C'est parce qu'on n'a rien.

– Des mois d'enquête et t'as rien ?

Kertesz garde le silence, se relève, reprend son verre au comptoir.

– Donne-moi quelque chose.

– J'ai rien, Prigent, je viens de te le dire.

Puis il vide son verre, prend sa poupée par le bras et se barre. Je me relève à mon tour, le mec derrière le zinc me tend un seau à glaçons et quelques feuilles de Sopalin. Je me regarde dans la glace derrière le bar, j'ai une sale tête, l'arcade gauche qui me pend sur l'œil comme un bourrelet d'obèse, et ça continue à pisser le sang.

– Merci. Et un whisky aussi.

Quand j'arrive chez nous, j'ai la tête comme un cul d'éléphant, la chemise pleine de sang séché, trois bouts de sparadrap au-dessus de l'œil, c'est tellement gonflé qu'on pourrait croire que j'ai un deuxième menton en plein milieu du visage.

J'avais promis que je serais là pour dix-neuf heures, il est vingt-et-une heures trente-quatre et j'ai l'haleine d'un flic à bout, un flic qui s'est enfilé trois verres de whisky pour oublier qu'il est merdique. Isabelle ne dit rien, même pas *bonsoir*, même pas *oh mon Dieu, qu'est-ce qui t'est arrivé mon chéri*, même pas *mais bordel pourquoi tu rentres à cette heure-ci*, non, rien du tout, et elle lit son magazine en terminant son assiette. Je me sers, je m'assieds en face d'elle, et je me dis que Christian Kertesz a raison, je suis pitoyable.

– Élise ne mange pas avec nous ?

Elle tourne les pages de son magazine sans relever la tête, ces quelques secondes durent des minutes, ces quelques minutes durent des heures, et puis, toujours les yeux sur sa revue :

– Elle était là à dix-neuf heures. Elle a fini de manger et puis elle est partie.

– Je suis désolé.

Elle relève la tête, me regarde avec un air dur et froid, j'ai la tête en vrac mais visiblement ça ne lui fait rien, elle reste de marbre et, à cet instant précis, je m'apprête à lui dire que je l'aime, que je l'aime plus que tout, que j'ai besoin d'elle, je m'apprête à m'excuser pour tout, pour mon attitude depuis qu'on est arrivés à Paris, pour mes absences à répétition, pour avoir forcé ma mutation au 36 au détriment de ses envies à elle, pour ma gestion hasardeuse des conflits avec Élise, pour mon égoïsme de petit flic rêveur qui oublie sa femme et sa fille, pour toutes ces années gâchées à me battre contre un truc invisible depuis la disparition de Juliette, je m'apprête à lui dire que j'ai envie de laisser tomber, que je veux revenir à Rennes, dans notre petite maison de campagne, pour qu'on soit heureux tous les trois, mais non, le téléphone sonne, me coupe dans mon élan, Isabelle décroche, et me tend le combiné :

– Les keufs.

À l'autre bout du fil, Nesrine qui parle plus vite qu'elle n'articule, cadavre, fille, torturée, brûlée, appartement, rue de Monceau, vers, gaz, puanteur, le sang me monte à la tête, j'ai des étoiles plein les yeux, raccroche, avale deux Valium et pars en courant.

À l'entrée de la rue de Monceau, les collègues du 1er DPJ[1] ont déplié la rubalise pour empêcher les passants d'entrer, ils sont une bonne quinzaine à courir dans tous les sens comme si on allait déminer une bombe. Je me gare à l'arrache et sors de la voiture, il pleut à verse et je cours vers les collègues, plus pour éviter les gouttes que par hâte de voir la scène de crime. Les gyrophares donnent à la rue un air de fête foraine de l'enfer, les flics essayent de faire reculer les badauds complètement hébétés mais la foule s'amasse autour de la rue comme des mouches sur un étron.

1. District de police judiciaire (anciennement division de police judiciaire). Le 1er DPJ couvre les Ier, IIe, IIIe, IVe, VIIIe, IXe, XVIe et XVIIe arrondissements de Paris.

Devant l'entrée d'une belle bâtisse de quatre étages, je reconnais Coco qui aide un bleu-bite, sorte de bidasse au crâne rasé qui dégobille toutes ses tripes sur le trottoir. Au moment où je passe la porte, il se relève et mâchouille un *bonjour capitaine* en me regardant, avec des bouts de vomi qui lui pendent au bout des lèvres. Dans l'escalier, je croise deux autres flicards qui descendent en courant, visiblement appelés en renfort pour empêcher l'accès à la rue, ils ont le teint bleu et les yeux dans le vide comme s'ils venaient de voir un fantôme, je monte les marches une à une en prenant mon temps comme un condamné qui irait à la chaise. Plus je me rapproche et plus l'odeur m'arrive au nez, l'odeur de la mort, l'odeur de la décomposition, la nausée me serre la gorge et je sors un vieux mouchoir pour le mettre devant ma bouche.

Au quatrième étage, je passe une porte grande ouverte, Nesrine est là avec deux techniciens de l'IJ, elle hausse les sourcils en voyant ma tête, je souris.

– Petite altercation, je t'expliquerai plus tard.

Elle opine sans faire de vagues et m'indique le chemin à suivre du bout des doigts. Je rentre dans un grand studio vide, l'odeur est de plus en plus forte, comme incrustée dans les murs, je prends ma respiration dans mon mouchoir mais l'air n'arrive pas, il n'y a pas que cette odeur insoutenable qui me traverse les nasaux, il y a l'odeur de la charogne mais il y a aussi autre chose, quelque chose que je connais, quelque chose qui frappe mes sens violemment, le Tchad, opération Manta, décembre 1983, moi et quinze bidasses fraîchement débarqués, planqués dans une cabane, dans un village au sud de Faya-Largeau, en attente d'instructions, et cette odeur pendant qu'on attend, cette même odeur, la nausée qui monte, l'effluve qui empire, on veut sortir mais le colonel Mattis nous ordonne de rester, des cris, des hurlements, des familles qui meurent tout autour, je demande à sortir mais Mattis dit non, on sait ce qui se passe mais on ne dit rien, Mattis est instructeur au service de l'état-major tchadien, ils torturent des villageois qui ont aidé les forces du GUNT à s'emparer de la région Nord, ils ne veulent pas que les bitards français soient témoins, alors ils nous laissent là, ils nous laissent là et ils nous font chanter à tue-tête pour couvrir les cris, des chansons militaires pour se donner du baume au cœur, mais rien ne peut masquer les effluves, et ils nous laissent attendre avec cette odeur pire que la mort, oui cette odeur je la connais bien, cette odeur c'est celle de la charogne brûlée, celle des humains qu'on assassine dans les flammes.

Beauvais est assis sur une chaise face au substitut Wittmann, ils me regardent tous les deux avec un air de dégoût, Beauvais avec sa cravate et Wittmann avec ses énormes lunettes qui prennent la moitié de son visage. Je jette un coup d'œil sur les environs, pas de décoration, pas d'étagère, juste une commode, un grand lit vide, et à mes pieds une moquette blanche parsemée de taches de sang, avec les marqueurs jaunes laissés par les techniciens.

Dans la salle de bains, Verhaeghen, Gabach, un légiste et un type de l'IJ sont affairés autour de la baignoire, ils me voient et s'écartent pour m'offrir le spectacle : une jeune fille nue, dans son bain, la peau verte et brune par endroits, mince mais gonflée par les gaz que son corps a libérés, les bras ballants, les jambes écartées, les seins recouverts d'ecchymoses, de balafres, de brûlures de cigarette, la tête carbonisée, un reste de chiffon imbibé d'essence dans la bouche, une saleté de chiffon dans la bouche bon Dieu, et cette peau brûlée sur son visage noirci, la même qu'au Tchad, la même que celle que j'ai pu voir sur les vingtaines de victimes du colonel Mattis, cette peau fine, sèche, craquelée, avec cette expression de souffrance, la bouche ouverte, figée dans le feu, et ces yeux fondus, ces orbites vides, celles qui hantent mes nuits depuis ce soir de décembre 1983, les mêmes que j'ai décrites en pleurs au tribunal militaire quand ils ont voulu me saquer, ces cauchemars que j'ai souhaités à Mattis et à toutes les huiles qui ont étouffé l'affaire, ces yeux et cette peau sans vie, rôtie, comme celle d'un cochon qu'on fait tourner sur une broche, gravée au marbre dans ma mémoire comme l'injustice à laquelle je ne pourrai jamais répondre.

L'odeur immonde me monte à la tête, je régurgite un relent de vomi, lâche mon mouchoir et regarde mes collègues en retenant ma respiration. Le légiste énumère son diagnostic et ses propos se mélangent dans ma tête comme un nuage de mots vidés de sens, lésions internes, meurtrissures, hématomes externes, vésicules apparentes sur les poumons, gonflement du ventre et de la poitrine, tissus cellulaires soufflés, ongles déchaussés, datation de la mort à environ trois semaines au vu de l'avancement de la putréfaction.

– La victime a visiblement entre quinze et seize ans.

À ces mots, je ne peux m'empêcher de penser à Juliette, l'effroi remplace la nausée durant un millième de seconde où je scrute dans les plis de son visage brûlé ceux de ma fille, mais je n'ai pas le temps de me rassurer qu'on me bouscule violemment sur le côté, c'est Kertesz qui vient de rentrer en trombe dans la pièce. Ce salopard n'a absolument rien à faire ici, et pourtant il se penche sur le cadavre avec un regard affolé, puis plonge les mains dans la baignoire pour soulever le corps, je lui crie d'arrêter et le repousse violemment mais il ne vacille pas, et avec un revers du droit il m'envoie valser dans le lavabo. Mes quinze années de judo ne peuvent m'empêcher de mal me réceptionner, j'ai des points verts devant les yeux, des points bleus, des points rouges, du sang qui goutte, cette saleté de blessure à l'arcade qui s'est rouverte, j'ai l'œil gauche fermé mais je vois Beauvais qui essaye de calmer Kertesz, Verhaeghen qui ne dit rien et les gars de l'IJ qui attendent en retrait. Je me relève, le salopard a retourné le corps dans le bain, il regarde un tatouage entre ses omoplates, quasi méconnaissable vu l'état de la peau, mais on distingue clairement une sirène qui fume avec un porte-cigarette, bon Dieu, la même sirène que sur la fille qu'on a repêchée dans la Seine, mon Corps Non Identifié Numéro Deux, je reviens vers lui, le pousse un grand coup pour l'empêcher de toucher au corps, mais il ne fléchit pas, il lâche le cadavre et me regarde, les yeux embués de larmes, l'haleine chargée de vodka, et je hurle :

– Qu'est-ce que tu fous, bon sang ?

Mais il ne répond rien, il me fixe, hébété, comme un enfant perdu, comme une bonne sœur qui viendrait de voir la Vierge Marie.

– Ça sera la commission disciplinaire Kertesz, je te préviens.

– Va te faire enculer, Prigent.

Kertesz s'en va, mon œil ouvert goutte sur le sol et me lance des éclairs dans la tête, je regarde Gabach et Verhaeghen qui ne disent rien, puis Franck Beauvais qui me toise durement.

– Il n'y aura pas de commission disciplinaire, mon vieux.

– Et pourquoi il n'y en aurait pas ?

– Parce qu'il ne s'est rien passé.

Je cherche un soutien, je sais que Gabach ne lâchera rien, je regarde Verhaeghen, mais elle est affairée avec les gars de l'IJ à prélever des affaires de toilette pour les mettre sous scellés.

– Verhaeghen.

Pas de réponse, pas de regard, elle s'occupe d'une brosse à dents sans ciller, je la prends par le bras et j'insiste.

– Verhaeghen, s'il te plaît.

– Lâche-moi Prigent, on n'est pas là pour vos petites histoires de gamins. On a un cadavre avec la tête carbonisée sur les bras, c'est autrement plus important que tes enfantillages.

Beauvais arrive par-derrière, me met un bras sur l'épaule.

– C'est des choses qui arrivent, mon vieux. On ne va pas alerter les bœufs pour ces broutilles, ils ont autre chose à foutre. Le lieutenant Kertesz est sous pression en ce moment, ça pourrait arriver à n'importe qui.

Je retire son bras d'un coup sec et je lâche :

– Pas à moi. Qu'est-ce qu'il faisait là ? Qui l'a prévenu ?

– J'en sais rien, mon vieux. Ça a tout l'air d'une chambre de passe, donc peut-être qu'il connaît la pute.

– Il sait quelque chose. Il a reconnu cette fille et il sait quelque chose. Je veux l'interroger demain pour qu'il nous dise ce qu'il a à nous dire. Bon Dieu Franck, il a déjà planqué toutes les adresses du dossier Jovanovic, il nous empêche de bosser normalement.

– Arrête ta parano, mon vieux. T'as vu un cadavre et t'es secoué, mais là il faut se reprendre.

– Je veux Kertesz demain. Sinon j'appelle l'IGS.

Trente minutes après, j'ai un nouveau pansement sur l'œil et je suis dans la cage d'escalier avec Nesrine. Elle a l'intelligence de ne pas me poser de questions sur ma tête en vrac, et on attaque l'interrogatoire du tac au tac. C'est le voisin d'en face qui a appelé, il est excité comme une puce, en robe de chambre sur le palier, avec des tics de visage qui laissent deviner une sorte de névrosé sous amphets. Je gère les questions, Nesrine reste en retrait, en mastiquant son chewing-gum et en le fixant avec ses yeux de renard comme pour essayer de le calmer.

– Je peux aller voir ?
– Non. Pourquoi vous avez appelé ?
– Ça fait bien dix jours que ça sent fort, mais là ces derniers jours, c'est vraiment devenu insupportable. Je pensais qu'ils avaient oublié de vider les poubelles alors j'ai frappé mais ça ne répondait pas. Ça commençait à sentir dans mon appartement, c'était vraiment infect, alors j'ai appelé la police. Qu'est-ce qui se passe ?
– On vous dira.
– Je peux aller voir ?
– Non. Vous connaissez la locataire ?
– Je l'ai croisée deux ou trois fois, c'est une jeune fille au pair, très gentille, très bien élevée, mais je crois qu'elle ramène souvent des conquêtes chez elle.
– Vous avez vu des hommes venir ici ?
– Je n'en ai pas vu à proprement parler, mais par contre j'en ai entendu. La nuit, ça faisait du bruit.
– Vous parlez de relations sexuelles ?
– Oui. Elle est morte, c'est ça ? C'est un de ces types qui l'a tuée ?
– L'appartement est à elle ?
– Non, c'est un appartement que le propriétaire loue sur des sites internet.
– Vous avez son nom ?
– Je ne l'ai pas mais on peut demander au syndic, ils sont au deuxième étage. Qu'est-ce qui se passe, elle est morte ?
– Vous l'avez vue quand pour la dernière fois ?
– Vous pouvez répondre à mes questions ?
– Vous préférez répondre aux nôtres au commissariat ?
Il grimace, je reprends :
– Vous l'avez vue quand pour la dernière fois ?
– Il y a un petit mois je crois. On l'a vue très peu ces derniers temps. C'est aussi pour ça que je m'inquiétais.

– Vous pourriez retrouver le jour exact où vous l'avez vue ?

– Non, je ne pense pas. Vous savez, ici tous les jours se ressemblent.

– Vous vous rappelez si elle était accompagnée d'une de ses conquêtes ?

– À chaque fois que je l'ai vue, elle était seule. Vous pouvez me dire ce qui se passe maintenant ?

– Votre voisine est morte.

– Elle s'est fait tuer ?

– Il y a des chances qu'on écarte la thèse du suicide effectivement. Vous voulez bien noter votre numéro de téléphone ici ? Je vais vous demander d'être joignable ces prochains jours au cas où on ait besoin de plus d'informations de votre part.

– Pas de souci. Elle s'est fait salement tuer, hein ? Je ne sais pas pourquoi, mais ça sent le truc odieux.

– Arrêtez de regarder des films et retournez dormir. On vous sonnera si besoin.

Le reste de la nuit se déroule comme on déroulerait un tapis sans fin, lentement, sans trop d'inspiration, aspiré par le temps immobile des heures matinales. À quatre heures, le groupe est au complet dans les bureaux du 36, tout le monde prend un café bien chaud, Nesrine prend un thé citron avec un goût de désinfectant parce qu'elle ne boit pas de café, je prends une soupe tomate-vermicelles parce que j'ai peur des effets de la caféine à cette heure-là, sans avoir dormi et avec toutes les heures que je me suis déjà enfilées aujourd'hui. Je fais le topo sur le voisin qui a sonné l'alarme, Verhaeghen fait le sien sur la scène de crime, Beauvais assigne les tâches pour la journée qui arrive, lui-même à l'autopsie avec Gabach, Nesrine et moi à la recherche de témoins oculaires, Verhaeghen et Coco sur la piste du propriétaire de l'appartement et de caméras de télésurveillance installées dans la rue.

De cinq à sept heures, je regarde à nouveau le fichier des disparues, les visages défilent sous mes yeux fatigués, je trie d'abord par sexe, puis par couleur de peau, par taille et par date de disparition, je trouve au final deux pistes possibles, que je mets de côté parce qu'elles ont sensiblement le même âge que la victime.

Élodie Klein, portée disparue le 11 mars 2011 : blanche, un mètre soixante-cinq, brune, cheveux au carré, yeux marron, une tache de naissance sur le mollet droit.

Amandine Salmon, portée disparue le 16 mars 2011 : blanche, un mètre soixante-et-onze, blonde, les cheveux longs, yeux verts, pas de signes particuliers. Je pense au tatouage avec la sirène entre ses omoplates, j'écarte le fichier, puis je doute et je me dis que ça se tente quand même, peut-être qu'Élise aussi a des tatouages et que j'en sais foutre rien, je reprends le fichier.

Mes yeux se ferment, je ronfle une bonne heure devant l'ordinateur, la tête enfouie dans mes bras croisés comme un gamin d'école primaire, c'est un sommeil de plomb, un sommeil sans rêves, et je crois que c'est mieux comme ça, quand on voit des cadavres aussi marqués, on n'espère qu'une seule chose, qu'ils reviennent le moins possible dans nos songes.

C'est Nesrine qui me réveille en me collant une tasse de café sous le museau.

– Au boulot, capitaine.

Je souris, j'ouvre les yeux, l'œil gauche ne s'ouvre pas, les cils collés par le pus séché, je tâte le pansement et je sens la tempête qui gronde de douleur sous mon crâne. La journée commence, deux Nurofen avec le café, je garde les anxios pour plus tard.

– Merci Caoua.

Nesrine tique, se retourne, je sais que c'est le genre de blague qu'elle n'apprécie pas, mais elle se fend d'un large sourire en me montrant les clés de la 307 :

– De rien, balance. Prêt pour l'enquête de voisinage ? Ou est-ce que monsieur préfère passer sa matinée avec ses petits copains de l'IGS ?

À huit heures douze, on est de retour dans la rue de Monceau, la flicaille a évacué et le quartier est terriblement calme, comme si Paris prenait sa pause après la tempête, comme s'il ne s'était rien passé la nuit dernière. On se gare devant une porte de garage en prenant bien soin de mettre le gyrophare sur le tableau de bord pour pas qu'on nous embête, et puis on retourne en enfer.

On monte les marches, on descend les marches, on remonte les marches, on bâille, on croise des hommes qui râlent parce que la salle de bains est occupée, des femmes qui braillent parce qu'il est déjà l'heure depuis au moins un bon quart d'heure alors maintenant il faut y aller, des enfants en pyjamas de soie qui font leur sac d'école en suçant leur pouce, une petite vieille qui avale des verres de Suze comme si c'étaient des jus d'orange, des femmes seules, des vraies Parisiennes, acharnées au travail, des hommes seuls, des vrais Parisiens, acharnés au travail, et on leur pose à tous la même batterie de questions :

– Connaissez-vous la locataire du quatrième étage gauche ? Avez-vous remarqué quelque chose d'anormal au cours du dernier mois ? Avez-vous entendu des hurlements il y a environ trois semaines ? Avez-vous vu des visiteurs entrer dans son appartement ?

Et toujours les mêmes réponses :

– Pas vraiment. Non. Non. Oui.

Toujours le même empressement, pas le temps monsieur l'inspecteur, ça n'existe plus les inspecteurs, bon d'accord, monsieur le flic alors si vous préférez, on dit capitaine, pour votre information, vous m'emmerdez avec vos questions je n'ai pas le temps, et puis d'abord qu'est-ce que qui se passe au juste ?

Rien de sérieux à se mettre sous la dent en deux heures, à part Mme Rémy, deuxième étage droite, qui met de la Suze dans le café de ses visiteurs le matin, et qui doit passer ses journées à regarder ses voisins par la fenêtre vu tout ce qu'elle a à nous raconter. La première fois je dis non, pour les maux de tête ça fait l'affaire mais pour les crampes d'estomac ça ne pardonne pas, la deuxième fois je dis oui, commençons par soigner la tête, le ventre on verra plus tard. Elle nous détaille les allées et venues de la victime, environ une à deux fois par semaine, toujours en fin de journée, toujours le même processus : la fille arrive seule dans l'appartement, un homme la rejoint un peu plus tard, puis l'homme redescend au bout d'une heure, et elle descend à son tour quelques minutes après.

Mme Rémy se penche vers nous en fronçant les sourcils :

– C'est une putain. Elle s'habille comme une putain. J'ai calculé les allées et venues des hommes, c'est toujours pour une heure, pas plus. Ils la tronchent et ils se barrent.

J'avale mon café Suze de travers, je tousse, j'en renverse sur le tapis à fleurs.

– Je l'ai dit au syndic mais ils ne m'écoutent pas. Elle est morte, c'est ça ? Elle s'est fait zigouiller, la putain ? Ça ne m'étonne pas, toutes les putains se font zigouiller un jour ou l'autre. Il arrive un moment où c'est pas une bite qu'elles se prennent dans le cul, c'est un coup de surin.

Je regarde Nesrine, j'hésite entre hurler de rire et me mettre à pleurer.

– Et je vais vous dire une chose : c'est bien fait pour leur gueule. Quand on aime autant la bite, faut pas venir se plaindre après.

– Vous vous rappelez quand elle est venue pour la dernière fois ?

– Je ne sais plus, il y a un mois environ. Elle s'est farci un bonhomme, et puis elle est redescendue.

– Vous l'avez vue redescendre ?

– Je l'ai juste entendue, mais c'était elle, je l'ai reconnue avec ses talons de putain qui foutent un bordel pas possible dans l'escalier.

– C'était la dernière fois que vous l'avez vue ?

– Oui, la dernière, j'espère bien que ça sera la dernière.

– Est-ce possible qu'elle soit venue après et que vous ne l'ayez pas entendue ?

– C'est possible. Parfois je vais au théâtre le soir avec ma fille, ça arrive que je ne sois pas là quand elle vient.

– Vous pouvez nous donner les dates auxquelles vous étiez au théâtre ces dernières semaines ?

– Tout est noté sur mon agenda mural.

Nesrine suit du regard le doigt de Mme Rémy, se lève et commence à noter sur son calepin les informations qu'elle relève sur l'agenda.

– Vous avez vu les hommes qui venaient la voir ?

– Certains oui.

– Vous pourriez les reconnaître ?

– Oui.

– En faire des portraits-robots ?

– J'en sais rien, j'ai jamais fait de portraits-robots.

– Je vais vous demander de nous suivre au commissariat si vous voulez bien, Mme Rémy.

– Vous pensez que j'ai buté la putain ?

– Non. Pour établir des portraits-robots avec nos techniciens.

Elle me montre la bouteille, je hoche la tête, elle la met dans son sac.

À dix heures trente-neuf, on est à peine revenus au 36, avec Mme Rémy plus quelques voisins fraîchement placés entre les mains des gars de l'IJ, que mon vieux portable sonne et réveille la moitié de l'étage avec sa sonnerie infernale : Catherine Salmon, qui répond au message laissé de bonne heure ce matin sur son téléphone. L'échange est bref, sa fille est toujours portée disparue, elle nous rejoint ici.

À dix heures quarante-trois, j'appelle Franck Beauvais pour vérifier que l'autopsie n'a pas commencé, il me dit que ça ne saurait tarder, je lui demande de patienter encore un peu pour pouvoir faire l'identification avant qu'elle soit charcutée.

À dix heures quarante-six, je bâille encore, j'essaye de me réveiller à la machine à café, des gars du groupe Le Goff me parlent de leur sac de membres, je leur parle de ma petite putain avec la tête cramée, mais dès que je m'exprime je sens ma bouche, ma langue, mes articulations qui fatiguent, je vois des petits points verts, des petits points rouges, mon cœur qui commence à s'emballer, c'est le signe que je fatigue alors je retourne me rasseoir au bureau.

À dix heures cinquante-deux, j'allume mon ordinateur avec l'intention de coucher notre matinée sur une feuille blanche, mais le téléphone du bureau sonne, c'est l'accueil, Catherine Salmon est en bas et elle m'attend. Je sais que Nesrine déteste par-dessus tout rédiger les rapports, alors je lui lance un regard malicieux en prenant la porte.

– Tu ne veux pas que je vienne avec toi plutôt ?

– Tu préfères devoir gérer une mère esseulée qui va reconnaître sa fille de seize ans dans un cadavre calciné ?

– Je fais le rapport.

En temps normal, de bon matin comme ça, j'aurais dévalé les marches quatre à quatre comme un jeune homme mais là, avec juste une heure de sommeil dans les pattes, je les prends les unes après les autres, comme si je portais tout le poids du 36 sur les épaules.

J'ai l'impression que chacune de mes jambes pèse trente kilos quand j'arrive au rez-de-chaussée, Catherine Salmon attend à l'accueil, c'est une belle femme, une très belle femme, qui brille de mille feux comme une apparition divine, entourée de petits points rouges, petits points bleus, je cligne des yeux pour les faire disparaître mais ils sont toujours là, elle porte un tailleur chic, petits points verts, elle me toise avec ses yeux embués de larmes et son visage sec. Je lui serre la main, je m'attends à une paluche molle de mère dévastée, mais c'est une poigne de fer qui m'électrise la main et toute la colonne vertébrale avec. Sur la route de l'IML, je commence par la mettre en garde doucement :

– Je préfère vous prévenir, madame Salmon, l'identification risque d'être un moment douloureux, que ce soit votre fille ou non. Le corps que l'on a retrouvé a la tête calcinée.

– Je n'ai pas peur. J'ai vu toutes les horreurs du monde quand j'étais en Bosnie, alors un cadavre brûlé, vous savez, je sais ce que c'est.

– Vous y étiez pendant le conflit ?

– Je suis arrivée vers la fin 94 avec une mission de l'ONU.

– Vous êtes militaire ?

– Je travaille en tant que consultante internationale sur les conflits géopolitiques.

Silence de dix secondes, j'attends qu'elle me pose des questions, comme n'importe qui dont la fille aurait disparu depuis trois semaines, mais ça ne vient pas alors j'embraye :

– Je préfère aussi vous prévenir que le corps est en état de décomposition avancé. La mort remonte à environ trois semaines, ça n'est pas beau à voir.

Silence encore, elle regarde droit devant elle, comme si la route était sans fin. Au moment où je m'apprête à le briser en renchérissant sur l'état du corps, c'est elle qui me prend de court :

– En novembre 95, on a découvert un charnier entre Zvornik et Visegrad, dans un petit bled de campagne. On cherchait un de nos traducteurs bosniaques qui avait disparu depuis des mois et on est tombés sur un trou rempli de trois cents cadavres. Ils avaient tous été tués cinq mois plus tôt, abattus comme des chiens et jetés dans la fosse. On est descendus dedans pour retrouver notre petit traducteur. Après trois heures passées à se vomir dessus, on l'a trouvé, enfoui sous des dizaines d'autres macchabées.

Les petits points devant mes yeux se transforment en cadavres, des Bosniaques décimés par dizaines, par centaines, haut-le-cœur, nausée, vertige, je sens la crise d'angoisse qui monte, je déglutis, difficilement, puis je lui sers tant bien que mal un regard compréhensif, qu'elle ponctue aussitôt par :

– La pourriture, je connais, ne vous en faites pas pour moi.

À l'IML, mon angoisse est retombée, j'essaye de garder le cap malgré l'éreintement et tous ces petits points de couleur qui brouillent ma vue. Les trois cents Bosniaques de Catherine Salmon ne peuvent rien y faire et son visage se décompose à la vue du macchabée, elle le regarde sous toutes les coutures, trouve la force inouïe de faire le tour complet du corps, de s'approcher du visage calciné de quelques centimètres et, en une fraction de seconde, je sens ses muscles qui lâchent, sa tension qui redescend, son masque de consultante internationale qui éclate et dévoile celui de la mère sous le choc.

– C'est elle, mon Dieu, c'est elle. C'est Amandine.

– Vous êtes sûre de vous ?

– Oui.

– Vous n'avez pas précisé qu'elle avait un tatouage dans l'avis de disparition.

– Je ne savais pas qu'elle en avait un, mais ça ne m'étonne pas d'elle. Elle ne me disait rien.

Elle se retourne vers moi et me regarde, les yeux perdus, et dans ses beaux yeux maquillés je vois la même détresse que je croise chez tous les parents de victimes, mais avec bien plus de *self-control*.

– Oui, c'est elle, c'est bien elle.

Elle me regarde sans discontinuer, la bouche grande ouverte, comme si j'allais dire ou faire quelque chose qui allait tout arranger, mais non elle est morte, morte de chez morte, et ni moi ni personne n'y pourrons jamais rien. Je m'approche d'elle et tente un geste amical, elle fond dans mes bras, pleure à chaudes larmes avec son maquillage qui coule et qui déteint sur ma chemise. Je lui caresse maladroitement le dos pour la rassurer, et par inadvertance je lui sens les cheveux, ça sent quelque chose que je connais, quelque chose que j'aime et qui me rappelle un amour lointain, sûrement une marque de shampoing quelconque, et pendant ces quelques secondes j'oublie les cadavres et je me sens bien.

Elle doit comprendre que je lui sens les cheveux parce qu'elle recule brusquement et retrouve son visage de consultante aussi sec :

– Je suis désolée.

– Il ne faut pas, madame Salmon, je vous en prie. On sait très bien que c'est un moment difficile.

– J'imagine que je dois signer quelque chose pour l'identification ?

– Oui. Vous ne voyez pas d'inconvénient à ce que je vous pose également quelques questions ?

Le regard fixé au sol :

– Allez-y.

– Est-ce que vous louez un studio pour Amandine ?

– Non, elle dormait à la maison. Amandine avait à peine seize ans.

– Vous n'avez aucune connaissance d'un appartement dont elle aurait été locataire ?

Elle me regarde avec insistance :

– Non.

– Je vous demande ça parce qu'on l'a trouvée dans un studio qu'elle louait visiblement elle-même.

– Vous me posez des questions ou vous faites les réponses avec ?

– Ça ne vous intéresse pas ?

– Non.

– Est-ce qu'Amandine s'absentait parfois du domicile le soir en semaine ?

– On la laissait sortir deux à trois fois par semaine avec ses amies.

– Vous savez où elles allaient ?

– Pas vraiment. Dans les bars ou chez l'une d'entre elles, j'imagine.

– Vous avez des noms à nous donner ?

– Je dois avoir ça à la maison.

– Savez-vous où elle en était sur le plan sexuel ?

– Elle avait un petit copain l'an dernier, mais ça s'est arrêté je crois. Nous n'avons jamais parlé de sexe ensemble.

– L'avez-vous vue fréquenter des hommes âgés ?

– Pardon ?

Je toussote de gêne, et je répète :

– L’avez-vous vue fréquenter des hommes âgés ?

– Non. C’est terminé ? Je ne suis pas certaine de vouloir en savoir plus.

– On peut s’arrêter là. Désolé pour ces questions, je sais que vous êtes retournée.

– Merci, capitaine.

– Je vois que vous connaissez les galons.

– Mon mari travaille à la DGSE.

Je hausse les sourcils, elle se rapproche de moi jusqu’à être à quelques centimètres à peine de mon visage, je sens son haleine sur ma peau, une haleine mentholée, exquise, ses lèvres séparées des miennes par un espace infime, je sens quelque chose de chaud m’envahir le ventre, puis elle me dit :

– Je n’ai pas besoin d’en savoir plus, mais je veux une chose.

– Quoi ?

– Que vous trouviez l’ordure qui a fait ça.

Je passe l’après-midi à bâiller devant un ordinateur, bâiller si fort qu’à chaque fois que j’ouvre la bouche j’ai l’impression que ma mâchoire est en train de se décrocher. Devant mes yeux, Salvac, le nouveau logiciel commun à la police et la gendarmerie qui permet de comparer des modes opératoires : je cherche des fillettes torturées aux brûlures de cigarette, des fillettes violées et assassinées, des fillettes avec des chiffons d’essence dans la bouche.

Les scènes d’horreur me défilent sous les yeux, sous mon crâne c’est le champ de bataille, mais la fatigue m’empêche de me concentrer suffisamment pour avoir conscience de l’étendue de l’ignominie de ce que je vois. Un cadavre retrouvé en morceaux dans un congélateur : une fillette de neuf ans. Je bâille. Les restes de deux cadavres brûlés et enterrés dans un jardin : deux sœurs de onze et treize ans. Je bâille encore. Un cadavre éventré et vidé de ses organes reproducteurs : une lycéenne de quinze ans. Je bâille.

J'arrête de bâiller quand je trouve un cas qui m'intéresse : une jeune fille de quinze ans, disparue le 9 mai 2006 à Pantin, retrouvée quatre jours plus tard à Paris dans les poubelles d'un hôtel luxueux du VIIIe, torturée, démembrée, brûlée à l'essence.

Je fonce aux archives, je fouille pendant vingt bonnes minutes, sans ciller, et je finis par trouver le dossier. Des photos sans fin, sous tous les angles, du cadavre en morceaux dans une grande poubelle, en partie brûlé, les membres dispersés, et puis les photos de détails, toujours les pires, celles qui restent des jours et des jours gravées dans le cerveau, parfois des mois, parfois des années : les minces lèvres brûlées, les orbites grandes ouvertes, les bras remplis d'hématomes, le vagin déchiré.

Je lis les rapports d'enquête, les contributions de l'IJ, les expertises : deux mois d'investigation, un suspect appréhendé en juillet 2006, reconnu coupable en octobre 2006 et enfermé depuis à Ensisheim, le pire repaire de criminels sexuels en France. Je dis :

– Merde.

– Quoi, merde ?

Je me retourne, surpris, Verhaeghen est dans l'embrasure de la porte avec son habituel regard de glace et son long cuir noir.

– Réu.

– J'arrive.

– Maintenant.

Dans la salle de réunion, les derniers rayons du soleil à l'horizon éclairent des photos d'Amandine Salmon fraîchement épinglées sur le mur : gros plans de son crâne, de ses bras, de son vagin, de son cou, de ses poignets, de ses pieds, de ses seins, de chaque partie de son corps qui a subi les moindres sévices, le tout magnifié par cette splendide lumière du soir. À vomir.

Nadia Chatel est debout face à nous, en chef d'orchestre, on la regarde lire ses notes et nous distribuer la parole. Tout le groupe, plus quelques flicards, l'écoute religieusement, assis sur des chaises, à part Verhaeghen, debout, en retrait comme toujours, adossée contre le mur du fond.

– L'identification a été faite, il s'agit d'Amandine Salmon, née le 8 février 1995 à Paris, d'une mère consultante pour l'ONU et d'un père officier pour la DGSE.

Réactions d'étonnement et sifflements discrets.

– Portée disparue depuis le 16 mars dernier. Loue un appartement rue de Monceau mais vit chez ses parents. Pas d'antécédent judiciaire, mais une arrestation le 13 décembre 2010 par la BAC du XVe pour possession de cannabis. Rien de méchant, une GAV de dix-sept heures et relâchée dans la foulée. Elle était accompagnée d'une de ses fréquentations, Vincent Fernandez, qui est visiblement un petit dealer du Sud-Ouest parisien. Dans nos priorités pour les auditions.

Nadia Chatel relève la tête de ses notes, nous regarde, pointe les photos au mur avec son stylo.

– Comme vous pouvez le voir, on a pu faire quelques agrandissements des photos prises par les gars de l'IJ. Lieutenant ?

Patrice Gabach se lève, il a des gestes brusques, les mains qui tremblent, des tics nerveux avec ses yeux : visiblement épuisé et sous médocs. Il nous passe les rapports d'autopsie et embraye :

– Comme vous avez pu le voir, la tête de la victime est entièrement calcinée, suite à la mise à feu d'un chiffon imbibé d'essence qu'on lui a fourré dans la bouche. Le corps présente également des brûlures de cigarette au niveau des bras et de l'abdomen, ainsi que des ecchymoses et des hématomes au niveau de la poitrine et dans le dos. Les poignets portent des traces de déchirures de la peau, visiblement liées à des menottes utilisées avant la mise à mort. On remarque également un œdème sur le crâne et des traces de strangulation autour du cou, ce qui nous fait penser que la victime a d'abord été frappée et étranglée dans la pièce principale, puis déplacée, inconsciente, dans la salle de bains. La mort est vraisemblablement liée à l'inflammation de la tête.

Beauvais rajoute :

– L'analyse des tissus du vagin et de l'anus montre également que la fille a été violée.

Je déglutis difficilement en imaginant ce qu'a dû endurer cette petite qui repose maintenant dans un tiroir frigorifique, mais j'ai à peine le temps de laisser mes pensées s'échapper que Beauvais reprend :

– Les analyses toxicologiques sont en cours. Concernant l'appartement, il n'y a aucun signe d'effraction, ce qui laisse penser que la relation a pu être consentie au départ. La zone a été ratissée de fond en comble, on n'a malheureusement pas pu trouver l'objet qui a servi à la frapper à la tête. On a par contre les restes de ses vêtements déchirés, ainsi qu'une collection de godemichés, dont certains ont visiblement servi il y a peu. Tout est parti au labo.

Verhaeghen, depuis le fond de la pièce :

– Pas d'effets personnels ?

– Non, rien. Ça ressemble clairement à une chambre de passe.

Nesrine, avachie sur sa chaise comme une lycéenne, se redresse d'un coup et prend la suite, tout en continuant à mâchouiller son chewing-gum :

– Ce qui colle avec les témoignages des voisins. Elle avait l'habitude de recevoir des hommes plus âgés. Plusieurs témoins ont passé un bout de journée ici à faire des portraits-robots avec nous, on a réussi à créer quatre modèles différents.

Elle tend ses photocopies à Beauvais qui nous les fait passer : des portraits-robots avec des visages de portraits-robots, pathétiques et angoissants. Et parmi toutes ces gueules patibulaires, un visage d'ange arrivé là comme par magie, celui d'une jeune fille avec des grands yeux noirs, un petit nez et une frange comme on en voit plein chez les gamines de son âge.

– Des voisins ont vu cette fille monter à l'appartement de la victime, puis ressortir quelques minutes après. On croyait au départ que c'était une amie qui lui avait rendu visite, mais il semblerait qu'elle soit venue après la mort. Ce qui veut dire qu'elle a les clés. Et qu'elle a vu le cadavre, sans alerter la police.

Nadia Chatel enchaîne :

– Est-ce qu'on connaît précisément le jour de l'agression ?

– Le légiste date la mort au 15 mars. Sans certitude pour l'instant, on attend encore les résultats d'analyse de sang. Mais ça colle avec la disparition qui a été déclarée le lendemain.

Coco embraye :

– On a eu le lycée qui confirme qu'elle était bien en cours le 15 mars. Absente à partir du 16.

Chatel acquiesce, laisse passer un petit silence de quelques secondes, pendant lequel tout le monde est scotché à ses lèvres, puis elle relève la tête et reprend :

– J'ai pas besoin de vous faire un dessin, entre le tatouage dans son dos et la date présumée de sa mort, c'est pas deux affaires qu'on a sur les bras, c'est une seule. Demain à la première heure j'appelle le proc pour lui dire où on en est, et comme vous le savez on va sortir de l'enquête flagrante pour passer au dossier d'instruction. Ce qui veut dire qu'on va commencer à attirer les médias comme des mouches à merde. On a une élection l'an prochain, donc le préfet est particulièrement tendu et m'a expressément demandé à ce qu'on ne fasse pas de vagues. Ça sent l'affaire qui pue à plein nez, il faut absolument éviter les fuites. Je vous demande donc de fermer vos gueules, même pour les copains journalistes ou qui que ce soit. Rien ne sort de ce bureau. On a tous ici l'expérience de grosses affaires de ce type qui ont mal tourné à cause des journaleux, donc on écrase. C'est clair ?

Tout le monde opine du chef, Chatel laisse passer un silence approbateur et reprend :

– Comme vous le savez, en ce moment, c'est bouché dans les services. J'espérais qu'on puisse avoir quelques éléments du groupe Le Goff avec vous là-dessus, mais ils sont occupés sur leur sac de membres et ils n'ont personne de dispo. Vous allez donc vous débrouiller tout seuls comme des chefs. On a trois cadavres sur les bras, qui sont la priorité numéro 1, donc toutes les autres enquêtes, c'est en *stand-by*, je suis bien claire ?

L'assemblée approuve religieusement une nouvelle fois, puis Chatel conclut :

– Danuta Risztov était pistée par la BRP. On ne va pas pouvoir enquêter comme on le souhaite sur elle, on risque de gêner leurs investigations. Donc pour l'instant, c'est pédale douce de ce côté-là. En attendant, on met le paquet sur Amandine Salmon. Et sur l'identification du Corps Non Identifié Numéro Deux. Prigent et Bensaada, je veux que ce soit votre priorité : identifier ce putain de cadavre au plus vite.

On acquiesce.

– Quelqu'un a quelque chose à ajouter ?

Je lève la main, Chatel fait la grimace :

– Prigent ?

– J'ai fouillé un peu sur Salvac, j'ai trouvé une fille torturée et brûlée, ça date de 2006.

Je tends le dossier à Gabach pour qu'il le fasse passer à Chatel, il me regarde avec ses yeux qui suintent la dépression, fait tourner le dossier puis se met à triturer son stylo avec les dents comme s'il mâchouillait une côte de porc. Ça me tend, ces bruits de dents sur le plastique, son visage crispé, ça m'agace, je sens mes nerfs qui s'excitent, j'ai envie de lui prendre violemment son stylo et de le lui enfoncer dans l'œil, mais j'attends, avec ma jambe droite qui gigote et lui qui mâchouille, deux handicapés incapables de refréner leur stress.

Je regarde Beauvais en lui montrant le dossier dans les mains de la commissaire.

– Je crois que tu connais l'affaire, Franck, tu as émargé une partie des rapports qui constituent le dossier.

– Je sais de qui tu parles, c'est la petite Elena Perales, qu'on a retrouvée dans les poubelles d'un hôtel. Pas la peine de chercher de ce côté-là, celui qui l'a zigouillée ne pourra plus faire de mal.

– J'ai vu qu'il était à Ensisheim mais je n'ai pas eu le temps de vérifier s'il avait pu sortir plus tôt que prévu.

– Il n'est pas à Ensisheim, il est six pieds sous terre. Il s'est pendu avec son drap en 2007.

Je garde ma déception à l'intérieur, en hochant la tête avec un sourire d'approbation, puis Chatel commence à nous énumérer les priorités et les missions de chacun, quand j'entends Gabach qui chuchote à Beauvais, en montrant la porte :

– Sauve qui peut, voilà 1515.

Je me retourne, Marignan est dans l'entrée de la salle, imposant, avec sa coiffure en brosse et son mètre quatre-vingt-cinq, les bras croisés sous les aisselles, le visage serré comme un frein à main.

Nadia Chatel le salue :

– Commandant. Ça tombe bien, on terminait tout juste la réunion. Messieurs-dames, il ne me reste plus qu'à vous souhaiter une bonne nuit de repos, demain on attaque aux aurores.

On se lève de nos chaises dans un mouvement général, je salue l'équipe de la tête, tout le monde a les traits tirés et ne pense qu'à une chose, rentrer chez soi et dormir. Quand c'est mon tour de franchir la porte, Marignan s'interpose :

– Je peux vous parler, capitaine ?

– Non.

– J'insiste.

– Moi aussi. Il est presque vingt-et-une heures, j'aimerais pouvoir rentrer chez moi.

Il me montre mon pansement à l'œil :

– Je sais ce qui s'est passé. J'aimerais vous proposer une solution.

À ce moment précis, je sais que je fais une connerie, j'en suis certain, mais c'est ma rage qui l'emporte :

– Dites-moi.

– On peut en parler là-haut ?

– Suivez-moi.

Alors que tous les collègues sont partis, on s'installe à mon bureau, Marignan ne prend pas de gants, il démarre au quart de tour :

– Je sais qu'il y a eu une altercation hier. Je veux que vous témoigniez.

– Comment est-ce que vous savez ce qui s'est passé ?

– J'ai mes sources.

– Qui ?

– Je ne peux rien vous dire.

– Alors moi non plus, je ne peux rien vous dire.

– Ne faites pas l'enfant, capitaine.

Je commence à me lever.

– Soit vous me donnez toutes les clés, soit vous allez vous faire voir.

– C’est un technicien de l’IJ. Je ne vous en dirai pas plus.

Je me rassieds.

– Vous voulez quoi, exactement ?

– Je veux que vous m’aidiez à les coincer.

– Qui ?

– Berthelot et Kertesz.

– Je ne suis pas sûr que ça soit mes affaires.

– Je pense que ça peut le devenir.

Il me tend un dossier énorme, avec en lettres capitales sur la couverture : MORRONI – BERTHELOT – KERTESZ.

– Lisez ça. On en discute après.

Puis il se lève et sort de la pièce. Je pourrais retourner tranquillement chez moi, écouter des disques de free jazz en faisant l’amour à Isabelle, mais non, il y a cette saleté de curiosité qui me pique un peu partout, qui me donne des fourmis dans les doigts, qui évacue la fatigue d’un coup de pelle et m’envoie suffisamment de patate dans le sang pour me rendre capable de tenir encore des heures et des heures, à lire des rapports et à regarder des photos.

J’hésite quand même un instant, je sais que je m’engage dans quelque chose qui me dépasse mais, rien à faire, le vice a raison, et j’ouvre la boîte de Pandore.

Morroni, Michel. Né le 13 septembre 1952 à Marseille, élevé par sa mère, femme de ménage seule et sans revenus, avec trois enfants à charge. Un frère décédé en 1971, tué d’une balle dans le dos. Meurtre non résolu mais visiblement lié à la French Connection. Une sœur encore en vie, établie en Algérie, où elle vit aux côtés d’un directeur régional du groupe Total. Passe son bac en 1972 après la mort de son frère, puis sert dans la Légion pendant cinq ans en Afrique du Nord. Disparaît ensuite des radars, mais son nom apparaît en tant qu’homme de main dans les registres des dernières années du SAC[1] avant l'arrivée de Mitterrand au pouvoir. Passe le concours d'officier en 1980 et est affecté à la PJ de Marseille où il officie à la Mondaine, puis aux Stups en 1989, après la scission des services. Crée un fonds de blanchiment d'argent pour Front national Police dans les années quatre-vingt-dix, qui sert à financer des punitions expéditives, des campagnes locales, des troubles de manifestations à caractère gauchiste, de l'espionnage d'élus locaux et nationaux (noms des élus caviardés, pas d'accès à ces données : classé secret défense par la DCRI). Se rapproche de voyous corses liés au gang de la Brise de Mer, et notamment de Richard Casanova, Michel Tomi, Jean-Luc Germani et Dominico Battesti, qui deviennent officiellement ses indics, et plus officieusement ses amis. Rencontre Daniela Sarand, qui devient sa deuxième femme et accouche d'un petit Theo Morroni, son troisième enfant, et dont Dominico Battesti est désigné parrain au baptême. Stoppe à cette période ses activités politiques avec l'extrême droite, et se rapproche d'élus socialistes locaux, liés à des municipalités corses et au Conseil général des Bouches-du-Rhône. Se sert alors de prostituées pour compromettre des politiciens de droite et d'extrême droite (noms caviardés, pas d'accès à ce dossier : classé secret défense par la DCRI). Aide Dominico Battesti et ses hommes, dits « les Bastiais », à monter une société écran qui leur permet d'acheter des night-clubs et des casinos à Marseille et à Paris, dont la trésorerie sert également à blanchir l'argent de braquages de banques. Participe à l'arrestation d'Yvan Colonna, l'assassin du juge Érignac, en juillet 2003, grâce à ses relations avec les nationalistes

1. Service d'action civique : police parallèle créée par les fidèles de De Gaulle pour défendre ses intérêts et dirigée par Jacques Foccart, Pierre Debizet et Charles Pasqua. Dissous par Mitterrand en 1981.

corses et les RG[1] locaux. Trop remarqué pour ses frasques passées dans la région, il obtient sa mutation à la brigade criminelle de Paris en 2004, où il prend le commandement d'un groupe grâce à un moyen de pression sur ses supérieurs. En profite pour assurer le maintien des activités de ses amis corses à Paris, activités dont son ami Toussaint Mattei prend la direction opérationnelle pour faire face aux difficultés rencontrées avec les mafias russophones locales et avec une bande corse rivale, avec qui ils se disputent la gestion du Cercle Wagram. Continue à investir dans plusieurs business juteux grâce à ses connexions avec Dominico Battesti et Michel Tomi : casinos, boîtes de nuit et hôtels sur la Côte d'Azur, en Afrique et en Amérique du Sud, forêts de teck au Congo, mines de diamants, cacao, pétrole…

Des photos : Morroni gamin, Morroni avec ses collègues de la Mondaine de Marseille qui posent comme les quatre cavaliers de l'Apocalypse, Morroni à une réunion d'activistes d'extrême droite, Morroni qui fête son anniversaire au champagne dans les locaux des Stups de Marseille, Morroni avec Mattei, Battesti, Casanova et leurs femmes, en bermudas et en tongs, devant un yacht, des cocktails dans les mains.

Je souffle, je regarde l'heure : vingt-deux heures zéro six. Je pourrais rentrer mais non, j'ouvre le deuxième sous-dossier.

Berthelot, Gérard. Né le 19 janvier 1960 à Yaoundé, au Cameroun, d'un père colonel dans l'armée française, proche du général Max Briand, connu pour être responsable de plusieurs massacres en Afrique. Vient habiter en France en 1968 lorsque ses parents s'installent à Fréjus,

1. Renseignements généraux. Fusionnés avec la DST (Direction de la surveillance du territoire) au sein de la DCRI (Direction centrale du renseignement intérieur) en 2008.

où il suivra sa scolarité. Recalé du service militaire pour « faiblesses psychologiques », il suit son père qui retourne en Afrique à la fin des années soixante-dix. Peu de traces d'eux pendant presque dix ans, seul le nom du père apparaît dans des affaires de mercenariat au Gabon et en Côte d'Ivoire. Revient en France en 1989, après la mort de son père dans l'incendie de leur maison au Congo. Passe alors le concours d'officier et entre à la PJ de Marseille aux Stups, où il se lie d'amitié avec son supérieur Michel Morroni. Suit les traces de Morroni pendant toute la décennie, des années Front national Police au rapprochement avec la mafia corse, jusqu'à être muté à Paris à son tour en 2006, où il entre à la brigade de répression du proxénétisme. Y utilise ses réseaux pour mettre en place un racket organisé des proxénètes parisiens et pour soutenir les affaires de Toussaint Mattei, bras droit de Dominico Battesti : rachat de night-clubs, peep-shows, bars à hôtesses, restaurants, élimination de la concurrence, mise en place d'un réseau de prostitution, élimination systématique de toute note les concernant dans les rapports de police. Connu pour ses états de service souvent limites et sa consommation quotidienne d'alcool. De nombreuses plaintes à propos de son comportement, de la part de suspects interpellés et maltraités.

Des pages et des pages de plaintes, de 2006 à aujourd'hui, des photos de lui, de ses vertes années de gamin joufflu, sous le soleil provençal, à son visage ravagé par l'alcool et les embrouilles, gros et gras, déterminé, impassible, les yeux abattus comme s'ils étaient minés par la culpabilité.

Troisième dossier : Kertesz, Christian, né le 23 octobre 1970 à Paris, d'un père hongrois, traducteur, arrivé en France en 1956 pour fuir l'invasion russe, et d'une mère française, dactylographe, issue des classes populaires parisiennes. Un demi-frère et une demi-sœur plus âgés, issus d'un premier mariage de son père, le premier parti vivre aux États-Unis dans les années soixante-dix, la deuxième devenue assistante parlementaire puis directrice de cabinet dans une mairie des Hauts-de-Seine. Enfance sans histoire dans le XXe arrondissement parisien. Passe son bac en 1988, puis rentre à l'École nationale de police de Paris, où il est remarqué pour ses aptitudes physiques exceptionnelles – acuité visuelle de dix-huit sur dix à chaque œil – et intellectuelles. Affecté aux Stups en 1991, il monte les échelons petit à petit, jusqu'à devenir une pièce maîtresse du dispositif policier parisien en s'illustrant dans plusieurs célèbres affaires successives : saisie de quatre tonnes de cannabis en provenance du Maroc ; démantèlement, avec le soutien de la police colombienne, de la filière française liée au réseau d'import de Medellín ; gestion technique, en accord avec les Douanes, de plusieurs missions d'infiltration d'agents français dans les filières internationales ; enquête sur les réseaux de cocaïne dans le PAF, immortalisée par la fameuse descente dans les bureaux de Canal +. Soupçonné d'avoir recours à des pratiques illégales (détournement de perquisitions, vol de drogue, revente, aide aux dealers pour passer la frontière) pour démanteler les réseaux d'import de produits stupéfiants. Révélé positif lors d'un dépistage à la cocaïne en 2001 et contrôlé systématiquement tous les trois mois depuis. Se marie avec Sandra Diochet, hôtesse de l'air, en 2002. Se sépare d'elle en 2008, après la perte douloureuse d'un enfant nouveau-né. Soupçonné d'avoir braqué un baron de la drogue sud-américain avec son collègue Jérôme Dos Santos, dont on retrouvera plus tard le corps torturé et démembré dans une chambre d'hôtel. Dégradation de sa santé psychologique à partir de cette période, où il fait connaissance des Bastiais et de Gérard Berthelot, qui lui obtient sa mutation à la brigade de répression du proxénétisme en 2009.

Des feuilles annexes : une main courante déposée par son ex-femme pour harcèlement téléphonique, des plaintes pour violences classées sans suite, un témoignage écrit par un de ses anciens collègues aux Stups, expliquant avoir été menacé lors de son enquête sur une filière d'importation d'héroïne liée à la mafia corse, une note du commissaire Servan lors de sa mutation en 2009, précisant les facultés hors normes de Kertesz pour analyser les situations et repérer des indices.

En fin de dossier, des notes sur Patrice Gabach, Franck Beauvais, Toussaint Mattei, Dominico Battesti, Michel Tomi : je lis en diagonale, puis regarde ma montre, il est vingt-deux heures trente-trois, et mon envie de dormir s'est évaporée comme par miracle.

Marignan décroche à la deuxième sonnerie.

– Vous êtes plus rapide que ce que j'imaginais.

– Expliquez-moi ce que vous voulez.

– Ce que je veux, c'est les prendre en flag pour s'en débarrasser une bonne fois pour toutes. On a déjà amassé quelques preuves d'attitudes très limites, mais on a besoin de quelque chose de plus gros pour les sortir définitivement tous les deux.

– Vous voulez les prendre en flag sur quoi ? Leurs rapports avec Michel Morroni ?

– On ne touche pas Morroni. Morroni est intouchable. Il a trop de dossiers sur tout le monde, le seul moyen de l'avoir, c'est de lui mettre une balle dans la tête. Et ça arrivera bien un jour, parce qu'à mon avis ça soulagera un paquet de monde de le voir mort.

– Sur quoi alors ?

– Sur une de leurs combines. Le flag, on va l'organiser, on va les pousser à la faute.

– C'est légal ça ?

– On va faire en sorte que ça le soit.

– C'est quoi, la carotte ?

– La tête du groupe Beauvais dans quatre ans, dès que Franck aura monté les échelons.

– Comment est-ce que c'est garanti ?

– C'est un accord avec le divisionnaire. Beauvais veut passer commissaire et les huiles veulent en profiter pour s'en débarrasser. Nadia Chatel est dans le coup. Elle assure la promotion. Elle vous veut parce qu'elle a confiance en vous pour l'avenir de la BC. On a un juge d'instruction avec nous également, le juge Balers, qui bosse dessus depuis des mois pour les faire tomber.

– Vous attendez quoi exactement de moi ?

– Que vous m'aidiez à mettre en place une opération de surveillance de Berthelot et de Kertesz, qu'on trouve leur point faible, et qu'on l'utilise pour les piéger.

– Pourquoi est-ce que vous n'organisez pas ça avec des gars à vous ?

– Parce que tout le monde à l'IGS est fiché par Morroni. Impossible de faire des filatures ou quoi que ce soit concernant ses réseaux, c'est grillé en moins de deux jours. Le seul moyen que ça marche, c'est qu'ils soient prévenus au dernier moment. Donc on va faire l'interpellation avec mes gars, mais j'ai besoin de quelqu'un pour mener l'investigation en *off*. Je pourrais utiliser un privé ou quelqu'un de l'extérieur, mais j'ai besoin de quelqu'un qui soit au cœur de la PJ. J'ai besoin d'un haut gradé qui ait les épaules suffisamment solides. Quelqu'un de neuf qui ne soit pas encore souillé par ses relations avec les flics d'ici.

– Pourquoi vous ne prenez pas quelqu'un à la BRP ?

– Je ne peux faire confiance à personne à la BRP.

– Pourquoi moi ?

– Kertesz et Berthelot maintiennent en vie une partie des macs de Paris, capitaine. C'est une belle occasion pour quelqu'un qui a un sens de la justice aussi affûté que le vôtre, n'est-ce pas ?

– Vous n'avez pas répondu à ma question.
– Ne faites pas l'enfant, Prigent. Vous savez très bien pourquoi on pense à vous.
Je pense à Rennes, à cette saloperie de tribunal, grand comme l'enfer, je sens mon cœur serré, je pense à mon arrivée à Paris, à cette place bâtarde de capitaine dans un groupe hostile, je vois Beauvais, Gabach, Kertesz et Berthelot, qui essayent de m'empêcher de faire mon taf, parce que je suis un collabo, un putain de collabo, mon cœur est serré mais il palpite comme celui d'un chien enragé.
– Je marche. Mais à une condition.
– Laquelle ?
– Je veux faire sauter Patrice Gabach avec.
– Gabach, vous savez, c'est le syndrome de la caissière. Pas un mec méchant, juste un pauvre type qui a commencé par piquer des bons de réduction, puis des petites sommes dans la caisse, et finalement des plus grosses. L'argent et le pouvoir, toujours les mêmes vices. Vous savez de quoi je parle.
– C'est un salopard. Je veux qu'il fasse partie du deal.
– Si on touche à la BC, vous allez être plus que détesté, Prigent. Les Mœurs, c'est historiquement un nid de guêpes. Mais la Crime, c'est sacré.
Faire valser les habitudes, voilà ce que je veux. Débarrasser la PJ de ces petits coqs qui bossent au service de leur ego et de leur compte en banque plutôt qu'au service de la justice, voilà ce que je peux apporter.
– J'en ai rien à cirer.
Un silence.
– OK pour Gabach, on va trouver un moyen de le mettre sur la touche.
– Je veux une prime aussi.
– C'est prévu.
– Un acompte maintenant. Une année de salaire.

– Vous allez loin, capitaine.
– Alors débrouillez-vous tout seul. Je ne suis pas un mouchard.
– Je vais en parler avec le juge Balers et Nadia Chatel.
– Rappelez-moi quand vous pourrez me garantir tout ce que je demande.
Et je raccroche.

8

Vendredi 8 avril 2011

Arrivée au bureau à dix heures et demie avec un panini merguez dans la main. Les regards écœurés des collègues quand tu passes devant eux. Tu serres la main de Guignard. Il tire la tronche et se bouche le nez en te voyant. Tu penses : *vas-y, gerbe-toi dessus, ça me ferait plaisir*. Mais tu dis :

– Ça va, Guignard ?

– Non, ça pue ton truc de merde.

Guignard : moitié drôle, moitié connard. Des plaques d'eczéma plein la gueule. Deux tentatives de suicide : juin 2009 et mars 2010. La première en essayant de se pendre dans sa cave. Ses gosses ont réussi à le détacher avant qu'il y passe. A gardé la trace de la corde pendant plus d'un an. La deuxième, neuf mois après, en avalant toute une boîte d'Hypnogen. Retrouvé par ses gosses, encore une fois. Sauvé grâce à un lavage d'estomac à l'hôpital, quelques minutes avant de clamser. Trop de stress au boulot. Six mois d'arrêt après la deuxième tentative. Abandonné par sa femme. Revenu au bureau malgré tout, ce que tu n'aurais pas imaginé à l'époque. Fait le taf sans passion depuis. Shooté au Prozac non-stop.

– Tu peux éviter de bouffer cette daube devant moi ?

Dans ta bouche, c'est le feu d'artifice entre merguez brûlée et ketchup épicé. Dur à mâcher ce matin.

– Tu peux fermer ta gueule, Guignard ?

– Tu peux regarder la tienne, Kertesz ? T'as l'air aussi dégueulasse que ton sandwich.

Coup d'œil rapide dans la grande glace sur le mur : oui, toi aussi tu as une sale gueule. Semaine difficile : deux jours sans pioncer parce que tu as cru que Clotilde Le Maréchal s'était fait buter. Cocktail de médocs, alcool, coke, tout. Fini aux putes mercredi soir dans un état lamentable. Vanina t'a vu. Elle tire la gueule depuis. Soulagé parce que tu as regardé à nouveau la vidéo sur l'ordinateur de Nicolas Martineau. Le tatouage. Au niveau des fesses. Pas au même endroit. Tu as appelé Gabach pour avoir les infos. Il t'a donné tout ce qu'ils avaient à la BC. Première chose que tu as faite : ouvrir le carnet de contacts de Clotilde. Dès la première page : *Amandine Salmon*, écrit avec des doigts de fée, son numéro de téléphone, et un petit cœur rouge en bonus.

Petit cœur rouge sur le carnet de la petite : un code pour les contacts très privilégiés. Si tu rajoutes à ça son tatouage de sirène avec un porte-cigarette, le même que Clotilde, mais entre les omoplates : plus qu'une proche, une fille du gang. Gang de quoi ? Passé la moitié de la nuit sur Google et dans des banques d'images de tatoueurs : pas de trace de la petite sirène. Passé l'autre moitié de la nuit sur les sites d'escorts à la recherche du tatouage : rien trouvé. Résultat : encore très peu dormi, et une sale gueule de mort vivant ce matin, encore.

– Me soûle pas trop, Guignard, s'il te plaît. J'ai faim : je mange. T'as rien à dire : tu fermes ta gueule.

Un petit gloussement de rire et il se remet les yeux rivés sur son écran.

Le bureau de ton chef de groupe Gérard Berthelot est vide. Posé sur le cendrier rempli de mégots de gitanes : une petite carte. Annonce pour un pot ce soir, payé par les collègues du groupe Ferreira pour fêter la prise d'Henri Botey. Ils l'ont serré lundi, et dans tout Paris on entend parler que d'eux depuis le début de semaine. La grosse opé de l'année pour la BRP. L'Empereur de Pigalle enfin sous les verrous. Le groupe Berthelot, c'est peau-de-balle. Vous ramez sur Jovanovic depuis plus de quatre mois. Remarques du divisionnaire de plus en plus pressantes : *magnez-vous de boucler cette histoire, les gars*. Et pendant ce temps-là, tapis rouge pour le groupe Ferreira.

– Lieutenant ?

Tu te retournes : la belle Jelena, avec un paquet de pages gros comme la Torah sous le bras. Elle te regarde avec ses yeux pétillants de justice et son sourire fermé.

– La journée d'écoutes d'hier. Il y a un nouveau dans la boucle : Bayard.

– Un Français ?

– Je ne sais pas, il n'était pas en ligne. C'est Deda qui en parle.

Deda : *grand-père* en serbe. La pièce centrale de vos écoutes, qui importe les filles depuis l'Est et supervise les affaires à distance. Pas de nom, pas de prénom, aucune info, juste *Deda*. La clé de la filière. Le mec qui organise tout et que vous pistez depuis le début à travers Ranko Jovanovic, son homme de main. Deda qui tombe, c'est tout le réseau qui s'écroule.

– Merci Jelena.

– Je vous ai mis les fichiers audio sur le serveur, comme d'habitude.

Clin d'œil en signe d'acquiescement.

Tu prends les retranscriptions : presque une centaine de pages. Tu parcours les enregistrements sonores en même temps pour t'imprégner de leurs voix.

Premier appel de la journée : dix heures trente-cinq. Conversation en anglais. Un club d'entrepreneurs qui veut des filles. Qui ont repéré Dasha, Dorothea, Rebecca et Karolina sur le site internet : que des surnoms trouvés à la va-vite pour garantir le côté exotique. Commande pour ce soir. Karolina pas dispo. Anna à la place ? Va pour Anna. Rendez-vous pris à dix-neuf heures au fumoir d'un grand hôtel parisien. Tu mets de côté : futurs témoins à qui tu pourras foutre la pression si besoin.

Deuxième appel de la journée : onze heures un quart. Conversation en serbe.

– Oui, Rozalia ?

– Je suis désolée pour hier, Ranko, je voulais m'excuser.

– Qu'est-ce qui s'est passé ?

– Le client ne t'a pas rappelé ?

– Non. Qu'est-ce qui s'est passé ?

– Je n'y suis pas allée.

– Merde, Rozalia, ça fait la troisième fois en deux semaines !

– Je suis désolée.

– Qu'est-ce que t'as foutu, bon sang ?

– Je suis désolée, Ranko, vraiment désolée.

– Je te demande ce que t'as foutu, réponds-moi !

– J'ai trop bu, je me suis endormie.

– Il faut que t'arrêtes de boire Rozalia, c'est pas possible de continuer comme ça !

– J'étais pas très en forme, j'ai voulu me donner un peu de courage avant d'y aller.

– C'est pas comme ça que tu vas ramener de l'argent à ta famille Rozalia, tu le sais ?

– Je sais.

– T'es pas sur la bonne pente Rozalia, il va falloir te reprendre. T'as grossi depuis deux semaines, ça se voit. Il faut arrêter tout ça. Si tu ne maigris pas, on va devoir descendre ton tarif sur le site. Tu ressembles de moins en moins à ta photo, c'est pas bon pour l'image de l'entreprise.

– C'est noté, Ranko, je suis désolée.

– Tu ne vaux pas les deux-cent-cinquante euros, Rozalia. On va passer à cent-cinquante si t'arrêtes pas de boire et que tu ne maigris pas.

– Je vais faire un effort.

– J'ai du mal à te croire, Rozalia. Si tu veux rester à deux-cent-cinquante euros, il va falloir faire plus d'options. Tu ne fais pas la sodomie, ça serait bien que t'y penses si tu veux continuer à gagner de l'argent.

– Je vais maigrir et arrêter de boire, c'est promis.

– Si la semaine prochaine t'as pas retrouvé ta ligne, on te descend à cent-cinquante euros, on est d'accord ?

– C'est d'accord, je vais me reprendre en main.

Fin de la conversation. Dans ta tête : des images furtives de Rozalia. Tu reconstitues son visage à partir des photos d'elle prises dans le soum. Tu essayes de l'imaginer dans son appart merdique. Ses yeux pleins de mascara qui pleurent de honte. Sa bouteille de vodka, vide, au pied du lit. Enfilée à la va-vite pour appréhender plus facilement les clients et faire disparaître la boule au ventre. La boule qui lui triture les tripes avant chaque rendez-vous.

Troisième appel de la journée : midi et demi. Deda, furax comme rarement.

– Deda, qu'est-ce qui t'amène ?

– On a un souci avec un client qui est très énervé, Ranko. Et je ne suis pas content, mais alors pas content du tout.

– Le client de Rozalia hier ? Elle m'a dit.

– Qu'est-ce qui s'est passé, bordel ?

– Elle n'y est pas allée, elle avait trop bu.

– OK, alors fous-la dehors, cette conne !

– C'est noté, Deda.

– Elle a déconné, ça n'est pas le genre de client à qui il fallait faire ça. On passe pour des incompétents.

– J'avais oublié que c'était toi qui avais calé le rendez-vous. C'était qui ?

– Un collègue de Bayard, qui cherche des filles pour des clients à la Défense. Il voulait qu'on lui apporte plus de filles si la marchandise lui plaisait, c'était potentiellement une affaire en or.

– Je suis désolé, Deda. Di j'avais su que c'était une commande de Bayard, j'aurais fait plus attention à ce qu'elle y aille.

– Il faut soigner Bayard, parce qu'il est très énervé. Envoie-lui une fille ce soir pour t'excuser.

– C'est noté.

– Bien. Une autre merde à m'annoncer ?

– Rien de spécial. Je dois voir Marco ce soir pour son réseau de Bamboulas.

– Fais bien attention, comme je t'ai déjà dit, les Négresses, elles en foutent pas une. Et elles n'ont pas les boules donc faut les surveiller deux fois plus.

Coups de fil suivants : des clients qui veulent des filles et des filles qui se préparent pour les clients. Conversations en anglais, en français, en serbe, en hongrois. Des hommes d'affaires, seuls, de passage à Paris et qui ont entendu parler de l'agence avec des confrères. Des groupes d'hommes qui travaillent ensemble et veulent fêter une bonne nouvelle professionnelle. Des Parisiens mariés qui trompent l'ennui avec des escorts qu'ils enchaînent plus vite qu'ils ne changent de chemise.

Seize heures trente : coup de fil de Marco. Un de leurs partenaires, qui gère l'import de filles depuis l'Afrique. Déjà entendu deux fois sur la ligne de Jovanovic mais jamais identifié. Conversation en français :

– Marco, comment vas-tu ?

– Bien, bien, et toi Ranko ?

Accent cent pour cent français, grillé en cinq sec.

– Bien. Toujours OK pour ce soir ?

– Non justement, j'ai un souci.

Avec une petite touche de Provence. L'accent qui chante.

– Dis-moi tout.

– Je ne serai pas à l'heure, j'ai été retardé à Abidjan.

– Qu'est-ce qui se passe ?

– J'ai dû prendre toutes mes affaires avec moi, je quitte le pays. Gbagbo est sur la sellette, c'est une question de jours.

– J'ai suivi les infos, j'ai pensé à toi.

– On va devoir se réorganiser, Ranko. J'ai essayé de négocier avec des types qui bossent pour Ouattara, mais ils ne veulent pas entendre parler de nous. Toute la filière va sauter avec Gbagbo.

– T'es où ?

– À Alger, j'attends mon avion pour Paris.

– Tout va bien concernant la dernière livraison ?

– Oui. Le paquet doit arriver dans la nuit de dimanche à lundi.

– Combien au final ?

– Cinq. Que de l'Ivoirien.

– Quelle taille ?

– Du treize, du quatorze et du quinze.

– Bien. Ça ne devait pas être six au départ ?

– Si, mais j'en ai une qui a changé d'avis. Elle a préféré garder sa petite chatte pour elle et continuer à vivre dans la boue.

– Appelle-moi dès que t'es à Paris.

Marco, un proxo qui ramène des gamines de treize ans depuis la Côte d'Ivoire, et qui pointe sa tronche ce soir à Paris : le jackpot de la semaine. Avec en prime un nouveau nom lié à la filière : Bayard. Double jackpot.

Tu te tournes vers Guignard, scotché sur son écran.

– Guignard ?

– Ouais ?

– Bayard, ça te dit quelque chose ?
– Là, comme ça, non.

Tu lui lances les retranscriptions. Il manque de se les prendre en pleine tronche, à quelques centimètres près.

– Mets-toi là-dessus. Je veux savoir qui est Bayard. Je veux la liste de tous les Bayard avec casier de ce foutu pays.

Guignard acquiesce et se replonge dans son ordinateur. Tu te mets toi aussi devant ton écran. D'abord les mails. Un message de Tata écrit avec des mots doux comme des bonbons :

Christian, mon ange. J'ai parlé avec une collègue qui a rencontré Deda il y a un an. Je ne lui ai rien dit sur toi ni sur mes rapports avec les flics. Mais il y a peut-être quelque chose à faire. Gros gros bisous. Tata.

Tata : ton Tonton à toi, version porte-jarretelles. Une de tes plus fidèles indics, ancienne pute de Toussaint et désormais installée à son compte en tant que logeuse pour des escorts de luxe. La quarantaine passée, fraîche comme une étudiante. Trois ans qu'elle tontonne pour toi. Tu as succombé à son charme à plusieurs reprises au moment de lui soutirer les infos. Impossible d'y résister. Pourrait faire bander comme un taureau le plus pieux des curetons de cette planète.

Tu lui réponds :

Ma douce, merci pour l'info. Essayons de nous voir ce soir ?

Tu hésites entre plusieurs formules pour conclure le message, mais Gérard arrive et te coupe dans ton élan sentimental. Échange de regards, il marmonne dans sa moustache, il a l'air usé.

– Un problème ?
– Je sors d'une réunion avec le divisionnaire.

Guignard s'y met :

– Il nous casse les couilles, le diviz.

– Même rengaine que d'habitude, il veut qu'on accélère les choses. Qu'on aille voir le juge d'instruction pour lancer la perquise chez Jovanovic.

– Idée de merde. Si on fait ça, on laisse filer Deda.

– On le sait tous très bien, que c'est une idée de merde.

– Qu'est-ce qu'on fait alors ?

– On l'emmerde. On attend de choper Deda.

Dans ta voiture, le son de la radio à fond et les fenêtres ouvertes sur les Maréchaux. Besoin de t'aérer la tête.

... Le ministre de l'Intérieur Claude Guéant opère un virage en rupture avec la politique d'« immigration choisie » défendue par Nicolas Sarkozy jusqu'à présent : il annonce vouloir diminuer l'immigration légale...

Clotilde toujours là, qui te regarde depuis le pare-soleil. Ses yeux qui te fixent en permanence comme si elle voyait tout ce que tu fais. Son regard ravageur qui rend fou, dans lequel tu essayes de plonger comme on plongerait dans une piscine d'eau noire. Ses sourcils froncés, comme si elle jugeait tout ce que tu fais. Tu ne peux pas t'empêcher de regarder cette photo toutes les deux minutes, comme pour t'assurer qu'elle est toujours là.

... Des conseillers qui demandent l'anonymat, un programme basé sur la sortie de l'euro, Marine Le Pen s'attèle ce vendredi à la lourde tâche de rendre crédible le projet économique du Front national avant les élections présidentielles...

Virage à droite au niveau de l'avenue Victor-Hugo. Direction le parking du centre commercial Le Millénaire où tu as rendez-vous avec le copain de Clotilde, Nicolas Martineau. Enfin revenu de son petit séjour au vert.

Tout en conduisant, tu regardes la photo de Clotilde jusqu'au point d'avoir l'impression d'être à ses côtés, dans sa chambre. Tu peux presque sentir son odeur sucrée à travers le papier glacé. Tu renifles et tu te rends compte que c'est celle de ta femme que tu respires à travers elle. L'odeur de son shampoing aux arômes de pêche, que Sandra utilisait systématiquement tous les jours. L'odeur de sa peau chauffée par le soleil. L'odeur de sa transpiration. L'odeur puissante de son sexe après l'amour.

... Contre-offensive des forces fidèles à Laurent Gbagbo dans les quartiers du Plateau et de Cocody à Abidjan, alors que les hélicoptères français de la force Licorne ont pilonné la résidence du président contesté...

Tu arrives sur le parking cinq minutes avant l'heure du rendez-vous. Des bagnoles sans fin, rangées comme des soldats sur l'asphalte gris. Martineau est déjà là, au volant de sa Mercedes noire, comme prévu au téléphone. Tu te gares à quelques voitures de lui. Tu lui fais signe de te rejoindre. Il fait quelques foulées sans l'envie pour arriver jusqu'à toi. Les yeux menaçants, la bouche de travers dès qu'il ouvre la porte. Tu penses : *pour qui tu te prends, petit enfoiré, si tu commences comme ça, tu ne vas pas sortir vivant d'ici*. Mais tu dis :

– Rentre et assieds-toi.

– Vous voulez quoi ?

– Rentre, je te dis.

Il s'assied à la place du mort. Tu peux voir la hargne du chien apeuré sur son visage.

– Vous voulez quoi ?

– C'est moi qui pose les questions.

– Pourquoi vous faites ça ?

– Tu veux tes affaires ?

Hésitation. Le petit con n'a pas l'air de vouloir répondre.

Tu sors son P38 de ta poche et tu lui colles le canon sous le nez.

– Tu veux tes affaires ?

– Oui.

– Alors t'arrêtes de me poser des questions et tu réponds aux miennes. Je cherche ta copine, Clotilde Le Maréchal. Elle est où ?

– J'en sais rien, je l'ai pas vue depuis Noël.

– Qu'est-ce qui s'est passé à Noël ?

– Elle m'a quitté.

– Raconte-moi les affaires que tu faisais avec elle.

– On n'avait pas d'affaires, c'était ma copine, c'est tout.

– Je vais te reposer une fois la question, et si tu me réponds les mêmes conneries, je te préviens, tu vas avoir mal. C'était quoi votre business ?

– On n'avait pas de business, je vous l'ai déjà dit.

Ça part en cinq sec. Ton poing refermé sur la crosse du P38 qui lui rentre en pleine face. Petit craquement du nez. Cri. Sang qui pisse sur sa belle chemise. Pendant qu'il geigne en s'essuyant le pif, tu regardes alentour. Personne à part des panneaux de pub géants qui vous entourent et qui vantent des aspirateurs à moitié prix.

En se tenant le pif avec les deux mains :

– Putain, vous êtes cinglé !

Tu lui sors la photo de Christelle Depayras. Celle d'une séance de shooting avec Clotilde nue. Celle d'Amandine Salmon calcinée. Celle du gros plan sur son tatouage avec la sirène.

– Ça ne sert à rien de t'entêter, je suis déjà au courant de tout ce qui peut t'amener en zonz pour au moins cinq ans.

Son visage vire au bleu quand il voit les photos. Ça se marie bien avec le rouge du sang qui lui coule jusqu'au menton. Ses yeux se pincent. Il a visiblement un problème. Il cherche quelque chose dans sa poche. En un éclair, tu te rappelles les médocs chez lui : Valsartan, Lisinopril, Carvédilol, Furosémide. Faiblesse cardiaque. Tu sais ce qu'il va sortir. Tu le vois dans ses yeux. La nitroglycérine pour les crises aiguës. Un bref coup avec la crosse pour faire tomber le paquet de gélules par terre. Gémissement. Tu ramasses les médocs et tu lui serres le cou avec ta main libre.

– Tu vas me répondre ?

– Donnez-moi les médicaments.

– Tu vas me répondre ?

– Oui, donnez-moi ça putain !

Tu relâches la pression et tu lui balances ses médocs, qu'il avale sans eau, en déglutissant bruyamment.

– Je t'écoute. Parle-moi de Christelle Depayras. Pourquoi vous avez volé sa carte d'identité ?

– On avait besoin d'être majeurs pour plusieurs trucs. Notamment louer des chambres. On a croisé cette fille un jour, elle ressemblait à Clotilde en plus âgée, alors on lui a pris sa carte.

– À quoi ça vous servait, les chambres ?

– À tourner des films de cul.

– Ils sont où, ces films ?

– On les avait mis en ligne, mais on a eu peur et on les a effacés.

– Peur de quoi ?

– Certaines filles avaient quatorze ans.

– Avec qui tu faisais ça ?

– Un ami.

– Son nom ?

Silence.

Tu sors une photo d'Abdelkader Zaamoum.

– Non.

Une photo de Vincent Fernandez.

Il acquiesce.

– Juste tous les deux ?

– Oui. Les filles participaient à tout aussi, ça leur arrivait de filmer.

– C'étaient qui les filles ?

– Clotilde et ses copines.

– Elles faisaient ça volontairement ?

– Oui, on ne les a jamais forcées. À treize ans, elles taillaient déjà des pipes dans les chiottes du collège. Elles suçaient pour quinze euros, tout le monde était au courant.

– Une grande rousse dans la bande ?

– Non.

– C'étaient qui, les autres filles ?

– Il y avait Dina.

– Dina ?

– Amandine. Salmon.

Tu lui montres la photo d'Amandine dans son bain.

– Voilà à quoi elle ressemble Amandine maintenant.

Il tente de cacher l'horreur sur son visage.

– Qui d'autre ?

– Annie.

– Anne-Marguerite de Beauvau, la cousine de Clotilde ?

– Oui.

– Comment tu les as rencontrées ?

– On venait vendre du shit dans leur quartier avec Vincent. La première fois qu'on les a vues, c'était à la sortie du collège. On savait qu'elles taillaient des pipes alors on a voulu les rencontrer. Clotilde m'a allumé, on est sortis ensemble. Annie s'est mise avec Vincent. Et voilà.

– À part les films, vous faisiez quoi avec elles ?

– Rien. Juste les films.

Tu lui montres à nouveau la boîte de nitroglycérine.

– Je sais très bien ce qui s'est passé, donc je te conseille d'être clair. T'as de la chance, on fait tout en *off*, je ne te demande pas d'aller au commissariat. Je cherche juste la petite et je veux savoir ce qui s'est passé.

– Quand elles sont arrivées en seconde, elles ont fait quelques passes pour des mecs du lycée. On leur montrait les films de cul et ensuite on leur vendait un tour avec les filles. Mais ça n'a pas duré longtemps, quelques mois à peine.

– Seulement à des jeunes ?

– Il y a un CPE qui a grillé les films, une fois. On lui a fait une pipe gratuite pour qu'il la ferme.

– Bordel.

Tu bous comme si tu venais de bouffer toute sa boîte de médocs.

– Son nom ?

– J'en sais rien, un CPE, c'est tout.

Trois secondes de silence pour reprendre ton calme. Tu lui montres la photo du tatouage avec la sirène.

– C'est quoi ce tatouage ?

– J'en sais rien.

– Amandine et Clotilde, elles ont le même. Pourquoi ?

– Elles ne l'avaient pas quand on était avec elles, ça date d'après.

– Pourquoi vous avez arrêté de faire vos trucs ensemble ?

– Elles ont rencontré des pros. Des mecs qui ont entendu parler de nos films et de nos affaires, je ne sais pas comment, et qui sont venus les rencontrer.

– C'était quand ?

– À Noël.

– Tu les as rencontrés ?

– Non, ils se sont adressés directement aux filles. On a juste vu deux mecs énormes qui sont venus nous casser la gueule, à moi et Vincent.

– Pourquoi ils ont fait ça ?

– Pour nous faire peur. Pour pas qu'on essaye de récupérer les filles.

Silence, les yeux dans le vague, puis il reprend :

– Je pense aussi que Clotilde leur a demandé de faire ça.

– Pourquoi ?

– Parce qu'on s'est embrouillés quand elle m'a quitté pour aller bosser avec eux.

– Tu l'avais frappée ?

Hésitation.

Tu hausses la voix :

– Tu l'avais frappée ?

– Oui.

– Comment je peux trouver ces mecs ?

– J'en sais rien. Les deux mecs qui nous ont tabassés ressemblaient à des mecs de sécu. Un petit au crâne rasé et un grand barbu. Ils ne parlaient pas français.

– Quelle langue ?

– J'en sais rien. Ils avaient un accent de l'Est.

– C'est tout ce que tu sais sur ces types ?

– Clotilde m'a donné les noms de ceux qui l'ont recrutée quand on s'est engueulés.

– Je t'écoute.

– Bayard et Michaud.

Shoot d'adrénaline dans ton cerveau. Cinq secondes pour faire les connexions, remettre de l'ordre, être à nouveau opérationnel.

– Bayard et Michaud ? C'est tout ? Pas de prénoms ?

– Non.

– Clotilde a disparu depuis trois semaines. Une idée de ce qui a pu lui arriver ?

– Non, aucune. Je ne l'ai pas vue depuis Noël.

– Tu sais où je peux trouver Anne-Marguerite de Beauvau ?

Trois passages chez elle cette semaine, jamais là. Des messages en pagaille sur son répondeur : plein à craquer, impossible d'en laisser de nouveaux.

– Annie ? Je peux vous donner son adresse.

– Non, elle n'est pas chez elle. Je pense qu'elle se planque.

– Annie est la seule qu'on a revue depuis. Elle est revenue nous voir après février.

– Pourquoi ?

– Parce qu'elle n'a pas voulu suivre Clotilde et Amandine dans leurs conneries. Et parce qu'elle est amoureuse de Vincent.

Une piste pour la cousine de Clotilde. Tu aurais presque envie d'embrasser ce petit connard. Tu lui donnes son flingue. Puis tu sors de dessous le siège ses savonnettes de shit et sa coke.

– Et la thune ?

La thune, tu l'as gardée. Tout ce qui peut servir à éponger ta dette plus rapidement est toujours bon à prendre.

– Quelle thune ?

Il reste à te regarder, sans rien dire, écœuré.

– Ah tiens, et ça aussi. Pour ton pote.

Tu lui balances la carte d'identité d'Abdelkader Zaamoum dans la tronche. Réflexe de chien battu : il rejette la tête en arrière et se cogne contre la vitre. Tu ris nerveusement.

– Dégage maintenant.

Et il se barre sans rien dire.

Quatre heures plus tard : tu es en train de fumer des clopes à la chaîne dans la pénombre d'un appart du XVIe. Rue Jean-de-La-Fontaine, en face de celui de Ranko Jovanovic. En attente d'un mouvement du mac, scruté aux jumelles depuis les fenêtres. Tes collègues bossent ici depuis le début d'après-midi : Martinez fait la surveillance, Jouan est au repos dans le salon. Ils tiennent la planque à deux depuis plusieurs semaines.

Tu écrases ta cinquième clope dans le cendrier. Tu regardes Jouan comme si tu allais dire quelque chose, mais tu as déjà tout dit. Tu détestes les planques, tu évites ça comme la peste.

Cinq minutes à la fenêtre avec Martinez, mais ça ne bouge pas. Dix minutes dans le salon avec Jouan, à fumer en pensant aux combines de Nicolas Martineau. Quinze minutes avec Martinez, le nez collé à la fenêtre, sans rien dire, sans rien voir. Après plusieurs allers-retours : tu t'installes définitivement dans le salon et tu sors les photos de ta poche.

La petite Salmon dans sa baignoire : des os, du sang et de la viande.

Clotilde en culotte, qui pose pour Martineau. Ses seins fermes. Son petit nez retroussé. Toutes les parties de son corps te sautent aux yeux. Le même corps que Sandra. Le même regard que Sandra. Espiègle, calculateur, intouchable.

Une autre photo, glanée chez ses parents : Clotilde, petite, au cours de danse. Dix ans à peine, un sourire jusqu'aux oreilles. Déjà cet air tenace, qui reste même une fois la photo rangée. Dans ta tête : le regard de Clotilde dans les flammes, brûlé comme celui de la petite Salmon. Ses bras, parsemés de brûlures de cigarette. Ses seins, verdis par la pourriture.

Tu allumes une clope et tu sors ton BlackBerry pour chasser les images de cadavres. Dans ton répertoire : Le Maréchal.

– Lieutenant Kertesz à l'appareil.

– Lieutenant, comment allez-vous ? Je pensais vous appeler justement. Où en êtes-vous ?

– Rien de neuf malheureusement, monsieur Le Maréchal.

Ne pas lui parler d'Amandine Salmon et de sa tête calcinée. Ne pas lui parler des chambres d'hôtel utilisées pour leurs plans cul. Ne pas lui parler des passes faites pour les lycéens. Ne pas lui parler des films amateurs tournés par Martineau et sa bande.

– Clotilde est extrêmement intelligente, lieutenant. C'est normal que ça prenne un peu de temps. Où qu'elle soit, j'imagine qu'elle a dû faire en sorte qu'on ne la retrouve pas. Avez-vous des pistes quand même ?

Lui : rassurant.

Toi : dépité.

– J'ai cherché du côté de son ex-petit copain, Nicolas Martineau, mais ça ne donne rien. Je cherche sa cousine Annie, je pense que si je la trouve on peut aboutir à quelque chose.

– Vous n'avez pas encore trouvé Annie ?

– Non, elle est injoignable et elle n'est pas à son appartement.

– Alors il y a forcément quelque chose à creuser de ce côté-là, effectivement.

– Je n'ai pas réussi à joindre ses parents non plus.

– Ma sœur et mon beau-frère vivent aux États-Unis depuis deux ans, monsieur Kertesz. Annie est complètement indépendante.

– Avez-vous quelqu'un d'autre dans la famille qui a l'habitude de la voir ?

– Malheureusement non. Bon courage, monsieur Kertesz.

– Merci, monsieur Le Maréchal.

Tu raccroches et tu regardes l'heure : vingt-et-une heures seize. Tu sors ta septième cigarette depuis que tu es là. Au bout de cinq taffes, appel sur ton téléphone : Guignard.

Tu décroches :

– Christian, je rentre chez moi. Je voulais te donner ce que j'ai trouvé pour Bayard. On a trois casiers en France, dont un mec mort depuis l'an dernier. Les deux autres ne sont pas du coin et n'ont aucun antécédent avec la BRP. Un mec coffré pour des Stups à Lille et un autre pour violences envers ses collègues à Sochaux.

– Merci, Guignard. Demain matin, tu me fais la même avec Michaud.

– Michaud ?

– Un copain de Bayard.

– Je regarde ça demain. Bonne nuit.

– C'est ça, à demain.

Huitième clope.

Cinq taffes, le même manège : ça sonne. Le fixe de la BRP.

– Lieutenant, c'est Jelena.

Le coup de fil que tu attendais.

– Ça y est ?

– Marco vient d'appeler Jovanovic. Il va bouger.

Tu raccroches et tu te mets à la fenêtre. Petite tape dans le dos de Martinez.

– Il va bouger.

– Je sais. Il est en train de se préparer.

Il te montre la salle de bains de Jovanovic : lumière allumée.

Tu files par la porte de derrière. Nuit douce, tiède, sans aucun bruit. La quiétude des grands quartiers. Tu traverses le parc qui fait face à l'immeuble de Jovanovic et tu rejoins ta voiture garée tout au bout de la rue. Tu attends, les yeux fixés sur l'Audi TT métallisée du serbe. Une autre clope, dont tu caches le foyer pour ne pas te faire repérer.

Après deux clopes fumées à la chaîne : Jovanovic qui sort de sa résidence, rejoint la TT et démarre. Tu attends quelques secondes et tu démarres à ton tour. Doucement. Tu laisses une centaine de mètres minimum entre vous deux. Il prend la rue de Boulainvilliers : tu suis. Virage à droite, remontée de l'avenue Georges-Mandel : tu suis. Virage à gauche, remontée de l'avenue Kleber : tu suis. Pris dans le flot calme des voitures qui filent dans la nuit. Idéal pour se fondre dans la circulation. Avenue Hoche, rue de Lisbonne, rue de Miromesnil : tu suis. Des rues calmes, élégantes, entourées d'immeubles haussmanniens à cinq étages. Des rues qui se ressemblent toutes la nuit, et dans lesquelles tu te faufiles sans heurts. Après la rue de la Bienfaisance, Jovanovic se gare le long du trottoir. Tu fais de même, arrêté sur le trottoir d'en face, quelques voitures plus loin. Cinq minutes passent, le larron reste dans la TT. Tu fumes.

Au bout de dix minutes : un gaillard avec des bras comme des valises qui le rejoint. Son crâne à blanc, ses tatouages, sa carrure de boxeur : tu le reconnais direct. Marcel Salun, l'ancien para reconverti en trafiquant de filles. Le dossier trouvé la semaine dernière quand tu faisais tes recherches dans les archives. Jackpot.

Jumelles fixées sur les yeux. Tu essayes de comprendre ce qu'ils foutent dans la voiture. Ça discute comme des pipelettes. Pas d'échange de sac ou quoi que ce soit. Dans leur bagnole : ça cause. Dans la tienne : ça fume.

Au bout de cinq minutes : Jovanovic qui s'arrête net. Regards dans le rétro. Ils ont l'air de s'affoler. Salun regarde en arrière. Ils ont vu quelque chose derrière, qui ne leur a pas plu. Ça n'est pas toi, c'est autre chose, de leur côté du trottoir. Tu cherches toi aussi. Tu balayes la file de voitures garées derrière eux, avec les yeux en mode radar automatique. Deux bagnoles plus loin : un mec au volant, qui a l'air de se planquer.

Ça s'agite dans la TT : panique, clés, moteur. Ils démarrent et s'en vont. Tu restes comme un con à ne rien pouvoir faire parce qu'ils ont déjà grillé un mec qui les suit. Tu penses : *bordel de bordel de merde*.

Deux choix : soit tu retournes au bureau pour monter une filature de Salun, soit tu vas voir le mec qui se planque dans sa bagnole. Deuxième choix potentiellement risqué. Peut-être qu'il t'a vu. Peut-être pas. Tu sors ton flingue de son étui et tu l'armes. Tu ouvres la porte, tu sors de la voiture en un éclair et tu traverses la route. En deux foulées de jambe, tu es devant la voiture du type et tu lui braques le flingue sur la tronche.

Un visage tout sourire derrière la vitre : Prigent. Les épaules rentrées dans sa carrure de rugbyman nain. L'air gêné derrière sa barbe, les yeux comme des petits ronds perdus au milieu de son grand crâne dégarni.

Il ouvre sa fenêtre, tu le regardes, ahuri.

– Prigent, bordel de merde, qu'est-ce que tu fous là ? Tu viens de faire fuir ma cible, tu t'es fait griller, espèce de connard !

Lui, mal à l'aise, mais sur un ton jovial :

– Calme ta joie, ça arrive.

– Calme ta joie ? Calme ta joie ? Non mais tu te fous de ma gueule ? Pourquoi tu files Jovanovic ?

– Parce que tu m'as donné son dossier.

Tu bous. Trop de violence en toi, impossible à retenir. Tu t'apprêtes à lui dégommer la tronche, mais tu passes ta rage sur sa bagnole. Coups de poing, coups de pied, tout. Tu hurles :

– Je t'avais dit de ne pas y toucher, bordel !

– Je t'avais demandé une adresse, Kertesz, et tu ne m'as jamais rien donné. Je suis bien obligé de me débrouiller tout seul. Estime-toi heureux que je n'aie pas fait appel à une commission disciplinaire après ce qui s'est passé chez Amandine Salmon. Tu n'avais rien à foutre là.

– C'est pas tes affaires.

– Si, justement.

– Franck t'a déjà expliqué, je l'ai confondue avec une fille que je connais bien, j'ai pété les plombs, ça arrive.

– Ça ne m'arrive pas à moi, en tout cas.

Ce con est en train de te retourner le cerveau avec ses conneries. Tu souffles, tu remets tes pensées en ordre, tu fulmines :

– Ça n'a aucun rapport, Prigent, et tu le sais très bien. Tu n'avais pas à me saccager cette filature, point barre !

Il te regarde sans expression, en silence.

– Bordel, on est tout seuls contre des mecs comme ça. Il n'y a que nous pour les arrêter, l'Oclco[1] ne fout rien dès qu'il s'agit des nouvelles filières de l'Est, tu comprends ça ?

– L'Oclco ne fout rien concernant les Corses non plus, à ce que j'en sais.

Pas la peine de discuter avec ce type. Tu exploses, tout seul, contre sa bagnole. Au bout de deux minutes à te battre avec la tôle, tu retournes à ta caisse. Tu hurles depuis la route :

– Je préviens Franck, Prigent. Je lui dis que tu fais n'importe quoi.

Il démarre, te passe devant avec sa voiture, s'arrête à ton niveau :

– Va te faire foutre, Kertesz.

Besoin de reprendre tes esprits avant de mettre le contact. Tu souffles, une fois, deux fois, trois fois, et puis tu composes le numéro de Gérard.

– Christian ?

Tu voudrais y aller calmement, mais ta bouche débite les mots comme une mitraillette :

– Cet enculé de Prigent est sur la piste de Jovanovic et il s'est fait griller, ce con, griller comme une merde, bordel il est en train de tout faire foirer, cet enculé de merde.

– Du calme, Christian. Qu'est-ce qui se passe ?

– C'est ce con de Prigent qui fait n'importe quoi.

Tu fais une pause. Pas de réaction de Gérard. Tu souffles, te calmes, reprends :

– Laisse tomber. J'ai mis un dossier sur ton bureau l'autre jour. Marcel Salun.

– J'ai vu.

– Il bosse avec Jovanovic, je les ai vus en filoche.

1. Office central de lutte contre le crime organisé.

– C'est noté. J'ai le dossier, je prends la suite sur Salun.

Tu penses : *non non non, laisse-moi m'occuper de Salun, je veux me farcir cet enfoiré.* Mais tu dis :

– T'as tout ce qu'il faut dans le dossier.

– Repose-toi, Christian. On en parle demain.

Une heure après : en planque, encore. Dans ta bagnole, à fumer. Les yeux fixés sur Clotilde. Ses yeux dans les tiens.

Dans un coin de ton champ de vision : la porte d'entrée de l'immeuble de Vincent Fernandez. Pas chez lui. Tu attends, au cas où.

Une nouvelle clope. Troisième paquet de la journée. Tu t'en fous, c'est gratuit. Tu as eu dix cartouches avant-hier, avec un pote des Stups qui les gratte dans les saisies.

Rien d'autre à foutre que fumer et regarder Clotilde. Tu pourrais passer des heures comme ça, plongé dans le regard de la petite. Dans ces moments-là, le temps disparaît, il s'envole. Il n'y a plus que toi, tes clopes et Clotilde.

Tu fumes, tu fumes, tu fumes, tu regardes Clotilde, Clotilde, Clotilde.

Une heure du matin : toujours pas de Fernandez. Tu changes la photo sur le pare-soleil. Trop regardé celle qui est en place.

Au choix : Clotilde toute petite qui souffle sur un gâteau pendant que sa mère tire une tronche d'enterrement.

Clotilde, plus âgée, à la plage avec sa cousine Annie. Déjà ce regard improbable, comme si à douze ans elle avait tout compris.

Clotilde, Amandine et Annie en soutif et qui se roulent des pelles. Photo de tournage, sûrement.

Clotilde, seule à son bureau devant un cahier, qui regarde l'objectif avec un air de chien battu. Comédienne au quotidien.

Dans le coin inférieur droit de ton champ de vision : toujours rien qui bouge.

Après mille clopes et trois cents scénarios différents où tu retrouves Clotilde vivante : une bagnole qui se gare devant l'immeuble, enfin. Vincent Fernandez qui en sort, avec sa gueule de petit caïd et sa démarche chaloupée.

Ouverture de ta portière en douceur. Approche à pas de loup, rapides mais silencieux. Dans les derniers mètres, tu sais qu'il va te griller, alors tu accélères. Il se retourne juste avant de franchir la porte : tu lui sautes dessus pour éviter tout geste agressif de sa part. Coup de matraque dans les côtes avant qu'il ait le temps de tenter quoi que ce soit. Ta main droite plaquée sur sa bouche pour éviter les emmerdes avec les voisins. Avec la main gauche : coup de matraque sur son genou pour qu'il tombe à terre. Il ne peut plus rien faire à part gueuler : tu le traînes jusque dans le hall de l'immeuble en étouffant ses cris. Une fois dedans, deux baffes pour qu'il la ferme.

– Ça, c'est pour avoir vendu des gamines de quinze ans à des petits connards de lycéens.

– Mais qu'est-ce que vous voulez, bordel ?

– Clotilde Le Maréchal.

– Vous l'avez déjà, Clotilde ! Je l'ai pas revue depuis des mois, on n'y a pas touché !

– Je ne bosse pas pour ses nouveaux macs, ducon.

– Vous êtes qui, alors ?

Tu lui montres ta carte de police.

– Alors ? Clotilde ?

– J'en sais rien, je l'ai pas vue depuis décembre.

Tu sors la photo de la petite Salmon dans sa baignoire. Yeux écarquillés :

– C'est quoi ce truc ?

– Une bonne copine à toi. Dina.

Mélange de panique et d'horreur sur son visage. Il la reconnaît en cinq sec et te vomit dessus. Tes godasses en cuir : niquées. Tu penses : *putain, tu vas les laver à la langue, petit con.* Mais tu dis :

– Annie, où elle est ?

– J'en sais rien.

– Te fous pas de ma gueule. Je sais que vous êtes restés en contact. Je sais que tu te la tapes.

Malgré son affolement, il essaye de lire dans tes yeux comment tu as pu avoir l'info. Il doit commencer à sérieusement douter de la solidité de son pote Nicolas Martineau.

– Je fais rien de mal avec elle, Annie a arrêté de faire la pute.

– Je m'en branle. Je veux juste retrouver Clotilde. Je sais qu'Annie peut m'aider, donc tu vas me dire où elle est.

– Elle n'est plus chez elle.

– Je sais.

– Elle a pris un deuxième appartement.

– Elle y est en ce moment ?

– Oui.

– Alors tu vas m'emmener là-bas.

Tu le chopes par le colbaque, le relèves, le traînes jusqu'à la bagnole. Il te suit comme il peut. Essaye de marcher malgré son genou amoché. Gémit comme un gosse malmené.

Rue de Javel, en plein XVe arrondissement.

Quatre heures et demie : le calme plat comme une nuit d'été dans le désert de Mongolie.

Tu scrutes d'en bas le long immeuble résidentiel de dix étages qui se dresse devant toi. Ton doigt sur la touche de l'interphone. La bouche de Vincent Fernandez sur le micro.

– C'est qui ?

– C'est moi, Vincent.

– Pourquoi tu reviens ?

– J'ai encore envie de toi.

– Fous-toi de ma gueule.

– J'ai oublié des affaires.

– Magne-toi de monter, j'ai pas que ça à foutre.

Elle ouvre, déclic. Pas l'air commode, la petite Annie. Tu entres et tu repousses Fernandez dehors :

– Toi, tu dégages.

– Je rentre comment chez moi ?

– Essaye le footing.

Et tu lui claques la porte au nez.

Ascenseur, six étages.

Au sixième, la porte de la gamine est entrouverte. La lumière qui perce à travers, comme un phare dans la nuit. Tu pousses la porte, tu entres. Elle : en petite culotte, affalée sur un canapé. Réaction au quart de tour : un cri strident qui résonne comme une alarme de villa. Tu fonces vers elle et sors ta carte de police.

– Pas besoin de crier, je ne te veux pas de mal. Je cherche ta cousine Clotilde.

Elle continue à crier. Tu lui jettes le premier truc qui te vient sous la main.

– Mets ça.

Une serviette. Elle se cache les seins mais ne peut pas faire bien plus.

– Va t'habiller. Et après on discute.

Elle file dans la chambre. Dans son dos : un grand tatouage maori. Mais pas de sirène qui fume.

Tu en profites pour mieux regarder les lieux. Des grandes photos en noir et blanc de New York sur les murs. Flous artistiques, grands tirages, signatures d'artistes : potentiellement des trucs qui valent du pognon. Table basse en verre, avec armature en argent. Ça brille plus que dans une pub. Canapé en cuir, neuf. Mac avec écran énorme. Télé écran plat qui frôle le mètre de diagonale. Gadgets numériques à la con : iPod et consorts. Cendrier vintage, à l'image de la déco. Un cul de joint dedans.

Annie réapparaît à la porte, en robe. Visage figé, sans expression. Spray lacrymo dans la main droite.

– Pas besoin de ça, je suis flic, je t'ai dit.

– C'est pas des manières de flic, de rentrer comme ça dans un appart.

– Ça fait une semaine que je te cours après. Je voulais être sûr de trouver quelqu'un.

– C'est vous qui avez laissé les messages ?

– Pourquoi tu ne réponds pas au téléphone ?

– Qu'est-ce que vous avez fait de Vincent ?

– Il est rentré chez lui. Pourquoi tu ne réponds pas quand j'appelle ?

– J'ai un nouveau travail, j'ai pas le temps de répondre.

La flemme d'entendre des conneries sans fin. Plus le temps pour ça. Tu sors la photo d'Amandine Salmon dans sa baignoire.

– Ta copine Dina.

Ses yeux qui s'écarquillent une demi-seconde, puis qui reviennent aussitôt à la normale. Aucun mouvement brusque. Réaction hyper contrôlée. Tu comprends déjà que ça va être compliqué de la faire causer.

– Je cherche ta cousine Clotilde.

– J'ai pas vu Clotilde depuis six mois.

Faux : deux mois, grand max.

– Il s'est passé quelque chose entre vous ?

– Non, on s'est juste perdues de vue. Elle s'est mise à traîner avec des gens moins fréquentables.

– Qu'est-ce que t'entends par « moins fréquentables » ?

– J'en sais rien, des espèces de voyous.

Faux : des macs pour mineures.

– Tu les as rencontrés ?

– Non, jamais.

Faux : deux mois à faire la pute pour eux, si on en croit ce qu'a dit Martineau.

– Un rapport avec les films que vous tourniez avant ?

– Quels films ?

Tu souris. Tu lui sors quelques photos de ta poche : le trio d'enfer Amandine-Annie-Clotilde, sous toutes les coutures, qui se touche les seins, le cul, se lèche, se met des godes. Changement d'expression dans son regard : passe d'indifférente à offusquée.

– Qui vous a donné ça ?

Un petit mensonge bien placé pour faire monter la pression :

– Ton copain Vincent. Il m'a expliqué pour les films, les passes avec les lycéens, tout.

– Quel petit connard.

– Alors ?

– J'ai toujours été très loin de ça. J'ai joué dans quelques films, mais j'ai jamais fait la pute.

– Même avec le CPE ? On m'a dit que tu l'avais sucé et qu'il te l'avait mise dans le cul.

– C'est des mensonges.

Un coup dans l'eau. Tu laisses durer le silence quelques secondes. Et puis tu reprends :

– Bayard et Michaud.

– Pardon ?

– Bayard et Michaud. C'est qui ?

– Je ne vois pas de qui vous parlez.

– Écoute, Annie. Je m'en fous de vos histoires de cul. Tout ce qu'on se dit là, ça ne sortira pas d'ici. Je veux juste retrouver Clotilde.

– Je vous l'ai déjà dit. J'ai pas vu Clotilde depuis six mois.

Tu penses : *arrête de me raconter tes conneries, petite pétasse*. Mais tu dis :

– T'as une idée d'où elle pourrait être ?

– Aucune.

Rien à tirer de cette gamine en la jouant comme ça. Tu pourrais lui foutre sur la gueule pour qu'elle crache le morceau, mais ça te ferait quand même un petit pincement au cœur.

– Je te laisse mon numéro, appelle-moi si tu penses à quelque chose.

– C'est noté. La prochaine fois, évitez vos singeries pour venir me voir, je vous ouvrirai.

Grand sourire, main tendue, faux-cul puissance dix. Tu la lui serres avec énergie :

– Avec plaisir, Annie.

Dehors, il fait toujours nuit noire. Tu rejoins la voiture et tu hésites. Rentrer, dormir, se remettre sur Jovanovic demain, mais dans l'impasse concernant Clotilde. Ou alors attendre qu'Annie sorte, la suivre, en espérant qu'elle ira retrouver sa cousine suite à ton passage. En cinq sec c'est plié : tu restes. Bien positionné face à l'entrée de l'immeuble, sans pouvoir être trop facilement repéré. Il te reste un paquet de clopes rempli dans la poche, ça peut faire l'affaire.

Sept heures et demie : le soleil pointe au bout de la rue. Tu avales deux gélules de Ritaline pour tenir le coup. Les gens se lèvent, achètent du pain, partent au boulot. Certains te toisent comme si tu étais un clodo. Dans la voiture, tu regardes Clotilde et tu te fais des histoires. Plus les amphets montent, et plus tes scénarios frôlent la perfection. À la fin, tu gagnes. Toujours. Même si elle a le chiffon dans la bouche. Tu arrives toujours avant la mise à feu.

Midi moins le quart : après des heures à délirer tout seul, Annie sort enfin de chez elle. Plus que trois clopes dans ton paquet : il était temps. Jogging, veste de sport, baskets : visiblement partie pour une petite balade. Tu démarres la bagnole et tu la suis de loin. Elle marche d'un pas rapide, mais ne court pas. Tu avances, tu t'arrêtes, tu avances, tu t'arrêtes. Sûrement grillé à cinq cents mètres à la ronde par les gens autour.

Annie tourne à droite. Entre dans un petit parc public. Fait le tour sans s'arrêter. Jette quelque chose à la poubelle. Reprend la direction de son appartement. Tu la suis jusqu'à son immeuble, pour être sûr qu'elle ne va pas te faire un coup fourré.

Dès qu'elle passe la porte, tu fais marche arrière et tu retournes au parc. Tu gares la voiture et tu approches de la poubelle. Rien qui saute aux yeux à travers le plastique transparent. Tu la vides. Autour : des gens assis sur des bancs, qui te regardent avec un air halluciné. Pas le temps de leur expliquer. Tu fouilles au sol dans les ordures. Des emballages en pagaille et, au beau milieu de tout ça, un petit trousseau : deux clés et un badge électronique. Attaché dessus : un porte-clés en forme de cœur. Au verso : un numéro de téléphone. Au recto : le dessin d'une sirène qui fume. Jackpot.

9

Mercredi 13 avril 2011

Neuf heures zéro trois, je suis encore au petit déjeuner, avec Isabelle en face de moi qui s'enfile des tartines au Nutella plus grandes que la table. Depuis la découverte de la petite Salmon la semaine dernière, le sommeil me fuit, je n'arrive plus à dormir, alors je trempe mon pain-beurre dans le café avec les yeux à demi fermés par l'épuisement. La tête à l'IML, avec les corps d'Amandine Salmon, de Danuta Risztov et du Corps Non Identifié Numéro Deux, la tête dans les dossiers de Kertesz et de Berthelot, la tête dans les dizaines de photos de scènes de crime qui jonchent mon bureau, la tête partout sauf ici. Isabelle essaye de me raccrocher à notre vie de famille, et je fais tout ce que je peux, mais en ce moment je n'y arrive pas, je ne suis plus vraiment là.

– Ça serait bien que tu t'occupes de ta fille, Gabriel. Tu ne la vois plus. On ne fait plus rien ensemble.

– On est sur une affaire lourde en ce moment.

– Après tu t'étonnes que vous vous preniez la tête.

– Une gamine de seize ans, qu'on a retrouvée dans une baignoire avec le visage cramé.

– Une fille, ça a besoin de son père. Tu le sais non ?

– Seize ans, ça aurait pu être Juliette.

– Et elle n'est pas la seule. T'as pas été là un seul soir depuis une semaine, merde.

– J'ai besoin de trouver le fumier qui a fait ça, Isabelle, tu comprends ?

– Et toi, tu comprends ce que je dis ?

Je relève la tête, elle est là avec ses grands yeux à me fixer comme si je venais de l'insulter.

– Laisse tomber.

– Laisse tomber quoi ? Je suis sur un truc qui me prend tout mon temps, qui me bouffe mon sommeil, oui et alors ?

– Alors laisse tomber.

– Je suis flic, Isabelle, je suis là pour coffrer des gens qui en assassinent d'autres, pas pour me balader en pyjama toute la journée en faisant de la poterie, tu comprends ?

Elle me lance un regard furieux et se barre dans la chambre, en laissant en plan ses saletés de tartines à la noix.

Dix minutes plus tard je suis dans ma voiture et je me cogne la tête contre le volant, pourquoi j'ai dit ça, bon Dieu, j'ai parlé trop vite, un coup de sang, je suis désolé Isabelle, vraiment désolé, je ne le pense pas, je sais que tu n'aimes pas cette ville, je sais que tout ça c'est ma faute, je suis désolé, je suis un sale con, mais ma femme n'est plus là pour m'écouter, la seule voix qui me répond c'est celle de la speakerine de France Info :

... La mission d'information parlementaire sur la prostitution remet son rapport ce mercredi à Roselyne Bachelot, la ministre des Solidarités, et propose de pénaliser les clients, en leur infligeant peine de prison et amende...

Sur la route, comme tous les matins, je refais le fil de la semaine pour arriver au bureau avec les idées mises à plat. Lundi, audition du propriétaire de l'appartement de la rue de Monceau, qui nous a expliqué qu'Amandine Salmon s'est présentée à lui comme une jeune fille au pair, dont les parents habitent à Marseille et qu'il n'a donc jamais vus. Nesrine a récupéré le contrat de location, certainement une fausse signature, ainsi que le RIB fourni au proprio par la petite, certainement un deuxième compte bancaire ouvert sans l'accord des parents.

... *Alassane Ouattara, désormais à la tête du nouveau gouvernement ivoirien, a assuré aux proches de Laurent Gbagbo qu'aucune brutalité ou violence ne serait tolérée à l'encontre des partisans du président déchu...*

Lundi encore, tournée des sex-shops parisiens à la recherche de menottes érotiques suite à la découverte de traces de plastique rouge incrusté dans les poignets du cadavre : deux modèles trouvés, actuellement analysés au labo pour voir si ça concorde.

... *Selon une information parue dans* Le Parisien, *Colony Capital serait décidé à vendre le PSG dès cette année, en cédant non plus quarante pour cent des parts mais l'intégralité du club. L'éventuel acheteur est toujours inconnu malgré les rumeurs incessantes...*

Hier, les résultats du labo concernant les objets trouvés dans la chambre de passe ont permis d'identifier trois ADN différents grâce aux traces de sperme, de sang et de merde sur les godes : croisement fait avec les ADN trouvés dans la Renault Espace, mais rien qui concorde.

Au bureau, encore des pistes moisies, plus moisies que la peau de la petite Salmon quand on l'a découverte dans son bain.

Nesrine est fraîche comme la rosée, assise à son bureau, les cheveux attachés en chignon, elle ne se coiffe jamais comme ça d'habitude et ça lui donne un air de teigne, avec tous les traits du visage tirés vers l'arrière.

Je lui passe devant sans rien dire, elle ne tique pas non plus et, une fois affalé sur mon fauteuil, sans même un bonjour ni quoi que ce soit, je lance :

– Son copain dealer, ça a donné quoi ?

Elle répond en mastiquant son éternel chewing-gum, sans me regarder, comme si on n'avait jamais quitté ce bureau, comme si je revenais juste d'avoir été chercher un café, comme si on était encore hier, comme si on passait toute notre vie ici :

– On a fini l'audition à vingt-et-une heures hier, on n'en a pas sorti grand-chose.

– Redis-moi son petit nom ?

– Vincent Fernandez. Il n'a pas d'alibi mais il n'a pas l'air méchant. Il nous a avoué qu'il vendait un peu de shit à une époque, d'où l'interpellation avec Amandine Salmon l'an dernier. Il dit qu'il ne l'a pas vue depuis Noël.

– Et à part ça ?

– À part ça, rien. On lui a demandé si elle faisait la pute, il a dit qu'il n'en savait rien.

– Bon. On le garde sous le coude au cas où. Le deuxième compte bancaire, ça donne quoi ?

– On a épluché les relevés hier, on a un prélèvement pour une deuxième ligne de téléphone. Coco est en train de voir avec l'opérateur pour récupérer les fadettes. On a aussi des dépôts de sommes en espèces, presque deux mille euros par semaine. À part ça et les virements pour la location de l'appart, on a juste des achats de fringues sur internet. Du Chanel, du Ralph Lauren, du Dior, que du prêt-à-porter de luxe.

J'opine du chef et me retourne vers mon ordinateur pour relever mes e-mails. J'ai à peine le temps de lire deux messages que Beauvais et Coco débarquent dans le bureau comme le tonnerre avec de grands gestes qui font du bruit. Coco aboie comme si on était à cinq cents mètres de lui, ça me cogne sur les tympans et je suis à deux doigts de me boucher les oreilles quand il dit :

– On a les relevés de sa deuxième ligne de téléphone. Des appels systématiques les mardis et jeudis, et des textos en pagaille, tous les jours de la semaine.

Il me tend une copie des fadettes : des dizaines de pages de textos reçus et envoyés les dernières semaines.

Je lis en diagonale :

Bonjour Athena. J'adore tes photos. Es-tu disponible cette semaine pour une rencontre ? Pour une formule à deux cents euros.

Athena, ici Éric. Je suis intéressé pour un rendez-vous.

*Bonjour Athena, faites-vous des prestations à domicile ? Je suis dans le XX*e*.*

Et ça continue, sur des pages et des pages.

– Bon, au moins maintenant on est sûrs qu'elle faisait la pute. Et on a son nom de scène en prime.

Je tape sur Google : *Athena escort Paris*. En moins de deux, ce qui est devenu depuis quelques années l'outil principal de n'importe quel flic me sort sa fiche sur un site de call-girls, avec photos à l'appui : des nus en noir et blanc shootés avec la classe d'un Man Ray. Je tourne l'écran vers le reste de l'équipe et leur offre le cul d'Amandine Salmon en gros plan dix-huit pouces :

– Et voilà.

Beauvais, au quart de tour :

– On ne bouge pas sans l'aval de la BRP.

Je lâche un petit grognement discret de cabot humilié, il me reprend direct :

– Mon vieux, tu as suffisamment merdé la semaine dernière avec ta filature improvisée de Jovanovic, donc maintenant on fait ça propre. Appelle Gérard Berthelot et vois avec lui si on peut identifier qui est derrière ce site.

J'acquiesce, blasé, pendant que Coco nous sort une page bardée de surligneur fluo :

– Les derniers appels datent du 15 mars. On n'a rien en journée, mais on a quatre numéros entrants entre dix-huit heures trente-quatre et vingt-et-une heures dix-huit.

Beauvais pourrait presque esquisser un sourire, mais il le masque sous ses grosses lèvres autoritaires :

– Trouvez-moi les noms et les adresses, je m'occupe de joindre le juge pour mettre en place les auditions. Au boulot !

Je souffle quelques secondes, le temps de préparer mon discours, puis compose le numéro de Berthelot, tombe sur Guignard, qui me fait des blagues avec un ton d'enterrement pendant qu'il tape sur son clavier l'adresse du site internet que je lui épelle.

– Sacré cul dites donc. J'aimerais bien avoir ça à la maison.

– Elle a seize ans, Guignard.

– Elle *avait* seize ans.

Silence de dix secondes pendant lequel j'essaye de l'imaginer vivante, sans sa peau verte, sans sa tête cramée, sans ses brûlures de cigarette, et j'ai beau y mettre toute mon énergie, dès que je la visualise je vois sa peau verte, sa tête cramée, ses brûlures de cigarette.

– Je connais ce genre de site, on n'aura rien de ce côté-là.

– Pourquoi ?

– C'est une plate-forme sur laquelle les filles s'inscrivent gratuitement, font leur fiche et gèrent leur biz toutes seules. Il n'y a pas de mac derrière, juste un boutonneux qui bricole des sites internet et ramasse le pognon avec les pubs de cul.

– Donc elle bossait en solo ?

– A priori oui. Si le numéro affiché renvoie directement sur son téléphone, c'est une escort indé.

– Merci Guignard.
– Pas de quoi.

Deux heures après, les quatre appels passés sur le téléphone de la petite le 15 mars sont identifiés : Éric Pidell, résidant à Paris, Thomas Bouvier, résidant à Paris, Denis Evrard, résidant à Lyon, Anthony Guilloux, résidant à Rennes.

Rennes. Je vois déjà sur grand écran l'entrepreneur breton venu faire des rendez-vous d'affaires à la capitale, et qui en profite pour se taper une escort locale. Je décroche le téléphone au moment où mon cerveau commence à faire des connexions pathologiques et, pendant que ça sonne à l'autre bout, j'ai des images de la peau verte de la petite Salmon qui crépitent comme des flashes dans ma tête, sauf que c'est dans un appartement de Rennes, avec Juliette dans la baignoire, Juliette et ses bras recouverts de brûlures de cigarette, Juliette et ses menottes rouges aux poignets, Juliette et son chiffon dans la bouche, Juliette qui hurle au moment de la mise à feu. Début de crise d'angoisse, main qui tremble, perte de contrôle de ma pensée, je prends deux cachetons sans lâcher le combiné, un que j'avale direct pour l'effet à long terme, un autre que je mets sous la langue pour que ça agisse au plus vite.

– PJ de Rennes, brigade criminelle, je vous écoute.

Je reconnais la voix du lieutenant Antoine Calvez, dans ma tête c'est comme le Big Bang, ça part dans tous les sens mais j'arrive à reprendre le contrôle sur mes idées et à formuler quelque chose d'à peu près correct :

– Antoine ? C'est Gabriel. Prigent.
– Gabriel, comment vas-tu ?

Derrière la gentillesse apparente du ton de sa voix, j'entends : *collabo, collabo, collabo*.

– On fait aller. Tu peux sûrement m'aider sur quelque chose, on bosse sur un meurtre et on a un Rennais dans les potentiels suspects. Tu notes ?

– Je note.

– Anthony Guilloux, résidant 17, avenue Louis-Barthou.

– Tu veux qu'on l'interpelle ?

– S'il te plaît. Vous nous le gardez au chaud ? Et on vient demain matin à la première heure.

– Bien sûr. Tu m'envoies la paperasse ?

– Le juge va te faxer une commission rogatoire dans l'heure.

Je raccroche et, comme en écho, c'est mon téléphone portable qui se met à sonner dans ma poche. À la vue du nom qui s'affiche, je me lève et pars dans le couloir puis, une fois isolé, je décroche et colle à mon oreille la grosse voix de Marignan.

– Capitaine, comment allez-vous ?

– On fait aller. Beaucoup de travail avec la petite Salmon.

– Vous en êtes où de notre petite affaire ?

– J'ai passé une semaine à filocher Kertesz tous les soirs, et je crois que ça a payé. J'ai identifié un mac qui centralise tous leurs rackets et qui fait la collecte.

– Un indic ?

– Justement, non. Il n'est pas immatriculé au bureau central des sources, donc on les tient par là. Ils doivent le voir ce soir, je vous en dis plus dès que j'avance là-dessus.

– Beau boulot.

– Et de votre côté ? Gabach ?

– J'y travaille.

– Il va sauter ?

– Bien sûr. C'étaient vos conditions, non ?

– Je vous fais confiance là-dessus.

– Vous pouvez. Faites-moi signe quand on peut mettre en place l'intervention.

– C'est une question de jours.
– Vous m'épatez de plus en plus, Prigent.

Au moment où je raccroche, Gabach arrive en face de moi, avec sa barbe de cinq jours et ses épaules voûtées, les bras ballants comme s'il portait toute la misère du monde sur son dos. Il s'apprête à entrer dans le bureau, mais il reste sur le seuil à me regarder, à dix mètres de moi, en silence, comme s'il savait que quelque chose se tramait, comme s'il savait qu'il allait passer à la casserole. Je ne dis rien mais je le fixe aussi, cet échange de regards dure des plombes, je sens le stress qui monte dans mes veines et une boule qui se noue dans ma gorge. Nesrine arrive toute jouasse derrière moi, me claque une main dans le dos comme si elle venait de gagner au Loto, mais je continue à toiser Gabach qui finalement se décide à entrer dans cette saleté de bureau. Nesrine calme sa joie en moins de deux et me regarde avec un air fouineur :

– Qu'est-ce qui se passe ?
– Rien, pourquoi ?
– Gabach n'a pas l'air dans son assiette.
– Gabach n'a jamais l'air dans son assiette.
– Depuis l'histoire avec le bébé, il est complètement à plat.
– Quelle histoire ?
– T'as pas entendu parler de ça ? Il y a six mois, son mioche est tombé dans le coma. À l'hosto, ils ont compris que Gabach et sa bonne femme lui filaient des somnifères tous les soirs. Ces cons étaient épuisés de l'entendre chialer et ils lui faisaient avaler des pilules pour qu'il arrête de brailler.
– Bon sang.
– À l'hosto, il s'est rendu compte de sa connerie, et depuis c'est comme s'il n'était plus là.
– Il n'y a pas eu de poursuite ?

– C'est sa bonne femme qui a tout pris. Il a dit qu'il n'en savait rien. Il a joué la carte du flic surmené et ils lui ont filé deux mois d'arrêt de travail. Mais moi je le sais que c'est lui, je le sens.

Encore un flic qui craque, encore un mec à bout, comme ça pullule dans tout l'Hexagone ces temps-ci. Saloperies d'horaires de travail, saloperie de fatigue, saloperie de stress, saloperies de comptes en banque vides, saloperie de crise, saloperie de système. Mais pas de place pour la compassion dans mon cœur, Gabach peut crever la bouche ouverte.

Nesrine change d'expression comme si elle venait de se rappeler ce qu'elle avait à me dire, elle me met une deuxième claque dans le dos et me regarde avec ses yeux pétillants de jeune brigadier qui veut bouffer du chasseur de putains :

– On a logé les deux Parisiens.

– C'est pour quand ?

– Maintenant. Verhaeghen et Coco prennent Thomas Bouvier, on prend Éric Pidell.

On remonte le boulevard de Magenta, ses immeubles salis par la pollution et ses boutiques de mariage à la pelle. Les voitures se succèdent sans fin tout du long, j'ouvre la fenêtre mais l'air est irrespirable, sur le trottoir des clodos picolent des canettes, et plus loin ce sont des clandés, noirs, peut-être tchadiens, je pense toujours aux Tchadiens quand je vois des clandés, et ils se font emmerder par des petits salopards en uniforme, des flicards miteux qui se sentent obligés de faire chier le monde, comme d'habitude.

Virage à gauche au niveau de Barbès, puis boulevard de Rochechouart, la piste aux étoiles pour touristes en soif de cul, avec au bout Pigalle et ses néons ardents, ses sex-shops sans fin et sa faune d'excentriques de tous poils. Monde de merde, crise de merde, futur de merde, merde de merde.

À seize heures trente-quatre, on gare la voiture rue Germain-Pilon, et je prends ma respiration avant d'entamer la montée des six étages, parce qu'à bientôt cinquante balais le souffle, c'est plus ce que c'était. Je m'attendais à débarquer dans le XVIe, on se retrouve en plein XVIIIe. Je m'attendais à ne trouver que des Blancs entre trente et soixante ans, propres sur eux, avec des sourires Colgate et des montres en argent, mais non, Éric Pidell est un Asiatique d'au moins quatre-vingts piges, recroquevillé en deux comme une version manga de Quasimodo, avec autant de rides sur le visage que de pages dans un bouquin de Victor Hugo.

– Monsieur Pidell ?

– Oui. Vous êtes de la police ?

On se regarde avec Nesrine, surpris, comme si on cherchait le gyrophare sur nos têtes.

– Vous attendiez notre visite ?

– Non, ça se sent, c'est tout. J'ai été élevé par une famille de gendarmes, alors la loi, maintenant, je la reconnais à l'odeur.

– Nous souhaiterions vous interroger au commissariat dans le cadre d'une enquête, monsieur Pidell.

– Concernant ?

– Athena.

Il nous regarde avec ses yeux plissés, esquisse un sourire d'homme usé par la vie, puis nous tourne le dos et part s'asseoir sur un canapé, nous laissant plantés sur le seuil comme des piquets.

– Alors il va falloir m'emmener de force. Je ne peux plus sortir, c'est un trouble obsessionnel. Je n'ai pas vu l'extérieur depuis sept ans.

Nesrine s'élance vers lui avec sa hargne de tigresse, prête à lui passer les menottes, mais je l'arrête d'un coup sec et lui fait non de la tête. Elle doit bouillir et ne pas comprendre pourquoi je l'empêche de faire ça, mais moi je sais pourquoi, je sais ce que c'est que ces saletés de troubles psychologiques, je n'ai même pas besoin d'imaginer une once de la souffrance d'Éric Pidell, si on l'embarquait de force, que déjà je sens poindre en moi un début de crise de panique.

– On peut entrer ?

– Je vous en prie.

À l'intérieur, un tout petit appartement, sombre, poussiéreux, rempli de meubles anciens, de vieille argenterie, comme si on venait de revenir soixante ans en arrière en passant un simple palier. Au moment où l'on s'assied en face de lui, je m'apprête à lui sortir ses droits et à lui faire le topo classique sur les auditions, mais c'est lui qui entame, le regard perdu dans le vide.

– Athena venait me voir une fois par mois. Je ne peux plus bander, alors elle me masturbait, et puis on discutait.

Nesrine grimace de dégoût, j'embraye :

– De quoi ?

– Je lui racontais mon passé. C'était la seule personne à qui je pouvais raconter ça.

– Raconter quoi ?

– Ma jeunesse en Indochine, mon départ pour la France dans les années trente, ma vie de gamin adopté.

– Elle vous parlait d'elle ?

– Non, presque jamais.

Il reprend son souffle, visiblement en manque d'énergie pour pouvoir assurer une conversation de plus de trois mots et, au moment où il expire, je vois une larme qui perle au coin de son œil droit.

– Elle est morte, c'est ça ?

– Elle a été assassinée.

Une deuxième larme sur le même œil, qui pousse la première et l'envoie ruisseler le long des plis sans fin de son visage.

– Vous saviez qu'elle était mineure ?

– Oui, elle me l'a dit.

Nesrine réagit au taquet en haussant le ton, et je peux voir ses mâchoires crispées comme un piège à loup quand elle parle :

– Et ça ne vous posait pas de problème ?

– Vous savez, mademoiselle, j

– Brigadier.

Petit sourire en coin sur le visage de Pidell.

– Vous savez, brigadier, dans mon pays, les colons attrapaient les gamines dès treize ans pour les baiser. J'avais cinq ans quand mes deux sœurs ont été violées et tuées par un régiment français, alors j'imagine que je dois être immunisé contre la morale.

– Vous êtes peut-être immunisé contre la morale, mais certainement pas contre la justice, monsieur Pidell.

Nesrine se ronge les ongles jusqu'au sang, chassant les petites peaux qui dépassent du bout de ses doigts, elle attend une réponse, une approbation, un signe qui montre qu'il reconnaît ses fautes, mais lui est déjà parti, loin dans sa tête, loin dans son passé, loin dans ses moments intimes avec la petite Salmon.

– Je savais qu'il se passait quelque chose. Elle ne me répondait plus depuis plusieurs semaines.

– Il était quelle heure la dernière fois que vous l'avez vue ?

– Dix-neuf heures, comme à chaque fois. Elle venait tous les troisièmes mardis du mois, après mon dîner.

– Est-ce qu'elle semblait perturbée ?

– Pas du tout. À l'écoute, comme d'habitude, et joyeuse.

– Elle vous a dit où elle allait après ?

– Non, on ne parlait jamais de ses autres relations.

– Ses autres clients, vous voulez dire ?

– Si vous préférez.

– Elle vous a parlé de quelqu'un qui lui voulait du mal ?

– Non, Amandine ne disait jamais rien. Elle m'a parlé de sa mère une fois, c'est tout. Parce qu'elles venaient de se disputer. Elle me disait que sa mère avait connu la guerre elle aussi, en Bosnie.

Pidell essuie ses larmes, me regarde comme un enfant égaré, les yeux perdus dans sa mémoire.

– Vous allez m'emmener au commissariat ?

Je sens Nesrine prête à bondir mais, avant même qu'elle puisse ouvrir la bouche, je lui coupe l'herbe sous le pied :

– Non, ce n'est pas la peine. Pensez-vous à quelque chose, dans son attitude ou dans ce qu'elle a dit, qui pourrait nous mettre sur une piste ?

– Non, je ne vois pas.

– Très bien, monsieur Pidell. On va vous demander de rester disponible, il se peut que l'on ait besoin de vous poser encore quelques questions.

Je sens le regard de Nesrine à ma gauche, je ne le vois pas mais j'entends ses yeux ronds qui crient à l'injustice, alors je rajoute :

– Une procédure judiciaire va être mise en place pour atteinte sexuelle sur mineure en contrepartie d'une rémunération. Vous risquez jusqu'à dix ans de prison. Je vous conseille de contacter rapidement un avocat.

Il hoche la tête lentement, mais je vois sur son visage qu'il s'en fout, il m'entend mais ne m'écoute pas vraiment, il doit être quelque part dans le passé, avec la petite Amandine qui lui fait ses gâteries.

Il est dix-sept heures zéro huit quand on referme la porte derrière nous, j'imagine que c'est bientôt l'heure de son repas, qu'il partage avec ses souvenirs et ses fantasmes vieillissants, ses conquêtes du passé et ses petites putains assassinées. Toujours debout, mais déjà mort.

Nesrine me regarde avec le visage tendu, les yeux exaspérés, j'esquisse son attaque en ouvrant la bouche le premier :

– Drôle de bonhomme.

– Putain de pervers.

– Oui, mais drôle quand même.

– Un bon flic, ça n'a pas d'empathie pour ce genre d'enculé.

– Un bon flic, ça essaye de comprendre un maximum les gens, Nesrine. Et plus encore les suspects.

On descend l'escalier en silence, plus ça va plus je sens la fatigue dans mes articulations, la fatigue dans ma tête, la fatigue dans ma vie, j'ai envie d'autre chose, d'air, de réconfort, et sans savoir pourquoi je pense au souffle chaud et à l'haleine mentholée de la mère d'Amandine Salmon.

Un appel sur le mobile de Nesrine, elle expédie la conversation en un éclair, raccroche et me regarde avec son air sévère alors qu'on approche de la voiture :

– Coco et Verhaeghen ont trouvé Thomas Bouvier, ils l'amènent au bureau pour l'audition.

– Je vais te laisser y aller toute seule.

– Tu déconnes ?

– Non, je ne déconne pas. J'ai rendez-vous avec Mme Salmon.

– Ça sort d'où ton rendez-vous ? On est une équipe, oui ou merde ?

– Je l'ai appelée ce matin pour éclaircir quelques points.

– Éclaircir quoi ?

– Quelques points.

Elle rit, de cette espèce de rire qu'on dirait plus proche de la colère que de l'amusement, puis s'engouffre dans la voiture, claque la portière, et démarre au quart de tour sur le boulevard de Clichy. Je reste quelques secondes à la regarder s'engouffrer dans le tumulte des automobiles, perdu, moi aussi, dans mes pensées, dans mes souvenirs, dans ma fatigue quotidienne. Je vois une station de métro à quelques mètres, je pourrais y aller en métro, je pourrais, si seulement ce 13 juillet 2006 n'était jamais arrivé, si cette date n'avait pas existé et n'avait pas bouffé toute mon existence.

Vingt-deux minutes plus tard, le temps d'une course en taxi, je suis chez Catherine Salmon, dans un appartement d'au moins deux cents mètres carrés avec vue sur la tour Eiffel, devant un verre plus cristallin qu'un diamant quinze carats et rempli d'un whisky d'au moins quarante ans d'âge.

– Vous êtes sûre que je ne vous dérange pas ?

– J'ai l'habitude des visites à l'improviste. Dites-moi tout.

Elle m'observe avec un regard plongeant, plus plongeant encore que le décolleté de sa robe Dior, et avec une autorité naturelle qui la grandit d'au moins vingt centimètres, sans compter ses talons qui en font au moins quinze. En face d'elle, de ses lèvres rouge sang et de ses yeux tranchants, j'essaye de faire valoir mon petit mètre soixante-dix mais je me sens mal à l'aise, étriqué dans mon blouson moche acheté vite fait à Tati.

– Nous en avons appris un peu plus sur votre fille. J'imagine que vous souhaitez savoir ce qu'il en est.

– Ça dépend de ce que vous allez me dire.

Je suis à deux doigts de lâcher l'affaire et de prendre la porte, mais je tiens le coup :

– Je pense qu'il faut que vous sachiez.

– Alors dites-le-moi contre mon gré. Violez-moi, capitaine.

Et elle rit aux éclats, d'un rire surjoué pour asseoir sa puissance de petite femme de la haute.

– Amandine avait un deuxième compte bancaire, un deuxième appartement, une deuxième ligne de téléphone. Tous obtenus en imitant votre signature.

Catherine Salmon ne tique pas, elle s'allume une cigarette menthol, me crache la fumée dans la figure, puis me toise avec ses yeux de louve, sans ouvrir la bouche.

– Vous ne me demandez pas comment elle alimentait ce compte bancaire ?

– Puisque vous le souhaitez, je vais vous le demander, capitaine : comment alimentait-elle ce compte bancaire ?

– En vendant son corps à des hommes.

Enfin, enfin, enfin une micro-expression sur ce visage de glace, son œil droit qui cligne trois fois comme pris d'un tic nerveux, sa main droite qui commence doucement à trembler, sa respiration bloquée dans la gorge par le besoin de déglutir. Je gagne au moins dix centimètres en restant absolument inexpressif face à elle qui commence à craquer.

– Elle mettait en place des rendez-vous dans l'appartement en question tous les mardis et les jeudis soir. J'imagine que ce sont les soirs où elle disait aller voir ses amies ?

– Oui.

– Est-ce que ses amies vous ont déjà confirmé qu'elles étaient ensemble les mardis ou jeudis soir ?

– Oui.

– Donc c'est qu'elles sont potentiellement au courant de quelque chose qui peut nous intéresser. Pouvez-vous me donner leurs coordonnées ?

– Il faut que je fouille mais je dois avoir ça au travail.

– Aviez-vous un soupçon quant à ses activités ?

Elle tire une dernière taffe de sa menthol, écrase sa cigarette, avale cul sec la fin de son whisky et me répond, le tout en me fixant sans sourciller :

– Pas le moindre.

– Est-ce que vous connaissez quelqu'un qui lui voudrait du mal ?

– Amandine était une petite pétasse, donc j'imagine que des garçons au cœur en miettes à cause d'elle, ça doit se compter par dizaines.

– Vous avez des noms ?

– Aucun. Vous savez capitaine, on se parlait peu. Très peu. Donc je n'ai pas grand-chose à vous apprendre.

– Dans ce cas, peut-être des choses qui lui appartiennent, qui pourraient nous servir ?

– Vos collègues ont déjà fouillé sa chambre la semaine dernière, je ne vois pas ce que je peux vous apporter de plus.

– Dans ce cas, madame Salmon, je vais vous laisser à vos occupations.

– Je ne demande pas mieux, capitaine.

Je vide mon whisky, elle me raccompagne à la porte et, sur le palier, au moment de partir, elle me refait le même coup qu'à l'IML, elle approche son visage, lentement, à quelques centimètres du mien comme si elle allait s'emparer sauvagement de ma bouche, mais elle s'arrête juste avant, et susurre avec son haleine mentholée :

– Vous me prenez pour un monstre, capitaine. Mais Amandine n'est pas ma fille, elle ne l'a jamais été. C'est moi qui l'ai reconnue, mais c'est ma sœur qui l'a conçue.

Puis elle me ferme la porte au nez. Je reste sous le choc de sa déclaration et de ses lèvres charnues, ébahi, dans ce grand couloir moderne qui sent les produits d'entretien. Quelques secondes après, je l'entends à travers la porte qui pleure à chaudes larmes, et je prends l'ascenseur avec une sensation bizarre, comme si je venais de dialoguer avec une sorte d'extra terrestre, un truc froid comme la mort, inhumain, mais qui en a pourtant la délicieuse apparence.

Trente-sept minutes plus tard, je suis seul à patienter dans la salle d'attente du docteur Pons, seul avec des exemplaires de *Paris Match* de 2004, seul avec les taches de moisi qui gangrènent le plafond, seul sur une moquette vert kaki parsemée de trous de cigarette.

Il est dix-neuf heures zéro six quand il ouvre la porte de son cabinet et en fait sortir une famille à la mine déconfite, portant à bout de bras un gamin d'à peine trois ans, visiblement malade comme un chien. Il les raccompagne puis vient me voir, étonné, avec son grand front interrogateur et ses petites lunettes de fouine :

– Il n'y a pas de consultation sans rendez-vous le soir, monsieur.

– Vraiment ? J'ai un souci assez urgent, malheureusement.

– Il y a des médecins de garde pour ça, je peux vous donner des numéros si vous le souhaitez. Mes consultations s'arrêtent à dix-neuf heures.

– Je vous promets de faire au plus vite. Cinq minutes, pas plus.

Il me lance un sourire de bon Samaritain, et tend les bras vers son cabinet comme s'il était le père Noël :

– Allons-y, dans ce cas. Cinq minutes, pas plus.

J'entre à son invitation, il ferme la porte derrière nous, puis on s'assied l'un en face de l'autre :

– On se connaît ?

– Non, je ne crois pas.

– Qu'est-ce qui vous amène ?

– J'ai besoin de médicaments. Hypnogen, Stilnox, Rivotril, Ritaline.

Je sens l'angoisse qui monte en flèche dans ses yeux, mais il fait comme si de rien n'était, me balance son petit sourire en coin de père Noël à la noix et me dit, comme s'il ne voyait pas de quoi je parle :

– Vous êtes malade ?

– Pas particulièrement.

– Dans ce cas, je ne prescris pas ce genre de médicament.

– Ah bon ? Pourtant vous en prescrivez à un bon ami à moi.

Je lui tends l'ordonnance que m'a donnée un pharmacien de la rue Rochechouart hier, récupérée après le passage de Christian Kertesz qui était venu acheter sa dose d'amphets, de sédatifs et d'anxiolytiques.

– Ah, M. Kertesz ? Il souffre de graves troubles psychologiques.

Je lui sors ma carte de police et le relevé des achats effectués avec la carte vitale de Kertesz, mais ce salopard garde son sourire niais, dans son bureau miteux qui déborde de paperasses.

– Vu la dose qu'il s'enfile, je n'ai pas vraiment l'impression que vos ordonnances soient justifiées, docteur Pons.

Je lui fais le même sourire à la con que celui qui étrille son visage, la banane collée d'une oreille à l'autre, comme si on était dans les Bisounours. Le sien, de sourire, flanche d'un coup, comme un ballon crevé, signe d'un mec complètement à bout qui joue la comédie en permanence, et qui s'autorise enfin à craquer.

– Qu'est-ce que vous voulez ?

– Pourquoi vous donnez tout ça à Kertesz ? Il vous paye ?

Il soutient mon regard quelques secondes mais c'est trop lourd pour lui, ça se voit sur sa tête, alors il lâche :

– Même pas. Son ami Gérard me payait, avant.

– Gérard ? Berthelot ?

– Oui.

– Pourquoi il vous payait ?

– Pour lui refiler des infos sur mes clients. Vous savez, j'ai complètement changé de clientèle, de quartier aussi. Avant de moisir dans cette geôle, c'était la belle vie. J'avais mon cabinet sur les Champs, je soignais des joueurs de foot, des chanteurs, des vedettes de la télé, je gagnais des centaines de milliers d'euros.

Il fond en larmes, le visage dans les mains :

– Mais c'était avant.

– Qu'est-ce qu'il s'est passé ?

– Gérard et son copain Kertesz m'ont impliqué dans des sales histoires de cul. Quand ils en ont eu marre de moi, ils ont pris tous mes clients et les ont refilés à un autre médecin. Et moi, ils m'ont traîné dans la boue. *Paris Match* a sorti des photos de moi, disant que j'étais un pourri. Plus personne ne me respecte dans la profession.

– Pourquoi vous continuez à donner des médocs à Kertesz ?

– Parce qu'ils ont un gros dossier sur moi. J'ai les mains liées.

– Qu'est-ce qu'ils ont ?

– Plein de choses qui ne sont pas encore sorties dans les journaux, mais ça maintenant je m'en fous. Je suis déjà au fond, alors je peux difficilement tomber plus bas.

– Ils vous tiennent sur quoi d'autre ?

– M. Kertesz m'a piégé.

– Avec quoi ?

Ses larmes coulent sur son bureau, sur son clavier d'ordinateur, sur sa paperasse qui éponge les gouttes :

– Avec une fille.

– Qu'est-ce que vous avez fait avec la fille ?

– À votre avis ?

– Il menace de montrer ça à votre femme ?

Il relève la tête, me regarde avec ses yeux rougis en essayant de garder la face :

– Ma femme est partie depuis longtemps. Depuis que j'ai quitté mon cabinet aux Champs. Depuis que je ne gagne plus assez d'argent.

Je perds patience, tape du poing sur son bureau pour qu'il accouche au plus vite plutôt que d'y passer cinq plombes :

– À qui alors, bon sang ?

– À mes enfants. C'était un weekend où ils n'étaient pas là. Cette fille est arrivée dans mon cabinet, à commencer à m'allumer. On est partis chez moi, elle a demandé à ce qu'on baise dans la chambre des enfants, et j'ai accepté. Elle a tout filmé, elle avait une caméra dans son sac.

– C'était qui, la fille ?

– J'en sais rien, une prostituée.

– Son nom ?

– Tata. Je ne connais pas son vrai nom.

– Vous l'avez revue depuis ?

– Oui, elle traîne dans le quartier, c'est une sorte de maquerelle.

– Qu'est-ce qu'ils vous demandent en échange ?

– Des ordonnances pour eux, et pour leurs putes.

– Bien. Merci pour la consultation, docteur Pons.

Je me lève, m'apprête à sortir du cabinet, mais il me hèle avant que je passe la porte :

– Vous allez faire quoi ?

– Vous concernant ?

– Oui.

– Rien.

Il est vingt-et-une heures quarante-huit quand j'ouvre mon sandwich triangle minable, une tranche de jambon infecte dans deux tranches de pain mou, à l'image de ma situation, tout aussi minable, affalé sur le siège conducteur de ma voiture, dans le noir, à quelques mètres du London

Club, à scruter les allées et venues des clients, en attendant désespérément que Christian Kertesz et Gérard Berthelot montrent leurs trombines.

Deux heures que je suis là à attendre devant le temple des stars déchues, des flics à la retraite, des macs à Pento, des voyous blasés et des pétasses de films porno. Je sais que ces deux fumiers sont à l'intérieur, je sais que Kertesz est avec sa nouvelle putain brune qu'il se coltine depuis deux semaines, à boire des bloody mary et à faire son petit business de flicard véreux.

J'ai à peine fini d'engloutir mon sandwich que mon portable illumine d'un coup l'intérieur de la voiture, j'ai coupé le son mais pas la lumière, petit coup de stress, j'ai déjà déconné l'autre jour pendant la filature, alors maintenant je redouble de vigilance pour éviter de me faire détroncher. Si Kertesz avait grillé que c'était lui que je filais et non pas Jovanovic, j'étais cuit, cuit de chez cuit, archi cuit.

– Qu'est-ce que tu fais, Gabriel ?

– Je travaille.

Long silence qui s'étend, qui s'étend, et que je sais être tellement plein de ressenti, plein de rancœur, plein d'un amour malade à la limite de la haine.

– Élise a eu des soucis au collège. Elle va passer en conseil de discipline, elle risque l'exclusion.

– Qu'est-ce qui s'est passé ?

– Un surveillant l'a attrapée avec du shit, elle lui a sauté dessus.

– Comment ça, sauté dessus ?

– Elle lui a cassé le nez. Il est parti aux urgences.

Élise, bon sang, qu'est-ce que tu fais, fumer du shit, casser le nez d'un pion, te faire renvoyer du collège, bon Dieu Élise, on dirait ton père quand il était jeune.

– Je m'en occupe quand je rentre.

– Tu rentres quand ?

– Je ne sais pas.

– Tu t'en fous, Gabriel.
– Non, je ne m'en fous pas. Je m'en occupe quand je rentre, et elle va m'entendre.
– Elle n'a pas besoin de t'entendre, c'est justement tout le contraire. Elle a besoin que tu l'écoutes.
– Ma chérie, je suis en planque, je ne peux pas rentrer ce soir, je vais devoir raccrocher.
– Planque-toi, ça tu sais faire, effectivement.
– Prends soin de toi.
– C'est ça.

Je raccroche, diminue la luminosité de l'écran, range le téléphone et, au même moment, je vois Da Silva arriver devant le club, avec son cuir de *desperado* à deux balles et sa dégaine de voyou raté. Petit mac de comptoir, tenancier de trois sex-shops vieillissants, agent d'actrices de films porno minables : cinq jours que je le suis à la trace pour trouver le point faible, cinq jours que je le vois faire ses petites magouilles à gauche à droite, récolter des petites enveloppes, faire des allers-retours entre les bars à cul et ses boutiques pour arriérés, venir avec les poches vides, partir avec les poches pleines, revenir avec les poches vides, repartir avec les poches pleines.

Il échange quelques mots avec les deux mules qui servent de videurs, s'allume une cigarette, attend. Je sens sur ses épaules le poids de son passé foireux, d'ancien indic des Stups, inscrit au registre, mais qui a joué au con en essayant de prendre sa part et a fait capoter une investigation sur une filière d'import de coke en 2006 qui devait aboutir à l'interpellation de Michel Bernès, grand ponte parisien de la chnouf, disparu depuis. Un an de sursis mais pas de ferme, une condamnation lourde évitée de justesse par Kertesz et Berthelot, et désormais mis au ban des indics, blacklisté par le bureau central des sources : ma carte de visite pour prendre la tête du groupe Beauvais dans quatre ans.

Kertesz et Berthelot sortent du club, ils s'en grillent une avec lui, lui mettent des petites tapes dans le dos, rigolent. Au bout de deux minutes, le geste que j'attendais avec impatience : Da Silva sort deux enveloppes de la poche intérieure de sa veste et leur en remet une chacun, en main propre. Une dernière blague pour la route, une bise, et le petit mac reprend son chemin. J'attends que Kertesz et Berthelot piétinent leurs mégots et rentrent dans le club, je démarre la voiture, puis je prends la BMW de Da Silva en filature, en laissant une grosse centaine de mètres entre lui et moi.

Il remonte le boulevard de Courcelles, tourne à droite, prend la rue Blanche, puis se gare, rentre dans un sex-shop et ferme la porte derrière lui. Je me gare juste devant, feux éteints, je m'approche de la boutique, essaye de regarder à travers la vitre, mais on ne voit rien, elle est plongée dans le noir. Je pèse rapidement le pour et le contre mais je coupe court à la réflexion, de toute façon c'est maintenant ou jamais, alors je sors mon arme de service et ouvre d'un coup sec : bruit de la porte qui cogne contre le mur, tête ahurie de Da Silva qui s'enfile une trace de coke sur le comptoir à la lumière d'une petite veilleuse, mon Sig Sauer pointé sur lui, ses mains qui se lèvent comme par réflexe. Il crie quelque chose que je ne comprends pas, je m'avance dans la boutique, referme la porte derrière moi et m'approche de lui jusqu'à ce que le bout de mon arme soit à moins de vingt centimètres de sa sale trogne.

– T'es tout seul ?

– Qu'est-ce que vous voulez, bordel ?

Je ne réponds pas, je regarde autour de lui, je vois des godes, des clés, une enveloppe remplie de billets et un sachet de coke qui doit bien faire une demi-livre.

– Je le sentais que t'étais retombé dans la chnouf, mon petit Da Silva. Ça se voyait sur ta tête. C'est dommage, t'auras pas de sursis ce coup-ci.

Je sens la panique envahir son petit corps débordé, mais il la contrôle bien et me lance un regard arrangeant : dans ses veines, c'est pas du sang qui coule, c'est des embrouilles.

– Vous êtes de la police ? Je m'entends très bien avec la police.

– Je sais, je connais tes petites histoires avec Kertesz et Berthelot.

Je laisse deux secondes passer sans m'arrêter de le fixer, le temps d'opter pour ma stratégie, mais c'est décidé, je la tente au bluff :

– Ça serait quand même bête qu'ils apprennent que tu leur tires la moitié du fric pour t'acheter de la poudre.

Ses yeux s'écarquillent et, à cet instant précis, je sais que je l'ai serré, je sais que je vais pouvoir en faire ce que je veux, je sais que je vais faire tomber Kertesz et Berthelot, je sais que je vais pouvoir faire le ménage nécessaire pour assainir la PJ parisienne.

– Je ne leur tire pas la moitié du fric, vous êtes fou !

– Ça fait une semaine que je te suis partout, Da Silva, j'ai bien capté ton petit manège. Tu récupères beaucoup plus de fric que ce que tu leur files. Combien tu leur tires ?

– Rien.

Je lève le bras, lui colle le canon de mon Sig Sauer SP2022 sur le front, et répète tranquillement en haussant le ton :

– T'as vraiment envie de faire deux ans à Fleury ?

– J'ai déjà eu ma dose, merci.

– Combien tu leur tires ?

– Dix pour cent, à peine. Vous ne bossez pas avec eux, hein ?

– Non.

– Qu'est-ce que vous voulez, bordel ?

– Je veux la tête de Kertesz et de Berthelot, et tu vas m'aider.

– Vous aider à quoi ?

– À les faire tomber.

– Je ne peux pas les faire tomber, c'est eux qui m'ont évité la taule en 2006 quand l'affaire Bernès a capoté. Je leur dois ça.

– Ils s'en fichent de toi, Da Silva. Ils ont besoin d'un bouche-trou pour récupérer les rackets, c'est tout. À la moindre occasion, tu sautes.

– Je suis mieux qu'un bouche-trou bordel ! Je suis leur connexion avec tous les macs de cette putain de ville. C'est moi qui leur permets de garder un œil sur tout, c'est moi la dernière poche de résistance avant l'invasion barbare, avant que ce soit les Yougos et les Chinetoques qui contrôlent tout.

– C'est quoi le deal, avec les macs ?

– On prélève un pourcentage sur leurs revenus toutes les semaines, et en échange on les laisse développer leur biz, sur un territoire défini entre nous.

– Tout le monde marche ?

– Non, les Yougos et les Roumains ils nous filent rien, ils la jouent solo, mais leur petit manège va pas durer longtemps, toute la BRP est sur leur cul. Les Bamboulas et les Chinetoques ils raquent, quelques Russes aussi. Ils sont pas cons, ils préfèrent bosser avec les keufs.

– Je te laisse le choix : soit tu marches avec moi pour serrer Kertesz et Berthelot, je ferme les yeux sur la coke et tu prends juste pour les rackets. On charge tout sur eux, sur le fait qu'ils t'ont exploité, et tu passes maximum trois mois au placard, le reste en sursis. Soit je t'arrête maintenant pour la coke et tu prends deux ans ferme. J'en profite pour balancer à tes petits copains que tu leur prélèves une partie de leur fric, à mon avis ils ne se gêneront pas pour dire ça aux cousins de Mattei et de Battesti, qui tiennent la moitié de Fleury. Ça risque d'être ta fête en prison.

– Je ne veux pas d'emmerdes avec les Corses.

– T'auras pas d'emmerdes avec les Corses si tu marches avec moi. On ne touche pas à Mattei, ni à Battesti ou à qui que ce soit. Juste Kertesz et Berthelot.

Il se frotte le visage avec les mains pour essuyer les grosses gouttes qui perlent de son front, puis me regarde droit dans les yeux :

– Je veux être réintégré au registre des indics.

– Arrête de rêver bon sang ! Tu veux vraiment te faire enfiler par tous les Corses à Fleury pendant deux ans ?

– Qu'est-ce que vous voulez que je fasse ?

– Le jour où tu donnes les enveloppes à Kertesz et à Berthelot, c'est bien le mercredi ?

– Oui.

– Le soir, devant le London Club ?

– Oui.

Je souris, range mon arme, et m'apprête à sortir de la boutique, mais lui ne tient pas en place, il sue comme un porc, il panique :

– Qu'est-ce que vous voulez que je fasse, bordel ?

– Rien.

– Rien ?

– Tu la boucles, c'est tout.

Dehors, je marche dans la nuit, l'adrénaline s'est transformée en force tranquille, je hume l'air parisien à pleins poumons comme si je venais de me faire la capitale. À quelques mètres de la voiture, mon téléphone sonne, le temps de le sortir je pense à Isabelle qui me déteste, mais c'est le numéro de mon bureau à la BC qui s'affiche.

– C'est Nesrine. Alors, la bourgeoise ?

– RAS. L'audition de Bouvier ?

– Rien non plus, c'est pas notre gusse.

– Je sens qu'il y a anguille sous roche pour que tu m'appelles à cette heure-là.

– On vient d'avoir l'info avec la BAC du XVIIe, le Chinetoque est mort.

– Le Chinetoque ?

– Éric Pidell. Il a sauté de son appart, ils ont retrouvé son corps en morceaux sur le trottoir.

Dans ma tête c'est le calme plat, comme si je m'attendais mot pour mot à ce que Nesrine vient de débiter. Ce pauvre vieux, muré dans sa solitude, dans cette fin de vie tournée vers un unique amour, celui d'une lycéenne qui venait le branler une fois par mois et l'entendre raconter ses histoires de vétéran à la noix. Pas vraiment de choix cornélien quand cet amour prend fin d'une manière aussi brutale : dans tous les cas il aurait dû affronter l'extérieur, la prison, la honte et les crises de panique. Il a choisi la voie rapide.

– Merci pour l'info. Et va te coucher bon sang ! Il est vingt-trois heures.

– J'y vais. Demain, Rennes ?

– Affirmatif. On se retrouve à huit heures au 36 et on décolle.

Je raccroche, rentre dans ma voiture, pose les mains sur le volant, démarre, mais au lieu de prendre la direction du XVe, je fonce tout droit vers l'île de la Cité. Il me reste une dernière chose à faire avant que tout ça n'explose, avant qu'on passe les bracelets à Kertesz et à Berthelot, avant que tout passe sous contrôle de l'IGS et qu'on n'ait plus accès au moindre de leurs dossiers, qui seront tous placés sous scellés.

Quand je rentre dans les bureaux de la BRP, je fais un petit signe au planton qui monte la garde de nuit en lui montrant ma carte.

– Il n'y a plus grand monde là-haut, capitaine, qu'est-ce que vous voulez ?

– J'ai oublié un dossier quand je suis passé voir Guignard tout à l'heure. Ça concerne le meurtre de la petite putain qu'on a retrouvée avec la tête cramée. J'ai absolument besoin de ce dossier maintenant, c'est pour appréhender un suspect à la première heure demain.

Il me lance le petit clin d'œil du faux-cul qui veut faire plaisir à un gradé :

– OK, allez-y, mais faites vite.

Je monte les marches quatre à quatre, je sais que ça peut me coûter cher tout ça, très cher, bon Dieu ça peut clairement me coûter ma carrière, mais non je suis là en train de monter l'escalier comme si je n'avais plus peur de rien. En haut, j'évite soigneusement de passer devant le seul bureau allumé, je me dirige à pas feutrés vers celui du groupe Berthelot, plongé dans le noir. Je regarde ma montre et me donne dix minutes max pour amasser tout ce que je peux : je commence par l'ordinateur de Kertesz, objectif tatouages de sirènes, mais comme je le craignais il est protégé et donc inutilisable, je l'éteins, je cherche dans ses tiroirs, sur son bureau, je ne trouve rien, pas de tatouages, pas de fillettes qui font les putes, j'allume celui de Berthelot à la place, accède directement à Windows, pas de mot de passe, ce crétin se croit tout permis, j'en étais sûr mais je trouve quand même ça incroyable.

J'ouvre sa boîte mail, je lis en diagonale les intitulés et les noms des destinataires, dont quelques-uns qui sentent le soufre : un journaliste du *Parisien*, un autre du *Nouveau Détective*, un tenancier de cabaret, un administrateur du pôle tourisme de la mairie, des producteurs de shows télé, un agent de footballeurs pros, et une magnifique boucle de mails initiée par un commandant de la DCRI pour la venue d'un émir du Qatar, avec en copie des élus locaux, des agents qataris et, cerise sur le gâteau, le dir cab du ministère des Sports. Je sors mon téléphone et photographie à la chaîne : l'envoi d'informations sur des enquêtes en cours à des journalistes de faits divers, visiblement contre rémunération, des échanges avec des entrepreneurs de cul pour leur garantir la protection du duo de choc Berthelot/Kertesz, des arrangements avec des avocats et un agent de joueur pour classer sans suite une enquête sur un footballeur international français impliqué dans un réseau de prostitution, la commande d'un groupe d'escorts appartenant à Toussaint Mattei pour fêter avec des producteurs et des animateurs le dixième anniversaire d'une émission télé grand public, la participation à des échanges confidentiels concernant le rachat du PSG par le Qatar.

Pas le temps de rentrer dans les détails, je prends sur ma clé USB tout ce que je peux en un minimum de temps, éteins l'ordinateur, entends quelqu'un bouger dans le bureau d'à côté, montée de stress, pas d'anxiolytiques sur moi, pas besoin de toute façon, ce soir mes forces sont décuplées, les doutes et l'angoisse, ça sera pour demain, je regarde vite fait dans la poubelle de Berthelot et dans celle de Kertesz, RAS, je feuillette les dossiers sur le bureau de Berthelot, des photos de Jovanovic, des écoutes de Jovanovic, des photos de call-girls, des bruits de pas dans le couloir, stress qui grimpe, une photo de Danuta Risztov shootée en longue focale, des marques de coups sur son visage, les bruits de pas qui s'éloignent, je prends la photo de Danuta et la mets dans ma poche, vérifie que j'ai bien tout laissé en place, m'éloigne doucement des bureaux, descends l'escalier en vérifiant qu'il n'y a personne, fais un signe au flic de service qui bosse cette nuit, échange de sourires, je sors, marche jusqu'à ma bagnole d'un pas pressé, ouvre la porte, démarre, fonce à soixante-dix sur les quais, retour chez moi, Élise dort, Isabelle dort, je mets le réveil à sept heures zéro zéro pour aller choper Anthony Guilloux à Rennes, un somnifère pour faire descendre l'excitation, je m'allonge, ferme les yeux, Kertesz et Berthelot sont morts, morts et enterrés, je vais fumer ces deux petits salopards, et je bascule en moins de dix minutes dans un sommeil de plomb.

10

Mercredi 20 avril 2011

Sandra qui attend, dans un pyjama blanc, sur un lit blanc, dans une pièce aux murs blancs. Son regard, perdu dans le vide, quelque part sur le sol. Tu pleures. Tu lui dis que c'est sa faute. Qu'elle a trop fumé, qu'elle a trop bu. Elle ne réagit pas, elle ne t'entend pas. Tu lui en veux. Vous deviez être trois. Avec ton petit Charlot. Ses yeux regardent le sol comme s'il était transparent. Tu insistes, mais elle ne t'entend pas. Son nez qui goutte, une petite goutte de sang, puis deux, puis trois. Le sang qui coule sur sa bouche, sur son menton. Le sang qui coule sans s'arrêter. Tu l'appelles, plus fort, mais elle ne t'entend pas. Le sang qui coule de sa bouche, de ses oreilles, de ses yeux. Tu cries, mais elle ne t'entend pas. Le sang qui lui recouvre les seins, les bras, les jambes, le corps tout entier. Tu hurles, mais elle ne t'entend pas. Le sang qui coule à flots et son corps qui disparaît tout entier dedans. Tu hurles mais tu es seul. Tu hurles et tu ouvres les yeux : toi, Tata, son lit. Presque dix heures sur son réveil.

– Qu'est-ce qui sc passe ?

– Un mauvais rêve.

Tata te prend dans ses grands bras. Te rapproche de sa peau douce et tatouée.

– Mauvais rêve de quoi ?
– De rien. Le boulot.
– Moi quand je rêve du boulot, c'est plutôt agréable.
Grand sourire sur son visage. Tu essayes d'y répondre mais tu n'y arrives pas. Trop d'images de Sandra qui se mélangent à Clotilde et au cadavre d'Amandine Salmon dans ta tête.
– Ça donne quoi pour Deda au fait ? Tu ne m'en as pas parlé hier soir.
– J'ai vu ta copine samedi mais elle n'avait pas grand-chose à me dire. Elle me l'a décrit physiquement mais n'avait pas d'autres infos. La seule fois qu'elle l'a vu, c'était il y a deux ans, et elle m'a confirmé que, depuis que ses affaires ont pris de l'ampleur, plus personne ne l'a croisé.
– Alors, il ressemble à quoi ?
– Elle m'a décrit un grand bonhomme de soixante ans, les cheveux coupés court, avec une cicatrice sous le menton. On est en train de chercher du côté des voyous serbes, mais pour l'instant ça ne donne pas grand-chose.
– Tu penses que vous allez le trouver ?
– Non, je pense qu'il va nous filer entre les pattes. Le proc veut absolument qu'on mette la main sur Jovanovic maintenant. Il croit qu'il nous balancera Deda si on lui propose une remise de peine contre informations. Mais je suis persuadé qu'il va fermer sa gueule.
– Vous allez le choper quand, Jovanovic ?
– C'est une question de jours.
– Bonne nouvelle pour mes affaires.
Tu souris.
– Pas sûr. Va falloir qu'on trouve une autre tête de Turc après ça, sinon les collègues de la BRP ne sauront plus quoi foutre de leurs journées.
Sa bouche en cœur :
– Tu ne me feras jamais ça.

Tu penses : *on ne sait jamais, ma chérie, on ne sait jamais, parfois le vent tourne...* Mais tu dis :

– Bien sûr que non.

Un peu avant midi, tu te positionnes dans la rue de Miromesnil. Rue étroite à sens unique, bordée tout du long par de grandes bâtisses qui la plongent dans l'ombre la majeure partie de la journée. Tu gares la voiture face à l'Hôtel Ventoux où Marcel Salun a pris une chambre depuis son arrivée à Paris. Comme tous les jours, tu attends, radio allumée.

... Nouvelles levées de boucliers contre la réforme de la garde à vue, appliquée difficilement depuis vendredi dernier et alors que les syndicats de police se disent affligés de cette décision soudaine de la Cour de cassation...

Tu attends qu'il fasse quelque chose. Qu'il bouge, enfin. Qu'il te donne une piste pour trouver Deda. Pour mettre la main sur tout le réseau, avant que tu reçoives un coup de fil du diviz qui t'annonce l'intervention imminente au domicile de Jovanovic. Mais rien à se mettre sous la dent : presque aucun mouvement, juste quelques allers-retours pour faire des courses. Rien qui te laisse suffisamment de temps pour aller fouiller dans sa chambre. Aucun rendez-vous, aucune rencontre. Salun fait le mort. Il attend, comme toi. Oui, mais quoi ?

... Jacques Vergès, à la tête du collectif d'avocats chargés de défendre Laurent Gbagbo, et dont maître Collard vient tout juste d'être exclu, annonce qu'il va porter plainte en France pour crimes contre l'humanité...

La seule chose que tu as grattée en neuf jours : des infos sur sa filière d'import de filles. Obtenues d'arrache-pied grâce aux copains de Didier Cheron qui bossent à la DCRI.

Son trafic : des filles de toute l'Afrique de l'Ouest. Sénégal, Mali, Burkina Faso, Bénin, Togo, le tout centralisé depuis la Côte d'Ivoire. Mineures, arrachées à leurs familles dans des villages contre du fric. Amenées en Europe ensuite via des passeurs. Dispatchées en France, en Suisse et en Belgique principalement. Le tout sous l'œil bienveillant de l'administration Gbagbo, qui a mis en place un corridor sécurisé pour le trafic, et se sucre au passage. La tête de la filière serait tombée avec Gbagbo, selon la DCRI. Quelque part en train de croupir dans une geôle ou d'être torturée par les forces de Ouattara. Salun a filé au bon moment. Il cherche une porte de sortie maintenant. Laquelle ?

... *Ouverture d'une enquête à Nantes hier suite à la mystérieuse disparition d'une famille, les époux Dupont de Ligonnès et leurs quatre enfants, introuvables depuis plus de deux semaines...*

Aujourd'hui, comme hier, comme avant-hier, comme tous les jours : aucun mouvement. Tu as demandé à Gérard de louer un appartement en face de son hôtel pour mettre en place une surveillance vingt-quatre heures sur vingt-quatre. Sa réponse : même pas la peine d'y penser. Le proc s'en bat les steaks de Salun. Arrête tes planques à deux balles et reviens bosser au bureau.

Depuis, tu t'autorises maximum quatre heures par jour à faire le piquet devant l'hôtel. Quatre heures à regarder par intermittence l'entrée de l'hôtel et les photos de Clotilde sur le pare-soleil, que tu changes tous les jours comme d'autres changent de chaussettes. Quatre heures avec Clotilde et Salun, qui reste planqué dans sa chambre en permanence. Quatre heures à essayer de mettre des visages sur Bayard et Michaud. À les imaginer recruter au lycée des gamines qui jouent aux putes et les faire entrer dans leur réseau d'escorts. À imaginer leur sale gueule sous toutes les coutures. Quatre heures à bouffer des gélules de Ritaline et à fumer des clopes sans fin. À scruter les environs à la recherche du moindre détail qui te donne envie de rester. À observer le monde à travers un pare-brise, des fenêtres et des rétroviseurs. Quatre heures à p

BING – un bruit derrière. Un mouvement dans ton rétro gauche. Quelque chose dans une voiture, garée à plus de cent mètres derrière. Garée depuis plusieurs heures, arrivée quelques minutes après toi. Tu n'as pas fait gaffe si quelqu'un était sorti à ce moment-là. Personne dedans a priori, et pourtant un mouvement. Quelque chose qui est passé devant tes yeux, à travers le rétroviseur, et qui n'est plus là. En regardant mieux : une forme sur le siège arrière. Quelqu'un, affalé sur la banquette. Imperceptible pour l'humain lambda. Perceptible avec ta vue hors norme. Tu plisses les yeux au maximum : un petit corps trapu et tapi dans l'ombre de la voiture. Une barbe, quelques cheveux en bataille sur un front dégarni. Tu reportes ton attention sur la voiture : la même que celle que conduisait Prigent quand il suivait Jovanovic.

Électrochoc d'une demi-seconde dans ton cerveau. Puis dix, quinze secondes max pour tout remettre à plat avant de prendre ton BlackBerry :

– Gérard, on est dans la merde.

– La merde de quoi ?

– Prigent, le nouveau de la BC. Il me suit.

– Comment ça, il te suit ?

– Il est en planque derrière moi, dans sa bagnole.

– T'es où ?

Deux secondes de silence.

– Devant l'hôtel de Salun.

– Qu'est-ce que tu fous là ? Je t'avais dit de laisser tomber Salun.

– C'est pas le problème. Prigent est sur nous, on va passer au tourniquet.

– Impossible, on serait au courant s'il y avait une procédure en cours.

– Les histoires sur Prigent, tu connais ? À Rennes ?

– Oui je sais, on en a parlé ensemble. Entre témoigner et bosser pour l'IGS, il y a un fossé là quand même.

– Je sais ce que je dis. Il n'y a pas de procédure, il y a juste Prigent qui bosse en clandé sur nous et qui va refiler le bébé aux bœufs quand il aura trouvé le truc.

– C'est pas possible, Christian. C'est pas légal.

– Marignan s'en branle de la loi, il veut juste nous faire sauter, tu le sais très bien.

– Il n'y a rien, ils n'ont rien, qu'est-ce que tu veux qu'ils trouvent ?

– S'ils nous ont foutu Prigent au cul, on est dans la merde, et tu le sais.

– Il ne trouvera rien.

– Il faut faire le ménage dans les e-mails, dans les dossiers, il faut faire le ménage partout.

– Arrête ta parano, Christian, putain !

– Mais bordel, tu comprends ce que je te dis ? Prigent est là, dans sa bagnole, il est en filoche. Tu crois que c'est pour reluquer mon cul ?

Silence. Gérard qui rumine.

– OK. Je sais pas ce qu'il nous veut ce petit connard, mais on va fouiller sur lui. Je m'occupe de récupérer son dossier aux archives de la PP[1] de Rennes avec des copains. J'en parle à Franck et à Gabach, je m'occupe d'activer les réseaux. On va trouver quelque chose et on va l'empêcher de nous casser les burnes.

– Et les bœufs ?

– Y a pas de bœufs, arrête ton délire. Il y a juste ce connard qui veut t'emmerder, et on va lui fermer sa gueule.

– OK.

1. Préfecture de police.

Tu t'apprêtes à raccrocher, mais avant de décoller le portable de ton oreille, les visages imaginaires de Bayard et de Michaud qui te reviennent comme un coup de fouet :

– Bayard et Michaud, vous en êtes où ?

– Toujours rien. Arrête de me faire chier avec ton Bayard.

Et il raccroche.

Plus d'une semaine que tu cherches les traces d'un Bayard et d'un Michaud partout. Demandé à Tata, à Toussaint, à tous vos indics, à tout votre réseau. Personne ne connaît Bayard, personne ne connaît Michaud, seuls quelques-uns en ont entendu parler, sans savoir qui c'est. Pas la moindre piste, que dalle. Juste ces noms, qui flottent dans ta tête comme des concepts abstraits, sans pouvoir les matérialiser.

Un coup d'œil sur ton téléphone : quatorze heures. Plus que quelques heures avant le passage des poubelles dans la rue de Javel, où habite Annie, la cousine de Clotilde. Un coup d'œil sur Prigent : toujours terré dans le fond de sa bagnole.

Tu démarres pied au plancher pour l'effet de surprise. Tu tournes dans le quartier en prenant tous les virages possibles. Pas de bagnole qui te suit. Une fois que tu es certain de l'avoir planté sur place, tu prends la direction du XVe : mission poubelles. Comme mercredi dernier, comme mercredi prochain sûrement, comme tous les mercredis de ta vie tant que tu n'auras pas trouvé la petite Clotilde Le Maréchal. Ça fait une dizaine de jours que tu épies Annie tant que tu peux : rien à te mettre sous la dent à part son programme télé. Pas de visite d'amies. Pas d'école. Pas de travail. Juste des visites de Vincent Fernandez, un soir sur deux. Qui la saute, regarde la téloche, la saute une deuxième fois, se barre.

En garant la voiture, tu fais bien attention à ce qu'elle ne soit pas dans les parages, puis tu ouvres le grand container. Tu sors les sacs poubelles de la gamine : deux grands sacs rose fuchsia, reconnaissables entre tous. Un coup d'œil aux alentours : pas de voisins. Tu les mets dans le coffre et tu démarres. Cinq cents mètres plus loin, tu arrêtes la voiture, tu ouvres le coffre, et tu plonges les mains dans la merde. Pas de tri sélectif dans le quartier, tout est mélangé : restes de barquettes Picard, tablettes de chocolat, tampons, capotes pleines, pubs, courrier. Une lettre de son opérateur : RAS. Une lettre de sa banque : RAS. Une lettre de la CAF : RAS. Une lettre destinée à Christelle Depayras, le nom d'emprunt de Clotilde pour les passes. Le courrier notifie un changement d'adresse postale : les correspondances seront désormais envoyées rue Javel, et non plus au 74, rue de Sèvres.

Petit shoot d'adrénaline.

Tu fermes le coffre, toujours rempli de poubelles, et tu prends la direction de la rue de Sèvres, à deux pas d'ici. En cinq minutes, tu es garé devant le 74 : une vieille bâtisse de quatre étages aux murs blancs. La porte d'entrée : entre un tabac et une pharmacie. Ouverture de la porte avec un simple bouton d'accès : tu rentres comme dans du beurre.

Dans le hall, sur l'interphone, un nom parmi d'autres, mais qui brille comme la devanture d'un théâtre de Broadway dans ta tête : Christelle Depayras. Tu sonnes. Une fois, deux fois, trois fois. Pas de réponse. Tu sors de ta poche le trousseau de clés jeté par Annie dans les poubelles du parc. Tu places le badge électronique devant : ça s'ouvre. Jackpot.

Coup d'œil rapide sur les boîtes aux lettres : troisième étage droite. Mille images à la seconde qui défilent derrière tes yeux. Clotilde qui souffle ses bougies d'anniversaire. Qui ramasse des coquillages à la plage. Qui pose avec tous ses camarades d'école. Qui fume des joints avec Nicolas Martineau. Qui danse en boîte de nuit. Qui roule des pelles à ses copines. Qui se déshabille devant la caméra. Qui baise avec des lycéens. Qui pompe le CPE dans son bureau. Qui se fait sauter ici, dans cet appartement de la rue de Sèvres. Qui se fait enfoncer un chiffon dans la bouche.

Tu montes les marches quatre par quatre. Cinq par cinq. Six par six. La Ritaline te bat les tempes et accélère ta course. Arrivé en haut, tu ne prends pas le temps de frapper. Tu testes la clé du trousseau : ça rentre. Un tour de clé, puis un deuxième. La porte qui s'ouvre, ton cœur qui s'emballe : un grand studio vide.

Tu fermes la porte derrière toi. Tu inspectes rapidement : vide, vide, vide. Une odeur de renfermé inhabituelle : certainement pas aéré depuis un bon mois. Pas habité non plus. Un grand lit défait avec draps en soie roses et couverture de lit assortie. Un grand miroir sur le mur en face. Une petite commode le long du mur, qui contient godes, menottes, capotes, lubrifiant, jupes d'écolières, tenues légères, strings. L'attirail au complet pour les passes. Un coin cuisine, vide comme s'il n'avait jamais servi. Une salle de bains avec douche, lavabo, et tous les produits nécessaires. Pas d'objet personnel, rien qui puisse faire penser que quelqu'un ait réellement habité ici.

Tu inspectes minutieusement le sol, les murs, le lit, la salle de bains. Tu cherches des traces, mais sans matériel pour les prélever. Pas simple de bosser tout seul, quand on n'a pas un mec de l'IJ avec soi pour gérer tout ça.

Sur le drap du lit : des taches de sperme séché. Tu embarques le drap. Dans la douche : des cheveux et des poils. Tu les ramasses, un par un, et les mets dans une taie d'oreiller. Dans le meuble de la salle de bains, tu prends le rouge à lèvres, le mascara, les boîtes de médicaments. Tu fourres tout dans la taie d'oreiller. Dans un cendrier à côté du lit : deux clopes écrasées. Tu le vides dans la taie. Dans la poubelle des chiottes : des mouchoirs et du PQ utilisé. Tu la vides dans la taie. Dans la commode, tu prends au hasard quelques accessoires de cul. Tu les jettes dans la taie.

Tu sors de l'appartement avec ton drap et ta taie d'oreiller remplie de bordel. Tu dévales l'escalier sans trop faire de bruit, rejoins la voiture, balances le tout sur la banquette arrière. Tu retournes dans l'immeuble et remontes les marches quatre à quatre. Tu sonnes à tous les appartements, un par un, en partant du dernier étage. Un homme qui t'ouvre au deuxième. La quarantaine, mal rasé, lunettes de bobo parisien.

– Oui ?

Tu sors ta carte :

– Police. On enquête sur une de vos voisines qui a disparu. Christelle Depayras.

Dans ses yeux : un élan de panique qu'il tente de contrôler. Il essaye de répondre calmement mais mâche ses mots. Après deux, trois bredouillements :

– Ah ? Elle a disparu ?

– Depuis plus d'un mois. Quand est-ce que vous l'avez vue pour la dernière fois ?

– Je l'ai croisée dans l'escalier il y a peut-être deux mois, pas vue depuis.

– Vous la connaissiez personnellement ?

Il parle trop vite. Il se rate :

– Ah non, pas du tout. Je lui disais bonjour quand je la croisais, c'est tout.

Grillé en cinq sec. Coup d'œil sur la sonnette : M. et Mme Xavier. Rapide coup d'œil derrière lui : dans le hall d'entrée, des jouets au sol.

– Vous êtes sûr ?

– Oui, pourquoi ? Qu'est-ce que vous insinuez ?

– Vous n'avez jamais mis les pieds dans son appartement ?

– Non.

Tu soupires.

– Je vous laisse le choix. Soit vous me suivez au commissariat, on prend vos empreintes, et on vérifie que ça ne correspond pas à celles qu'on a relevées chez elle. Et je souhaite à votre femme et à vos enfants que ça ne soit pas le cas.

Son visage qui vire au blanc, qui se décompose à vue d'œil. Ses yeux qui regrettent, qui cherchent une échappatoire.

– Soit vous jouez franc-jeu avec moi, on évite le commissariat, et votre femme n'en saura rien.

Long regard plongé dans le tien, qui cherche la confiance. Et qui doit en trouver une once pour te dire d'entrer.

Son appartement : refait à neuf avec des meubles design, un sol impeccable, des photos d'Afrique sur les murs. Des bibelots plein les étagères, art primitif, masques animistes, armes ancestrales. Une bibliothèque remplie de livres écrits par des universitaires aux noms improbables.

Tu flânes quelques secondes devant ses étagères, il t'invite à t'asseoir sur le canapé. Toi, flegmatique :

– Je vous écoute.

– Qu'est-ce que vous voulez savoir ?

– Tout. Vous l'avez rencontrée quand ?

– En janvier, quand elle a pris l'appartement.

– Vous la voyez souvent ?

– Une fois par semaine, pas plus.

– Qu'est-ce que vous faites ensemble ?

– Je dois vraiment vous faire un dessin ?

– Combien vous la payez ?

– Rien, c'est un échange de bons procédés.

– Un échange de bons procédés ?

– Je suis le propriétaire de l'appartement. Elle le loue gracieusement.

– Je vois. Elle habite ici ?

– Oui, mais la plupart du temps elle n'est pas là. Elle vient deux à trois fois par semaine, souvent le weekend. Sauf ces derniers temps. Je ne l'ai pas vue depuis plus d'un mois. Qu'est-ce qu'il s'est passé ?

– On ne sait pas encore, elle a disparu.

Une émotion, forte, quelque part derrière ses yeux. Mais qu'il contient en essayant de rester sobre.

– Je veux bien vous aider, mais il faut absolument tenir ma famille à l'écart de ça.

– Votre famille n'en saura rien si vous êtes coopératif.

– Qu'est-ce que je peux faire ?

– Vous pouvez commencer par me dire ce qu'elle vous a raconté.

Il lève les yeux en l'air, sourit :

– Christelle est une actrice-née. Je ne suis pas sûr qu'elle m'ait raconté autre chose que des bobards.

– Des bobards de quel genre ?

– Elle m'a dit qu'elle était orpheline. Qu'elle venait de Toulouse et qu'elle n'avait plus d'argent. Sauf qu'elle n'a aucun accent du Sud et qu'elle ne porte que des vêtements de luxe. Je pense qu'elle essayait de m'apitoyer.

– Effectivement. Quoi d'autre ?

– Elle m'a dit qu'elle devait se prostituer pour payer ses futures études de droit à Harvard. Elle m'a aussi dit qu'elle commençait à tomber amoureuse de moi.

– Vous l'avez crue ?

– Non. Mais elle a le don pour créer le trouble, je ne savais plus quoi penser après ça. Pendant un mois, j'ai hésité à tout foutre en l'air et à partir vivre aux États-Unis avec elle.

– Pourquoi vous ne l'avez pas fait ?

– Parce qu'elle me manipulait, et que je le savais très bien, même si au fond de moi j'espérais sûrement autre chose.

– Est-ce qu'elle vous a parlé de personnes qui lui voudraient du mal ?

– Non, rien de ce genre. Elle m'a dit qu'elle ne connaissait personne à Paris, qu'elle n'avait pas d'amis. Et pourtant, elle disparaissait la majeure partie de la semaine.

– Elle vous disait où elle allait ?

– Elle me disait qu'elle partait se promener, elle éludait toujours la question.

– Elle allait chez ses parents.

Ses yeux qui s'écarquillent. Silence, puis je rajoute :

– Et au lycée. Vous saviez qu'elle était mineure ?

– Elle n'est pas mineure, j'ai vu sa carte d'identité.

– Vous avez vu la carte d'identité de Christelle Depayras. Pas celle de la fille dont on parle, qui s'appelle Clotilde Le Maréchal.

Ses yeux, ronds, immobiles, comme pris dans la glace. Qui te regardent comme si tu étais un extra terrestre.

– Et qui a seize ans.

Ses yeux toujours, remplis d'effroi, qui te fixent sans sourciller. Silence puis, enfin, ses lèvres qui s'entrouvrent :

– Mon Dieu.

– Avez-vous vu d'autres hommes venir ici ?

Trois secondes de silence le temps qu'il se remette de ses émotions, puis :

– Non. Je sais qu'elle venait parfois avec des hommes, mais je ne les ai jamais croisés. Je crois qu'elle faisait surtout ses affaires dans des hôtels. Elle m'a dit qu'elle ramenait ici exclusivement des hommes qu'elle avait levés elle-même. Et elle emmenait à l'hôtel des commandes, je crois qu'elle bossait pour des types, des sortes de macs.

– Vous connaissez leurs noms ?

– Non, elle ne m'a rien dit les concernant.

Plus la conversation avance, plus sa face se décompose : épaules rentrées, mâchoire qui tombe, tête inclinée vers le sol.

– Vous avez un numéro de téléphone à me donner ? Je vais vous demander de rester dans les parages le temps de l'enquête.

Il fouille dans ses poches, te tend une carte de visite :

– Surtout, ne m'appelez pas ici. Appelez sur le portable.

Tu te lèves, il te raccompagne, tête baissée. Puis la relève au moment de passer la porte :

– Elle est en danger ?

– Je pense que oui.

– Tenez-moi au courant.

Lui : implorant. Toi : impassible.

– S'il vous plaît.

– C'est entendu.

Vers dix-sept heures, retour à la brigade après avoir déposé le drap et la taie d'oreiller à l'IJ. Personne de ton équipe. Le groupe Ferreira au complet, qui prend toute la place et qui braille. En pleine réunion pour leur nouveau gros poisson : une famille de Roumains qui maquent les filles sur les Maréchaux et le bois de Boulogne. Des types qui embobinent les filles au pays. Leur promettent une vie dorée en France. Les informent qu'elles vont sucer des bites seulement une fois qu'elles sont arrivées. Les menacent, les frappent, les violent. Les font vivre dans la crasse. Leur prennent tout le fric qu'elles gagnent.

Un bref salut à l'assemblée, puis tu te colles à ton bureau. Posées dessus : des paperasses fraîchement imprimées concernant Prigent, visiblement glanées à la PP de Rennes et via quelques informateurs. Un Post-it de Gérard dessus : *Pas eu le temps de regarder, parti à la planque avec le diviz. Le proc veut qu'on intervienne sous 48 h. Fouille et trouve la faille.*

Tu ouvres le dossier et tu entres dans la vie de Prigent.

Né le 12 décembre 1964 à Lorient. Une enfance sans histoire à suivre son père, colonel de gendarmerie, de caserne en caserne : Brest, Nantes, Orléans, Mont-Saint-Aignan, puis Rennes. Remarqué dès l'école primaire pour ses excellentes aptitudes physiques. S'engage dans la Légion après son bac, pour lequel il obtient une mention Bien. Participe à l'opération Manta au Tchad en 1983, où il entre en conflit avec ses supérieurs. Quitte finalement l'armée un an plus tard, alors qu'un procès l'oppose au colonel Mattis, accusé par Prigent d'avoir sciemment participé au meurtre de trois familles tchadiennes, torturées et brûlées vives. Procès qui se soldera par un non-lieu pour manque de preuves. Sort de cette expérience avec une obstination sans faille pour la justice. Rentre en fac de droit, où il devient un travailleur consciencieux et un sportif acharné. Se démarque dans plusieurs disciplines. En judo, où il remporte le titre de champion de Bretagne en 1984. En escrime, où il se distingue dans des compétitions à l'échelon national. Réalise un parcours sans fautes jusqu'à la mort de son père en décembre 1986. Opère un complet revirement moral et social à cette époque. Quitte les bancs de la fac pour s'engager avec des étudiants d'extrême gauche contre le gouvernement Chirac. Organise des missions anti-fa dirigées contre le GUD à la fac de droit. Prend la tête de l'UNEF-ID Rennes, branche trotskyste aujourd'hui disparue, en 1987. Y rencontre quelques futurs cadres du parti socialiste, ainsi que celle qui deviendra bientôt sa femme, Isabelle Le Coz, étudiante en première année aux Beaux-Arts. Se brouille avec son propre syndicat en 1988, au moment de la réélection de Mitterrand et de l'arrivée de

Michel Rocard au gouvernement. Décide alors de passer le concours d'OPJ[1], qu'il réussit haut la main. Rejoint rapidement la DIPJ de Rennes, où il obtient d'excellentes notes de ses supérieurs chaque année. Remarqué pour ses aptitudes physiques, il intègre la BRI de Nantes en 1991. Décoré trois ans plus tard pour son intervention lors d'une prise d'otages dans une banque. Y sauve un homme pour s'être interposé au moment où le braqueur tirait. Blessé à l'estomac malgré son gilet pare-balles. Rejoint la brigade de répression du banditisme en 1994, suite à ses problèmes de santé qui l'empêchent de continuer au sein de la BRI. Recroise Isabelle Le Coz à la même époque, après plusieurs relations sentimentales qui n'ont pas duré. Se marie avec elle en 1995, puis devient père de jumelles dans la foulée : Élise et Juliette. Participe tout au long des années quatre-vingt-dix au démantèlement de réseaux mafieux liés à l'ex-URSS. Réussit de nombreuses opérations, notamment dans le trafic de voitures volées. Passe le grade de capitaine en 2000, puis change de brigade pour prendre la tête d'un groupe de la BC de Rennes deux ans plus tard. D'excellentes notes, chaque année, jusqu'à la disparition de sa fille Juliette en 2006. Enquête qui a patiné pendant deux ans, sous l'office de la BPM de Rennes, et en *stand-by* depuis. Aucun indice sur les circonstances exactes de sa disparition. Aucun indice qui ait permis de déterminer s'il s'agissait d'une fugue ou d'un enlèvement. Se brouille avec ses collègues de la BPM jusqu'à un clash dans le bar de la police, suite auquel Prigent et deux autres officiers finissent aux urgences. Garde une dent contre la BPM, qui aurait négligé l'enquête. Accepte de comparaître contre eux dans le cadre d'une procédure ouverte par l'IGPN[2]. Témoigne

1. Officier de police judiciaire.
2. Inspection générale de la police nationale.

au tribunal en février 2011 contre trois de ses collègues, qui sont mis à pied pour dissimulation de preuves. Obtient officieusement une place à la BC de Paris en échange.

Fin du dossier. Tu regardes les notes éparses que Gérard y a rajoutées.

Des impressions de mails qui disent tous la même chose : *pas d'infos sur Prigent. Pas d'histoires connues. Pas de casseroles. Prigent est* clean.

Un rapport d'une psy recrutée par la BC, qui l'a suivi pendant un an après la disparition de sa fille. Qui explique qu'il est extrêmement affecté par les évènements même s'il n'en dit rien. Qu'il est désormais sujet à des crises d'angoisse, voire des crises de panique, liées à des émotions trop fortes ou à des lieux confinés, dans lesquels il développe une claustrophobie de plus en plus aiguë. Qui lui prescrit des anxiolytiques mais conclut que son état est stable et positif.

Une longue note écrite par un collègue de la BPM de Rennes, qui raconte la baston survenue dans le bar, visiblement provoquée par Prigent. Qui explique comment il a été sur le dos de toute la brigade pendant deux ans. Comment il a repris tous les éléments d'enquête pour tout revérifier lui-même. Comment il a pointé toutes les anomalies de la procédure. Comment il a menacé quotidiennement le groupe en charge de l'affaire. En fin de note, un mot sur le procès, assassin, contre les trois flics accusés. Dont un qui a pris six mois ferme et qu'on a retrouvé suicidé dans sa cellule trois jours après.

En conclusion : un mort sur sa conscience, mais visiblement aucune piste intéressante à creuser pour le couler.

Tu composes le numéro de Gérard :

– Christian, tu tombes bien, j'allais t'appeler.

– Pourquoi ?

– Jovanovic. On va le taper maintenant, avant qu'il ne parte faire sa ronde de nuit. La brigade d'intervention arrive dans une petite heure.

– Putain de merde.

– Magne-toi le cul si tu veux être aux premières loges.

– Putain de merde.

– Oui, on est tous d'accord. Mais on va être sages et on va faire comme le proc nous dit de faire.

– Je bouge du bureau maintenant, je suis là dans vingt minutes.

– T'as regardé ce que je t'ai laissé ?

– Je viens de finir le dossier. On va se faire baiser.

– Pourquoi ?

– Parce qu'il est *clean*.

– J'y crois pas. Il y a un toujours un truc.

– On n'a rien à se mettre sous la dent. À part son passé de gaucho de merde, mais ça ne mènera à rien.

Silence de trois secondes. La caboche de Gérard qui tourne à toute vitesse, puis :

– OK. Je m'en occupe.

– Tu veux faire quoi ?

– Le piéger.

– Comment ?

– On va faire parler sa bite.

À dix-huit heures trente, tu te gares à quelques rues du domicile de Jovanovic. Tu rejoins la planque à pied, par-derrière, pour être sûr de ne rien faire capoter.

À l'intérieur : ton groupe au complet. Gérard, Jouan, Martinez, Guignard, deux GPX[1], le diviz : tous aux aguets, derrière la fenêtre. Tu te tournes vers Gérard, qui enchaîne les gitanes sans s'arrêter :

– Alors ?

1. Gardien de la paix.

– Un détachement de la BRI arrive dans dix minutes.
– Il est toujours là ?
– On ne l'a pas vu depuis longtemps mais il doit être dans son canapé. La télé est allumée.
– Il est tout seul ?
– Il y a peut-être une fille avec lui.
– Qui ?
– Une fille qui est rentrée dans l'immeuble à midi. Qui ressemble à une de ses putes.
– Pourquoi on fait ça maintenant ?
– Parce qu'on est sûrs qu'il est là.
– On ne va rien trouver. Et il ne va rien balancer non plus. C'est des conneries tout ça.
Le diviz s'interpose entre vous et te répond au taquet :
– Ça va faire quatre mois que vous êtes dessus, lieutenant. Vous voulez qu'on attende encore un an, c'est ça ? Vous croyez que le Parquet n'a que ça à foutre ? Mais bon Dieu, ça a un coût les surveillances, réfléchissez un peu !
– Vous faites ce que vous voulez. J'ai juste hâte de voir qui Deda va mettre à sa place quand il sera en cabane. Parce que si vous ne coupez pas la tête, ça va repousser direct.
– Ça, c'est votre théorie, Kertesz. Et elle n'est pas partagée par tout le monde.
Tu t'apprêtes à lui clouer le bec, mais son téléphone sonne. Il décroche, répond en trois secondes, raccroche.
– OK, c'est parti. Ils sont dans l'avenue Perrichont, à cinq cents mètres d'ici. Je veux deux officiers avec eux pour les briefer.
À peine un millième de seconde avant que tu répondes :
– J'en suis.
Le diviz te toise. Ça l'emmerde, mais il sait que tu es bon sur le terrain. Tu vaux toujours mieux que Gérard et ses quatre-vingt-dix kilos.

– OK. Kertesz et Jouan. Magnez-vous de mettre les tenues et rejoignez-les.

Vous échangez un regard rapide avec Jouan. Il te fait un signe de tête. Te montre la table du salon. Dessus : gilets pare-balles, casques Kevlar, talkies, pistolets mitrailleurs Beretta M12. Quinze secondes pour les enfiler, et vous dégagez par-derrière. Traversée de la cour à grandes foulées, sans aucun bruit. Deux rues à parcourir, dans lesquelles vous vous faufilez comme des danseuses étoile. Après une petite course sur trois cents mètres : un monospace gris banalisé, garé le long du trottoir. Vous vous en rapprochez en marchant à pas feutrés, en espérant que Jovanovic n'a aucun dispositif de surveillance dans le quartier.

La portière latérale de la voiture s'ouvre avant même que tu arrives à son niveau. Tu t'engloutis dans le cheval de Troie, avec Jouan à ta suite qui referme derrière lui. Dedans : quatre collègues armés jusqu'aux dents. Casques Kevlar, lunettes noires, pantalons de camouflage, étuis de cuisse, gilets pare-balles, genouillères, coudières, gants, cagoules relevées sur le crâne. Dans leurs mains : des HK 417 à bipied et des HK MP5.

– Kertesz, comment ça va ?

Face à toi : le capitaine Sicard, qui te regarde avec son grand sourire rempli de fausses dents. Un des piliers de la BRI de Paris depuis les années quatre-vingt. Décoré à trois reprises pour des interventions coriaces. En 1986, pour la fusillade avec le gang des Postiches, au Crédit Lyonnais de la rue du Docteur-Blanche. Dix ans plus tard, à Noisy-le-Grand, pour l'interpellation de cinq braqueurs qui venaient d'attaquer un camion de la Brinks. Et plus récemment à Aulnay, face à des tapeurs de fourgon. Sourd de l'oreille gauche depuis l'interpellation. La deuxième fois qu'il se prenait une balle. La deuxième fois qu'il y réchappait. Une armoire à cicatrices et à souvenirs de guerre. Toujours sur pied, avec son mètre quatre-vingt-cinq et sa tête cabossée.

– Content de vous voir, capitaine.

– De même, Kertesz. De même.

Il relâche son sourire en un dixième de seconde puis, sérieux :

– Alors, ça donne quoi ?

Jouan embraye :

– Il est chez lui depuis le début de l'après-midi. Il n'y a plus qu'à le cueillir.

– Seul ?

– Avec une fille.

– Armé ?

– Potentiellement.

– L'entrée ?

Jouan sort un plan de sa poche. Les gars se penchent dessus.

– Ici, au 24. Une entrée d'immeuble à digicode. On a le badge donc on peut rentrer incognito. Il est au deuxième étage.

– La porte de l'appartement ?

– Une porte en bois, pas épaisse. Avec une serrure trois points.

– Il peut nous voir arriver par la fenêtre ?

– Oui, mais là il n'y est pas. On pense qu'il dort.

En montrant le talkie :

– Les collègues nous appellent s'ils le voient bouger et se rapprocher de la fenêtre.

Sicard range sa tête sérieuse, et ressort son sourire cinq étoiles :

– Dans ce cas messieurs, je crois qu'on va pouvoir aller se le faire.

Un de ses gars ouvre la porte latérale du monospace. Vous sortez du véhicule, un par un. Quelques passants au bout de la rue qui se demandent ce qui se passe. Sicard leur envoie un grand sourire, puis vous tend des oreillettes et se tourne vers toi :

– Je dirige, compris Kertesz ?

Tu acquiesces.

– Si je dis on se replie, tout le monde se replie.

Tu acquiesces.

– On vous suit jusqu'à l'immeuble. Dès qu'on est dedans, vous nous laissez faire et vous restez en retrait. Compris ?

– Vingt sur vingt, capitaine.

Tu te lances en direction de la rue Jean-de-La-Fontaine, avec Jouan à tes côtés. Le carré de la BRI derrière vous, fusils pointés vers le sol et regards alertes. Petits pas de course sans bruit dans la rue. Le ballet des guerriers avant la bataille. Vous croisez deux passants, qui reculent avec les yeux écarquillés. Virage à droite dans l'avenue Théophile-Gautier. Des badauds, encore, qui s'arrêtent, surpris. Sicard leur fait signe de dégager. Tu continues à avancer, sans un mot, sans un cri, en longeant les arbres plantés le long du trottoir. Même vos chaussures ne font plus de bruit. Vous tournez à gauche pour prendre la rue François-Millet. Toute petite rue pavée, que vous enjambez en quelques pas pour débarquer sur la rue Jean-de-La-Fontaine. Petit signe de Jouan aux gars pour leur montrer que c'est là. L'immeuble de Jovanovic : une petite bâtisse étroite, sur cinq étages. Des grandes baies vitrées qui donnent sur la rue, face à un jardin public, à une quarantaine de mètres de vous. Vous continuez à avancer, au trot, comme si vous glissiez sur l'asphalte. Vous rasez les murs jusqu'au numéro 24, dans un silence absolu. Jouan ouvre la porte avec son badge et fait signe à Sicard. Les gars de la BRI s'enfoncent dans le hall de l'immeuble et vous à leur suite. Silence intégral entre les deux portes, sans les bruits parasites de l'extérieur. Tu entends les gars qui respirent fort sous leurs visières.

Une fournaise là-dedans. Jouan ressort le badge : vous passez la deuxième porte, puis vous vous engagez dans l'escalier, en file indienne. Jouan devant et toi en fin de cortège, les deux mains sur la crosse du Beretta. Arrivés au deuxième étage, vous sortez de la cage d'escalier. Quatre portes dans le couloir. Jouan fait un signe de tête à Sicard et lui montre celle de droite. Sicard se positionne devant, pendant qu'un de ses gars se met sur le côté avec un bélier. Prêt à ouvrir la porte à la manière forte. Sicard te fait signe d'approcher. Tu t'exécutes. Sueur, stress, peur de découvrir un appartement lambda sans aucune piste pour choper Deda. Tu expires tout ce que tu as dans les poumons et puis tu frappes, trois petits coups. Pas de réponse. Tout le monde retient son souffle, prêt à intervenir. Tu attends dix secondes. Dans le silence, avec le bruit de ton cœur qui cogne. Tu frappes à nouveau, trois coups. Dix secondes à vous regarder dans le blanc des yeux, puis Sicard qui fait signe à son gars. Un peu d'élan. Un grand coup sur la serrure. Impact avec la porte, qui résonne dans tout le couloir. Un cri dans l'appartement. La porte n'est qu'à moitié enfoncée : un point a survécu en bas. Tu regardes le collègue reprendre son élan. Cœur qui cogne plus vite. Le cri, toujours. Tu armes ton Beretta et tu te positionnes derrière le bélier. Le deuxième coup, en plein sur la dernière serrure. La porte qui s'ouvre en grand, fracassée. Le cri, à l'intérieur, plus fort. Un cri de femme. Ton cœur qui explose. Tu passes en premier, le flingue devant et les bras tendus vers l'inconnu. Sicard qui gueule derrière toi et qui essaye de te passer devant. Trop tard, tu es dedans. Grand salon rempli de merdes bling-bling et de canapés géants. Vide. Tu avances. Porte à droite. Ouverture du pied, porte qui claque. Ton flingue devant. Une chambre. Lit énorme, qui pue le fric. Vide. Tu te retournes. Le cri, encore. À gauche. Tu ouvres la porte du pied, ton flingue devant. Salle de bains. Au bout de ton flingue : une fille de vingt ans à peine, qui crie. Grande, belle, brune. Tu la reconnais en cinq sec : Katarina, une des putes de Jovanovic. Tu te retournes : le groupe au complet derrière toi. Tu hurles :

– Il est où ?

Sicard :

– J'en sais rien. Mais il n'est pas là.

– Putain de merde.

Tu te retournes vers Katarina :

– Il est où ?

Elle bredouille trois mots en hongrois.

– Il est où, merde ?

– Il est parti faire des courses.

– Quand ?

– Je ne sais pas.

– Quand, bordel de merde ?

– Il y a trois, quatre heures.

Fini. Baisé. Tu remets ton flingue dans son étui et tu retournes dans le salon.

Le reste du groupe Berthelot arrive dans l'entrée. Gérard, complètement essoufflé. Deux étages en courant, plus l'habitude, le pauvre vieux.

– Alors ?

– Il est parti.

– Où ?

– Il est parti, bordel. C'est baisé, c'est complètement baisé.

– Arrête de brailler Christian, il est peut-être juste sorti de son appart.

– Par-derrière ? Alors qu'il sort toujours par-devant ? C'est terminé, Gérard. Jovanovic nous a grillés, il s'est tiré. Il doit être en route pour la Serbie à l'heure qu'il est.

– Arrête, Christian, il n'a aucune raison d'être au courant.

Tu ne dis rien. Tu réfléchis. Tu fais défiler dans ta tête les personnes qui étaient au courant de l'intervention. Personne en dehors du groupe. Personne, sauf T

– OK, les gars, au boulot. On passe tout au peigne fin.

Tu en remets une couche :

– On ne trouvera rien, il a fait le ménage.

Le diviz qui pète sa pile :

– Arrêtez votre manège, Kertesz, vous nous emmerdez tous ! Si vous n'êtes pas content, vous vous barrez et vous nous laissez bosser !

– Ça tombe bien, c'est ce que j'ai prévu de faire.

Gérard te chope violemment le bras :

– Il n'y a pas de raison qu'il ait déjà fait le ménage, Christian. Puisqu'il ne pouvait pas être au courant.

Tu ne dis rien, tu fermes les yeux. Gérard insiste, te tord le bras, regard noir :

– Hein ? Il ne pouvait pas être au courant, on est d'accord ?

Tu penses : *salope, espèce de salope, je vais dégommer ta sale gueule de pute*. Mais tu dis :

– T'as raison. Il ne pouvait pas être au courant.

Tu enlèves ton bras d'un coup sec, et tu te barres.

Vingt minutes plus tard, tu es au London Club. Tu la cherches partout des yeux, mais elle n'est pas là. Pas grand monde encore. Une quarantaine de clients et une dizaine de filles. Le petit barman t'apporte ton premier bloody mary.

– Merci. T'as vu Tata aujourd'hui ?

– Non, pas encore. Mais elle sera sûrement là tout à l'heure.

La moitié du verre en guise de première gorgée. Besoin d'épancher cette journée de merde. Personne avec qui boire un coup. Regard circulaire sur l'assemblée : des têtes connues et quelques touristes. Trois mecs en costard qui parlent affaires. Dont un qui t'a déjà rencardé sur une affaire. Producteur de porno, du genre classe. Meufs qui se pissent dessus, gang bangs, éjacs faciales, mais classe. Beaux plans, lumières soignées, scénario. Plus loin, à une autre table : quatre mecs en plein business, eux aussi. Des tronches qui te reviennent vaguement, du genre pas nettes. Un présentateur télé de seconde zone. Un dealer pour stars déchues. Tu te demandes ce que tu fous là, avec ces cons. Et puis Toussaint, au fond de la salle. Toussaint et sa coiffure de julot, qui arrive vers toi, tout sourire.

– Ça va, mon couillon ?

– Pas terrible.

– Jovanovic ?

Tu acquiesces.

– On a essayé de le choper tout à l'heure, mais il s'était barré avant.

– Merde. Toujours dans le coin ?

– Ça m'étonnerait.

– Je croise les doigts pour toi, mon gars. Et merci pour les infos sur Kader Sahraoui, au fait.

– De rien.

– On a commencé à bosser avec lui. Ça augmente clairement les quantités qu'on importe. Dominico est très content de ce que t'as fait et il veut alléger ta dette.

Tu finis ton verre d'un trait. Toussaint fait un signe au barman. Tu relances :

– Et toi, ça va ?

– Non, ça ne va pas. On vient de geler une partie de mes avoirs. Des couillons qui se mêlent de nos affaires et qui ont saisi un immeuble en Corse, plus deux bagnoles et un bateau. Je viens d'avoir Dominico au téléphone, il est très très remonté.

– Qui a fait la saisie ?

– Une nouvelle division à la con, je n'y comprends plus rien moi avec tous leurs nouveaux trucs. L'agrasc[1], ils appellent ça. Ils enquêtent sur des biens qu'on a en Corse et ils ont tout saisi, ces enfoirés. Avant on nous emmerdait pas, mais depuis quelques années on vient nous casser les couilles à la moindre occasion. On peut plus faire ce métier tranquille, c'est quand même dingue !

Tu ris.

– Et avec Tramoni, comment ça se passe ?

– Ce fils de pute est en train de nous piquer nos baraques[2] à Marseille. Des machines que j'ai installées moi-même il y a trente ans, quand j'étais gamin. Ces enfoirés n'ont aucun respect. Enculerie sur enculerie, qu'ils nous font. On va faire un peu plus le ménage pour s'assurer qu'on n'est pas en train de se faire entuber de l'intérieur.

Dans un coin de ton champ de vision : Vanina qui monte sur scène. Tenue d'infirmière, perruque blonde, stéthoscope. Toussaint continue à te parler, mais elle t'excite. Tu ne peux que la regarder. Des sifflements de la part du groupe de mecs devant la scène. Elle qui joue le jeu, à fond. Met son cul dans la tête d'un gars. Ses nibards dans la tête d'un autre. Danse comme une lionne. Tu as envie d'elle. Tu as besoin d'elle.

– De l'intérieur ? Tu penses à quoi ? Des taupes dans le personnel ?

– On ne sait pas vraiment par quel moyen les informations transitent, mais elles transitent. On se rend compte que la Brise de Mer est au courant de tout ce qu'on met en route. Et il y a des cousins de Tramoni qui bossent au Cercle Wagram. Qu'on croyait *clean*, mais on commence à douter. Ils se gavent comme des enculés, mais il faut

1. Agence de gestion et de recouvrement des avoirs saisis et confisqués.
2. Machines à sous illégales installées dans des bars.

qu'ils arrêtent de nous prendre pour des ânes, on a compris ce qui se passe.

– Comment vous savez que les infos passent ?

– Deux types à nous se sont fait dépouiller par des mecs en cagoule juste après avoir récupéré de la poudre pendant une transac. Et samedi, on s'est fait braquer la recette du Wagram qu'on sortait en douce dans une camionnette.

– Vous êtes sûrs que c'est Tramoni ?

– Qui tu veux que ce soit d'autre ? Tu crois vraiment qu'il y a d'autres voyous en France qui auraient les couilles suffisamment grosses pour s'attaquer à nous ? À Domi le Boucher ? À Michel Tomi ?

– J'en sais rien.

Le club s'est rempli en quelques dizaines de minutes. Derrière la tête de Toussaint, derrière la foule : Vanina qui termine son show, presque nue. Applaudissements devant. Sifflements. Elle envoie un dernier baiser au public et disparaît derrière la scène.

– Ça sent le sapin, je te le dis. Dominico est tendu, il veut buter toute la bande de Tramoni au plus vite. Il en a marre de cette vendetta qui s'éternise, un cadavre contre un cadavre. On a mis trois hommes à nous là-dessus, ça ne devrait pas tarder à faire la une des canards.

Grand sourire soudain sur la tête de Toussaint.

Vanina qui te dépasse par-derrière. Prend Toussaint dans ses bras. Puis se retourne vers toi.

– Salut.

Sa tignasse brune qui descend dans son cou. Ses yeux bleus de petit chat perdu. Ses lèvres fines et ses dents écartées derrière. Tu as envie d'elle. Deux semaines que vous ne vous êtes pas parlé. Elle te fait encore la gueule parce que tu as sérieusement déconné quand tu as cru que la petite Clotilde avait fini dans une baignoire.

– Salut.

– Tu me cherchais ?

– Non, pourquoi ?

Elle montre Tommy, le barman.

– On m'a dit que tu me cherchais.

– Il s'est trompé. C'est pas toi que je cherche, c'est Tata.

Ses yeux qui s'écarquillent. Déception qu'elle étouffe en deux secondes.

– T'es qu'un sale enfoiré.

Toussaint te fait une tape dans le dos.

– Bon les enfants, je vous laisse à vos affaires. Je suis dans le bureau si besoin.

– Merci Toussaint.

Tu regardes Vanina :

– C'est pas ce que tu crois. Je cherche Tata parce qu'elle a déconné sur une affaire. Elle a raconté des choses qu'elle n'avait pas à raconter. J'ai besoin de savoir à qui.

– Et tu la baises avant ou après l'avoir interrogée ?

Tu lui passes une main dans les cheveux.

– On va continuer à se faire la gueule ?

Elle penche sa tête sur le côté. Coince ta main entre son épaule et sa tête. Frisson électrique dans ton corps. Tu as besoin d'elle.

– Pourquoi t'as fait ça, Christian ?

– J'ai déconné. J'ai appris un sale truc et j'ai déconné.

Elle te regarde longuement. Ses yeux de panthère dans les tiens. Envie de lui sauter dessus. Sa main qui prend la tienne.

– Je vais me repoudrer le nez. Tu viens avec moi ?

Coup d'œil rapide sur l'horloge au-dessus du bar. Vingt-et-une heures passées. Gérard qui doit bientôt arriver. Da Silva aussi.

– Non, je reste là, j'attends Gérard.

– Viens, s'il te plaît. J'ai envie de prendre une ligne avec toi. Tous les deux.

Ses grands yeux qui te disent viens, viens. Tu te noies dedans, impossible d'y échapper. Tes sens en ébullition. Tu serres sa main dans la tienne.

– OK. Rapide.

Tu la suis. Vous êtes comme deux gosses dans la foule. Main dans la main. Tu attends qu'elle t'emmène derrière, mais elle prend la direction opposée.

– On va où là ?

– Il y a les filles dans les loges. J'ai envie d'être avec toi. Juste avec toi.

Traversée de la foule. Arrivée dans les toilettes. Un mec qui pisse au fond. Vous vous isolez dans une cabine. Elle commence à préparer deux traces de coke, sur la cuvette. Tu fermes la porte à clé. Elle, à genoux, qui fait deux lignes sur un petit étui à cigarettes en métal. Toi, debout, qui la regarde. Ses cheveux, ses oreilles, sa bouche, son cou, son nez. Ses seins, que tu devines sous sa veste en jeans. Elle sort sa paille en alu, sniffe la première trace. Tu lui prends sa paille, te penches, sniffes la deuxième. Tu vas pour te redresser mais elle attrape ta tête avec ses deux mains. Et t'embrasse, longuement. Passionnément. Tu la regardes. Elle pleure.

– Tu feras plus ça, hein ?

– Non.

– Promis ?

– Promis.

Elle saisit ta bouche, violemment. Avale ta langue. Enlève tes fringues. Tu plonges tes mains sous les siennes. Tu trouves sa peau. Ses seins. Ses fesses. Tu rapproches son corps du tien. Et tu la sautes, debout dans le chiotte, avec la coke qui monte au cerveau.

Dix minutes après, Gérard est au comptoir quand tu reviens dans le bar. Assis devant une pinte de bière brune, sa moustache trempée de mousse.

– Rabiboché avec Vanina ?

– On peut dire ça. Alors, la perquise ?

– T'avais raison.

Tu baisses les yeux au sol. Pas envie d'avoir raison. Pas envie qu'il te réponde qu'ils n'ont rien. Tu touches le bois du comptoir. Pour qu'ils aient au moins trouvé un petit truc. Une piste, même minable.

– On n'a rien trouvé.

– Putain de merde.

– Il avait fait le ménage.

– Et la fille ? Katarina ?

– Elle dit qu'elle ne sait rien. On la met en cellule cette nuit, et demain on la cuisine une deuxième fois.

– La suite, c'est quoi ?

– On a transmis son signalement à tout le monde, donc maintenant il a tous les flics de France au cul.

– Tu sais très bien qu'il est parti, Gérard.

– On le saura demain. Guignard et Martinez s'occupent des aéroports pour vérifier s'il a quitté le pays.

Tu portes ton verre à ta bouche. La tête de cet enfoiré de Jovanovic dans le fond de ton verre. Que tu avales, d'un trait.

– On s'est fait baiser, Gérard.

– Je sais.

– Non, tu ne sais pas. Moi je sais qui nous a baisés.

Le regard grave de Gérard. Qui interroge. Qui pèse des tonnes.

– Tata. C'est la seule qui savait qu'on allait le taper aujourd'hui.

– C'est pas possible.

– Tu m'emmerdes, Gérard. Tu passes ton temps à dire que j'ai tort, et à la fin j'ai toujours raison.

– Pas Tata. Pas elle.

Gérard protège toujours les putes. Il a trois ex-femmes, une au Congo, une à Marseille, une à Paris, à qui il a fait les pires crasses qu'on puisse imaginer. Mais les putes, on ne peut pas y toucher.

Tu t'apprêtes à argumenter, mais ton téléphone sonne. Sur le cadran : Le Maréchal. Tu sors dans la rue. La pluie qui s'abat sur toi. Et sa voix grave au bout du fil :

– Vous pouvez arrêter vos investigations, monsieur Kertesz.

– Pourquoi ? Vous l'avez trouvée ?

– Clotilde est revenue à la maison.

Ton cœur qui cogne, qui chauffe, qui brûle sous l'averse.

– Quand ?

– Ce matin. C'était juste une fugue.

– Elle était où ?

– Partie voir ses cousins dans le Sud. Ils ont bien tenu leur langue.

La voix de Mme Le Maréchal qui te revient en force : *Clotilde n'a aucun point de chute hors de Paris, monsieur Kertesz.*

Tu penses : *des cousins dans le Sud, mon cul. Et sa cousine Annie, qui se planque d'on ne sait qui ? Et sa chambre de passe dans le quinzième ? Et sa nuit à l'hôtel, avant de disparaître ? Et ses nouveaux macs, Bayard et Michaud ? Et sa copine Amandine, qui est morte la tête brûlée ? Un mois chez ses cousins dans le Sud, vraiment ?* Mais tu dis :

– Bonne nouvelle, monsieur Le Maréchal.

– Oui, la meilleure nouvelle de l'année, assurément.

– J'aimerais la voir.

– Pardon ?

– J'aimerais la voir.

– Pour quoi faire ?

– Je ne sais pas. Ça fait trois semaines que je la cherche. J'aimerais m'assurer que tout va bien.

– Elle va bien, lieutenant, ne vous en faites pas. Vous aurez votre deuxième enveloppe, si c'est là votre requête.

– L'enveloppe, je m'en fous. Je veux juste la voir.

En vrai. Voir l'être humain. Vivant. En mouvement. Pas seulement sur ces photos qui hantent ta caboche depuis vingt jours.

– Je vais devoir vous dire non, lieutenant. Clotilde va rester sagement à la maison, je ne vois pas de raison pour que vous la rencontriez. C'est une enfant fragile, vous savez.

Tu penses : *je veux la voir, la voir, la voir.* Mais tu dis :

– Je comprends, monsieur le Maréchal.

– Tant mieux.

– Tout est bien qui finit bien, alors.

– Tout à fait, monsieur Kertesz. Tout est bien qui finit bien.

Deux choix.

Lui sortir tout ce que tu as appris : les photos de cul, les films de cul, les godes, les pipes, les passes au lycée, les chambres de passe, les factures d'hôtels. Tout lui balancer, là, maintenant. En espérant obtenir une rencontre pour la voir.

Ou alors juste fermer ta gueule.

– Je vous enverrai le reste par virement, si vous le voulez bien.

– Par virement, oui.

– Bonne nuit, monsieur Kertesz.

– Bonne nuit, monsieur le Maréchal.

– Et merci encore pour tout ce que vous avez fait.

– C'est moi qui vous remercie.

Et tu raccroches.

La pluie sur ton visage, comme une douche froide après l'ivresse. La pluie sur ton visage, et Da Silva qui arrive vers toi, avec sa démarche chaloupée de voyou de bas étage. Échange de bises. Gérard qui vous rejoint en s'allumant une gitane sans filtre. Da Silva qui vous file les enveloppes. À cet instant précis, tu comprends qu'il y a un problème. Ça se voit en quatre par trois sur la gueule de Da Silva. Il gouaille sans s'arrêter, fait blague sur blague, frime comme un minot. Mais pas comme d'habitude. Il y a quelque chose de différent. Il surjoue. Pincement dans ton cœur. Da Silva qui se marre, Gérard qui se marre, toi la mine grave :

– Il y a un problème ?

– Un problème ? Pourquoi un problème ?

– Je te demande s'il y a un problème.

– Mais de quoi tu parles, Christian ?

Sur sa gueule, ça se voit, c'est sûr, il y a un problème, bordel de merde. Décharge de stress. Tu t'apprêtes à le secouer, mais Tata arrive par la droite. Grand sourire plein de rouge dégueulasse. Elle s'approche pour t'embrasser.

Pute de merde.

Tu n'as pas envie de lui prendre les cheveux. Tu lui prends les cheveux.

Tu n'as pas envie de lui tordre le bras. Tu lui tords le bras.

Tu n'as pas envie de lui hurler dessus. Tu lui hurles dessus :

– Qu'est-ce que t'as foutu, putain ? À qui t'as dit qu'on allait taper Jovanovic ?

Elle, qui hurle. Son visage, défiguré par la douleur, sous la pluie. Da Silva et Gérard qui regardent la scène, consternés, mais qui ne font rien. Les deux videurs devant toi, effarés, mais qui ne font rien.

– De quoi tu parles, Christian ? J'ai rien dit !

Une trempe qui part toute seule. Sa lèvre qui éclate et qui pisse le sang.

– À qui tu l'as dit, bordel ? À qui ?

Ta main qui se lève pour lui en mettre une deuxième. Arrêtée en cours de route. Tu te retournes. Tu n'as rien le temps de voir : deux mecs te sautent dessus et te plaquent au sol. Tu cries. Gérard crie. Ta tête contre le macadam, dans la pluie. Un genou dans ton dos. Des cris de flics. Avec un langage de flics. Tu te débats. Tu essayes de bouger. Impossible. Tes deux mains, ramenées dans le dos. Ton visage, qui racle le goudron. Le métal froid des menottes que tu sens contre la peau de tes poignets. On te relève. Du sang qui pisse sur ta figure, lavé en partie par la pluie qui tombe à grosses gouttes. Une dizaine de flics autour de vous. Gérard, au sol, menotté. Da Silva, au sol, menotté.

Face à toi : Marignan, tout sourire.

– Comment allez-vous, lieutenant Kertesz ?

– À quoi tu joues, Marignan ?

– Vous me permettez de regarder dans votre poche ?

Il sort l'enveloppe. Deux bleus te tiennent par-derrière pour lui éviter de se prendre un coup de genou dans les dents. Il sort les biftons.

– L'argent et le pouvoir, comme toujours. Pouvez-vous m'expliquer d'où proviennent ces billets, lieutenant ?

Tu ne dis rien.

– Les étrennes de la police, peut-être ?

Les étrennes oui, mais pas pour toi. Trois ans que tu rembourses Dominico Battesti toutes les semaines. Trois ans que tu allonges des milliers d'euros, sans fin, parce qu'il s'est porté garant pour toi. À des Sud-Américains à qui tu as volé quatre millions, avec tes copains Jérôme Dos Santos et Sylvain Cazenave. Tu voulais offrir une retraite dans les îles à Sandra, pour oublier la mort de votre petit Charlot. Mais la réalité t'est revenue en pleine tronche. Les types du cartel vous ont retrouvés. Ils ont fait une faveur à Battesti parce qu'ils connaissaient des gens en commun, de l'époque de la French Connection.

Seulement un million de dommages et intérêts. Battesti a tout payé cash pour te sauver la vie. Cinq millions. Alors depuis, tu trimes.

– On peut savoir d'où ça vient, lieutenant ?

Tu regardes Gérard. Il est au sol. Les yeux baissés. Il sait. Comme toi. Il sait que vous êtes baisés jusqu'à l'os.

Tu fermes les yeux. Tu penses à Sandra, pour t'évader de cette putain de rue. Il ne pleut plus. Il fait beau. Tu sens le soleil qui réchauffe ta peau. Le soleil de fin de journée. Sandra qui pleure à tes côtés. Elle pleure sans s'arrêter depuis deux semaines. Tu t'excuses, chaque jour. Tu lui dis que ce n'est pas sa faute. Que tu as mal réagi. Que tu ne voulais pas dire ça. Que tu l'aimes plus que tout. Que vous allez tout recommencer. Que tout ira bien. Tu as fait ce qu'il fallait pour la rendre heureuse. Trouver de l'argent. Beaucoup d'argent, pour démarrer une nouvelle vie. Loin de tout ça. La valise est dans le coffre. Face à vous, les falaises d'Étretat. Vous aviez besoin d'air. De voir le large.

– Vous m'entendez, Kertesz ? D'où vient tout ce fric ?

Tu l'embrasses sur la bouche, dans le cou, sur les bras, sur tout le corps. Vous faites l'amour, sauvagement, sur la banquette arrière. Tu t'endors, face à la mer. Quand tu te réveilles, Sandra n'est plus là. Tu la cherches partout. Tu la trouves au bord du gouffre. Tu as peur qu'elle saute, mais elle reste immobile. Elle regarde quelque chose en contrebas. Des tas de petits confettis qui se jettent dans la mer, une centaine de mètres plus bas. Tu regardes mieux et tu vois les billets. Tes billets. Quatre millions d'euros en petites coupures. Et toutes les mouettes qui se jettent dessus comme si c'était un festin.

– C'est comme vous préférez. Vous nous expliquerez ça au poste.

Tu ne dis rien. Tu regardes Marignan avec les mâchoires serrées. Derrière lui : Prigent. Même sourire sur sa gueule.

– Bonsoir, Kertesz.

Tu ne dis rien.

– Tu te demandes ce qui va t'arriver, hein ? Tu penses que tu vas te faire tartiner ?

Tu penses : *je vais te crever, Prigent.* Mais tu ne dis rien. Tu baisses la tête. Gestion de la rage qui bout à l'intérieur.

– C'est bien pire que ça, Kertesz. Tu vas prendre du ferme, t'en as conscience ?

Tu serres les dents. Envie de lui coller un coup de boule dans sa gueule de faux-cul. De le voir à terre en train de pisser le sang.

La porte du club qui s'ouvre d'un coup. Vanina qui sort en furie. Qui hurle à la gueule de Prigent :

– Qu'est-ce que tu fous là, toi ?

Prigent ne la regarde pas, il reste fixé sur toi.

– Je me souviens de ta gueule, c'est toi qui m'avais traitée de pute ?

Les yeux de Prigent, droit dans les tiens.

– C'est toi, hein ? Sale enculé !

La main de Vanina dans la gueule de Prigent. Les bleus qui s'apprêtent à lui sauter dessus. Prigent qui les fait reculer et la maîtrise en cinq sec : Vanina au sol, la tête dans l'asphalte.

– Tu veux aller au ballon toi aussi ? Allez, tout le monde au ballon, alors.

Les menottes dans son dos. Elle crie. Tu as mal pour elle. Tu la regardes une dernière fois avant qu'on te pousse à l'arrière de la bagnole.

Baisés. Complètement baisés.

Dans la voiture, ta tête contre la vitre. Dans l'autre bagnole, Gérard, qui te regarde. Silencieux. Tout qui lui tombe sur la gueule, comme ça devait arriver un jour. Quelque chose de meurtri dans ses yeux. Ça y est, vous avez touché le fond. Fini, la grande vie. Baisés, jusqu'à l'os. La voiture qui démarre. Devant toi, un bleu qui conduit. Prigent sur le siège passager, qui te regarde tout sourire.

– T'es fini, Kertesz. T'en as pour deux ans à la Santé, avec tous les fils de pute que t'as envoyés là-bas. T'es content ?

Tu ne dis rien. Par la fenêtre, les lumières des Champs-Élysées qui s'enfuient. La pluie qui martèle le toit.

– T'es content ?

Tu ne dis rien. Tu n'es pas dans la voiture. Il n'y a pas de lumière. Pas de pluie. Tu es avec Sandra sur les falaises d'Étretat et vous baisez d'amour fou. Tu es avec Clotilde qui souffle les bougies de son gâteau d'anniversaire. Tu es avec Clotilde qui est vivante, bordel, vivante.

Tu es partout, sauf dans cette bagnole qui pue la mort.

Prigent qui te sort le grand jeu, et qui te regarde en se marrant.

Gyrophare, sirène, armée de connards de l'IGS.

La voiture s'enfonce dans la nuit.

Tu fermes les yeux.

Clotilde, vivante.

Et toi, au fond du trou.

11

Jeudi 28 avril 2011

Ce matin, tout le monde est tendu, ça râle, ça crie, ça part dans tous les sens, un vrai barouf sous les toits du 36. À travers les murs, j'entends les collègues du groupe Le Goff qui auditionnent un pauvre type, soupçonné d'avoir empoisonné sa femme, et croisé quelques minutes avant dans le couloir, les bras ballants, un écriteau coupable sur le front, une tronche de perdant, de mec raté. Ça tape, ça frappe, ça hurle, je ne sais pas ce que ça frappe, sûrement un coin de bureau, mais une chose est sûre, ça fout le boxon.

Je sirote mon café au calme, en essayant de m'extraire de ce bazar, et je regarde la frise qu'on a collée au mur pour détailler la dernière journée d'Amandine Salmon. Je l'étudie en détail, mais mon cerveau est autre part, comme quand Élise relit tous les jours les composants de ses *corn flakes* en fixant le paquet sans vraiment le regarder. Et pourtant, je relis chaque bloc minutieusement, regarde chaque photo, celles de ses derniers clients, tous innocentés, comme si c'était devenu mon rituel du matin, j'ai besoin de ce genre d'habitude, ça me cadre, c'est comme mon footing quotidien le long des quais de Seine, qui me maintient en forme mais ravive à chaque fois ma blessure au ventre et me donne la nausée pour deux bonnes heures.

À huit heures, émargement de la petite Salmon en cours d'histoire-géo, au lycée Passy Saint-Honoré dans le XVIe, puis témoignages de ses camarades de classe qui confirment qu'elle était bien avec eux en cours ce jour-là ; à midi quarante-deux, sa carte magnétique qui passe sur les bornes du self ; à dix-sept heures treize, un achat en carte bleue dans un magasin Chanel ; à dix-huit heures vingt-sept, le règlement en carte bleue de quatre verres de chardonnay dans le bar d'un hôtel du VIIIe ; à dix-neuf heures zéro zéro, son premier rendez-vous de la journée chez Éric Pidell, confirmé par le client ; à vingt-heures trente, son deuxième rendez-vous de la journée, à domicile, confirmé par le client, Denis Evrard ; à vingt-et-une heures trente, son troisième rendez-vous de la journée, confirmé par le client, Anthony Guilloux ; à vingt-deux heures trente, son quatrième rendez-vous de la journée, confirmé par le client, Thomas Bouvier ; à vingt-trois heures trente enfin, son dernier rendez-vous, non identifié, mais dont l'un des voisins nous a dressé un portrait-robot. La seule piste pour ce dernier client et suspect numéro 1 : un échange de textos expéditifs qui renvoient vers un numéro qui n'existe plus, une ligne ouverte à un nom qui n'existe pas :

Je veux te voir.

Quand tu veux.

Maintenant.

23 h 30 ?

Oui.

Deux points noirs qui restent en suspens, qu'on creuse depuis des jours mais sans aboutir à rien pour l'instant : ce dernier client qui nous file entre les doigts, et la personne avec qui elle a bu deux verres de vin avant de se mettre au travail.

Pendant que j'examine la frise, mes collègues sont tout aussi studieux : Nesrine, à côté de moi, la tête plongée dans son ordinateur, et Coco, au fond de la pièce, qui ne m'adresse plus la parole depuis que l'IGS a débarqué dans nos bureaux la semaine dernière pour embarquer Gabach. Je bois la dernière gorgée de mon café avant d'ouvrir mes e-mails, mais la porte du bureau s'ouvre et Verhaeghen entre avec son imper de cow-boy et son regard de tueuse, brise la quiétude de notre petite pièce plongée dans la lumière du matin, pose des tracts sur tous les bureaux et, quand sa main en dépose un sur le mien, je sens ses yeux sur ma nuque et sa grande bouche qui dit *collabo, collabo, collabo*.

– On était en réunion hier avec le syndicat pour parler de la réforme de la GAV. Je vous laisse le soin de lire les propositions qui en sont sorties.

Parmi les sujets de la semaine, celui de la réforme de la GAV contient certainement plus d'excitants que le café infect du distributeur : tout le monde ne parle que de ça depuis dix jours, et ça débat, et ça se prend la tête, mais à la fin tout le monde est d'accord, c'est une réforme à la noix, sauf pour les avocats.

– On organise une assemblée demain pour débattre des moyens d'action. On va en profiter pour remettre une couche sur les moyens alloués à la police. Je compte sur vous.

Le logo de Synergie-Officiers trône en haut de la feuille, je ne prends même pas la peine de lire ce qu'elle raconte, je la pousse légèrement de la main pour qu'elle tombe par terre. J'imagine le regard noir de Verhaeghen derrière moi, mais je continue à fixer mon ordinateur.

– Le contraire m'aurait étonnée, Prigent. Si tout le monde était comme toi, on se ferait tous enfiler sans demander de pourboire.

Les yeux toujours fixés sur mon ordinateur :

– Ça emmerde tout le monde, cette réforme, moi le premier. Mais c'est pas pour ça que je vais lire cette pub pour ton syndicat de réacs, Verhaeghen.

– Tu penses peut-être qu'on met trop d'énergie à la tâche ? Ils sont où, tes tracts ? Ils sont où, tes petits copains du SNOP ? En train de sucer l'IGS, comme toi ?

Je bous mais je me retiens de l'ouvrir, je reste concentré, je ne sais même pas ce que je regarde sur mon ordinateur, mais en tout cas je le regarde.

– Nous on se bat pour avoir plus d'effectifs dans la police, et toi tu vires les collègues. Tu renvoies des mecs chez eux, avec une dépression en cadeau de départ. Ça te fait bander ça, Prigent ? Ça te fait bander d'envoyer tes collègues au suicide ?

Je sens une bouffée de chaleur qui monte en moi, une boule de haine qui me tord le bide, à l'endroit précis de ma blessure, une sorte de mélange explosif de colère, de peur et de chagrin, qui me triture l'estomac et me parcourt les nerfs comme une décharge électrique, mais je garde les yeux rivés sur mon écran.

– De quoi est-ce que tu parles, Verhaeghen ?

– Tu sais très bien de quoi je parle. Le lieutenant Christophe Le Bras, de la BPM de Rennes. Retrouvé pendu en cellule après son éviction par l'IGS.

Nesrine et Coco ne disent rien, comme s'il ne se passait rien, comme s'ils n'étaient pas là, mais ils sont là, ils sont bien là, et ils assistent silencieusement à ma mise à mort.

– Tout le monde sait très bien de quoi je parle. Il n'y a que toi qui fais semblant, Prigent.

Verhaeghen sort du bureau, laissant derrière elle une sorte de chape de plomb qui alourdit l'air déjà étouffant du 36. Dans le bureau d'à côté, ça continue de hurler, ils sont en train de pousser le suspect à bout, on l'entend qui pleure, il doit être en train de passer aux aveux, et dans notre pièce c'est le silence total, à part le bruit des dents de Nesrine qui arrachent des bouts d'ongle, on n'entend que des mouches voler, comme si rien ne s'était passé. Je souffle, je me calme, je détends mes doigts, j'ouvre mes e-mails, je lis les objets des nouveaux messages en diagonale, en ouvre un qui me saute aux yeux, Catherine Salmon et ses lèvres au menthol qui transpirent à travers l'écran.

Des jours et des jours que j'attendais ce message, celui avec les coordonnées des amies proches d'Amandine : Élodie Garnier, Anne-Marguerite de Beauvau, Clotilde Le Maréchal, leurs adresses, leurs numéros de fixe et de téléphone portable. J'appelle la première, pas de réponse sur le portable, je laisse un message, pas de réponse sur le fixe, je laisse un message, j'appelle la deuxième, pas de réponse sur le portable, je laisse un message, pas de réponse sur le fixe, je laisse un message, j'appelle la troisième, pas de réponse sur le portable, je laisse un message et, enfin, une voix de femme après deux sonneries sur le fixe :

– Je suis bien chez Clotilde Le Maréchal ?

Une femme me répond, avec une voix en retrait, hésitante, elle prend son temps pour parler, comme pour bien choisir ses mots :

– Oui, pourquoi ?

– Capitaine Prigent de la brigade criminelle à l'appareil. Vous êtes un parent ?

– Je suis sa mère. Qu'est-ce qui se passe ?

– Nous avons besoin de parler à votre fille, dans le cadre d'une enquête.

– Clotilde n'est pas là.

– Quand pourrais-je la voir ?

– Elle n'est pas là en ce moment.

– Où est-elle ?

– En Asie.

– Elle n'est pas à l'école ?
– Elle suit des cours en Asie.
– Je peux la joindre par téléphone ?
– Pour le moment, non.
– Comment je peux la joindre ?
– Vous pouvez m'envoyer une lettre que je lui transmettrai.
– Je peux la joindre directement par e-mail peut-être ?
– Non, Clotilde n'a pas d'adresse e-mail. Envoyez-moi un courrier à mon domicile.
– Depuis quand est-elle partie ?
– Depuis un mois et demi. Au revoir, capitaine.

J'ai à peine le temps de la saluer qu'elle raccroche, au moment où Franck Beauvais entre dans le bureau avec sa mine des mauvais jours, mal rasé ce matin, la cravate de travers, les cheveux plus poivre que sel, le pied droit qui a dû sortir en deuxième.

– Coco, j'ai besoin de toi, mon vieux. On a des nouvelles vidéos, prises par une boutique dans la rue d'Amandine Salmon.

Tout ça sans aucun bonjour ni rien, mais avant de ressortir, il se tourne quand même vers moi, avec son ton usé, une sorte de mélange de fatigue et de mépris, qu'il utilise pour me parler depuis que Gabach a été éjecté :

– Ça en est où, l'identification du Corps Non Identifié Numéro Deux ?

Je mens, sans gêne, déterminé :

– On a une piste.
– On se fait un point ce soir.

Dès qu'ils sont partis, Nesrine daigne lever la tête, enlever les doigts de sa bouche, et m'adresser la parole, enfin :

– T'en as pas marre de raconter des conneries ?
– Quelles conneries ?

– On n'a rien sur la gamine de la Renault. Ça fait deux semaines qu'on n'a pas planché dessus.

– Le cas Salmon est prioritaire.

– C'est toi qui fixes les priorités ? Beauvais et Chatel nous avaient demandé de continuer à bosser sur l'identification de la petite. Tous les deux.

– Ils rognent sur les effectifs depuis l'arrivée de Sarkozy, faut pas qu'ils s'attendent à ce qu'on travaille aussi bien qu'avant. Tout le monde est épuisé, tout le monde est à bout, ça se sent.

Nesrine part dans un fou rire, contrôlé de A à Z, pas vraiment fou, pas vraiment rire non plus : plutôt une grimace de dégoût.

– J'ai pas l'impression que tu nous aides à renforcer nos effectifs, si tu vois ce que je veux dire.

– Tu vas te mettre à me ressortir les mêmes âneries que Verhaeghen ?

– Gabach était un connard, mais il ne méritait pas ça, Gabriel.

– Les gens détestent la police à cause de types comme Gabach. On doit les mettre dehors, on n'a pas le choix.

– Mais tu te prends pour qui ? Toi t'es le flic parfait, c'est ça ? Je ne vois même pas pourquoi je continue à te soutenir. Je devrais faire comme les autres.

– Vas-y, je t'en prie.

– On est un groupe, je crois que t'as tendance à l'oublier. Toi t'es perso, Gabriel. C'est pas ça, être flic.

– Merci Nesrine, mais j'ai plus de vingt ans de métier, je sais ce que c'est que d'être flic.

– Non tu ne sais pas ce que c'est un groupe, tu ne penses qu'à ta gueule. Pourquoi t'es devenu flic ? Pour jouer au justicier ?

– Et toi, pourquoi t'es devenue flic ?

– Moi ? J'ai pas de raison. Je suis devenue flic, c'est tout.

– Il y a bien eu une raison, non ?

– J'ai fait comme tout le monde. J'ai zoné un peu après le lycée, et puis j'ai fini par passer le concours de police parce que j'étais bonne en sport. Et toi ? C'est parce que t'as trop regardé *L'Inspecteur Harry* quand t'étais gamin ?

La sonnerie de mon téléphone portable m'empêche de répondre à Nesrine, comme le gong salvateur qui retentit juste avant que l'adversaire s'apprête à vous mettre à terre :

– Capitaine Prigent.

– Bonjour, c'est Haddock, de Body Art Tattoo. Vous avez appelé mon collègue avant-hier.

Mardi : les trois quarts de la journée passés à appeler des boutiques de tatoueurs, des tatoueurs indépendants, le microcosme du tatouage francilien au complet.

– Exact.

– C'est moi qui les ai faits.

– Qui a fait quoi ?

– Les tatouages. Avec la sirène qui fume.

Explosion de questions dans ma tête, quelques secondes pour tout remettre en place, plutôt que de lui sortir un charabia incompréhensible :

– Vous les avez faits quand ?

– Un peu avant Noël.

– À qui ?

– Quatre jeunes filles, sûrement des étudiantes.

– Vous avez leurs noms ?

– Pas ceux des filles. J'ai juste celui du type qui a payé.

– Celui qui a payé ? C'est un homme ?

– Oui. Il nous a fait un chèque pour les quatre.

– Donnez-moi son nom.

– Fabrice Nihoul. J'ai son adresse sur le chèque, si vous voulez.

– Oui, donnez-la-moi.
– 13 rue du Bois-Boulay, à Guignes.
– Vous vous souvenez de son visage ?
– Un peu.
– On vous envoie quelqu'un pour établir un portrait-robot.

Quand je raccroche, Nesrine me regarde et toute la tension de la discussion d'avant a disparu, remplacée par l'excitation de la nouvelle piste.

– Alors ?
– Je crois que j'ai quelque chose.

Pendant que je la laisse gamberger avec ma réponse laconique, je tape Fabrice Nihoul dans le fichier STIC et la magie opère : Fabrice Nihoul a été inscrit suite à une plainte pour harcèlement sexuel.

Je lis sa fiche de long en large, apprends qu'il est né en 1973, qu'il est antiquaire depuis 2001, non marié, et qu'il fait l'objet d'une plainte déposée en 2006 pour avoir, selon les dires du plaignant, tenté à plusieurs reprises d'approcher la fille d'une de ses clientes régulières, âgée de treize ans, boule dans mon ventre, plainte classée sans suite après une enquête qui n'a pas abouti faute de preuves, aucun antécédent à cette affaire, rien non plus depuis. Je me tourne vers Nesrine avec la sensation qu'on tient quelque chose et qu'il n'y a plus qu'à dérouler :

– Le portrait-robot, il est où ?
– Celui du dernier client d'Amandine Salmon ? Il est là.
– Viens.

J'agrandis la photo de Fabrice Nihoul sur mon ordinateur, prise pendant son audition en 2006, et on compare avec le portrait-robot en mettant les deux côte à côte : pas de ressemblance évidente, non c'est sûr, mais il y a quelque chose, il y a clairement quelque chose, dans ses yeux, dans ses sourcils, dans son menton, dans sa carrure.

– Le nez et les cheveux, c'est pas ça, mais le reste, c'est lui. Je sens que c'est lui.

– Putain.

– Comme tu dis.

– On y va ?

– On y va.

– On prévient les autres ?

– Pas besoin. On commence par une simple audition, faut pas qu'on s'emballe trop vite.

J'enfile mon blouson, Nesrine le sien, on dévale les marches et on se retrouve en moins de deux dans la voiture, elle avec une énergie débordante, moi avec ma fatigue de quarantenaire qui bosse soixante heures par semaine.

... Les discussions continuent à propos du souhait du ministre de l'Intérieur, Claude Guéant, de créer des unités de policiers patrouilleurs pour donner plus de visibilité à la police. « Il faut lutter contre la délinquance, la criminalité, les faire reculer et créer un climat, une ambiance de sécurité », avait déclaré le ministre...

C'est Nesrine qui conduit, j'ai le ventre vide, elle roule comme une forcenée, j'ai faim, c'est ça les jeunes, ça roule vite, j'ai envie d'un truc bien gras, il est midi passé et je sens que je ne vais pas manger avant longtemps.

... Xavier Dupont de Ligonnès, le père de famille et principal suspect dans le quintuple meurtre familial de Nantes, reste introuvable, alors qu'une quarantaine de policiers sont mobilisés dans l'Hexagone pour le retrouver...

Après avoir longé les quais, on sort Porte de Bercy et on prend la direction de Créteil, Nesrine passe de droite à gauche et de gauche à droite comme dans les films américains, je ne dis rien, elle concentrée sur la route, moi sur Fabrice Nihoul, sur les questions qu'on va lui poser, sur son visage que j'essaye de reconstituer à partir de ce que j'en ai vu sur sa fiche STIC.

... Une démonstration de force pour le nouveau gouvernement ivoirien : après avoir pris en otage toute une famille, Ibrahim Coulibaly, le chef du « commando invisible », a été tué par les forces d'Alassane Ouattara...

Moins d'une heure plus tard, on se gare dans la rue du Bois-Boulay à Guignes : des petites maisons familiales, des voitures qui brillent dans l'allée et des jardins taillés comme il faut.

La maison de Fabrice Nihoul est un peu plus grande que les autres, un peu plus vieille aussi, et apporte du cachet à ce lotissement où les constructions à répétition ont fini par tout normaliser. Quand on frappe à la porte, le voisin d'en face nous regarde comme si on était des intrus, avec son tuyau d'arrosage à la main, mais il n'arrose rien du tout, il est planté dans son jardin, et il nous fixe sans s'arrêter, jusqu'à ce que la porte face à nous s'ouvre enfin.

Fabrice Nihoul a la quarantaine, un gros pull de randonnée et les cheveux beaucoup plus courts que sur la photo de sa fiche, courts comme ceux qui ont été dessinés sur le portrait-robot, et quand il ouvre ça me fait comme un choc, mais je ravale mon trouble et réussis à articuler à peu près comme il faut :

– Fabrice Nihoul ?

– C'est moi.

– Je suis le capitaine Prigent et voici le brigadier Bensaada. Nous sommes chargés d'enquêter sur un meurtre et avons quelques questions à vous poser.

J'essaye de deviner un malaise dans ses yeux, dans sa voix, dans son comportement, mais il nous fait un grand sourire et nous invite à entrer :

– Un meurtre, vraiment ?

– Un meurtre, oui.

– Suivez-moi, je vous en prie.

L'intérieur de sa maison est comme une fête foraine d'antiquités, avec de grandes étagères remplies de livres en pagaille, des boîtes pleines de cartes postales, des vieilles publicités accrochées aux murs et, dans son immense salon, des fauteuils du XIXe siècle, des tabourets vénitiens, deux pianos, des animaux empaillés, renard, cerf, faisan, et un énorme lustre qui trône au milieu du plafond.

– Dites-moi tout.

On s'assied, c'est Nesrine qui commence à l'interroger pendant que mes yeux se baladent, fascinés par la richesse du décor, à la recherche d'un objet qui nous dise quelque chose de concret sur son propriétaire.

– Nous enquêtons sur la mort d'Amandine Salmon.

– Amandine Salmon… Non, je ne connais pas d'Amandine Salmon.

– Une lycéenne, grande, blonde. Avec un tatouage de sirène qui fume dans le dos.

– Ça ne me dit absolument rien.

– Vous êtes sûr ?

– Oui. Quel rapport avec moi ?

– Je vais aller droit au but dans ce cas, monsieur Nihoul.

– Je vous en prie.

– Amandine Salmon et trois de ses amies se sont fait offrir des tatouages en décembre dernier, et ces tatouages ont été payés par vous.

– En chèque ?

– Tout à fait.

– Mon chéquier et mes papiers d'identité ont été volés début décembre, et je sais que plusieurs chèques ont été faits avec. Mais j'avais fait opposition, donc normalement ils n'ont pas pu servir.

– Vous aviez déclaré le vol ?

– Bien sûr.

– Vous avez encore la déclaration ?

– Je dois avoir une copie.

Il se lève et, pendant qu'il part dans une autre pièce, je regarde Nesrine, qui a la même expression que moi, celle de la déception, celle de la fatigue d'être venus ici pour rien, de faire tout ça pour des cacahuètes, comme quatre-vingt-quinze pour cent de ce qu'on fait dans ce sale boulot de flic.

– La voilà.

Je regarde la déclaration avec Nesrine. Elle stipule un vol de tous ses papiers d'identité et de son chéquier, la déclaration est datée au 4 décembre, bon sang, j'y ai cru pourtant tout à l'heure, j'y ai tellement cru, mais non, on repart à zéro, encore une fois.

– Avez-vous eu des nouvelles de la police suite à ce vol ?

– Jamais. J'imagine que ça a dû finir dans une poubelle.

– Pourtant des chèques ont été utilisés. Votre compte n'a jamais été débité ?

– Non.

– Dans ce cas, il ne nous reste plus qu'à nous excuser de vous avoir dérangé, monsieur Nihoul.

– Je vous en prie.

Dans le couloir qui nous ramène à la sortie, mon regard flâne sur les étagères remplies de bibelots, modernes et anciens, couteaux et armes de poing, serre-livres, ciseaux d'époque, tasses, flacons, tabatières, statuettes, et une grande coupe remplie de bracelets et de, bon sang, souffle coupé, boule dans mon ventre, cerveau qui vrille, une seconde pour reprendre mon souffle, une autre pour m'assurer de ce que j'ai vu, une coupe remplie de bracelets et de menottes, je continue mon chemin, essaye de cacher mon agitation, derrière moi Fabrice Nihoul me suit au pas, dans cette coupe il y a une paire de menottes rouges en plastique.

À la porte, il nous adresse un grand sourire puis referme derrière lui, et alors qu'on marche vers la voiture je parle à Nesrine, à voix basse mais en débitant les mots à la mitraillette, et toujours ce crétin de voisin qui nous mate au lieu d'arroser ses plantes :

– C'est lui bon Dieu, c'est lui, t'as vu les menottes dans la coupe ? Les menottes rouges dans le couloir ?

– Du calme, Gabriel, quelles menottes ?

– Dans le couloir, des menottes rouges en plastique comme celles qu'on cherche, tu les as vues ?

– Des menottes rouges, t'es sûr ?

– Des menottes rouges en plastique, comme celles qu'on cherche, dans la coupe, dans le couloir.

– Tu penses que c'est lui ?

– Tu connais beaucoup de gens qui ont des menottes rouges en plastique ?

– Qu'est-ce qu'on fait ?

– On commence par aller se garer plus loin, faut qu'il ne se doute de rien.

Pendant que Nesrine démarre, je sors mon téléphone et j'appelle Franck Beauvais :

– On a un suspect sérieux. Il faut qu'on intervienne au plus vite.

– Du calme, mon vieux, qu'est-ce qui se passe ?

– On le tient. Un mec qui a payé le tatouage d'Amandine Salmon et qui a des menottes rouges chez lui.

– Vous l'avez logé ?

– On est devant chez lui.

– Je te rappelle.

Nesrine se gare un peu plus loin, derrière un camping-car, complètement hors de vue de la maison de Nihoul, mais avec une vue plongeante sur son allée.

Le téléphone sonne, c'est Beauvais :

– Personne n'est dispo, il va falloir attendre quelques heures.

– Bon Dieu.

– Vous restez là, vous le surveillez.

– Je pense qu'on peut le taper à deux.

– T'as pas compris ce que je viens de te dire, Prigent ? Vous restez là, vous le surveillez. Je te rappelle dès qu'on a des hommes dispos.

Et il raccroche.

Je me prépare à passer tout le reste de la journée planqué derrière ce camping-car, à avoir mal au cul à force d'être assis, à devoir attendre des heures que les collègues soient dispos, mais je n'ai même pas le temps de m'y préparer que Nesrine me prend le bras pour me montrer la voiture de Nihoul qui sort de l'allée, puis qui part de l'autre côté de la rue.

– Bon Dieu.

– Qu'est-ce qu'on fait ?

– J'en sais rien.

Je cherche mon téléphone pendant que Nesrine se bouffe les ongles comme si c'était la dernière nourriture sur terre.

– On le suit ?

– J'en sais rien.

Je trouve mon téléphone, Nesrine grignote des bouts de peau sur son index jusqu'à ce que le sang coule.

– On fouille la maison ?

– J'en sais rien.

Je m'apprête à rappeler Beauvais, mais Nesrine sort de la voiture et claque la porte.

– Qu'est-ce que tu fous ?

– Je vais fouiller la baraque. C'est maintenant ou jamais.

Elle part vers la maison, en me laissant en plan avec cette saleté de téléphone dans la main, et sans savoir quoi faire avec. Je chuchote en criant :

– Qu'est-ce que tu fous Nesrine, bon sang !

Mais elle est déjà dix mètres plus loin et elle n'a rien entendu.

Vite, faire quelque chose, vite.

Elle court vers la maison de Nihoul et je suis là, dans la voiture, comme un âne, avec le téléphone dans la main, prêt à appeler Beauvais.

Vite, faire quelque chose, vite.

Je sors à mon tour, je cours jusqu'à la maison à la suite de Nesrine, l'autre enflure avec son tuyau nous regarde encore, il doit se demander ce qui se passe, je lui donne trente secondes max avant d'appeler les flics.

Je passe l'allée de Nihoul, je voudrais courir plus vite mais mon estomac me lance, comme si on me poignardait, cette même sensation que j'ai à chaque fois que l'angoisse monte depuis ce matin de janvier 1994 où le gilet pare-balles n'a pas suffi, et je rejoins finalement Nesrine en me tenant le bide à deux mains pendant qu'elle cherche une entrée.

– Bon sang ! Tu déconnes, Nesrine.

Mais elle ne répond pas, elle fait le tour de la baraque, je la suis comme un débile, et derrière on trouve une fenêtre ouverte, bon Dieu, une fenêtre ouverte qui donne sur la cave.

– Tu ne vas pas rentrer là-dedans ?

– Si.

Il doit y avoir de quoi glisser une gamine anorexique de quatorze ans grand maximum, mais Nesrine et ses quatre-vingts kilos arrivent à passer, alors je fais pareil, je la suis, je m'esquinte les genoux, les coudes et la tête, mais j'arrive à passer, et en deux minutes chrono on se retrouve plongés dans un petit débarras, coincés entre une machine à laver et un robinet. Devant nous, les marches qui montent au rez-de-chaussée et, derrière, une petite porte en bois contre laquelle attend Nesrine, en me regardant avec un air de dégoût :

– Viens.

Je m'approche d'elle et l'odeur me saisit à la gorge, une odeur de pourriture, de gibier faisandé, forte, violente, qui s'échappe de cette petite porte en bois.

– Il y a quelque chose là-dedans, Gabriel.

Nesrine fait sauter le verrou avec un coup d'épaule, puis elle entre dans la pièce, une grande pièce plongée dans le noir, je rentre à sa suite, je discerne dans la pénombre des meubles et des objets entreposés là par centaines, sculptures, horloges, armoires, bureaux, secrétaires, commodes, fauteuils, tableaux, une vraie caverne d'Ali Baba, j'ai mal au ventre, et cette odeur de charogne de plus en plus forte, mes mains qui tremblent, ma gorge qui se noue, cette saleté d'angoisse, encore, pas de médocs sur moi, bon sang, tout est dans la voiture, je dépasse un ours empaillé, une saleté d'ours empaillé, grandeur nature, qui fait au moins deux mètres cinquante et qui me regarde avec ses yeux ronds, on continue à avancer dans la pièce, plus ça va plus il fait noir, plus ça va plus je sens l'angoisse qui monte, ma respiration qui se bloque, cette odeur horrible qui se rapproche, mon estomac qui se tord de douleur, je me prends les pieds dans un vieux guéridon, je manque de m'écrouler dans les antiquités, mais je me relève sans casse, je me sens mal, il fait noir, sentiment d'oppression, j'ai peur, saleté de claustrophobie, et là, devant moi, bon Dieu, un tableau, avec une sirène, une sirène qui fume, je n'arrive plus à déglutir, je n'arrive plus à respirer, je rejoins Nesrine quelques mètres plus loin, elle est arrivée au fond de la pièce, et quand je m'approche elle se met à crier, je ne sais pas ce qui se passe mais elle crie, bon Dieu, mon cœur s'emballe, Nesrine me montre pourquoi elle crie, elle me montre ce qu'elle a vu, et ce qu'elle a vu, c'est une grande table, un grande table entourée de miroirs ornés d'or, et sur cette table il y a une forme, et cette forme, bon Dieu, on distingue mal dans le noir mais cette forme, c'est une forme humaine, nue, je ferme les yeux, je serre les paupières, les mâchoires, les poings, les jambes, je serre chaque infime partie de mon corps, et je la sens, là, au fond de moi, je la sens monter, la saloperie de crise de panique, qui me chope les tripes comme une bourrasque d'intérieur, qui me triture le cerveau et qui monte, qui monte sans s'arrêter, comme une vague, comme une saleté de tsunami, je rouvre les yeux, c'est une jeune fille, nue, morte, allongée sur cette table, sur le dos, les yeux ouverts, Nesrine me parle mais je n'entends rien, je m'approche de la fille, Nesrine m'accroche le bras mais je ne sens rien, je me penche sur le visage de la fille pour distinguer ses traits, il fait noir, trop noir, je ne vois pas bien, Nesrine sort son téléphone portable et éclaire la fille, bon sang, vision d'horreur, ses yeux, ouverts, qui me regardent, qui me fixent, comme si elle était vivante, mais elle est morte, et sa langue, noire, boursouflée, qui pend à l'extérieur de sa bouche, et son visage, parsemé de taches, et cette odeur, cette odeur de mort, et sur son cou, des traces de strangulation, elle doit avoir quinze ans à peine, et elle est morte, et ses cheveux, longs, roux, bouclés, comme ceux de Juliette, elle me regarde, avec ses yeux exorbités, c'est Juliette qui me regarde, je crie, je crie Juliette, Nesrine m'attrape, je crie encore, Juliette, ça n'est pas Juliette, si c'est elle, non Gabriel, calme-toi, je suffoque, je ne peux plus inspirer, il n'y a plus d'air, dans ma tête c'est le chaos, c'est le Big Bang, c'est le choc des particules élémentaires, je me retourne, mais elle est là, dans le miroir, avec ses yeux qui me regardent, qui me regardent moi, et qui me disent Papa, tu m'as abandonnée, Papa, tu m'as tuée, Papa, je suis morte, je me tourne à gauche, elle est encore là, dans le miroir, Papa, viens me chercher, je me tourne à droite, elle est encore là, Papa, je t'aime, elle est partout, je crie, je m'assieds par terre, la tête dans les genoux, je hurle, Juliette, Nesrine met sa main devant ma bouche, elle m'empêche de crier, j'essaye de prendre sur moi, je souffle, une fois, deux fois, trois fois, flashes dans la tête, Juliette, je souffle, ses yeux, je souffle, exorbités, je souffle, qui me regardent, je souffle, du bruit là-haut, je prends une grande inspiration, Nesrine chuchote dans mon oreille, elle sort son arme, elle me dit de ne plus faire de bruit, Juliette, Nihoul est revenu, ses yeux, il est là-haut, qui me regardent, Nesrine m'aide, je me lève, j'ai mal, je souffle, je regarde la fille, ça n'est pas Juliette, je sais que ce n'est pas elle, je déraille bon sang, alors je me reprends, et on avance, lentement, le guéridon, la sirène, l'ours, il fait noir, et cette odeur, cette odeur de mort, moi aussi je sors mon arme, le corps plié en deux par la douleur, j'avance tant bien que mal, la porte, devant nous, et puis le jour, enfin, à travers la petite fenêtre, qui éclaire le débarras, la machine à laver, ses yeux qui me regardent, pas de bruit, surtout ne pas faire de bruit, Nesrine monte les marches, des points rouges, devant mes yeux, mais que devant mes yeux, la voix de Juliette, dans mes oreilles, mais que dans mes oreilles, une odeur de tarte, dans mes narines, mais que dans mes narines, la tarte que préparait Juliette, le dimanche, quand elle était petite, saletés d'hallucinations, Émile le dinosaure, son dinosaure violet, en peluche, les marches, on monte les marches, celles de notre maison à Rennes, pour aller dans la chambre de Juliette, ici, à Guignes, les marches qui mènent au rez-de-chaussée, Nesrine met un doigt devant sa bouche, elle ouvre la porte, couloir, étagères, bouquins, les yeux, exorbités, de cette gamine, morte, on avance, et il est là, dans le salon, Nihoul, debout, face à moi, points rouges, choqué, hébété, qu'est-ce que vous faites là, je lève mon arme, et je tire, une fois, une seule fois, dans sa tête, en plein dans sa tête, et il tombe, et je crie, je hurle, où est ma fille, où est ma fille, sale fumier, dis-moi où elle est, mais il est mort, il a un trou dans la tête, Nesrine me flanque un coup de poing, je tombe, je saigne, où est ma fille, ta gueule, où est ma fille, ta gueule qu'elle me dit, ferme ta gueule, points rouges, points noirs, points verts, l'odeur de la tarte, l'odeur de la mort, ta gueule ou tu es mort, je la ferme, OK je la ferme, Nesrine prend une épée, sur l'étagère, efface ses empreintes, la met dans la main de Nihoul, je dis merci, merci Nesrine, elle dit ta gueule, ferme ta putain de gueule, pauvre con, je pleure, et ses yeux, exorbités, qui me regardent, et je pleure, je pleure, et un bruit, un grand bruit, la porte d'entrée, fracassée, des cris, des sommations, mon arme, dans ma main, des gendarmes, dans l'entrée, qui pointent leurs flingues, sur nous, et mon arme, dans ma main, lâchez votre arme, et je pleure, lâchez-la, j'ai peur, ils crient, plus fort, lâchez votre arme, Nesrine crie aussi, police, on est de la police, lâchez votre arme, points rouges, points noirs, points jaunes, Juliette, et cette gamine, morte, ses yeux, qui me fixent, et mon arme, dans ma main, je la lâche, elle tombe, par terre, deux gendarmes, sur moi, qui hurlent, mais je ne dis rien, je ne dis plus rien, points noirs, points noirs, points noirs.

II

OBSESSIONS

12

Vendredi 3 juin 2011

À peine midi et déjà en nage. Le soleil qui cogne comme si tu étais en enfer. Lumière blanche aveuglante. Pas de lunettes de soleil. Tu conduis les vitres grandes ouvertes. Gérard suffoque comme une baleine échouée sur le siège passager. La moustache qui dégouline. Rouge écarlate.

– C'est pas humain cette chaleur, bordel.

– Bois.

– Je fais que ça, j'ai déjà descendu deux litres de flotte depuis ce matin. C'est mon ex-femme qui aurait été contente, tiens.

Et il se marre, gitane sans filtre au bec.

Tu arrêtes la voiture dans l'avenue Wagram. Longue rue luxueuse, large, qui donne sur l'Arc de triomphe. Vous avez rendez-vous avec les Bastiais au cercle du même nom. Leur nouveau terrain de jeu depuis qu'ils ont dégagé Tramoni et pris le pouvoir à Paris. Un repaire de *beaux mecs*, d'addicts aux jeux d'argent, de stars du poker et de petits rats de la jet-set.

À l'entrée, un Corse en sueur qui tient la porte. Il vous reconnaît et vous fait entrer. Dedans : un salon immense rempli de tables de jeu. Vide comme un palais abandonné. Climatisation, bouffée d'air frais. Moquette rouge, murs rouges, assortis au teint de Gérard. Machines à sous sur les côtés. Tables de craps. Un homme et une femme affairés à fignoler le ménage avant l'ouverture.

Et puis Michel Morroni, sur le balcon de l'étage, tout au bout de la pièce. Grand sourire, cigare entre les lèvres, les bras ouverts en croix. Vous traversez le salon et il descend pour vous rejoindre.

– Ça fait plaisir de vous voir, les gars.

Embrassades. Deux mois que tu ne l'as pas vu. La dernière fois, c'était à son pot de départ au 36. Depuis qu'il est à la retraite, il a pris du galon avec les Bastiais. Il dirige les opérations depuis son bureau. Passe tout son temps au Cercle Wagram.

Gérard reluque son costard. Du sur-mesure de chez Arnys qui chiffre à quatre zéros. Moins voyant que les merdes bling-bling de Toussaint.

– On s'emmerde pas, dis donc.

– Une chose est sûre, les gars, ici il y a du boulot. Il y a de l'argent aussi. Plus que dans la police en tout cas.

Grand sourire pour achever de vous convaincre que vous faites partie de la famille.

– On va bien s'occuper de vous.

Tu acquiesces, puis tu le suis dans son bureau, talonné par Gérard. Un grand type y est assis devant un tas de paperasses. L'air sérieux, blond, lunettes, bien rasé, pas vraiment typé corse.

– Je vous présente maître Pascal, notre avocat et conseiller fiscal. C'est lui qui va vous représenter.

Il lève la tête vers vous. Petit sourire pincé du bonhomme qui reste en réserve.

– Enchanté, messieurs.

Tu lui serres la main, Gérard embraye.

– On va rentrer dans le vif du sujet, si ça ne vous dérange pas. Le Cercle ouvre dans deux heures et nous avons d'autres choses à régler avant. Je me suis procuré le dossier d'instruction. Les charges sont lourdes. Les rumeurs disent que le Parquet va demander dix ans ferme pour chacun.

Gérard cherche son souffle. Tu déglutis. Michel sourit, confiant.

– Je vois dans le dossier que, suite à l'interpellation, vous avez été mis en garde à vue, puis présentés à un juge d'instruction qui vous a mis en examen pour corruption, trafic d'influence, violation du secret professionnel, proxénétisme, recel de vol, détournement de scellés, détournement de biens par personne dépositaire de l'autorité publique, association de malfaiteurs.

Il relève la tête vers toi, tu acquiesces.

– Le Parquet vous a placés en détention provisoire, mais le juge des libertés et de la détention l'a annulée et vous a libéré avant-hier. Vous êtes placés depuis sous contrôle judiciaire.

Même manège : il lève la tête, tu acquiesces.

– Ce contrôle comprend l'interdiction d'exercer votre profession, de porter une arme et d'entrer en contact entre vous.

Encore une fois : il lève la tête, tu acquiesces.

– Donc c'est la dernière fois que je vous vois ensemble. Si on veut aller jusqu'au bout, si on veut mettre à mal l'accusation, il faut être irréprochables sur ce point. On est d'accord ?

Tu acquiesces une nouvelle fois, Gérard de même. Comme des gamins chez le directeur d'école.

– Ce n'est pas parce que vous êtes dehors que c'est gagné. L'enquête continue, le juge Balers et l'IGS sont en train de monter un dossier très lourd. Notre seule chance de foutre ça en l'air, c'est le vice de procédure.

Michel vous fait un clin d'œil. Ça ne rassure pas Gérard, qui est passé du rouge au blanc en moins de vingt minutes. Tu demandes :

– Prigent ?

– Vous êtes perspicace, monsieur Kertesz.
– Il n'avait rien à faire là le jour de l'arrestation.
Maître Pascal, tranchant :
– Oui, mais ça ne suffira pas. Ils vont dire qu'il a aidé à l'arrestation parce qu'il était là pour autre chose. Ils s'en sortiront comme ça. On n'en tirera rien si on part là-dessus. Il faut prouver que c'est Prigent qui a mené l'investigation.
Gérard fait son regard de chien battu :
– On ne pourra jamais prouver ça.
– Je vous trouve bien pessimiste, monsieur Berthelot. Faites-moi confiance. Nous avons des enquêteurs appartenant à des compagnies de sécurité privée sur le coup. Des amis qui fouillent. Et qui trouveront. Et puis on a une deuxième carte à jouer. Prigent a fait une bêtise. Il a tué le suspect dans l'affaire de la Sirène qui fume. Il y a eu une enquête éclair de l'IGS, et puis le dossier a été clos en trois jours. Ça sent l'affaire étouffée. Depuis ça, Prigent est en arrêt, il a pété un plomb et a fait deux semaines d'hôpital psychiatrique.
Michel sourit tellement que ça en devient contagieux. Tu es déjà au courant pour Prigent, grâce à Beauvais. Mais tu ne peux pas t'empêcher de te réjouir quand tu imagines cet enfoiré au fond de son lit d'hosto, torturé par ses démons.
– On va donc axer la défense sur le fait que Prigent est un homme faible et dangereux. Trop fragile psychologiquement depuis la disparition de sa fille à Rennes, inapte à être capitaine de PJ. Il vous a pris en grippe à son arrivée à Paris et il a monté un dossier de toutes pièces, qu'il a refilé à l'IGS pour vous faire tomber. On a des témoins de plusieurs accrochages entre vous et lui, monsieur Kertesz, avant l'interpellation. Ça va aider à jouer en notre sens.
– Et les charges contre nous ?

– Les charges, on va devoir faire avec. On n'arrivera jamais à les éviter, leur dossier est trop solide là-dessus. Mais il va suffire de dissuader quelques témoins pour tout retourner contre Prigent, et de montrer que l'enquête n'a pas été faite dans les règles pour que la procédure soit remise en cause.

– Comment vous allez faire, pour les témoins ?

Michel sourit, il est dans son élément.

– T'inquiète, Christian. On va faire comme on fait depuis trente ans.

– C'est-à-dire ?

Il sort une liasse de billets de sa poche et les frotte contre ses doigts.

– Et ceux qui n'acceptent pas l'argent ?

– T'as raison, il y en a toujours qui se prennent pour des incorruptibles. Ceux-là, on leur met un flingue sous le nez.

– Et si les menaces ne suffisent pas ?

– Si ça ne suffit pas, on les jette par la fenêtre pour montrer l'exemple, nom de Dieu !

Le baveux embraye :

– La protection de témoins est un leurre en France, monsieur Kertesz. L'État français ne peut ni garantir leur sécurité, ni leur permettre de changer de nom, comme on le fait aux États-Unis. On n'est pas un pays de balances, vous comprenez ?

Gérard s'essuie le front avec le revers de sa manche. Dégoulinant de sueur.

– Bon Dieu, je revis.

Michel se marre et vous prend dans ses bras.

– Maître Pascal nous a toujours tiré d'affaire, les gars. Je suis sûr à cent pour cent que vous allez vous en sortir avec les honneurs.

– On pourra retrouver nos fonctions ?

Maître Pascal te dévisage comme si tu étais un gamin effronté.

– Je crois que vous ne vous rendez pas compte de la situation, monsieur Kertesz. Vous êtes accusé de faciliter et d'organiser la prostitution à l'échelle de la moitié de Paris. N'en demandez pas trop. On essayera déjà de vous éviter la prison, mais je pense que vous pouvez faire une croix sur votre carrière de policier.

Michel te met une tape sur l'épaule.

– C'est ici votre maison maintenant. La retraite avant l'heure. On va bien s'occuper de vous.

– Je crois que nous avons terminé, messieurs. Je vous tiens au courant de nos avancées rapidement.

Poignées de main avec l'avocat, puis Michel qui remercie Gérard chaleureusement.

– On se voit bientôt, Gérard. Je garde Christian quelques minutes pour une histoire entre nous. Et puis mieux vaut que vous sortiez d'ici séparément, à partir de maintenant c'est hors de question de violer le contrôle judiciaire. On est d'accord ?

Gérard acquiesce et sort du bureau avec maître Pascal.

Tu restes seul avec Michel. Il s'allume un cigare, vous sert deux brandys, et entame son petit monologue :

– Ça fait trois ans qu'on se connaît, Christian. Trois ans pendant lesquels tu nous as aidés à mieux nous implanter à Paris et à défendre nos intérêts. Grâce à toi, on est plus forts aujourd'hui. Face aux Russes, aux Gitans, ou même à nos propres frères corses. Tu nous as permis de mettre en place un business florissant. Et tu n'as jamais rien demandé.

– Vous m'avez sauvé la peau en remboursant les Colombiens, Michel. Je ne fais que mon devoir.

– Je sais. Et tu dois à Dominico encore un bon tiers de la somme totale. Mais aujourd'hui, on veut annuler ta dette, Christian. Tu ne nous as jamais laissés tomber, donc on ne va pas le faire non plus. On aimerait que tu rejoignes la famille.

Tu entends la porte du bureau qui s'ouvre derrière toi. Tu te retournes : un jeune porte-flingue pousse un homme dans un fauteuil roulant et le place juste à côté de Michel. Les cheveux bruns, les traits tirés, le corps fin, des yeux de tueur. Des yeux qui ont vu la mort des dizaines de fois. Dominico Battesti, alias Domi le Boucher. Les jambes brisées par une rafale de kalach il y a deux ans, lors d'une tentative d'assassinat. C'est lui qui t'a sauvé la mise en 2008. Lui qui a sorti cinq millions. Lui que tu rembourses petit à petit tous les mois. Le grand patron de la famille, venu spécialement pour ton baptême d'intégration.

Il embraye sur le discours de Michel, sans même te saluer.

– Nous sommes très attachés à notre collaboration avec vous, monsieur Kertesz. Vous avez servi nos intérêts pendant des années avec le plus grand sérieux. Ça n'est pas parce que vous ne faites plus partie de la police que nous souhaitons vous abandonner. Nous avons besoin d'hommes comme vous ici.

Tu acquiesces. Tu l'invites à continuer.

– D'hommes avec votre carrure et vos réseaux pour nous aider à surmonter la période difficile que l'on traverse. Vous savez, la grande époque des *beaux mecs* comme nous, c'est terminé. Aujourd'hui, les voyous écoutent du rap, les putes ne parlent pas français et Pigalle est un supermarché géant. On doit s'adapter.

– Comme tu le sais bien Christian, Deda et Marcel Salun sont en train d'étendre leur business à Paris. On a besoin de tes conseils et de tes connexions pour contenir leur expansion.

– Nous sommes également mis en danger par nos propres frères, monsieur Kertesz. Tramoni pense pouvoir nous sortir de scène en multipliant les attaques contre nous. Nous devons stopper l'hémorragie.

– Qu'est-ce que vous attendez de moi exactement ?

Michel sourit, comme d'habitude. Il ouvre un tiroir de son bureau et te tend un flingue. Glock 9 mm, chromé comme une pièce d'exposition. Tu le prends. Tu souris. Enfin tu crois. Tu dois être heureux d'éviter la taule. De faire partie de la famille. Mais tu n'es pas vraiment là. Tu es avec Clotilde.

À quinze heures trente, tu te gares avenue George-V. Devant l'appartement des Le Maréchal, dans l'espoir d'apercevoir Clotilde. En vain. La même routine depuis que tu es sorti de cabane il y a deux jours. Pour l'instant, tu la vois uniquement sur le pare-soleil. Ses yeux qui te regardent, encore et encore. Des yeux de papier, comme si c'était un personnage condamné à n'exister que dans ta tête. Troisième fois que tu viens ici pour surveiller les allées et venues de la famille. Toujours pas de Clotilde. Tu commences à te faire à cette idée : il n'y a pas de Clotilde. En tout cas pas ici.

Tout l'après-midi, ça cogne dur sur le toit de la bagnole. Vitres fermées pour éviter d'être remarqué.

... Il s'agit donc de QIA, le fonds souverain du Qatar, qui possède déjà des hôtels de luxe dans la capitale et des parts dans plusieurs sociétés du CAC 40. L'annonce officielle au Parc des Princes a dévoilé que le fonds venait de racheter soixante-dix pour cent du PSG...

À dix-sept heures, Mme Le Maréchal qui sort de chez elle. Le visage effondré comme tous les jours. Une morte vivante qui fait ses courses dans le quartier. Quelque chose l'a tuée. Tu fumes et tu la regardes disparaître de ton champ de vision. C'est l'homme que tu veux.

... Quinze jours après l'affaire du Sofitel, les strauss-kahniens restent orphelins de leur champion mais font

l'objet de nombreuses sollicitations, représentant une force indispensable au candidat socialiste pour l'emporter à la future primaire...

À côté de toi, sur le siège passager : un dossier que tu as monté sur le père de Clotilde, à partir d'informations glanées ici et là. Edouard Le Maréchal est avocat depuis 1979, spécialisé dans le droit des affaires. Il a défendu de nombreux entrepreneurs, dont certains proches de Dominico Battesti. Pas les voyous, trop risqué. Les truands à col blanc, ceux qui jouent avec le fisc. Adhérent du parti socialiste depuis 1982. Y a fait carrière à partir des années quatre-vingt-dix. D'abord en tant conseiller municipal dans le XVe, puis en tant que sénateur depuis 2001. Connu pour ses nombreuses connexions avec le monde des affaires et les lobbys financiers.

... Arrêté la semaine dernière, l'ancien chef militaire des Serbes de Bosnie, Ratko Mladić, responsable de nombreux crimes de guerre, pourrait être transféré dans les quatre jours qui viennent au Tribunal pénal international pour l'ex-Yougoslavie de La Haye...

Un peu après dix-huit heures, ta cible revient à la maison, puis en ressort une demi-heure plus tard. Il prend un taxi en bas de la rue. Pas le plus facile à suivre, il va falloir s'accrocher. Ils prennent la direction de la Seine, puis tournent à gauche avant le pont de l'Alma. Le cours de la Reine, le quai des Tuileries. Circulation impossible à cette heure-là. Tu ouvres les fenêtres et tu t'aères au gaz carbonique. Tu te fais distancer mais tu gardes le taxi dans ton champ de vision. Le tour du jardin des Tuileries, puis Rivoli sur la gauche.

Arrêt devant le Churchill. Ancien palais du XIXe siècle, reconverti en hôtel cinq étoiles avec restaurant gastro, bar jazz et terrasse ensoleillée. Coup de bol, tu connais bien le portier. Terrence, un vieil anglais expatrié qui charme les touristes avec son accent forcé depuis des dizaines d'années. Il a eu droit à ses étrennes à l'époque où Gérard et toi faisiez entrer les putes pour les rats du show-biz en promo dans la capitale. Tu lui laisses les clés de la bagnole. Clin d'œil, échange de sourires.

Tu entres dans le palace et tu avances lentement vers le bar, de peur que Le Maréchal ne te reconnaisse. Et puis tu le vois, au fond. Attablé avec trois compères de son âge. Costumes chics, bien coiffés, ça sent les hauts responsables. Deux têtes que tu connais parmi ses petits copains. Déjà croisées quelque part, mais impossible de savoir où. Politiques, truands, hommes d'affaires ? Ta mémoire te fait défaut. Tu sors ton petit compact et tu mitrailles. Cinq ou six gros plans de chaque bonhomme, au cas où. Des traits tirés, fatigués, angoissés. Il y a un souci, ça se lit sur leurs tronches.

Puis tu retournes voir Terrence.

– J'ai besoin d'un petit service.

– Christian, mon ami. T'es toujours de la partie ? Ça fait bien un an qu'on ne s'est pas vus, non ?

– Oui, toujours là. Tu veux bien m'aider ?

L'enfoiré te fait son petit sourire de rosbif en coin, sans répondre.

– Tu m'en dois une, non ?

– Qu'est-ce que tu veux ?

Tu sors ta dernière acquisition de ta poche : un micro espion GSM de la taille d'un ongle d'auriculaire. Acheté à Didier Cheron qui en a récupéré des dizaines. Tombés d'un camion par inadvertance.

– Tu déconnes ?

– Non.

Il souffle, puis le prend dans sa main. Il y a beaucoup trop d'histoires entre lui et toi pour qu'il te refuse ça.

– Qui ? Et ne me sort pas un prince qatari s'il te plaît, j'ai pas envie de finir dans la Seine.

– Les quatre types à la table du fond, dans le bar.

– C'est qui ?

– C'est pas du gros poisson, t'inquiète.

– Promis ?

– Promis. J'ai mis un petit bout de surface autocollante dessus, t'as juste à le poser au bon endroit.

Il te fait des yeux noirs, puis part vers le bar. Tu ne sais pas ce qu'il leur raconte, mais ça dure quinze secondes à peine. Quand il revient, le micro est installé derrière le fauteuil d'un des types. Ni vu ni connu. À croire qu'il a fait ça toute sa vie.

– T'es un vrai pro, Terrence.

– C'est la première et la dernière fois, Kertesz, compris ?

Clin d'œil malicieux, puis tu retournes à la voiture. Tu sors le récepteur de ta poche, l'allumes, branches le casque dessus. Tu espères avoir leur conversation en qualité d'auditorium, mais c'est raté. Tu ne sais pas ce que ce con de Terrence a foutu, mais ça grésille comme si c'était du matos des années quarante. Difficile de comprendre ce que ça raconte. Juste quelques bribes de mots. *Piège, piégé, il est piégé, on est piégés*. Ça fuse à cent à l'heure dans ta tête, mais sans aucune direction. *Ça va péter, ça va sortir, le matériel est arrivé, le matériel est parti*. Le matériel, le matériel, quel putain de matériel ? *T'inquiète pas, ça va aller, courage*. Le Maréchal qui craque, des pleurs. Leurs voix qui se calment, qui parlent plus doucement, réconfortantes. Mais impossible de distinguer deux mots à la suite. *Clotilde. Peur. Clotilde.* Bordel. Tu montes le volume. Tu te concentres au maximum. Grésillements. *Ça va aller. Trouver. Clotilde. Piégés.* La sueur qui te dégouline du front. Tu ne sais pas si tu entends précisément ces mots, ou si tu décodes ce que tu voudrais entendre. Charabia tellement incompréhensible que tu es peut-être en train d'interpréter à ta façon. Tu te concentres. Quelques mots isolés. *Audrey. Appart. Avenue d'Iéna. Carlton. Ça va péter. Prévenir le Carlton.* Et puis plus rien. Cinq secondes de blanc. Quinze secondes. Trente secondes et la bande au complet qui ressort de l'hôtel dans ton rétroviseur.

Tu allumes le moteur. Tu décides de suivre un des quatre bonshommes. Petit, brun, coupe militaire, costume administratif. Visage aux traits durs que tu connais bien. Les yeux plissés de quelqu'un qui a vu des choses pas jolies. Tu sais que tu l'as déjà croisé. Où, quand, tu ne sais plus. Mais tu le connais, c'est sûr. Il monte dans une Audi A8 gris métallisé, si propre qu'elle semble sortir de la concession. Tu notes son immate, tu attends dix secondes et tu t'engages à sa suite dans la circulation. Texto à Terrence écrit à la va-vite. *Garde-moi le micro au chaud, je reviens ce soir.* Rivoli, puis l'avenue Gabriel. Six voitures entre vous. Virage à gauche dans l'avenue Matignon. Deux voitures en plus qui s'insèrent devant toi. Tu perds l'Audi de vue mais tu surveilles à droite et à gauche au cas où elle tourne. Un connard qui te coupe la priorité dans un croisement. Pas le temps de le laisser passer. Tu roules comme s'il n'était pas là. Ton pare-chocs contre son aile droite. Légère secousse. Ce con qui s'arrête. Ouvre la porte, te gueule dessus. Les bagnoles derrière vous, qui klaxonnent. Le mec qui braille. Et l'Audi A8 envolée. Moteurs. Klaxons. Cris. Tu penses : *vos gueules, bordel, fermez tous vos gueules.* Mais tu la fermes. Tu arrives à prendre sur toi pour ne pas sortir de la voiture et lui coller une beigne. Tu ouvres la fenêtre, lui montres la priorité. Son bas de caisse n'a rien. Il gueule contre lui-même, remonte dans sa bagnole. Tu souffles. Besoin de te détendre, ou tu vas buter le prochain connard qui passe. Tu prends à gauche sur l'avenue de Friedland. Cinq minutes plus tard, tu es garé à proximité du London Club.

Coup de fil à Franck Beauvais avant de sortir de la voiture :

– Christian, mon vieux, on m'a dit que t'étais dehors ?

– Les choses commencent à s'arranger. J'ai besoin d'infos, Franck.

– Quelles infos ?

– Le dossier sur Fabrice Nihoul.

– Je ne peux pas, Christian.

– Je cherche une fille qui a le même tatouage que les cadavres que vous avez trouvés. J'ai besoin de savoir ce qui s'est passé.

– T'es suspendu, Christian. Je ne peux rien te transmettre, c'est illégal.

– Et ? C'est un souci maintenant ?

– Oui, c'est un souci.

– T'as bien changé depuis que Michel et Gabach ne sont plus dans le groupe, Franck.

– Michel et Gabach sont mes amis, mon vieux. Autant que les tiens. Mais la situation est compliquée en ce moment, tu le sais très bien. J'ai pas envie de sauter à mon tour.

– Dis-moi au moins si l'enquête continue.

– L'enquête est close.

– Donc vous avez buté le bon ?

– Oui.

– Sûr ?

– Oui bordel, Christian, qu'est-ce que tu cherches ?

– Une fille.

Tu raccroches et tu appelles ton pote Sylvain Cazenave dans la foulée.

– Christian, comment ça va ?

– Bien. J'ai un nouvel avocat, plus incisif que le précédent.

– Je te fais confiance pour ça. Qu'est-ce qui t'amène ?

– J'ai besoin d'identifier une bande de types, tu peux faire tourner des photos ?

– Bien sûr.

– J'ai une immate aussi, j'ai besoin d'une identification au FNA[1].

– Envoie-moi tout ce que t'as, je m'en occupe.

– Merci Sylvain.

– De rien, Christian, de rien. Tu sais que tu peux compter sur moi.

Sylvain Cazenave : cinquante piges, une femme, trois gosses. Deux régulières en plus qu'il se tape dans des hôtels quatre étoiles. Inscrites au registre des indics et rémunérées par la PJ. Anciennes call-girls reconverties en femmes de réseau, qui se font payer pour faciliter des rencontres entre producteurs télé, voyous, dealers, journalistes, et tout ce que Paris compte de mondain avec une paille dans le nez. Plus de quinze ans que tu connais l'animal. Quinze ans passés à bosser avec lui aux Stups. Quinze ans à vous serrer les coudes pour traquer les plus gros trafiquants de la région, et à faire face aux bœufs-carottes. Qui n'ont jamais compris vos méthodes. Qui n'ont jamais accepté que vous deviez parfois passer outre la loi pour faire tomber des pointures. Sylvain, ton frère de planques, de bastons, de nuits passées au bureau à monter des dossiers, et dans les bars ensuite pour essayer d'oublier la journée. L'un des trois éléments du trio magique que vous formiez avec Jérôme Dos Santos. Jusqu'à ce que vous soyez trop gourmands, et que les Colombiens vous tombent dessus.

– Je t'envoie tout par mail. Appelle-moi quand t'as du nouveau.

Quinze minutes plus tard, tu es assis au comptoir du London Club devant un bloody mary. Un mois que tu

1. Fichier national automobile.

n'as pas mis les pieds ici. La dernière fois, tu avais les bracelets dans le dos. Tu ne sais pas vraiment ce que tu es venu chercher. Toussaint, Vanina, ou juste boire.

Vingt-et-une heures à ta montre. Toussaint n'est pas là. Vanina discute avec un type à une table, et lui fait des yeux ronds comme si elle allait lui sauter dessus.

Tu bois seul.

Seul, mais avec Clotilde. Tu fais défiler dans tes mains tous ces clichés que tu connais par cœur à force de les regarder sans cesse depuis deux mois. Elle te regarde avec ses grands yeux noirs et elle te parle. Elle te dit qu'elle s'est fourrée dans un truc trop gros pour elle. Que son père est en panique à cause de ça. Qu'il sait ce qui se passe mais qu'il ne veut pas le dire. Parce qu'il a peur. De quoi ? De toutes les hypothèses, celle du kidnapping commence à devenir la plus plausible dans ta tête. La plus logique pour expliquer le coup de fil de Le Maréchal pour te dire qu'il avait soi-disant retrouvé sa fille. Une demande de rançon formulée tardivement. Clotilde prise en otage par des types qui prennent leur temps. Soit parce qu'elle a déconné. Soit parce que son père est sénateur, et qu'il est riche.

Tu jettes un coup d'œil à Vanina. Son tatouage dans le cou. Tu penses à celui de Clotilde. À celui d'Amandine Salmon. À son corps calciné. Au corps de Sharon Niziolek, la gamine trouvée par Prigent dans la cave de Nihoul. Grande, rousse, bouclée. La copine de Clotilde. Celle que le gardien de l'Hôtel Parme avait aperçue. Peut-être que Clotilde est morte et enterrée depuis deux mois. Une victime de Fabrice Nihoul, comme les autres filles au tatouage. Peut-être que tu te fais un film tout seul à vouloir la ressusciter.

Tu te replonges dans les photos l'espace de quelques secondes. Peut-être quelques minutes. Et puis tu sens le souffle chaud de Vanina dans ton cou. Tu te retournes, elle te dépose une bise rapide sur la joue. Derrière elle, son type. Tu le connais de vue. Un petit merdeux qui traîne dans des histoires de came et de cul. Il s'approche vers toi. La main tendue qui tremble comme une feuille. Grand sourire du mec qui pense en imposer, mais il a les chocottes. Il sait qui tu es et il n'est pas confiant.

– Christian, c'est ça ?

– Oui. Et tu es ?

– Tu peux m'appeler Rico.

Il dit ça en mastiquant son bout de chewing-gum comme s'il était dans un film de gangsters.

– Je suis un ami de Vanina. On a pas mal bossé tous les deux dans le temps, pas vrai cocotte ?

Clin d'œil à Vanina. Elle le lui rend, gênée. Il se marre.

– Faudra qu'on discute un de ces quatre, Christian.

– Et de quoi tu veux discuter ?

– J'ai pas mal d'affaires qui peuvent t'intéresser.

– Quoi, comme genre d'affaires ?

– Des affaires qui marchent.

– Des affaires qui marchent. Voyez-vous ça.

Il se marre.

Il se marre comme s'il avait compris quelque chose, mais il n'y a rien à comprendre. Vanina aussi s'y met, pour lui éviter de s'enfoncer tout seul. Ils se marrent tous les deux comme des baleines. Toi, tu les regardes avec des yeux qui veulent dire *laissez-moi tranquille*. Ce petit connard de Rico doit le comprendre parce qu'il te salue, embrasse Vanina et sort du bar.

– Désolée, il est un peu collant.

Elle te dit ça pour s'excuser, mais tu t'en fous. Tu te replonges dans les photos de Clotilde.

– C'est mon ex, on a un peu bossé ensemble à un moment mais je l'ai perdu de vue quand il est parti en taule.

Vanina te parle mais tu n'es plus là. Tu entends sa voix comme on perçoit le brouhaha des gens dans le métro. Lointaine et dénuée de sens.

– Il a pris trois ans pour pas grand-chose. Il fourguait de la came mais il a pas eu de bol, un de ses clients a fait une OD. Ils l'ont chargé à mort au tribunal.

Les yeux de Clotilde, toujours ces yeux. Qui t'absorbent tout entier. Ce sourire malicieux dessiné sur ses lèvres. Trompeur, comme celui de Sandra.

– Depuis que je bosse ici, il est revenu me voir plusieurs fois. Il essaye de se refaire la main mais il galère, il a perdu tous ses potes dans le business.

Les lèvres de Sandra sur les tiennes. Douces et violentes à la fois. Ses mains dans ton dos. Qui t'agrippent comme si tu allais disparaître. Tes mains sur ses fesses. Vos corps en sueur.

– Qu'est-ce que t'as, t'es jaloux ?

Les seins de Sandra te remplissent la bouche. Ils durcissent entre tes lèvres. Tu caresses son ventre. Ce coin de peau douce, sous le nombril. Ce ventre qui porte votre petit Charlot. Elle plonge son regard dans le tien. Six mois de grossesse et affamée d'amour. Heureuse et impatiente d'être bientôt trois dans votre petit foyer. Pleine d'un bonheur qui transpire dans son expression quand elle fait l'amour.

– C'est qui, cette fille ?

Vanina, agressive. Exténuée. Malheureuse. Réelle.

– Une fille que je cherche. Elle a disparu.

– Elle est morte ?

– Elle a disparu.

– Pourquoi tu regardes ces photos comme ça ? Tu veux la baiser ?

– Attention à ce que tu dis, Vanina.

– Ça se voit que tu veux la baiser. T'aimes ça les cadavres, hein, Christian ?

Ça part d'un coup. Réflexe. Ta main dans sa gueule. Tu regrettes avant même que ta paume n'atteigne sa joue gauche. Mais c'est trop tard. Le bruit de la claque résonne dans le bar. Les clients se retournent. Regards désapprobateurs. Vanina, rouge de honte. Surprise. Vexée. Haineuse. Ses yeux pétrifiés qui te foudroient. Les larmes qui montent mais qu'elle retient, fière. Elle lève la main à son tour. Une baffe avec sa main droite. Une autre avec sa main gauche. Tu prends les coups et tu restes de marbre. Tu sens le sang qui coule le long de ta joue. Le même qui coule sur ses bagues.

Le club s'est un peu rempli, on vous regarde comme si vous étiez des extra terrestres. Toussaint qui s'approche. Pas content.

– Vous jouez à quoi là, tous les deux ?

Vanina ne fait pas attention à lui. S'apprête à te frapper une nouvelle fois, mais Toussaint la retient.

– Bon, ça suffit. Tu vas aller faire un tour dans les loges pour te calmer.

Il la prend par le bras pour l'emmener par-derrière. Vanina hurle et commence à lui taper dessus. Le barman pousse le volume de la musique à fond. Tu ne veux pas voir ça, mais tu regardes quand même Toussaint qui amène Vanina de force dans les loges pendant qu'elle se débat.

Tu commandes un autre bloody mary. Le temps qu'on te serve, Toussaint est revenu à tes côtés.

– Vos gamineries, vous faites ça où vous voulez mais pas ici, on est d'accord ?

– Désolé, Toussaint.

Sa bouche se détend et se transforme en sourire.

– Ça tombe bien que tu sois là. Dominico m'a appelé pour qu'on aille faire un petit tour tous les deux.

Quand des Corses disent ça, généralement ça sent le sapin.

– Un petit tour ?

– On a identifié une taupe. Simon Santucci. C'est un cousin de Dominico, il bosse au Wagram. Mais c'est aussi un cousin de Tramoni. On pense qu'il lui refourgue des tuyaux sur nous.

– C'est quoi le plan ?

Grand sourire sur la figure de Toussaint. Grand sourire parce qu'il sait que ça va être sale :

– Le plan, c'est de le faire parler.

Un peu avant vingt-trois heures, vous êtes garés devant le Wagram. Tu fumes pendant que Toussaint fredonne des vieux standards corses d'Antoine Ciosi. Sa manière à lui d'évacuer le stress.

– *Oghje in caserna di Bastia si rende onore discretu...*

Tu tritures un poing américain tout en surveillant l'entrée.

– *Ùn si sente nunda in carrughju, un vechju pienghje in u caffé...*

À vingt-trois heures et une minute, Santucci passe la porte. Fin de service, réglée comme du papier à musique.

– *Deve avè qualchì ricordu, di u Centu Settanta Trè...*

Il se dirige vers l'Arc de triomphe mais il n'a pas le temps d'y arriver. En cinq sec il se prend un coup de matraque sur la caboche et vous le flanquez à l'arrière de la voiture. Toussaint au volant, qui roule pied au plancher vers la Porte de Saint-Cloud. Toi, à l'arrière avec Santucci. Il est sonné, mais il vous reconnaît.

– Qu'est-ce que v

– Ta gueule.

– Qu'est-ce q

BLAM – deuxième coup de matraque. Il tombe dans les vapes. Étalé sur la banquette comme un soiffard. Le sang qui dégouline le long de son visage. Tu éponges avec sa veste pour éviter de salir la voiture. Toussaint continue à chanter comme si de rien n'était.

– *Quantu funu i giuvanotti à cascà sott'e mitraglie...*

Vous traversez Boulogne-Billancourt via l'avenue du Général-Leclerc. Les bâtisses haussmanniennes disparaissent progressivement derrière des immeubles sans charme et des grands espaces boisés. En cinq minutes vous arrivez à la forêt de Fausses-Reposes. À cette heure-là, ça circule comme dans du beurre. Vous auriez pu prendre le bois de Boulogne pour aller au plus vite, mais c'est infesté de flics. À éviter pour ce genre d'opération.

Toussaint arrête la voiture en plein milieu de la forêt. Nuit noire sans lune. Étoiles cachées par les arbres. On n'y voit strictement rien. Pas même son propre corps.

Santucci est toujours dans les vapes. Toussaint le tire par le colbaque pour le sortir de la voiture. Il l'envoie valdinguer par terre, devant la voiture. Le petit cousin se réveille, éclairé par les phares. Première réaction au quart de tour. Il se met sur ses jambes pour courir. Trop lent. Ta matraque est plus rapide. Un coup sur le genou gauche. Le craquement de l'os résonne dans la nuit, suivi par son hurlement. Cri coupé aussi sec par ton deuxième coup de matraque. La cheville droite. Une sécurité pour s'assurer qu'il reste avec vous. L'os qui cède, une nouvelle fois. Hurlement. Coup de pied en pleine tête, envoyé par Toussaint.

– C'est bon ? T'as fini de gueuler ?

Il arrête de crier. Maintient juste un petit grognement continu, attisé par la douleur. Se prend la cheville avec les mains. De là où tu es, tu peux voir que son pied part du mauvais côté.

– Qu'est-ce que vous voulez, putain ? Dominico va vous tuer quand il va savoir ça.

Toussaint se marre.

– Je crois que si Dominico va tuer quelqu'un, ça sera plutôt toi. Il en a marre de se faire pourrir son business par des petits couillons qui le prennent pour un âne.

– De quoi tu parles, Toussaint ?

– J'ai comme envie de te briser les os un par un jusqu'à ce que tu nous racontes tout, mais je vais être gentil, je vais nous éviter de perdre du temps. On a quelqu'un qui bosse pour nous. Qui te suit depuis quelques semaines. Qui t'a vu faire tes petites carabistouille. Hier soir, t'es parti du Cercle pour rejoindre deux types dans le sous-sol d'une boîte, juste après que Dominico et Michel t'ont confié une information pour un deal qui devait avoir lieu ce soir. Bizarrement, le deal a foiré, les gars se sont tout fait piquer.

– On était plusieurs à être au courant.

– Ça, c'est ce que tu crois, mon couillon. Dominico a donné une information différente aux autres. Une info pour un deuxième deal. Et celui-là, vois-tu, celui-là s'est déroulé sans encombre.

Santucci est livide. Les yeux hagards, aveuglés par les phares de la voiture. Il ressemble à un mort vivant. En l'occurrence, c'est un mort vivant. Encore un peu vivant, mais plus pour longtemps.

– J'aimerais bien voir la tête de tes petits copains quand ils vont comprendre l'enculerie. Deux kilos de farine, qu'ils ont piqués.

Santucci cherche ses mots mais il ne trouve rien. Il bredouille.

– C'est pas moi, Toussaint, j'ai rien fait.

– Dans ce cas, il va falloir nous expliquer d'où vient l'argent avec lequel t'as acheté une nouvelle fourrure à ta femme. Plus une autre à la petite salope que tu vas baiser tous les mardis soir. Et je ne parle pas de l'option que t'as mise sur les nouveaux appartements en construction dans le XIIe.

Il vous regarde, hébété. Dos au mur.

– Tout ce qu'on veut c'est un nom, Simon.

Santucci reste silencieux. Réfléchit sûrement à une sortie de secours dans sa tête.

– Qu'est-ce que vous allez me faire ?

– Ça va dépendre de ce que tu nous dis.

– J'ai une dette de jeu avec une famille de Gitans. Je leur ai filé des infos concernant quatre deals, c'est tout ce que j'ai fait. Ça devait être le dernier ce soir.

– Des Gitans ?

– Oui.

Toussaint reste pantois, puis te fait un clin d'œil. Ça te fait mal au ventre, mais tu y vas.

– C'est la vérité, putain, qu'est-c

BLAM – un premier coup avec le poing américain en pleine mâchoire. Craquement, encore. Deux dents qui volent et la mâchoire déchaussée. Il est tellement groggy qu'il reste silencieux.

BLAM – un deuxième coup dans l'œil. L'arcade qui explose. Il hurle.

– Parle-nous plutôt de ton cousin, Simon.

Santucci souffle. Crache du sang. Puis se reprend :

– Dominico ?

– Angelo.

– Tramoni ? Ça fait des mois que je ne lui parle plus, comme n'importe lequel d'entre vous !

Toussaint te regarde à nouveau. Santucci hurle.

– C'est vrai, bordel, vérifiez ! Je file les infos aux frères Balengro, des Gitans implantés à Montreuil. Ils rackettent des boîtes là-bas. Ils dealent et ils attaquent des blindés. Leur QG, c'est la Fiesta, un club pourri qu'ils ont récupéré il y a un an. Ils font ce qu'ils veulent là-bas, ils se servent dans la caisse, ils picolent tout. Le proprio ne dit rien, il doit juste fermer sa gueule.

– Pourquoi t'as fait ça, Simon ?

– J'ai des dettes avec eux. J'ai trop joué. J'ai déconné.
– Pourquoi t'as pas prévenu la famille ?
– J'avais honte, Toussaint.
– On aurait pu t'aider à régler ça.
– Je sais.

Santucci s'effondre en larmes.

– Je suis désolé, j'ai merdé, j'ai grave merdé. Je vais me racheter.
– Je compte sur toi, Simon.
– Je suis sûr que Dominico pourra me pardonner.
– Oui, bien sûr. C'est ton cousin, Simon.
– J'ai honte, Toussaint. J'ai trahi ma famille.
– Ça va aller Simon, ne t'inquiète pas. Ça arrive, de faire des conneries.
– Je suis si désolé, si tu sav

BLAM – le bruit de la détonation dans le silence de la nuit. Qui remplit tout l'espace, comme si le tonnerre s'était mis à gronder. La tête de Santucci qui part sur la droite. Son corps qui s'effondre.

– Tu l'as pas volée celle-là, petit couillon.

Toussaint lui envoie des coups de pompe dans la tronche.

– Pour qui tu te prends, petite merde ? Comment t'as osé faire ça à Dominico ?

Le nez qui craque. Le sang qui gicle. Toussaint est en train de le transformer en bouillie. Tu l'attrapes par l'épaule.

– Ça suffit. Il est mort, non ?

Toussaint se dégage d'un coup, surpris par ton attitude. Puis il reprend son souffle, les mains sur les cuisses. Quelques secondes pour apprécier la discrétion de la forêt, qui vous recouvre en silence. Des hululements de chouette au loin. Le bruit du vent dans les feuilles. Mais rien de plus. Juste le souffle rauque de Toussaint et ta cigarette qui se consume quand tu tires dessus.

Toussaint se redresse.

– On balance ce connard dans l'étang à côté et on va faire un petit tour à Montreuil.

– Juste tous les deux ?

– Juste tous les deux.

Sur la route, Toussaint conduit sans rien dire.

Tu relèves les messages sur ton téléphone.

Sylvain t'a répondu concernant les potes de Le Maréchal. Il en a identifié deux sur les trois. Le petit brun à la coupe militaire que tu as suivi : Étienne Guison, commissaire divisionnaire à Lille. Gloire de la BRP locale. Connu pour avoir nettoyé la ville de plusieurs réseaux de proxos dans les années 2000. Maintenant que tu sais qui c'est, tu le remets. Tu l'as rencontré il y a quatre ans dans le cadre d'une enquête sur deux types qui faisaient entrer des filles de l'Est via la Belgique. Austère mais sympathique. Politicien. La panoplie du futur préfet.

Le deuxième gusse : Jean-Yves Petit. Le plus vieux de la bande. Ancien flicard reconverti en privé depuis 2002. Connu comme le loup blanc dans les cercles de cul parisiens. Suivi de près pour avoir organisé des partouzes à une époque, mais jamais inquiété. Croisé il y a deux ans avec Gérard, dans la suite d'un hôtel où vous lui avez amené trois filles pour des clients. Repartis avec des enveloppes plus fournies que d'habitude. Mise en relation faite par Michel Morroni à l'époque.

– Jean-Yves Petit, tu connais ?

– Oui, il organise des touzes pour des gros clients.

– Tu le connais personnellement je veux dire ?

– Je l'ai vu deux ou trois fois au club, mais on n'a jamais bossé ensemble. Pourquoi tu veux savoir ça ?

– Pour rien. Je vois son nom passer dans des histoires, c'est tout.

Une vieille enseigne qui clignote droit devant. La Fiesta. À la porte, un type énorme qui tire la tronche. Vous passez devant en voiture et vous vous garez un peu plus loin. Toussaint coupe le moteur et prend deux secondes pour souffler.

– On la joue comment ?

– On improvise.

Vu vos tronches, tu vois difficilement comment vous allez pouvoir improviser. Tu sens la pétoche qui te remonte dans le bide, comme si tu savais que ça allait mal se passer. Ton remède pour te calmer dans ces cas-là : penser à Sandra.

Tu te repasses le film.

Juin 2001 : coopération avec les services d'Air France, pour piéger une filière colombienne qui fait venir la coke via des passeurs. Sacs à double-fond. Gamins avec des capsules dans le bide. Et toujours un ou deux leurres par avion, qui voyagent avec des produits suspects mal cachés, pour détourner l'attention des douanes. Produits qui se révèlent inoffensifs une fois analysés. Cinq mois que tu bosses sur le dossier avec les Douanes et les Stups de Medellín quand tu rencontres Sandra. Vous avez besoin d'une volontaire pour aider à repérer les passeurs dans l'avion. Ça ne se bouscule pas chez les hôtesses, sauf cette petite blonde au regard diabolique. Qui te sourit bizarrement comme si tu étais un Chippendale en chaleur.

Le portier n'a pas le temps de vous demander qui vous êtes. Toussaint a choisi la manière forte. Coup de matraque sur la tête. Il crie, tombe à genoux. Deuxième coup. Troisième pour s'assurer qu'il est bien sonné. Vous entrez. Des basses qui vrombissent. Lumière rouge qui éclaire faiblement les murs poisseux. Un escalier étroit qui descend vers la musique.

Pendant la troisième semaine d'enquête, tu te retrouves seul avec Sandra. Dans ta voiture, après son service.

Parking de CDG. Il fait nuit. Vous êtes entourés de dizaines et de dizaines de bagnoles vides. Tu lui montres des photos de passeurs que vous avez identifiés. Elle pose les photos sur la boîte à gants. Pose ses mains derrière ta nuque. Approche ses lèvres des tiennes. Fourre sa langue dans ta bouche. Tu découvres le goût de ses dents, le goût de ses seins, le goût de sa peau. Elle monte sur toi, et te baise sans dire un mot.

Toussaint te parle en descendant l'escalier mais tu ne comprends pas ce qu'il dit. Du rap à fond la caisse. En bas : un bar, une piste de danse, quelques canapés. Tout enfumé. Trente pelés à tout casser. Une boîte crade, remplie de types bourrés. Ça fume. Ça picole de la vodka au goulot. Ça joue à celui qui a la plus grosse bouteille. Des filles dégueulasses. Botoxées. Moches. Vulgaires.

Son visage étincelant au réveil. Sans maquillage. Nu. Naturel. L'enquête est bouclée quand tu te réveilles à ses côtés pour la première fois. Des draps doux comme des peluches. Ça sent bon. Elle sent bon. Tout sent bon. Son corps nu contre toi. La courbe de son dos. Ses fesses rebondies. Sa crinière qui descend sur ses omoplates.

Le barman voit sur vos têtes que vous n'êtes pas là pour vous arracher la gueule comme tous les gusses du coin. Toussaint lui demande où sont les Balengro. Échange de mots. Tu ne comprends pas ce qu'ils se racontent. Tu n'entends rien, tu ne vois rien. Toussaint est échauffé. Il gueule sur le barman. Un grand type arrive derrière vous. Attrape Toussaint par les épaules. Tu y vas à l'instinct. Coup de matraque sur la rotule droite. Il s'effondre. Cris dans la boîte.

Son odeur quand tu fourres ton nez dans son cou. La douceur de ses cheveux quand tu passes les doigts dedans. Comme si chaque minuscule zone de tes doigts éprouvait un plaisir infini.

Un coup de feu à quelques centimètres de ton oreille. Ça fait mal et ça siffle. C'est Toussaint, qui a tiré sur un type au fond du club. Ça hurle, ça braille dans tous les sens. Les clients partent en courant. Le type du fond sort un flingue. Tu lèves le bras et tu tires. Sa tête valse d'un coup sec comme une quille dans un jeu de billard.

Ses jambes, ses longues jambes. Perchées sur ses talons dans son costume d'hôtesse. Petite jupe au ras des cuisses, qui laisse deviner tous les trésors cachés dessous.

Tu n'entends plus rien, même les coups de feu. Toussaint tire sur un autre type. Trois gusses à terre. Plus personne debout, sauf vous. La musique toujours aussi forte, qui résonne comme celle d'un manège vide.

Et puis ses yeux. Ses grands yeux noirs. Apaisants. Fascinants.

Toussaint vérifie qu'ils sont bien morts. Il joue la sécurité. Une balle dans la tête chacun, à bout portant. Le sang repeint le carrelage, déjà jonché de bière renversée et de mégots de clopes.

Sa figure radieuse quand elle t'annonce que tu vas être papa.

Toussaint fouille dans l'arrière-salle. Prend ce qu'il y a à prendre. Flingues, biftons, sachets de coke. Il te montre une valise. Celle de Dominico. Remplie de farine.

Son visage gravé au fer rouge dans ta mémoire. Trois ans que tu la fais travailler en permanence, pour pouvoir continuer à vivre avec elle tous les jours.

Vous sortez. La nuit est fraîche. Le portier, toujours dans les vapes. Vous rejoignez la voiture. Toussaint démarre, sans un mot. Il te ramène chez toi. Quinze minutes à traverser les boulevards déserts dans le silence de la nuit, puis il s'arrête devant ta porte.

– Christian ?

Ton oreille droite qui siffle.

– Dominico a besoin de ton aide sur quelque chose.
– Dis-moi.
– Des rumeurs disent qu'il y a une enquête sur nous. Mais on ne sait pas qui c'est.
– La DCRI ?
– Je ne pense pas. De ce côté-là, on a tout sécurisé. Michel Tomi émarge pour eux, il surveille ce qui se passe en Afrique, donc il sera au courant si quelqu'un monte un dossier sur nous. Et puis il y a Antoine.

Antoine Colombani : ancien de la brigade Courses et Jeux aux RG. Corses et Jeux, comme ils aiment dire là-bas. Très proche de la direction de la DCRI. À la retraite depuis sept ans. Travaille désormais pour la boîte de sécurité privée de ton pote Didier Cheron, principalement dans la monétisation d'informations confidentielles. Installé secrétaire général du Cercle Wagram par Dominico Battesti lors de la prise de pouvoir en janvier dernier.

– Qui, alors ?
– La PJ. Depuis que la SCCJ[1] ne dépend plus des RG, on n'est plus sûrs de rien. Avant, ils ne nous emmerdaient pas, on leur filait même des tuyaux. Mais maintenant, c'est terminé tout ça. Les jeunes de la PJ ne savent plus qui on est.
– Je vais me renseigner, mais je sais déjà ce que je vais trouver, et toi aussi. La SCCJ vous a dans le collimateur, et vous les arrosez grassement depuis des années pour que la surveillance patine.
– On arrose deux types, mais c'est pas tout le service. Je crains qu'il n'y ait une nouvelle enquête qui soit ouverte.
– Ouverte par qui ?

1. Service central des courses et jeux. Organisme dépendant de la Direction centrale de la police judiciaire depuis 2008 (suite à la réorganisation des services avec la création de la DCRI).

– J'en sais rien, mais on entend des choses. Comme quoi le Wagram serait sur la sellette.

– L'info vient d'où ? Squarcini ?

– Non, c'est pas le Squale.

Bernard Squarcini, alias le Squale : directeur de la DCRI depuis la création du département en 2008, suite à la fusion des RG et de la DST. Connaît les réseaux corses comme sa poche. A arrêté Colonna en 2003 grâce aux informations données par les Bastiais. Connu pour ses connivences avec la droite depuis que Sarkozy l'a pris sous son aile. Ancien habitué du Cercle Wagram, où il venait chercher des informations il y a encore quelques années. Croisé plusieurs fois au cours de tes pérégrinations, mais jamais abordé. Squarcini est un gros poisson, qui ne parle qu'avec les gros poissons.

– Qui alors ?

– On ne sait pas, juste des putains de rumeurs.

– Je vais fouiller.

Tu sors.

Toussaint démarre et disparaît dans un virage.

Porte.

Escalier.

Appartement.

Lit.

Avec Sandra, comme toutes les nuits.

13

Samedi 4 juin 2011

Ses yeux qui me fixent, les yeux de Sharon Niziolek, quatorze ans, bon Dieu, quatorze ans, qui me fixent tout le temps, dès que les miens se ferment c'est les siens que je vois, que je dorme ou que je cligne des yeux. Je n'ai plus de repos, je n'ai que ses yeux qui me regardent en permanence, et qui m'accusent comme si c'était Juliette que j'avais trouvée. Deux semaines à l'HP de Maison-Blanche dans le XXe, pour « repos » comme a dit Nadia Chatel aux gratte-papiers, et depuis je tourne aux antidépresseurs, Rivotril et Paroxétine, et par-dessus ça je rajoute un peu d'Arcalion pour me donner un coup de fouet au réveil.

J'aurais dû revenir comme un héros, comme c'est écrit dans les journaux, à la radio, à la télé, le capitaine Prigent, un justicier en croisade contre un psychopathe pédophile, mais c'est tout le contraire. Les collègues ont senti qu'il y avait anguille sous roche, le mec avec son épée dans la main, c'est quand même un peu gros, et ça fait sale quand il s'agit de boucler une affaire, alors on me regarde comme un paria. Tout le monde sait que je suis fatigué, que je suis à bout, que je suis sous traitement, en dépression ou en névrose ou je ne sais quoi, qu'ils appellent ça comme ils veulent, en tout cas oui je me sens mal, je me sens mal parce que la petite Sharon Niziolek vient me visiter tous les jours comme une saloperie de fantôme, mais c'est pas le gentil sourire de Casper, non, ce sont deux yeux vides qui me fixent, deux billes de l'enfer, immobiles comme la mort. Même éveillé je vois ses yeux, je fais des cauchemars en permanence, quand je conduis, quand je regarde la télé, quand je suis dans la queue d'un supermarché, je me réveille en hurlant, mais pourtant je ne dors pas, et tout le monde dans le magasin me regarde comme si j'étais complètement cinglé, parce que oui je suis complètement cinglé depuis que j'ai buté Fabrice Nihoul, en tout cas c'est ce que tout le monde pense.

Les yeux de la gamine, encore, devant moi, et pourtant ce ne sont pas ses yeux, ce sont ceux d'un pauvre type qui s'est pris deux balles dans une boîte minable de Montreuil, mais ils me regardent de la même façon, glacés, paralysés, sans vie.

Première journée depuis un mois d'arrêt, et on attaque avec trois morts dans un club tenu par des Gitans, tout le monde est là, sauf Verhaeghen, tout le monde fait la tête, tout le monde est épuisé, tout le monde a l'air contrarié de me voir revenir, même Nesrine est distante.

Je suis perdu au milieu de la scène de crime, je ne sais plus comment on fait, je ne sais plus faire mon métier, je flotte avec toutes ces saletés que je gobe à longueur de journée, je flotte comme si j'étais sur un nuage noir. J'essaye de retrouver mes réflexes, je parcours les cadavres des yeux, mais je suis complètement perdu, Franck Beauvais dirige tout, Nesrine et Coco exécutent, les types de l'IJ font leurs affaires, le photographe, le dessinateur, le dactylotechnicien, tous agissent mais moi je ne sers à rien, c'est comme si je ne faisais plus partie de ce monde.

– Capitaine, ça fait plaisir de vous voir.

Je me retourne, c'est Nadia Chatel, grand sourire autoritaire, comme toujours, et accompagnée du procureur Wittmann qui la suit comme un petit chien sans prendre la peine de m'adresser un regard. Je lui serre la main et j'essaye d'articuler, mais à cause de ces saletés de médocs ce n'est pas de l'air que j'ai dans la bouche, c'est de la pâte à modeler.

– Commissaire.

– Contente de vous avoir à nouveau parmi nous, vous ne serez pas de trop, Prigent. Privé de Gabach et de vous, le groupe a dû tourner un peu au ralenti ces derniers temps.

– Content de revenir aussi.

– Ça va mieux, j'espère ? Vous avez pu vous reposer ?

– On fait aller, oui. Je suis d'attaque.

– C'est bien, capitaine. Il faut les ménager, les héros comme vous.

Et en me disant ça, elle me tape sur l'épaule et me fait un clin d'œil, Wittmann aussi m'en fait un derrière ses énormes lunettes noires, et je pourrais rire de leur second degré mais ça me fait mal, ça me transperce comme une lance, à l'endroit de ma blessure, quand j'entends les collègues qui se marrent derrière. Je regarde le cadavre à mes pieds plus en détail, crâne rasé, gros, très gros, il suinte la vodka, le tabac, le shit et la coke, une balle en dessous de l'estomac, certainement tirée à la va-vite, ou par quelqu'un qui ne sait pas bien tirer, une deuxième en plein cœur, sûrement mort sur le coup après ça, du travail propre. Ça sent le règlement de comptes classique entre Gitans, comme notre affaire du cadavre dans le parking qui traîne depuis deux mois sur les bureaux, sans que personne n'ait eu le temps ni l'envie de se mettre sérieusement dessus.

Quand je me rends compte que je suis en train de regarder fixement le petit trou dans son cœur depuis deux ou trois bonnes minutes, je me retourne vers mon équipe, Coco est en train de finir de nettoyer la scène et Beauvais distribue le boulot : comme d'hab, enquête de voisinage pour Prigent et Bensaada.

Nesrine me tire une grimace longue comme une planche de surf, on commence par les appartements du dessus, première porte, on toque pendant cinq minutes, personne, deuxième porte, on toque pendant cinq minutes, personne, pas un chat dans cette saleté d'immeuble. On redescend, on continue notre exploration, immeuble d'en face, des voisins accueillants, ça les amuse de voir des flics mais ils n'ont rien vu, rien entendu, on repart, deuxième étage, rien, troisième étage, rien, on ressort, on croise Beauvais et Coco en sens inverse, on se répartit les immeubles qui restent à inspecter, on fait un immeuble, deux immeubles, trois immeubles, personne n'a rien vu, rien entendu, on tombe sur deux retraités qui nous offrent un café, ils n'ont rien vu, rien entendu, la vieille a un gendre dans la police et elle commence à nous en parler de long en large, il est gentil son gendre, et puis il est beau son gendre, elle nous ressert un café avec des gâteaux desséchés, je regarde Nesrine, ça sent le traquenard, on trouve une excuse pour partir, on continue, rien vu, rien entendu, des bruits de flingue bon Dieu, dans la nuit, mais non, personne n'a rien vu, rien entendu, saleté de quartier, six, sept immeubles encore qu'on se tape dans la rue, rien vu, rien entendu, saloperie d'omerta, pire que chez les Corses et, après trois heures à frapper à toutes les portes de Montreuil sans aucun résultat, on rejoint la voiture, exténués.

C'est Nesrine qui conduit, avec tout ce que je prends comme médocs, c'est déconseillé de tenir un volant, et pourtant j'ai une arme de service et je peux tuer des gens avec, des gens comme Fabrice Nihoul, mais non, tenir un volant, c'est déconseillé, on ne sait jamais. Il fait chaud, je m'enfonce dans le siège passager et je me sens presque bien avec Nesrine, même si elle rechigne à me faire un sourire, trop occupée à mâcher son chewing-gum comme une forcenée.

– Où est ma copine Verhaeghen ?

– En réunion à Nantes.

– Pour le syndicat ?

– Non, elle est détachée sur l'affaire Dupont de Ligonnès.

– Pourquoi ?

– Le ministère fout la pression à tout le monde avec cette affaire, c'est trop médiatisé donc ils veulent en finir vite, si tu vois ce que je veux dire. Ils ont mis des flics de la France entière dessus pour retrouver ce petit enculé.

– Je vois. Comment ça se passe dans l'équipe ?

– Ça se passe. Verhaeghen est absente la moitié du temps. Quand t'étais pas là, c'était pas mal non plus. Ça a fait du bien à tout le monde.

– Ça fait plaisir à entendre.

Je laisse passer deux minutes de silence, et puis je relance :

– Tout est bouclé concernant Nihoul ?

– Oui, c'est terminé.

– Vous avez déjà tout archivé ? Je veux relire les dossiers.

– Fais ce que tu veux, mais je ne veux plus entendre parler de cette histoire.

– Pourquoi ?

– Pourquoi ? Tu te fous de ma gueule ?

Je ne réponds pas, je préfère regarder la route qui défile par la fenêtre.

– On ne touche plus à cette affaire Gabriel, c'est fini.

À treize heures seize, on est de retour au bureau, je me sers un café fort, j'avale une autre gélule d'Arcalion et je me sens mieux. Sous mes yeux, le dossier Nihoul au complet, tous les rapports détaillés, ceux de Beauvais, du légiste, de l'IJ, les études balistiques, les empreintes, les analyses ADN, les portraits-robots, les photos des quatre cadavres sous toutes les coutures.

Sharon Niziolek, née le 27 novembre 1996 à Dunkerque, quatorze ans bordel, elle n'a même pas connu Mitterrand, père inconnu, mère multirécidiviste incarcérée de février à août 2008 pour vols et violences, à nouveau en décembre 2009, puis retrouvée pendue dans sa cellule en mars 2010. Gamine récupérée par la DDASS en 2008, redonnée à sa mère à sa sortie de prison, reprise par la DDASS ensuite, placée en famille d'accueil, puis finalement disparue des radars en septembre 2010, après une nouvelle fugue. Des notes dans son dossier au foyer, qui stipulent qu'elle vole les affaires des autres, vend son corps aux garçons, boit, pique des crises de nerfs, frappe les éducateurs, tout ça à treize ans. Des photos d'elle prises par la DDASS et par Nadine Pasquet, sa mère adoptive : une moue tourmentée sous ses longs cheveux roux, mais des yeux qui pétillent, ces mêmes yeux qui me hantent tous les jours depuis que je les ai vus figés dans l'horreur.

L'autopsie du corps : des traces de violences, de coups au visage, dans le ventre, sur le dos, des marques de strangulation, morte étouffée, visiblement à mains nues. Du sperme retrouvé dans son vagin, analysé et identifié comme étant celui de Fabrice Nihoul, provenant visiblement d'une relation sexuelle consentie, précédant sa mort. Le même tatouage que sur le Corps Non Identifié Numéro Deux et sur Amandine Salmon, la sirène qui fume, encore, mais sur sa cuisse droite.

Nihoul : une cicatrice retrouvée sur son poignet droit, celui du choc contre la fenêtre de la Renault Espace qu'on a retrouvée dans la Seine. ADN comparé, c'est bien le même sang qu'on a trouvé sur les bris de vitre de la voiture. Fouilles de sa maison : en plus du cadavre, Beauvais et Coco ont trouvé le Ruger MKI de collection qui a servi à tuer Danuta Risztov et le Corps Non Identifié Numéro Deux, ainsi que les menottes rouges portées par Amandine Salmon avant sa mort, et un ordinateur contenant des photos de gamins et de gamines en pagaille. Des gamins jeunes, beaucoup plus jeunes que nos cadavres, des enfants de huit ans, dix ans, douze ans, nus, la collection qu'on retrouve chez la plupart des pédophiles. Et puis une dizaine de clichés imprimés, pris dans une gigantesque maison de campagne, avec des filles, plus vieilles, quinze ans, seize ans, mais qui paraissent en avoir vingt, qui s'embrassent, qui se déshabillent, qui se lèchent, qui posent devant de grandes fenêtres ovales, dans l'herbe, dans une cabane, dans la forêt, et parmi ces filles il y a Sharon Niziolek, Amandine Salmon et le Corps Non Identifié Numéro Deux.

Conclusion signée par Nadia Chatel : Fabrice Nihoul est un prédateur de type tueur en série, pédophile, sans véritable modus operandi, qui chasse des jeunes filles paumées et déjà plus ou moins sur la route de la prostitution, puis tue ses proies sous l'influence d'une pulsion, après leur avoir fait tatouer le motif d'une sirène qui fume.

Tout est parfait, tout concorde, je sais qu'on tient le fumier qui nous a flanqué ces quatre cadavres sur les bras, mais il manque un petit quelque chose, le grain de sable qui permettrait de tout rendre lumineux : une véritable explication concernant ces saletés de tatouages.

Je me tourne vers Nesrine, plongée dans son ordinateur, en pleine saisie de rapport pour notre enquête de voisinage. Derrière elle, une petite fresque d'articles de presse, certains avec la tête de Nihoul en gros plan, patibulaire, d'autres avec les victimes, radieuses, comme toujours, ils savent bien choisir leurs photos pour faire plaisir au lecteur.

La couv de *Détective* : « L'affaire de la Sirène qui fume : il viole quatre fillettes, les tatoue et les assassine. » *20 Minutes :* « Le tueur maniaque a voulu décapiter le policier avec une épée de collection. » *Le Parisien :* « Un serial killer pédophile abattu par un capitaine de police héroïque. » Dans ma tête, les voix de tous ces gratte-papiers qui m'ont harcelé de coups de téléphone dans les jours suivant la mort de Nihoul, bonjour capitaine, un serial killer, un pédophile, la sirène qui fume, pourriez-vous répondre à une interview, un tueur en série, juste quelques questions, assassinées, violées, s'il vous plaît, abattu d'une balle en pleine tête, des semaines de harcèlement gérées par Isabelle pendant que j'étais à l'hôpital, un pédophile, un psychopathe, et aujourd'hui, un mois après, plus de coups de téléphone, plus rien, plus personne n'en a rien à faire, de toute façon la presse à faits divers est obnubilée par Dupont de Ligonnès.

– Je vais retourner voir la maison.

Nesrine lève la tête, me regarde comme si je venais de dire que la Terre était plate.

– Quelle maison ?

– Celle de Fabrice Nihoul.

– Tu déconnes ?

– J'ai besoin d'y aller, de revoir ce qui s'est passé.

– T'es vraiment con toi, hein ? T'as que ça à foutre ?

– Nesrine, j'ai perdu le contrôle là-bas, je ne sais pas ce qui m'est arrivé. J'ai besoin de revoir la maison. Tu peux comprendre ça ?

Mais elle ne répond pas, et replonge la tête dans son rapport. Je me lève, enfile ma veste, franchis la porte, et j'ai à peine descendu trois marches qu'elle me rejoint, sans me regarder, avec le visage de travers comme une gamine qui fait la tête à son père parce qu'il n'a pas voulu lui acheter le nouveau blouson à la mode.

– Qu'est-ce que tu fais ?

– Je viens avec toi.

– Pourquoi ?

– J'ai peur que tu fasses une connerie.

– Une connerie ?

– J'ai pas envie de me retrouver en taule, si tu vois ce que je veux dire.

– Oui, je vois ce que tu veux dire, merci.

Les quais, Porte de Bercy, la route de Créteil, Nesrine qui conduit comme si elle était sur un circuit, moi bien enfoncé dans le siège passager, tout, exactement tout comme ce jeudi 28 avril où l'on a découvert Sharon Niziolek, la même météo, temps gris, moche, déprimant, tout sauf qu'au lieu d'être excité comme une puce je suis amorphe, shooté par les médocs, tétanisé à l'idée de revoir cette saleté de maison.

... Xavier Dupont de Ligonnès était « ruiné » et « au fond du trou » selon ses propres mots dans un e-mail envoyé à sa maîtresse. Toujours activement recherché par la police, le suspect numéro 1 de la tuerie de Nantes aurait emprunté cinquante mille euros avant de disparaître...

Un mois seulement depuis qu'on a fait ce même chemin, un tout petit mois et pourtant j'ai l'impression de revenir dix ans en arrière, comme si j'avais vécu plusieurs vies depuis, et c'est sûrement le cas, j'ai dû vieillir de cent ans au moins pendant ce laps de temps, à force de vivre la nuit perdu dans ma caboche avec mes cadavres, dans des cauchemars interminables qui s'étirent à l'infini et qui donnent l'impression qu'on vient de passer cinquante ans au lit quand on se réveille.

... Après son annonce il y a dix jours concernant le recrutement de quatre mille policiers et gendarmes, Claude Guéant a retrouvé les syndicats aujourd'hui pour évoquer les heures supplémentaires et les patrouilleurs. En pointe de la contestation, la capitaine Laurence Verhaeghen de Synergie-Officiers...

Je coupe la radio, Nesrine rit, je ris aussi, nerveusement, et je regarde par la fenêtre, le silence ça fait du bien aussi. Des champs, des vaches, des bois, après Créteil, le long de la N19, un peu de vert, comme un bol d'air pur pour mon cerveau.

Et puis Guignes, la rue du Bois-Boulay, les maisons blanches, les belles voitures, les grandes allées, les jardins taillés, et cette jolie maison de pierre, qui dépasse les autres de quelques mètres, la maison de Fabrice Nihoul. L'angoisse, qui monte, sans prévenir, les yeux de Sharon Niziolek qui me fixent, l'odeur de la tarte le jour où Juliette a disparu, tout qui remonte d'un coup, comme si j'allais suffoquer, alors que bon Dieu je suis sous antidépresseurs, mais non, visiblement ça ne suffit pas, alors je prends deux Tranxène, plus un Valium, je souffle, je prends sur moi, et Nesrine arrête la voiture dans l'allée, juste devant la porte.

La maison d'en face semble vide, mais je revois ce voisin qui arrosait son jardin et qui nous regardait comme des voleurs, je revois Nihoul qui part avec sa voiture, Beauvais au téléphone qui nous dit de ne pas bouger, Nesrine qui part et moi qui la suis, toute cette saloperie de journée au royaume de l'horreur.

Pas de rubalise devant la maison, porte fermée à clé, Nesrine sort un double de sa poche, visiblement piqué dans les scellés.

– On a déjà enlevé la rubalise ?

– C'était il y a plus d'un mois, Gabriel.

– J'ai l'impression que c'était hier. Et en même temps j'ai l'impression que c'était il y a dix ans.

Nesrine souffle, elle en a marre de ce que j'ai dans la tête.

– L'enquête est bouclée depuis deux semaines, Gabriel. On a rendu les clés au notaire, qui a dû se charger de transmettre aux héritiers. On n'a donc absolument pas le droit d'être là.

– Je sais.

Quand elle ouvre la porte, je suis débordé par tous ces objets qui envahissent l'espace comme pour mieux m'étouffer. Sensation de claustrophobie mélangée au souvenir de découvrir tous ces bibelots un par un, comme si je revivais exactement la même journée. Les anxiolytiques ne font pas encore effet mais j'arrive à prendre sur moi naturellement, je rentre dans toutes les pièces, une par une, je regarde tout, au mur, au sol, sur les étagères, à la recherche de ce quelque chose qui aurait pu échapper aux collègues, pendant que Nesrine reste derrière moi, les bras croisés.

– Absolument tout a été passé au peigne fin, Gabriel.

– Je sais.

Je découvre des pièces que je n'avais pas encore vues, la cuisine, débordant de bricoles, des moules à gâteaux en cuivre, une râpe à fromage à motifs religieux, une carafe à eau publicitaire, un vieux fouet à œufs rouillé, des chaises de toutes sortes et de l'argenterie en pagaille, et puis sa chambre, à l'étage, une vieille odeur de renfermé qui me monte à la tête comme si on n'avait pas aéré les lieux depuis des décennies, des photos de famille, les parents de Fabrice Nihoul, qui sourient à l'objectif à côté de leur fils, et ce regard de mère, ce regard sûr, confiant, qui doit être complètement abattu à l'heure qu'il est, à chercher des réponses, mais il n'y en aura jamais pour cette mère, elle est condamnée à baisser la tête quand on lui parle, à aller au cimetière tous les jours pour se reposer les mêmes questions sans fin, ça sera désormais son sacerdoce quotidien, dans cet endroit où repose le corps de son fils que j'ai assassiné.

Au milieu de la pièce, un lit rococo Louis XV, des natures mortes sur les murs, une pendule en marbre, une grande terre cuite avec deux ours qui se battent, tout qui respire la brocante, la vieillerie, la poussière, tout sauf deux guitares astiquées au millimètre près, une guitare folk et une électrique, chacune avec son médiator, j'en prends un et le montre à Nesrine :

– C'est passé en scellé ça ? J'ai rien vu dans le dossier.

– Non, pourquoi ?

– Je ne sais pas. Comme ça.

Je mets un médiator dans un petit sachet prévu pour, le glisse dans ma poche, Nesrine lève les yeux au ciel comme si je faisais n'importe quoi, mais je m'en fous, je continue, je passe dans la pièce d'à côté, son bureau, des cahiers noircis de références, de noms d'antiquités, de prix, de clients correspondants, et puis un ordinateur, tout ce qu'il y a de plus basique, avec un écran, un clavier, une souris, rien qui détonne et pourtant il y a quelque chose qui me turlupine.

– J'imagine qu'il a été nettoyé ?

– Plus que nettoyé, l'IML l'a décortiqué.

– Vous aviez tout embarqué ?

– Juste l'unité centrale.

– Le clavier et la souris n'ont pas bougé ?

– Non, on n'y a pas touché. Pourquoi ?

– Je ne sais pas. Comme ça.

– C'est ta nouvelle réplique préférée ? Je te vois venir, Gabriel.

– Je veux revoir la cave.

Nesrine plonge son regard dans le mien pour le soutenir, mais je reste droit dans mes bottes, et elle lâche au bout de quelques secondes, avec son traditionnel sourire en coin qui ressemble parfois plus à une moue de dégoût :

– Comme tu veux. Si t'as envie de te remettre dans le même état que la dernière fois, c'est toi qui décides.

Je descends au rez-de-chaussée, je sens le Tranxène et le Valium qui réchauffent mon sang, puis j'ouvre la porte des enfers, le petit escalier, le débarras, la machine à laver, le robinet, cette odeur qui est restée, moins forte, mais toujours là, prégnante, comme si elle faisait partie des murs, cette petite porte en bois au verrou cassé, la cave, les meubles, les sculptures, les armoires, les fauteuils, l'ours, le guéridon, la sirène qui fume, et au fond cette grande table entourée de miroirs, cette grande table vide, tachée de sang, imprégnée de puanteur, je sens la boule dans mon ventre, les larmes qui montent, je ne pense pas à Sharon Niziolek, non, je pense à Juliette, qui a peut-être vécu, elle aussi, des horreurs similaires, et je m'effondre, d'un coup, je craque, tout qui sort, qui explose, je pleure, je pleure toutes les larmes de mon corps, je pleure comme un gamin submergé par la défaite, Nesrine me prend dans ses bras, je pleure sur ses épaules, au beau milieu de cette pièce horrible que je visite toutes les nuits depuis plus d'un mois.

Il est presque vingt-deux heures quand on revient au commissariat, Nesrine bâille en conduisant, à la radio c'est l'heure des émissions sur les vieux tubes des années soixante, dans les appartements qui brillent c'est l'heure des émissions glauques et des poulets trop cuits, dehors c'est l'heure des viols, des casses et des règlements de comptes.

Quand on se gare sur le parking du 36, je prends la direction de l'immeuble, Nesrine s'enfonce dans sa petite Twingo et crie :

– Il est vingt-deux heures Gabriel, qu'est-ce que tu fous ?

– Rien, une broutille.
– Qu'est-ce que tu fous, putain ?
– Je vais relire le dossier.
– Pourquoi ?
– Il faut qu'on identifie le Corps Non Identifié Numéro Deux.
Nesrine baisse la tête, souffle toute sa fatigue.
– C'est fini, Gabriel, fini. Fabrice Nihoul est mort, l'enquête est close, tu comprends ?
– Je veux juste trouver qui était cette fille.
– Qu'est-ce que tu vas faire ?
– Vérifier les registres des disparitions. Au cas où.
– Il est vingt-deux heures Gabriel, rentre chez toi.
– Juste au cas où.
– On les a déjà faits quinze fois ces registres putain ! Tu ne trouveras rien dans les disparitions.
– Au cas où.
Puis elle claque sa portière, harassée, comme si cette portière pesait des tonnes, et elle démarre au quart de tour.
Là-haut, je me pose à mon bureau, fume une cigarette dans la pénombre, et fouille en même temps dans mon portable à la recherche du tatoueur, Haddock. Pas vraiment la meilleure heure pour appeler les gens, pas vraiment le bon jour non plus, le samedi soir on a autre chose à faire que de se faire embêter par un flic dépressif, mais je dois avoir une bonne étoile parce qu'il me répond sans grogner.
– Capitaine Prigent à l'appareil, vous me remettez ?
– Oui je me souviens, les filles tatouées.
– Désolé de vous déranger encore, j'imagine que mes collègues vous ont déjà suffisamment embêté.
– Non, pas vraiment.
– Pas vraiment ?
– J'ai dû faire le portrait-robot le jour où vous m'avez appelé, mais c'est tout.

– Vous n'avez vu aucun policier depuis ?

– Non.

Quelques secondes de silence pendant lesquelles je reste dans ma tête, pas d'audition de témoin, et pas n'importe quel témoin, un témoin clé, qui a vu les filles, qui a vu Fabrice Nihoul, enquête volontairement négligée, soit parce que les services sont débordés, soit parce qu'on a voulu la boucler trop vite, puis Haddock reprend :

– J'ai vu les infos à la télé avec le tueur, Fabrice Nihoul. C'est vous qui l'avez buté, hein ?

J'hésite, je ne sais pas quoi répondre, mais je finis par dire froidement :

– Oui.

– Bravo. Ce genre de fils de pute ne mérite pas mieux de toute façon. Vous êtes une sorte de héros vous savez, tout le monde parlait de vous dans les médias avec cette affaire.

– Je vais avoir besoin de quelques infos complémentaires. C'était bien ce type, Nihoul, qui a réglé ?

– Oui, c'était lui. Je l'ai reconnu à la télé.

– Les filles, elles étaient combien ?

– Quatre.

– Quatre ? Vous êtes sûr ? Elles n'étaient pas trois ?

– Non, elles étaient quatre.

– Vous leur avez toutes fait le même tatouage ?

– Oui, le même, aux quatre.

– Vous vous rappelez des filles ?

– Non, pas vraiment. Je les ai vues passer à la télé mais je les ai à peine reconnues, tout ce qu'ils diffusaient, c'étaient des photos d'elles gamines.

– Vous ne vous souvenez pas de leurs visages ?

– Non, mais c'étaient toutes des belles plantes. La seule chose dont je me souviens, c'est qu'il y en a une qui avait des grands yeux noirs. Une blonde avec une frange et des grands yeux noirs. Je m'en souviens parce que je n'arrivais pas à arrêter de regarder ses yeux.

Corps Non Identifié Numéro Deux : brune aux yeux marron. Amandine Salmon : blonde aux yeux verts. Sharon Niziolek : rousse aux yeux bleus.

– Blonde aux yeux noirs, vous êtes sûr ?

– Oui, sûr.

– Rien d'autre concernant les filles ? Aucun nom ? Aucun signe distinctif ?

– Il y en a une qui ne parlait pas français. Elle avait un accent de l'Est ou quelque chose du genre.

– Russe ? Hongrois ? Polonais ?

– Je ne sais pas.

– C'était une des filles qui sont passées à la télé ?

– Je ne sais plus. Vous savez, un tatoueur passe plus de temps devant un bras ou une jambe qu'un visage. Je peux vous parler des endroits de leurs corps où j'ai fait les tatouages.

– Je vous écoute.

– Il y en a une que j'ai tatouée dans le bas du dos, juste au-dessus des fesses. Une autre entre les omoplates, une autre à l'épaule, droite je crois, et puis une sur une cuisse, je ne sais plus vraiment de quel côté.

– Merci. Rien d'autre, vous êtes sûr ?

– Oui, sûr, je vous ai dit tout ce que je me rappelle.

Je raccroche, je pense à mes cadavres tatoués, celui de Sharon Niziolek avec le tatouage sur la cuisse, celui d'Amandine Salmon avec le tatouage entre les omoplates, celui du Corps Non Identifié Numéro Deux avec le tatouage à l'épaule. Il me reste une fille à trouver, Fille Tatouée Numéro Quatre, blonde, aux yeux noirs, avec un tatouage de sirène qui fume au-dessus des fesses, et potentiellement un accent de l'Est, à moins que l'accent ne soit celui de mon Corps Non Identifié Numéro Deux. Quatre filles tatouées en même temps, seulement trois cadavres retrouvés, et le dossier qui dit que l'affaire est close, close et enterrée six pieds sous terre, comme la petite Sharon Niziolek.

Je bondis, descends l'escalier, traverse l'île de la Cité, débarque dans les bureaux de la brigade des Mineurs, la capitaine Martial est là, comme toujours, derrière son ordinateur, concentrée, comme si elle passait sa vie à éplucher des dossiers de gamines disparues sans jamais s'arrêter.

– Ah, voilà un revenant. Vous êtes une star maintenant, Prigent.

Grand sourire, elle me met une tape dans le dos, avec n'importe qui d'autre je resterais crispé, mais avec Faustine Martial je me détends et je ris.

– Je m'en serais bien passé. On parlait déjà de moi dans les journaux à Rennes, ça ne m'a jamais vraiment réussi.

– Faut pas vous inquiéter. Ça fait déjà deux semaines que les médias n'en parlent plus, Dupont de Ligonnès a pris toute la place.

– Il est arrivé au bon moment, celui-là.

– Qu'est-ce que vous cherchez ?

– Une gamine qui a disparu.

– Je m'en doutais. Dites-moi tout.

– J'ai pas grand-chose. Je sais juste que c'est une blonde aux yeux noirs, qui vient peut-être de l'Est, peut-être pas. Entre quatorze et dix-sept ans a priori.

– Quel pays ?

– J'en sais rien.

– On va se retrouver avec des milliers de dossiers, Prigent. C'est tout ce que vous avez ?

– Elle a un tatouage.

– Quoi, comme tatouage ?

– Une sirène qui fume.

– Je croyais que l'enquête était bouclée ?

– J'ai peur qu'on n'ait pas trouvé tous les cadavres.
– Bon Dieu.
– Comme vous dites.

Martial me met un ordinateur à disposition, et je cherche, encore une fois, dans toutes les disparitions déclarées en France, mais cette fois je cherche une blonde aux yeux noirs, et j'isole trois dossiers, Léa Bardin, portée disparue par ses parents le 13 mars 2011, Clara Cuvelier, portée disparue par sa mère le 30 décembre 2010, Laura Gimenez, portée disparue le 17 septembre 2010. J'imprime les trois fiches, puis je fais un signe de la main à Martial et je retourne au 36.

Deuxième objectif de la soirée : fouiller dans les archives concernant Amandine Salmon, celles qui n'ont pas forcément été versées au dossier d'instruction. Je retrouve tous les résultats d'analyse, toutes les photos des scellés, les godemichés, les vêtements déchirés, le chiffon brûlé, les affaires de toilette, et pour chacun de ces objets les empreintes relevées par l'IJ, puis je trouve ce que je veux, enfin, le rapport de l'expert en découpe de vêtements, qui assure à cent pour cent que le tueur est droitier.

Je sors mon téléphone et compose le numéro de Franck Beauvais, il décroche à la deuxième sonnerie, derrière lui ça braille, ça écoute de la musique fort, et je sens jusqu'ici les relents d'alcool dans sa voix :

– Prigent, c'est samedi soir, qu'est-ce que tu viens m'emmerder ?
– Je viens de retrouver des éléments d'enquête qui n'ont pas été versés au dossier.
– T'as que ça à foutre, mon vieux ?
– L'expert en découpe de vêtements dit que celui qui a tué Amandine Salmon est droitier.
– Et alors ?

– Et alors Fabrice Nihoul est gaucher. Il a deux guitares de gaucher. J'attends les résultats du labo pour voir si c'est bien lui qui en jouait, mais je sais déjà que c'est ses empreintes qu'on va trouver sur le médiator.

– C'est des suppositions tout ça, Prigent.

– La souris est à gauche sur son ordinateur. Et le pavé numérique est à gauche sur son clavier.

– Et alors ? Peut-être qu'il est ambidextre ?

– Ou alors peut-être qu'il n'a pas buté la petite Salmon ? Pour les trois autres cadavres, tout concorde, mais pour Amandine Salmon, on n'a rien. Aucune trace ADN, aucun cheveu, aucune empreinte lui appartenant chez la gamine. Aucune preuve qu'il a ouvert une ligne téléphonique avec laquelle il a envoyé le texto à la gamine.

– On ne pourra jamais trouver de preuve, cette ligne n'était pas un abonnement. Il n'y a pas de relevé bancaire, la carte a été achetée en cash.

– C'est bien ce que je dis, on n'a aucune preuve.

– On a trois cadavres avec les mêmes tatouages, mon vieux, tu ne vas pas me faire croire que c'est un autre gusse qui a buté la petite Salmon ?

– Je pense qu'il faut rouvrir l'enquête.

– L'affaire Nihoul est terminée, Prigent. Bouclée. C'est clair ?

– Clair comme du jus de chique.

– Je ne pense pas que tu te rendes compte de ce que t'es en train de faire, mon vieux. T'as bien observé la photo de la scène de crime avec Fabrice Nihoul ?

– Pourquoi ?

– Regarde, tu vas comprendre.

Je fouille dans le dossier sous mes yeux pour retrouver les clichés pris par le photographe de l'IJ, et puis je trouve ceux de Nihoul, étendu de tout son long sur sa moquette d'époque, un trou en plein milieu du front, propre, net, le sang qui coule de la blessure sur le sol, et puis l'épée, dans sa main, bon sang, l'épée dans sa main droite.

– Prigent, pour les médias t'es un héros. T'as buté un pédophile qui voulait te faire la peau avec une épée de collection. Tu veux tout remettre en cause ?

– J'en ai rien à faire d'être un héros, ce que je veux, c'est trouver le salopard qui a buté Amandine Salmon.

– C'est tout le service que tu vas foutre dans la merde. Nadia Chatel va te fusiller, mon vieux.

– Je veux la vérité, c'est tout.

– Si tu prouves que Nihoul était gaucher, pour toi c'est la case prison, c'est ça que tu veux ? T'as buté un mec désarmé, bon sang, Prigent !

– Qu'est-ce que t'en sais ? C'est Nesrine qui t'a dit ça ?

– Tu nous prends pour des billes ? Tu crois vraiment qu'on a besoin que Nesrine nous dise la vérité pour comprendre que t'as pas fait les choses comme il fallait ?

– Qui sait ?

– Nadia Chatel et moi. On a tout fait pour assurer vos arrières à tous les deux.

– Je vais continuer à enquêter.

– Tu vas faire tomber Nesrine avec toi, mon vieux. Complicité de meurtre et maquillage de scène de crime. T'as peut-être envie de te foutre en l'air, mais pense aux autres avant de faire des conneries.

J'ai toujours pensé aux autres, toujours, mais en haut, tout en haut de mes priorités, il y a la justice, il y a la vérité, ces valeurs qu'on m'a volées au Tchad en 1983, et elles passeront toujours avant tout le reste, toujours.

Quand je raccroche, je sens les larmes qui montent, encore, et pourtant je suis comme insensible depuis un mois avec leurs traitements à la noix, je ne ressens plus rien, je flotte, je suis indifférent à tout, mais là aujourd'hui je me prends tout en pleine poire, et quelque part ça me fait du bien de ressentir de la douleur, des émotions, d'avoir l'impression d'être vivant, de ne plus être un cadavre.

Il est minuit passé, j'ai plusieurs appels en absence d'Isabelle, des textos aussi, qu'est-ce que tu fais, je croyais que tu rentrais à vingt heures, je ne sais pas quoi répondre, c'était ma première journée de boulot, après un mois pendant lequel Isabelle a été aux petits soins pour moi, Élise aussi, elle m'ont bichonné, m'ont donné tout leur amour, m'ont permis de tenir le coup, et moi qu'est-ce que je fais en revenant au travail, je repars dans les mêmes travers, bon sang, je les aime plus que tout mais je fais tout foirer, comme d'habitude, il est bientôt une heure du matin et je suis toujours au 36, j'ai encore tout raté, je détruis tout, ma famille, ma santé mentale, ma carrière, deux appels en absence de Marignan, j'hésite à appeler ma femme pour lui dire que j'arrive, mais à la place j'appelle le commandant de l'IGS.

– Prigent, comment allez-vous ?

– On fait aller. J'ai repris le travail aujourd'hui.

– C'est pour ça que je voulais vous joindre. Je ne voulais pas vous embêter pendant votre repos.

– Il y a un souci ?

– Appelons ça une légère complication. Kertesz et Berthelot ont changé d'avocat, c'est Arnaud Pascal qui va les représenter.

– Je ne connais pas.

– C'est une pourriture qui bosse pour les Bastiais. Le souci, c'est qu'il a le bras long. Tous les témoins sont en train de se rétracter. Et notamment Da Silva, qui a changé sa version des faits. Il dit désormais qu'il s'est fait piéger par vous. L'argent et le pouvoir essayent d'entraver la justice, encore une fois, capitaine.

– Comment ça, piégé ?

– Il dit que vous l'auriez obligé à faire tomber Kertesz et Berthelot sous la menace d'une arme.

– Le petit fumier.

– Non seulement vous allez être exposé en première ligne sur ce dossier, mais moi aussi. Si on découvre que c'est vous qui avez mené les investigations, il n'y a pas photo, je saute.

– Comment on fait ?

– On va se défendre. Le souci, c'est qu'un magistrat a rouvert une enquête sur vous, en mettant un de mes collègues dessus. Celle du mois dernier sur la mort de Fabrice Nihoul a été close en deux jours, mais avec cette histoire en plus, ça attire à nouveau tous les projecteurs sur vous. Vous n'avez plus le droit au moindre écart, capitaine. Si mon collègue vous prend pour la moindre connerie, l'IGS va mettre le paquet sur vous, c'est certain.

– Je vais faire attention.

– Vous êtes sous traitement ?

– Oui.

– Arrêtez. Allez voir le psychiatre, dites-lui que vous êtes guéri. Vous devez être irréprochable. S'il y a le moindre soupçon sur votre santé psychologique, l'IGS va tout miser sur vous, et ça se règlera en conseil de discipline.

Je sais que j'ai besoin de ces saletés de pilules, c'est elles qui m'ont permis de sortir du trou, d'arrêter de remuer sans cesse les mêmes images, sans mon traitement je vais redevenir ce que je suis, un loup blessé, paniqué, qui hurle à la mort parce qu'il est saisi par la peur.

– Et vous ? Vous ne pouvez rien faire ?

– Je ne suis que commandant, Prigent. Un commandant parmi d'autres, qui travaille au service d'un commissaire, et d'une direction départementale.

– Je vais faire ce qu'il faut.

– Tout dépend de vous, capitaine. Soit vous vous tenez à carreau, et l'enquête sera bouclée en quelques jours parce que mon collègue ne trouvera rien qui mérite un approfondissement. Soit vous lui donnez de quoi douter de vous, et on plonge tous les deux dans la merde jusqu'au cou.

– J'ai compris, commandant.

– Bonne nuit, Prigent.

Et il raccroche, me laissant seul dans ce grand bureau vide, seul avec mes doutes et mes peurs, seul avec mon choix cornélien, la justice ou la survie.

14

Mardi 7 juin 2011

Boulevard de Belleville.

Des camions tagués, des ordures qui débordent, des vieux Arabes qui traînent sur les bancs et des commerces chinois qui défilent devant tes yeux. Presque onze heures du matin quand Lisandru gare la voiture devant le kebab des Kabyles.

– C'est eux ? Je croyais qu'on ne bossait pas avec les Bougnoules.

Lisandru Bartoli : un porte-flingue de Dominico Battesti, au service de la famille depuis presque vingt ans. Fidèle parmi les fidèles du clan. Revenu à Paris depuis quelques jours, après des mois d'exil au Gabon chez tonton Michel Tomi. Pas du genre tendre avec les locaux, à ce que disent les rumeurs. Officiellement revenu dans le coin pour faire le ménage dans les affaires des Bastiais. Pour aider à remonter la pente face aux hyènes qui essayent de couler le bateau.

Toussaint sort de ses songes sur la banquette arrière, et met sa tête entre vos deux sièges.

– C'est pas un Bougnoule comme les autres. On bosse le moins possible avec les gamins des cités, oui, parce que ces couillons sont ingérables. Ils te foutent un bordel pas possible. Mais Sahraoui c'est un bon gars. Il investit. Il fait attention.

Face à vous : un des deux kebabs tenus par Kader Sahraoui. Le dealer, assis en terrasse devant un café. Deux gorilles derrière. Il fait la moue quand il vous voit approcher. Il a de quoi : Dominico a demandé expressément à ce que Sahraoui revienne dans le giron de vos affaires. Il y a des centaines de kilos de coke à écouler tous les mois. Vous ne pouvez pas vous priver d'un de vos plus gros détaillants maintenant. Il y a une affaire à faire tourner. Il y a des investissements. Des pêcheries et des conserveries achetées en Afrique de l'Ouest, pour avoir accès à une flottille sans trop se faire remarquer. Une société de tourisme achetée dans le sud de la France, pour avoir accès à des hélicoptères sans trop se faire remarquer. Tout ça pour aller chercher la poudre en Amérique du Sud par vos propres moyens, la ramener en bateau jusqu'au Maroc, puis du Maroc à Béziers en hélico, et en *go-fast* jusqu'à Paris. Beaucoup, beaucoup d'investissements. Qu'il faut rembourser en vendant beaucoup, beaucoup de poudre.

Toussaint s'assied à la table de Sahraoui. Lisandru et toi derrière, pour assurer la sécurité du patron. Sahraoui est habillé en survêtement. Une montre en or sur le bras droit. Tout de la racaille trentenaire qui se prenait encore pour Tony Montana il n'y a pas si longtemps.

– Messieurs, que nous vaut le plaisir ?

Toussaint répond du tac au tac. Pas le temps pour les politesses.

– J'aimerais savoir pourquoi t'as pas voulu de notre dernière livraison. Et comment tu continues à arroser tout le nord de Paris, sans mon matos.

– On n'a pas d'exclusivité avec toi, à ce que je sache. Et c'est pas comme si on bossait ensemble depuis des années, si ?

– C'est quoi le problème ?

– Peut-être qu'on a envie de bosser avec d'autres fournisseurs.

– C'est bien ça le problème. Et pourquoi est-ce que vous auriez envie de faire ça ?

– Peut-être qu'on a trouvé de la meilleure poudre, à moins cher.

– Combien ?

Kader Sahraoui reste de marbre. Les yeux fixés dans ceux de Toussaint pendant trois secondes. Et puis il lâche :

– Vingt-sept.

Tu fais le calcul dans ta tête. Vingt-sept mille euros le kilo, c'est trois mille de moins qu'avec Toussaint. Trente mille euros d'économisés sur les paquets de dix kilos qu'il leur refourgue habituellement.

– Avec qui ?

– Peut-être que j'ai pas envie de te le dire.

– Tu commences à m'emmerder avec tes peut-être. On veut juste un nom.

– Qu'est-ce que tu me donnes en échange ?

– Je te laisse en vie.

Toussaint dit ça tout sourire en recrachant la fumée de sa cigarette, comme si c'était dénué de sens. Mais tout le monde ici sait très bien que ça ne l'est pas. Qu'il vaudrait mieux prendre la blague au premier degré. Kader se marre. Ses deux potes derrière lui aussi. Il te montre du doigt :

– Je ne dirais rien devant un keuf.

Toussaint, au taquet :

– Un flic ? D'où tu sors ça ?

– Te fous pas de ma gueule. C'est un ancien des Stups. On l'a déjà croisé il y a quelques années.

– Il ne fait plus partie de la police.

– Qu'il en fasse encore partie ou pas, en tout cas il a été flic à un moment. Je ne parlerai pas avec ce fils de pute.

Tu te demandes si tu as rêvé ou s'il a vraiment dit ça. Trop de Ritaline dans ton sang. Trop d'abus hier soir. Tu réagis au quart de tour malgré ta tête embrumée. Tu lèves ton flingue vers Sahraoui, qui devient blême. Toussaint se lève et t'empêche de le frapper avec la crosse. Les deux gorilles derrière Sahraoui réagissent à peine. Visiblement pas armés.

Toussaint essaye de calmer le jeu :

– Faut pas insulter mes collègues comme ça, Kader.

Sahraoui reprend des couleurs. Finit son café d'un trait. Claque des doigts pour qu'on lui en serve un autre. Toussaint embraye :

– Tout ce qu'on veut, c'est un nom.

– Je ne suis pas sûr que le mec qui nous refile la coke ait envie que je te donne son nom.

– Dans ce cas je vais t'aider, et t'auras juste à me dire oui ou non.

Un gamin vient apporter son café à Sahraoui. Mais rien pour vous trois.

– Tramoni ?

– Non.

– C'est pas Tramoni ?

– Je ne sais même pas qui c'est, Tramoni.

– Balengro ?

– Non plus.

– C'est pas Balengro ?

– Non bordel, je sais avec qui je fais affaire, non ?

– Tu commences à me fatiguer, Kader.

Toussaint perd brutalement son sourire. Il vous fait signe, à toi et à Lisandru. Tu plonges à nouveau la main vers ton holster. Sahraoui retrouve son teint blanc.

– Salun. C'est Salun.

– Marcel Salun ?

– J'en sais rien, je connais juste son nom. C'est un Blanc, chauve, avec une tête de militaire.

Dans ta tête, ça va à cent à l'heure. Salun, revenu au pays il y a un mois pour prêter main forte à Deda sur les putes. Et qui serait désormais aussi grossiste dans la coke. Et dans quoi encore ?

– Pourquoi tu bosses avec Salun ?

– Il est venu nous voir, il nous a fait une offre, c'est tout.

– Et tu crois qu'on va se laisser piquer notre marché par ce couillon ? Ça suffit les enculeries, là !

– C'est la loi du marché, Toussaint. Sa coke coûte moins cher.

– Je veux bien descendre le kilo à vingt-sept. Mais tu ne vas rien dire à Salun. Tu lui dis que tu continues à acheter avec lui. Tu essayes de choper des infos sur lui. Je veux savoir comment il ramène sa putain de poudre jusqu'ici !

– Je ne vais pas être en contact avec lui tout de suite. On vient de faire une transaction avant-hier.

– C'est censé être quand, la prochaine ?

– Dans un mois.

– Alors dans un mois, on va se faire cet enculé. Tous ensemble. Et toi aussi, Kader. Je suis clair ?

Le Kabyle acquiesce. Embrassades comme si vous étiez les meilleurs potes du monde, puis vous retournez à la voiture. Lisandru conduit. Toussaint appelle Dominico à l'arrière. Ça braille. Tramoni, Tramoni, non, pas Tramoni, Balengro, non, pas Balengro non plus, je te promets Domi, Salun, oui, Salun, ce fils de pute de Salun.

Des mois qu'ils attendent de se faire avoir par Tramoni. Le navire prend l'eau, mais toujours pas de Tramoni à l'abordage. Les Gitans, Marcel Salun, et qui sait encore, mais pas de Tramoni. Toussaint raccroche, te tape sur l'épaule :

– Christian, vu que tu connais le dossier, je voudrais que tu te mettes sur Salun.

– Qu'est-ce que tu veux ?
– Je veux savoir pourquoi ce couillon essaye de nous piquer notre terrain.

À midi et quart, tu es dans ta voiture devant le domicile des Le Maréchal. L'heure du déjeuner. Moment stratégique pour apercevoir le bonhomme. Souvent l'heure où il rentre à la maison après une matinée à son bureau du Sénat. Un traditionnel passage éclair avant d'aller faire ses petites affaires. Quelles affaires ? C'est ça que tu aimerais savoir.

À treize heures trente passées, toujours aucun mouvement dans l'appartement. Juste ton téléphone qui sonne. Didier Cheron, que tu attendais comme le Messie. Trois jours que tu l'as mis sur la recherche d'infos pour les Bastiais. En lui disant : *magne-toi et tu ne seras pas déçu. Michel Morroni et Dominico Battesti savent être généreux.* La sonnerie du téléphone retentit comme si c'étaient les cloches de Noël.

– Christian, mon petit chat, j'ai du nouveau pour toi.
– Trois jours, bravo, tu es en train de battre ton record.
– Pas forcément avec des bonnes nouvelles.
– Je t'écoute.
– Côté RGPP il n'y a rien. Juste la surveillance qui est en place depuis 2007, et de ce côté-là c'est complètement sécurisé, vous êtes tranquilles.
– C'est bien ce que je pensais.
– Côté PJ par contre, il y a quelque chose sur le feu.
– Les Courses et Jeux ?
– Oui.
– Ça fait des années que Battesti paye les deux mecs en charge du dossier.
– Il s'agit d'une deuxième enquête, ouverte en parallèle, dans le même service. Et de laquelle vos petits copains ne sont visiblement pas informés.

– C'est de l'acharnement là, non ?
– Ça y ressemble. Le nom de Barbier circule aussi.
– Philippe Barbier ?
– Oui.
– Merde.
Philippe Barbier : poids lourd de la DCRI. Sous-directeur aux Affaires internationales. Ancien collègue de Didier au sein de la DST. Connu pour ses idées politiques très à droite et son acharnement à détruire tous ceux qu'il a pris pour cibles. Connu aussi pour sa hantise des Corses, qu'ils soient mafieux du Sud, mafieux du Nord, natios ou élus, depuis que son frère a été victime d'un attentat. C'est lui qui a arrêté Yvan Colonna avec le RAID et Squarcini en 2003. Lui qui a pris Morroni en grippe à cette époque pour ses accointances avec les Corses. Lui qui a traîné Pasqua jusque dans les tribunaux en 2007. Tu ne l'as jamais vu, mais tu sais qu'il pèse lourd.
– Donc il y a enquête officielle de la DCRI ?
– Non, rien d'officiel. Barbier s'est visiblement lancé dans une vendetta en solo pour éviter que ça fuite par en haut. Squarcini n'est pas au courant.
– C'est Barbier qui a commandité l'enquête ?
– J'en sais rien, mais en tout cas il suit le dossier.
– Ils en sont où ?
– Pas loin de boucler l'histoire à mon avis. Et si on apprend que j'ai remué la merde, ils vont comprendre que vous êtes au courant, et ils vont précipiter l'intervention.
– Merci Didier. Et pour mon autre requête ? Concernant les amis d'Édouard Le Maréchal ?
– Qu'est-ce que tu veux savoir ?
– Qui ils sont et ce qu'ils foutent ensemble.
– Édouard Le Maréchal est un client, Christian. Et une excellente relation. Avec beaucoup d'influence.
– Je sais. C'est toi qui me l'as présenté quand sa fille a disparu. Dis-moi juste qui sont ces types.

– Étienne Guison, c'est le diviz de la BRP à Lille. Il est intouchable. Jean-Yves Petit, c'est un ancien des RG. Maintenant il est proxo, il fait dans le luxe.

– Tu le connais personnellement ?

– Non, déjà croisé, de loin, c'est tout.

– Et le dernier ?

– Patrick Rougier. Directeur adjoint d'une filiale d'un groupe de BTP.

Un sénateur, un flic, un mac et un entrepreneur. Tu fermes les yeux et tu revois leurs visages anxieux, au Churchill. Les bribes de mots captés par ton micro qui reviennent dans ta tête. *Audrey. Appart. Avenue d'Iéna. Carlton. Ça va péter. Prévenir le Carlton.*

– T'as entendu des choses sur le Carlton ?

– Quel Carlton ? Le Carlton à Montmartre ?

– J'en sais rien. Et une Audrey, ça te dit quelque chose ? En relation avec cette bande ? Un appartement avenue d'Iéna ?

– Non, ça ne me dit rien. D'où tu sors tout ça ?

– J'entends des choses.

– T'entends beaucoup de choses, Christian.

– Mattei te fait ton virement dans la journée.

Tu raccroches, puis tu composes le numéro de Sylvain Cazenave, ton pote des Stups.

– Sylvain, j'ai besoin d'un coup de main.

– Ça m'aurait étonné que tu m'appelles juste pour me raconter ta vie.

– Je file un mec mais j'ai besoin de plus. C'est important.

Clotilde qui te regarde depuis le pare-soleil quand tu dis ça. Qui sait que pour toi c'est important. Qui sait que tu vas tout faire pour la retrouver.

– C'est qui ton mec ?

– Un sénateur.

– Tu choisis jamais les plus faciles toi, hein ? Qu'est-ce qu'il te faut ?

– Mise sur écoute et relevés téléphoniques.
– Tu déconnes ?
– Non.
– Un rapport avec les Stups ?
– Aucun.
– Je ne peux pas faire ça, Christian.
– Si tu peux faire ça, Sylvain. T'as juste à envoyer un fax à l'opérateur.
– Mon nom sera associé à la procédure.
– Et personne n'en aura rien à foutre. N'oublie pas ce que j'ai fait pour toi.
– Ça fait trois ans que tu me rabâches la même connerie pour que je te file des tuyaux, Christian, ça suffit.
– Trois ans que je te rabâche la même connerie ? Tu te fous de moi ? Et Jérôme, il te rabâche la même connerie aussi ? Et passer sa vie à rembourser cinq millions, c'est rabâcher des conneries ça aussi peut-être ?
– C'est pas moi qui ai foutu à l'eau ces putains de billets, Christian !
Tu ne réponds pas. Tu laisses Sylvain se calmer. Tu soupires.
– Je ne voulais pas dire ça, Christian, mais là c'est trop gros.
– C'est la dernière fois que je te demande quelque chose. La dernière.
Une inflexion dans sa voix :
– Je ne peux pas faire ça.
– Je t'envoie son numéro par texto.
Et tu raccroches.
Tu relèves la tête.
Toujours rien dans l'appartement. Aucun signe de vie. Tu imagines la mère Le Maréchal qui attend, seule, déprimée, abrutie par les médocs.
Tu composes le numéro de Morroni.

– J'ai du nouveau, Michel. Il y a une deuxième enquête des Courses et Jeux.

– C'est bien ce qu'on pensait.

– Philippe Barbier serait dessus aussi.

– Ça ne m'étonne pas.

– Ça serait pour bientôt.

– J'imagine bien. On va faire le ménage. Merci Christian.

Michel Morroni : pragmatisme et indifférence. Tu n'as jamais vu ce type s'étonner de la moindre chose, comme s'il calculait absolument tout à l'avance.

Une heure après, Sylvain rappelle :

– Ton gusse est déjà sur écoute, Christian.

– Tu déconnes ?

– Non. Information judiciaire ouverte le 4 mai.

– Par qui ?

– René Gallot, DCRI.

– Bordel.

– Tu l'as dit. T'imagines bien que je ne peux pas mettre une deuxième écoute ni te sortir les fadettes. Sinon ils vont être au courant.

– Tu le connais, le mec de la DCRI ?

– Non.

– Tu peux te renseigner ?

– Je vais essayer.

– J'aurais aussi besoin d'infos sur un type qui s'appelle Patrick Rougier.

– Patrick Rougier, c'est tout ?

– Je sais juste qu'il bosse dans le BTP.

– Je crois que je passe plus de temps à bosser pour toi que pour les Stups.

– Je te file un gros poisson dans pas longtemps, Sylvain.

– Ça fait des années que tu me dis ça, et j'en vois toujours pas la couleur.

– Ce coup-ci, j'ai vraiment un poisson dans mes filets. Il faut d'abord que Morroni me donne le feu vert, mais je vais avoir du lourd, rien que pour toi. Arrestation quatre étoiles. Ça va se chiffrer en centaines de kilos.

La tête de Salun contre le capot d'une bagnole des Stups. Les menottes trop serrées qui lui écrasent les poignets.

– Je suis preneur.

– Alors trouve-moi ces infos rapido.

– Tu sais que tu peux compter sur moi.

Quand tu raccroches, Clotilde te regarde et te dit : *tu ne trouveras rien ici, ducon. Fous le camp. Papa n'est pas à la maison. Essaye ses petits copains : Étienne Guison, Jean-Yves Petit et Patrick Rougier.*

À seize heures, tu lâches l'affaire et tu tentes le bureau de Jean-Yves Petit. Local étroit dans le IIe arrondissement, avec pignon sur rue. Trois employés, dont deux en permanence sur le terrain. Une secrétaire qui réceptionne, seule dans les bureaux. Tu te gares à une centaine de mètres et tu attends que Jean-Yves Petit montre sa trogne. Cigarettes à la chaîne. Échanges de textos avec Gérard et Toussaint. Coups d'œil sur Clotilde, en train de manger un hamburger qui coule sur ses fringues. Treize ou quatorze ans. Décor de fast-food en arrière-plan. Deux filles à côté d'elle. Mais ni Amandine Salmon, ni Annie, ni Rebecca Blanchart. Peut-être d'anciennes copines. Une de tes photos préférées depuis quelques jours. Tes goûts changent. Avant, tu préférais les photos récentes. Celles qui te rappelaient Sandra quand tu l'as rencontrée. Maintenant, tu préfères la regarder quand elle est plus jeune. Avant qu'elle tombe dans toutes ces saloperies. Il y a quelque chose d'étincelant sur son visage. Une forme de beauté immaculée. Plus transparente que celle qui est venue après, celle du maquillage et des poses d'actrices.

À dix-neuf heures, texto de Sylvain avec l'adresse de Patrick Rougier. Toujours pas de Jean-Yves Petit à l'horizon. Tu démarres et tu te casses. Direction rue Perronet à Neuilly. Vingt minutes pour traverser le XVIe. Tu gares la voiture bien en amont. Repérage à pied pour voir ce que la rue raconte : grosses bagnoles, immeubles chics, terrasses ensoleillées, allées fleuries. Tu utilises ta clé PTT pour passer la première porte de l'immeuble. Dans le hall : boîtes aux lettres flambant neuves, interphone à écran digital dernière génération. Tu fais défiler les noms. Tu appuies sur Rougier. Une voix de femme.

– Oui ?

– Madame Rougier ?

– C'est moi.

– C'est pour une livraison de fleurs.

– Des fleurs ? Je vous ouvre. Quatrième étage, porte de gauche.

Tu ressors et te poses un peu plus loin, à l'endroit idéal pour avoir une vue dégagée sur les terrasses. Tu comptes. Un, deux, trois, quatre. Appartement de gauche. Une table et un verre dessus. Rempli. Tu plisses les yeux. Tu fais tourner ton acuité visuelle à plein régime : une cigarette qui fume dans un cendrier. Du vin blanc dans le verre. Tu pourrais presque avoir la marque, mais tu ne connais pas cette étiquette. Deux minutes après, une femme qui sort sur le balcon. Petite bimbo bronzée aux UV. Short moulant, haut de maillot de bain, lunettes de soleil. Patrick Rougier les choisit jeunes. Deuxième femme ? Troisième femme ? Elle regarde dans la rue. Cherche. Pas de fleuriste à l'horizon. Elle s'assied devant son verre. Ouvre un magazine. Fume. Boit.

Tu retournes dans ta voiture, et tu attends, encore. Cigarettes à la chaîne, avec face à toi le soleil de juin qui se couche lentement et commence à rougeoyer dans le ciel. Un peu avant vingt-deux heures, une Mercedes

Classe E se gare devant toi. Carrosserie gris métallisé, impeccable. Patrick Rougier qui en sort. La cinquantaine, les cheveux blancs, bronzé, bien rasé, costard nickel sans le moindre pli de travers. Prototype du vieux beau. Il rentre dans l'immeuble. Tu notes son immate. Quand tu relèves la tête, miss Rougier n'est plus sur la terrasse. Lumière dans l'appartement. Rideaux qui se ferment. Fin du spectacle.

Tu as toute la nuit à tuer avant d'aller faire un tour au Wagram. Michel t'a demandé de passer, mais tu n'es pas pressé. Direction le XVe. Rue de Javel. L'immeuble d'Annie. Ta deuxième maison depuis quelques jours. Tu fonces là-bas dès que tu as un peu de temps. Ton havre de paix pour refaire le point, en surveillant au passage la seule gamine qui te cache encore des choses.

Tu te gares devant l'immeuble. Tu fumes dans la nuit qui tombe, et tu fais tourner la machine intérieure pour passer le temps. Quatre jours que tu as la certitude que Clotilde n'est pas revenue chez ses parents. Quatre jours que tu as repris tes recherches de zéro.

Ta piste numéro 1 : Bayard et Michaud. Les macs de Clotilde depuis décembre. Les hommes invisibles. Tu sais juste que Bayard bosse avec Deda. Ils sont tous introuvables. Encore plus compliqué sans les outils de la BRP à dispo. Hypothèse : Bayard et Michaud sont des macs spécialisés dans la mineure. Ils recrutent Clotilde et sa copine Amandine. Créent un *pool* avec d'autres gamines. Au moins deux filles en plus : celles que le groupe Beauvais a trouvées, dans la Seine et chez Fabrice Nihoul. Toutes mortes, sauf Clotilde. Toutes tatouées avec le même motif. Tatouage payé par Fabrice Nihoul. Filles butées par Fabrice Nihoul. Quel est le rapport de ce mec avec Bayard et Michaud ?

Ta piste numéro 2 : Édouard Le Maréchal et ses petits copains. Réunis pour évoquer un problème qui concerne potentiellement Clotilde. Hypothèse : Bayard et Michaud retiennent Clotilde et ont demandé une rançon à son père. Qui utilise ses réseaux de cul en passant par Jean-Yves Petit, pour faciliter la communication entre les parties.

Conclusion : soit Clotilde est enterrée quelque part depuis longtemps, soit elle est retenue prisonnière, soit elle se planque.

Tes meilleures options pour l'instant : Le Maréchal et sa bande de pieds nickelés. La petite Annie, dans l'hypothèse où Clotilde est en fuite. Et Salun, qui pourra peut-être t'amener à Deda. Qui pourra peut-être t'amener à Bayard et Michaud.

Dans la nuit, tu ne distingues presque plus le visage de Clotilde sur la photo du pare-soleil, comme si elle s'effaçait dans la pénombre. Quand elle n'est plus là, tu es seul. Chaque jour, elle s'éloigne un peu plus. Perd de sa consistance. Devient comme une idée. Irréelle. Parfois, tu as l'impression que c'est ton imagination qui a créé ce petit bout de femme, à partir de tes souvenirs de Sandra.

À trois heures et demie passées, tu entres dans le Wagram. Usé après plus de quinze heures de filoche infructueuse. La soirée bat son plein. Semaine de tournoi, donc grosse affluence. Tables de poker remplies. Une centaine de personnes sur les deux étages. Jeunes, moins jeunes. Sweats, casquettes, costards. Français, Asiatiques, Américains. Tous scrutés à la loupe par le responsable des croupiers et de la sécurité.

Une petite tape sur l'épaule du portier quand tu rentres, puis tu montes au bar. Michel Morroni, tout sourire, en démonstration avec deux gros types qui suintent le fric. Le commercial et ses deux prospects. Quand il te voit, il te rejoint et commande deux whiskies.

– Merci pour l'info, Christian. On savait qu'il y avait un truc, mais on ne savait pas quoi.

– Ça se présente comment, tu penses ?

– Si Philippe Barbier est derrière le bordel, ça ne sent pas bon. Dominico est là, il est en train de tout cleaner au cas où on se tape une descente.

– J'ai une petite faveur à te demander pour Marcel Salun.

– Une faveur ? S'il s'agit de le torturer un peu moins longtemps que ce qui est prévu, ça peut s'envisager.

– J'ai besoin de le refiler à mon pote des Stups.

– Pour quoi faire ?

– C'est un échange. Il me donne plein d'infos. Le souci, c'est qu'on va devoir sacrifier quelques dealers.

Michel perd son sourire l'espace de deux secondes. Regarde dans le vague. Puis le retrouve et se retourne vers toi :

– C'est pas un souci. Il y a quelques petits cons qui ne sont pas rentrés dans le giron et qui veulent continuer à bosser avec lui.

– Tu me les donnes ?

– Je te les donne.

– Pas de danger qu'ils remontent jusqu'à toi ?

– Je ne pense pas.

– Je sécuriserai avec mon pote des Stups au cas où.

Michel te met une petite tape sur l'épaule.

– Comment ça va avec Vanina ?

Tu n'en sais rien. Tu n'y penses même plus.

– Vanina ? Laisse tomber.

Tu avales ton whisky cul sec. Michel se marre et retourne faire la lèche à ses deux clients. Tu poses tes mains sur la rambarde et tu regardes les tables de jeu en contrebas. Quelques têtes connues dans le lot. Des flics. Des anciens flics. Des collègues d'Antoine Colombani, ancien des RG et désormais secrétaire du cercle. Assis à une table au fond : un agent de vedettes télé, que tu connais depuis la descente dans les locaux de Canal+. Un vrai aspirateur à coke, toujours fourré avec des putes. Dans la foule également : quelques cadres administratifs. Des voyous. Des dealers haut de gamme. Des touristes friqués par dizaines. Tout ça qui se mélange à merveille.

Lisandru, en face de toi, à l'étage. Qui te fait signe. Tu marches jusqu'à lui. Il te montre le bureau. Tu entres. Dominico Battesti est dans son fauteuil roulant. Les yeux braqués sur toi comme s'il allait te flinguer sur place. Et pourtant, il sourit comme un gamin devant un vendeur de glaces.

– Christian, je suis avec Michel Tomi au téléphone. Il voulait te parler.

Tu prends le téléphone.

– Christian ? Michel Tomi à l'appareil. On s'est déjà croisés, une fois ou deux.

– Oui, monsieur Tomi. Je m'en souviens.

– Je voulais te remercier. Je suis ravi d'apprendre que tu as rejoint la famille. Tout le monde me dit que tu fais un excellent travail.

– Merci pour le compliment, monsieur Tomi.

– Tu fais partie des nôtres maintenant. Si je peux faire quoi que ce soit pour toi, tu me demandes.

Tu y penses une fraction de seconde. Tomi émarge à la DCRI. Il est officiellement les yeux et les oreilles de la DCRI à Libreville. Tu sais que c'est gonflé, mais tu tentes quand même.

– Puisque vous le proposez, j'ai une requête.

– Dis-moi.

– J'enquête sur un sénateur qui est surveillé par la DCRI. Ils ont ses relevés téléphoniques et j'aimerais y avoir accès.

Battesti te regarde avec des yeux noirs. Tu penses : *qu'est-ce que je fais là, bordel, je suis en train de demander ça au patron des patrons, au dernier parrain corse ?* Mais tu dis :

– Vous pouvez faire quelque chose ?

– Ça concerne quel service de la DCRI ?

– C'est René Gallot qui a ouvert l'enquête.

– Je ne connais pas, mais je peux demander à mon officier traitant.

– Merci, monsieur Tomi.

– Ce n'est pas rien, Christian. Je vais sûrement lui devoir un service en échange.

– Je suis disponible pour une mission si besoin.

Avant que tu aies pu raccrocher, Michel entre en panique dans le bureau :

– Les flics.

Tu entends des cris. Tu regardes par la fenêtre du bureau. En bas, des dizaines et des dizaines de flics qui rentrent dans le Wagram. Des types du RAID armés jusqu'aux dents. Des mecs de la SCCJ en civil. D'autres de la première DPJ. Tu reconnais quelques anciens collègues. Et Philippe Barbier parmi tout ce beau monde, au milieu des tuniques, comme un chef d'orchestre.

– Dominico, Christian, vous devez vous tirer d'ici. Il y a une porte derrière qui mène sur les toits.

– Et toi, Michel ?

– Je reste ici.

– Je reste avec toi.

– Faut que tu dégages, Christian. T'es sous contrôle judiciaire. S'ils te trouvent ici, on ne sait pas ce qu'ils vont aller fouiller en plus. On n'a pas besoin de ça.

La salle de jeu est envahie de flics. Une centaine de gusses en tenue. Descente quatre étoiles, avec les gros moyens. Un coup de Barbier et de ses potes pour impressionner les Bastiais. Pour leur montrer qui est le chef. Les flics fouillent les clients. Contrôlent leurs identités. Leur demandent de laisser leurs jetons sur la table.

– Et magnez-vous, bordel !

Tu aides Lisandru à porter Battesti. Vous passez une petite porte derrière le bureau qui mène vers des marches. Deux étages en colimaçon. Derrière toi, tu entends la rumeur qui gonfle. Les flics qui se rapprochent. Vous débarquez sur le toit. Tu jettes un coup d'œil discret en contrebas. Des flics par dizaines dans l'avenue Wagram. Vous filez de l'autre côté, vers l'avenue Mac-Mahon. Dominico ne dit rien. Il attend d'être à l'abri. En passant sur le toit d'un autre immeuble, tu trouves une porte ouverte. Vous descendez les marches du bâtiment. Vous débarquez dans la rue de Montenotte. Pas un seul flic de ce côté-là. Tu regardes Dominico :

– Qu'est-ce qu'on fait ?

– Toi, tu rentres chez toi. Faut pas qu'ils te trouvent avec nous.

– Vous allez où ?

– Mon cousin a un domaine à Vaucresson. On va se planquer là-bas quelques jours.

Tu leur serres la main, et puis tu tailles. Tu laisses ta voiture dans le parking, au cas où ils aient mis des flics là-bas. Tu rentres à pied. Le soleil se lève, face à toi, tout au bout des Champs-Élysées. Ça sent l'air frais du matin et les pains au chocolat. Étrange sensation de légèreté, alors qu'à quelques mètres de là des dizaines de petits soldats de la PJ sont en train de passer les bracelets à tes copains.

Au bout de dix minutes de marche, ton BlackBerry qui sonne. Tu t'attends à voir le numéro de Michel ou celui de Dominico pour t'annoncer une mauvaise nouvelle. Mais non. C'est celui de Beauvais. Qui dit appel de Franck à une heure aussi matinale dit scène de crime. Des flashes de Clotilde et d'Amandine Salmon qui se bousculent à toute vitesse dans tes synapses.

– Franck, qu'est-ce qui se passe ?

– Gérard.

Voix hésitante, façon trémolos.

– Quoi, Gérard ?

– On a trouvé Gérard.

– Trouvé Gérard ? De quoi est-ce que tu parles ?

– Dans sa voiture.

– Et ? Qu'est-ce qui se passe ? Accouche, bordel !

– Il est mort, mon vieux. Il est mort.

Coup de poing dans le ventre comme si on t'agressait dans la rue. Les mots qui restent bloqués au fond de la gorge. Le corps à demi paralysé. Gérard, ton pote Gérard.

– Mort de quoi ?

– Suicide.

Rafale de questions dans ta tête, et d'images qui vont avec. Sa tête au bout d'une corde. Son flingue fourré dans la bouche et l'arrière de son crâne qui repeint les murs. Tes mains qui tremblent.

– J'arrive.

15

Mercredi 8 juin 2011

Le soleil se lève au bout du quai d'Orsay et les premiers rayons viennent réchauffer le visage blême de Gérard Berthelot, comme pour lui donner une nouvelle vie. Presque vingt-quatre heures que je suis debout, moi et tout le groupe Beauvais avec qui on a veillé toute la nuit, comme on le fait tous les neuf jours pour notre traditionnelle permanence. Vingt-quatre heures sans dormir, et surtout cinquante-quatre heures sans antidépresseurs pour être intouchable aux yeux de l'IGS, cinquante-quatre heures à attendre le retour de bâton, pour l'instant ça ne vient pas, je reste stable, lucide, calme, mais je sens l'angoisse poindre dans mon dos comme si elle essayait de me grignoter par-derrière.

Berthelot n'a aucune trace de coups, juste un trou dans la tête, un simple petit trou, presque discret, il est seul dans sa voiture, assis au volant, habillé comme s'il s'apprêtait à partir au boulot, le visage triste et les bras ballants, l'arrière du crâne bien posé sur l'appuie-tête, une petite coulée de sang sur la droite de son visage, un mince filet, à peine perceptible de l'extérieur, et puis, dans sa main droite, posé sur le siège passager, un Smith & Wesson .38 Special.

Les deux baqueux qui l'ont trouvé l'ont reconnu tout de suite et ont prévenu leur pote Franck Beauvais avant même d'appeler l'état-major, voilà pourquoi notre groupe se retrouve en fin de permanence avec ce cadavre sur les bras. Ça n'en a pas l'air, loin de là, mais pourtant je donnerais tout ce que j'ai, oui, tout, je donnerais tout pour que ce soit un assassinat, tout pour que Gérard Berthelot ne se soit pas suicidé, parce que sinon c'est un nouveau cadavre à rajouter sur ma conscience, il rejoindra le lieutenant Christophe Le Bras de la BPM de Rennes, là-haut, quelque part dans ma caboche, et l'aidera à me réveiller toutes les nuits pour me dire que je suis coupable, responsable, qu'ils sont morts par ma faute, moi et mes besoins de justice à la noix qui envoyons les esprits damnés tout droit à la broyeuse pour âmes.

Ça crie derrière moi pendant que je suis absorbé par l'orifice dans la tête de Berthelot, je ne sais pas si ça fait trente secondes ou cinq minutes que je suis là, Beauvais est en train de passer la bagnole au peigne fin, ses doigts gantés dans le cendrier rempli de mégots de gitanes, Nesrine et Coco sont autour de la voiture, ils crient, un homme crie, je reconnais cette voix comme si elle sortait tout droit de l'enfer, je me retourne et Kertesz est derrière moi avec les yeux bouffis de larmes. Je n'ai pas le temps de voir venir sa main qui me prend par la gorge et m'envoie par terre, tout ce que je vois c'est son visage abattu, puis l'instant d'après le trottoir.

J'ai comme une impression de déjà-vu, à laquelle se rajoute une réminiscence de l'odeur du corps brûlé d'Amandine Salmon, et en même temps que je me relève je sens ma tête qui tourne et la nausée qui monte. Kertesz a pris ma place dans la voiture, penché sur le cadavre de Berthelot, il inspecte la scène en moins de trente secondes, se retourne, me regarde plein de fureur comme s'il allait m'abattre sur place, puis regarde Beauvais et hurle :

– Gérard n'avait pas de .38 Special, c'est pas à lui ce truc.

Beauvais acquiesce, l'air grave, le soleil qui se reflète dans ses cheveux poivre et sel.

– Vous allez faire quoi ?

– On va faire notre boulot, Christian.

– Gérard n'avait aucune raison de se suicider.

Beauvais opine du chef à nouveau sans répondre, continue à chercher des traces à l'avant de la voiture, pendant que Nesrine, Coco et moi regardons Kertesz, obnubilés comme si c'était un personnage de théâtre.

– T'as compris ce que j'ai dit ?

– J'ai compris, Christian.

– Faut ouvrir une enquête, Gérard s'est pas fait ça tout seul.

– Qu'est-ce que tu crois qu'on est en train de foutre ?

– Je veux que tu m'envoies tout ce que tu trouves.

– Vous faites partie de la Crime maintenant, monsieur Kertesz ?

Une voix de femme, incisive, autoritaire, tranchante comme une lame de rasoir, la voix de Nadia Chatel, reconnaissable entre toutes. Je me retourne, Kertesz se retourne, tout le monde se retourne, la commissaire est derrière nous, furieuse, accompagnée de Verhaeghen et de son petit sourire en coin.

– Si je ne me trompe, vous ne faites même plus partie des effectifs de la police, n'est-ce pas ?

Kertesz ne répond rien, il contient sa colère, ou sa douleur, ou je ne sais quoi, il garde tout à l'intérieur, stoïque, mais on sent sur son visage que tout est prêt à exploser là-dedans.

– Je vous prierais donc de dégager sur-le-champ, si vous ne voulez pas que je verse une pièce de plus au dossier d'instruction qui vous occupe en ce moment.

Il acquiesce, s'excuse, part sans regarder Beauvais, ni même moi, ni même Berthelot, les yeux tournés vers le sol, comme un gamin triste à qui on vient de faire la leçon.

Nadia Chatel continue de hurler, mais maintenant c'est pour nous :

– Qu'est-ce que vous foutez là ?

Beauvais assume ses conneries, il répond avant même que l'un d'entre nous n'ait le temps d'ouvrir la bouche :

– J'ai eu l'appel avec deux collègues de la première DPJ.

– Pourquoi vous avez eu cet appel ?

Ça se voit sur sa tête, Beauvais ne sait même pas quoi répondre.

– Pourquoi est-ce que vous avez eu cet appel, commandant ? C'est la procédure, ça ?

– Les collègues qui l'ont trouvé le connaissaient, et ils ont pensé q

– Ils ont pensé comme des cons, voilà ce qui s'est passé, commandant. Il n'y a absolument rien de réglementaire dans tout ça, vous n'avez rien à foutre ici !

Verhaeghen se marre en silence derrière Chatel, dès que les autres se font enfoncer, ça lui plaît. Elle se marre et me regarde comme si elle voulait que je participe à son petit manège.

– Vu qu'il avait une arme, ils ont pensé que d

– Ils n'ont rien pensé du tout, commandant, je ne vais pas me répéter ! Ils n'avaient pas à vous appeler, point barre. Avec vos conneries, on se retrouve avec ce cadavre sur les bras alors que c'est pas notre boulot, bon Dieu ! Vous allez rentrer chez vous, tous autant que vous êtes.

Beauvais reste à la regarder, incrédule.

– Vous refilez le cadavre à la DPJ ?

– C'est trop tard maintenant, vous avez fait la constatation, on va jusqu'au bout. Mais je vais demander au procureur de saisir le groupe Le Goff à la place, c'est hors de question que vous vous en occupiez, c'est clair ?

Regard rapide à Beauvais, puis à moi, et dans ses yeux quelque chose de transperçant comme une flèche, la marque d'un ordre indiscutable. On sait tous les deux qu'on a trop de promiscuité avec Berthelot pour se permettre d'avoir la main sur cette enquête, alors on acquiesce.

– On a des baqueux pour faire les plantons en attendant Le Goff ?

– Non, ils sont partis, il n'y a que nous.

– Bensaada, vous restez là. Les autres, vous allez vous coucher. Fin de la perm.

Nesrine me regarde de travers comme pour me dire mais pourquoi moi bordel, je fais un petit signe de tête pour lui dire pas de bol, à demain, je me dirige vers ma voiture, garée à quelques mètres, mais avant que j'ouvre la portière je sens une présence derrière moi, et quand je me retourne je vois Verhaeghen, tout sourire comme si c'était ma meilleure copine depuis la maternelle.

– Beauvais a merdé.

– C'est humain. Qu'est-ce que tu veux ?

– Discuter. Une cigarette ?

Elle me tend son paquet, j'hésite, méfiant, mais de toute façon j'ai tout sauf envie d'aller me coucher, alors je prends la cigarette, l'allume et recrache la fumée dans la rosée du matin.

– Il paraît que tu bosses sur Dupont de Ligonnès ?

– Oui, je reviens tout juste de Nantes.

– Ça avance ?

– Pas vraiment. On a découvert que sa femme avait été droguée, comme les gosses. Ce qui écarte l'hypothèse qu'elle ait pu être complice du bonhomme. Mais on a des témoignages qui nous disent l'avoir vue vivante après la date du meurtre des gamins. Et d'autres qui nous disent le contraire. C'est un bordel sans nom. Et je ne te parle pas des centaines de témoins qui ont signalé la présence de Dupont de Ligonnès un peu partout en France. Je ne fais que ça de mes journées. Invalider des témoignages bidons.

– Je te rassure, en ce moment on ne fait pas grand-chose de très excitant ici non plus.

– Vous avez un règlement de comptes de Gitans sur le feu, non ?

– Oui, deux frères et un collègue à eux. Ils se sont fait buter dans leur club, en pleine nuit, un soir d'ouverture. Devant une quarantaine de personnes, dans un quartier rempli d'appartements, mais personne ne veut rien lâcher.

– Vous n'avez rien du tout ?

– On a les douilles, du sang, des dizaines d'empreintes, mais pour l'instant ça ne donne rien. On a trouvé les registres du club avec les noms du barman et du mec de la sécu, on a retrouvé les deux gars, mais forcément ils n'ont pas bossé ce soir-là et ils sont incapables de nous dire qui y était. Le mec de la sécu boite des deux jambes, il a la tronche ravagée comme si on lui avait roulé dessus, mais non, il ne sait rien, il n'était pas là.

– J'ai un indic chez les Gitans.

– On a déjà essayé un indic de Beauvais, mais il ne savait rien.

– Normal, c'est un règlement de comptes, ils vont tous fermer leur gueule. Sauf le mien.

– Pourquoi le tien ne ferait pas comme les autres ?

– Parce qu'il n'a pas le choix.

Elle me sourit comme si elle me tendait un bouquet de fleurs.

– Qu'est-ce que tu veux, Verhaeghen ?

– Faire équipe avec toi.

– Ça sent l'embrouille.

– Ça sera juste sur papier. Un ami journaliste veut faire un article sur nous.

– Qui ça, nous ?

– Toi et moi. Les vedettes du groupe Beauvais.

– Tu déconnes ?

– Pas du tout. Un grand dossier sur nous, dans un newsmag qui tire à quatre cent mille exemplaires. Le duo de choc. La femme qui a fait plier Guéant et le tueur de psychopathes pédophiles.

– Ça sert à quoi ?

– Ça sert à quoi ? À faire une belle carrière, bien sûr. C'est pas ça que tu veux, Prigent ?

– Non.

Verhaeghen part dans un fou rire, me met une tape sur l'épaule, puis se place devant la portière passager.

– Tu me ramènes ?

J'ai tout sauf envie de la ramener, mais mon téléphone sonne et je balance les clés à Verhaeghen par réflexe, comme si c'était ma partenaire. Je décroche :

– Oui ?

– Nadine Pasquet à l'appareil. Je suis la mère adoptive de Sharon Niziolek, vous avez essayé de m'appeler hier.

Les yeux immobiles de la gamine, qui me regardent, comme à chaque fois que j'entends son nom, je ferme les miens, je chasse les démons, je réponds :

– Merci pour votre appel, madame Pasquet.

– Qu'est-ce que vous voulez savoir ?

– Comme je vous expliquais dans mon message, j'enquête sur d'autres filles de son âge qui ont disparu et je cherche un lien avec Sharon. Vous vous en occupiez depuis son entrée en cinquième, c'est bien ça ?

Des petits bruits à l'autre bout de la ligne, brèves saccades de pleurs, à peine perceptibles, une mère qui s'effondre en silence.

– Oui, c'était il y a deux ans.

– Aviez-vous remarqué un changement de comportement récemment ?

– Sharon était devenue une vraie jeune femme ces derniers temps, avec tous les soucis que ça peut engendrer. Elle faisait deux têtes de plus que toutes ses copines.

– Des problèmes avec les garçons ?

– Sharon était un vrai mannequin, capitaine. Tous les garçons s'intéressaient à elle.

– Avait-elle des problèmes plus graves ?

– Des problèmes plus graves comme quoi ?

– Comme le fait de vendre des petits services aux garçons au collège.

– Quels genres de petits services ?

De l'agacement dans sa voix, ça m'agace en retour, je n'ai pas assez dormi pour prendre sur moi et laisser couler.

– Des petits services de type masturbation ou fellation.

– D'où vous sortez ça ?

Sa voix craquelée, pleine de fissures, et de douleur qui s'immisce dans les interstices.

– J'enquête, madame Pasquet.

– Le CPE nous a convoqués il y a un an, elle était encore en troisième. Sharon avait été prise en train de faire une fellation à un garçon, visiblement pour de l'argent. Comment êtes-vous au courant ?

– Je n'en savais rien.

– Pourquoi vous me posez toutes ces questions ?

– Pour notre enquête, madame Pasquet.

– Je croyais qu'il était mort, Fabrice Nihoul. C'était bien lui l'assassin, non ?

– Oui, bien sûr.

– Pourquoi vous m'interrogez encore, alors ? On a cherché la gamine partout pendant neuf mois, et quand on nous annonce que c'est fini, en fait on nous en rajoute encore des couches ? Mais ça ne s'arrêtera donc jamais ? Vous comprenez que c'est insupportable, ce que vous faites ?

– Je comprends bien, madame Pasquet.

Elle craque, fond en larmes, crie.

– Non, vous ne comprenez pas ! Vous ne savez pas ce que c'est, d'appeler la police tous les lundis pour voir où ça en est, d'entendre toujours la même chose, on n'a rien, on n'a rien ! Vous ne savez pas ce que c'est de monter une association pour engager des détectives privés qui remuent la merde et trouvent des choses horribles sur vos gosses, vous ne savez pas ce que c'est d'être complètement désespérée !

– Je sais ce que c'est, croyez-moi. Pouvez-vous me donner le contact de l'agence que vous aviez engagée pour l'investigation privée ?

– Non, vous ne savez pas ce que c'est. Vous ne comprenez rien. Allez vous faire voir.

Et elle raccroche.

Deux heures plus tard, je suis seul dans le bureau 415, seul encore debout alors que tous les collègues sont partis se coucher, seul devant des archives vieilles de cinq ans, celles concernant la mort d'Elena Perales, retrouvée le 13 mai 2006 dans les poubelles de l'Hôtel de La Boëtie, démembrée et en partie brûlée. Je n'avais fait que parcourir le dossier rapidement avant qu'on tombe sur Fabrice Nihoul, mais là j'ai le temps, je suis seul, alors je regarde en détail chaque photo, chaque rapport, chaque pièce du dossier. Les photos de la gamine : à quatorze ans, peu avant sa mort, petite mais très précoce, maquillée, bien habillée, magnifique, dans la droite lignée d'Amandine Salmon. L'audition de son père : trois jours après sa mort, visiblement interrogé en état d'ivresse, il traite sa fille de petite pute, il dit que ça allait forcément lui arriver, elle ne faisait que ça, montrer son cul à tout le monde, sucer des queues dans les chiottes du collège, puis il fond en larmes, et demande à retirer tout ce qu'il vient de dire. Les témoignages du personnel de l'hôtel : oui ils ont déjà vu la fille, ils pensaient qu'elle était majeure, ils l'ont vue avec des hommes différents, des femmes aussi, portraits-robots en annexe. La dernière chambre occupée par la gamine : nettoyée de fond en comble, des cheveux trouvés dans le lit, du sang incrusté dans les rainures de la baignoire, mais rien d'autre. Le témoignage de la femme de ménage : elle trouve bizarre cette odeur de brûlé quand elle entre pour nettoyer la chambre, comme de la viande qu'on aurait fait rôtir, mais aucune trace, rien, une piaule impeccable. Le témoignage du gardien : en descendant les ordures il remarque qu'on lui a rajouté trois sacs dans la grande poubelle, des sacs qui prennent toute la place, il râle, qui m'a fait ça bon Dieu, il sent, cette odeur, de viande pourrie, de viande cramée, il regarde plus attentivement les sacs, il pense au fait qu'on a brûlé un animal, il pense à son chien, par réflexe, il prend peur, puis il ouvre le grand sac et découvre un cadavre de jeune fille brûlé au troisième degré et découpé en morceaux. Les analyses des vidéos de sécurité de l'hôtel : rien vu passer, personne dans les couloirs avec trois sacs poubelles. Les comparatifs ADN : une correspondance trouvée sur le Fnaeg, un individu fiché par la gendarmerie, arrêté pour violences sur mineures en 2001 et relâché en 2003. Le rapport de l'intervention : interpellation du suspect chez lui, dans l'Oise, sans résistance. Le résumé du procès : bouclé en une journée sous l'avalanche de preuves. Direction Ensisheim, la prison pour les délinquants sexuels, où il s'est pendu avec ses draps quelques mois après. En fin de dossier, un rapport de la BPM de Paris sur la prostitution des mineures, avec le contact d'un commandant de groupe, Alain Tardieu : je décroche mon téléphone et j'obtiens un rendez-vous dans la minute.

Il est exactement treize heures quand je traverse la Seine à pied pour rejoindre les bureaux de la brigade de protection des mineurs sur le quai de Gesvres, il fait beau, chaud, le soleil qui cogne donne une couleur encore plus réaliste aux images de gamines en feu qui s'entrechoquent dans ma tête.

Le commandant Alain Tardieu est un type de taille moyenne, avec une grosse moustache stalinienne et les yeux blasés de ceux qui ne sont plus vraiment touchés par l'horreur.

– Je croyais que c'était bouclé, cette affaire ?

– C'est bouclé. Je cherche juste à détecter un éventuel réseau de prostitution derrière les quatre filles tatouées.

– Quatre ?

Je déglutis, ne pas parler de la Fille Tatouée Numéro Quatre, je bafouille, je me rattrape, je souris.

– Trois, pardon. J'ai dit quatre ?

– Oui.

– Je voulais dire trois. J'ai toutes les raisons de penser que les filles faisaient partie d'un réseau qui pourrait également concerner Elena Perales, une autre mineure qu'on a retrouvée dans les p

– Dans les poubelles de l'Hôtel de La Boëtie. J'avais été mis à contribution là-dessus.

– Je sais. C'est pour ça que je viens vous voir.

– C'est vous qui avez buté le type, non ? Je vous ai vu à la télé.

J'acquiesce, c'est la seule chose que j'arrive à faire quand on me dit ça, et qui doit être ce que j'entends le plus depuis que je suis sorti de l'hôpital, bientôt plus que bonjour ou merci.

– Vous êtes à la brigade criminelle, capitaine, si je ne m'abuse ?

Je ne sais pas où il veut en venir, mais j'acquiesce sans rien dire.

– Et le boulot de la Crime, c'est de résoudre des meurtres, n'est-ce pas ?

– Qu'est-ce que vous voulez dire ?

– Vous allez me dire si je me trompe, mais vous avez je pense fini votre part du boulot, non ? Les deux assassins sont six pieds sous terre. Celui d'Elena Perales tout comme Fabrice Nihoul. Qu'est-ce que vous cherchez ?

– Je vous l'ai dit. Mettre en évidence un réseau de prostitution de mineures.

– Ça n'est pas de votre ressort, et vous le savez très bien. Ça concerne la BPM et la BRP, en aucun cas la BC.

– Vous avez raison. Disons que j'en fais une affaire personnelle.

– Vous savez, j'en ai déjà vu des tas, des petits flics vengeurs qui se croient épris d'un sentiment de justice absolue, et qui pensent pouvoir tout résoudre eux-mêmes. Ça finit toujours de la même façon : ils salopent les enquêtes des autres et ils finissent dévastés.

– Dites-moi juste ce que vous avez sur cette fille, Elena Perales.

Il me toise quelques secondes, comme pour me mettre au défi, mais il doit comprendre que je ne vais pas le lâcher, parce qu'il sort de son tiroir un dossier concernant la gamine, qu'il avait visiblement préparé pour mon arrivée.

– Vous avez de la chance, cette affaire me tient à cœur. On avait quelques éléments solides pour aller plus loin sur le réseau auquel elle appartenait, mais on n'a jamais réussi à aller jusqu'au bout.

– Vous aviez quoi ?

– On avançait sur une filière de l'Est qui recrutait des mineures. Des gamines qui venaient d'Ukraine, de Bulgarie, de République tchèque, de Russie… Des gamines d'Afrique aussi, Sierra Leone, Nigeria, Ghana, Cameroun. Généralement, ce sont des réseaux bien distincts, mais là on avait visiblement affaire à des types qui prenaient des filles de partout.

– Que des étrangères ?

– Presque, oui.

– Que vient faire Elena Perales là-dedans ?

– Il y a toujours quelques exceptions. Elena Perales correspond à un autre profil : les Françaises, souvent en difficulté, issues de familles à situation sociale instable, délinquantes. Ce sont les plus isolées. Les filles qui viennent de l'étranger sont dans des réseaux fermés, elles sont recrutées par des mamas dans leur village, qui leur obtiennent un visa et les mettent sur le trottoir. Après ça, elles doivent rembourser leur dette, ce qui met généralement plusieurs années. Et puis elles deviennent mamas à leur tour, ou alors elles rentrent au bled quand elles ont de la chance.

– Pour les Françaises, ça se passe comment ?

– Il n'y a pas de profil type. On a quatre mille gamines en France qui vendent leur cul dans la rue. Certaines démarrent à quatorze ans, d'autres à dix. Souvent ça commence par des fellations au collège, et puis quand elles grandissent elles se professionnalisent et apprennent à se vendre. Les plus isolées sont à l'abattage, dans la rue, déposées par des macs. Celles qui s'en sortent le mieux se vendent sur internet, et dans ce cas la passe peut vite atteindre des sommes astronomiques.

– Et Elena Perales ?

– Elle faisait partie des mieux loties. Elle bossait via un réseau de prostitution haut de gamme, mais qui a disparu après sa mort et qu'on n'a jamais réussi à identifier.

– Je peux prendre le dossier ?

– Allez-y.

Je souris, lui serre la main, et au moment où je passe son bureau, il m'interpelle :

– Prigent ?

– Oui ?

– Dès que vous avez le moindre élément, je veux que vous me teniez au courant. Si j'apprends que vous faites les choses dans votre coin sans m'informer, je me ferai un plaisir d'aller dire à Nadia Chatel ce que vous faites de votre temps de travail.

– En l'occurrence, je suis de repos aujourd'hui.

Et je sors pendant qu'il se marre.

Dix minutes après, je file tout droit le long de la rue de Rivoli, direction l'Hôtel de La Boëtie, à quelques pas des Champs-Élysées. Pas d'antidep, ni de Valium, ni de Tranxène, ni de café, ni de sommeil depuis plusieurs dizaines d'heures, et pourtant je suis d'attaque, revigoré par l'idée de sauver cette petite blonde aux grands yeux noirs, Fille Tatouée Numéro Quatre, qui m'entraîne dans je ne sais quel bourbier vers lequel je m'enfonce à l'aveuglette.

... Nouvelle révélation dans la tuerie de Nantes, Xavier Dupont de Ligonnès aurait dit à sa maîtresse avant de disparaître qu'il était ruiné, poursuivi par des huissiers et que sa vie était un cauchemar...

Sur la route, mon téléphone qui vibre, je le sors de ma poche, un texto de Nadine Pasquet, la mère adoptive de Sharon Niziolek, qui me donne les coordonnées de l'agence de détectives AGH dans le XIIe, *Je peux vous mettre en contact avec eux, donnez-moi les informations que vous avez, je vous en prie, j'ai besoin de savoir la vérité sur Sharon*, je réponds *Merci, je vais faire le maximum, je reviens vite vers vous*, et je sens quelque chose de profond qui me tord le bide quand j'écris ça. J'hésite entre faire demi-tour pour aller à l'agence ou continuer tout droit, je prends l'option de l'Hôtel de la Boëtie.

... Dominique Strauss-Kahn a, sans surprise, plaidé non-coupable des charges de crimes sexuels qui pèsent sur lui. L'ancien ministre de l'Économie risque jusqu'à

vingt-cinq ans de prison pour tentative de viol, agression sexuelle au premier degré, attouchements non consentis, emprisonnement illégal au second degré et agression sexuelle au troisième degré...

L'hôtel étincelle sur la rue avec ses six étages, ses drapeaux américains, sa devanture dorée et ses petits arbustes taillés au millimètre.

... Des hommes d'affaires corses une nouvelle fois dans le viseur de la justice : après le Cercle Haussmann le 23 mai dernier, ce sont le Wagram et le Cercle Eldo qui ont été fermés ce matin suite à l'intervention de la PJ et à l'ouverture d'une information judiciaire pour association de malfaiteurs, blanchiment d'argent et extorsion de fonds...

Je me gare devant, montre ma carte de police au voiturier, puis entre dans le hall luxueux, qui brille de mille feux. À peine deux minutes après, je suis attablé avec le responsable de la sécurité de l'hôtel, un vieux type gringalet et maniéré, qui me regarde avec des yeux méfiants. Il n'a visiblement peur que d'une chose, c'est qu'on étale à nouveau cette vieille histoire dans les journaux.

– Je croyais que c'en était fini ? Le tueur est en prison, non ?

– Il est même mort, pour tout vous dire. Nous avons juste besoin de quelques éclaircissements.

– Qu'est-ce que vous voulez ?

– Je veux que vous me racontiez tout ce que vous avez raconté à mes collègues à l'époque, et surtout tout ce que vous avez oublié de leur dire.

– C'était il y a cinq ans, j'ai bien peur de ne pas être en mesure de me rappeler grand-chose qui puisse vous servir.

– Vous allez quand même essayer. Quand avez-vous vu la fille vivante pour la dernière fois ?

– Le soir avant qu'on la retrouve. Elle est montée avec un type. Elle avait l'habitude de venir ici, on la connaissait de vue.

Je l'écoute mais j'ai le film de la reconstitution faite par Beauvais et ses collègues, à partir des différents témoignages, qui passe en boucle derrière mes yeux.

– Elle était toujours bien habillée, sophistiquée, tout se passait toujours très bien, donc on la laissait faire. Je précise bien sûr qu'elle était dotée d'une fausse carte d'identité et que nous étions tous absolument certains qu'elle était majeure.

Elena entre dans l'hôtel en tenant un type par la main. Ils traversent le hall, rejoignent un ascenseur. Il la pelote le temps de monter trois étages, puis ils se dirigent vers la chambre, où elle le déshabille, puis commence à le sucer sur le lit.

– Elle ramenait toujours le même genre d'hommes, des businessmen, jeunes, riches, mais qui n'avaient pas forcément l'air d'avoir l'habitude de recourir à la prostitution.

Au moment où il gicle dans sa bouche, il la prend par les cheveux, la jette par terre, la rue de coups de pied. Elle crie, il lui met un coup dans le ventre, un autre dans le dos, elle ne crie plus, elle ne peut plus crier, sa respiration est bloquée.

– Sauf ce soir-là. Ce type n'était pas comme les autres, il était différent.

Elle essaye de crier, mais il la cogne suffisamment pour qu'elle tombe dans les vapes. Quand elle se réveille, elle est ligotée dans la baignoire de la chambre, nue, avec un chiffon dans la bouche. Il se masturbe sur elle, il la pénètre avec tout ce qu'il trouve sous la main, elle hurle de douleur dans son chiffon, mais ça ne sort pas, ça ne fait aucun bruit, la seule chose que ça fait, c'est enfoncer un peu plus le goût de l'essence à l'intérieur de sa bouche.

– Il était plus vieux, la soixantaine je pense. Grand, imposant. Des cheveux très courts, à la militaire. Il avait une tête sinistre, avec une cicatrice sous le menton, on aurait presque dit qu'il sortait d'un film.

Quand il met le feu au chiffon, elle écarquille les yeux, mais n'a rien le temps de voir parce que les flammes lui brûlent la cornée, elle sent sa peau qui brûle, elle voudrait hurler mais le feu se répand dans sa bouche, dans ses poumons, dans son nez, dans sa tête, et lui la regarde brûler lentement jusqu'à ce qu'elle perde totalement conscience.

– Je me souviens d'avoir fait un portrait-robot pour vos collègues.

Je chasse les images qui m'envahissent la tête et je sors une photo d'Olivier Talbot, prise lors de son arrestation le 10 juillet 2006, trois mois avant sa condamnation à la réclusion criminelle à perpétuité, assortie d'une période de sûreté de vingt-deux ans, huit mois avant de retrouver son cadavre dans sa cellule d'Ensisheim.

– Je ne crois pas que ce soit lui, non.

Mon cœur qui bat, qui pousse, dans mon sang, dans mes doigts, dans ma tête.

– Pardon ?

– Je ne crois pas que ce soit lui.

– Pourquoi ?

– Cet homme est plus jeune.

– Vous l'avez dit à mes collègues à l'époque ?

– Ils ne sont jamais revenus me voir. J'ai juste appris par des amis que le type avait été trouvé. C'est ce type qui a été condamné ?

– Oui.

– Je ne suis pas sûr que ce soit lui.

Enquête bâclée, conclusions de l'enquête qui zappent un témoin capital, la même chose qu'avec l'affaire Nihoul aujourd'hui, mais cinq ans en arrière.

– J'ai cru comprendre qu'on ne voyait rien sur les vidéos. Vous confirmez ?

– Les bandes ont été effacées.

– Vous ne les conservez pas ?

– Si, une semaine.

– Quand est-ce que mes collègues vous les ont demandées ?

– Le lendemain du meurtre. Mais elles étaient vierges.

– Vous voulez dire qu'elles ont été effacées volontairement ?

– Pas forcément, je pense plutôt à une fausse manipulation. Ça arrive parfois.

Toujours la tête de cette gamine qui brûle et qui hurle, je fais tout pour m'en débarrasser mais elle revient au galop, je ferme les yeux, souffle, reprends l'interrogatoire :

– J'ai lu dans les rapports que vous l'aviez également vue en compagnie de femmes.

– Oui, parfois. Il y avait notamment une jeune femme que j'ai vue plusieurs fois avec elle. Comme une sorte de maquerelle.

– Elle était plus âgée ?

– Au moins dix ans de plus.

Je lui tends le dossier des portraits-robots effectués à l'époque, lui demande de la retrouver dedans, il en sort un qu'il me tend, j'ai déjà vu ce portrait-robot tout à l'heure et je n'ai pas fait attention, mais là, en le regardant plus attentivement je reconnais quelque chose, des traits, des yeux, un nez, quelqu'un que je connais, que j'ai déjà vu, mais je ne sais pas où.

– Vous connaissez son nom ?

– Non, mais je peux vous dire qu'elle avait un fort accent et qu'elle ne parlait pas très bien français.

Son menton, son front, ses cheveux, je la connais, oui je la connais, mais qui bon Dieu, qui ?

– Quelle sorte d'accent ?

– Un accent de l'Est.

En une fraction de seconde, je vois mon Corps Numéro Un, avec son trou dans la tête, c'est elle, sur ce portrait-robot, oui c'est elle, je cours à la voiture, fouille dans mes dossiers personnels qui traînent dans le coffre, reviens deux minutes plus tard, essoufflé, lui tends la photo de Danuta Risztov chipée sur le bureau de Kertesz, il écarquille les yeux, me regarde, bredouille deux mots, puis balance :

– C'est elle.

En arrivant à AGH, l'agence de privés qui bossait sur la disparition de Sharon Niziolek, je ne suis pas d'humeur, pas du tout d'humeur, je sens mon cœur qui cogne, j'ai envie que les choses aillent vite, je sens une excitation que je ne connais plus depuis qu'on me plombe de médocs, quelque chose qui coule dans mes veines, de l'envie, voilà, c'est ça, de l'envie, tout simplement, l'envie de résoudre cette saleté d'affaire dans laquelle on voit aussi clair que dans une purée de pois des Highlands.

Assis à son bureau, un type me regarde derrière ses carreaux double foyer, c'est un détective, un vrai, il n'est pas beau, pas costaud, n'a pas d'imper, il ne boit pas de whisky, ne fume pas, c'est un type comme on pourrait en trouver entre deux rayons de bibliothèque, les vêtements recouverts par la poussière des livres anciens qu'il consulte. Aucun effet de surprise quand je lui sors ma carte de police :

– J'ai besoin d'informations sur Sharon Niziolek.

– Très bien. Et alors ?

Mes nerfs qui se triturent, je n'aime pas qu'on me réponde comme ça, j'aime les gens coopératifs, et parfois j'ai envie de sauter sur ce genre de crétins et de leur mettre une raclée, une grosse raclée comme on en mettait aux bleus à l'époque, à l'entraînement de la BRI de Nantes.

– Vous enquêtiez bien sur Sharon Niziolek avant sa mort ?

– Peut-être.

La jouer tranquille, ne pas se laisser emporter, ne pas lui sauter dessus, ne pas lui casser la figure sur le carrelage jusqu'à ce que j'entende les os de son nez qui craquent.

– Vous avez entendu parler de la Sirène qui fume ?

– Bien sûr, Sharon Niziolek en faisait partie. C'était il y a un mois à peine. Ce n'est pas vous d'ailleurs, qu'on a vu à la télé ?

– J'ai besoin de savoir ce que vous aviez trouvé sur elle.

– Vous avez besoin de quoi exactement ?

– De tout ce que vous avez.

– On n'a pas grand-chose.

– Je veux tout.

– J'ai quoi en échange ?

– Rien. Je suis de la police, vous comprenez ce que je vous dis ou je dois parler dans une autre langue, nom de Dieu ?

– Et si je refuse de vous donner ce que j'ai ?

– Rétention d'information, vous connaissez ?

– Je suis tenu au secret professionnel.

– Vous préférez que j'aille chercher un juge et une armée de flics ? Si vous voulez, j'ai du temps devant moi aujourd'hui.

Il sort un dossier de son bureau, en gardant la même expression, ni déçu ni agacé, juste amorphe : une photo de Sharon Niziolek sur la couverture, grande, rousse, repérable à des kilomètres comme un panneau publicitaire, et ses orbites vides qui me fixent.

– On a piétiné pendant toute l'enquête. Pour être complètement transparent avec vous, capitaine, le dossier est presque vide.

Je tourne les pages du dossier, des témoignages de sa famille d'accueil, de ses camarades de classe, du personnel enseignant, des photos de classe, Sharon Niziolek qui dépasse tout le monde de vingt centimètres, et qui accapare toute l'attention avec sa grande crinière rousse, des photos de famille, un sourire plat, comme feint, sur tous les clichés, Nadine Pasquet, sa mère adoptive, enjouée, Sharon indifférente, sèche, aride.

– Elle n'avait pas vraiment d'amies proches, aucune à qui elle disait ce qu'elle avait dans la tête. Tous les témoignages nous parlent d'une fille qui parlait peu et ne se livrait jamais.

Je parcours les interrogatoires, tous parlent de ses activités au collège, quinze euros la masturbation, vingt euros la fellation, dans les toilettes, son prénom, tagué, partout, Sharon, l'adresse de son Skyblog, bien connu des garçons de troisième, des impressions écrans du blog, Sharon qui montre un bout de sein, un bout de fesse, mais toujours avec cet étrange regard de glace.

– Le seul témoignage valable qu'on a, c'est celui d'une de ses rares amies du collège, à qui elle a raconté qu'un homme lui avait proposé de gagner beaucoup d'argent. Il l'avait repérée, et lui avait dit que ce qu'elle faisait aux garçons ici, elle pouvait le faire avec des hommes importants, qui paieraient très cher pour ça.

– On a une description de cet homme ?

– Non, personne ne l'a vu, juste Sharon.

– Comment il l'avait repérée ?

– On n'en sait rien.

– Vous avez regardé du côté des CPE ? Des parents d'élèves ?

– Bien sûr, on a tout ratissé, interrogé tout le monde, je ne pense pas que ça vienne de là. C'est quelqu'un d'extérieur.

– Non, ça vient forcément de l'intérieur. Si ce type a su ce qu'elle faisait dans les toilettes du collège, c'est que l'information est passée quelque part. Elle est là, la piste à suivre.

Je prends le dossier sous le bras, me relève, il reste coi, visiblement sans savoir quoi faire.

– Je prends ça avec moi, je vous le ramène à la fin de la semaine.

Il s'apprête à dire quelque chose, mais le temps que l'information passe du cerveau à ses cordes vocales, je suis déjà dehors.

J'ouvre mon coffre, devenu depuis quelques jours mon deuxième bureau, avec dans des cartons toutes les photocopies de dossiers dans lesquels Franck Beauvais et Nadia Chatel ne veulent absolument pas que je mette le nez. Je m'installe au volant et je rouvre le dossier Jovanovic que nous avaient transmis Kertesz et Berthelot, qui ressemble plus à un atlas qu'à un dossier, des centaines de pages d'écoutes déjà passées au crible par Nesrine et Coco, des photos en pagaille, et malgré tout j'entreprends de tout regarder une nouvelle fois, minutieusement, pendant que la nuit tombe tout autour de moi.

Quand il fait trop noir pour que j'arrive à distinguer les lignes, les mots et les visages, je regarde mon téléphone, vingt-deux heures onze, ça fait quatre heures que je suis là à fouiller dans ce dossier qui ne m'apprend absolument rien de nouveau sur Danuta Risztov, quatre heures disparues d'un coup comme si le temps s'était brusquement contracté.

Je cherche dans mon répertoire le seul qui veut encore bien me parler à la BRP, Guignard, pas forcément fâché que j'aie fait le ménage dans le groupe Berthelot.

– Prigent, ça faisait longtemps. T'es un héros maintenant, mec. Qu'est-ce que tu veux ?

– Des infos sur Danuta Risztov et son réseau.

– T'as déjà tout depuis longtemps. Son réseau, c'était Jovanovic et Deda.

– Je sais. Vous en êtes où là-dessus ?

– C'est fini, ils sont rentrés chez eux. Jovanovic a filé avant qu'on le tape, et on n'a aucune trace depuis.

– Et Deda ?

– On n'a jamais réussi à l'identifier.

– Les filles ?

– Les trois quarts sont rentrées au bled, celles qui restent ont sûrement été prises en charge par un autre mac.

– Qui ?

– J'en sais rien.

– Tu sais quelles filles sont restées ?

– L'enquête est bouclée, Prigent. On s'est fait baiser, c'est fini. On bosse sur autre chose, maintenant.

– J'ai le dossier Jovanovic sous les yeux. Il ne fait jamais mention de mineures.

– Pourquoi est-ce qu'il ferait mention de mineures ?

– Parce que Danuta Risztov recrutait des mineures.

– Tu parles de la fille que vous avez retrouvée dans la bagnole avec elle ? Elle n'était pas dans nos radars. Toutes les filles qu'on suivait étaient majeures.

– Pas toutes.

– Je sais ce que je dis, Prigent. Les putes gérées par Jovanovic étaient majeures, pas mineures.

– J'ai identifié Danuta Risztov avec une autre mineure, en 2006.

– Danuta n'était même pas dans nos radars en 2006. On l'a identifiée une première fois en 2007, et après on l'a perdue de vue jusque l'an dernier.

Dans ma tête ça patauge, ça s'enlise, comme dans de la soupe, je ne réponds pas à Guignard, je cherche la lumière dans cette saloperie de tunnel.

– Qu'est-ce que tu cherches, Prigent ?

– Je cherche un réseau de filles mineures, potentiellement recrutées par Danuta Risztov, et qui aurait un rapport avec les filles tatouées.

– Laisse tomber Jovanovic alors, tu ne trouveras rien de ce côté-là. On avait tout sur lui, tout. Quatre mois d'écoutes et de filatures non-stop. Je suis sûr et certain qu'il n'avait pas mis sur pied un réseau de filles mineures.

– Merci Guignard.

Jovanovic exit, il me reste Danuta Risztov. Et Deda.

Je démarre et j'avance dans la nuit parisienne, sans savoir vraiment où je vais, je ne suis absolument pas concentré sur la route, ma tête est ailleurs, avec Elena Perales et mon Corps Non Identifié Numéro Deux, toutes deux mineures, toutes deux en affaires avec Danuta Risztov. J'avance dans les dédales de rues à sens unique, je passe boulevard de Rochechouart, boulevard de Clichy, les néons des sex-shops, les rabatteurs, les videurs de boîtes, les touristes éméchés, je cherche des filles, je cherche une petite blonde aux grands yeux noirs, Fille Tatouée Numéro Quatre, cette fille qu'il est peut-être encore temps de sauver, je cherche les filles de Jovanovic, celles qui sont restées, qui pourraient peut-être m'en dire plus sur Danuta Risztov, ou sur Deda, je scrute chaque rue, chaque passant dans la foule, un œil dehors, sur les trottoirs et les bars de cul, et un œil dedans, sur les photos du dossier de la BRP, je cherche des visages, des visages d'hôtesses, des visages d'escorts, des visages de putains, je roule lentement, je mate, sans but, sans conviction, je ne sais même pas vraiment qui je cherche, juste des visages saisis sur des clichés, des fantômes comme les autres, je ne sais même pas où je cherche, je suis perdu dans cette ville qui m'aspire comme un gouffre, cette ville où des gamines sucent et branlent et montrent leur cul sur internet et vendent des fellations et des sodomies et se font piéger et torturer et violer et ligoter et brûler avec un chiffon dans la bouche, et quand j'ouvre les yeux il n'y a plus de lumières rouges, plus de lumières vertes, ni bleues, ni jaunes, plus de touristes qui pullulent sur les trottoirs, il n'y a que le noir de la nuit sans étoiles, sans lampadaires, sans tumulte, juste le bruit de l'eau qui s'écoule dans le silence de l'obscurité.

Je sors de la voiture et je marche le long du chantier sur les docks de Saint-Ouen, le long de la Seine qui renferme ses secrets, ses secrets et des filles assassinées dans des coffres de voitures.

C'est la sonnerie de mon téléphone qui me ramène brutalement dans le réel, la sonnerie et le nom de Verhaeghen qui clignote sur l'écran.

– Berthelot s'est fait buter.

– D'où tu sors ça ?

– Le Goff me l'a dit tout à l'heure. Le corps a été déplacé.

– C'est pour me dire ça que tu m'appelles ?

– Non. Je t'appelle parce que je viens d'avoir l'info avec mon indic.

– Quelle info ?

– Les trois Gitans dans le club. Je sais qui les a flingués. Je sais qui c'est et ça va te plaire.

– Pourquoi est-ce que ça me plairait ?

– Tu fais l'article avec moi et je te donne son nom.

Je m'en fous. Je m'en fous royalement de ces cadavres et de cette saloperie d'article, et pourtant je dis :

– Je marche.

– C'est Toussaint Mattei.

– Mattei ? C'est qui ton indic ?

– Un Gitan bien informé.

– Pourquoi Mattei aurait buté des Gitans chez eux ?

– Parce qu'il s'est fait entuber. Les rumeurs disent que les Bastiais sont en train de se faire baiser.

– Par les Gitans ?

– Pas que.
– Qui ça ?
– J'en sais rien.
– Toussaint Mattei, un Corse, tout seul, dans un club rempli de Gitans, et qui réussit à en tuer trois et à ressortir sans une égratignure ?
– Mon indic dit qu'il était accompagné. Un mec très grand avec le crâne rasé. Carrure de quaterback, barbe de trois jours, imper noir. Ça ne te rappelle rien ?
Oh que si, ça me rappelle quelqu'un.
Verhaeghen se marre à l'autre bout, puis reprend, froide et déterminée :
– Je te le laisse Prigent, à toi les honneurs. Je ne suis pas sur cette enquête, donc je m'en tape. Rendez-vous demain à neuf heures en bas du 36. Pour l'interview.
Et elle raccroche.

Il est plus de deux heures du matin quand je rentre à la maison après avoir sillonné les docks de Saint-Ouen de long en large, perdu dans la nuit, dans la nuit et dans ma tête, à chercher à l'intérieur le petit quelque chose auquel je n'ai pas fait attention et qui pourrait éclaircir ce foutoir. Je fais cinq aller-retours entre la voiture et l'appartement pour vider mon coffre, toutes les archives concernant Amandine Salmon, celles concernant Danuta Risztov et le Corps Non Identifié Numéro Deux, celles concernant Sharon Niziolek, les cartons de l'affaire Elena Perales, les dossiers récupérés à la BRP, à la BPM, à l'agence AGH, des milliers de pages noircies de rapports et des photos de l'horreur sous toutes les coutures. Tout ça n'a évidemment rien de légal, mais je n'ai pas le choix, si je veux découvrir la vérité je suis seul, tout seul, moi, la nuit, et tous ces dossiers volés, parce que les collègues ne veulent rien entendre, leur enquête est bouclée et je n'ai aucune raison de continuer les investigations.

J'entre dans la chambre de Juliette, j'enlève quelques reliques du passé, méthodiquement, sans arrière-pensée, pas toutes mais juste celles qui prennent trop de place sur les murs, les posters de chanteuses, d'actrices, de stars de la télé, avec leurs fringues moulantes et leur têtes photoshopées, reines de l'*entertainment*, modèles esthétiques pour ma petite fille disparue. Peut-être que si elle est toujours vivante elle pense à ses idoles, là où elle est, peut-être qu'elle chante des chansons pour se donner du courage, peut-être que, je ne dois pas penser à ça, pas retomber là-dedans, cette saloperie d'espoir, je dois penser à mon enquête, alors j'enlève tous ces posters à la noix, et à la place je tapisse les murs avec des rapports, des photos, les cadavres d'Elena Perales, de Danuta Risztov, du Corps Non Identifié Numéro Deux, d'Amandine Salmon, de Sharon Niziolek, sous toutes les coutures, des sirènes, partout des sirènes qui fument, punaisées de long en large jusqu'à ce que la moindre parcelle de tapisserie disparaisse sous l'horreur.

Un pan de mur par cadavre, et un dernier, vide, pour la Fille Tatouée Numéro Quatre, cette fille qui est peut-être encore vivante, quelque part, et que je dois identifier au plus vite pour avoir une chance de la sauver. J'accroche aussi les clichés trouvés chez Fabrice Nihoul, ceux avec les filles qui posent dans un grand domaine de campagne, et parmi ces filles il y en a une qui m'interpelle, une fille avec un regard incroyable, je repense aux mots du tatoueur, *une blonde avec une frange et des grands yeux noirs*, c'est cette fille, sur la photo, c'est elle, j'en suis sûr, cette petite blonde avec des yeux noirs, des grands yeux noirs, qui se déshabille devant une petite cabane, sur une colline, avec en contrebas une grande maison pleine de fenêtres ovales. Je prends la photo de la fille, je l'agrafe sur le pan de mur dédié à la Fille Tatouée Numéro Quatre, puis quand j'ai fini d'accrocher tout ce qui mérite de l'être, je recule et je regarde mon musée de l'enfer.

Je sens la fatigue qui tombe, celle de dizaines d'heures sans dormir, une fatigue mâtinée d'angoisse, qui me prend les tripes et me les fait remonter jusque dans la gorge. Dans mon cerveau, ça tourne à deux cents à l'heure, c'est confus, j'ai besoin de médicaments, je n'arrive plus à penser rationnellement, il n'y a plus de causalité, juste des pensées, qui vont, qui viennent, qui s'entrechoquent, et pendant que j'analyse cet état il y a une autre partie de moi, inconsciente, qui est plongée dans le dossier Fabrice Nihoul, et mes mains qui tremblent et qui tournent les pages à toute vitesse comme si je n'étais plus maître de moi-même. Je sens mon cœur qui se serre comme s'il se comprimait avant une crise cardiaque, comme si, comme si, je ne sais pas, ça fait mal, ça fait peur surtout, et pourtant mes yeux lisent, à toute vitesse, ils relisent, ils cherchent la faille, et ils la trouvent, je ne sais pas comment, mais ils la trouvent, pendant que je sens la crise de panique qui m'arrive en pleine poire, avec la violence d'un semi-remorque lancé à toute vitesse, mes yeux lisent et trouvent quelque chose qui fait TILT, je reprends conscience de ce que je suis en train de lire, c'est une analyse de l'ordinateur de Fabrice Nihoul faite le lendemain de sa mort par l'IJ, et qui ne fait pas mention de photos de gamins. Le rapport détaille tout le contenu du disque dur, mais rien concernant des clichés pédophiles, je sens la boule dans ma gorge, dans mon ventre, des fourmis jusqu'au bout de mes pieds, mon cerveau qui vacille, mais je surmonte cette saleté d'angoisse et je prends sur moi, je réussis à tourner les pages, pour lire l'autre rapport, celui tombé dix jours plus tard, une nouvelle analyse de l'ordinateur, et ce coup-ci des photos d'enfants nus, mais rien d'autre n'est mentionné, personne ne trouve ça bizarre, c'est normal qu'on ne trouve rien la première fois, bon Dieu, je le dis, bon Dieu, malgré ma bouche paralysée par la crise d'angoisse qui me frappe de plein fouet, je le crie même, BON DIEU, je le crie même deux fois, peut-être trois, je n'en sais rien, en tout cas Isabelle ouvre la porte, elle voit toutes ces photos de cadavres, elle me regarde et devient blême.

– C'est quoi, tout ça ?

– Mon enquête sur les filles tatouées.

– T'es pas au bureau Gabriel, ça n'a rien à faire ici.

– Je ne peux pas bosser ça au bureau, l'enquête est close Isab

– Je m'en fous de tes enquêtes, tu vas me ranger tout ça ! Tu pètes les plombs là, Gabriel, tu le vois ? Tu pètes les plombs !

– Je ne pète pas les plombs, j'ai juste besoin d'un lieu pour mettre cette affaire au clair.

– Qu'est-ce que t'as foutu ce soir ? C'est ton jour de repos. Tu devais aller chercher Élise après le collège.

Élise, bon sang, Élise, pourquoi est-ce que j'ai oublié ça, j'ai déconné, oui c'est vrai, j'ai déconné, je la vois tellement peu que parfois j'oublie qu'elle existe, comme Isabelle, c'est comme si elle était morte, comme si tous les vivants étaient morts, et que seuls les morts étaient vivants, les morts et les disparus, ceux avec qui je vis toutes mes journées, Amandine Salmon, Danuta Risztov, Corps Non Identifié Numéro Deux, Elena Perales, Sharon Niziolek, Juliette Prigent, Fille Tatouée Numéro Quatre.

Pendant que je me prends la tête dans les mains pour essayer d'évacuer l'angoisse, je sens le regard d'Isabelle qui se pose sur les photos, et qui scrute, un par un, les cadavres. Quand je relève la tête je vois ses yeux en larmes, minés par la sauvagerie, je n'aurais jamais dû ramener ces clichés, c'est un truc de flics, les profanes ne sont pas prêts pour ça, il faut les préserver tant qu'on peut de toute cette barbarie.

– Il faut te faire soigner, Gabriel.

– J'ai l'IGS sur le dos, je suis censé ne plus avoir besoin de traitement.

– Ça te fait bander, j'en suis sûre, au fond ça vous fait tous bander, non ?

Je tends ma main vers sa hanche pour la rapprocher de moi, mais elle la retire avec dégoût, et me regarde, les yeux haineux, le visage bouffi.

– Tu ne vaux pas mieux que les mecs que tu poursuis, Gabriel. Il faut te faire soigner.

– Isabelle, s'il te plaît ne d

BLAM – elle sort et claque la porte.

Mon angoisse est retombée d'un coup, alors je m'allonge sur le lit de Juliette, sur lequel personne, strictement personne ne s'est allongé depuis qu'elle a disparu, je regarde une dernière fois toutes ces mortes et ces disparues qui me hantent, je renifle l'oreiller sur lequel je pose ma tête, je cherche sûrement l'odeur de ma fille mais je ne trouve rien, juste celle d'une taie d'oreiller propre et qui n'a pas servi depuis des années, l'odeur du temps qui passe, l'odeur de l'absence, et je m'endors contre une peluche de Shrek qui me regarde et qui me sourit, sorte de gardien monstrueux de mon sommeil.

16

Jeudi 16 juin 2011

Il est onze heures passées quand tu regardes l'heure sur le tableau de bord. Toussaint sur la banquette arrière, affalé comme une vieille vache. Lisandru sur le siège passager, qui recompte les biftons, et toi qui conduis. Déjà deux heures que vous tournez dans tout Paris. La tournée des baraques, ils appellent ça. Trente machines à sous, à faire tous les mois pour récupérer le cash. Installées il y a une quinzaine d'années par Farid Hamlaoui, petit voyou parisien qui a monté son affaire tout seul comme un grand. En installant une machine. Puis deux. Puis quatre. Puis dix. Puis qui a acheté du shit et de la coke en quantité, grâce à ce qu'il commençait à gagner avec les baraques. Puis qui s'est mis à organiser des frets directement depuis le Maroc, pour inonder les semi-grossistes dans les cités. Un Tony Montana *made in France*. Il y a dix ans, tous les dealers de la région étaient fascinés par ce mec parti de rien. Jusqu'à ce que tu lui passes les bracelets en 2007, et que tu refiles tout son biz de baraques à Dominico Battesti.

... Le Mouvement des talibans du Pakistan a revendiqué l'attentat kamikaze survenu lundi à Islamabad, et qui fait suite à celui du 13 mai dernier qui avait fait près

de quatre-vingts morts, dont de nombreux cadets d'un groupe paramilitaire de la police...

Toussaint qui suffoque derrière. Qui râle parce qu'il a chaud. Qui râle contre la radio. Qui ramène comme d'habitude n'importe quel sujet à la Corse.

– Ça devient n'importe quoi, tous ces attentats. Ils ne savent même pas ce qu'ils font, ces couillons. Nous à l'époque, quand on dynamitait un bâtiment, tout était déjà prévu. On faisait nos petites affaires avant, faut pas croire que c'était un coup dans l'eau. Il y avait toujours un cousin pour récupérer le marché public de la reconstruction. Et après ça on partageait les sous. Ça profitait à tout le monde. Maintenant, les politicards ils te font même plus confiance, comment tu veux faire bordel ? Alors forcément, ces couillons ils se font exploser un peu partout, et personne n'en profite.

Toi qui roules, Lisandru qui compte, Toussaint qui parle tout seul.

Toussaint qui en a marre de parler et qui siffle une vieille comptine corse malgré l'essoufflement.

– *A mezu'a questa umanità...*

Lisandru qui compte et recompte. Déjà quatre bistrots visités ce matin. Tous foutus pareils. Café sans histoire au rez-de-chaussée. Pièce en bas avec deux ou trois baraques. Des flippers transformés en jeux de bingo.

– *Ma so vecu passà luntanu...*

Chaque baraque, c'est grosso modo huit mille euros par mois. Soixante-dix pour cent pour vous et trente pour cent pour le tenancier du rade. Déjà mille balles dans les mains de Lisandru. Et il n'est pas encore l'heure de manger.

– *Un batellu chi va quallà...*

... Le Parquet a finalement requis la réclusion criminelle à perpétuité, assortie d'une peine de sûreté incompressible de vingt-deux ans, contre Yvan Colonna, jugé

pour la troisième fois pour l'assassinat en 1998 du préfet de Corse Claude Érignac...

– On était là, avec Michel, en 2003. Sans nous ils n'auraient rien fait, Squarcini, Barbier et toute leur bande.

Tu connais tout ça par cœur. Ça fait quinze fois que tu entends Toussaint raconter l'arrestation d'Yvan Colonna. Comme d'habitude, tu attends qu'il s'essouffle tout seul. Ne pas le relancer. Surtout pas. Toussaint jacasse à longueur de journée, il faut faire avec. Il y a trois jours, il a atteint des sommets à l'enterrement de Gérard. Tous les copains étaient là. Pas beaucoup de flics, mais ton groupe de la BRP au complet. Guignard, Martinez et Jouan, chef de groupe par intérim depuis votre départ. Beauvais était là. Gabach aussi, dans un sale état : plus de boulot, plus de femme. Une petite quinzaine de flics en plus, mais c'est tout. Pas de cérémonie officielle. Pas d'invitation aux différents services de la PJ parisienne. Gérard était suspendu. Ça aurait pu être mal vu. Trop voyant. La DRPJ a préféré oublier qu'on enterrait un de ses enfants. Au repas après l'enterrement, Toussaint était comme un coq-en-pâte. Bourré. Ému. Trois heures à bassiner tout le monde avec ses histoires du passé. Gérard à Marseille. Gérard en Corse. La Corse, la Corse, la Corse. Même Michel en avait marre.

– *Ma u batellu si ne và...*

Il est midi vingt sur le tableau de bord quand tu gares la voiture devant le Quotidien. Petit bar vieillot dans le fin fond du XIXe, toujours rempli de la faune du coin qui vient boire son café. Ouvriers du BTP qui retapent le boulevard McDonald à côté. Grands-pères kabyles qui passent la journée devant le même café. Jeunes immigrés maliens et sénégalais qui crèchent au FJT d'à côté. Généralement bondé entre midi et deux, mais pas aujourd'hui. Deux, trois bonhommes à tout casser, et le patron qui lave les verres. En tirant la gueule habituellement, mais pas aujourd'hui. Grand sourire sur sa tronche quand il vous voit arriver. Ça devrait vous mettre la puce à l'oreille avant de rentrer dans le bar. Mais non. Vous ouvrez les portes, calmement. Parce qu'il n'y a absolument aucune raison que vous vous fassiez emmerder ici.

Ça dure deux minutes à l'intérieur. Grand max.

Toussaint serre la main du patron.

– Qu'est-ce qui se passe aujourd'hui ? Ils n'ont pas soif, les gens ?

Tu sens qu'il y a un truc pas net au moment où tu entends la porte des toilettes qui s'ouvre dans ton dos.

– Tu sais, Toussaint, il y a des jours sans.

Tu sens ton instinct qui te dit de dégager au moment où le tenancier perd son sourire. Son front suant. Ses mâchoires crispées. Tu reconnais cette odeur : c'est celle de la peur.

– Et les baraques, ça tourne quand même ?

La sensation étrange qu'il se passe quelque chose derrière toi. Mais ni toi, ni Lisandru, ni Toussaint ne vous retournez.

– Oui, ça tourne toujours aussi b

GNNNIIIIIII – la porte qui grince dans ton dos. Le patron qui déglutit.

– Aussi bien.

Au moment où tu commences à te retourner, tu vois depuis le coin de ton œil le patron qui se baisse sous le bar. Bruit d'armes automatiques. Réflexe de survie : tu plonges à terre. Des hommes qui crient. Deux, peut-être trois. Tu es quasi au sol quand tu entends le premier coup de feu, puis le bruit d'une balle dans la chair. Lisandru, qui s'écroule devant toi. Touché en pleine tête. Deuxième coup de feu. Troisième, quatrième, dans la foulée. Toussaint qui hurle. Tu te retournes face à eux, Glock à la main. Trois types qui vous canardent depuis la porte des toilettes. Les Gitans. Tu en reconnais un. Tu tires. Une fois. Deux fois. Un des mecs est touché à l'épaule. Tu entends le 11,43 de Toussaint qui tire derrière toi. Deux balles qui te fusent dans les oreilles, dont une qui se plante dans la cuisse du Gitan déjà blessé. Il hurle. Tu continues à tirer. Ses deux potes le relèvent. Ils se barrent en tirant à tout-va pour assurer leurs arrières, et disparaissent dans la rue. Toussaint hurle derrière toi. Tu te retournes. Il est allongé par terre, son 11,43 dans la main. Une balle dans le ventre. Lisandru à côté. Un trou dans la tête. Les yeux figés. Mort sur le coup. Toussaint qui hurle :

– LISANDRU ?

– Il est mort, Toussaint.

Deux larmes fugaces dans ses yeux. Ravalées par la haine à l'instant même où elles s'apprêtent à couler. Un son que tu connais bien, au loin. Tu tends l'oreille. Des sirènes. Des putains de sirènes.

Toussaint crie :

– BARRE-TOI, CHRISTIAN !

Tu ne réponds pas. Tu essayes de le relever. En vain. Cent-dix kilos de graisse. Il crie.

– BARRE-TOI, BORDEL !

Les sirènes qui se rapprochent.

Tu passes derrière le bar et tu pointes ton Glock sur le patron. Toujours allongé dans son coin, les mains sur la tête. Quand il te voit, tu peux lire la panique dans ses yeux.

– Ils m'ont obligé, ils m'ont m

– Ta gueule ! Tu te lèves et tu m'aides à porter Toussaint jusqu'à la voiture.

Les sirènes sont dans la rue, à quelques mètres.

Toussaint hurle :

– QU'EST-CE QUE TU FOUS, CHRISTIAN, BORDEL ? Prends la voiture et casse-toi. S'ils te chopent, t'es baisé.

Moteurs qui vrombissent, pneus qui crissent.

– Je ne peux pas te laisser là, Toussaint.

– J'ai dit casse-toi, couillon, alors tu m'écoutes et tu te casses !

– Et toi ?

– On verra plus tard. Vous viendrez me chercher s'il le faut.

Tu sais que tu n'as pas le temps de ramener Toussaint jusqu'à la voiture, sinon vous serez sous le feu.

Des sirènes qui hurlent comme si elles étaient dans tes oreilles. Les flics sont là, dehors.

Tu chambres une balle dans la culasse du Glock. Tu retires la sécurité, et puis tu sors.

Passants hébétés dans la rue, qui ont entendu les coups de feu. Tu brandis ton Glock pour les éloigner. Ça crie. Ça court. Tu rejoins la voiture en trois enjambées. Les flics sont à vingt mètres de toi. Ils s'apprêtent à sortir de leur bagnole. Tu n'as pas le choix si tu veux te tirer d'ici. Deux coups de feu en visant le capot. Ils se protègent sous le tableau de bord, le temps qu'il te faut pour t'asseoir et démarrer. Tu continues à tirer par la fenêtre pendant que tu t'éloignes. La moitié du chargeur sur leur voiture, pour qu'ils restent à couvert. Puis tu écrases l'accélérateur et tu files.

En cinq sec, tu es sur le périph. Cœur qui palpite à deux cents. Coups d'œil dans tous les rétros, en permanence. Des dizaines de voitures de tous les côtés, mais pas de flics à l'horizon. Tu sors ton téléphone et tu appelles Michel. Quatre sonneries, puis répondeur. Tu composes son deuxième numéro. Pas celui avec la carte anonyme prépayée. L'autre. Tu n'as pas le temps de parler qu'il hurle déjà :

– T'APPELLES SUR QUOI LÀ ? T'APPELLES SUR QUOI PUTAIN ? Combien de fois il faut le dire, t'appelles pas sur ce putain de téléphone !

– Tu ne réponds pas sur l'autre.

– Dans ce cas, tu ne m'appelles pas !

– Lisandru est mort, Michel, merde !

– Pas sur cette ligne, nom de Dieu !

– Et Toussaint est touché, les f

– Pas sur cette ligne, en quelle langue il faut le dire, bordel ?

Il raccroche. Tu réessayes l'autre ligne. Ça ne répond pas. Texto quinze secondes après : *Rendez-vous au LC à 18 h*. Ça veut dire rendez-vous maintenant, à treize heures. Votre code à vous. Vous retranchez cinq heures pour éviter les embuscades.

Tu arrives au London Club à treize heures quinze. Pas croisé de flics sur la route. Tu continues de regarder partout. Droite, gauche, devant, derrière. La parano qui tourne à plein régime. L'impression que des Gitans et des flics sont planqués à chaque coin de rue pour vous sauter dessus. Que l'étau se resserre sérieusement sur le clan.

Personne dans le bar, juste Michel devant un café crème au comptoir. Rideaux tirés. Son visage à peine décelable dans la pénombre.

– Jamais sur ce téléphone, Christian. C'est comme ça que les meilleurs se font baiser.

– J'ai compris.

– Qu'est-ce qu'il s'est passé ?

– On s'est fait allumer par les Gitans. Une embuscade dans un bistrot à baraques. Lisandru est mort et Toussaint est touché.

– Où il est ?

– Les flics ont dû le récupérer, ils arrivaient quand je suis parti. J'ai pas eu le temps de le prendre avec moi.

– Putain de merde. Ils nous font chier, ces Gitans.

– Qu'est-ce qu'on fait pour Toussaint ?

– On attend.

– T'as eu le temps de prévenir Dominico ?

– Dominico a filé. Il est parti au Gabon pour rejoindre Michel Tomi.

– Et Antoine ?

– Pareil. Ils sont tous partis en cavale après la descente au Wagram. Il n'y a plus que nous pour gérer les affaires ici.

– C'est qui, nous ?

– Toi, moi et Toussaint.

– Nous trois ? Avec toutes les tuiles qu'on se tape en ce moment ?

– J'ai demandé des renforts à Dominico. Il essaye de nous sortir deux jeunes, des petits cousins à lui. Mais en attendant, on est tout seuls.

Sensation de froid dans ton échine. L'impression que vous étiez une grande famille soudée et puissante il y a encore quelques jours. Et maintenant, le sentiment que vous n'êtes plus que deux connards, abandonnés par les autres et assiégés de toutes parts : flics, IGS, Gitans, Salun, Tramoni et les autres.

– En attendant, tu restes chez toi. Tu ne fais pas de vagues.

– Et Toussaint ?

– Je vais appeler Franck pour savoir où ils l'ont mis.

Tu passes l'après-midi à cuire dans ta bagnole, garé devant l'appartement des Le Maréchal. Tu attends d'avoir l'occasion de monter pour tout fouiller. Trouver ce qu'ils te cachent. Mais la mère Le Maréchal y est tout le temps. Elle ne sort que pour faire quelques courses. Alors tu attends.

Tu attends et tu attends et tu attends encore. Avec l'impression que ça fait deux jours que tu es debout. Comme si tout ce qui s'est passé ce matin était hier. Étrange sensation d'une scène irréelle. L'impression d'être paumé. Seul au milieu de la ville. Seul comme une poule d'eau qui n'attend que de se faire tirer, et qui guette à tous les coins de rue si elle voit l'ombre d'un chasseur.

La seule qui te raccroche à quelque chose, c'est Clotilde. Nouvelle photo sur le pare-brise, que tu as le temps d'examiner de bout en bout tout l'après-midi. Une plage bondée de touristes moches. Trop gros ou trop maigres. Trop blancs ou trop bronzés. Et Clotilde, douze ans à tout casser. Les pieds dans l'eau. Qui illumine la scène comme une figure biblique. Visiblement surprise par l'objectif. Quelque chose de naturel dans ses yeux, ses traits, le mouvement de ses lèvres. Sourcils froncés. Yeux inquiets. Quelque chose qui n'existe pas sur les autres photos. Tu as comme l'impression d'approcher la vraie Clotilde sur ce cliché. Celle qui se cache derrière le masque. Derrière la fille qui pose habituellement avec son sourire figé de mannequin.

C'est la silhouette d'Édouard Le Maréchal qui te fait revenir brutalement dans le réel. Costard à rayures, pompes italiennes, cigare au bec : tout comme le premier jour où tu l'as vu. Il sort de l'immeuble, rejoint sa voiture et démarre. Tu fais de même et tu le suis dans les rues de Paris. La pire heure pour une filoche, alors tu lui colles au train. Une seule bagnole entre vous. Tant pis si tu te fais repérer. Tu n'as plus grand-chose à perdre.

Cours de la Reine, quai des Tuileries, Rivoli. Tu as comme une intuition sur la destination. Jackpot : il s'arrête devant le Churchill. Laisse sa voiture et ses clés, puis rentre dans l'hôtel.

Terrence sourit jaune quand il te voit arriver.

– Encore toi, Kertesz ?

– Je cours toujours le même lièvre. Tu le connais ?

– Non. C'est pas un habitué.

– Tu me le dirais s'il l'était ?

Sourire de faux-cul sur sa tête d'Anglais :

– Bien évidemment.

Tu lui rends son sourire forcé :

– Je te fais confiance.

Tu passes sans lui demander la permission. Il se retourne et crie à mi-voix :

– Tu me fous pas de bordel avec tes micros, ce coup-ci !

Un doigt d'honneur discret, sans te retourner, pendant que tu passes la porte.

Tu vas direct au grand salon : pas de Le Maréchal. Tu parcours le hall : pas de Le Maréchal. Le bar : pas de Le Maréchal. Un tour dans les petits salons aménagés pour deux personnes : Le Maréchal dans un fauteuil, face à un autre homme. Petit, teint mat, typé Sud, regard dur. Les traits durcis par le soleil. Méditerranéen, à coup sûr. Albanais, grec, peut-être libanais. Costume Cifonelli sur mesure, dans les dix à vingt mille euros. Sa montre : tu ne vois qu'un bout du bracelet mais tu reconnais une IWC Portofino. Sept mille balles, minimum. À ses pieds : une mallette de sécurité pour transports de fonds. Modèle avec cinq serrures de verrouillage et percuteurs à billes d'encre. Du genre qu'on utilise pour transporter au minimum cent mille euros. En grosses coupures, on peut faire rentrer plusieurs millions.

Tu restes le plus loin possible pour t'assurer que Le Maréchal ne te reconnaisse pas, mais tu peux quand même voir les gouttes de sueur qui perlent sur son front. Les mêmes yeux fuyants que ceux du patron de bar ce matin. Ceux de l'animal craintif.

En cinq minutes, c'est plié. Un whisky bu en trois gorgées. P&M Single Malt, si tu en crois sa couleur. Serrage de mains. Le Maréchal qui repart avec la mallette. Dix-huit heures passées quand il passe la porte.

Son copain reste seul. Appelle un barman. Commande un deuxième whisky. Tu hésites à le serrer dès maintenant. En arrivant comme une fleur et en t'asseyant face à lui. Et puis tu penses à Terrence. Les relations, c'est comme les bagnoles, faut bien les entretenir. Éviter les accidents. Tu décides de le taper à l'extérieur.

Cinq minutes après, il se met en mouvement. Le temps de décalage minimum pour ne pas être aperçu avec Le Maréchal. Tu le suis. Clin d'œil à Terrence quand tu passes la porte. Son petit sourire en retour, qui veut dire *casse-toi vite, enculé.*

Ta cible rentre dans une Bentley Mulsanne. Gros et voyant. Pratique pour les filoches. Tu démarres dans la foulée pour être sûr de ne pas le perdre. Deux voitures entre vous. Rue Royale, rue de Ponthieu, rue de Berri, puis il s'arrête devant le Banana Club. Ça tombe bien, tu connais le lieu comme ta poche. Bar à hôtesses haut de gamme qui sert d'*afterwork* pour les traders et les gogos friqués du coin. Poules de luxe à mille cinq cents euros minimum. Lieu incontournable de la nuit parisienne friquée, sous ta protection à l'époque du duo de choc Berthelot / Kertesz.

Il passe la porte. Tu te gares, attends deux minutes, puis tu rentres à ton tour. Pas besoin de sortir ta carte du club, tu connais bien le videur. Une trentaine de personnes là-dedans, dont un tiers de bonshommes. Ton gusse : déjà attablé avec deux filles. Bouteille de champagne dans un seau de glaçons.

Tu t'approches du comptoir. Le barman te reconnaît. Trente piges, mal rasé, beau gosse, balèze en cocktails. Tu as oublié son nom mais tu sais qu'il t'aime bien.

– Christian, ça faisait longtemps. Zadig sera content de te voir, je l'appelle ?

Tu acquiesces. Le barman marmonne quelque chose dans son micro-cravate. Écoute la réponse dans son oreillette. Puis il te fait un grand sourire en ouvrant le passage au bout du comptoir.

Tu connais bien le lieu, alors tu files jusqu'au bureau du fond. Trois petits coups à la porte et un grand type qui t'ouvre. Banane jusqu'aux oreilles. Zadig Baradian, un *beau mec* arménien. Indic officiel de la BRP, immatriculé au bureau des sources. Embrassade fraternelle.

– De retour dans le business ?

– Pas pour l'instant. T'es au courant ?

– Tout le monde ne parlait que de votre arrestation au London Club le mois dernier. T'as pas fait de taule ?

– Un peu de détention provisoire. On a été libérés sous caution il y a deux semaines.

– Comment va Gérard ?

– T'as pas su ?

– Su quoi ?

– Il est mort.

Trois secondes de silence étouffant dans ce petit bureau tapissé de parures dorées.

– Mort de quoi ?

– On l'a buté.

– Bon Dieu. C'est qui ?

– J'en sais rien.

– T'hésites pas, Christian. Si t'as besoin d'un coup de main.

– Justement. J'ai besoin de serrer un type qui est attablé dans ton bar.

– C'est pour le buter ?

Tu souris. Tu pourrais lui répondre oui qu'il t'offrirait ça sur un plateau d'argent.

– Juste pour l'interroger.

– Je te laisse mon bureau.

Deux minutes après, tu es assis au comptoir devant un bloody mary. Dans le coin gauche de ton champ de vision, le petit Méditerranéen qui fait le malin avec ses deux poules. Tu attends qu'il aille aux toilettes pour le taper discrètement, sans effrayer la clientèle. Tu as le temps de boire environ deux cocktails avant qu'il se lève enfin. Direction les chiottes. Tu te lèves et tu le suis. Il a à peine passé la porte que tu lui colles la tête dans le mur, avec tellement d'élan que le bruit du choc résonne dans toute la pièce. Bref cri étouffé, mais il est tellement sonné qu'il ne dit rien. Un coup dans la poitrine, sec, pour lui couper la respiration et s'assurer qu'il ne va pas se mettre à hurler. Puis tu le prends par le colbaque et tu le relèves. Tu le sors des toilettes. Ouvres la porte juste à côté. *Interdit au public*. Tu le trimballes le long du couloir qui mène au bureau de Zadig. Il commence à peine à ouvrir les yeux quand tu le balances sur une chaise.

– Qu'est-ce que c'est q

– Ta gueule.

Une tarte du revers de la main droite. Pour qu'il comprenne bien que tu n'es pas là pour rigoler.

– C'est moi qui pose les questions.

Yeux écarquillés, bouche fermée. Il a compris et il a peur.

– Qu'est-ce que tu foutais au Churchill ?

– Je buvais un verre avec un ami.

– Qui ça ?

– Quelle importance ?

Deuxième tarte, sur la tempe pour un effet douleur maximum.

– C'est moi qui pose les questions, je t'ai déjà dit.

Il se frotte l'oreille.

– Alors, avec qui tu buvais un verre ?

– Un ami.

– Édouard Le Maréchal.

Il hésite, bafouille, puis lâche :

– Oui.

– Et tu lui as donné un petit cadeau.

– Je ne vois pas de quoi vous parlez.

– Une mallette.

– Je ne vois pas.

– Pleine de fric.

Pétillement dans ses yeux. Le bon moment pour lui sortir ta carte de police, gardée en sous-main pour ce genre d'occasions.

– Qu'est-ce que vous me voulez ?

– C'est moi qui pose les questions, dernière fois que je le répète.

– Je ne comprends pas vos questions, lieutenant.

– Le fric, c'est pour quoi ?

– Je ne peux rien vous dire. Je ne parlerai qu'en présence de mon avocat.

– C'est pour la rançon ?

Air surpris sur son visage, comme si tu lui racontais n'importe quoi.

– Quelle rançon ?

– Tu sais très bien de quoi je parle.

– Non, je ne sais pas de quoi vous parlez.

– Clotilde Le Maréchal.

– Je ne sais pas qui c'est.

– Sa fille.

– Je ne la connais pas.

– Ne joue pas au con avec moi.

– C'est vous qui jouez au con, lieutenant. Vous ne savez pas à qui vous avez affaire. Je suis protégé par les rapports diplomatiques entre nos deux pays.

Il sort un papier de son portefeuille et te le tend. Elias Khoury. Visa diplomatique libanais.

– Vous n'avez absolument pas le droit de faire ce que vous êtes en train de faire. Qui plus est dans un lieu privé.

Son visa devient une boule de papier entre tes mains, que tu lui jettes en pleine poire.

– Ça, je m'en bats les couilles, mon pauvre ami. Pour tout te dire, je ne fais plus partie de la police.

Tu sors ton Glock de ta poche pour reprendre la main sur la conversation.

– Qu'est-ce que vous voulez ?

– Je cherche la fille de Le Maréchal. Et j'ai de bonnes raisons de penser que tu sais où je peux la trouver.

– Je ne savais même pas qu'il avait une fille.

– C'était quoi, tout ce fric ?

– De l'argent que je lui devais.

– Qui vient d'où ?

– D'une vente.

– Quelle vente ?

– Je ne peux pas rentrer dans les détails.

– Écoute-moi bien. Je suis fatigué. Je n'ai pas envie de te brusquer. Et puis surtout je n'ai rien contre toi. Explique-moi d'où vient ce fric, prouve-moi que ça n'a rien à voir avec sa fille, et je te laisse te barrer sans encombre.

– C'est pour un contrat concernant la construction d'un stade dans un pays d'Afrique centrale. Je ne rentrerai pas dans les détails. M. Le Maréchal a des amis dans le BTP qui voulaient décrocher le contrat. J'ai joué les intermédiaires avec les représentants africains pour leur permettre de remporter le marché, c'est tout.

– Ça monte à combien, le contrat ?

– Beaucoup.

– Combien ?

– Quatre cents millions d'euros.

– Quel rapport avec ce que tu as donné à Le Maréchal ?

– C'est dans le deal. Il récupère une partie de ma commission.

– Combien ?

– Quelques millions.

– À quoi va lui servir tout ce fric ?

Il se marre. Tu lui fourres un Glock sous le nez et ce con se marre.

– Vous ne savez vraiment pas ?

– Non. Quel rapport avec sa fille ?

– Aucun. Vous vous êtes complètement planté, mon ami.

– À quoi lui sert ce fric alors ? C'est pas juste pour son confort personnel, quand même ?

– Vous êtes là, en train de me menacer avec une arme, et vous n'avez pas idée d'où va partir tout cet argent ? Réfléchissez un peu, lieutenant. M. Le Maréchal est sénateur. Il y a une campagne présidentielle dans moins d'un an.

Le petit enfoiré. Tu te sens presque con à tenir ton flingue devant lui.

– OK. Tu me donnes ta carte et tu dégages.

Cinq minutes après, tu es dans la voiture. Tu tires sur ta cigarette comme si tu n'avais pas fumé depuis trois semaines. Clotilde est toujours là, dans son maillot de bain deux-pièces. Tu tapes sur les touches de ton téléphone comme un forcené, mais ça finit quand même par appeler Didier Cheron.

– Comment vas-tu, mon petit chat ?

– Didier, tu ne m'as pas tout dit.

– Tout dit quoi ?

– Le Maréchal. Les rétrocommissions sur les constructions de stades. L'information ouverte sur lui par la DCRI. Qu'est-ce qui se passe ?

– D'où tu sors ça ?

– J'ai serré son pote. Le Libanais.

– Quel Libanais ?

– Elias Khoury.

– Khoury ? L'intermédiaire ? Mais qu'est-ce que tu fous Christian ? C'est pas tes affaires tout ça !

– T'es au courant de ce qui se passe ?

– Non, j'en sais rien, et toi non plus t'as pas à être au courant. Ne fouille pas la merde nom de Dieu, je te rappelle que Le Maréchal est un client.

– C'est plus un client, l'enquête est terminée depuis un mois et demi.

– Si, ça en reste un. Édouard Le Maréchal défend nos intérêts.

– Quels intérêts ?

– Ceux de l'entreprise.

– Qu'est-ce que ça veut dire, Didier ?

– Édouard travaille avec des amis lobbyistes et aide à faire passer des lois sur la sécurité privée. On est tous gagnants là-dedans, donc on ne touche pas à ce type.

– Je veux savoir où est sa fille.

– Tu m'as dit toi-même qu'il l'avait retrouvée.

– C'est des conneries. Il ne l'a pas retrouvée.

– Qu'il l'ait retrouvée ou pas, ça n'a rien à voir avec tout ça. Rien.

– Pourquoi est-ce qu'il a la DCRI au cul ?

– J'étais pas au courant qu'il était fliqué.

– J'y comprends rien, Didier, mais je vais continuer à fouiller. Je veux retrouver la petite.

– Tu m'emmerdes, Christian. Arrête de fouiller du côté de Khoury, c'est trop dangereux.

– Je ne sais pas quoi faire d'autre.

Clotilde qui te regarde depuis le pare-soleil.

– Moi je sais ce que tu vas faire. Tu vas arrêter tes conneries. Cette enquête est bouclée, on s'en fout de cette gamine.

Tu penses : *peut-être qu'il a raison.* Mais tu dis :

– Ils ne l'ont pas retrouvée.

– C'est pas notre problème.

Tu penses : *peut-être que je poursuis une idée qui n'a aucun sens.* Mais tu dis :

– J'ai peur pour elle.

– Faut te ressaisir Christian, tu perds les pédales.

Tu penses : *peut-être que je ferais mieux de lâcher l'affaire, et de me concentrer sur toutes les merdes qui me pendent à la gueule.* Mais tu dis :

– J'aimerais juste comprendre ce qui se passe.

– Cette gamine a fait une fugue, point barre. Le reste, c'est pas tes oignons.

Tu penses : *il a raison*. Et tu dis :

– T'as raison.

– J'ai toujours raison, mon p'tit chat.

– Bonne soirée, Didier.

Et tu raccroches.

Tu démarres la voiture mais tu ne sais pas où aller.

Tu es en train de tourner sans aucun but dans les rues du XVIIe quand Michel t'appelle :

– J'ai eu l'info. Toussaint est à Bichat.

– Qu'est-ce qu'on fait ?

– On va le chercher.

– Juste tous les deux ?

– J'ai du renfort.

– Qui ça ?

– Gabach.

– Merde.

– Il a besoin de thunes, il touche le fond. Sa femme s'est barrée avec le gosse, il sait plus quoi faire. Et on a besoin de bras.

Tu ne réponds rien. Tu acquiesces silencieusement.

– Rendez-vous à vingt-trois heures devant l'entrée Nord.

Quand tu raccroches, tu tournes la tête vers Clotilde, mais elle ne te regarde plus.

Elle n'est plus là. Plus avec toi.

Toi non plus, tu n'es plus là. Ta tête est ailleurs.

La voiture avance toute seule. Elle erre dans les rues de Paris. Elle te guide dans le grand vide alentour. Des rues qui s'enfilent sans aucun but. Des êtres humains que tu croises comme si c'étaient des pantins sans vie.

Quand tu lèves la tête, tu es devant l'appartement de Rebecca Blanchart. La meilleure amie de Clotilde. Tu n'as pas voulu venir ici. Tu n'y as pas réfléchi. C'est ton corps. Ton instinct. Quatre jours que tu files la petite Blanchart. Tu as changé de stratégie en début de semaine. Tu as décidé de parier sur l'innocence. Sur la seule qui nage en dehors de toute la crasse. Si Clotilde veut se planquer et couper les ponts avec son réseau, c'est la seule en qui elle peut avoir confiance. Quatrième soir que tu es là, mais tu n'y crois plus vraiment. Tu arrives au bout. Didier a raison. Tu remues la merde. Tu es sur le point de décrocher. Pourtant, tu ne peux pas t'empêcher de lever les yeux quand tu vois la lumière de sa fenêtre qui s'éteint. Tu ne peux pas t'empêcher de te remettre à espérer quand un taxi se gare devant toi au même moment.

Il est vingt-et-une heures trente quand Rebecca sort de l'immeuble et rentre dans le taxi. Quinze minutes à peine dans une circulation fluide, jusqu'au boulevard de Clichy. Le taxi s'arrête sur un trottoir à Pigalle. Rebecca sort, grande et fière. Chic comme une petite princesse du XVIe au milieu des oiseaux de nuit du XVIIIe. Elle fait quelques pas, marche d'un air arrogant comme si elle allait écraser tout le monde dans la rue, puis entre dans un établissement. Le Puppet. Bar à hôtesses repris récemment par une nouvelle équipe, que tu ne connais pas. Alors tu restes prudent. Trois minutes à peine dans ta voiture à surveiller l'entrée, et Rebecca qui ressort. Hèle un taxi. Repart.

Tes yeux fixés sur la devanture du Puppet. Tu sens qu'elle est là. Clotilde. À quelques mètres. Ton sang qui bout. Tu sors de la voiture. Les jambes qui flageolent. Dans ta tête, ça part dans tous les sens. Clotilde, Clotilde, Clotilde. Des images d'elle qui défilent derrière tes yeux.

Carte de police sous le nez du vigile, la main tremblante. Tu entres dans le bar. Grand couloir tapissé de rouge. Clotilde, Clotilde, Clotilde. Tu essayes de te calmer mais tu n'y arrives pas. Cinq filles et quelques clients le long du bar. Tu prends la première qui vient, qui te répond qu'elle ne connaît pas de Clotilde. Tu te fais toute la rangée. La deuxième fille ne connaît pas de Clotilde. La troisième non plus. Elle te propose un verre mais tu refuses. Il reste une dernière fille, au fond du bar. Traits tirés vers le bas, le visage triste. Tu lui demandes si elle connaît Clotilde. Elle te répond avec son air blasé de fille qui a vieilli trop vite :

– Ça ne me dit rien.

– Une petite, blonde, avec une frange.

– Je ne vois pas.

– Un tout petit nez.

– Non, désolée.

– Merde !

Tu as crié trop fort. Tu te reprends et tu chuchotes :

– Rebecca Blanchart, qu'est-ce qu'elle est venue faire ?

– Qui ça ?

– La fille qui vient de rentrer.

– Je ne sais pas, je ne la connais pas.

Des tas d'images de Clotilde qui t'inondent le cerveau. Et parmi toutes ces images, parmi le million d'informations qui t'envahissent de toutes parts, tu revois la vidéo où elle se déshabille devant la caméra. Sa langue sur ses lèvres. Ses mains sur ses seins. Sa jupe qu'elle enlève. *Je veux me faire sauter jusqu'à plus soif.*

– Une fille qui a un très léger défaut de prononciation. Elle dit parfois cheu à la place de seu.

– Ah, bien sûr ! Christelle.

Christelle.

Depayras.

Dans ta tête, ça explose.

– Elle vient souvent ici ?

– Elle travaille ici.

– Elle bosse quand ?

– Mardi prochain.

Clotilde, vivante.

Un truc brûlant t'envahit tout le corps comme si tu étais une étoile en fusion.

– Merci.

– Tu pars déjà ? Tu prends pas un verre avec moi ?

Tu arrives à peine à parler. Une boule chaude dans la gorge. Tu lui lâches un billet de cinquante euros et tu sors.

Tu ne penses qu'à Clotilde une heure plus tard, dans la Toyota Prado de Michel Morroni garée face à l'hôpital Bichat. Voiture d'assaut pour mission exfiltration. Toutes les raisons de stresser au plus haut point, mais dans ta tête il n'y a que Clotilde. Impossible de te concentrer sur ce que dit Michel. Même quand il te met la cagoule entre les mains, tu penses : *Clotilde, Clotilde, Clotilde.* Et pourtant tu dis :

– Pourquoi la cagoule ?

– Parce que c'est rempli de caméras.

– On va être repérés direct avec ces trucs.

– On n'a pas le choix. Il est à côté de l'entrée Nord, celle qu'on voit là-bas. Chambre 208.

– Il a été opéré ?

– Cet après-midi. Ça fait quatre heures qu'il est revenu dans sa chambre, il doit être dans les vapes, en train de récupérer.

Gabach acquiesce à côté de toi. Il a la tremblote. Le teint pâle. Des yeux de chien battu. Certainement pas la meilleure recrue pour ce type de mission.

Michel vous sort le plan qu'il a imprimé juste avant de venir :

– J'ai calculé, on en a pour une minute pour atteindre la chambre par l'escalier, si on court bien et qu'on n'a pas d'embûche. Une deuxième minute pour neutraliser la flicaille. Une troisième pour débrancher Toussaint et l'installer sur le fauteuil, et une dernière pour descendre par l'ascenseur et revenir ici. Si on fait ça bien, on en a pour quatre minutes chrono et les flics n'auront pas eu le temps d'arriver.

En temps normal, tu trouverais ça complètement suicidaire. Mais Clotilde t'empêche de réfléchir normalement.

– C'est risqué quand même, non ?

– C'est maintenant ou jamais. Soit on le fait ce soir, soit la prochaine fois que tu revois Toussaint, ça sera dans un parloir.

– On y va.

Gabach acquiesce.

Vous êtes à peine sortis du quatre-quatre que Michel ouvre le coffre : un fauteuil roulant et deux kalachnikovs.

– Pourquoi les kalachs ?

– Pour pas perdre de temps avec les plantons. On doit jouer l'efficacité, sinon on est baisés. En voyant les kalachs, ils vont écraser direct. Et puis ça va nous laisser un peu de répit cette semaine. Dès que les flics vont enquêter, ils vont commencer par fouiller chez les natios.

Rentrer dans un hôpital avec des fusils d'assaut, déguisés en nationalistes corses. Tu devrais dire à Michel qu'il déraille complètement. Que c'est n'importe quoi. Mais tu fais comme Gabach. Tu acquiesces. Tu la fermes et tu penses à Clotilde. Un seul objectif : rester vivant jusqu'à mardi prochain.

– Vous êtes prêts ?

Tu penses : *non, je ne la sens pas du tout, mais alors pas du tout du tout.* Mais tu dis :

– Prêt.

Tu enfiles la cagoule. Prends ta kalach. Entrée Nord à trente mètres environ.

Tu te faufiles dans la nuit en courant sans un bruit.

Toi devant, avec le fusil-mitrailleur. Michel juste derrière avec le fauteuil. Gabach en fin de convoi, qui protège les arrières. Deux personnes dans le hall, que tu vois depuis l'extérieur. Une standardiste derrière le bureau. Un médecin à la machine à café. Tu pointes la kalach avant de passer la porte. Elle crie. Lui se retourne et crie aussi. Ton index devant ta bouche avec ta main libre. L'autre main qui les menace avec le fusil. Michel qui pointe son flingue sur la fille :

– Tu fermes ta gueule et tu te lèves. Si t'es mignonne, on ne te fera pas de mal.

Elle se lève et vous suit. Le toubib lève les mains. Docile. Ça tombe bien, c'est pas le moment de finir en taule. Pas cinq jours avant de voir Clotilde.

Vous leur faites signe de passer devant vous. De grimper dans l'escalier. Vous montez en courant, à pas feutrés. Arrivé au deuxième étage, tu leur fais signe de s'arrêter. Signe de tête à Michel. Il te montre la droite. Tu ouvres la porte du couloir d'un coup sec, la kalach pointée vers l'avant. À une vingtaine de mètres, un GPX sur une chaise. Qui lève les yeux, paniqué. Tu cours vers lui, ton arme dirigée sur sa tête. Gabach sur tes talons. Le planton n'a pas le temps de comprendre ce qu'il lui arrive, que tu es déjà devant lui. Il est affolé mais ne sait pas quoi faire. Pas le temps de t'emmerder avec un flic, même bien dompté. Un premier coup de crosse dans le crâne. Un deuxième une fois qu'il est à terre, pour t'assurer qu'il reste dans les vapes. Tu te retournes. Michel est toujours derrière, avec le fauteuil et les deux otages. Gabach chuchote :

– Un seul flic ?

Michel est essoufflé :

– Faut croire que Toussaint ne pèse pas si lourd que ça.

Tu ouvres la porte de la chambre du bout du pied. Pas de flics ici. Juste Toussaint dans son lit, pas vraiment conscient. Branché sur deux perfusions, une dans chaque bras. Tu fais signe au médecin pour qu'il te file un coup de main. Il opine du chef avec désapprobation.

– Ce sont des analgésiques et des anesthésiants, il va avoir très mal si on lui coupe ça.

– C'est pas tes oignons, tu lui enlèves tout et tu la fermes.

– Vous avez de quoi calmer la douleur chez vous ? Sinon je peux vous donner de la morphine en solution.

Serviable, le gusse. Il pourrait voir que tu apprécies si tu n'avais pas ta cagoule. Mais à la place de ça, il voit un visage masqué qui le menace avec un fusil.

– T'inquiète pas pour ça, on sait ce qu'on fait.

Il soulève le drap et te montre le ventre de Toussaint. Salement amoché.

– Faites très attention au drain. On l'a posé après l'opération, c'est important pour éviter les excès de contusion et une bonne cicatrisation.

– On a compris. Maintenant aide-nous à l'installer sur le fauteuil.

Tu continues à le mettre en joue pendant qu'il déplace Toussaint avec Gabach. Michel garde la standardiste en respect. Toussaint ouvre les yeux une fois qu'il est sur le fauteuil. Il voit vos cagoules et il sourit. Tu lui fais un signe de tête. Tu poses ton index devant tes lèvres pour qu'il comprenne qu'il faut la fermer. Gabach ouvre la porte de la chambre et fait sortir les deux otages en premier. Il sort à son tour, puis s'arrête d'un coup. Tu le suis. Tu tournes la tête vers le fond du couloir. Il y a un flic qui sort des toilettes et qui ne vous a pas encore vus. Gabach ne fait rien, il est comme paralysé. Tu regardes mieux le flic. Tu la reconnais. C'est la petite beurette du groupe Beauvais. Tu comprends que Gabach ne va pas oser tirer. Michel non plus. C'est leur ancienne collègue. Tu n'as pas le choix. Tu pousses Gabach et tu pointes ton arme vers elle. Elle vous voit juste au moment où tu presses la détente. Tu vises le plafond. Rafale de balles juste au-dessus de sa tête. Elle se met à terre et se planque derrière un lit.

Vous en profitez pour courir jusqu'aux ascenseurs. Cinq secondes max pour y arriver. Tu appuies sur les trois boutons. Gabach te suit avec les otages, et Michel avec Toussaint. La fliquette se relève et crie.

– Laissez-les partir !

Elle pointe son arme vers Gabach.

– Laissez-les partir !

L'ascenseur de droite arrive en premier. Tu t'engouffres dedans, suivi de Michel et de Toussaint. Gabach reste dans le couloir avec les deux otages.

– Laissez-les partir ou je tire !

Elle tire. Gabach laisse les otages dans le couloir et saute dans l'ascenseur. Les portes se referment. Vous descendez au rez-de-chaussée. Hall d'accueil absolument désert. Vous sortez du bâtiment et courez jusqu'à la voiture, avec Toussaint dans le fauteuil. Vous installez le blessé à l'arrière de la Toyota. Gabach à ses côtés. Le fauteuil replié dans le coffre, avec les deux kalachs. Michel s'installe au volant et démarre. Toi à la place du mort. Vous quittez le parking sans entendre la moindre sirène de police.

Après deux kilomètres dans le silence, Michel rit aux éclats :

– Nom de Dieu, on a plié ça comme des chefs.

Tu ris aussi. Tu ne penses plus à Clotilde. Trop d'adrénaline dans le sang.

Michel regarde Toussaint dans le rétroviseur.

– Ça va, Toussaint ?

– Non. Ça sent beaucoup trop le poulet dans cette bagnole.

Tu ris. Gabach aussi. Michel aussi. Il y a encore deux mois, vous étiez tous flics. Et maintenant vous braquez un hôpital avec des fusils d'assaut.

– Tu te sens comment ?

– J'ai mal.

– On va te filer de la morph quand on arrive à la maison.

– On va où ?

– Dans le 92.

– Qu'est-ce qu'on va foutre dans le 92 ?

– On va se reposer dans la maison de Dominico, à Vaucresson.

– Je veux aller à Montreuil d'abord.

– Ne commence pas, Toussaint, s'il te plaît.

– On doit répondre maintenant, on ne peut pas laisser faire ces couillons !

– C'est pas le moment. On se repose d'abord.

– On n'a pas le temps Michel, et tu le sais très bien. Il faut les buter maintenant.

– On ne bute personne, Toussaint. On se repose et on la ferme, point.

– Ils ont buté Lisandru et Gérard, et tu vas laisser f

– T'en sais rien, pour Gérard.

– C'est eux.

– T'en sais rien, nom de Dieu !

– Ils vont brûler, je te le dis. Ils vont tous brûler.

– Bon, maintenant tu vas m'écouter. On n'est pas venus te chercher pour que tu nous fasses ton petit manège. C'est moi qui commande, alors tu fermes ta gueule !

Gabach et toi : bouches cousues.

Quelques secondes de silence, bercés par le moteur du quatre-quatre qui tourne à plein pot sur le périph. Puis Michel reprend :

– À partir de maintenant on ne bouge plus, c'est clair ?

– Si on ne bouge plus, on tire un trait sur les affaires, Michel, et tu le sais très bien.

– C'est comme ça, on n'a pas le choix.

– Pourquoi ?

– Parce qu'on est pistés.

– Comment tu sais qu'on est pistés ?

– Dominico a été arrêté à Marseille avant de prendre l'avion pour le Cameroun.

Cinq secondes de stupeur dans l'habitacle. Tu ne sais pas quoi répondre. Toussaint non plus.

– Et c'est pas tout. Les frères Castelli devaient arriver de Bastia pour nous filer un coup de main, mais ils se sont fait taper par les flics avant même de prendre le bateau.

– Bordel.

– Tu peux le dire.

– Comment c'est possible ?

– On est sûrement sur écoute, peut-être même que quelqu'un nous balance.

– Les téléphones, OK, mais la balance, c'est de la parano ça, Michel.

– Réfléchis un peu, Toussaint. Sers-toi de ton cerveau pour une fois, nom de Dieu. Les Gitans savent tout de nous. Ils nous braquent pendant les deals, ils sont là pendant qu'on fait les baraques. Les flics pareil. Les Serbes aussi. C'est une coïncidence ça, peut-être ?

– Qui alors ?

– J'en sais rien.

– C'est moi peut-être ? Ou c'est Gabach ?

– Arrête Toussaint, s'il te plaît.

– C'est Christian alors ?

– Arrête, je t'ai dit.

– Peut-être que c'est toi sinon ?

Coup de frein brusque de Michel. La voiture qui s'arrête net. Ta tête qui part en avant. Toussaint, derrière, pas attaché. Son corps propulsé contre les sièges de devant. Il crie.

– Putain !

Voiture à l'arrêt, en plein milieu du périph. Bagnoles qui arrivent derrière vous et qui klaxonnent. Michel se retourne vers Toussaint :

– Je ne sais pas qui c'est, mais je pense que quelqu'un nous met des bâtons dans les roues. Et c'est quelqu'un qui sait tout de nous. Sinon, on n'en serait pas là aujourd'hui. Donc maintenant, on se planque et on cherche la taupe au calme. Est-ce que c'est clair ?

Tu opines du chef. Gabach aussi. Toussaint ne répond pas. Il grogne, trop fier. Michel se détend. Se marre. Toujours des bagnoles qui klaxonnent en passant de chaque côté du quatre-quatre.

– T'es vraiment un putain de casse-couilles, Toussaint.

Et il redémarre.

17

Vendredi 17 juin 2011

Verhaeghen, fine, droite, austère, avec son imper en cuir, sa longue tignasse brune qui lui tombe le long du dos, ses yeux transparents et un sourire figé le long de sa grande bouche de tueuse, et puis moi, dos à dos avec elle, dix centimètres de moins, bien bâti mais presque avachi sous le poids de cette grande asperge, les yeux dans le vide, la barbe mal taillée, quelques cheveux qui se battent sur mon crâne dégarni, en jean et en pull, pas photogénique pour un sou. Derrière nous, le Quai des Orfèvres, le tout sur une double page, avec ce titre écrit en rouge sang : *Au cœur du 36 quai des Orfèvres, avec deux capitaines de la Crime qui défrayent la chronique.* Je referme *Le Point* sans même lire l'interview, six pages noircies d'autocongratulations, je ne sais même pas pourquoi j'ai accepté ça, cet air de faux-jeton sur la photo, cette interview où un arriviste parle de son face-à-face héroïque avec un tueur en série armé d'une épée, ce n'est pas moi bon sang, ce n'est pas moi, je ne sais même pas comment j'ai fait pour dire ça. Je repose le magazine et je sors mon petit carnet de ma poche, dans cette salle d'attente miteuse où tout part en sucette, taches de moisi au plafond, canapés recouverts de crasse, à l'image de ce que j'ai dans la tête, des jours et des jours que je suis dans le brouillard, des jours et des jours que tout est gris quand je me lève, que tout est noir quand je me couche, et les yeux de la petite Sharon Niziolek qui me fixent dès que je ferme les miens, comme s'ils attendaient pour me sauter dessus que je baisse la garde.

Réveillé aux aurores par les collègues, branle-bas de combat dans le groupe Beauvais : Nesrine s'est fait attaquer hier alors qu'elle allait voir Toussaint Mattei à l'hôpital pour sa déposition. Trois types déguisés en nationalistes corses, armés de kalachnikovs, matinée insupportable au 36 où tout le monde était sur les dents, exaspérés par les journaleux qui ont appelé sur le fixe du 415 sans interruption, la radio ne parle que de ça, les chaînes d'info continue aussi, Nadia Chatel est enragée, tellement enragée qu'on a dû changer de pièce pour l'audition du médecin qu'ils avaient pris en otage. Le toubib nous a raconté que sur les trois types, un seul avait un accent du Sud, bon Dieu, qui a déjà vu un natio sans accent, ça n'existe pas, c'est une fausse piste, c'est une mise en scène pour que l'enquête soit confiée aux collègues de la SAT[1], mais moi je sais qui c'est, j'ai compris, le médecin a parlé d'un type grand et costaud, un mètre quatre-vingt-dix environ, c'est Christian Kertesz, un autre, corpulent, avec un accent marseillais, c'est Michel Morroni, et un troisième, mince, sans accent, c'est sûrement un de leurs porte-flingues, comme ils en ont par dizaines, comme Lisandru Bartoli, qu'on a retrouvé mort dans ce bistrot minable du XIXe hier matin. Pour qu'on garde l'enquête, je n'ai pas eu le choix, j'ai dû abattre toutes mes cartes, ou presque, en tout cas le témoignage partiel de l'indic que m'a refilé Verhaeghen, et qui a reconnu formellement Toussaint Mattei entrer dans la boîte de nuit la Fiesta la

1. Section antiterroriste.

nuit du 3 juin. Grâce à ça, on a pu faire le lien avec la fusillade au Quotidien, où le patron nous a avoué qu'il s'agissait d'une vengeance des Gitans, alors depuis c'est la panique au bureau 415, on se retrouve face à une guerre des gangs, objectif mettre à terre les Corses et les Gitans le plus vite possible, avec l'aide de la BRB et de la BRI. Trop d'agitation pour moi au 36, je n'y arrive plus, je suis fatigué, alors je suis parti sans prévenir, avec ma dernière carte, celle que je conserve au chaud, la seule chose que j'ai cachée au groupe, la seule, le témoignage de l'indic concernant Kertesz : Kertesz je le garde pour moi, c'est ma vendetta personnelle.

Les jours de la semaine se confondent dans ma mémoire, je suis à bout, je sais que je suis à bout, j'ai besoin d'un remontant, quelque chose qui me remette d'aplomb, là je ne suis plus capable, alors en attendant, pour résister à la brume qui gagne mon esprit, j'écris, je consigne absolument tout, et je me relis, en permanence, pour ne rien oublier, pour savoir ce que je suis en train de faire. Je tourne les pages et je me remémore ce que j'ai fait, quatre pages pour hier, trois pour avant-hier, deux journées passées à relire le dossier Sharon Niziolek fourni par l'agence AGH, à revoir les témoignages un par un, deux journées au lycée à remuer la boue. Plein de gens savaient, ils en rigolent presque, ou ils méprisent, ou ils accusent, des gamins, des profs, des CPE, même les cantinières ont entendu parler du jour où elle s'est fait attraper à sucer un gamin dans les toilettes. Tout le collège était au courant, même à l'académie ils étaient au courant, le CPE leur a fait remonter l'information, impossible de retrouver une piste à partir de ça, le privé d'AGH avait raison, il n'y a rien à en tirer.

Je remonte plus loin dans le carnet, mercredi soir, Isabelle n'a pas dormi à la maison, je suis rentré tôt mais elle n'était pas là. Élise non plus, mais Élise est rentrée à une heure du matin, alors qu'Isabelle a dormi dehors, où ça, je n'en sais rien, elle ne m'a rien dit. De toute façon on ne se parle plus, elle dort seule dans notre chambre, moi dans celle de Juliette, je passe mes soirées à éplucher les dossiers en écoutant des vieux disques, du free jazz, des opéras, et mes humeurs montent et descendent, *largo*, *adagio*, *moderato*, *allegro*, *presto*, montent et descendent, montent et descendent, ça devient un enfer de vivre sans traitement, je suis malade, je n'y arrive plus, parfois je croise Isabelle, je lui dis que je l'aime, mais elle a peur de moi, elle m'évite, je ne sais pas ce qu'elle fait, peut-être qu'elle mène sa vie comme elle l'entend, peut-être avec d'autres hommes, ça me tord le bide quand j'y pense, j'ai les intestins en vrac, j'ai des crampes en permanence, comme si ma blessure se réveillait, faut que je lui demande des médocs pour ça, à l'autre fumier.

Mardi, quatre pages sur mon carnet, grosse mise au point avec le procureur Wittmann, plus de deux heures passées dans son bureau à me faire sermonner alors que je venais le voir avec du solide, à savoir le témoignage du personnel de l'Hôtel de La Boëtie, qui confirme que le tueur de 2006 n'est pas celui qui a été arrêté, et que le meurtre d'Elena Perales n'est donc pas une affaire classée. Mais non, rien à faire, le proc ne veut pas ouvrir de dossier d'instruction, le lien entre le meurtre de 2006 et ceux de cette année n'est pas clairement établi, il faut des preuves capitaine, pas des témoignages d'une scène ayant eu lieu il y a cinq ans, il faut des faits concrets, objectifs, comme par exemple une correspondance entre deux ADN, celui trouvé dans la chambre de l'hôtel, comparé à l'époque avec celui d'un individu fiché par la gendarmerie, arrêté pour violences sur mineures en 2001 et relâché en 2003, trois ans avant le meurtre d'Elena Perales. Voilà une preuve solide contre laquelle vous ne pouvez rien, et il en rajoute des couches, avec ses grandes lunettes qui lui bouffent la moitié de la tronche, et moi j'encaisse, peut-être que c'est moi qui délire, à chercher des choses qui n'existent pas, alors j'écoute, comme un gamin esseulé, il y a une hiérarchie à respecter capitaine, votre commandant de groupe, Franck Beauvais, en premier lieu, la commissaire, Nadia Chatel, dans un second temps, vous ne pouvez pas venir me voir sans les avoir consultés, qui plus est sans aucune preuve solide. Je ne dis rien, mais j'aimerais pouvoir lui dire que je ne peux pas la respecter cette hiérarchie, que je fais tout dans mon coin, de chez moi, la nuit, pour pas qu'ils sachent, parce qu'ils ne me font pas confiance. Beauvais était là en 2006, il a signé une partie des rapports, il a participé à l'arrestation du type, peut-être qu'il sait qu'il n'a pas tué le bon, je n'en sais rien, peut-être qu'il sait que le meurtre d'Amandine Salmon et celui d'Elena Perales ont un rapport, il le sait forcément, bon sang, on ne peut pas nier l'évidence. Le tueur de 2006, le vrai, pas celui qui s'est suicidé en prison, a tué la petite Salmon, c'est lui, c'est le même, ça n'est pas Fabrice Nihoul, c'est peut-être un de ses complices, je n'en sais rien, en tout cas c'est évident, mais tout le monde fait comme s'il n'y avait rien à voir. Et cette saloperie de disque dur, celui de l'ordinateur de Nihoul, vide à la première analyse, rempli de photos de gamins à la deuxième, ça c'est une preuve bon sang, une preuve qu'on veut lui faire porter le chapeau, que quelqu'un a accès aux archives, quelqu'un qui est proche du tueur, quelqu'un qui a ajouté ces photos dans le disque dur de Nihoul, quelqu'un qui est flic ou qui connaît des flics, quelqu'un qui a commandité une deuxième analyse à l'IJ pendant que je croulais sous les médocs à l'HP, quelqu'un oui mais qui, je n'en sais rien, personne n'en sait rien, même à l'IJ ils ne savent pas.

Je tourne les pages de mon carnet, lundi, trois pages griffonnées à la va-vite, je suis passé à leur bureau, je leur ai demandé pourquoi ils ont fait deux analyses, ils m'ont répondu qu'ils avaient des doutes sur la première, je leur ai demandé si quelqu'un avait pu rajouter ces photos après la première analyse, ils ont ri aux éclats. Soit je suis parano et je suis bon à renvoyer à l'hôpital psy, soit ils veulent tous étouffer cette saleté d'affaire, Beauvais, Chatel, le proc, tous les flics du 36, peut-être qu'ils sont tous au courant, et que moi je suis le dindon de la farce, désespéré, entouré par tous ces gens qui me rient au nez. Je ne peux plus tenir comme ça, j'ai besoin d'autre chose, j'ai une sale tête, Nesrine me le répète en permanence, t'as une sale tête Gabriel, je le sais que j'ai une sale tête, je ne dors plus, je suis épuisé, j'ai mal au ventre, je perds des cheveux, tous les matins dans la douche ils se détachent par poignées, et l'angoisse est là, en permanence, qui rôde, aidez-moi bon sang il me faut d

– Du Prozac pour le long terme, et du Valium pour les montées d'angoisse.

– Allez-y. Rajoutez du Xanax, du Tercian et du Deroxat, c'est ce que je prenais avant. Et quelque chose pour booster tout ça. Mettez-moi le même traitement que Kertesz, avec aussi les trucs qui font dormir.

– Ritaline et Hypnogen, ça vous va ?

Le docteur Pons parle calmement, mais il a l'air abasourdi. Dans ma main il y a mon arme de service, pourquoi bon sang, je ne sais même plus ce que je fais, mais je suis là, dans ce bureau, en train de menacer le médecin de Kertesz pour me faire une thérapie incognito.

– À quel nom je fais l'ordonnance ?

– N'importe lequel. Tout ce que vous voulez sauf le mien.

– Vous savez que c'est illégal ?

– Et tout ce que vous refilez à Kertesz, c'est légal peut-être ? Vous voulez que j'aille balancer ça aux inspecteurs de la Santé ?

– Vous êtes comme lui, en fait.
– Comme qui ?
– Christian Kertesz.
– Je n'utilise pas les gens pour m'enrichir, docteur. Je les utilise pour résoudre des affaires, vous comprenez la différence ?
– Pas vraiment. Vous m'aiderez en retour, si je vous fais de fausses ordonnances ?
– Vous aider à quoi ?
– À m'affranchir de la pression exercée par Kertesz.
– Vous l'avez vu récemment ?
– Je continue à le voir tous les mois.
– Ne vous en faites pas, c'est une question de semaines. Il sera bientôt derrière les barreaux.
Ou alors ça sera moi.

Quand je tends l'ordonnance à la pharmacienne, elle a comme un petit recul de surprise en détaillant la liste de tout ce que je vais engloutir, mais moi je n'attends que ça, après dix jours sans toucher le moindre anxiolytique ni le moindre antidépresseur ni quoi que ce soit je ne pense qu'à une chose, me soulager de cette saleté de cerveau qui ne tourne pas rond, m'abrutir avec leurs cochonneries jusqu'à ce que je ne sois plus en état de penser.

Mon téléphone sonne au moment où j'ingurgite deux comprimés de Deroxat, quarante milligrammes, ma dose quotidienne pour les semaines à venir, je me laisse la possibilité de passer à soixante si besoin, plus deux Xanax, pour calmer au plus vite il n'y a pas mieux, plus un Ritaline pour les amphets, sinon le Xanax risque de me plomber pour le reste de la journée.
– Prigent, c'est Marignan. Comment allez-vous ?
– On fait aller.
– J'ai la date de l'audience, ça sera le mercredi 6 juillet.
– Déjà ?

– Il veulent taper vite. Et fort. Ça nous laisse vingt jours pour contre-attaquer, capitaine. Avec Berthelot *out*, ça commence plutôt bien. C'est du pain bénit, ça en rajoute une couche à leurs magouilles. Kertesz est seul, les Corses sont tous en panique, il faut l'isoler encore plus et il va craquer.

– Qu'est-ce que vous voulez faire exactement ?

– Vous sortir d'affaire, capitaine. J'ai eu accès au dossier de défense de Kertesz, ils vont vous charger au maximum. Nous n'avons pas le choix si nous voulons éviter un désastre.

– Vous pouvez m'envoyer le dossier ?

– Bien sûr. Mais ne soyez pas impressionné. Tant qu'il n'y a pas de mise en examen, vous êtes blanc comme neige. De toute manière vous n'êtes pas inquiété, ils n'ont aucune preuve, que des témoignages bidons.

– Donc on ne fait rien ?

– La première chose à faire, c'est de vous tenir à carreau, capitaine, comme je vous l'ai déjà dit. La deuxième, c'est qu'on a besoin d'avoir un temps d'avance sur Kertesz. Pour savoir ce qu'il prépare. Et je ne peux mobiliser personne à l'IGS malheureusement.

– Kertesz est sur nos radars en ce moment. Je peux le surveiller dans le cadre d'une enquête officielle.

– La vendetta entre Mattei et les Gitans ?

– Oui.

– Kertesz est impliqué ?

– Je pense. À nous de réussir à le prouver.

– Creusez de ce côté-là. Les Corses paniquent, ils font n'importe quoi. L'argent et le pouvoir leur montent à la tête. Si on pouvait lui coller ça sur le dos avant l'audience au tribunal, ça résoudrait tous nos problèmes.

– Je vais faire le maximum, commandant. Je vous tiendrai au courant.

Je raccroche et monte dans la voiture, il est seize heures quarante-deux, sortie des écoles, bouchons à n'en plus finir, je prends la direction de l'appartement de Kertesz, et sur la route, bercé par les moteurs, je sens le comprimé de Ritaline qui monte en premier, le sang qui afflue et qui reflue, mon cœur qui bat, chaque zone de mon corps qui se met en mouvement, mon cerveau qui sort de la brume et qui se connecte, ça fait un bien fou, et par là-dessus je sens le Xanax qui fait effet à son tour, qui se diffuse dans tout mon corps, dans mes muscles qui se relâchent, enfin, comme une vague de bien-être qui m'envahit, c'est comme une libération, je ne suis plus sur le fil du rasoir, je suis dans un canapé géant, excessivement bien.

Après trois heures à sillonner les rues de Paris, dont une à attendre sous l'appartement de Kertesz dans le XVIIe et une autre à faire la même chose devant le London Club dans l'espoir de le voir passer, je m'apprête à laisser tomber, trop impatient, le sang qui cogne dans mes veines, mes jambes qui ont besoin de bouger, ma bouche qui a besoin de parler, je prends un autre comprimé de Ritaline pour maintenir le niveau et je démarre, mais au bout de cinq cents mètres je vois la bimbo de Kertesz, Vanina, celle qui m'a frappé deux fois, sur le trottoir d'en face, en train de marcher vers le club. Je me mets à sa hauteur, coupe le moteur et l'interpelle par la fenêtre, sans même savoir ce que je suis en train de faire.

– Bonjour.

Elle se retourne, me reconnaît et ouvre grand les yeux, comme si elle allait à nouveau se ruer sur moi.

– Qu'est-ce que vous me voulez encore ?

– Tu vas bosser ?

– Oui.

– T'as le temps de boire un verre avant ?

Elle regarde vers le London Club, souffle, se retourne vers moi, et en l'espace d'une demi-seconde son visage s'adoucit, ses traits s'affinent et elle me sourit presque au moment où elle rentre dans la voiture.

Deux minutes après, on est sur des tabourets au comptoir d'un petit bar select du VIIIe, elle devant une coupe de champagne, moi devant un whisky sec, elle plonge ses yeux dans les miens comme si elle voulait m'attirer dans ses filets, sauf que je ne suis pas dupe, je le connais son petit jeu de garce, moi ce que je veux c'est de l'information.

– Ça se passe comment au London Club ?

– Bof.

– Bof comment ?

– Bof bof.

– Tu t'entends bien avec Toussaint Mattei ?

– Bof.

– Tu sais dire autre chose que bof ?

– Toussaint est parti. Ils l'ont arrêté et il s'est enfui.

– Je sais. Comment ça se passe avec Kertesz ?

– Christian ? Je ne suis plus avec lui.

Elle dit ça avec des petits yeux tristes qu'elle essaye de cacher derrière son sourire gêné, ou alors peut-être que ça fait partie de son manège, j'en sais rien, en tout cas ça m'attendrit, sa coupe est vide, je finis mon verre d'un trait, j'en recommande deux autres, on trinque.

– Depuis quand ?

– Depuis que vous l'avez arrêté.

– Ça s'est mal fini ?

– Disons qu'il n'a pas été très gentil la dernière fois que je l'ai vu.

– J'ai besoin de savoir où il est et ce qu'il fait. Tu peux m'aider ?

– J'en sais rien de ce qu'il fait, on ne se parle plus.

– Moi aussi je pourrais t'aider, tu sais.

– M'aider à quoi ?

– À demander aux flics de fermer les yeux sur certaines choses. Concernant des copains ou des copines.

– Qu'est-ce que vous voulez savoir ?

– Il bosse avec les Corses ?

– Oui, il est rentré dans la famille. Il joue les gros bras pour Dominico Battesti.

– Les trois Gitans, c'est lui ?

Petite moue sur son visage, elle tique, elle ne s'attendait pas à cette question, elle ne sait pas quoi répondre, mais je sens qu'au fond de son cœur elle ressent un besoin de se venger, de tout balancer.

– Il y a des rumeurs, mais j'en sais rien.

– C'est quoi, les rumeurs ?

– On dit que les Bastiais se sont vengés d'une bande de Gitans qui braquaient leur coke.

– Qui les a butés ?

– On dit que c'est Toussaint.

– Et Kertesz.

– Oui. On dit aussi que c'est Christian qui l'a sorti de l'hôpital. Et qu'il était avec lui quand ils se sont fait piéger dans le bar.

– Qui dit ça ?

– Les gens.

– Comment je peux trouver un témoin solide ?

– Vous n'en trouverez pas. Les Corses, c'est des tombes. Les Gitans aussi. La seule chose que vous pouvez faire, c'est coincer Toussaint. Il est en cavale mais je sais qu'il est encore ici, il continue à gérer les affaires.

– Où est-ce qu'il se planque ?

– J'en sais rien. C'est pas le genre de trucs qu'on dit aux danseuses.

– Comment je peux le trouver ?

Elle hésite deux petites secondes, le temps de chercher un peu de confiance au fond de mes yeux, et puis elle lâche :

– Tommy, le barman du London Club. Il lui apporte des enveloppes de cash.

Tuyau de premier ordre, je souris, bon Dieu cette fille n'a pas peur, elle sourit aussi, elle sait qu'elle vient de me refourguer une info en or. Je commande une nouvelle tournée, et quand j'attaque mon troisième verre je sens comme une chaleur qui se dégage d'elle, quelque chose d'agréable, de réconfortant, elle aussi doit le sentir parce qu'elle enlève son gilet, et en-dessous sa poitrine explose, à peine voilée par un décolleté plongeant, mes yeux sont comme happés, elle le voit, elle sourit, j'essaye de m'en dégager mais c'est comme le chant des sirènes, elle m'a pris dans ses filets, j'avale un Ritaline avec mon whisky pour éviter de me perdre, cul sec, un signe au barman pour un quatrième verre, elle qui montre la plaquette de comprimés :

– Qu'est-ce que tu prends ?

– C'est pas tes oignons.

– Je sais ce que c'est, j'ai reconnu. Ritaline. J'ai mieux que ça dans mon sac.

– Quoi ?

– De la coke.

Le whisky qui coule dans mes veines, qui me réchauffe tout le corps, avec le Xanax et la Ritaline ça me fait l'effet d'en avoir bu le double, je me sens bien, à l'aise, j'ai envie de parler avec cette fille que je ne connais pas, je sais que je suis à deux doigts de perdre le contrôle mais je n'y pense pas, je suis dans une autre dimension, une dimension où l'on est heureux, quelque chose que je n'avais pas senti depuis des lustres.

– J'ai ce qu'il faut, merci.

– T'es sûr ?

– Oui.

– Dommage.

– Danuta Risztov, tu connais ?

– Non, ça me dit rien.

– Deda ?
– De nom, oui.
– Je cherche des infos sur eux et sur un réseau de gamines tatouées qu'ils ont mises sur le trottoir.
– Les filles qu'on a vues à la télé ?
– Oui.
– C'est toi, non ? C'est toi qui as buté le type ?
– Oui.
– Je ne connais pas ces gens, mais tu peux sûrement avoir des infos avec la vieille pute de Christian.
– Qui ça ?
– Tata.
– C'est qui ?

Et en même temps que je lui pose la question, je me rappelle, ça me revient d'un coup comme si ça sortait de la brume, de mon cerveau abruti par l'alcool et les médocs, Tata, la putain qui fait chanter le docteur Pons, et dont il m'a parlé la première fois qu'on s'est vus.

– Une maquerelle, elle connaît tout le monde dans le milieu.
– Où est-ce que je peux la trouver ?
– Au Caramba, au Banana ou au London Club, ça dépend des soirs. Hésite pas à la brusquer un peu si elle te dit rien, elle aime bien ça.
– Jalouse ?

Ça la pique de plein fouet, elle nie, et pourtant je sens qu'elle l'est, ça se voit, ça se sent, elle l'aime son Kertesz, elle balance la tête de gauche à droite en souriant, je balance la mienne de haut en bas, elle rigole, je rigole aussi, elle continue à nier, de gauche à droite, je continue à dire si si, de haut en bas, ses yeux, sa bouche, ses seins, elle termine sa coupe, en commande une autre, les joues échauffées par l'ivresse, sort un petit pochon blanc de son sac et me montre les toilettes en me faisant un clin d'œil.

Quarante-sept minutes plus tard, dont quinze pour trouver une place à se garer, je suis devant le Caramba, je regarde une photo de Tata que Vanina a envoyée sur mon téléphone mais je ne vois pas clair, j'ai trop bu, je sens toutes les terminaisons nerveuses de mon corps, depuis le crâne jusqu'aux doigts de pied, excitées par la cocaïne, je me sens bien, comme un poisson dans l'eau, comme si enfin j'étais dans mon élément, comme si je ne faisais qu'un avec l'espace, et pourtant tout autour de moi c'est tout ce que je déteste, la nuit, les néons, l'argent, le champagne, la coke, les filles aux culs bombés, les gros dégueulasses pleins de fric, tout ce qui respire le faste et les plaisirs faciles.

Le videur du bar me regarde de haut en bas mais me laisse rentrer, l'air sceptique, je passe la porte blindée et je rentre dans la tanière, lumière rouge, chaleur insupportable, filles qui déambulent en culotte, seins à l'air, des oreilles de lapin sur la tête, qui sourient, me sourient, je souris aussi, elles sont belles, mais je ne suis pas là pour passer du temps avec des filles, je cherche Tata, on me la montre, du doigt, au bout du comptoir, une belle femme d'une quarantaine d'années, seule, discrète, étincelante de naturel au milieu de cette avalanche de visages grimés de rouge à lèvres, de fond de teint et de mascara.

– Tata ?

Elle se retourne, me dévisage de la tête au pied, méfiante, puis me balance avec un sourire sec et hautain :

– Je vous reconnais. Vous êtes le flic qui a arrêté Christian et qui a buté le tueur de fillettes.

Je ne peux rien faire d'autre qu'opiner du chef, surpris, puis je tente :

– Je vous paye un verre ?

– Non merci, je peux les régler toute seule. Qu'est-ce que vous voulez ? Vous cherchez une fille ?

Elle dit ça en souriant, provocante, avec ses grandes lèvres pulpeuses, comme si elle allait me manger sur place, mais je balaye sa proposition d'une main :

– Je cherche des infos sur Deda et Danuta Risztov.

Elle perd son sourire d'un coup, et se lève de son tabouret comme si elle allait me planter sur place :

– J'ai pas l'habitude de donner aux flics.

Je sors un billet de ma poche et le lui tends discrètement, et avec ça je rajoute un petit sourire charmeur aux vapeurs d'alcool :

– Je croyais pourtant que vous étiez indic pour la BRP. C'est important. Je pense qu'il y a une autre fille, qu'il est peut-être encore temps de sauver.

– Je pensais que le tueur était mort ?

– J'en suis pas si sûr.

Elle hésite deux secondes, finit son cocktail cul sec, m'arrache le billet des mains, puis me prend le bras et m'entraîne vers le fond du bar, le visage toujours aussi austère.

– C'est d'accord. Mais on va se mettre au calme pour parler.

Il fait chaud, j'ai du mal à me concentrer, trop excité je pense, trop de Ritaline, trop de whisky, et la pièce où elle m'amène ne m'aide pas du tout à retrouver mes esprits, un backroom avec canapés, matelas, sex-toys, elle s'assied face à moi, je ne vois que ses seins mais j'essaye de me focaliser sur ses yeux, qui me fusillent sur place à chaque seconde qui passe.

– Qu'est-ce-que vous voulez savoir ?

– Dites-moi ce que vous savez sur Danuta Risztov.

– Danuta est morte, vous le savez bien, non ?

– Vous la connaissiez ?

– De loin.

– Qu'est-ce qu'elle faisait ?

– Elle ramenait des filles de l'Est et les mettait sur le trottoir.

– Des mineures ?

– Je ne crois pas, non. J'en ai jamais entendu parler en tout cas. J'ai été surprise de voir son visage avec ceux des fillettes tatouées à la télé. Mais dites-m'en plus, je suis curieuse.

– Je pense qu'elle avait mis sur pied un réseau de prostituées mineures, depuis quelques années déjà, au moins 2006. Et je pense que ces filles sont aujourd'hui en danger. Quelqu'un veut les éliminer.

– La seule qui peut vous aider, c'est Ivanova. Une ancienne fille de Deda, comme Danuta. Elle est de la même génération, elles se connaissaient très bien.

– Où est-ce que je peux la trouver ?

– Les filles de l'Est traînent souvent du côté des bars tenus par les Russes, le Bunny Bar et le Hard Style. Essayez de ce côté-là.

– Et Deda ?

– Je l'ai croisé une fois, il y a dix ans, quand il est arrivé à Paris. Depuis on ne le voit plus. Je ne pense pas qu'il soit à Paris, il gère tout depuis l'extérieur.

– Qu'est-ce que vous savez sur lui ?

– Rien. Personne ne sait rien sur lui. Les rumeurs disent qu'il a été mercenaire pour les Serbes en Bosnie et qu'il a fait des choses horribles.

– Quelles choses horribles ?

– Personne ne sait vraiment, mais on dit qu'il a été criminel de guerre.

– À quoi il ressemble ?

– Il est grand, les cheveux blancs, coupés à ras. Entre cinquante et soixante ans, je dirais. Facilement reconnaissable à sa cicatrice.

Whisky, Ritaline, Tercian, tout déferle à deux cents à l'heure comme si je roulais pied au plancher, tout me monte à la tête d'un coup, la voix du responsable de la sécurité de l'Hôtel de la Boëtie qui tourne en boucle, *des cheveux très courts, à la militaire, une tête sinistre, une cicatrice sous le menton*, vertige, afflux de sang dans le cerveau, ça fait comme un flash, ça monte sans s'arrêter, comme un feu d'artifice, comme une bombe à retardement, comme si toutes mes cellules s'agglutinaient en un point prêt à exploser…

– Où ça ?

Et ça monte…

– Où ça quoi ?

Et ça monte encore, plus haut, plus fort…

– Sa cicatrice.

Ça monte toujours…

– Sous le menton.

Et puis ça explose.

– Bon Dieu.

Une bouteille de whisky chez l'épicier, un Valium pour redescendre, j'essaye de me souvenir de la description exacte que m'a donnée le gardien de l'Hôtel La Boëtie, mais c'est ça, c'est bien ça, des types avec des cicatrices sous le menton ça ne court pas les rues, un Ritaline pour reprendre mes esprits, c'est Deda qui a buté Elena Perales, bon sang, je suis dans ma voiture et je bois, j'avance dans le jour qui tombe, rue Washington, taxis qui défilent, qui me doublent, berline noires, je bois, des hommes riches, des femmes belles, payées par des hommes riches, Deda, pourquoi, je ne sais pas, peut-être que Danuta Risztov a voulu monter son affaire toute seule, peut-être que ça ne lui a pas plu, peut-être qu'il a voulu lui montrer qu'on ne faisait pas ses affaires sans Deda, j'ai trop bu, pris trop de médocs, rue du Rocher, je passe devant le Bunny Bar, je me gare, deux videurs russes, ils voient que je suis alcoolisé, ils ne veulent pas me laisser rentrer, je fouille dans mes poches, carte de police, ils ouvrent la porte, Ivanova, je cherche Ivanova, *niet*, ils ne connaissent pas, dans le bar, musique à fond, de la dance, chantée en russe, des oligarques, en costard blanc, montres à trente mille euros, lunettes de soleil à cinq mille, des filles, partout, robes pailletées, mini jupes, décolletés, vodka, la musique trop forte, les éclats de rire, en russe, trop de gens, trop de mouvement, ça me monte à la tête, j'ai le tournis quand je prends un barman à part, Ivanova, il voit ma tête de flic, il sent mon haleine de soulard, je ne connais pas d'Ivanova, on me bouscule, des mules de cent-cinquante kilos, avec des billets qui vomissent de leurs poches, je me fraye un passage dans la foule, sensation d'ivresse, trop de monde, besoin de sortir, dehors, l'air frais, les deux videurs, qui rigolent, ma voiture, le whisky, un comprimé de Ritaline, j'hésite à tenter le deuxième bar, je ne suis pas en état, j'ai trop bu, il est à peine vingt-et-une heures, il fait encore jour mais j'ai l'impression qu'il fait nuit, j'ai envie de rentrer chez moi, comme une boule chaude dans le ventre, j'ai besoin de retrouver ma femme et ma fille, d'être avec elles, de m'excuser pour tout, je roule, sur le boulevard des Batignolles, je ne vois même pas la route, elle file comme un courant d'air, je vois Deda, ce visage que je ne connais pas, alors je l'imagine, cheveux ras, cicatrice sous le menton, et je sais déjà qu'il sera là, cette nuit, dans mes cauchemars, alors je ferme les yeux, pour oublier ce visage que j'ai fabriqué tout seul, et je pense aux visages que j'aime, celui d'Isabelle, celui de Juliette, celui de Vanina, pourquoi Vanina, je ne sais pas, j'ai trop bu, et quand je rouvre les yeux je suis garé dans ma rue.

Je n'ai pas le temps de sortir qu'Isabelle est déjà là, devant moi, habillée, maquillée, mais elle ne me voit pas, elle sort de notre immeuble et rentre dans sa voiture. Je ne réfléchis même pas, je redémarre et je la suis, de loin, je laisse passer quatre véhicules entre nous, dans ma tête ça tourne à cent à l'heure, je ne veux pas voir ce que je vais voir mais je sens que ça ne va pas me plaire, c'est l'instinct, et au bout de la rue du Four elle se gare, sort de sa voiture, elle est magnifique, elle brille, et moi je suis sale, et je bois dans ma voiture, et cet homme, devant le restaurant, qui fume une cigarette, la quarantaine, beau comme un as, grand, fin, chevelu, bien habillé, tout le contraire de moi, et qui l'embrasse, bon Dieu, longuement, sur la bouche, dans la bouche, et elle sourit, et elle pétille, et elle soulève son petit cul de princesse, depuis la pointe de ses pieds, pour aller chercher sa langue, là-haut, tout là-haut, derrière cette épaisse barbe rasée au millimètre près, derrière cette saleté de barbe qu'elle caresse avec ses doigts, non, Isabelle, non, tu ne peux pas faire ça, mes muscles tétanisés, mon cœur qui bat la chamade, mes doigts qui me font mal tellement ils sont crispés sur le volant, ma respiration comme suspendue alors que le reste de mon corps fourmille d'impatience, toutes mes cellules sont en émoi, saloperie de Ritaline, je t'ai abandonnée, je t'ai oubliée, pourquoi j'ai fait ça, pourquoi j'ai tout détruit mon amour ma famille mes filles ma carrière je ne suis plus qu'un pauvre type qui vit dans ses cauchemars avec ses cadavres avec ces yeux qui me fixent saletés de cadavres whisky une lampée deux lampées trois ressaisis-toi Ritaline devant moi ma femme et un homme que je ne connais pas, qui s'embrassent, qui s'aiment, derrière moi une voiture, garée là-bas, trois voitures en arrière, une Renault Megane, blanche, ça me saute aux yeux, je l'ai déjà aperçue tout à l'heure, quand je revenais du XVIIe, je suis pris en filature, moi aussi, qui ça, bon sang, qui ça, mes collègues, l'IGS, Kertesz, les Corses, qui ça, j'attends qu'Isabelle et son type rentrent dans le restaurant, et puis je sors, en furie, en courant, vers la Megane blanche, je hurle, je vois un visage à travers la vitre, un visage affolé, qui me voit foncer sur lui, qui démarre en trombe, je lui cours après, dans la rue, en hurlant, mais il est déjà loin et ma blessure au ventre me force à m'arrêter. Je reprends mon souffle, j'essaye de faire tourner le visage que je viens de voir dans ma tête, j'essaye de le reconnaître, Christian Kertesz, Toussaint Mattei, Michel Morroni, Franck Beauvais, Nadia Chatel, Gabach, Nesrine, Marignan, le docteur Pons, Sharon Niziolek, avec ses yeux qui me fixent, tous ces visages qui tourbillonnent dans ma tête, je crie, dans la rue, seul, les gens me regardent, ils me prennent pour un fou, ils me méprisent, je rentre dans ma voiture, je démarre, je fais des tours, je fais des tours pour oublier, sans savoir où je vais, il est tard, vingt-deux heures passées, je fais des tours en voiture, j'essaye de me calmer, je pense à une femme, je reprends mes esprits, je n'ose pas l'appeler mais j'ai envie de la voir, alors je lui envoie un message, *J'aimerais vous voir, j'ai des choses à vous demander*, j'ai à peine reposé mon vieux GSM qu'il se met à vibrer, *Venez chez moi*, au moins c'est clair, *Votre mari n'est pas là ?*, et quand j'appuie sur *Envoyer* je me dis mais pourquoi tu demandes ça bon sang, quel crétin, mais elle répond au taquet, *Il n'est jamais là, vous venez pour quoi ?*, pour quoi je viens, je ne le sais pas vraiment moi-même, *Parce que j'ai de nouveaux éléments et des questions à vous poser*, mais je ne suis pas là pour ça, si je réfléchis un peu je sais très bien pourquoi je suis là, ça vibre à nouveau, *Venez, je vous attends*, je suis là parce qu'une force irrationnelle me pousse dans les bras d'une autre femme, et en particulier ceux de cette grande femme au regard perçant et à l'haleine mentholée.

Il est vingt-deux heures trente-quatre quand elle m'ouvre la porte, visage de glace mais joues pourpres, les yeux qui vacillent, elle a bu, robe de soirée, noire, élégante, très courte, deux bagues étincelantes sur la main gauche, sourire à demi assumé, et derrière elle tout ce luxe qui s'étend sur des dizaines de mètres carrés.

– Capitaine.

– Madame Salmon.

– Appelez-moi Catherine.

– Appelez-moi Gabriel.

– Asseyez-vous, je vous en prie. Vodka ?

J'acquiesce, elle me sert la même chose qu'elle, le comprimé de Ritaline pris juste avant de monter les escaliers me remet les idées en place, j'ai trop bu mais je me tiens droit, vodka pure, sans glaçons, et cette odeur de menthol dans tout l'appartement, comme un coup de fouet venu du froid.

– Félicitations.

– Pourquoi ?

– Pour avoir tué cet homme. Je ne pense pas que cette ordure méritait autre chose.

– Je crains que ce ne soit pas terminé, malheureusement, Catherine. Je ne pense pas qu'Amandine ait été tuée par l'homme que j'ai abattu. Je pense qu'il y en avait un autre.

Elle s'assied face à moi avec le même demi-sourire, figé entre ses lèvres rouges et fines, comme si j'avais dit une simple banalité, elle me regarde sans expression, elle est belle.

– Ce n'est pas la version dont s'est targuée la commissaire Chatel dans tous les journaux.

– Cette enquête a été bouclée trop vite.

– Vous allez donc continuer à venir me poser des questions sur Amandine ?

Elle rit, froidement, en buvant sa vodka, se penche un peu plus vers moi, ses seins qui se découvrent sous son décolleté, quelque chose de chaud, une tension, l'appel du sexe, elle est belle, je la sens prête, j'ai envie de la sentir, sous moi, sur moi, nue, sauvage, avec ce même sourire de glace.

– Une informatrice m'a confié qu'il pourrait s'agir d'un ancien mercenaire qui a travaillé au service des Serbes pendant le conflit.

Une réaction sur son visage, elle est surprise, j'aime quand je la surprends, enfin elle quitte le masque, elle se dévoile, et alors elle est encore plus belle.

– Vous pensez que ça a un rapport avec moi ?

– Ça pourrait ?

– Je ne pense pas m'être fait d'ennemis là-bas.

– Il s'appelle Deda.

– Deda ? C'est tout ?

– C'est tout ce qu'on a. Ça vous dit quelque chose ?

– Non.

– Soixante ans, les cheveux très courts, une cicatrice sous le menton.

– Vous avez une photo ?

– Non. Vous pensez pouvoir m'aider à l'identifier ?

Surprise, encore, pendant qu'elle siffle son deuxième verre, se ressert et moi avec, surprise que je fasse appel à la professionnelle, surprise que je puisse avoir une bonne raison de venir ici, et pas seulement l'envie de coucher avec elle.

– Comment souhaitez-vous que je vous aide ?

Elle se penche un peu plus vers moi, vue plongeante sur ses seins, sa bouche à vingt centimètres de la mienne, son haleine mentholée, le sang qui circule dans mon corps comme il n'a jamais circulé, beaucoup trop vite, mon cœur qui bat comme une pompe qui s'affole, ses seins, elle est belle, terriblement belle, et elle me regarde comme si elle allait me sauter dessus.

– J'imagine que vous avez peut-être accès à un fichier qui référence les criminels de guerre serbes ?

Je bois ma deuxième vodka d'un trait, besoin de fraîcheur, sous mon tee-shirt je bous, dans mon jean je fonds, il fait trop chaud, elle est belle, elle s'approche encore plus de moi en susurrant doucement, comme si elle disait *saute-moi maintenant, saute-moi là sur la table, saute-moi tout de suite*, mais elle dit :

– Un mercenaire serbe, vous dites ? Je ferai ce que je peux. Quitte à demander de l'aide à mon mari.

Au moment où elle dit *mari*, elle pose une main sur la mienne, peau douce mais échange électrique, j'approche mon visage du sien, ses lèvres contre les miennes, je pose ma vodka, attrape sa nuque, sa langue, l'intérieur de sa bouche, cette haleine fraîche, ses cheveux dans ma main gauche, sa cuisse sous ma main droite, ferme, douce, sous sa robe, elle m'attrape, elle aussi, les hanches, les épaules, la joue, elle se lève, ma tête dans ses seins, Isabelle, les seins d'Isabelle, mes mains sur ses fesses, les fesses d'Isabelle, encore, les lèvres d'Isabelle, un tourbillon d'images, de sensations, trop de choses dans ma tête, trop d'alcool, de Xanax, de Ritaline, je me lève, elle me regarde, hébétée, son rouge à lèvres a débordé, je ne sais pas quoi dire, je dis non, désolé, je ne peux pas, et je m'en vais, sans la regarder, sans fermer la porte, la tête qui tourne, mon corps qui tourne, dans l'escalier qui tourne, je descends vite, trop vite, trop de marches, je tombe, je ne sais même plus où, je ne sais même pas si j'ai mal, je me relève, je cours, sans savoir après quoi, dehors la nuit est chaude, Catherine, seule, là-haut, ma voiture, la radio CB qui crache, incendie, Montreuil, je ne comprends pas tous les mots, je ne sais pas pourquoi je réponds à l'appel, je ne suis plus vraiment conscient de ce qui se passe, trop de vodka, que des images brèves, des mouvements, des visages, des objets, ma voiture, lancée comme un bolide sur la rocade, le goût de Catherine Salmon sur mes lèvres, et cette odeur, que je connais bien, celle de la chair humaine grillée dans les flammes, la même que dégageait le corps meurtri d'Amandine Salmon, la même qui me hante depuis le Tchad en 1983, des gyrophares de tous côtés, bleu rouge bleu rouge bleu rouge bleu rouge bleu rouge flics pompiers ambulances trente personnes au moins devant le sinistre, des dizaines de badauds effrayés derrière la rubalise, un immeuble entier, calciné de haut en bas, quatre étages, encore fumants, des corps par terre, recouverts de draps blancs, alignés comme des bidasses, des cadavres dans l'immeuble, à ce qu'on dit, il en reste, des cris dans la foule, des pleurs, et la rumeur, sourde, qui bruisse à travers la nuit, l'addition de tous ces chuchotements, toutes ces voix basses, devant cet immeuble qui se dresse face à moi comme un monument aux morts, un cri d'espoir, un pompier qui porte une femme, brûlée, mais vivante, la rumeur qui s'éteint quelques secondes, puis qui reprend de plus belle, de là-haut, dans les immeubles alentour, je lève la tête, partout des fenêtres allumées, des foyers, des hommes, des femmes et des enfants, qui assistent au spectacle de minuit, atterrés, mais rassurés, que ce ne soit pas leur immeuble qui ait brûlé, Nesrine et Verhaeghen, visages fermés, en audition de témoin, un type paniqué, qui raconte, des flammes sans fin, immenses, de tous les côtés, tous ses livres qui ont brûlé, qui se sont embrasés en moins de deux secondes, le feu qui s'est propagé, sur le mur, le plafond, le sol, Nesrine me prend à part, t'étais où, j'avais des choses à faire, on t'a pas vu de l'après-midi, des choses à faire je te dis, tu ne fous rien, je suivais Kertesz, c'est pas Kertesz qu'on cherche c'est Mattei, je fais ce que je veux, t'es bourré, je t'emmerde, pauvre type, je rentre dans l'immeuble et je la plante là, mais qu'elle aille se faire voir bon sang, tout est calciné, noir de suie, encore fumant par endroits, trempé par les lances à incendie, deux pompiers sortent avec un nouveau cadavre, n'allez pas là-dedans, je vous emmerde, Nesrine qui crie, Gabriel, reviens, mais je continue, j'avance dans le hall, les murs, les escaliers, tout est carbonisé, des objets à terre, méconnaissables, qui s'agglutinent, dans une mélasse noircie, qui craque sous les pieds, mais je ne peux pas aller plus loin, j'entends les cris de ces enfants, qu'on assassine à quelques mètres de moi, il y a trente ans, au Tchad, gyrophare rouge, comme un éclair, un pompier, qui me bouscule, je tombe, Nesrine me relève, m'engueule, rentre chez toi Gabriel, Verhaeghen qui sourit, la Fiesta, tu reconnais, six cadavres, dont deux gosses, que des Gitans, ça te parle, oui bon sang, oui ça me parle, Mattei, sale fumier, quelle horreur, pourquoi tout ça, bon Dieu, deux petits corps calcinés, alignés par terre, je soulève le drap, ça gueule, le proc, arrêtez, ne faites pas ça, je réponds, allez vous faire foutre, je regarde, un gamin, de six ans à peine, le visage noir, la peau brûlée, bon sang, je crie, quelqu'un d'autre crie, une femme, derrière la rubalise, qui a reconnu l'enfant, qui se débat pour passer, et l'instant d'après je suis dans ma voiture, je pleure, je roule vite, je bois du whisky, je prends des Tercian et des Ritaline, et puis trou noir, et l'instant d'après je suis au London Club, lumières rouges qui crépitent, lumières bleues, lumières jaunes, des gens qui dansent, des gros seins noirs, des cuisses, un cul rebondi qui frétille, les yeux ouverts de Sharon Niziolek qui me fixent et sa langue noire boursouflée, je crie, où tu es Mattei, salopard, tueur d'enfants, je pleure, la culotte rose de cette fille qui s'agite devant mes yeux, quelqu'un crie, Isabelle, je t'aime, Isabelle, pourquoi tu m'as fait ça, c'est moi qui crie, enfin je crois, et puis quelqu'un attrape cette fille qui danse, et il la frappe, et elle dit je ne suis pas Isabelle, et elle hurle, et il la frappe, et c'est moi qui la frappe, un coup de poing dans son nez, son nez qui explose, le sang sur mes mains, trois types qui m'attrapent, je sors mon arme, mon arme et ma carte, et l'instant d'après je suis dans ma voiture, je finis la bouteille de whisky, je pleure, je gémis, et plus tard encore je suis avec une pute dans un hall d'immeuble, je jouis dans sa bouche, je ne vois même pas son visage, je ne sais même pas où je suis, je lui dis merci Catherine, et plus tard je marche dans la rue et je vois les yeux de Sharon Niziolek qui me fixent et tous ces enfants que l'on brûle et je hurle et je cours et l'instant d'après je suis chez moi et je sens mauvais et le jour se lève et je crie sale pute je hurle sale pute et Isabelle dort dans notre lit elle se réveille elle crie quand je la frappe elle dit au secours elle a peur à terre elle se débat je crie sale pute je t'ai vue sale pute et je la frappe encore au visage sale pute et dans le ventre et Juliette me saute dessus et me roue de coups et je la regarde et je pleure et je la serre fort dans mes bras Juliette tu es là tu es revenue merci ma chérie mais elle dit je suis Élise pauvre connard Juliette est morte et elle me frappe et Isabelle hurle et Élise me frappe et le sang dans mes yeux et le vide m'aspire et il fait noir et puis après plus rien.

18

Mardi 21 juin

Neuf heures. La rosée fraîche de l'été sur les géraniums à perte de vue. Les reflets du soleil dans les vaguelettes de la piscine. L'odeur du café chaud qui te titille les narines. La brise légère qui se faufile entre tes doigts de pied. L'ombre majestueuse des chênes et des hêtres qui protège toute la terrasse. Le domaine de Dominico Battesti est un petit coin de paradis en plein cœur des Hauts-de-Seine. Un terrain de cinquante hectares entièrement boisé. Tu l'aimes, ce domaine. Il te rappelle ce que tu voulais offrir à Sandra.

Derrière toi, une maison bâtie sur quatre étages. Dix chambres à l'intérieur.

Devant toi, des photos. Prises au téléobjectif. Étalées sur la table de jardin. Prigent dans sa voiture. Prigent dans sa voiture. Prigent dans sa voiture. Prigent qui rentre dans un bar de nuit tenu par les Russes. Prigent qui cherche quelque chose, mais tu ne sais pas quoi.

– Vous voyez, nos équipes font du bon travail. N'est-ce pas ?

Maître Pascal, face à toi. Il te dévisage. Attend une réponse de ta part. Tu acquiesces.

Prigent qui rentre dans le Caramba. Bar tenu par des amis de Tata, sous ta protection à l'époque. Un de vos fiefs avec Gérard. Tu penses : *Prigent continue à me pister, le petit enfoiré.*

– Le meilleur est à venir, monsieur Kertesz.

Prigent accoudé au comptoir d'un bar lounge avec Vanina. Elle rit, avec ses petits yeux charmeurs. Tu les aimes ses yeux, même si tu n'as jamais vraiment aimé la fille derrière. Il rit aussi. Ils boivent. Soit elle est en train de le piéger, soit elle est en train de te piéger toi. Ton estomac se crispe. Tu ne sais pas si c'est l'abus de café ce matin, ou si c'est un début de colère qui t'envahit.

– Votre ancienne compagne, n'est-ce pas ?

Tu ne réponds pas. Tu passes rapidement sur les photos de Vanina. Tu n'as pas envie de te laisser avoir par tes émotions. Pas maintenant.

La suite est consternante. Prigent qui erre dans les ruelles du XVIIIe, complètement sonné. Hagard. Il aborde une pute black. Manque de se péter la gueule. La suit dans un hall d'immeuble, puis ressort. Remonte dans sa voiture. Tu penses au héros infaillible qu'il essaye d'être et tu souris. L'incorruptible capitaine Prigent : juste une merde comme tous les autres.

– Il semblerait que Prigent a complètement perdu ses moyens. Regardez la suite.

Prigent au London Club, qui tient à peine debout. Qui crie dans la foule. Qui attrape la danseuse et la fait descendre de scène. La met à terre et la frappe devant tout le monde, puis sort son arme.

Tu penses : *bordel, ce mec est complètement cinglé.* Mais tu ne dis rien. Tu tends la photo à Toussaint, pour qu'il voie ce que Prigent fait dans son club. Toussaint se cache derrière ses carreaux fumés. Assis à côté de Gabach, qui joue la nounou avec sa tronche de dépressif suicidaire. Toussaint ne parle plus depuis trois jours. Plus depuis qu'il est parti en mission vendetta à Montreuil, sans l'accord de Michel. Quand il est revenu, vous avez vu l'incendie à la télé. L'immeuble tenu par les Gitans. Juste au-dessus de la Fiesta, le club de merde où vous aviez buté trois types. Michel a pété les plombs. Il a frappé Toussaint. Ils se sont battus. Et puis vous avez entendu le nombre des victimes. Les deux gosses. Toussaint a hurlé. Il a fondu en larmes. Il a ravagé la moitié de la cuisine de Dominico pour se passer les nerfs. Depuis, il est muré dans le silence. Il réagit à peine quand tu lui donnes le cliché. Il hausse les sourcils, puis te le rend.

– Et voilà la cerise sur le gâteau, monsieur Kertesz.

La dernière photo : Prigent qui sort d'un immeuble que tu connais bien. Celui du docteur Pons.

– Vous reconnaissez les lieux, n'est-ce pas ?

Tu lèves la tête et tu acquiesces.

– Il s'agit bien de l'immeuble de votre médecin traitant ?

Médecin traitant, dealer, indic, ancien partenaire de business, il peut appeler ça comme il veut.

– Nos équipes l'ont interrogé. Nous avons obtenu sa coopération en échange de quelques milliers d'euros. Il accepte de témoigner au tribunal. À la condition expresse que vous cessiez vos menaces envers lui.

– De quoi va-t-il témoigner ?

– Le capitaine Prigent est venu l'interroger à propos de vous le 13 avril. Sept jours avant votre arrestation au London Club, et six jours après avoir été aperçu en compagnie du commandant Marignan.

– Qui a vu Prigent avec Marignan ?

La voix fluette de Gabach dans ton dos :

– Moi. Et Franck aussi. On témoignera tous les deux.

Maître Pascal sourit, puis reprend :

– Entre ça, le témoignage de M. Da Silva et sa présence sur les lieux le soir de l'arrestation, on a de quoi prouver que le capitaine Prigent menait une enquête clandestine sur vous, au service de l'IGS.

– Ça va suffire ?

– Ça va suffire à vous éviter la prison. C'est ce qui s'appelle un vice de procédure. Aucune des preuves apportées par l'accusation ne pourra être entendue. Prigent et Marignan vont être mis à terre.

– Ils vont être condamnés ?

– Libre à la DGPN[1] de lancer une enquête sur eux par la suite. Ce ne sont plus nos affaires. Vous m'avez engagé pour vous éviter la prison, non ?

Michel arrive derrière toi et pose ses mains sur tes épaules, comme un père attentionné. Puis répond à ta place :

– Tout à fait, maître. Nous n'avons aucune vocation à devenir plaignants dans cette histoire.

– Vous faites bien. Si vous voulez éviter un procès qui s'étale sur des années, il va falloir prendre ce qu'on nous donnera le 6 juillet.

L'avocat range ses photos. Se lève. Vous serre la main à tous les quatre. Sourire pincé. Fier de lui. Puis il descend les marches de la terrasse. Monte dans sa voiture. Maserati GranCabrio. Quatre cent cinquante chevaux. Carrosserie étincelante. Blanc immaculé. Dans les cent trente mille balles minimum. Tu la reluques comme un gamin, la bagnole. Tu as toujours rêvé d'emmener Sandra en virée dans ces bolides de branleurs.

Michel s'assied en face de toi, à la place du baveux. Grand sourire, mais plus aussi franc qu'avant. Il y a comme quelque chose de cassé dedans. Comme chez Toussaint. Comme chez toi. Vous surnagez, les uns comme les autres, mais vous savez tous très bien que vous arrivez au bout.

1. Direction générale de la police nationale.

– T'es rassuré ?

Tu penses : *j'en sais rien, je suis paumé, c'est une bataille de gagnée mais qu'est-ce qui va encore nous tomber sur la gueule après ?* Mais tu dis :

– Oui. On va s'en sortir.

Tu te retournes vers Toussaint. Il ne tique pas. Toujours muet. Il est ailleurs. Sûrement quelque part dans sa tête avec ces deux gosses cramés par sa faute.

Michel essaye de faire comme si tout allait bien :

– On s'ouvre un champagne pour fêter ça ?

– Il est à peine dix heures, Michel.

– Y a pas d'heure pour le champagne. Dominico a une cave exceptionnelle.

– Je dois partir.

– Partir ? Où ?

– À Paris.

– Pour quoi faire ?

– J'ai quelqu'un à voir.

– On a dit qu'on restait planqués quelque temps, Christian.

– J'ai pas le choix, Michel. C'est un rendez-vous que je ne peux pas rater.

Michel perd son sourire. Boit son café d'un trait.

– Je te fais confiance. Pas de conneries, hein ?

– Tu me connais.

– Justement.

Et il se marre. Un rire nerveux, pas vraiment amusant.

Tu salues les deux mules qui tiennent l'entrée quand tu passes les grilles en voiture. Les frères Castelli, dépêchés en urgence par les cousins de Dominico pour vous aider à remonter la pente. Arrêtés la semaine dernière à Bastia, mais relâchés au bout de deux jours de garde à vue. Deux cent vingt kilos à eux deux. Le visage dur de ces hommes qui ont rarement quitté l'île de Beauté.

... Un incendie s'est déclaré dans le magasin Vano ce matin. Situé dans le quartier Barbès, au sein du XVIIIe arrondissement de Paris, l'immeuble serait encore en flammes alors que les pompiers tentent de maîtriser l'incendie...

Route de campagne déserte. Juste toi et Clotilde. Toujours cette photo prise à la plage, avec son air surpris. L'autre Clotilde. La vraie. Celle que tu vas voir dans quelques heures.

... Nafissatou Diallo, la femme de chambre du Sofitel, a engagé un avocat français pour trouver d'autres éventuelles victimes de l'ancien patron du FMI. Son appel s'étend désormais aux femmes de France mais aussi d'Afrique, dans l'espoir de trouver de nouvelles plaignantes contre DSK...

Politiques queutards. Avocats tricheurs. Flics pourris. Vous êtes tous dans le même moule. Tu ne lui en veux même plus à Prigent. Il te ressemble plus qu'il ne le croit. Il est comme toi. Tout pareil. Il sauve ses fesses. Il poursuit des fantômes. Et l'éthique, ça passe après.

... La Corse une nouvelle fois sous les projecteurs de la justice : un total de dix-huit prévenus, dont des élus locaux et des chefs d'entreprise, ont été condamnés hier dans l'affaire de la Société méditerranéenne de sécurité. Les prévenus avaient comparu en l'absence du principal suspect, Antoine Nivaggioni, fondateur de la SMS, assassiné en octobre...

Antoine Nivaggioni. Fidèle de Michel Tomi. Magouilleur de première à la tête de la SMS, qui raflait tous les marchés publics grâce aux copinages avec la CCI locale. Sécurité de l'aéroport d'Ajaccio. Des quais de la SNCM. De France 3 Corse. Du stade de l'AC Ajaccio. Des millions blanchis et réinvestis dans la construction de casinos en Afrique. Nivaggioni n'aura même pas assisté au procès. Assassiné en octobre par un lieutenant de Tramoni. Toussaint a raison. C'est un monde qui s'effondre. Et un autre qui repousse. Mais plus ça va, plus tu comprends que tu n'as pas envie d'en faire partie.

Tu n'es pas encore arrivé à Paris que tu reçois un appel de Michel Tomi.

– Christian, j'ai les fadettes d'Edouard Le Maréchal. Je les ai envoyées sur ton e-mail, mais j'ai seulement le mois dernier. C'est tout ce que j'ai réussi à avoir.

– C'est déjà beaucoup. Vous savez pourquoi l'information a été ouverte ?

– Proxénétisme.

Bordel.

– Un rapport avec des mineures ?

– J'en sais rien. Pourquoi ?

– Comme ça. Merci.

– Je ne sais pas ce que tu vas trafiquer avec ça, mais fais attention. Tu fais partie de la famille depuis peu, on compte sur toi. C'est pas le moment de faire des vagues. Ni pour toi, ni pour nous tous. Ils viennent encore de faire tomber des nouvelles têtes avec la SMS hier.

– J'ai entendu.

– Tout s'écroule, Christian. On n'a plus le droit à la moindre erreur.

Dès que tu raccroches, tu te gares sur le bord de la route et tu ouvres ta boîte mail sur le BlackBerry. Tu télécharges la pièce jointe : un PDF de cinq pages, édité par l'opérateur de Le Maréchal. Des dizaines de numéros entrants et sortants. Tu prends un crayon et tu commences à noter. Un petit trait pour chaque même numéro qui revient. Au bout de dix minutes, tu as la liste des numéros les plus fréquents. Tu prends les quatre premiers et tu appelles ton pote Sylvain Cazenave des Stups.

– Christian, tu tombes bien. J'ai un souci.

– Dis-moi tout.

– Un indic vous a balancés, toi, Mattei, et votre copain Kader Sahraoui.

– C'est qui ?

– Je ne sais pas, ça vient du commissaire, il protège ses sources.

Toi, tu sais. Sûrement Salun, Deda ou un de leurs lieutenants. Les seuls qui ont vraiment intérêt à vous faire tomber.

– Qu'est-ce qu'il a dit ?

– Il nous a expliqué votre filière d'approvisionnement. C'est trop gros Christian, je ne peux pas planquer ça.

– Tu ne peux pas me faire ça, Sylvain. Tu sais ce que tu me dois.

– Oui, je sais que je ne peux pas te faire ça. C'est pour ça qu'il me faut un autre os à ronger, pour gagner du temps. Il en est où, le paquet-cadeau dont tu m'as parlé la dernière fois ?

Toujours pas de nouvelles de Kader Sahraoui. Il attend sûrement la prochaine livraison, mais toi tu ne peux plus attendre. Tu vas devoir lui secouer les puces.

– Je l'emballe et je te rappelle.

– Fais vite. Ça devient urgent. Tu m'appelais pour quelque chose ?

– J'ai quatre numéros à identifier.

– Envoie. Je te fais ça dans la minute.

Tu arrives dans Paris par Clignancourt.

Bouchons sans fin sur Barbès. De la fumée au loin. Texto de Sylvain. Quatre noms. Le premier : Audrey Deleaume. Treize appels avec Édouard Le Maréchal dans le mois. Les conversations brouillées du Churchill qui te reviennent d'un coup. *Audrey. Appart. Avenue d'Iéna. Carlton. Ça va péter*. La voilà enfin. Audrey.

Le deuxième et le troisième nom, sans surprise : Jean-Yves Petit et Patrick Rougier.

Le quatrième : Marie Follorou. Huit appels. Inconnue au bataillon. Tu cherches sur Google. Audrey Deleaume : rien de concluant. Marie Follorou : une entreprise à son nom. Basée à Lille. Spécialisée dans l'évènementiel B2B.

Tu pourrais attendre sagement que la journée passe et aller voir Clotilde ce soir au Puppet. Mais ça te démange. Tu as envie de savoir qui sont Audrey Deleaume et Marie Follorou. Tu sais que tu ne pourras pas coincer les deux. Pas le temps. Tu hésites. Tu penches pour Audrey. Deux semaines que tu as son prénom qui te revient dans la tête, comme une chanson qu'on a trop entendue à la radio.

Tu tentes le coup de bluff. Un texto sur son portable. *Audrey, c'est Édouard. J'ai dû changer de téléphone, j'ai besoin de te voir rapidement. Rendez-vous à l'appartement rue d'Iéna à midi.* Réponse deux minutes après : *T'as l'air bizarre, qu'est-ce qui se passe ? Je croyais qu'on ne se voyait plus.* Tu insistes. *S'il te plaît. J'ai besoin de te voir.* Du tac au tac : *Je serai là.*

La fumée, noire et épaisse, qui se rapproche. Pompiers, flics, badauds. Boulevard Barbès fermé à la circulation. Tu bifurques par la gauche. Petit détour par le XIXe, puis tu prends la direction du sud.

Il est presque midi quand tu passes le rond-point de l'Étoile. Tu prends l'avenue d'Iéna : voies pavées, places de parking sans fin, immeubles austères et arbres bien rangés. Tu n'as pas le numéro de l'appartement. C'est une rue longue, grande, large. Pas le plus malin pour trouver une femme dont tu ne connais pas l'apparence. Demi-tour au Trocadéro et tu repasses dans l'autre sens. Et parmi tous ces bâtiments, parmi toutes ces voitures, parmi tous ces gens, tu la vois : une jeune femme qui attend devant un immeuble. Blonde. Bronzée. Robe moulante. Tête de poupée à l'air ingénu. Tu passes ta route jusqu'au rond-point de l'Étoile et tu repasses dans l'autre sens. Elle est toujours là. La seule femme de la rue à avoir l'air d'attendre quelqu'un. Tu te gares un peu plus loin pour la laisser patienter un peu. Tu préfères la saisir à point.

Il est midi vingt quand tu la rejoins. Odeur puissante de son parfum dès que tu te rapproches. Tu l'apprécies mais tu ne le reconnais pas. Un parfum bon marché. Sac à main Lancaster en cuir noir. Branché mais pas luxe. Une première indication sur son niveau de revenu. Visiblement moindre que celui de son ami Le Maréchal.

Elle te regarde avec un air méfiant pendant que tu t'approches, comme si elle sentait qu'il y avait anguille sous roche.

– Madame Deleaume ?

Elle plisse les yeux. Hésite. Puis finit par répondre :

– Mademoiselle.

– Édouard s'excuse, il ne va pas pouvoir venir.

– Qui êtes-vous ?

– Un ami. On s'est déjà croisés, si je me rappelle bien.

– Effectivement, votre visage me dit quelque chose. Vous êtes ?

– Christian. Je travaille avec Jean-Yves Petit.

– Ah ! C'est vous qui étiez à Washington peut-être ?

– Oui, c'est là qu'on s'est vus je crois ?

– Non, je n'y étais pas. On a dû se voir ici, vous êtes déjà venu ?

Elle montre l'immeuble de la tête. Quatre étages dans le plus pur style Haussmann.

– Oui, il y a quelque temps.

Elle sourit avec un air malicieux qui sent le vice.

– Pour une soirée j'imagine ?

Tu lui souris aussi, avec une approbation complice. Comme si vous parliez de quelque chose dont vous n'aviez pas vraiment le droit de parler.

– Pour une soirée, tout à fait.

Elle sourit de plus belle. Tu ne sais pas ce que ça veut dire, mais ça sent le péché à plein nez.

– Édouard a oublié quelque chose dans l'appartement et il a prêté ses clés à un ami. Il m'a dit que vous auriez les vôtres.

– Je croyais qu'on ne devait plus se servir de cet appartement jusqu'à ce que les affaires se tassent ?

– C'est aussi ce que m'a dit Édouard, mais il a absolument besoin de récupérer quelque chose.

Elle fouille dans son sac et les sort, pleine d'allégresse :

– Je les ai.

Vous passez le hall et vous montez au troisième. Dans l'escalier, le petit cul bombé d'Audrey Deleaume s'agite devant tes yeux comme un ballon de baudruche. Elle en fait des tonnes avec sa démarche chaloupée. Elle sait que tu es derrière et que tu ne regardes que ça.

Puis elle ouvre la porte : un grand appartement traversant qui prend tout l'étage. Salon gigantesque sur une quarantaine de mètres carrés. Canapés rococo trois places, quatre places, six places. Tous de la même couleur. Rouge Victoria. Flamboyants. Un fauteuil blanc prince. La place du patron, visiblement. Des tables basses baroques à ornements. Du luxe glamour qui pue le cul puissance dix.

Tu essayes de ravaler ton étonnement. De regarder chaque chose comme si elle t'était déjà familière.

Audrey Deleaume sourit toujours. Lèvres aguicheuses qui prennent toute la place sur son visage.

– Vous étiez là à la dernière ?

– La dernière ?

– Soirée.

– Quand c'était, je ne suis plus sûr ?

– Mi-avril. Il y avait beaucoup de monde.

Une soirée avec beaucoup de monde. Tu traduis : partouze. Édouard Le Maréchal dans son fauteuil. Étienne Guison, Jean-Yves Petit et Patrick Rougier dans les canapés, entourés de putes. Et Clotilde ? Image éclair de son corps nu qui t'étouffe d'un coup. Tu fermes les yeux pour la chasser de ta tête.

– Non, je ne crois pas. Qui était là ?

– Il y avait Marie et Jean-Yves, comme d'habitude… Dominique… Fabrice et Jacques…

Elle compte les noms sur ses doigts.

Elle en dit trop. Elle te déballe tout à toi, un inconnu. Et elle va s'en rendre compte.

– Étienne… Sylvie… Patrick… Hervé…

Tu penses : *Arrête-toi. Arrête-toi avant de me griller, Audrey.* Mais tu acquiesces et tu la laisses continuer.

– René… Jean-Christophe…

Petite lueur dans ses yeux, comme un bref éclair de lucidité. Elle s'arrête de compter, mais c'est déjà trop tard. Elle a compris qu'elle en avait trop dit. Elle replie ses doigts et te regarde. Avec ses yeux méfiants, à nouveau.

– Qu'est-ce qu'Édouard a oublié ici ?

– Sa montre.

– Quelle montre ?

Deux secondes pour te remettre le style du bonhomme et deviner quel genre de montre il peut mettre.

– Son Emporio Armani.

– Il n'a pas d'Emporio Armani.

Asséné sur un ton sec, comme si elle venait de te clouer au pilori. Elle enchaîne :

– Redites-moi votre nom ?

Le voilà, le moment où le doute arrive au point de non-retour. Où tu sais que tu ne pourras plus rien apprendre, sinon par la menace.

– Christian Kertesz.

Ta carte dans la main gauche. Ton Glock dans la droite.

– Lieutenant de police judiciaire.

Elle ouvre grand les yeux comme si tu étais le diable.

Tu lui offres une petite moue sympathique qui veut dire *je suis désolé, mais c'est comme ça.*

– Nous avons ouvert une information judiciaire sur Édouard Le Maréchal. Pour proxénétisme, vous l'aurez compris. Il risque sept ans de prison ferme.

Son visage s'effondre. Elle éclate en sanglots. Se retient de tomber en s'appuyant contre le mur.

Tu t'approches d'elle pour la soutenir. Lui prends le bras. Douceur de sa peau contre tes doigts. Son parfum musqué envahit tes nasaux. Dans un autre monde, une autre vie, tu aimerais pouvoir la sauter, là, tout de suite.

– Je n'ai rien fait de mal, lieutenant.

– Je n'ai pas dit le contraire. On ne cherche pas à vous coincer. On n'a absolument rien contre vous. On veut Le Maréchal, c'est tout.

– Je ne suis plus avec lui. Ça fait trois semaines que je ne l'ai pas vu. Je n'ai plus rien à voir avec tout ça.

– Je l'ai bien compris. Mais je pense que M. Le Maréchal a des choses à se reprocher.

– Les filles sont volontaires.

– Peut-être, mais elles sont payées, n'est-ce pas ?

Elle ne répond pas. Tu lui serres le bras un peu plus fort.

– N'est-ce pas, Audrey ?

Nouvelle crise de larmes.

– Oui.

– Je vous rassure, vous ne risquez rien si vous coopérez avec moi.

Tu l'aides à s'asseoir sur un des canapés en velours et te places à ses côtés.

– Maintenant, il va falloir jouer franc-jeu avec moi, Audrey.

Elle renifle, puis acquiesce.

– Je peux vous raconter, de toute façon Édouard est une ordure. Trois semaines qu'il ne donne plus de nouvelles. Il m'a virée comme une malpropre.

– Comment vous l'avez rencontré ?

– Au travail.

– Vous travaillez où ?

– Dans un groupe de presse.

– C'était quand ?

– Il y a quatre ans. Édouard est venu pour une interview. J'étais au standard et il m'a ouvertement draguée. Après l'interview, il est venu me demander mon numéro de téléphone. J'étais impressionnée, alors je lui ai donné.

Elle s'arrête. Te regarde comme si elle hésitait encore.

– Et ? Il vous a rappelée ?

– Oui. Il est passé me prendre à la sortie du bureau. On a été dans ma voiture, qui était dans le parking. Il m'a déshabillée et m'a baisée à l'arrière. Après ça il m'a fait sortir un peu partout, dans des clubs et des soirées libertines.

– Pourquoi vous l'avez suivi ?

– Je crois que ça m'intriguait. Et j'espérais qu'il m'aide à trouver un meilleur poste.

– Et ensuite ?

– Ensuite il m'a fait rencontrer Jean-Yves Petit. On a été au restaurant, chez Lambersart. Il y avait six ou sept filles embauchées par Jean-Yves, et des hommes qui étaient là pour en profiter.

– Qui ?

– Je ne peux pas vous le dire.

Tu sens qu'elle n'est pas encore mûre pour ça, mais tu sais que ça viendra. D'abord installer la confiance.

– Qui étaient les filles ?

– Des prostituées.

– D'où est-ce qu'elles venaient ?

– Certaines venaient de Lille et de Bruxelles. D'autres de Paris.

– Il y avait des mineures ?

– Non.

– Vous êtes sûre ?

De la franchise mélangée à de la peur dans ses yeux.

– Oui.

– Clotilde Le Maréchal, vous connaissez ?

– Sa fille ? Édouard m'en a parlé plusieurs fois. Quel rapport ?

– Je ne sais pas, mais j'aimerais le savoir. Elle n'est jamais venue aux soirées ?

– Non, bien sûr que non.

Tu ne sais pas quoi en penser, mais tu as envie de la croire.

– Qui payait tout ça ?

– Des amis d'Édouard.

– Quels amis ?

– Je ne vous le dirai pas.

– Avec quel argent ? Le leur ?

– Certaines soirées étaient financées par des entreprises. Des amis d'Édouard qui y travaillent signaient les chèques, sous couverture de lobbying généralement.

– Quelles entreprises ?

– Je ne peux pas vous le dire.

– Des PME ?

– Non. Des grosses entreprises. Des banques et du BTP.

– Comment les entreprises faisaient pour payer les prostituées ? C'est du black ?

– Non, ça rentrait dans les comptes. Il y a un intermédiaire, Marie. Elle a une société d'évènementiel. Elle travaille avec les lobbyistes et elle organise des voyages et des évènements au service des entreprises. C'est elle qui rémunère les prostituées, et elle prend une commission de trente pour cent au passage.

– Combien sont payées les prostituées ?

– Ça dépend. Pour les soirées ici, généralement aux alentours de mille euros. Quand on fait un voyage à Washington, ça peut atteindre les cinq mille.

– Qu'est-ce que vous faites lors de ces soirées ?

Elle rit sous les larmes.

– Qu'est-ce que vous croyez qu'on fait ? Qu'on joue au scrabble ?

– Pourquoi tout ça ? Il y a quelque chose que je ne comprends pas.

– Pourquoi ? Mais pour prendre du plaisir, tout simplement.

– Il n'y a pas que ça. Pour qui c'est organisé ?

– Pour des p

Elle s'arrête, hésite, te regarde.

– Pour des hommes importants.

– Qui ?

– Des hommes politiques, des industriels, des artistes.

– Qui ça ?

– Je ne peux pas vous le dire.

– Patrick Rougier ?

– Je ne vous le dirai pas.

– Qui d'autre ?

– Je veux bien tout vous dire, mais je ne donnerai aucun nom.

– J'ai besoin de savoir qui sont les principaux bénéficiaires de ces soirées.

– Des hommes importants qui peuvent en aider d'autres. Des hommes politiques haut placés. Des fonctionnaires de police.

– Des policiers sont dans le coup ?

– Oh oui, plusieurs.

– Qu'est-ce qu'ils font ?

– Ça dépend. Il y en a un par exemple qui nous facilite les choses ici, à Paris.

– Qu'est-ce qu'il fait exactement ?

– Il fournit des prostituées à Marie.

– Étienne Guison ?

Elle tique, puis sourit.

– Non, ce n'est pas Étienne. Étienne s'occupe de Lille.

– C'est un flic de Paris ?

– Oui.

– Quel service ?

– La brigade de répression du proxénétisme.

Trois mots assénés comme un coup de poing dans ton estomac.

– Son nom ?

– Je ne peux pas vous le dire.

Tu le sais très bien, son nom.

– Gérard Berthelot ?

Elle te regarde avec un air qui implore la pitié. Elle te fait sentir qu'elle veut sauver sa peau, sans compromettre personne. Mais tu n'as pas besoin d'elle. Bien sûr que c'est Gérard. Qui d'autre que Gérard à Paris pour faciliter les rencontres dans les réseaux de la prostitution haut de gamme, bordel ?

– Oui, c'est lui.

Tu te lèves d'un bond, avant même qu'elle ait fini sa phrase.

– Qu'est-ce qui se passe maintenant ? Vous m'emmenez au commissariat ?

– Non. Vous êtes libre. Mais surtout, surtout fermez-la. Vous ne m'avez jamais rencontré, est-ce que c'est clair ?

Elle ne comprend rien à ce qui se passe, mais elle hoche sa jolie tête de poupée comme une gamine qu'on aurait grondée un peu trop fort, en séchant ses larmes :

– Oui.

Trente minutes après, tu es garé devant le Quai des Orfèvres. Tu pourrais attendre tranquillement de rejoindre Clotilde, mais ça ne te suffit pas.

Franck Beauvais descend et te rejoint. Il te tend le scellé que tu lui as demandé. Les clés de Gérard.

– Merci Franck.

– Fais vite, s'il te plaît. J'ai accepté parce qu'il s'agit de Gérard et que l'enquête n'avance pas. Mais c'est pas le moment de se faire griller.

– Je te rends ça dans deux heures. Qui s'occupe de l'enquête ?

– Le groupe Le Goff, mais c'est au point mort. Ils n'ont rien à se mettre sous la dent.

– L'appartement a été retourné ?

– Oui. Ils n'ont rien trouvé.

– Je t'appelle quand j'ai fini.

– Après ça, il faut que tu prennes le large, mon vieux.

– Pourquoi ?

– Tu sais à quoi on est occupés en ce moment, non ?

– Dis-moi.

– La Fiesta, le Quotidien, l'évasion de Bichat, l'incendie de l'immeuble… On sait très bien que c'est vous, Christian. Mais notre cible prioritaire, c'est Toussaint Mattei, donc il est encore temps pour toi de dégager.

– Je ne lâcherai pas mes amis, Franck.

– J'ai pas envie de te passer les bracelets, mon vieux. Mais je le ferai si j'ai pas le choix.

– Je sais. J'espère juste que j'aurai pas besoin de te tuer pour t'empêcher de faire ça.

Et tu démarres. Direction le Ve où habitait Gérard. En moins de dix minutes tu es garé rue Gay-Lussac. Tu te rappelles les quelques fois où tu es venu le chercher. Toutes ces matinées où tu te garais ici pour l'attendre. Jamais tu n'es monté. Jamais tu n'as vu l'intérieur de son appartement.

Tu es surpris quand tu ouvres la porte. Un simple deux pièces avec cuisine et salon. Cinquante mètres carrés à tout casser. Très abordable pour un des piliers de la prostitution à Paris. Rien de luxueux à l'intérieur. Que des choses simples. Peu d'affaires. Tu commences à fouiller, mais tu sais déjà que tu ne trouveras pas ce que tu veux. Il y a forcément un deuxième appartement autre part.

Tu passes une heure à retourner méticuleusement chaque meuble de chaque pièce. Armoire, étagère, meuble télé, bureau. Des fringues, des livres, des bibelots, des CD. Rien de vraiment personnel. De la paperasse administrative que tu épluches feuille par feuille. EDF, impôts sur le revenu, relevés bancaires, fiches de paie. Aucune mention d'un autre logement. Tu trouves un carton à chaussures avec des photos. Gérard et toi au nouvel an de la BRP. Gérard et Tata. Gérard et des huiles. Aucune photo compromettante. Pas de trace de Toussaint, d'Audrey Deleaume ou de macs foireux. Et puis tu remontes dans le temps. Gérard et Michel Morroni à Marseille. Les deux qui posent avec leurs costumes vieillots devant la Méditerranée. Flics à l'ancienne. Tu souris. Gérard avec des types en costard devant des drapeaux Front national. Gérard en Afrique. Une photo de copains devant un bus abandonné sur une piste. Gérard et trois types qui se prennent par les bras. Grands sourires. Tous baraqués comme des légionnaires. Un visage qui se détache. Le type juste à droite de Gérard. Son regard transparent, tu l'as déjà vu quelque part. Sa carrure de catcheur et ses deux bons mètres de longueur. Tu fouilles dans ta tête. Tu essayes de l'imaginer plus vieux, avec les cheveux ras. Le nez cassé. Des tatouages sur les bras. Alors seulement tu le reconnais. Son visage d'aujourd'hui te traverse les yeux en un éclair. Marcel Salun.

Tu sens comme un coup de massue sur ton cœur.

La voix de Gérard en écho.

J'ai le dossier, je prends la suite sur Salun.

Le goût de la trahison dans ta bouche.

Tu ne sais pas ce qui te passe par la tête à ce moment-là, mais deux minutes après tu es en train de tout renverser. Tu démontes les meubles. Le lit. Les appareils ménagers. Tu commences à péter des cloisons au marteau. Une heure à tout saccager, et tu ressors bredouille. L'appartement de Gérard est dévasté.

Tu changes de stratégie. Tu passes faire un double du trousseau. Cinq clés en tout, dont deux seulement qui servent pour l'appartement. Ça fait trois clés qui ouvrent potentiellement un autre lieu. Tu passes rendre les clés à Franck et tu prends la direction de Belleville.

À dix-sept heures trente, tu te gares en furie devant le restaurant des Kabyles. Kader Sahraoui est là, avec ses deux gros cousins qui lui servent de porte-flingues. En terrasse, comme tous les jours, à attendre que les affaires se fassent en sirotant un café froid. Tu dois avoir l'air remonté, parce qu'il a un mouvement de recul quand il te voit arriver. Les deux gros lards te font les yeux noirs. Montrent leur ceinture comme s'ils allaient sortir un flingue.

– Vous fatiguez pas, je suis venu pour discuter.

Tu t'assieds avec eux.

– Qu'est-ce qui se passe, Kertesz ?

– Marcel Salun est en train de renseigner les Stups. Ils ont un dossier sur nous et tu es sur écoute.

– Moi, sur écoute ? C'est pas possible.

– Si, c'est possible.

– On utilise que des cartes prépayées et des téléphones non référencés.

– Je m'en fous de ce que tu fais, mais en tout cas t'es sur écoute.

– Les fils de putes, on ne peut plus rien faire de nos jours, c'est incroyable.

– Donc maintenant, terminé les coups de fil. Hors de question que tu m'appelles moi ou Toussaint, si ce n'est d'une cabine téléphonique.

– Tu connais ces enfoirés, non ? Tu peux nous en débarrasser ?

– J'ai un deal avec les Stups. On les aide à choper Salun et ils nous laissent tranquilles.

– Je suis preneur. Il faut faire quelque chose ?

– Tu vas lui donner rendez-vous pour ce soir.

– Impossible.

– Pourquoi ?

– On ne se voit que pour les transactions. Mais on est livrés une seule fois par mois, et la dernière fois c'était il y a moins de trois semaines.

– Tu vas lui dire que t'as étendu ton terrain, et que tu vends deux fois plus vite maintenant.

– Comme ça, tout d'un coup ? C'est impossible.

– Tu préfères finir à Fleury ?

– Je ne l'appelle jamais pour le jour même, il va me griller si je fais ça.

– Appelle-le pour demain alors. Et tu lui demandes le double de d'habitude.

– Qu'est-ce qui va se passer si je fais ça ?

– Les Stups vont serrer Salun. Mais j'ai déjà obtenu la garantie qu'ils vont te laisser filer.

– Tu déconnes ?

– Non.

– Avec le matos ?

– Oui.

– C'est quoi, ma garantie ?

– Ta garantie, c'est moi. Tu me fais pas confiance ?

– Non. Les Stups vont nous tomber dessus au rendez-vous, ils vont agrafer Salun mais nous on va pouvoir se barrer en courant, c'est ça ?

– Pas vraiment. Ils vont profiter de la transac pour filer Salun jusqu'à sa planque.

– Et nous ?

– Ils vous laisseront repartir, sans surveillance.

– Ça ressemble à un plan à la con.

– C'en est un, mais t'as pas le choix. Soit tu marches, soit les Stups te ramassent en moins de deux. T'auras même pas le temps de préparer tes affaires.

– Je marche. Mais je te préviens, s'il y a un problème j

– Il n'y aura pas de problème. Appelle Salun maintenant et envoie-moi les infos dès que le rendez-vous est calé.

Le boulevard de la Villette à travers les fenêtres de ta voiture : des petites scènes qui se montent sur le terre-plein et devant les bars. C'est le 21 juin. La fête de la musique.

Tu remontes le boulevard de la Chapelle et son métro aérien. Texto de Kader sur ton téléphone : *C'est OK pour demain. Je le vois sur le parking de l'hippodrome de Longchamp à 23 h.* Tu as envie de te faire Salun. Toi tout seul. Une envie sourde qui te vient des tripes. Mais tu as promis à Michel que tu restais sage. Alors tu fais le bon choix. Tu appelles Sylvain Cazenave.

– Sylvain, mon paquet est prêt. Il va livrer Sahraoui demain.

– Combien ?

– Trente kilos. Mais si vous trouvez la planque, vous allez tomber sur plusieurs centaines.

– Je prends.

– Je te le donne à une condition. Je veux les copies du dossier. Si vous décidez de le surveiller, je veux les écoutes. Et si vous décidez de le taper, je veux être à l'interrogatoire.

– C'est impossible, Christian, tu le sais très bien. Tu ne pourras pas être dans nos bureaux, t'es suspendu.

– Alors je veux une copie de tout ce que vous trouvez. Et que tu me préviennes dès que tu vois passer le nom de Deda.

– C'est d'accord.

– Une dernière chose.

– Oui ?

– Ne touchez pas à Kader Sahraoui. Il a accepté de jouer le jeu.

– Je ne peux pas le laisser filer, Christian.

– C'est un petit détaillant. Salun est un grossiste. Qu'est-ce que tu préfères ?

– Je vais faire de mon mieux avec le commissaire. Comment est-ce que je justifie l'info pour le deal ? Tu m'as rien donné sur Salun.

– Démerde-toi, t'as l'habitude d'inventer des indics foireux, non ?

– Je déteste ce genre de plans.

– Il importe en centaines de kilos. C'est du lourd, Sylvain.

– D'accord. Donne-moi les infos.

– Demain, à vingt-trois heures. Hippodrome de Longchamp.

Tu raccroches. Boulevard de Rochechouart. Le magasin Vano incendié sur ta droite. Premier et deuxième étages complètement calcinés. Un périmètre de sécurité installé tout autour. Les badauds passent et regardent. Tu penches la tête comme tous les automobilistes. Tu repenses aux quelques fois où vous étiez venus avec Sandra, pour fouiner dans les fripes. Elle avait l'odeur des pains au chocolat que tu allais lui acheter. Tu l'enlaçais par-derrière et tu l'embrassais dans le cou quand elle fouillait dans les bacs de fringues. Mais c'est fini maintenant. Tout est parti en fumée.

Tu trouves une place à deux cents mètres du Puppet. Dans une petite rue perpendiculaire qui descend vers le IXe. Quand tu éteins le moteur, tu sens comme une boule de stress qui te dévore les intestins. C'est maintenant. Tu te regardes dans le rétroviseur. Mal rasé. Fatigué. Tu regardes le pare-soleil. Clotilde est toujours là, dans son maillot de bain. Tu prends la photo et tu la mets dans la boîte à gants avec les autres. Plus de Clotilde sur ton pare-soleil. Il est temps de la voir en vrai.

Tu sors de la voiture. Fumes deux cigarettes comme si c'étaient les dernières. Tu as les jambes qui tremblent. Un vieux type chante du Brassens à la guitare, sur la terrasse à côté du Puppet. Il fait chaud. Les gens applaudissent.

Quand tu pousses la porte, il y a trois filles au comptoir, dont une avec un client. Le bar est presque vide. Il est encore tôt. Ça ne te saute pas aux yeux, et pourtant elle est là. Des semaines que tu visionnes les photos d'une gamine. Et là, c'est une femme. Méconnaissable. Brune. Le teint mat. Les yeux bleus. Les cheveux courts à la garçonne. C'est elle. Plus vraiment la même, mais c'est elle. Elle regarde l'entrée. Elle te regarde. Malgré les lentilles qu'elle porte, tu reconnais ses yeux. Elle décroise ses jambes comme pour t'inviter vers elle. Robe noire moulante, très courte. Décolleté plongeant sur sa poitrine. Une petite croix en or en pendentif, qui lui tombe entre les seins. Dix-sept ans, l'air d'en avoir vingt-cinq, et au moins soixante dans ces yeux qui ont déjà connu trop de choses. Elle te sourit quand tu t'approches d'elle.

– Bonsoir.

Cette voix. Grave. Douce et rauque à la fois. Ce léger défaut de prononciation, à peine perceptible. Une gourmandise pour tes oreilles.

– Je peux vous offrir un verre ?

– Je vous en prie.

Elle te tend la main.

– Christelle.

– Christian.

Tu prends sa main, mais c'est elle qui te prend. Elle te caresse la paume. Sensibilité démultipliée le long de tes terminaisons nerveuses.

Tu commandes une bouteille de champagne et tu t'assieds à ses côtés. Pendant que tu lui sers une coupe, elle te toise avec son regard perçant. Comme si elle voulait te mettre à nu.

– On peut se tutoyer, Christian ?

Vous trinquez.

– Bien sûr.

– Tu fais quoi dans la vie ?

Tu hésites une demi-seconde, troublé par son personnage. Par ce sourire d'actrice qu'elle te tend, comme à tous ses clients. Comme à toutes ses relations. Tu le connais son sourire, à ta Clotilde. Tu le connais et elle ne t'aura pas.

Alors tu te reprends. Tu décides de jouer le même jeu.

– Je travaille dans les relations publiques. J'organise des évènements pour des hommes politiques, des hommes d'affaires, des personnalités.

– Intéressant. Quel genre d'évènement ?

– Des voyages. Et parfois des soirées un peu plus osées.

Première faille dans son sourire. Dans son regard aussi. Un relâchement des muscles à peine perceptible, mais elle retrouve son masque en moins de deux.

– Des soirées libertines ?

– On peut dire ça. Tu connais ?

– J'en ai fait, oui. Je connais très bien ce genre de soirées, j'en ai eu sous les yeux particulièrement tôt.

– À quelle occasion ?

– C'est du passé, tout ça, Christian. Parlons plutôt du présent. T'as quel âge ?

– Trente-sept ans. Et toi ?

– Vingt.

Dix-sept. Mais n'importe qui tomberait dans le panneau.

– Qu'est-ce que tu fais, à part travailler ici ?

– Je fais des films.

– Du cinéma ?

– Pas vraiment.

Tu lui ressers un deuxième verre. Ton objectif : la faire boire plus que d'habitude. Pour balayer le personnage de Christelle, et accéder à Clotilde.

– Quel genre de films ?

Elle rit. Petit rire sensuel et moqueur.

– À ton avis ? Tu penses que je fais quel genre de films ?

– Des films romantiques ?

– On peut dire ça comme ça. Ce ne sont sûrement pas des grands films, mais j'ai parfois quelques petits rôles de composition.

Elle te fait un clin d'œil amusé.

– Quel genre de rôles ?

– À peu près le même à chaque fois. Une jeune salope qui aime bien les vieux.

– Il faut être actrice pour ça ?

Elle sourit, mais il y a du plomb dans la légèreté qu'elle essaye de dégager. Tu vois quelque chose de triste dans ses yeux. Ça te fait comme une bouffée d'amour et elle le voit.

– Je ne sais pas vraiment si on peut appeler ça être actrice. C'est plutôt comme de la simulation. En fait, c'est pas plus dur que de baiser avec n'importe quel mec.

Elle te prend la main. Te regarde si fort qu'on dirait qu'elle lit dans les plis de ton visage. Comme pour essayer de chercher l'homme derrière le masque.

– T'as l'air seul, Christian. Pourquoi tu me regardes comme ça ?

– Je ne sais pas.

Elle te caresse la main. Tu sens que tu es en train de craquer.

– Si, tu sais. Pourquoi ?

– Tu me fais penser à quelqu'un.

Elle pose ta main sur ses cuisses.

– Qui ça ?

– Personne.

La remonte vers sa jupe.

– Qui ?

– Ma femme.

Des images de Sandra dans ta tête et ta main sur Clotilde.

– Comment elle s'appelle ?

– Sandra.

Sandra nue. Ses seins, sa bouche, son cul. Tes doigts à quelques centimètres du sexe de Clotilde.

– T'es plus avec elle ?

– Non.

Tu réponds comme un robot. Tu ne réfléchis plus, submergé de sensations. Clotilde est en train de gagner la bataille.

– Tu l'aimes encore ?

Tu ne réponds plus. Clotilde prend ta main et la pose sur ses seins.

– Tu peux m'appeler Sandra si tu veux.

– Non merci, ça ira.

– Comme tu voudras. À toi de me parler de ton travail. Tu aimes ça ?

Tu reprends tes esprits et tu finis ton verre d'un trait. Tu la regardes pour l'inviter à faire pareil. Elle sourit et le finit cul sec. Troisième verre.

– Oui, je crois. Ce que j'aime le plus, c'est de trouver des nouvelles filles pour les soirées. Je recrute en permanence. Et je pense que tu serais une très bonne candidate.

Elle sourit, mais tu la sens crispée. Elle boit vite pour essayer de se détendre.

– Merci pour le compliment.

– J'ai besoin de filles qui soient capables d'impressionner des hommes importants. Qui savent parler à des hommes qui vivent dans le luxe.

– Je ne suis pas sûre que ton offre m'intéresse, Christian.

– C'est très bien payé.

– J'ai déjà fait ce genre de soirées, et je ne crois pas que ça m'ait réussi.

– Tu as tort.

– Vous faites ça où ?

– Dans le XVIe. Dans le VIIIe aussi parfois.

– Je ne veux plus mettre les pieds là-bas. Il y a des gens que je n'ai plus envie de voir. Je suis bien ici.

– Je comprends.

Tu la ressers. Deuxième bouteille. Elle retrouve à nouveau son sourire éclatant. Ça va, ça vient. Comme les montagnes russes.

– Je t'aime bien, Christian.

Elle prend ta main une nouvelle fois.

– Tu veux qu'on continue la discussion plus au calme ?

– Où ça ?

– Derrière. Il y a des pièces privées.

– Je ne sais pas. Je n'aime pas trop cet endroit.

– Tu veux aller à l'hôtel ?
– Non.
– Tu veux rester là ?
– Non plus.
– Où est-ce que tu veux aller, alors ?
– Chez toi.
Elle rit aux éclats.
– T'es gentil Christian, mais je ne dérogerai pas à la règle pour toi. Jamais de clients chez moi.
Tu sors six billets de cinq cents euros de ta poche et tu les lui fourres dans la paume.
– Je suis prêt à payer le prix.
– Pourquoi est-ce que tu veux aller chez moi ? Je ne pense pas que ça mérite trois mille euros.
– Je n'aime pas les hôtels, ni les backrooms.
– Normalement, je dirais non.
– Je peux reprendre mes billets.
Son sourire qui s'élargit jusqu'aux oreilles. Ses lèvres qui invitent à les embrasser. Et ses yeux, qui plongent dans les tiens et qui te parlent tellement plus que n'importe quels mots.
Le temps de boire deux verres cul sec pour finir la bouteille, et dix minutes après vous êtes dans la rue. Le boulevard de Clichy est bondé de monde. Un groupe qui fait des reprises de blues devant un pub irlandais. Des DJ qui font danser toute une foule de jeunes sur le terre-plein central. BOUM BOUM BOUM BOUM, au même rythme que ton cœur qui cogne pour Clotilde. Les gens sont déjà éméchés. Certains vous bousculent dans la rue. Clotilde s'attache à ton bras. Colle sa tête contre ton biceps. Tu es bien. Tu es heureux. Tu passes ton bras autour de ses épaules.
Vous vous arrêtez devant la cité Véron. Petite impasse fleurie juste après le Moulin Rouge. Elle te montre ses clés.

– T'es le premier que j'amène ici, Christian. Et le dernier.

Vous montez les marches. Cinq étages. Tu as trop bu et tu es essoufflé. Clotilde prend de l'avance. À partir du troisième, tu as la tête qui tourne. Clotilde est déjà là-haut. Tu entends la clé dans la serrure. La porte qui s'ouvre. Il faut y aller. Tu souffles un grand coup et tu montes.

Elle a laissé la porte ouverte. Un petit appartement bas de plafond. Une grande pièce de vie. Pas de Clotilde. Juste un grand canapé, une table basse, un coin cuisine. Et les murs recouverts de photos d'actrices.

La voix de Clotilde, depuis la pièce d'à côté :

– Viens.

Tu entres. Petite chambre dans la pénombre. Clotilde, debout, devant le lit. Nue. Les mêmes seins ronds qu'elle avait sur les vidéos de Nicolas Martineau, mais plus développés. Des seins de femme. Son pubis, légèrement poilu. Pas rasé comme ses collègues qui veulent ressembler à des gamines. Elle, ce qu'elle veut être, c'est une adulte. Et c'est ça que tu aimes.

Elle se retourne. S'allonge sur le lit pour t'offrir son cul. Pas de sirène qui fume dans son dos. Une grande tache à la place, comme une marque de brûlure.

Tu t'approches du lit mais tu ne te déshabilles pas. Tu n'es pas sûr de vouloir faire ce que tu t'apprêtes à faire.

– Alors, tu viens ?

– C'est quoi, cette tache dans ton dos ?

– C'est rien.

– Tu ne veux pas me dire ?

– Je me suis approchée d'un feu quand j'étais gamine. Ça m'a brûlé tout le bas du dos. Ça te dégoûte ?

– Non.

– Alors viens.

– Ça ressemble plus à un tatouage qu'on aurait effacé.

– C'est pas un tatouage, c'est une brûlure, je viens de te le dire. C'est quoi, ton problème ?

– Je n'ai aucun problème. Je veux juste que tu me dises ce que c'est.

– Christian, t'es bien gentil mais tu commences à m'énerver avec tes questions. T'as plus envie ? T'es venu pour me baiser, non ?

Tu as un nœud dans la gorge, mais tu arrives quand même à sortir un son.

– Oui.

– Alors baise-moi.

Tu t'allonges à côté d'elle. Elle a perdu son sourire. Ça se voit qu'elle veut en finir avec toi. Elle regrette déjà de t'avoir amené ici. Tu caresses son dos, mais dans ta tête tu es ailleurs. Avec une autre Clotilde, pas celle qui te parle de la baiser comme n'importe quelle pute.

– C'était quoi, comme tatouage ?

– Christian, je vais te le dire une bonne fois pour toutes. Tu me baises ou tu dégages, est-ce que c'est clair ?

Oui, c'est clair. Tu fermes les yeux. Tu penses à Vanina. À toutes ces pauvres filles qu'on baise à la va-vite. Tu fouilles Clotilde avec tes doigts. Elle gémit. Tu rentres en elle avec ton majeur et ton index. Petits cris de chienne en chaleur. D'actrice qui simule. Comme pour ses films. Tu n'as pas envie de ça. Tu veux la vraie Clotilde. Et pourtant tu continues. Tu montes sur elle. Tu fourres ton nez dans ses cheveux. Shampoing à l'abricot bon marché. Tu retires tes doigts et tu rentres ta queue. Elle crie. Clotilde l'actrice crie. Tu voudrais qu'elle la ferme. Tu voudrais qu'elle t'aime, et qu'elle te baise comme on baise l'homme qu'on aime. Mais elle ne t'aime pas, et elle simule comme une pute en espérant que tu jouisses le plus vite possible. Alors tu la sautes en moins de deux minutes, comme si c'était une fille jetable. Un coup de rein brutal pour la plaquer contre le lit. Elle crie. Un deuxième. Elle crie. Un troisième. Elle crie. Au moment de jouir, tu la pénètres le plus loin possible, puis tu te retires et tu t'allonges à ses côtés.

Elle relève la tête vers toi. Petit sourire de pute, qui veut te faire croire qu'elle a pris du plaisir avec ta queue. Tu as envie de pleurer, mais tu gardes le masque.

– Va pas falloir que tu traînes, Christian. J'ai encore du boulot ce soir.

Tu sors quatre billets de cinq cents euros de ta poche de chemise.

– J'en reveux.

– Pourquoi ?

– J'ai pas eu assez.

– Pourquoi moi ?

– Je ne sais pas.

– Va-t'en Christian, s'il te plaît. J'aime pas les relations bizarres avec les clients.

Tu sors quatre nouveaux billets. Elle hésite.

– Quatre mille balles pour t'envoyer en l'air, ça te suffit pas ?

Elle hésite encore, puis t'arrache les billets des mains.

– Laisse-moi le temps de prendre une douche.

Et elle se lève.

Dès que tu entends la porte de douche qui claque et l'eau qui coule, tu te rassieds sur le lit. Besoin de boire pour te détendre. Tu attrapes une bouteille de vodka qui traîne à côté du lit. Une grande gorgée, puis tu regardes tout autour. Tu fouilles. En moins d'une minute, tu as ratissé la chambre. Des bouquins, des fringues, des sex-toys. Quelques photos de Christelle, la brune aux yeux bleus. Aucune de Clotilde, la blonde aux yeux noirs. Tu passes dans le salon. Tu inspectes méthodiquement chaque étagère. Tu fouilles dans son sac à main. Tu trouves son portefeuille. Carte bleue, carte d'identité, cartes de fidélité. Un numéro griffonné sur un Post-it, que tu mets dans ta poche. Son téléphone portable. Pas de sécurité dessus. Tu fouilles dans les textos. Visiblement rien qui concerne la vraie Clotilde Le Maréchal. Que des messages adressés à Christelle.

Tu es tellement plongé dans ses affaires que tu n'as même pas fait attention au bruit de la porte de douche, ni à l'eau qui s'est arrêtée de couler. C'est le bruit du métal contre le métal qui te fait relever la tête. La sécurité qu'on enlève sur un petit colt Smith & Wesson 9 mm.

Clotilde est face à toi. Nue. Encore mouillée. Et elle te tient en joue.

– Qu'est-ce que tu cherches ?

Tu ne sais pas comment la jouer, alors tu ne dis rien.

– T'es qui ?

Tu cherches, tu cherches, mais tu ne sais pas quoi dire.

– T'es qui, bordel ?

– Et toi, t'es qui ? Christelle ? Ou Clotilde ?

La panique dans ses yeux. Tu ne sais pas si elle va fondre en larmes ou te tirer dessus. Mais elle ne fait ni l'un ni l'autre.

– Lance-moi mon portable.

Tu t'approches pour le lui rendre.

– Ne t'approche pas, espèce d'enculé ! Tu me le lances, c'est tout.

Elle tremble de partout. Tu la trouves belle quand elle a peur. Tu lui lances le téléphone et elle le ramasse par terre. Puis pianote un numéro. Deux chiffres.

– J'appelle les flics. T'as deux minutes pour dégager.

Tu fais le point dans ta tête, mais il n'y a pas besoin de réfléchir beaucoup. Tu sais que c'est baisé. Si les flics te ramassent, tu es foutu. Trop de casseroles au cul. Alors tu te diriges vers la porte.

– Je ne te voulais pas de mal, Clotilde.

– Dégage.
Et elle te claque la porte au nez.

Deux minutes après, tu es à nouveau sur le boulevard de Clichy. Tu bois la vodka que tu as gardée avec toi. Les jeunes boivent aussi. Ils rient aux éclats. Ils dansent. Ils font la fête. Tu te sens vide. Tu as besoin de bras. Tu as envie de boire. Les bras d'une femme. De la vodka. Les bras de Sandra.

Une voiture de la BAC de nuit se gare en urgence devant la cité Véron. Tu les vois sortir, mais tu es déjà loin. Immergé dans la foule qui guinche. Tu avances comme une épave vers ta voiture. Trop bu. Ce n'est pas ça que tu voulais. Des images de Clotilde qui se bousculent dans ta tête. Des images de Sandra.

Sandra qui te sourit parce qu'elle est heureuse, avec des larmes plein les yeux. Les traits du visage tirés par la fatigue. Déformés par la douleur. Elle crie. Poussez, madame, poussez. Elle crie, mais elle crie de joie. Encore un effort. Tu lui prends la main. Elle la serre. La tord. Tu as mal, mais tu ne dis rien. Elle hurle. Elle te regarde. Elle est fière. Elle est belle. La sage-femme continue son manège. Il est là. Continuez, madame. Tu ne vois rien, mais tu le sens. Là-bas, entre ses jambes. Il y a quelque chose qui arrive. Elle pousse comme si elle se mettait en quatre. Il sort. Et tu vois. Ce petit corps gluant. Dans les bras des infirmières. Tu souris. Tu pleures. Sandra sourit aussi. Elle rit de joie. La sage-femme, non. Elle a les sourcils froncés. Elle est inquiète. Tout bascule en moins d'une seconde. Elle est préoccupée, mais elle ne dit rien. L'infirmière te tend les ciseaux pour couper le cordon. Tu sais qu'il y a quelque chose qui cloche, mais tu ne comprends pas quoi. Elle prend le bébé. Le pèse. Le lave. Pendant ce temps, tu embrasses Sandra. Tu la rassures. Il y a un problème ? Non, pas de problème, ma chérie. Tout va bien. Et pourtant il y a un putain de problème. Quand la sage-femme vous donne le bébé et l'allonge sur le ventre de Sandra, tu le vois le problème. Tu le sens. Le bébé est déformé. Tout maigre par endroits. Gros à d'autres. Les yeux de travers. Des taches sur le ventre. Tu as un mouvement de recul que tu n'arrives pas à contrôler. Tu t'en voudras pendant des années de ce mouvement. Tu en fais des cauchemars la nuit. La sage-femme appelle un docteur. Elle dit qu'il faut faire des analyses. Sandra pleure toutes les larmes de son corps, en tenant son bébé contre elle. Il fait du bruit quand il respire. Il te regarde, avec ses yeux difformes. Avec cet air de défaite, comme s'il savait qu'il allait mourir. Alors tu pleures toi aussi. Ton Charlot, ton petit Charlot. Tu revois toutes ces scènes magiques que tu t'étais imaginées. Celles avec ton Charlot, que tu n'auras connues que dans tes rêves. Un caïd à l'école, qui ne se fait emmerder par personne. Mais que dans tes rêves. Un petit bonhomme qui court après les ballons, quand il joue gardien. Mais que dans tes rêves. Lui et toi sur le canapé à la maison, *Les Dents de la mer* à la télé et il en redemande, il n'a pas peur. Mais que dans tes rêves. Des collègues qui te le ramènent à la maison parce qu'il s'est fait griller à voler des bonbons. Mais que dans tes rêves. Anomalie vasculo-placentaire, qu'ils vous disent. Mais tu ne les écoutes pas. Tu le regardes, ton Charlot. Qui respire, dans sa petite boîte pour enfants malades. Et puis il respire une dernière fois, à peine vingt-quatre heures après votre arrivée à l'hôpital. Il regarde Sandra et il ferme les yeux. Fini. Tu n'entends plus sa petite respiration d'asthmatique.

C'est la tienne que tu entends. Trop fumé. Trop bu. La voiture ne te ramène pas chez toi. Elle fonce à cent vingt à l'heure sur la route de Courbevoie. Tu sais où tu vas. Tu sais à quoi ressemble la maison. Tu n'es jamais entré, mais tu es venu la voir plusieurs fois. Il y a deux ans, quand ils l'ont achetée. Tu voulais voir à quoi ressemblait cette petite maison pavillonnaire. Cette nouvelle vie.

Tu as les yeux embués de larmes quand tu sors de la voiture. La bouteille de vodka est finie. Tu manques le trottoir de peu, mais tu te rattrapes. Tu arrives à tenir à peu près debout. Charlot, ton petit Charlot. Tu ne sais pas combien de temps tu sonnes. Plusieurs minutes. Ton doigt sur la sonnette. Tu entends du bruit là-haut. Ça gueule, et puis elle ouvre. Ça fait trois ans que tu ne l'as pas vue. Elle n'a pas changé. Tu fonds en larmes, comme un pauvre type bourré. Sandra, ta Sandra. Elle écarquille les yeux comme si tu étais un revenant.

– Sandra, je suis désolé.

– Christian, mon Dieu. Qu'est-ce qui se passe ?

– Je voulais te voir.

Elle te fait entrer. La pitié, sûrement. Laurent est dans le salon, en pyjama. Il gueule.

– Christian, qu'est-ce que tu fous là ?

– Laisse-le, Laurent, il n'a pas l'air bien.

Tu ne dis rien. Tu te laisses porter. Sandra te pose sur une chaise. Tu lui dis que tu as soif. Elle sort un whisky. Tu bois. Tu bois trop. Tu parles à Sandra, mais tu ne sais pas vraiment ce que tu dis. Laurent dit qu'il faut te foutre dehors. Sandra lui demande de monter et de vous laisser tranquilles. Il monte. Tu as honte, tellement honte. Tu ne sais pas ce que tu fais là, alors tu bois. Tu as envie d'elle. Qu'elle t'attrape. Qu'elle t'embrasse. Trois ans, tu dis, ça fait trois ans.

– J'espérais te croiser avant, Christian. Au cimetière par exemple, mais tu n'es jamais venu.

Tu n'arrives plus vraiment à articuler, alors tu bredouilles quelque chose qui ressemble vaguement à une phrase.

– Je ne pouvais pas, Sandra. Je ne pouvais pas revoir cette minuscule tombe.

Elle pleure. Elle te prend la main. Tu as envie d'elle. Mais elle, elle veut juste t'aider. Elle ne t'aime plus, ça se voit dans ses yeux. Elle a pitié, c'est tout. Elle parle. De ses erreurs. De tes erreurs. Tu as été trop dur. Tu l'as accusée d'avoir fumé pendant la grossesse. Tu n'as pas réussi à digérer l'enterrement. Tu as cru que l'argent arrangerait tout. Que vous repartiriez sur des nouvelles bases. Mais tu as déconné. Elle n'en voulait pas de cet argent. Tu parles aussi. Tu lui dis que tu l'aimes. Tu parles longtemps et elle pleure. Peut-être vingt minutes. Peut-être une heure. Tu serres sa main. Fort. Elle te dit non. Tu as trop bu. Tu ne comprends plus ce qui se passe. Juste des flashes.

Elle te dit non. Elle dit arrête, Christian.

Pourtant tu l'aimes.

Elle dit non et puis tout se met à tourner.

Ses cheveux dans ta main.

Sa bouche.

Sa bouche qui dit non.

Du vomi sur le carrelage.

Ton vomi.

Les yeux de Sandra, pleins de larmes.

La main de Sandra, rouge, comme si on l'avait écrasée.

Des cris. Les cris de Sandra. Les cris d'un enfant. Dans l'escalier. Un tout petit garçon. Deux ans à tout casser. Tu ne savais pas qu'il y avait un petit garçon.

Tes cris.

Les cris de Laurent.

Laurent qui crie et qui te frappe.

Toi par terre.

Toi qui frappes Laurent.

Tu ne savais pas qu'il y avait un petit garçon.

Tu aurais aimé que ça soit le tien.

Du sang.

Son sang.

Tes jambes qui courent.

La nuit. Une nuit orangée.

Cette teinte orangée des rues résidentielles.

Les réverbères. Un par un. Le long de la route.

Des cris au loin. Derrière toi.

Des pleurs.

Des gens qui souffrent.

La route.

La nuit.

Des minutes de marche. Des heures de marche. Les réverbères.

Une voiture qui freine, juste devant toi.

Tu penses : *Arrêtez-moi.* Tu sais que c'est fini. Tu ne sais pas ce que tu as fait, mais tu sais que tu as fait du mal.

Et pourtant. Pas de flics qui sortent de la voiture. Juste Toussaint.

– Qu'est-ce que tu fous là ?

– Tu m'as appelé.

– Ne te mêle pas de ça.

– Tu m'as dit tout le contraire il y a vingt minutes.

– Je ne t'ai rien dit.

– Tu viens de me le dire au téléphone.

– Je ne t'ai pas appelé.

– T'as trop bu, Christian.

– Qu'est-ce que tu vas faire ?

– Rien.

– Dis-le-moi.

– Faire en sorte qu'ils ne portent pas plainte.

– Ne la touche pas.

– Je ne lui ferai rien. Reste là et attends-moi.

Tes larmes, qui tombent sur l'asphalte.

La lumière orange qui s'y reflète.
La douceur de la banquette contre tes os fatigués.
Ton petit Charlot qui danse.
Devant tes yeux, juste avant de sombrer.

19

Jeudi 23 juin 2011

Six jours que je mange la même chose, des petites gélules et des petits comprimés blancs et jaunes et bleus de Prozac de Valium de Xanax de Deroxat de Ritaline d'Hypnogen et je ne sais plus quoi encore, six jours que je ne dors pas, je ne dors plus, je ne peux plus, je n'y arrive pas, il reste une fille à sauver, Fille Tatouée Numéro Quatre, je dois la trouver, je n'ai pas le temps de dormir, j'ai peur du sommeil, j'ai peur de voir tous ces cadavres qui viennent me voir dès que je ferme les yeux, six jours que je sens ma mâchoire qui gesticule et mes dents qui grincent, six jours sans une seule vraie nuit depuis que j'ai fait n'importe quoi au London Club, mes seules siestes, c'est debout, quand je fais des cauchemars éveillés, six jours sans une seule goutte d'alcool, je ne boirai plus jamais d'alcool, je ne ferai plus jamais ce que j'ai fait, bon sang, six jours que je n'ai vu ni Isabelle ni Élise, je ne les croise même plus, parfois je rentre à la maison mais il n'y a jamais personne, alors je repars, j'erre dans Paris, entre les bars à hôtesses et les repaires de Gitans et les cercles de jeu corses et les collèges où étaient inscrites les fillettes et BON SANG mais qu'est-ce que ça pue, et qu'est-ce qu'il fait chaud, cette ville est comme une fournaise, elle libère toutes les pires odeurs, décuplées par la chaleur, Paris sent la mort, et par-dessus cette odeur de cadavres il y a celle des poubelles et des toilettes et des produits et des gaz d'échappement et des corps de sans-logis qui fondent au soleil, et devant moi il y a un petit ourson en peluche et un dauphin en peluche et ils sont noirs de suie et ils sont orphelins et il y a aussi des livres et je reconnais Zola et Balzac et Hugo et on ne peut plus les lire parce qu'ils sont partiellement brûlés tout comme les vêtements qui s'empilent sans fin sur ces étagères qui ne s'arrêtent jamais le long du couloir de ce laboratoire où il y a aussi des disques brûlés et des cassettes vidéo brûlées et de la paperasse brûlée et des photos brûlées sur lesquelles on reconnaît les Balengro qui sont maintenant brûlés comme ces deux enfants qui sont morts brûlés comme tout ce qu'ils possédaient et qui est étalé devant moi et ça vibre dans ma poche et c'est Nesrine et je décroche.

– Tu vas louper le début de la réu.

– Il est quelle heure ?

– Neuf heures.

– Du matin ?

– Oui, Gabriel, du matin. T'es sûr que t'es en état de faire la réunion ?

– Je suis un peu fatigué, mais ça va.

– T'as trouvé quelque chose ?

– Non, rien. Tout est brûlé. Tout.

– T'as pas l'air bien, Gabriel.

– J'arrive.

Je suis frais comme une baudruche crevée mais je vais bien, je sais que je vais bien, je vais mieux qu'il y a six jours, à l'intérieur c'est certain, à l'extérieur je ne sais pas, mais en tout cas quand je reviens au bureau Nadia Chatel est là et elle me regarde avec son air méfiant, qui juge, qui veut dire bon sang Prigent, vous avez une sale tronche, vous ne ressemblez à rien, vous qui étiez si compétent, maintenant on ne vous entend plus, on ne vous voit plus, vous êtes transparent, livide, comme un cadavre. Beauvais et Coco suivent son regard, ils me toisent comme pour dire oui, Prigent est fini, il a craqué, il ne va pas bien, et dans les yeux de Nesrine je vois cette même étincelle qui condamne, qui dit tu nous as lâchés, tu as lâché le groupe, tu es seul, tu t'enfonces, et ils me regardent tous avec ce même air, tous sauf Verhaeghen, qui sourit, parce qu'à elle je ne lui inspire ni dégoût ni pitié, juste de l'amusement.

Je lance un coup de tête à l'assemblée et reste un peu en retrait sur une chaise, je ne préfère pas leur serrer la main parce que peut-être que moi aussi je pue, avec la chaleur et tous ces cadavres que je croise je dois dégager la même odeur, six jours que je me lave en vitesse dans les lavabos des bars que je surveille, six jours sans une seule douche sous cette chape de plomb qui couvre tout Paris. Sur le bureau je reconnais *Le Parisien*, avec en une la photo des frères Balengro et un titre qui dit *Vendetta contre la mafia gitane à Montreuil*, je ne dis rien mais je comprends que la situation est tendue. Nadia Chatel retrousse son nez pendant qu'elle continue à parler, comme si je la dégoûtais :

– Je reprends, pour le capitaine Prigent. La capitaine Verhaeghen va être avec nous à plein temps désormais, la DGPN a décidé de réduire les effectifs de l'enquête sur Dupont de Ligonnès. Je veux qu'on en profite pour boucler les affaires qui nous occupent dans les jours qui arrivent. Commandant, je vous laisse le soin de nous faire un point sur les avancées concernant l'incendie.

Franck Beauvais enchaîne, un sourire sans conviction :

– Comme vous le savez, on a six macchabs ainsi que deux blessés graves sur les bras. Le départ de l'incendie a été identifié par l'IJ comme venant de la porte d'entrée de Louis et Jeanne Balengro, deux des six victimes. La mise à feu a visiblement été faite depuis le paillasson, qui a été préalablement aspergé d'essence, tout comme la porte d'entrée et une partie de la cage d'escalier. Le feu s'est rapidement propagé dans l'appartement des Balengro, ainsi que dans celui de la famille Pagan qui habitait juste au-dessus et qui a été prise au piège. Les quatre membres de la famille Pagan, un couple et ses deux enfants, sont les quatre autres victimes de l'incendie. Nous sommes a priori en présence d'un incendie volontaire qui avait pour cible les Balengro et qui a fait des victimes collatérales.

Nesrine enchaîne, et dans son regard je vois le feu et les six cadavres qui brûlent :

– Louis Balengro était l'un des trois caïds d'un clan de Gitans sédentarisés qui tenaient une partie du business de prostitution, de jeu et de drogue à Montreuil. Les deux autres têtes du clan, José et Raphael Balengro, sont morts dans la fusillade de la Fiesta, la boîte de nuit qu'ils tenaient en sous-main et qui se trouvait au rez-de-chaussée de l'immeuble incendié. Il s'agit visiblement d'une vendetta contre les Gitans, vendetta qui n'est a priori pas terminée parce qu'une partie des cousins des Balengro ont repris les affaires et ont été identifiés par des témoins comme étant les tireurs au Quotidien, là où on a ramassé Toussaint Mattei et le corps de Lisandru Bartoli.

Verhaeghen la coupe en m'adressant un sourire :

– On a la confirmation qu'il s'agit bien de Toussaint Mattei pour l'incendie. On a passé la journée à faire l'enquête de voisinage avec Coco hier, et on a deux témoins qui ont formellement reconnu le Bastiais sur des photos.

Nadia Chatel a la tête dans les mains, décomposée, à bout, il fait chaud, les Velux de la salle de réu sont ouverts et les odeurs de poubelles remontent jusque dans les profondeurs de nos conduits nasaux.

– Si je résume, on a trois morts dans une boîte de nuit tenue par les Gitans. Ensuite le cadavre de Berthelot qui faisait partie des bras droits de Toussaint Mattei. Puis le cadavre de Bartoli, un porte-flingue de Mattei, et Mattei lui-même, blessé, qu'on récupère au Quotidien après une fusillade. Puis Mattei qui s'évade de Bichat avec trois complices et qui manque de tuer Bensaada. Pour finir, un incendie perpétré par Mattei, qui fait six victimes dans le quartier des Gitans. Ça fait onze cadavres. Onze. Tout ça parce que les Bastiais et les Gitans ont décidé de se mettre sur la gueule. *Le Parisien* vient de sortir un article sur les Balengro ce matin, ça veut dire que toute la journée on va être emmerdés par les journaleux, et que demain ça sera dans tous les canards. Je peux vous dire que quand la DRPJ a vu la une ce matin, ils n'étaient pas, mais alors pas contents du tout. Déjà que votre groupe est dans le collimateur depuis quelques semaines avec tous les remous que vous créez, je peux vous dire que là, c'est la goutte d'eau de trop. On doit absolument taper Mattei avant qu'il nous mette la ville à feu et à sang. J'ai demandé de l'aide à la BRB, qui connaît bien le bonhomme, mais il n'est pas monté au braquo depuis longtemps donc il n'est plus vraiment dans leurs radars. Ça veut dire que le boulot est pour nous, la direction a été claire là-dessus. On a suffisamment de preuves pour l'interpeller maintenant. La demande vient d'en haut, il y a urgence. Si on ne le tape pas à temps, des têtes vont tomber, est-ce que je suis bien claire ?

Beauvais est tout blanc, mal à l'aise, il me regarde par en dessous, il a peur pour ses fesses, il est en pleine progression dans sa carrière et il n'a pas envie de se retrouver à faire la nuit dans un commissariat du 93. Comme lui, tout le monde serre les dents, tout le monde sauf Verhaeghen qui sourit, calmement, parce qu'elle sait très bien ce qu'elle fait, et qu'elle s'en sortira coûte que coûte, elle a suffisamment protégé ses arrières du côté politique pour ça.

Chatel s'apprête à en remettre une couche quand ma poche sonne, c'est Vanina, je sors dans le couloir et je décroche.

– Gabriel, tu m'avais dit de t'appeler si j'avais besoin d'aide.

– Qu'est-ce qui se passe ?

– Un copain s'est fait embarquer par les Stups. Ils l'ont chopé avec que dalle, à peine dix grammes de coke. Mais il sort tout juste de taule et il n'a pas envie d'y retourner.

– Pourquoi il était en taule ?

– Il avait vendu de l'héro à un type qui a fait une OD.

– Comment il s'appelle ?

– Rico.

– Son vrai nom.

– Éric Rouxel.

– Je vais voir ce que je peux faire.

– Merci Gabriel.

– Moi aussi j'ai besoin d'aide. Toussaint Mattei est en train de foutre un bordel monstre, il faut que je le coince maintenant.

– T'as essayé du côté du barman, Tommy ?

– Je suis sur son cul depuis six jours, mais il ne se passe rien.

– Toussaint se planque. Il doit savoir que le club est sous surveillance.

– Tu pourrais l'appeler ?

– J'ai aucune raison de l'appeler. La consigne, c'est pas d'appel.

– Mais si t'avais une bonne raison, tu pourrais l'appeler ?

– Si j'avais une très très bonne raison, oui, sûrement. Pourquoi ?

– Je ne sais pas, comme ça. Merci Vanina.

Mais je sais très bien pourquoi, au moment de raccrocher j'ai déjà l'idée dans la tête, cette idée je l'ai dans la tête depuis plusieurs jours, j'avais juste besoin d'une carotte pour Vanina, et voilà qu'elle me l'offre sur un plateau d'argent. Quand je reviens dans le bureau, je les regarde tous un par un, puis je prends Nadia Chatel entre quatre yeux :

– J'ai peut-être une idée.

– On vous écoute, capitaine.

– La danseuse du London Club avec qui je suis en contact a besoin d'un coup de main. Un copain à elle s'est fait agrafer par les Stups. Si les collègues sont d'accord, on pourrait lui rendre ce service contre un autre.

– Contre quel service ?

– On lui demande d'appeler Toussaint Mattei pour une urgence, et on le fait sortir de sa cachette.

Nesrine monte au créneau en moins de deux, en me faisant des yeux noirs comme si j'étais irresponsable :

– C'est du suicide de s'attaquer aux Corses, tu lui as dit ça, à ta petite pute ?

– C'est pas une pute, c'est une danseuse. Je ne lui ai rien dit encore. Mais elle peut nous aider à faire tomber Mattei, c'est ça qu'on veut, non ?

– Tu lui as expliqué qu'il n'y a pas de protection de témoins en France ? Que sa vie va devenir un enfer une fois qu'on aura agrafé le Corse ?

Verhaeghen tape du poing sur la table.

– Ça suffit, Bensaada ! Tes considérations, on s'en tape !

Nadia Chatel embraye :

– Prigent, allez convaincre la pute. Je m'occupe d'avoir le feu vert du proc et de dealer un accord avec la BS[1] pour son petit copain. Cette vendetta doit cesser

1. Brigade des stupéfiants.

maintenant, hors de question qu'on se retrouve avec un autre cadavre sur les bras, est-ce que c'est clair ?

Dans ma voiture, seul, comme tous les jours, seul avec les bulletins d'information qui m'accompagnent et me répètent la même chose, toujours la même chose :

... Coup de chaleur depuis hier à Paris avec des températures en forte hausse, et qui devraient continuer à monter tout au long de la semaine. La ville se prépare à un épisode de canicule dans les prochains jours...

Six jours que je passe des heures et des heures dans cette voiture, avec cette radio qui me tient éveillé, avec les éléments d'enquête que je ressasse dans ma tête, pour ne pas perdre le fil de ce que je fais. Avant-hier j'ai rencontré les parents d'Elena Perales, des pauvres gens qui vivent dans le passé, qui ne s'en sont jamais remis, cinq ans qu'elle est morte, cinq ans qu'ils vivent avec l'image de leur petite princesse brûlée et découpée en morceaux, cinq ans sans lumière, sinon le jour où ils ont appris qu'Olivier Talbot s'était pendu dans sa cellule d'Ensisheim. Depuis il n'y a plus que la détresse, et moi j'arrive avec mes questions, je remue la merde, et ils disent mais pourquoi, pourquoi est-ce que vous nous interrogez encore, ça fait cinq ans qu'on n'a pas vu la police, qu'est-ce qui se passe, mais je ne sais pas quoi leur dire, je n'ose pas leur dire qu'Olivier Talbot était un fusible, qu'il a pris à la place d'un autre, je n'ose pas leur dire que l'assassin de leur fille est un ancien mercenaire serbe, qui a mis sur pied un réseau de prostitution duquel leur fille faisait partie, sûrement parce que comme les autres elle avait été repérée au collège à faire des pipes pour quinze euros, non je ne peux pas leur dire ça, il n'y a même pas d'enquête officielle, je suis seul face à ces gens qui pleurent et qui essayent d'enterrer le passé, tout comme Isabelle et Élise essayent d'enterrer Juliette, et moi je déterre les cadavres, je leur redonne une nouvelle vie, mais je suis seul à creuser, tout seul.

... *Alors que Xavier Dupont de Ligonnès reste toujours introuvable après deux mois de recherches, des équipes de la police et des spéléologues ont été mobilisés jeudi pour fouiller des cavités autour du rocher de Roquebrune-sur-Argens dans le Var, où sa trace a été perdue le 15 avril dernier...*

Hier, c'est un ancien CPE du collège d'Elena Perales que j'ai été voir, celui par qui les parents de l'ado ont été informés de ses frasques sexuelles. Il était dans son jardin, à Aubervilliers, il désherbait son rosier qu'il soignait comme si c'était un joyau, il m'a parlé de son rosier pendant de longues minutes, il m'a expliqué pourquoi il le soigne autant son rosier, ce sont les roses que sa femme a plantées il y a dix ans, elle est morte d'un cancer l'an dernier, lui est à la retraite depuis neuf mois, il a attendu toute sa vie d'être à la retraite pour pouvoir en profiter avec sa femme, mais maintenant il est seul, comme moi, et il avait les yeux pleins de larmes en coupant les fleurs fanées avec son sécateur, parce que je lui rappelais une époque où il aimait son travail, où il aimait sa femme, où il avait une vie. Je lui ai demandé à qui il faisait passer l'information, il a dit je ne sais pas, j'ai insisté, il a dit je ne sais plus, j'ai dit j'ai besoin de savoir, il m'a promis que ce matin il retournerait voir ses collègues pour retrouver le contact, je lui ai dit merci, il a hoché la tête en continuant à chasser les fleurs parasites avec son sécateur.

... Le Parisien *a révélé ce matin qu'une vendetta, selon les propres termes du quotidien, avait lieu en ce moment à Montreuil contre une famille liée à la mafia gitane. Après une fusillade dans une boîte de nuit le 3 juin dernier, qui a coûté la vie à trois hommes, les assassins seraient également responsables de l'incendie de l'immeuble au-dessus de l'établissement, qui a fait six victimes, dont deux enfants et l'un des frères de la famille en question. La police ne donne aucune précision sur l'affaire pour l'instant...*

Mon téléphone, qui sonne, encore, qui sonne et qui sonne, un numéro que je ne connais pas, je décroche :

– Capitaine Prigent ? Monsieur Fournier à l'appareil. Je suis l'ancien CPE, vous êtes venu me voir hier.

– Bonjour, monsieur Fournier. Vous avez trouvé ce que je cherchais ?

– Je suis au collège, sur l'ordinateur du collègue. J'ai une circulaire de l'académie sous les yeux, qui nous demandait de faire remonter tous les comportements liés à la sexualité des élèves, prostitution ou violences sexuelles, à un service dédié.

– Vous avez un contact ?

– Jacques Sartis. Ça date de 2005, pas sûr qu'il soit encore en poste.

Jacques Sartis.

Je connais ce nom, je l'ai vu, il n'y a pas très longtemps, je ne sais plus où exactement, mais c'est dans mes dossiers, c'est certain, alors je fonce chez moi, dans mon appartement vide et silencieux depuis que j'ai frappé Isabelle.

Dans la chambre de Juliette, je fouille dans mes dossiers, qui sont étalés par terre, sur le bureau, sur les murs, et dans celui de Sharon Niziolek, celui que j'ai emprunté au privé d'AGH, je trouve le nom de Jacques Sartis, cadre du rectorat de Paris délégué aux problèmes rencontrés par les élèves, les problèmes en rapport avec la sexualité, cité en septembre 2010 comme personne à qui l'information était remontée dans le cadre de la prise en charge de la petite Sharon, une fois que ses activités dans les recoins de l'établissement avaient été découvertes.

J'ai besoin d'une confirmation de plus avant de foncer tête baissée au rectorat, alors je cherche dans le dossier d'Amandine Salmon et je trouve le numéro du CPE du lycée Passy Saint-Honoré dans le XVIe, celui qui avait confirmé qu'Amandine s'était fait surprendre à tailler leur première pipe à ses camarades de classe.

– Lycée Passy Saint-Honoré, bureau des CPE.

– Capitaine Gabriel Prigent, de la brigade criminelle. Je cherche à joindre monsieur Vermeulen.

– Lui-même.

– Mon collègue Patrice Gabach vous a contacté il y a deux mois dans le cadre de la mort d'Amandine Salmon.

– Oui. Triste affaire.

– J'ai besoin de savoir à qui vous faisiez remonter l'information quand vous tombiez sur ce type de comportement sexuel au sein de l'établissement.

– À la direction du lycée, aux parents de l'élève, et au rectorat.

– Quelqu'un en particulier au rectorat ?

– Jacques Sartis. Il dirige un service chargé de surveiller les comportements sexuels des élèves.

Il est exactement quinze heures trente-quatre quand je franchis les portes du rectorat, après avoir avalé deux Ritaline. À l'intérieur je bous d'impatience, mais j'essaye de paraître calme, et je demande à une jeune fille à l'accueil, brune, avec des lunettes noires et un sourire de fille coincée :

– Le bureau de Jacques Sartis, s'il vous plaît.

– Qui dois-je annoncer ?

– Personne, je ne veux pas être annoncé. Je veux juste savoir où est son bureau.

– C'est impossible, monsieur. Je dois vous annoncer d'abord.

La Ritaline qui monte, qui monte, je sors ma carte de police.

– Si, c'est possible. C'est possible parce que je suis officier de police judiciaire, mademoiselle.

Elle me regarde, interloquée, elle ne sait pas quoi faire, alors j'insiste, je sors les classiques, la menace du refus d'obtempérer, elle cherche ses collègues des yeux mais il n'y a personne, j'insiste encore :

– Vous allez à l'encontre de la bonne marche d'une enquête de police judiciaire, mademoiselle. Ça se règle généralement au tribunal, ça vous fera un casier, or il faut un casier vierge pour travailler à l'académie. Ça serait bête de perdre son emploi, non ?

Elle tremble, elle est à deux doigts de pleurer, la pauvre on ne doit pas souvent la brusquer comme ça alors elle panique, elle me donne le numéro du bureau, porte 303, troisième étage, bâtiment de droite, je lui fais un clin d'œil, je lui dis merci, je monte les marches, et la Ritaline qui monte aussi, qui monte sans fin, j'ai l'impression que je pourrais escalader une montagne en cinq minutes. La porte du bureau 303 est ouverte, un type est dans l'entrée, il m'attend, et il me le dit :

– Je vous attendais.

Il me dit ça avec une voix grinçante qui fait mal aux oreilles, avec une petite tête de rat qui fait mal aux yeux, alors je lui réponds :

– Tant mieux.

J'entre dans son bureau, sans lui dire bonjour, il me laisse passer devant lui mais il enchaîne :

– Ce ne sont pas des manières, mon cher. Nolwenn avait l'air d'être sous le choc rien qu'à sa voix.

– Nolwenn ?

– Notre hôtesse d'accueil, que vous venez de brutaliser.

– Je n'ai brutalisé personne, arrêtez votre cirque.

Quand je dis ça il ouvre grand la bouche, choqué à son tour, la Ritaline qui pousse encore, je sens mon cœur qui s'emballe, mon corps qui décolle, je n'ai qu'une envie, c'est de lui passer les bracelets, mais je décide de la jouer plus finement, et je lui demande :

– Vous êtes bien Jacques Sartis ?

– C'est moi. Et vous êtes ?

– Le capitaine Gabriel Prigent, de la brigade criminelle de Paris. J'enquête sur une série de meurtres qui a touché des ados que vous connaissiez. Vous voyez de quoi je veux parler ?

– Absolument pas.

– L'affaire de la Sirène qui fume.

– Je ne vois pas.

– Ça a fait tout un foin à la télé.

– Je ne regarde pas la télé.

– Et dans les journaux.

– Pas dans les journaux que je lis. En tout cas, ça ne me dit rien. Mais expliquez-moi plutôt pourquoi vous vous permettez de venir me voir sans rendez-vous ?

– Je n'avais pas le temps, monsieur Sartis. Il y a un type qui assassine des jeunes filles dehors.

– Je ne vois pas en quoi ce seraient mes affaires. Avez-vous un mandat ?

– Arrêtez votre cinéma monsieur Sartis, on n'est pas dans un film américain. Mais si vous ne voulez pas coopérer tant pis, je reviens demain avec un ordre signé du juge d'instruction et toute une brigade de l'Antigang. Vous aurez l'air malin devant vos collègues, c'est ça que vous voulez ?

– Non, ce n'est pas ce que je veux. Je vous trouve insultant, capitaine. Commencez peut-être par me dire quel rapport j'ai avec votre affaire ?

– Amandine Salmon, vous connaissez ?

– Non, je ne connais pas.

– Sharon Niziolek ?

– Non plus.

– Elena Perales ?

– Je ne comprends pas votre petit jeu, combien de noms vous allez me sortir encore ? Je ne connais pas les filles dont vous parlez.

– Et pourtant vous les connaissez monsieur Sartis, elles ont toutes les trois été repérées dans leurs établissements respectifs, comme s'adonnant à la prostitution. J'ai de bonnes raisons de croire que quelqu'un a eu la bonne idée d'en faire de vraies prostituées, et j'ai de bonnes raisons de croire que ce quelqu'un, c'est vous.

– Vous êtes fou, capitaine. Pourquoi moi ?

– Parce que vous avez centralisé l'information, et repéré ces filles pour les revendre ensuite à des réseaux professionnels de prostitution.

– Vous êtes malade.

La Ritaline continue de monter, j'ai comme l'impression que je vais exploser, j'avance vers lui sans même m'en rendre compte, j'ai envie de cogner, il recule, dans ses yeux il y a la peur, moi j'avance, mes mains tremblent et mon cœur bat fort, trop fort, j'en ai peut-être trop pris ce coup-ci, je dois être à mon quarantième comprimé en six jours, presque sans dormir, c'est dangereux mais qu'est-ce que ça fait du bien, de se sentir autant en forme, comme possédé, seulement là si ça continue à monter je vais finir par sortir de mon corps, mon corps qui avance menaçant, vers ce type qui recule à la fenêtre.

– Vous me faites peur capitaine, qu'est-ce que vous voulez ?

– Dites-moi qui a accès à ces informations.

– Quelles informations ?

– La liste des gamines qui sucent dans les chiottes des collèges, bon Dieu !

– Il y a moi et mes collègues.

– Juste vous ?

– On transmet également l'information.

– À qui ?

– À la police.
– Qui ?
– La brigade de protection des mineurs.
– QUI, BON SANG ?
– Le commandant Alain Tardieu.

Alain Tardieu, la Ritaline monte encore et me déborde, mon corps vacille, mon cerveau explose, un mac qui recrute depuis les fichiers de la BPM sous l'œil bienveillant de Tardieu, un chasseur de filles infiltré à la BPM, qui envoie les gamines à Deda, un flic, peut-être Tardieu lui-même, oh mon cœur, j'ai mal, vous allez bien capitaine, non, allez-vous-en Sartis, un flic qui recrute les filles dans les lycées, qui aide Deda à passer entre les mailles du filet, un flic qui efface les bandes vidéo des hôtels et qui rajoute des photos pédophiles sur les ordinateurs des suspects, un flic, bon sang, Tardieu, ou peut-être même un collègue de la BC, mon cœur bat la chamade et continue d'accélérer, je vais mourir en plein vol, saleté de Ritaline qui ne s'arrête pas de monter, flashes de lumières devant mes yeux, points rouges, points verts, points bleus, je ne sens plus mes doigts, ni mes jambes, je dois me calmer ou

– Vous allez bien, capitaine ?

ou je vais y passer, j'ai mal, mes jambes, mes doigts, crispés, des crampes, qui m'assaillent, de tout mon corps, qui me paralysent, mon cœur va exploser, je vais clamser, BON DIEU, je dois me reprendre, je le dois, j'attrape ma plaquette de Tercian dans ma poche, j'en écrase quatre sur le bureau de Sartis pour les réduire en poudre et

– Qu'est-ce que vous faites, capitaine ?

et je les sniffe d'un trait pour que ça monte plus vite, pour que mon corps s'arrête, bon sang, pour qu'il s'arrête enfin, je relève la tête, le regard de Sartis, affolé, je me force à respirer, une, deux, j'inspire, j'expire, calmement, une, deux, je déglutis, je bafouille, je trouve mes mots :

– Je suis désolé Sartis, je ne suis peut-être pas très en forme mais je sais ce que je fais. Je veux les noms des filles, toutes les filles, je veux que vous me sortiez une liste avec leurs noms, leurs adresses, leurs lycées, tout ce que vous avez sur toutes les filles qu'on vous envoie, depuis 2005.

– Je vais demander à mon assistant de vous préparer ça.

Il fait un signe vers le fond du bureau, où il y a un binoclard, jeune, qui me regarde, abasourdi, et dans la glace derrière lui, je me vois, recroquevillé en deux, comme un vieillard, comme si j'étais terrassé par une attaque. Pourtant déjà je me sens mieux, la Ritaline a arrêté de monter, elle commence à redescendre, je me relève, je leur laisse ma carte avec mon adresse mail, puis je leur serre la main et je descends les marches, je souffle, ça fait du bien, je sens à nouveau le bout de mes doigts, le bout de mes pieds, assaillis de fourmis mais ça n'est pas grave, un petit signe de tête à Nolwenn quand je repasse devant l'accueil, elle baisse les yeux, elle a peur de moi, dehors il fait chaud, Paris pue, je respire un grand coup, je revis, le commandant Alain Tardieu, bon sang, il faut le surveiller, j'aurais besoin d'être trois ou quatre, d'avoir tout un groupe derrière moi, mais je suis seul, je sors mon téléphone et je compose le numéro de Marignan :

– Prigent, comment allez-vous ?

– On fait aller.

– Que se passe-t-il ?

– J'ai besoin d'informations sur Alain Tardieu. Vous connaissez ?

– Bien sûr. Une des fiertés de la brigade des mineurs de Paris. Qu'est-ce que vous lui voulez ?

– J'ai besoin de monter un dispositif de surveillance sur lui, pour vérifier s'il entretient des rapports avec des macs. Mais je ne peux pas faire ça à la Crime. J'ai besoin de l'IGS.

– Et comment voulez-vous que je légitime ça à l'IGS ?

– Vous le savez mieux que moi. Sur simple dénonciation, vous pouvez lancer une enquête.

– Ça n'est pas aussi simple que ça, capitaine. Et surtout, ça n'est pas le moment. Je vous rappelle que vous comme moi sommes dans l'œil du cyclone.

– J'ai besoin de vous, Marignan.

– Je ne peux pas, capitaine. Ce serait du suicide.

– Renseignez-vous au moins.

– Je vais faire ce que je peux.

Dix minutes à rouler en direction du XVIIIe, je sens mes paupières qui se ferment, mes bras qui tombent, mes pieds lourds comme des enclumes, trop d'anxiolytiques, alors je reprends un Ritaline, un seul, pour tenir éveillé tant bien que mal. Je me gare rue des Martyrs et marche vers le Café Pigalle, il est dix-sept heures zéro huit, j'ai seulement huit minutes de retard avec mon rendez-vous, Ivanova Souvorkine, que j'ai enfin réussi à contacter hier grâce aux indications de Tata. Il y a beaucoup trop de gens dans la rue, touristes, bobos à poussette, hommes d'affaires, il fait chaud, et devant moi, à quelques mètres, un petit chignon qui gambade, je le connais ce chignon, c'est celui d'Isabelle, alors je crie, Isabelle, mais elle ne m'entend pas, alors je cours, malgré la chaleur, malgré les quatre comprimés de Tercian qui me font avancer comme si je rampais dans un seau de vaseline, Isabelle, je bouscule les gens, je l'attrape, Isabelle, où tu étais partie, elle crie, mais qu'est-ce que vous me voulez, Isabelle, c'est moi, vous êtes qui, c'est moi ma chérie, je la prends par les épaules, je la serre fort, elle hurle, elle sort de mon étreinte, c'est une jeune femme, aux cheveux châtains, au teint mat, elle n'a pas de chignon, ça n'est pas Isabelle, elle ne ressemble en rien à Isabelle, je suis désolé madame, sincèrement désolé, tout autour les gens me regardent, avec les yeux révulsés, *vade retro satanas*, et dans un coin de mon champ de vision, l'enseigne du Café Pigalle, qui clignote à quelques mètres.

Ivanova m'attend en terrasse devant un gin tonic, elle est grande, blonde, maigre, le visage amoché par l'alcool et la drogue, trente ans à tout casser mais les traits ravagés comme si elle en avait déjà cinquante. Elle a une grimace de dégoût quand je m'assieds en face d'elle, je sens que j'ai le visage trempé de sueur, le corps aussi, ma chemise est mouillée, mes doigts sont humides et gras, je sue toute la saleté que j'ai à l'intérieur, comme cette ville dès qu'il fait chaud.

– Gabriel Prigent. Je viens de la part de Tata.

– Elle m'a dit. Qu'est-ce que vous voulez ?

Un accent de l'Est à couper au couteau, mais un français visiblement impeccable.

– Que vous me parliez de Deda et de Danuta Risztov.

– Deda c'est sacré, on n'en parle pas comme ça. Pas gratuitement.

– Combien ?

– Je n'ai pas besoin d'argent.

– Qu'est-ce que vous voulez ?

– Je n'ai pas accepté ce rendez-vous pour rien, monsieur Prigent. Il y a un type qui veut me maquer. Je travaille en indépendante, mais il n'a pas l'air de vouloir le comprendre. Il me met la pression.

– Comment il s'appelle ?

– Alexey Karjov.

– Je vais faire le maximum.

– Vos petits copains m'ont déjà interrogée sur Deda.

– Qui ça ?

– La BRP.
– Et ?
– Je leur ai filé des infos sur Jovanovic. C'est tout ce que j'ai. Je n'ai rien de chaud sur Deda. Je ne le vois plus. Plus depuis qu'il m'a fait ça.
Elle me montre une cicatrice qui part de sa gorge et descend jusqu'entre ses seins.
– Pourquoi il vous a fait ça ?
– Parce que j'ai refusé de faire entrer des gamines.
– Les faire entrer où ?
– En France. J'ai travaillé pour Deda pendant très longtemps, je suis arrivée ici à l'âge de douze ans. Puis il a voulu me faire monter en grade il y a une dizaine d'années. Il a voulu que je devienne une mama, pour aller recruter des filles à mon tour.
– Et vous avez refusé ?
– Oui.
– Qui les fait entrer, alors ?
Elle ne répond pas, je laisse passer cinq secondes, sors de ma poche les photos des cadavres pour l'impressionner, et lui flanque celle de Danuta Risztov sous les yeux.
– Oui, c'est Danuta qui les faisait entrer. C'est une ancienne copine, mais elle a été trop loin. On fréquentait les mêmes établissements, mais on ne se parlait plus depuis plusieurs années.
– Comment est-ce qu'elle recrutait les filles ?
– Elle allait dans des bleds en Hongrie, en Serbie et en Slovaquie, où elle avait ses réseaux. Elle ramenait des gamines de quinze ans dont les familles étaient endettées. Les filles revenaient généralement trois ou quatre mois plus tard avec de quoi faire vivre la famille pour un an. Sauf celles qui prenaient goût à l'argent. Celles-là restaient en France. Comme Danuta. Comme moi.
Je lui passe la photo du Corps Non Identifié Numéro Deux.

– Cette fille, vous la connaissez ?

– Oui, Tatiana. C'était une petite serbe. Danuta a été la chercher il y a deux ou trois ans et elles ne se quittaient plus toutes les deux. Danuta l'aimait comme une petite sœur.

– Vous connaissez son nom de famille ?

– Non.

Je lui tends les photos des autres cadavres : Amandine Salmon, Sharon Niziolek, Elena Perales.

– Oui, j'ai déjà aperçu ces filles aussi. Mais on les voyait moins. Elles restaient planquées et ne sortaient que pour le travail. C'est une autre filière. Des Françaises. Elles valent beaucoup plus cher dès qu'elles n'ont pas d'accent. Mais c'est pas Deda et Danuta qui recrutaient ces filles.

– Qui alors ?

– Deux types. Bayard et Michaud.

– Vous les connaissez ?

– Non, jamais vus. J'en ai juste entendu parler, ces types ne sont pas dans le milieu.

– Comment est-ce qu'ils recrutaient les filles ?

– J'en sais rien.

– Via un flic de la brigade de protection des mineurs ?

– J'en sais rien.

– Pourquoi des Françaises ?

– Parce que c'est une demande des clients. Les riches veulent des putes de luxe, du *made in France*, du terroir.

– Comment je peux les trouver, ces deux types ?

– Aucune idée. Mais vous les trouverez sûrement si vous trouvez Deda.

– Et comment je trouve Deda ?

– Ses proches savent où il se cache.

– Qui ?

– Jovanovic savait. Mais il a été repéré et il a filé. Deda l'a remplacé par un autre homme pour organiser son business, un Français.

– Qui ?

– Salun. Tout le monde l'appelle Marco. Il s'occupait avant d'une troisième filière de recrutement de filles, en provenance d'Afrique. Mais il a pris la direction des opérations depuis que Jovanovic est parti.

– Où je peux le trouver, Salun ?

– J'en sais rien. Fouillez au bon endroit, vous trouverez.

Elle me dit ça avec un sourire en coin, comme si c'était un jeu de chasse au trésor.

– À quoi elles servent, toutes ces filles ?

– Vous n'avez toujours pas compris l'enjeu ?

– C'est pour alimenter un réseau pédophile ?

Elle rit aux éclats et me met sous le nez les photos de mes cadavres.

– Un réseau pédophile ? Vous avez bien vu la tête de ces filles ? Elles ont l'air d'être mineures, vraiment ? Un pédophile n'en voudrait pas.

– Comment vous pouvez en être sûre ?

– Je suis arrivée à douze ans, capitaine. Je sais ce que c'est. Contrairement à ces gamines, moi j'ai été de la viande à pédophiles. Je ne parlais pas encore français qu'on m'envoyait avec d'autres fillettes dans des grandes maisons où des vieux nous attendaient. Les plus vieilles d'entre nous devaient s'épiler entièrement avant. Il ne devait y avoir aucune trace de rasage, ni d'implantations de poils. On mettait des habits d'enfants et des serre-têtes. On devait manger des bonbons, caresser des peluches, regarder des dessins animés. Il y avait des rituels pour savoir à quel scénario on allait être mangées. On tirait des papiers dans un chapeau pour savoir ce qu'on allait faire. Moi je tombais toujours sur le même. Je devais me pisser dessus au lit et appeler papa ou tonton pour qu'il vienne m'aider. Un vieux type arrivait et il me lavait les fesses, et puis la chatte, et il me léchait, et je le léchais, et après il me baisait, dans ce tout petit lit d'une place pour les gamins.

– Mon Dieu.

Vertige, nausée, je ne peux pas m'empêcher d'avoir l'image de Juliette dans la tête, Juliette qu'on déguise en petite fille, Juliette qu'on force à se pisser dessus, Juliette qu'on v

– Ça va ?

– Ça va, merci. Quel est l'intérêt de faire venir des mineures si ces filles sont trop vieilles pour des pédophiles ?

– Il peut y en avoir plusieurs. Mais dans le cas qui vous intéresse, il s'agit de piéger des clients.

– Les piéger comment ?

– En leur fournissant des filles qu'ils pensent être majeures, puis en leur extorquant de l'argent une fois qu'ils ont compris qu'ils venaient de se taper une fille de seize ans. Ça ne marche pas forcément avec des gens lambda, mais avec des gens importants, ça fonctionne très bien.

– Des gens importants comme qui ?

– J'en sais rien, j'ai jamais participé à tout ça. Je connais juste les bruits de couloir.

Je lui tends une dernière photo, celle du cadavre de Fabrice Nihoul avec un trou dans la tête, le trou dans la tête que je lui ai fait, et elle sourit.

– C'est vous qui l'avez tué, non ?

– Oui.

– Je connaissais Fabrice. Il faisait partie du système. C'est lui qui s'occupait des filles, qui leur trouvait des appartements, les faisait sortir, les chouchoutait.

– C'est lui qui a tué les filles ?

– Je ne sais pas.

– Vous devez m'aider, Ivanova. Il y a urgence. Il y a une fille, une autre fille, qui est peut-être encore vivante.

– Je vous le confirme. Il y a une autre fille.
– Comment vous le savez ?
– Des bruits de couloir.
– Qui colporte ces bruits de couloir ?
– Tout le monde.
– Et qu'est-ce qu'ils disent, ces bruits ?
– Que les filles aux tatouages ont fait une connerie. Et que Deda n'a pas pu laisser passer ça.
– Quelle connerie ?
– Ça, personne ne sait.
– Qui est la dernière fille ?
– Je ne connais pas son nom.

Je sors une dernière photo, celle de la Fille Tatouée Numéro Quatre, qui se déshabille devant la grande maison de campagne aux fenêtres ovales.

– C'est elle.

Je finis mon verre, range mes photos, puis j'essaye de piéger son regard transparent en la fixant droit dans les yeux.

– Vous voyez une autre information qui pourrait me servir ?
– Non, je pense que je vous ai dit tout ce que je sais. Qu'est-ce que vous allez faire pour Karjov ?
– Karjov ?
– Le type qui m'ennuie.
– Je vais mettre des collègues de la BRP dessus.
– Et s'ils ne veulent pas le coffrer ?
– Ils n'auront pas le choix.

Dans la voiture, je pique du nez au volant, je veux rentrer, chez moi, enfin, et pourtant je fais quand même un détour par le 36. Il est tard, les bureaux sont presque vides mais Nesrine travaille encore, on échange deux mots, trois mots, par pure politesse, elle m'en veut, parce que je fais les choses en solo, parce que je fous en l'air la dynamique de groupe, parce qu'elle a peur, peur que je ressorte ce qui doit rester enfoui, peur que je tombe pour avoir buté Fabrice Nihoul et qu'elle saute avec moi.

Je m'assieds, j'ai mal aux fesses et au dos quand je touche la chaise de mon bureau, comme si je n'avais plus de graisse, comme si je n'avais plus de peau, comme si je n'avais que les os et les nerfs, à vif. Je cherche sur mon ordinateur, mes doigts me font mal, j'ouvre le fichier STIC, je tape Salun, j'en trouve plusieurs, dont un Marcel, ancien légionnaire, appréhendé en 2007 au volant de sa voiture en compagnie de trois mineures bulgares. Je le reconnais sur la photo, ses bras énormes, sa tête de guerrier, ses tatouages sur le cou, c'est le type qui est entré dans la voiture de Jovanovic quand Kertesz les suivait. Pas d'adresse connue, information judiciaire ouverte par les Stups il y a quatre jours, au nom de Sylvain Cazenave, j'appelle la BS, Cazenave n'est pas là, je demande un collègue, le collègue m'explique, Salun est surveillé depuis la semaine dernière, il organise un trafic de coke à l'échelle internationale, le collègue me demande, pourquoi vous êtes sur lui, je réponds, son nom a été cité dans une enquête de la BC, laquelle, je mens, celle sur laquelle on travaille en ce moment, les Gitans morts dans la boîte de nuit et dans l'incendie, il répond au taquet, ça ne m'étonne pas, les Gitans et Salun essayent de coincer les mêmes personnes, qui ça, les Bastiais, quels Bastiais, la bande de Toussaint Mattei, je déglutis, j'ai la bouche sèche, la gorge en feu, vous êtes toujours là, j'avale ma salive, difficilement, oui je suis toujours là, il faut qu'on s'aide Prigent, rencontrons-nous pour échanger des informations, mais je ne dis rien, Prigent, vous êtes là, oui, je suis là, je vous rappelle plus tard. Je raccroche, je pense à Kertesz, et je comprends, bon Dieu, que Kertesz ne faisait pas qu'une simple enquête sur Deda et Salun, mais qu'il essayait aussi de les fumer pour laisser une plus grosse part de marché à ses copains corses.

J'appelle Faustine Martial à la brigade des Mineurs, je lui donne le prénom du Corps Non Identifié Numéro Deux, Tatiana, née en Serbie, peut-être recherchée par sa famille depuis qu'elle ne donne plus de nouvelles, elle me dit que c'est trop tard pour ce soir, qu'elle contacte la police serbe demain, et qu'au mieux on aura l'information dans la journée.

Dans la foulée j'appelle Guignard à la BRP, il me fait une blague d'entrée de jeu, je lui donne le nom que m'a donné Ivanova, Alexey Karjov, il me fait une blague sur les Russes, je lui dis qu'il veut forcer une fille à tapiner pour lui, il me fait une blague sur les putains, je lui dis que c'est sérieux, que c'est pour aider une fille bien, il me dit qu'il se met dessus et il raccroche.

Une heure plus tard je suis chez moi, seul, comme d'habitude depuis le début de la semaine, mais ce soir j'ose faire ce que je n'ai pas encore fait en six jours, je rentre dans la chambre d'Isabelle, et je constate ce qui me pendait au nez, il n'y a plus ses classeurs de paperasses, ni ses tableaux, ni son matériel à peinture, puis je rentre dans la chambre d'Élise, il n'y a plus ses fringues, ni ses cahiers, ni ses CD, il n'y a plus que les meubles, puis je rentre dans la cuisine, et sur le frigo il y a un mot, qui est sûrement là depuis six jours.

Gabriel, tu ne vas pas bien. Tu dois te faire soigner. On a déménagé chez un ami parisien, le temps qu'Élise passe son brevet. Dès qu'elle a fini, on rentre en Bretagne. Élise fera son lycée à Rennes. Appelle-moi quand tu iras mieux. Isabelle

Je devrais être effondré, d'imaginer ma femme et ma fille parties, peut-être chez cet homme que j'ai croisé et dont j'essaye de me rappeler le visage, mais même ça je n'y arrive pas. Je pourrais m'installer dans la chambre d'Isabelle, notre chambre, ma chambre, mais j'ai trop pris mes habitudes dans celle de Juliette. J'allume la lumière, je ferme la porte, et je regarde toutes ces photos de filles assassinées, sur les murs, au sol, sur le bureau, sur le lit, partout, des cadavres de filles, des sirènes massacrées, partout, je vois une enveloppe, sur le bureau, une enveloppe que m'a laissée Isabelle, avec le tampon de la PJ de Rennes, et dans l'enveloppe il y a une photo, oh mon Dieu, et à côté de la photo il y a une lettre, une lettre du service disparition de la PJ de Rennes, qui explique que c'est une photo de Juliette, vieillie artificiellement à l'ordinateur grâce à un tout nouveau logiciel, et qu'ils vont envoyer à tous les commissariats désormais. Sur cette photo, Juliette ne ressemble pas du tout à Élise, c'est une Juliette qui a quinze ans, une Juliette qui n'existe peut-être même pas, c'est un fantôme, la photo d'un fantôme, alors je l'accroche avec mes autres fantômes, sur le mur en face du lit, tout en haut, comme une reine au-dessus des cadavres. Je m'allonge pour la regarder, j'éteins la lumière, et je passe plusieurs heures allongé, à attendre que les effets des Ritaline s'estompent, les yeux grands ouverts dans le noir, avec Danuta, Tatiana, Amandine, Elena, Sharon, et en haut, tout en haut, Juliette, ma chérie, oh mon Dieu, j'ai mal au ventre, à l'endroit de ma blessure, comme si on me brûlait l'estomac, j'ai mal dans toutes mes articulations, comme si mes os ne marchaient plus, comme si mon corps était en panne, et puis mes yeux se ferment, et alors je peux

Dormir.

Enfin, dormir.

20

Mercredi 29 juin 2011

Onze heures du matin, et déjà les touristes qui grouillent le long du boulevard de Clichy. Tu sues. La chaleur est insupportable. La petite ruelle de la cité Véron est comme une oasis dans l'enfer de Pigalle l'été. Tu respires l'odeur des fleurs avant de monter. Cinq étages, comme tous les jours. C'est la quatrième fois que tu viens et qu'elle n'ouvre pas, mais aujourd'hui tu as pris un peu de matériel avec toi : le sac de sport que tu trimballes toujours dans ton coffre.

Tu sonnes. Une fois. Deux fois. Cinq fois. Tu sors le pied-de-biche du sac. Tu places l'extrémité dans la rainure. Tu sais que ça va foutre le bordel, mais tu te donnes dix minutes pour trouver ce que tu veux et dégager. La porte cède au bout du troisième coup. Tu tombes nez à nez avec les photos d'actrices : Catherine Deneuve, Isabelle Huppert, Faye Dunaway, Nicole Kidman et des dizaines d'autres. Des portraits pleine page en noir et blanc, découpés dans des magazines de cinéma. Le canapé, la table basse, le coin cuisine. Tu te revois entrer ici il y a quelques jours. Tout est comme avant, sauf qu'il manque quelques objets. Des livres. Des photos.

Tu sais déjà que Clotilde est partie et qu'elle a fait le ménage. Elle sait ce que c'est de nettoyer un appartement. Elle l'a déjà fait dans sa chambre de passe et chez ses parents.

Tu sais que tu ne trouveras rien, mais tu avances quand même dans la chambre. Le lit est défait. Exactement dans la même position que quand tu es venu l'autre soir. Clotilde n'a pas dormi ici. Elle est repartie aussi sec. Elle s'est barrée parce que tu es venu. Parce que tu as grillé sa couverture. Parce qu'elle a peur. Tu la revois, étendue sur le lit. Ses seins ronds. Tu aimes ses seins ronds. Tu aimes son regard. Tu aimes sa voix grave. Ses petites lèvres fines. Son grain de beauté au-dessus du nombril. Son arrogance. Sa vulgarité. Ses silences malicieux. Son petit défaut de prononciation. Son manque de pudeur. Son odeur d'abricot. Ses doigts longs et fins. Son petit cul rebondi. Ses mains qui bougent quand elle parle. Tu aimes tout ça, mais Clotilde est partie.

Tu redescends et tu marches jusqu'au Puppet. Porte fermée. Trop tôt. Tu sonnes, au cas où. Une fille ouvre. Un balai dans la main. Pas réveillée. Pas maquillée. Pas commode.

– Qu'est-ce que vous voulez ?

– Je cherche Christelle.

– Elle ne bosse plus ici, Christelle.

– Depuis quand ?

– Depuis que cette petite conne nous a plantés.

– Elle n'est pas venue bosser ?

– Ça fait une semaine qu'on ne l'a pas vue. Pas un coup de fil, rien. Vous pouvez lui dire qu'elle peut aller chercher du boulot ailleurs.

Tu sors ta carte de la BRP. Le visage de la fille se tend.

– Je la cherche, c'est important. Pour sa sécurité.

– Et ? Qu'est-ce que je peux faire ?

Tu sors une carte de visite de ta poche.

– M'appeler quand vous la verrez. Il y a des sales types qui lui veulent du mal, j'aimerais la retrouver avant.

Elle prend ta carte et l'enfonce dans la poche arrière de son short en jean. Puis te fait une petite grimace qui veut dire *dégage, sale con de flic* :

– Avec plaisir, lieutenant Kertesz.

Dix minutes après, tu roules vers l'appartement de Rebecca Blanchart. Tu gares la voiture dans la rue de l'Assomption, en plein XVIe, juste en face de sa fenêtre. Pas le temps de passer la journée à planquer. Il faut trouver Clotilde avant que ce soit d'autres qui la trouvent.

Tu sonnes à l'interphone.

– Oui ?

– Rebecca, c'est le lieutenant Kertesz. On s'est vus il y a quelques semaines.

– Je me rappelle.

– Je cherche toujours Clotilde.

– Je ne sais pas où elle est.

– Elle est en danger.

– Je ne sais pas où elle est.

– Je peux monter ?

– Pour quoi faire ?

– Pour discuter.

– Je n'ai pas envie de discuter.

– Tu as vu Clotilde récemment ?

Elle ne répond pas. Hésite sûrement à te dire ce qu'elle sait.

– Tu as vu Clotilde récemment ?

– Je l'ai vue il y a deux mois. Elle voulait se cacher.

– De qui ?

– Je ne sais pas. Elle n'a pas voulu me raconter.

– Tu ne l'as pas revue depuis ?

– On s'est appelées, mais c'est tout. Je passe prendre de l'argent toutes les semaines dans un bar dans lequel elle travaille et je le mets sur mon compte. Elle a peur de créer un compte en banque.

– Tu l'as eue au téléphone récemment ?

– Pas depuis une semaine. J'ai essayé mais son téléphone sonne occupé.

Tu souffles. Tu réfléchis.

– C'est bon, vous avez fini ?

– Oui, merci Rebecca.

Tu retournes à la voiture.

Plus de Clotilde sur le pare-brise. Plus de Clotilde nulle part.

Tu t'apprêtes à foncer chez Le Maréchal, qui habite juste à côté. Pour lui secouer les puces. Mettre au clair son petit business de soirées libertines. T'assurer que Clotilde n'est pas impliquée dans ce merdier.

Mais avant ça, tu appelles ton pote Sylvain des Stups.

– Alors, les écoutes de Salun ?

– Rien de nouveau.

– Pas de Deda ?

– Non.

– Il crèche toujours à son hôtel ?

– Oui, une semaine qu'il n'a pas bougé. Mais on est tombés sur quelque chose de lourd qui va t'intéresser.

– Dis-moi.

– Il bosse avec une boîte de sécurité privée qui achemine la coke directement depuis l'Amérique du Sud.

– Qui ça ?

– Atlantic Security Corp. C'est tenu par des Corses et des Ivoiriens. Ils gèrent la sécurité pour des entreprises occidentales installées en Afrique de l'Ouest et en Amérique du Sud. Ils font aussi du conseil et de l'intelligence économique. On a eu accès à la liste des personnes rémunérées par la boîte. Il n'y a pas que Marcel Salun.

– Gérard Berthelot ?
– Comment tu sais ?
– J'ai mes sources.
– Tu connais aussi les autres ?
– Non. Il y a combien de noms en tout ?
– Une quarantaine. Beaucoup de noms corses, mais tes copains n'y sont pas. Il y a aussi des Serbes.
– Des Serbes, t'en es sûr ?
– Oui.
– Qu'est-ce que vous allez en faire, de cette liste ?
– J'en sais rien.
– La transmettre ?
– Pour l'instant, je n'ai pas vraiment envie d'y toucher. Si je file ça à l'état-major, ça va élargir l'enquête et je ne vais pas pouvoir serrer Salun, parce qu'ils vont vouloir mettre la BRB dans la boucle et garder Salun intact pour serrer toute la bande. Mais nous, ce qu'on veut, c'est la dope. J'ai des engagements à tenir avec mon taulier. On serre Salun d'abord, et après je donne la liste à qui veut.
– Moi je la veux. Et tu sais que ça ne fuitera pas.
– Je t'envoie ça.
– Vous savez quand vous allez serrer Salun ?
– Ils attendent une livraison en Espagne dans dix jours. Cinq cents kilos. On attend qu'il passe la frontière et on le tape.
– Préviens-moi dès que vous l'avez.
– Je le ferai. Ah, une dernière chose, Christian.
– Oui ?
– Prigent a appelé un de mes collègues l'autre jour.
– Qu'est-ce qu'il voulait ?
– Des informations sur Salun. Il a vu qu'on avait ouvert une information judiciaire sur lui. Apparemment, Salun aurait été cité sur une enquête dont il a la charge.
– Quelle enquête ?

– Celle sur les Gitans de Montreuil.

Tu souffles. Tu manques d'air.

– Merci pour l'info, Sylvain.

Tu manques d'air parce qu'il fait chaud. Et parce que tu sens ce putain d'étau qui se resserre. Un étau avec la tête de Prigent.

À peine une minute après avoir raccroché, tu reçois la liste sur ton BlackBerry. Quarante noms. Quarante noms dont Marcel Salun, Gérard Berthelot, et des Corses. Des Corses, dont deux que tu connais : Angelo Massoni et Pierre-Marie Casabianca. Deux porte-flingues de Tramoni, qui faisaient la loi au Cercle Wagram avant que tes copains ne viennent reprendre ce qui leur appartenait. Et puis des Serbes. Des putains de noms serbes. Sûrement Deda ou des amis à lui dans le lot. Tu récapitules : Salun, Berthelot, Tramoni, Deda. Tous main dans la main au sein d'une compagnie de sécurité qui est en train de te baiser, toi et tes copains. Quarante degrés dans la bagnole. Tu as du mal à respirer.

Tu penses à Michel, Toussaint, Gabach et les Castelli. Toujours retranchés à Vaucresson dans le domaine de Dominico. Tu cherches le numéro de Michel et tu l'appelles.

– Christian, on commençait à se demander. Tu rentres quand ?

– Bientôt. J'ai quelques affaires à régler encore.

– Il faut rester prudent, t'as regardé les infos ?

– Non.

– Jean-Luc Germani vient d'échapper à deux condés qui l'avaient logé.

– Tu sais où il est ?

– Reparti en cavale, mais je ne sais pas où. J'attends encore des nouvelles.

– Atlantic Security Corp, tu connais ?

– Oui, c'est Tramoni et Bob l'Africain qui tiennent les rênes.

Bob l'Africain : ancien partenaire de Michel Tomi, avec qui il a créé les filiales du PMU en Afrique occidentale. En froid avec Tomi et avec tout le clan depuis bientôt dix ans. A choisi sa famille à l'heure de la vendetta : celle de Tramoni.

– À quoi sert la boîte ?

– Ils équipent des multinationales qui sont implantées dans des régions à risque. Ils s'en servent aussi pour blanchir les sous des braquos, et pour assurer la sécurité de leurs casinos en Afrique et en Amérique du Sud.

– Tu connais des gens qui bossent pour eux ?

– Des types de la Brise de Mer, mais c'est tout. Pourquoi ?

– J'ai les registres du personnel sous les yeux. Il n'y a pas que des Corses qui bossent avec eux.

– Qui ça ?

– Marcel Salun.

– Nom de Dieu.

– Et des Serbes aussi.

– Des Serbes ? Deda ?

– Sûrement.

– Bordel. Deda et Tramoni ? J'ai du mal à le croire. Tramoni ne touche pas aux putes.

– Justement. Ils se mettent ensemble pour nous baiser, et ensuite ils se partagent le gâteau : les putes pour Deda, les jeux pour Tramoni, la poudre pour Salun.

– Et ils se seraient rencontrés juste pour nous baiser ?

– Il y a eu un intermédiaire. Quelqu'un qui connaît bien les deux parties. Et qu'on connaissait bien.

– Qui ça ?

– Gérard.

– Arrête tes conneries, Christian.

– Je suis sérieux.

– Gérard était mon ami depuis plus de vingt ans.

– C'était le mien aussi, Michel. Enfin je croyais.

– Tu parles d'un mort, nom de Dieu. C'est grave ce que tu dis. D'où tu sors ça ?

– Son nom est sur les registres.

– Ils ont pu être trafiqués.

– J'ai une photo de lui et Salun en Afrique dans les années quatre-vingt. Ils se connaissent depuis longtemps.

– Nom de Dieu.

– C'est Gérard, la taupe que tu cherchais, Michel. C'est lui qui a filé des infos aux Courses et Jeux pour faire tomber le Cercle. C'est lui qui a empêché l'enquête sur Jovanovic de se dérouler normalement et qui l'a prévenu pour qu'il se barre avant qu'on le tape. C'est lui qui a refilé les adresses des baraques aux Gitans pour qu'ils nous prennent en embuscade.

– Nom de Dieu.

– Qu'est-ce qu'on fait ?

– Rien. On ne fait rien. On ne bouge surtout pas. Ils n'attendent que ça, en face.

– Ils vont mettre la main sur tout le business si on ne fait rien, Michel, tu le sais très bien.

– On ne va pas se laisser faire, tu me prends pour qui ? Mais on arrête les fusillades dans les boîtes de nuit et les incendies d'immeubles, est-ce que c'est clair ? On va se les faire un par un, en prenant notre temps, et surtout, surtout, en ne faisant pas de vagues.

– C'est toi le chef.

Tu raccroches et tu démarres en trombe. Tu as envie de rejoindre Michel et Toussaint. De boire et de rire avec eux. La seule famille qui te reste, cernée de toutes parts par une cohorte de salopards qui ont décidé de tout vous piquer.

... À Paris comme à New York, la théorie du complot, qui aurait visé à empêcher DSK de se présenter

aux présidentielles, prend de plus en plus d'ampleur. Des médias français ont révélé que René-Georges Querry, alias Monsieur Jo, ancien policier du Quai des Orfèvres et désormais directeur de la sécurité d'Accor, le groupe propriétaire du Sofitel, avait prévenu lui-même l'Élysée...

Tu voudrais les voir morts. Tous ceux qui t'empêchent d'avancer. Salun, Tramoni, Deda, Prigent, Marignan. Morts et enterrés. Pour que tu aies le temps. Enfin. De trouver le prédateur qui rôde. Celui qui cherche Clotilde. Si elle a encore peur, c'est que ce con de Prigent n'a pas buté le bon.

... Martine Aubry a annoncé sa candidature aux primaires du parti socialiste, alors que les soutiens de DSK continuent à être fidèles à l'homme fort de la gauche, malgré l'affaire récente du Sofitel...

Tu dois la trouver avant lui.

Tu dois la trouver maintenant.

... Nouveau rebondissement concernant le banditisme corse : alors que trois gendarmes contrôlaient un mobil-home suspect hier soir, deux hommes les ont menacés avec une arme à visée laser et se sont enfuis. Il s'agirait de Jean-Luc Germani et Stéphane Luciani, deux pointures du grand banditisme liées au Cercle Wagram et en cavale depuis plusieurs mois...

Tu te gares devant l'appartement des Le Maréchal. Sa voiture à lui n'est pas dans la rue. Sa femme est a priori seule. Tu as envie d'y aller comme une brute, mais tu te retiens. Tu attends. Sagement. Tu fumes. Une cigarette, deux cigarettes. Un paquet de cigarettes. Le soleil cogne. La chaleur est étouffante. Paris est en alerte canicule depuis trois jours. Tu bous. Tu ne tiens plus en place. Tu dois retrouver Clotilde et tu veux faire cracher à sa mère tout ce qu'elle sait. Tu t'apprêtes à craquer au moment où la porte de l'immeuble s'ouvre. Mme Le Maréchal, avec son panier de courses. Le teint livide, comme un cadavre. Les yeux vides, dirigés vers le sol.

Tu attends qu'elle passe devant ta voiture, et puis tu sors. Le sac de matos dans la main. Tu passes la première porte avec ta clé PTT. Tu passes la deuxième avec un de tes classiques pour interphones : le livreur de fleurs pour femmes au foyer qui s'ennuient.

Une femme répond et t'ouvre la porte. Tu montes. Trois étages par l'escalier. Tu arrives devant l'appartement des Le Maréchal et tu sors les outils. Serrure trois points et blindage léger. Tu hésites à prendre la perceuse pour dégommer le cylindre. Tu sais que le bruit va mettre la puce à l'oreille des voisins. Tu optes pour la hache : tout aussi bruyant mais plus rapide. Quatre coups dans le bas de la porte. En deux minutes, tu es à l'intérieur.

Même impression de blancheur immaculée que la première fois que tu es venu. Murs quasi nus. Parquet comme neuf. Moquette impeccable. Meubles anciens, restaurés comme s'ils venaient d'être fabriqués.

Tu n'as pas le temps, alors tu fouilles.

Le grand salon d'abord. L'armoire. Tiroirs. Papiers. Tu tries. Tu jettes. Rien d'intéressant.

La chambre. La table de nuit de monsieur. Le lit. La commode. Tu vides les tiroirs un par un et tu mets tout par terre : rien à se mettre sous la dent.

Son bureau. Les tiroirs : des papiers et des factures. Tu jettes. Les étagères : remplies de bouquins. Tu les prends et tu les jettes. Rien derrière non plus. Sous le bureau : rien. Tu bous. Tu as chaud. Les toiles sur les murs. Tableaux cubistes. Tu les arraches et tu les jettes. Pas de coffre derrière.

Tu ne sais plus où chercher. Tu as envie de tout casser. Tu renverses une étagère. Deux étagères. Rien derrière. Tu enlèves les tiroirs du bureau.

Et là, tu trouves.

Tu trouves un double-fond derrière un tiroir. Tu l'arraches et tu en sors une enveloppe. Remplie de cash. Tu comptes au jugé. Au moins cinq cent mille euros. Tu trouves une autre enveloppe. Des photos. Photos de soirées. Photos de putes. Des culs, des seins, des chattes. La belle Audrey Deleaume avec sa jolie tête de poupée, qui se fait baiser dans l'appartement de l'avenue d'Iéna par Édouard Le Maréchal et Étienne Guison. Un type à table avec Le Maréchal, dans un avion privé. Des hôtesses d'accueil qui leurs servent à boire. Qui s'embrassent. Qui se déshabillent. Le type qui a l'air gêné. Une photo par le hublot : le Washington Monument et le Capitole.

Une autre enveloppe. *Pour M. Le Maréchal et Mlle Deleaume.* Tu connais cette écriture. Tu l'as vue tous les jours pendant des années. Dans l'enveloppe : des photos de filles, que tu ne connais pas. Des photos de cul. Les filles avec Le Maréchal. Les filles avec Guison, Rougier, et d'autres. Des photocopies de leurs cartes d'identité. Quatorze ans, quinze ans, seize ans. Une lettre de menaces. La même écriture. Celle de Gérard. Tu regardes la signature : c'est signé Michaud.

Tu bous. Audrey Deleaume ne t'a pas tout dit. Gérard les fournissait en putes, oui, mais aussi en putes mineures, qu'il faisait passer pour des majeures. Et il les faisait chanter ensuite.

Tu essayes de te concentrer, malgré la chaleur et ton cerveau qui tourne à cent à l'heure. Tu cherches à comprendre le rapport avec Clotilde. Tu as peur pour elle.

Tu balayes tout ce qui est sur le bureau d'un revers de la main. Tu mets un coup de hache dedans. Tu cherches un autre double-fond, mais tu ne trouves pas. Tu envoies tout par terre : les livres, les fournitures, la lampe.

Quand la lampe se brise, tu vois un petit objet rond et noir qui roule par terre. Tu le connais bien, ce petit objet rond et noir. Ton pote Didier Cheron en raffole.

Tu t'approches et tu regardes mieux.

Un micro.

Un putain de micro.

Tu le prends et tu le places devant ta bouche.

– Vous vous demandez ce que c'est ce bordel, hein ? Je veux savoir ce qui se passe, je veux savoir pourquoi vous avez foutu ce putain de micro ici, sinon je vous grille avec la mère Le Maréchal dès qu'elle rentre de ses courses. Rendez-vous dans deux minutes dans la rue, sur le trottoir en face de l'appartement.

Tu mets le micro dans ta poche, et tu ressors.

Dans le couloir : personne.

Tu descends les marches : personne.

Tu passes le hall d'entrée : sur le trottoir d'en face, un type.

Tu le reconnais. Blond, grand, maigre. Des petites lunettes rondes d'administrateur. Les lèvres pincées. Le regard de glace. Tu t'approches de lui comme si tu allais le mettre en pièces, mais il ne cille pas. Il te tend la main.

– Philippe Barbier, DCRI.

Tu hésites, mais tu lui serres la pogne.

– Christian K

– Je sais qui vous êtes, monsieur Kertesz. Vous êtes dans nos radars depuis quelque temps déjà.

Il sourit, puis reprend avec sa petite voix grinçante :

– Suivez-moi.

Tu le suis sur deux cents mètres et il te fait rentrer dans un fourgon Mercedes-Benz noir, avec sièges amovibles et partie arrière transformée en petit salon. À l'intérieur : un gusse avec un casque devant un écran. Quatre points de vue de la rue. Visiblement ceux des caméras de surveillance du quartier.

– Asseyez-vous, monsieur Kertesz.

Tu t'assieds. Il sort une bouteille d'un petit frigo et te sert un verre d'eau fraîche. Glacée. Tu apprécies quand l'eau coule dans ta gorge irritée par la chaleur et la cigarette. Tu reposes le verre et tu regardes Barbier droit dans les yeux.

– Qu'est-ce que vous foutez là ?

– Je vous retourne la question, monsieur Kertesz.

– Je cherche sa fille.

– Pourquoi ?

– J'ai mes raisons.

– Sa fille est en Asie. Elle finit son année de première là-bas.

Tu ris aux éclats. Mais pas Barbier. Barbier reste de marbre.

– Je vois que vous n'avez pas toutes les pièces du puzzle, commissaire. Mais je dois avouer que moi non plus. Je vous propose un deal. Vous me dites tout ce que vous savez, et je vous dis tout ce que je sais.

– C'est d'accord, monsieur Kertesz. Mais n'essayez pas de jouer au plus malin avec moi. On sait très bien ce que vous faites avec vos copains corses. On a des photos et des écoutes. On a juste à envoyer ça au juge Balers et à son copain Marignan pour vous mettre en taule une bonne dizaine d'années.

– Vous ne m'impressionnez pas, Barbier. Je sais que c'est vous qui avez commandité l'enquête des Courses et Jeux sur le Cercle Wagram. Je sais aussi que tout ça est absolument hors la loi et que la DRPJ ne serait pas enchantée de l'apprendre.

– Ne me traitez pas de hors-la-loi, monsieur Kertesz, je n'ai absolument rien commandité. Et si j'ai participé à cette enquête, c'est pour que justice s'applique, enfin. Pour que vos petits copains corses comprennent qu'ils ne sont pas au-dessus des lois.

Tu ne réponds pas. Tu souris.

– Maintenant, dites-moi ce que vous savez. Où est sa fille si elle n'est pas en Asie ?

– Elle est à Paris. Elle a fugué de chez eux et se fait passer pour une autre avec une carte d'identité volée.

– Pourquoi est-ce qu'ils font croire à tout le monde qu'elle est en Asie ?

– J'en sais rien.

– C'est tout ce que vous avez à me dire ?

Tu sors l'enveloppe de ta poche. Celle que tu as trouvée dans le double-fond avec les photos.

– J'ai quelque chose ici qui va beaucoup, beaucoup vous intéresser. Mais à votre tour d'abord.

– Très bien, monsieur Kertesz. Que voulez-vous savoir ?

– Sur quoi est-ce que vous enquêtez exactement ?

– Sur les parties fines organisées par Édouard Le Maréchal.

– Pourquoi ?

– Elles impliquent des gens haut placés. Très haut placés.

– Étienne Guison ?

Il rit.

– Plus haut.

– Des collègues sénateurs de Le Maréchal ?

– Plus haut.

– Des députés ?

– Plus haut.

– Des ministres ?

– Plus haut, monsieur Kertesz.

Tu sèches. Tu réfléchis. Et puis un visage se dessine dans ta tête. Comme une évidence.

– Des candidats à la présidence ?

Il sourit. Il acquiesce.

– Dans le mille, monsieur Kertesz.

Tu revois la tête de poupée d'Audrey Deleaume. Le texto qu'elle t'a renvoyé en croyant répondre à Le

Maréchal. *Je croyais qu'on ne devait plus se servir de cet appartement jusqu'à ce que les affaires se tassent ?*

Tu comprends enfin de quelles affaires il s'agit. Les mêmes qui agitent les médias depuis plus d'un mois, et qui expliquent pourquoi ils paniquent tous.

– Qu'est-ce que vous avez sur eux ?

– On surveille Le Maréchal et sa bande depuis plus de quatre mois, en accord avec la PJ de Lille. Ils organisent des petites sauteries à Lille, Paris et Washington, payées pour la plupart par deux lobbyistes appartenant à des groupes du CAC 40. Ils ont recours à des prostituées pour chaque soirée. L'objectif, c'est d'accuser tout ce petit monde de proxénétisme en bande organisée.

– Est-ce qu'ils ont eu recours à des mineures ?

– Des mineures ? Non, pourquoi ?

– Moi je pense que si. Mais sans le vouloir.

Tu lui tends l'enveloppe avec les photos, les cartes d'identité et la lettre de Berthelot.

– Où vous avez pris ça ?

– Chez lui.

– Où ça, chez lui ?

– Dans une petite cachette, sous le bureau.

– Vous allez tout nous saloper Kertesz, il va savoir qu'on s'est introduit dans son appartement.

– Vu le merdier que j'ai laissé là-bas, vous pouvez en être sûr.

– Ça vous amuse ? Il va porter plainte, Kertesz. Il va y avoir une enquête de la police. Ils vont avoir recours aux caméras et on vous verra sortir et venir à ma rencontre.

– Je ne pense pas qu'il va porter plainte. Quand il va comprendre qu'il manque cette enveloppe, il va avoir peur et il va la fermer.

Barbier se frotte le visage avec les mains, puis regarde en détail le contenu de l'enveloppe.

– Qui a écrit la lettre de chantage ?

– J'en sais rien.

– Jouez franc-jeu avec moi, Kertesz.

– Vous aussi, jouez franc-jeu avec moi. Pourquoi est-ce que vous vous intéressez autant à eux ? Ça ne devrait pas être du simple ressort de la BRP ?

– Disons que moi et certaines personnes avons tout intérêt à ce que cette affaire soit menée comme il faut.

– Pourquoi ?

– Pourquoi ? Mais ouvrez les yeux, bon sang, Kertesz. Pour éviter que le parti socialiste arrive au pouvoir !

– Comment vous avez eu vent de tout ça ?

– On a monté une cellule il y a deux ans pour surveiller DSK. On a compris ce qu'ils faisaient avec toute leur bande, Le Maréchal, Guison, Petit, Dodo la Saumure et le Carlton de Lille. On a balancé le tuyau à la PJ de Lille et ils ont pris le relais.

– Le Sofitel, c'est vous ?

Il rit.

– Nous ne sommes pas des magouilleurs, ne nous confondez pas avec la DGSE. Le Sofitel, c'est une affaire inespérée.

– Vous mentez. Il y a des rumeurs dans les journaux.

– On a été les premiers prévenus, c'est tout. Jo Querry nous a appelés et on a prévenu Guéant dans la foulée. Mais DSK s'est mis tout seul dans la merde. On n'avait pas besoin du Sofitel. On a déjà un dossier comme ça sur lui. On avait prévu d'attendre les primaires pour balancer ce qui concerne le Carlton, point.

– Et les mallettes, vous êtes au courant ? Elias Khoury ?

Barbier se liquéfie pendant une fraction de seconde, puis se reprend.

– D'où vous sortez ça ? C'est trop gros pour vous, Kertesz. Oubliez Khoury.

– J'ai déjà eu un petit entretien avec lui.

– Oubliez-le.

– Pourquoi vous ne chargez pas Le Maréchal là-dessus ?

– Elias Khoury travaille avec tout le monde, Kertesz. Si on le fait tomber, on fait tomber tout le système. Oubliez-le. Dites-moi plutôt qui a pris ces photos et rédigé cette lettre. Je pense avoir été suffisamment loquace, non ?

– Mon ancien collègue à la BRP, Gérard Berthelot.

– Berthelot ? Il est mort, non ?

– Oui. Mais je pense qu'il n'était pas tout seul.

– Qui ?

– Bayard, ça vous dit quelque chose ?

– Non.

– Deda ?

– Non plus. C'est qui ?

– Un mac serbe. Je n'ai pas son vrai nom.

– On va fouiller. Vous avez un dossier sur lui ?

– Oui.

– Envoyez-moi tout ce que vous avez, Kertesz.

Il te tend sa carte de visite.

– Et ne foutez pas la merde là-dedans. On a prévu de coincer Le Maréchal, DSK et leurs petits copains à la rentrée, je ne veux pas de remous avant, c'est clair ?

– C'est clair.

Tu prends sa carte et tu la ranges dans ta poche, puis tu lui serres la main et tu sors de la voiture. Barbier te raccompagne sur le trottoir avec sa voix aiguë et son sourire pincé :

– Bon vent, Kertesz.

Il est dix-huit heures passées et tu ne sais plus où aller. Tu ne sais plus où la chercher. Plus de piste. Plus rien.

Plus de Clotilde.

Tu erres au volant de ta voiture. Tu roules pendant une heure. Pendant deux heures. Tu sillonnes le VIIIe, puis le XVIIIe. Tu regardes chaque femme que tu croises. Tu scrutes chaque visage, en espérant que ce soit celui de Clotilde.

Tu erres sans fin. Sans but. Tu cherches une aiguille dans une botte de foin. Tu le sais, mais tu n'as rien d'autre à faire. Tu ne peux pas retourner à Vaucresson. Pas maintenant. Tu dois d'abord trouver Clotilde. Alors tu roules et tu roules et tu roules.

Tu roules jusqu'à ce que ton téléphone sonne.

– Monsieur Kertesz ?

– Oui.

– Inès, du Puppet. Clotilde est revenue.

Comme une libération.

– Quand ?

– Tout à l'heure. J'ai réussi à la convaincre de vous voir.

– Où est-elle ?

– Chez moi.

– J'arrive. Envoie-moi ton adresse par texto.

Tu sens une vague de chaleur qui t'envahit. Tu sens ton corps qui te remercie. Ton corps qui veut la voir. Qui a besoin de la voir.

Il est presque vingt-et-une heures quand tu toques à la porte d'Inès. Un vieil immeuble délabré dans le XVIIe. Une petite porte avec un cœur dessus, après des petites marches en bois sur sept étages. Tu souffles. Tu as chaud.

Inès ouvre. Petit short sur le haut de ses cuisses. Très petit short.

Elle te sourit et te fait rentrer. Petit appartement sous les combles avec poutres apparentes. Tu la suis jusque dans la chambre. Petite chambre d'une dizaine de mètres carrés.

Mais pas de Clotilde.

Pas de Clotilde dans cette petite chambre.

Juste deux grands types qui te fixent droit dans les yeux. Le premier fait un bon mètre quatre-vingt-dix. Trente ans à tout casser. Cheveux longs. Sales. Barbe. Un Glock 29 dans la main. Le deuxième n'est pas armé. La soixantaine. Cheveux ras à la militaire. Une cicatrice sous le menton.

Tu comprends que tu t'es fait piéger comme un bleu. Tu te retournes vers Inès, mais elle n'est plus là. À la place, il y a un petit au crâne rasé qui t'envoie un coup de crosse de fusil dans la gueule.

Le goût du sang.

Un deuxième coup sur le crâne.

Des cris.

Et puis plus rien.

Quand tu reprends conscience, tu es allongé sur le lit d'Inès.

Menotté avec les mains dans le dos. Tu sens que ta lèvre supérieure a triplé de volume. Ton œil droit aussi. Les trois gusses sont à côté de toi.

La voix du petit Nicolas Martineau en écho : *Les deux mecs qui nous ont tabassés ressemblaient à des mecs de sécu. Un petit au crâne rasé et un grand barbu. Ils ne parlaient pas français.*

Ils jouent avec la fille. Elle est en culotte. Ils lui mettent des claques. Rigolent. Elle essaye de se débattre.

Le vieux à la cicatrice se retourne et te regarde profondément. Puis parle à ses collègues. Tu ne comprends pas ce qu'il dit.

Il s'assied sur le bord du lit. Tu regardes en détail sa cicatrice, qui part de son menton et plonge vers sa poitrine. Au moins trois ou quatre millimètres d'épaisseur. Une cicatrice de guerre.

Il te sourit. Il te parle. En français, avec un accent de l'Est très prononcé. Et une espèce de diction aristocrate qui lui donne un air maniéré.

– Monsieur Kertesz. Ça fait longtemps que j'espérais vous croiser.

Tu reconnais cette voix familière, que tu as entendue sur des dizaines de bandes d'écoutes.

– Vous savez qui je suis ?

Tu ne réponds pas.

– Oui, vous le savez. Vous me cherchez depuis plusieurs mois. Je ne sais pas pourquoi, mais vous m'en voulez, à moi et à mes affaires. Qu'est-ce que vous avez à vous acharner contre moi ?

Tu ne réponds pas.

– Je vois que vous avez décidé de ne pas être bavard, alors nous allons couper court à la conversation. Je n'ai qu'une question. Une seule. Où est la petite Le Maréchal ?

Tu ne réponds pas.

– J'espérais que vous soyez un peu plus coopératif, monsieur Kertesz.

Il se relève. Il prend Inès par les cheveux. Elle crie.

– Voyez-vous, monsieur Kertesz, je n'aimerais pas voir souffrir cette jolie jeune femme. Et je suis à peu près certain que vous non plus. N'est-ce pas ?

Tu ne réponds pas, mais tu bous à l'intérieur.

Les deux plus jeunes attachent Inès sur une chaise et la mettent face à toi. Elle crie. Elle a peur. Deda lui met un coup par-derrière. Son poing qui s'écrase contre l'arrière de son crâne. Elle crie. Tu cries.

– J'ai mes sources, monsieur Kertesz. Je sais que vous cherchez Clotilde Le Maréchal depuis trois mois. Je ne sais pas pourquoi, mais je sais que vous la cherchez.

Il donne un marteau au petit rasé qui t'a assommé. Le petit rasé lève le marteau au-dessus du genou d'Inès. Inès crie.

– Il se trouve que moi aussi je la cherche depuis tout ce temps. Nous partageons les mêmes obsessions, voyez-vous.

Le petit rasé abat le marteau sur le genou droit d'Inès. Le genou qui craque. La rotule qui explose. Elle hurle. Elle hurle et Deda parle plus fort, au-dessus de ses cris :

– Je sais aussi que vous l'avez enfin trouvée la semaine dernière, au Puppet. Et que vous êtes la dernière personne à l'avoir vue. J'aimerais donc maintenant savoir quelles sont vos pistes pour la trouver.

Inès hurle et pleure.

Toi aussi tu pleures, mais tu essayes de retenir tes larmes.

Tu pleures et tu réponds :

– J'en sais rien.

– Je suis sûr que vous avez une petite piste, monsieur Kertesz.

Tu secoues la tête de droite à gauche.

Le petit rasé lève le marteau.

– Vous êtes sûr ?

Tu hoches la tête de haut en bas.

Le petit rasé place le marteau au-dessus du genou gauche d'Inès.

– Pas la moindre ?

Tu secoues la tête.

Le petit rasé abat le marteau sur le genou gauche d'Inès.

Os qui se déboîte, sang qui jaillit.

Bouche grande ouverte d'Inès qui hurle en silence.

Cri étouffé par la douleur.

Plus un seul son dans la pièce.

Le silence total.

Le silence perturbé uniquement par le bruit de Deda qui recrache la fumée de sa cigarette. Qui pointe sa cigarette vers le cou d'Inès.

– Ne soyez pas joueur, Kertesz.

Qui écrase sa cigarette contre son cou.

Inès qui retrouve l'usage de sa voix et qui hurle.

Toi aussi tu hurles.
Tu hurles et tu pleures.
– Pensez à cette pauvre femme, monsieur Kertesz.
Deda écrase sa cigarette contre sa joue droite.
Inès hurle de plus belle.
Toi aussi tu hurles.
Tu ne veux pas regarder, mais tu ne vois que ça.
Le corps meurtri de cette fille face à toi.
– Je suis certain que vous avez une petite idée d'où elle se trouve.
Il écrase sa cigarette sur son sein droit.
Inès hurle.
Cri strident, à bout de force.
Et toi tu pleures.
Tu ne vois même plus ce qui se passe, tellement tu pleures.
– J'aurais espéré que vous soyez un peu plus coopératif, monsieur Kertesz.
Deda prend le Glock dans la main du grand barbu et le pointe sur la tête d'Inès.
Elle hurle.
Il te regarde droit dans les yeux. Profondément.
Tu hurles et tu pleures. Tu le supplies.
– Vous n'avez vraiment rien d'autre à me dire ?
Sans ciller. Ses yeux, fixes. Dans les tiens.
Inès se débat, mais les deux gusses la retiennent.
Tu supplies. Tu ne sais même pas ce que tu dis, mais tu les implores de ne pas faire ça.
Deda te regarde et il tire.
La tête d'Inès part d'un coup sur la gauche. Emporte tout son corps dans le mouvement. S'écroule par terre.
Tu hurles.
Ils s'approchent de toi.
Parlent en serbe.
Deda te pose des questions, mais tu ne l'entends plus.

Tu perds le contact.
Clotilde qui t'embrasse.
Sa langue dans ta bouche.
Ses seins contre ton torse.
Tu reprends le contact.
Un coup de marteau sur ta main.
Tu sens tes os qui s'aplatissent. Tes cartilages qui se réduisent en miettes.
Tu perds le contact.
Sandra qui se colle contre toi.
Qui niche son corps contre le tien.
La douceur magique de sa peau.
Tu reprends le contact.
Un coup de marteau.
Dans ton œil droit.
La douleur.
La douleur comme tu ne l'as jamais ressentie.
Des couleurs qui dansent devant tes yeux.
Des couleurs et des formes.
Des couleurs et des formes, et la douleur.
Du sang.
Des cris en serbe.
Des hurlements.
Tes hurlements.
Arrêtez.
C'est ce que tu dis.
Ne faites pas ça.
C'est ce que tu hurles.
Tu ne vois plus rien, mais tu sens un nouveau coup.
Dans ton oreille gauche.
Tympan qui éclate.
Tu n'entends plus rien, juste un écho assourdissant.
Plus de vision.
Plus de sensations.
Plus de sons.

Juste des formes et des couleurs qui dansent devant tes yeux.

Des lumières qui brillent dans le néant.

Le bruit assommant de la grêle.

L'odeur du shampoing à l'abricot.

La voix de Clotilde qui chuchote dans ton oreille.

Tu es le premier que j'amène ici, Christian.

21

Jeudi 30 juin 2011

Il y a une espèce de fantôme sidaïque qui me regarde, un type patibulaire, la mine déconfite, le teint gris, les orbites creusées, les yeux livides, des cernes comme des poches de jeans, la peau grasse de sueur, une barbe de dix jours mal taillée, une veste moche, sale, trois poils sur le caillou, un mort vivant, voilà ce que c'est, un mort vivant, c'est comme si je me voyais dans vingt ans, et pourtant, pourtant ce revenant c'est mon reflet actuel, ni plus ni moins, mon reflet qui me regarde avec un air désespéré à travers la glace de l'ascenseur. Il y a une autre personne qui me regarde avec la même consternation, et cette personne c'est le reflet de Nesrine, elle me juge, elle mâche son chewing-gum et elle me regarde avaler mes cachets blancs et roses et jaunes comme si c'étaient des bonbons, elle est épuisée elle aussi, elle n'essaye même plus de me raisonner, elle a abandonné parce qu'elle sait très bien qu'il n'y a plus rien à faire.

L'ascenseur s'arrête et les portes s'ouvrent, Nesrine sort dans le couloir, couloir blanc d'hôpital blanc avec des lits blancs, ceux du quatrième étage de Bichat, je sors à sa suite, abandonnant ce triste reflet d'un pauvre type qui est en train de crever à petit feu. On croise des infirmières qui sourient à Nesrine, elles se connaissent, Nesrine est une petite reine ici, c'est la flic qui a permis à deux membres du personnel de l'hôpital de réchapper aux agresseurs corses, puis on arrive devant la porte 417, deux gardiens de la paix attendent devant, bien sages, avec les mains sur les genoux.

Une lueur d'espoir dans leurs yeux quand ils nous voient, ils espèrent sûrement pouvoir enfin partir d'ici, et ils nous serrent la main avec des grands sourires. Nesrine mène le bal, j'ai la bouche trop pâteuse pour parler correctement, trop de médocs, trop de chaleur, pas assez de nourriture ni de sommeil.

– C'est vous qui les avez trouvés ?

– Oui.

– Comment ça s'est passé ?

– Les voisins de la fille ont appelé vers vingt-trois heures. Ils entendaient des hurlements et ils étaient inquiets. On est arrivés à quatre sur les lieux, une demi-heure plus tard. Les suspects avaient dû voir arriver la voiture parce qu'ils étaient en train de descendre l'escalier quand on a ouvert la porte du bas. On s'est retrouvés face à eux et ils nous ont tiré dessus.

– Pas de blessé ?

– Non. Je pense qu'ils voulaient juste nous impressionner.

– Et ensuite ?

– On a reculé pour se protéger des balles et ils en ont profité pour s'enfuir en voiture.

– Quel modèle ?

– BMW Série 7.

– Vous avez eu le temps de voir leurs visages ?

– Il y avait deux jeunes types, plutôt costauds. Un avec une barbe et des cheveux longs, bruns. Un autre plus petit et le crâne à blanc. Et puis il y avait un troisième homme, grand, beaucoup plus vieux, avec les cheveux très courts. Et avec une cicatrice au niveau du menton.

Je sens un coup de chaud monter, comme à chaque fois qu'on me décrit Deda, je sens la goutte de sueur qui perle de mon front, mes mains qui tremblent, mes yeux qui tiquent, je sens le regard de Nesrine posé sur le mien, Nesrine qui comprend que je sais quelque chose, le flic qui comprend aussi, mais je ne dis rien, je suis une tombe.

– Qu'est-ce que vous avez fait ensuite ?

– On est montés à l'appartement, où on a trouvé le cadavre de la fille. Et lui.

Il montre du doigt la porte de la chambre, fermée, derrière laquelle il y a un homme presque mort. Nesrine s'apprête à ouvrir, mais le flicard la retient :

– On peut rentrer chez nous ? On était censés finir notre service à sept heures ce matin.

– Vous vous débrouillez avec votre commissaire, mais il nous faut un planton ici en permanence, donc tant qu'il n'y a pas de relève, il y en a un de vous deux qui reste au piquet. Et l'autre qui va au 36 faire les portraits-robots.

– C'est pas vous, la relève ?

Nesrine se marre, se paye ouvertement leur tête, puis rentre dans la chambre, où est allongé, bon Dieu, où est allongé Kertesz, ou ce qu'il reste de Kertesz, le corps enfoui sous des draps blancs, le haut de la tête entièrement bandé, le nez fracassé, la mâchoire en lambeaux, qui pend comme si elle n'était plus accrochée au reste de son visage. Au fond de la chambre, un médecin et une infirmière remplissent de la paperasse, ils se retournent, visages illuminés quand ils voient Nesrine, illumination qui s'éteint dès qu'ils me voient, comme si j'étais un de leurs patients évadé de sa chambre.

– Brigadier Bensaada, quel plaisir de vous revoir.

– Le plaisir est pour moi, docteur.

– Et vous êtes ?

– Capitaine Gabriel Prigent. Comment va-t-il ?

– Physiquement, ça va. Il a pris deux coups de marteau au visage, qui ont créé un profond traumatisme crânien, mais on a fait ce qu'il y avait à faire et il est hors de danger. Par contre…

Il me regarde moi, puis Nesrine, puis moi, puis Nesrine, comme si on était sa famille et qu'il avait une nouvelle terrible à nous annoncer, il pense sûrement que c'est un collègue proche, et à ce moment-là j'ai terriblement envie de lui dire que c'est son patient qui est venu chercher Toussaint Mattei il y a deux semaines, qui a pris en otage deux membres de leur personnel, que c'est un danger public qui est là, inanimé, et je me surprends à espérer que Kertesz ne se réveille jamais, pour que l'audience au tribunal n'ait jamais lieu.

– Par contre il ne réagit plus aux stimuli, ce qui pourrait relever d'un coma profond. On ne peut rien vous dire de précis pour l'instant, on attend encore les résultats de l'IRM, mais il semblerait qu'il y ait un œdème cérébral.

– Vous l'avez trouvé dans quel état ?

– Très amoché. Un coup de marteau lui a brisé les phalanges et la moitié des os de la main droite. Un autre lui a cassé l'os temporal gauche et le tympan, arraché une partie de son oreille et créé une première commotion cérébrale. Un troisième coup porté sur le côté lui a fait perdre un œil, brisé la partie supérieure droite de la mâchoire, et créé une deuxième commotion. S'il se réveille, il va en avoir pour des mois de guérison et de réadaptation.

Kertesz détruit, Kertesz en petits morceaux, c'est ce que j'ai voulu pendant des semaines, j'en ai rêvé, j'en ai fait des cauchemars, je devrais jubiler devant son corps meurtri, et pourtant là ça ne me fait ni chaud ni froid, juste une victime de plus à porter au crédit de Deda, mais mieux vaut que ce soit une ordure comme Kertesz plutôt qu'une jeune fille qui a toute la vie devant elle.

Pendant que Nesrine finit d'écouter le médecin, ma poche sonne, le nom de Marignan s'affiche sur mon téléphone, je sors dans le couloir et je décroche :

– Prigent, j'ai appris pour Kertesz. Vous êtes dessus ?

– Oui. Des baqueux ont appelé le groupe Le Goff qui était de perm cette nuit, mais quand ils ont vu que Kertesz était dans le lot, ils nous ont refilé le bébé.

– Il est vivant ?

– Dans le coma. Ils ne savent pas s'il va se réveiller.

– L'audience va sûrement être repoussée, mais je voulais vous demander de rester particulièrement vigilant. Ce n'est pas parce que Kertesz est *out* que nous ne sommes pas en danger. Arnaud Pascal a un dossier sur nous, et tant que ce dossier existera, nous ne serons pas tranquilles.

– Je reste prudent commandant, faites-moi confiance. Avez-vous trouvé quelque chose sur le commandant Alain Tardieu ?

– Non. J'ai fouillé mais je n'ai rien. Tardieu est *clean*, pas de casseroles.

Sept minutes plus tard on est revenus à la voiture et c'est Nesrine qui prend le volant, elle a trop peur que je conduise, peur que je nous plante dans un mur ou autre chose, involontairement, ou peut-être même volontairement, je ne sais pas ce qu'il y a dans sa tête mais en tout cas elle ne me fait pas confiance, elle ne me parle même plus, sauf pour échanger quelques banalités, et pourtant là, aujourd'hui, à onze heures trente-deux, dans les bouchons du boulevard Magenta, là elle me demande, pour une fois, mon avis, et je sais pourquoi elle me le demande, elle me le demande parce qu'elle me soupçonne d'en savoir plus qu'elle :

– Alors, qu'est-ce que t'en penses ?

– De ?

– Kertesz et la fille.

– Pas grand-chose.

– Les Gitans qui se vengent ?

– Je ne pense pas, non.

– Qui alors ?

– Je ne sais pas.

– J'ai vu ta tête tout à l'heure, quand il a décrit les agresseurs.

– D'accord, peut-être que je sais.

– Qui alors ?

– Je ne te le dirai pas.

– Pourquoi ?

– Parce que tu ne veux pas savoir.

– Et pourquoi je ne voudrais pas savoir ?

– Parce que le type qui a cabossé Kertesz à coups de marteau est aussi celui qui a tué Amandine Salmon.

– Ça y est, tu recommences.

– Et c'est aussi lui qui a buté la petite Elena Perales il y a cinq ans, alors que Beauvais et Morroni ont envoyé un innocent à Ensisheim qui s'est pendu dans sa cellule quelques mois après.

– Arrête les médicaments, Gabriel.

– Et ce type a d'excellents contacts dans la police et l'administration française puisqu'il passe entre les mailles du filet depuis des années, comme il est passé entre les nôtres il y a deux mois, quand on a assassiné Fabrice Nihoul.

– Ça suffit, Gabriel, je ne veux plus entendre parler de ça.

– Des excellents contacts qui ont rajouté a posteriori des photos d'enfants nus sur l'ordinateur de Nihoul et q

– La ferme, je t'ai dit !

– Et qui lui permettent de continuer à assassiner des gamines pendant qu'on fait semblant de ne rien v

– TA GUEULE, PUTAIN TU VAS FERMER TA GUEULE !

Onze minutes après, on est sous les toits du 36, les Velux ouverts, il fait chaud dans le bureau 415, chaud à en crever. L'équipe est au complet, Verhaeghen et Coco qui préparent Vanina pour ce soir, Nesrine qui se ronge les ongles devant son ordinateur, Beauvais qui tape un rapport, et puis Nadia Chatel, sur les nerfs, à bout parce qu'on se retrouve avec un nouveau cadavre sur les bras, un nouveau cadavre et un flic suspendu à moitié mort, à bout parce qu'elle a peur que les médias fassent le rapprochement avec Gérard Berthelot, avec les Gitans, avec les Corses, et qu'on se retrouve avec une pression gigantesque de la préfecture pour qu'on boucle ça au plus vite. Vanina est assise sur une chaise face à Verhaeghen et Coco qui lui font un topo, elle me sourit quand elle me voit arriver mais elle reste concentrée sur ce que lui disent les collègues, elle est belle, elle est jeune, je sens la Ritaline qui monte et je me sens bien. Le poste du bureau sonne, Nesrine décroche et me tend le combiné avec son regard de vache morte, c'est pour toi, je prends le combiné, un des flicards de l'accueil me dit que Catherine Salmon est en bas, et quand il dit ça je peux sentir rien qu'à son nom l'odeur mentholée de son haleine sur mes lèvres. Je lui dis de la faire monter, je descends les marches à sa rencontre, on se croise au deuxième étage, elle qui monte, moi qui descends, elle me toise avec cette expression étrange qu'elle a souvent et dont je ne sais jamais quoi penser, je lui serre la main, madame Salmon, que me vaut le plaisir de votre visite, mais j'en fais trop, je sais que j'en fais trop, elle rit, et puis l'instant d'après elle ne rit plus, elle dit très sérieusement, le plus sérieusement du monde :

– J'ai trouvé votre homme. Deda.

Quand elle dit ça je sens mes jambes qui flagellent, mon corps qui vacille, mais je me ressaisis et je la prends par la main.

– Venez avec moi.
– Où m'emmenez-vous, capitaine ?
– Dans une pièce où on sera tranquilles.

Je l'emmène dans un bureau vide qui nous sert pour des interrogatoires corsés, elle rit et s'approche dangereusement de moi :

– Vous vouliez qu'on soit seuls, capitaine ?

– Je ne suis plus censé enquêter sur cette affaire, madame Salmon. Je ne veux pas que mes collègues y assistent.

Elle range son sourire, puis s'assied face à moi, à la place du coupable, et me tend un dossier d'une bonne centaine de pages, en anglais, avec des photos d'un homme grand et robuste, taillé pour l'armée, les cheveux ras et les yeux d'un homme qui a trop côtoyé la mort, le visage marqué par la guerre et une cicatrice du menton à la poitrine, épaisse comme une fermeture Éclair.

– Votre homme s'appelle Bogdan Berisha. Il s'agit effectivement d'un mercenaire serbe. Il a servi pour les pires ordures, et notamment pour Ratko Mladić, qui a été arrêté le mois dernier. Vous en avez entendu parler ?

– J'ai suivi l'affaire à la radio.

– Deda a travaillé sous ses ordres pendant tout le conflit. Il avait son propre détachement armé. Les magistrats ont enquêté sur lui, mais bizarrement le Tribunal pénal international pour l'ex-Yougoslavie ne l'a pas condamné. Et pourtant ce n'était pas un saint. Vous avez la liste des chefs d'accusation contre lui ici.

Je regarde la liste qu'elle me tend, une liste de mots qui ne renvoient qu'à l'horreur, homicide intentionnel, torture, viol, destruction et appropriation de biens non justifiées, prise de civils en otage, destruction sans motif de villages non défendus, destruction d'édifices religieux, incitation publique au génocide, assassinat et extermination de civils sur simples critères religieux, réduction en esclavage, la tête qui tourne, le corps qui vacille, je prends les Ritaline dans ma poche et j'en avale un, quelle horreur, je regarde Catherine, elle reste de glace, concentrée, et elle continue à dérouler :

– La Cour internationale n'a pas délivré de mandat d'arrêt contre Deda, mais il est recherché par les Hongrois, par les Serbes et par Interpol. Ce n'est pas n'importe qui, capitaine. C'est un mercenaire, il a la guerre dans le sang. Vous trouverez dans le dossier une note sur son enfance qui vous fera comprendre de quoi il est capable. Il avait six ans quand il a vu sa mère mourir. Elle a été tuée par des Croates qui l'accusaient d'avoir frayé avec les Allemands pendant l'Occupation. Ils l'ont torturée sous ses yeux, puis lui ont enfoncé un chiffon d'essence dans la bouche et l'ont allumé. Ils ont forcé le petit à regarder sa mère brûler jusqu'à ce q

Elle s'arrête, je lève les yeux vers elle, elle a les yeux embués de larmes, moi aussi je sens l'horreur qui monte, moi aussi je pense à la petite Amandine, mais je ne dis rien, je ne sais pas quoi dire, je ne sais pas comment cette femme fait pour tenir face à tout ça, alors j'écoute religieusement, sans craquer.

– Jusqu'à ce qu'elle meure sous ses yeux. Puis ils ont égorgé le gamin, du menton jusqu'à la poitrine. Il a survécu grâce à un voisin chirurgien. Il a passé plus de vingt ans dans l'armée yougoslave avant de se rallier à Milošević et de faire partie des cadres de la guerre des Balkans. Il est recherché depuis 1998, date à laquelle la police hongroise l'a identifié pour trafic d'humains et proxénétisme. Il travaillait déjà à importer des filles en Europe de l'Ouest.

– Vous savez depuis quand il est sur le sol français ?

– J'ai demandé à mon mari, la DGSE aussi a un dossier sur lui. Il n'a pas voulu me le transmettre, mais il m'a confirmé que Deda travaillait avec la France depuis une dizaine d'années. Il m'a dit qu'il collaborait avec des Corses, qui l'ont aidé à monter des casinos en Serbie et dans les pays de l'Est, en échange de fusils récupérés après la guerre pour armer les circuits nationalistes.

– Vous avez des noms, pour les Corses ?

– Aucun, malheureusement.

– Vous avez prévenu les Serbes ?

– Pas encore. Je ne leur suis redevable de rien. Si vous l'attrapez, ça sera une très grosse prise pour vous, capitaine. Les Serbes veulent absolument intégrer l'Union européenne et ils sont prêts à tout pour ça. L'Europe leur met une très grosse pression sur les criminels de guerre, dont la chasse est une condition sine qua non pour leur entrée dans l'Union.

– Vous pouvez me donner cinq jours ?

– Vous avez tout le temps que vous voulez. Ce dossier est à vous. Je n'en ferai rien.

– Pourquoi est-ce que vous faites ça ?

Catherine Salmon se lève, s'approche de moi, se penche vers mon visage, et à nouveau son haleine de menthol, à nouveau son décolleté à hauteur de mes yeux :

– Parce que je vous aime bien. Et que même si Amandine n'était pas ma fille, j'aimerais qu'elle soit vengée comme il se doit. Or il me semble que vous êtes bien plus sensible que la police serbe, qui compte certainement dans ses rangs plusieurs des anciens partenaires de Deda. Et je sais que les hommes sensibles comme vous aiment faire du mal aux autres quand ils sont personnellement touchés par une affaire.

Elle redresse la tête, tout sourire, se dirige vers la porte, et assène avant de sortir, sans même se retourner :

– Au revoir, capitaine. Et prenez soin de vous. Vous avez mauvaise mine.

Je la regarde partir puis je feuillette le dossier, des photos, Deda jeune, qui pose avec l'armée yougoslave,

Deda dans des manifestations nationalistes, Deda sur le front, Deda avec ses hommes, Deda et sa carrure imposante de mercenaire sur tous les clichés. Je range le dossier et je remonte au bureau 415, Vanina est toujours là, elle m'adresse un petit sourire complice que je lui rends, mais je vois sur son visage qu'elle a peur, malgré Verhaeghen qui essaye de la rassurer en lui disant que nous serons à quelques mètres d'eux, prêts à intervenir si jamais un problème se présentait. J'allume mon ordinateur, je regarde mes e-mails, ma poche vibre, Faustine Martial, je sais de quoi elle va me parler alors je traverse la Seine, je la rejoins à son bureau et elle est là, tout sourire, le sourire de la victoire.

– J'ai une Tatiana.

Elle me tend un imprimé avec la photo du Corps Non Identifié Numéro Deux, et pour la première fois je la vois vivante, les yeux pétillants, une longue tignasse brune qui descend dans son dos, déjà taillée comme un mannequin.

– Tatiana Stanković. Quinze ans.

– C'est elle. D'où ça vient ?

– La petite a été portée disparue il y a deux semaines à Subotica, au nord de la Serbie. L'avis a été déposé par sa famille. Vous savez où elle est ?

– Dans un frigo de l'IML, avec tous les cadavres non identifiés qu'on a ramassés cette année.

– Je vais prévenir les autorités serbes.

– Non, vous n'allez pas faire ça.

– Pourquoi ?

– Pas maintenant.

– Pourquoi ?

– Je ne peux pas l'identifier officiellement.

– Pourquoi, Prigent ?

– Parce que je ne suis pas censé enquêter là-dessus.

– Il faut le faire, vous ne pouvez pas laisser sa famille dans le doute.

– Si on l'identifie, je saute. Laissez-moi juste encore un peu de temps.

– Je ne peux pas laisser des parents attendre et espérer, alors que leur enfant a disparu.

– Je comprends bien, mais je n'ai pas le choix.

– Non, vous ne comprenez pas. Vous savez ce que c'est, la vie quotidienne de ces gens ? D'espérer chaque matin, chaque soir, qu'on va enfin les appeler pour leur dire qu'on a retrouvé leur enfant ?

Oui je sais ce que c'est, bon sang, moi aussi je le vis tous les jours, tous les matins, tous les midis, tous les soirs, et même parfois entre, tous les jours je pense à Juliette, tous les jours j'espère qu'elle est encore vivante, tous les jours je pense à ce soir du 13 juillet où le métro était rempli, tous les jours je pense à la tête qu'elle a faite la dernière fois que je l'ai vue, ses yeux fatigués, son pouce dans la bouche, son dinosaure violet dans les bras, tous les jours je prie le bon Dieu des athées pour qu'elle ait fait une fugue, tous les jours je me répète sans cesse que je suis idiot d'y croire, que je me fais mal, que Juliette a sûrement été enlevée, et séquestrée, et violée, et assass

– Non, je ne sais pas. Vous avez raison. Prévenez-les.

Je ressors, les yeux remplis de larmes, je traverse l'île de la Cité, je rejoins mon bureau, je n'arrive pas à enlever l'image de ma fille de cette saleté de cerveau, mon téléphone sonne, c'est Isabelle, ça me fait un bien fou de voir son nom qui s'affiche, et pendant une fraction de seconde j'ai envie de la serrer fort dans mes bras, de lui expliquer que je pense à notre fille, que je pense à nous, que je l'aime, et je décroche, et Isabelle pleure, elle est paniquée et elle pleure :

– Qu'est-ce qui se passe ?

– C'est Élise, elle n'était pas là hier soir.

– Pourquoi, où elle était ?

– Je ne sais pas. Le collège a appelé tout à l'heure, et…

Elle s'arrête, sanglote, bafouille.

– Et quoi ?

– Et elle n'est pas venue aujourd'hui.

– Pas venue où ?

– Au collège.

– Mais elle est où ?

– Elle a disparu, Gabriel. Élise a disparu, tu comprends ?

Je crie tellement fort que des collègues sortent de leurs bureaux pour voir ce qui se passe, puis je me reprends aussitôt, Isabelle me donne une adresse dans le Xe, je descends les marches quatre à quatre, je cours jusqu'à la voiture, je branche le gyrophare et le deux-tons, je fonce, je roule sur les trottoirs, je m'arrête devant l'immeuble, je monte, et quand j'ouvre la porte là-haut il y a ce type, ce type bien coiffé avec une belle barbe, jeune, vigoureux, alors que moi je suis suant et moche et vieux et désespéré et malade et paniqué à l'idée que ma fille ait disparu. Il essaye de calmer ma femme mais Isabelle est en larmes, sur le canapé, elle ne tient pas en place et quand elle me voit arriver elle me crie dessus, c'est ta faute, Gabriel, ta faute, je l'écoute et je sens un gouffre sous mes pieds, un gouffre géant qui m'aspire, tu n'as rien fait pour elle, tu ne fais rien pour elle, tu ne penses qu'à Juliette, tu n'es jamais là pour Élise, je ne dis rien, je ne peux pas parler, je pleure, je crie moi aussi, je dis désolé, je suis désolé, je suis si désolé, qu'est-ce que j'ai fait, bon Dieu qu'est-ce que j'ai fait, Isabelle se lève et me frappe avec ses poings, son nouveau copain essaye de la retenir mais moi je dis frappe, frappe-moi, elle continue de crier, Élise est malheureuse, malheureuse à cause de toi, maintenant elle n'est plus là, je hurle, où sont ses affaires, ils me regardent sans savoir quoi répondre, je hurle plus fort, bon Dieu, où sont ses putains d'affaires, le beau gosse me montre une chambre, pendant qu'Isabelle s'effondre dans le canapé, et dans cette chambre il y a un bureau, une table de nuit, son lit rose et ses posters de groupes de rock. Je fouille dans les tiroirs, je trouve un répertoire qui contient des numéros de téléphone et des logos Anarchie dessinés au marqueur, je fouille encore mais je ne trouve rien à me mettre sous la dent, alors je pars avec son petit carnet et son ordinateur portable. Je dévale les marches, Isabelle crie depuis le palier, où tu vas Gabriel, mais je suis déjà arrivé en bas, alors je crie à travers les étages, je vais chercher notre fille, je reprends la voiture, deux comprimés de Ritaline avant de démarrer, puis je retourne vers le 36 avec le deux-tons à fond la caisse.

Je gare la voiture en bas, je sens la Ritaline qui monte, qui monte, moi aussi je monte, quatre étages, je débarque en furie dans le bureau 415, je crie, j'ai besoin d'aide, ils sont tous interloqués, Vanina est au milieu de la pièce, avec son téléphone dans la main, j'arrive visiblement au mauvais moment. Nesrine me fait des yeux noirs, pas maintenant Gabriel, pas maintenant, je leur dis, ma fille a disparu, j'ai besoin d'aide, ils ne savent pas quoi faire mais Nadia Chatel tranche en me faisant signe de me taire, puis elle fait signe à Vanina qu'elle peut y aller. Vanina me regarde, les doigts sur son téléphone, elle ne sait pas quoi faire, elle regarde Chatel qui lui dit maintenant, c'est maintenant Vanina, j'ai obtenu la libération de votre petit copain Rico alors il faut honorer notre accord, Vanina acquiesce, appuie sur le bouton d'appel, et on reste tous en silence à écouter la conversation retransmise en haut-parleur.

– Vanina, on avait dit pas d'appels.

– J'ai des soucis, Toussaint.

– Qu'est-ce qui se passe ?

– Il y a deux Gitans qui me tournent autour depuis deux jours. Ils viennent au London Club tous les soirs, ils me font des signes comme s'ils voulaient me tuer.

– Parles-en à Tommy.

– Tommy ne pourra rien faire, ils me suivent aussi dans la rue, et jusque chez moi. J'ai peur, Toussaint.

– Je ne peux pas venir, Vanina. Je dois rester là où je suis.

– Aujourd'hui, ils étaient sur le trottoir d'en face quand je suis sortie. Ils m'ont regardée en se passant un couteau sur la gorge.

– Les petits enculés. T'es où ?

– Je suis dans la rue, je vais au London Club.

– Ils sont toujours là, ces couillons ?

– Oui derrière moi, à deux cents mètres.

– Cours, Vanina. Cours jusqu'au London Club. Je ne peux pas venir t'aider. C'est la consigne de Michel, on ne bouge pas.

– Je ne peux pas courir, je suis en talons. Il faut que tu viennes, Toussaint.

– Je ne peux pas, ma chérie.

– J'ai peur Toussaint, tu comprends ?

– Et merde ! J'arrive.

Vanina raccroche, nous regarde, un par un, Verhaeghen qui sourit, Coco qui sourit, Beauvais qui sourit, Chatel qui sourit, tous satisfaits, sauf moi, qui suis en panique, et Nesrine, qui me regarde avec toute la détresse du monde, qui se demande si je deviens fou ou si c'est le sort qui s'acharne sur moi. Vanina attend une réaction, perdue au milieu de ce petit bureau, elle sait qu'elle a réussi la première étape, Nadia Chatel lui met une tape dans l'épaule, bravo Vanina, vous avez très bien joué ce premier coup, Vanina essaye de sourire aussi, mais elle n'y arrive pas, elle n'y arrive pas et elle fond en larmes, alors je m'approche d'elle et je la serre dans mes bras, je lui dis ça va aller Vanina, ça va aller, et elle pleure contre moi comme une petite fille terrifiée.

– J'ai peur, Gabriel.

– Tout va bien se passer. Les collègues seront là pour te protéger.

– Tu ne viens pas ?

– Je ne peux pas, ma fille n'est pas allée au collège aujourd'hui, je ne sais pas où elle est. Il faut que je la retrouve.

– J'ai besoin que tu sois là, Gabriel. J'ai peur.

– Je ne peux pas, Vanina.

– Je t'en prie.

Elle pleure contre moi, mais moi ma fille a disparu, je ne peux pas venir, je n'ai pas le temps, je regarde les collègues, pour voir s'ils comprennent, ils ne savent pas quoi faire, ils attendent que Vanina soit opérationnelle, puis Chatel s'approche de nous, pose une main sur mon épaule, et me regarde avec une étincelle de fraternité dans les yeux.

– On a besoin de vous là-dessus, mon petit père. Vous venez avec nous, et ensuite on rentre ici et on s'occupe de votre fille. Je suis sûre qu'elle n'est pas bien loin.

Puis elle regarde les collègues un par un :

– Tout le monde est d'accord ? Un peu d'heures sup ce soir pour aider Prigent dès qu'on a agrafé Mattei ?

Tout le monde opine, même Coco, même Beauvais, tout le monde acquiesce, et je comprends que je ne peux pas, non je ne peux pas les lâcher maintenant, c'est mon groupe, mes collègues, ils ont besoin de moi ce soir, alors je souffle, je prends sur moi, j'essaye de me calmer et d'accepter qu'Élise a sûrement fait une petite fugue, et que ça peut bien attendre quelques heures.

Trois minutes après, on descend les marches avec nos gilets, nos casques Kevlar et les quelques armes d'intervention du bureau, on fait un dernier point à Vanina avant de la regarder s'engouffrer dans un taxi, seule et effrayée, puis on monte dans le sous-marin en direction du London Club. Je m'oblige à penser que c'est une fugue mais je ne peux pas m'empêcher d'imaginer les pires horreurs, Élise qui a commencé à se prostituer au collège parce qu'elle est malheureuse, parce que je l'ai abandonnée, parce qu'elle a besoin de se sentir exister, Élise qui a été repérée par son CPE, puis par Jacques Sartis, puis par le commandant Alain Tardieu, puis par Deda, Élise avec un tatouage de sirène qui fume, je dois me concentrer, je recadre, Coco qui gare le soum à une cinquantaine de mètres du London Club, Beauvais et Verhaeghen qui installent le dispositif d'écoute et la connexion avec le micro, Nesrine qui règle le téléobjectif sur le boîtier, moi qui triture un gilet pare-balles pour faire quelque chose de mes mains, Élise qui a un chiffon dans la b

– Vanina, tu m'entends ?

Verhaeghen est assise devant un micro, elle parle dans l'oreillette de Vanina, branche les enceintes pour qu'on entende tous, mais rien ne sort, silence dans les haut-parleurs, silence dans le soum, tout le monde en attente, Verhaeghen qui relance :

– Vanina, ici la capitaine Verhaeghen, est-ce que tu m'entends ?

– Je vous entends.

– T'es dans le club ?

– Je suis dans les loges.

– Combien de personnes sont avec toi ?

– Deux. Les barmans.

– Mattei n'est pas encore là ?

– Non. Je l'ai eu au téléphone sur la route, il me rejoint ici.

– On a combien de temps avant que le club ouvre ?

– Il ouvre à dix-huit heures.

Je regarde ma montre, il est seize heures quarante-deux, ça ne laisse pas beaucoup de temps si on veut éviter de taper Toussaint Mattei en plein milieu des clients.

– OK, alors écoute-moi bien Vanina, tu vas enlever cette oreillette et ne la remettre que s'il y a un problème. Grâce au micro on écoute tout, donc on pourra réagir au moindre pépin.

– C'est d'accord. Je l'enlève.

– Et n'oublie pas ce qu'on s'est dit. Pour le faire parler des meurtres dont on va l'accuser.

– Je sais ce que je dois dire.

Vanina a à peine prononcé ces mots que Nesrine nous interpelle, nous montre la fenêtre, par laquelle on voit une grosse BMW qui se gare à une vingtaine de mètres, avec la horde sauvage qui en sort : Toussaint Mattei, Patrice Gabach et deux autres types, bruns, le teint mat, des têtes de voyous corses. Tout le monde retient sa respiration quand on les voit passer devant nous, tout le monde sauf Beauvais qui dit merde, qu'est-ce que Gabach fout avec eux, Verhaeghen qui dit merde, quatre bonshommes c'est beaucoup trop pour nous, Coco qui dit merde, j'appelle la BRI, tout le monde qui pense merde, qu'est-ce qu'on fout ici, et on les regarde rentrer dans le club, puis on attend, dans le silence, trente secondes de silence jusqu'à ce qu'on entende des voix lointaines sur les enceintes, des voix lointaines qui se rapprochent, des bruits de bises et de bonjour, puis la grosse voix ensoleillée de Toussaint Mattei qui suinte les arômes du Sud :

– Alors, raconte-moi. Qu'est-ce qui se passe, ma chérie ?

– Je ne sais pas, Toussaint. Il y a deux types qui me suivent et qui m'ont menacée.

– Où ils sont ?

– Tu ne les as pas vus dehors, avant d'entrer ?

– Non.

– Ils sont peut-être partis.
– Tu les avais déjà vus avant, ces couillons ?
– Non. Je pense que c'est des Gitans.
– Pourquoi ?
– Ils ont une dégaine de manouches. Tu ne penses pas que ça puisse être des cousins des Balengro ?
– Pourquoi tu dis ça ?
– C'est pas eux que vous avez flingués avec Christian ?
– D'où tu sors ça ?
– Je sais pas, c'est des rumeurs.
– Qui t'a dit ça ?
– Je ne sais plus, je disais ça comme ça, Toussaint.
– Ne raconte pas n'importe quoi, Vanina. Certaines choses ne sont pas tes affaires. Je vais demander à un des frères Castelli de t'escorter pendant deux ou trois jours, d'accord ? Il va rester avec toi le temps qu'on règle le problème.
– Merci Toussaint. Je suis contente que tu sois venu. J'avais peur que tu ne viennes pas à cause des histoires qu'on entend sur toi.
– Quelles histoires ?
– L'immeuble des Gitans, l'évasion de l'hôp
– Mais qui t'a raconté ça, nom de Dieu ?
– C'est les rumeurs qui traînent.
– Il ne faut pas écouter les rumeurs. Tu sais très bien que ce ne sont pas tes affaires et qu'on ne parle jamais de ça.
– Excuse-moi, Toussaint, je ne voulais pas t'embêter. J'avais juste peur pour toi. C'est vrai l'histoire de l'incendie ?
– Qu'est-ce que je viens de dire ? Pourquoi t'insistes à vouloir me parler de ça ?
– Je ne sais pas, je me demande, c'est tout.
– T'as pas l'air dans ton assiette, qu'est-ce que t'as ?
– J'ai peur, Toussaint.

– Pas d'embrouilles avec moi, Vanina, hein ?

Et puis le silence, cinq secondes de silence, dix secondes de silence, quinze secondes de silence, trente secondes de silence, c'est énormément long trente secondes de silence, et Verhaeghen qui dit merde, merde, merde, quarante secondes de silence, et puis un cri, bref, Verhaeghen qui crie MERDE, et puis la voix de Mattei, à nouveau :

– Qu'est-ce que c'est que ça ?

– Je ne sais pas, Toussaint.

– C'est un micro, Vanina, un putain de micro !

Un bruit sourd, comme une détonation, puis plus rien, Verhaeghen qui crie MERDE, et Beauvais qui hurle :

– On ne bouge pas ! La BRI sera là dans quinze minutes.

Nesrine qui crie elle aussi, affolée :

– On n'a pas le temps, Franck !

– On n'a pas le choix, Nesrine. On ne va pas y aller sans la BRI, ils sont quatre et on ne sait pas à quel point ils sont armés.

– Moi j'y vais.

Nesrine enfile son gilet et son casque Kevlar, Beauvais crie, tu restes, c'est moi qui décide, c'est moi le chef d'équipe, Nesrine hurle, je m'en fous, je ne laisse pas cette fille avec ces types, et puis elle sort. Verhaeghen crie merde, moi aussi je crie merde, on enfile les gilets et les Kevlar, on prend une arme chacun, Verhaeghen un Beretta M12, moi le fusil à pompe, et on sort dans la rue, ciel bleu, grand soleil, mais pourtant ça sent clairement l'orage. Nesrine devant qui s'approche du club, Verhaeghen et moi juste derrière, Beauvais et Coco qui nous suivent malgré eux, Beauvais qui peste, dans son costard-cravate, vous faites n'importe quoi, le soleil tape sur nos casques et sur nos gilets, j'étouffe là-dedans, la Ritaline continue de monter, Nesrine arrive au niveau de la porte, on se met à ses côtés, les Beretta pointés vers l'avant, elle essaye d'ouvrir mais la porte est fermée, Beauvais peste, on n'a même pas de bélier, c'est n'importe quoi, il peste mais Verhaeghen appuie sur la sonnette, et on attend, à demi baissés, devant la porte, Nesrine et moi en frontal, agenouillés, prêts à tirer, et Coco sur le côté droit, prêt à ouvrir. On patiente quelques secondes mais rien ne vient, Beauvais nous donne le signal, il lève la main en montrant trois doigts, je revois ces mêmes doigts que je montrais à mes collègues à l'époque, lors des interventions avec la BRI de Nantes, j'ai peu de souvenirs de cette époque, trop d'action, trop de danger, deux doigts, j'étais une tête brûlée, comme tous les jeunes de la BRI, c'était avant Élise et Juliette, avant qu'une balle de M16 perfore mon gilet pare-balles et mon estomac avec, un doigt, et pourtant je les aimais ces interventions, mon côté militaire sûrement, j'avais l'impression d'être un héros, de sauver la veuve et l'orphelin avec mon fusil HK, plus de doigt, juste le poing de Beauvais, coup de pied de Coco dans la porte qui s'ouvre en grand, mais rien, pas de visuel, la pièce est dans le noir, on n'a pas de fumigène, pas de lampe torche, on n'est pas équipés, alors je plonge dans le club, la tête en avant, puis je me relève, je tâtonne, silence total, silence épouvantable, je trouve l'interrupteur, j'appuie, lumière, la pièce est vide, juste des canapés vides, des chaises vides, devant une scène vide, alors j'avance, lentement, vers la porte des loges au fond. Avant d'avoir pu l'atteindre, j'entends une rafale de balles dans mon dos, je me retourne, Coco est à terre, je plonge derrière un canapé, Nesrine plonge, tout le monde plonge, volée de balles au-dessus de nos têtes, qui se plantent dans le mur, qui sifflent dans mes oreilles, je charge le fusil et je tire, droit devant moi, sans vraiment savoir sur quoi, puis je vois Gabach et les deux porte-flingues qui nous arrosent depuis le bar. Beauvais hurle, il somme Gabach d'arrêter, il lui dit qu'il tire sur son ancienne équipe, qu'il ne peut pas faire ça, Gabach répond, il a changé de camp, il n'a pas eu le choix, il ne fallait pas le virer, et il envoie une nouvelle rafale droit sur nous. Pendant que des balles se plantent dans le cuir du canapé qui me protège, Nesrine trouve une fenêtre de tir, envoie une rafale de M12, Gabach plonge, Beauvais en profite pour se lever, il pointe son fusil sur Gabach, il tire une fois, deux fois, trois fois, et la quatrième balle atteint Gabach en pleine tête, pile au moment où j'entends la porte au fond de la loge qui s'ouvre. Je me retourne, je vois Toussaint Mattei, une kalach dans les bras, il me tire dessus, je fais de même, une balle se loge dans le mur juste à côté de son oreille, envoie des copeaux tout alentour, il hurle, je recharge pendant qu'il est aveuglé par la poussière, je vise ses jambes mais il disparaît, et je le regarde qui sort en courant par la porte de derrière. Je cours à sa suite, déboule dehors, avec mon pare-balles sur le dos et mon Kevlar sur la tête, mon gibier court loin devant, à trois cents mètres environ, il court bien pour un vieux Corse, presque plus vite que moi, lui avec ses cent-dix kilos de graisse, moi avec ma vieille blessure à l'estomac, deux handicapés qui courent dans Paris, alors qu'il fait au moins cinquante degrés dans cette saloperie de gilet. Mattei s'engouffre dans une station de métro, je pense non, pitié non, mais si, il y va, alors je descends les marches avec mon fusil à pompe, je saute par-dessus les tourniquets et les gens hurlent à mon passage, affolés. Rien que d'être dans un couloir de métro je sens l'angoisse qui monte, j'étouffe de chaleur, et puis je vois Mattei, sur le quai, avec son arme planquée sous sa veste. Le métro s'arrête et il rentre dedans, je sais que ça va être l'enfer et pourtant je fais pareil, j'arrive à entrer dans la dernière rame juste à temps, à deux wagons de Mattei. Les gens reculent en me voyant arriver avec le fusil, il fait chaud, bon Dieu qu'il fait chaud, et cette foule, étouffante, sur le quai du métro rennais, il y a trop de monde, beaucoup trop de monde, mais ça ne me fait rien, j'ai bu, j'ai trop bu, il est une heure du matin et le quai est bondé, le feu d'artifice est fini, le bal des pompiers est fini, il est temps de rentrer mais j'aurais pu continuer toute la nuit, je suis ivre de bonheur avec une fille dans chaque bras, mes petites jumelles de dix ans, Élise et Juliette, et ma femme, Isabelle, je ris, Isabelle rit, Élise rit, Juliette rit, la foule rit, le métro arrive, je m'engouffre en poussant mes filles dedans, mais il y a trop de monde, le métro est bondé, Élise reste sur le quai, Isabelle reste sur le quai, elles ne peuvent pas rentrer, elles râlent, je ris, Juliette rit, je leur fais un petit coucou de la main, Juliette aussi, le métro part, il fait chaud, j'ai trop bu, à la station suivante les gens se poussent, se bousculent, Juliette se retrouve au milieu du wagon, je lui fais un petit coucou, pour la rassurer, elle me cherche, elle dit Papa, je lui fais un petit coucou, elle me voit, elle sourit, elle me fait un petit coucou, elle est si belle, avec sa peluche, Émile, son dinosaure violet, à la station suivante les gens se poussent, se bousculent, j'essaye de la rejoindre, mais je n'y arrive pas, il y a trop de monde, j'ai trop bu, je ne la vois plus, je l'appelle, je l'entends qui me répond, qui dit Papa, où tu es, je suis là ma chérie, à la station suivante on arrive au parking, je descends sur le quai, je la cherche, mais je ne la vois pas, je regarde dans la rame, au cas où elle serait restée dedans, mais je ne la vois pas, il y a trop de monde, je pousse les gens, je les bouscule, je crie, Juliette, le métro repart, je la cherche sur le quai, encore, je crie, Juliette, je monte les marches, je crie, Juliette, j'arrive dans la rue, je hurle, Juliette, je vais jusqu'au parking, jusqu'à la voiture, je hurle encore, Juliette, mais elle n'est pas là, je redescends dans la station, je hurle à pleins poumons, Juliette, je redescends jusqu'au métro, je hurle de toutes mes forces, Juliette, le métro suivant arrive, Isabelle et Élise descendent de la rame, je leur demande, vous avez vu Juliette, Isabelle me répond non, c'est toi qui étais avec elle, je remonte, je hurle, je cours dans la rue, je hurle dans la rue, je cours et je hurle, je cours et je hurle et je cours et je hurle et je cours et je hurle et je la sens, qui monte, la crise de panique, tous ces gens qui me regardent, hallucinés, qui me voient avec un fusil, dans le métro, qui se demandent ce qui se passe, mais moi je ne peux pas les regarder, ils sont trop nombreux, dans cet espace minuscule, alors je baisse les yeux, et quand les portes se ferment je sais que la crise va être d'une violence sans nom, cinq ans que je n'ai pas pris le métro, je ne l'ai jamais repris depuis ce putain de 13 juillet 2006, je sais que le Valium ne pourra rien y faire, que le Tercian ne pourra rien y faire, qu'aucun médicament au monde ne pourra rien y faire, je la sens qui monte plus fort, j'étouffe, comme si ma respiration était en panne, comme si je devais commander à mes poumons d'inspirer, je déraille, je sais que je déraille, et pourtant je me laisse avoir par la panique, je ne peux rien y faire, je souffle, je souffle, ça continue à monter, ma tête va comme exploser, je souffle, je souffle, toujours par deux fois, j'ai appris ça dans les exercices de relaxation, mais ça continue de monter, exercices à la noix, je regarde le sol, la foule est toujours là, autour de moi, je souffle, je souffle, mes mains tremblent, comme des plaques tectoniques, je suis trempé de sueur, la foule autour s'agglutine, toujours plus serrée, toujours plus compacte, je fixe mon regard sur une tache noire, par terre, pour me concentrer sur quelque chose, je souffle, je souffle, une odeur de sang, le goût du cuivre dans ma bouche, comme si je m'étais mordu la langue, je me sens vaciller, je pense une fraction de seconde au regard des gens autour, à cette boîte de fer qui ne s'arrête pas, qui fonce dans des tunnels, mon cœur s'emballe, j'ai l'impression que je meurs, que je deviens fou, je souffle, je souffle, des petits points devant les yeux, mais bon Dieu, arrête-toi bordel, ouvre ces putains de portes, petits points bleus, petits points verts, petits points rouges, ma main dans la poche, médicaments, qui tremble, souffle, souffle, tache noire, par terre, je sue, je pue, trop de gens, bousculé, étouffé, mourir, petits points, Juliette, comprimé blanc, fusil, cris, qui tombe, hurlements, par terre, ramasser, sonnerie, quai, arrivée, portes, enfin, grand, grand, grand, grand coup de respiration, petits points noirs, je récupère mon fusil tombé sur le sol du métro, je sors recroquevillé, en bousculant les passagers, tout le monde qui hurle, et sur le quai, deux rames devant, Toussaint Mattei, qui sort aussi, qui me voit, qui lève son arme, qui tire, les gens hurlent, ils courent dans tous les sens, les balles fusent autour de moi pendant que je m'approche de lui, je tire une fois, je le touche à la hanche, il tombe à genoux, il tire, je sens une balle qui se plante dans mon bras, je recharge le fusil, j'ajuste ma visée, les gens hurlent, je tire, la balle atteint Mattei en pleine gorge, son corps s'étale sur le quai, je m'approche de lui, il a les yeux ouverts, il sourit, il essaye de parler, je m'agenouille à ses côtés, il marmonne dans une bulle de sang, j'approche mon oreille et il me dit :

– T'es qu'un sale enfoiré, Prigent.

Je vois sa poitrine qui se soulève une dernière fois, puis ses yeux qui se figent. Trois types de la sécu RATP arrivent et me posent plein de questions, je sors ma carte, lieutenant Prigent de la brigade criminelle, je ne comprends pas ce qu'ils me disent, je n'entends plus qu'un brouhaha général. Je les laisse avec le cadavre, ils me crient des choses mais je ne sais pas ce que c'est, je n'ai pas le temps, je dois rejoindre mes collègues, et ensuite retrouver ma fille, alors je monte les marches, difficilement, à bout de souffle, vanné, complètement sonné, j'ai des petits points de lumière qui dansent devant mes yeux, petits points verts, petits points jaunes, et dehors le soleil continue de cogner, je suis épuisé, je marche sans vraiment regarder où je vais, j'ai trop chaud, je retire mon casque et mon gilet, je les abandonne par terre, et j'avance, tout droit, en suant, avec mon fusil, pendant vingt bonnes minutes, sous le soleil qui m'abrutit un peu plus à chaque seconde.

Devant le London Club il y a des camions de flics, des badauds affolés, des ambulances, il y a Verhaeghen qui me voit et qui me parle mais je n'entends rien, par terre il y a quatre brancards, avec quatre corps dedans et quatre draps blancs dessus, je soulève le premier, à l'intérieur c'est un des deux porte-flingues corses, je soulève le deuxième, à l'intérieur c'est Gabach, je soulève le troisième, à l'intérieur c'est Coco, je soulève le dernier, à l'intérieur c'est Vanina, mon Dieu, Vanina, son visage, son si joli visage, figé, blanc, un trou dans la tempe, et en la voyant je ne peux pas m'empêcher de pleurer. Nesrine est là aussi, blessée, assise sur les marches de l'ambulance, elle pleure, on pleure tous les deux, Beauvais regarde Gabach et il retient ses larmes, pendant qu'autour les autres s'agitent et nous parlent, nous disent des choses que l'on n'entend pas. Je pleure sans m'arrêter pendant qu'un médecin m'attrape et me met dans une ambulance, mais mon téléphone vibre et à l'autre bout du fil j'entends quelqu'un qui dit Prigent, je dis oui, capitaine Gabriel Prigent, oui c'est moi, brigadier Paul Durantal du commissariat du XVe à l'appareil, je suis avec votre fille, merci, oh merci mon Dieu, elle va bien, oui elle va bien, ça fait bientôt vingt-quatre heures qu'on l'a, elle est en GAV depuis hier soir, pourquoi elle est en GAV, parce que votre fille vend du shit avec son petit copain capitaine, ironie dans sa voix, pourquoi vous ne m'avez pas appelé avant, parce qu'elle ne voulait pas donner son identité capitaine, dérision dans sa voix, gardez-la, j'arrive, et je raccroche.

Je pleure, larmes de joie, larmes de malheur, je ne sais même plus, je pars sans dire au revoir à personne, mon bras saigne, il y a une balle dedans mais je n'ai même plus mal, je marche dans la rue, sonné, perdu, le soleil cogne encore sur ma tête, j'appelle Isabelle, je lui dis que j'arrive bientôt avec notre fille, elle pleure de joie, je hèle un taxi, qui m'amène au 36 où je récupère ma voiture, puis je roule jusqu'au commissariat du XVe. En arrivant je leur sors ma carte, ils me font leurs sourires de faux-culs et me montrent la déposition d'Élise, mais je m'en fous, je veux ma fille, vous ne voulez pas savoir ce qu'elle a fait, non, je veux ma fille, ils me disent qu'il y aura une comparution au tribunal, je leur dis que je m'en fous, que je veux ma fille, maintenant, alors ils vont la chercher, et Élise se plante devant moi, penaude, fatiguée, comme après une première GAV, je sais ce que c'est, j'en ai fait un paquet à l'époque avec les anti-fa. Elle ne dit rien, moi non plus, alors on rentre dans la voiture en silence, et on roule vers l'appartement de ce type qui m'a pris ma femme et ma fille, sans dire un mot de toute la route. Quand on arrive, Élise descend de la voiture, elle s'apprête à ouvrir la porte de l'immeuble mais je lui prends la main, je l'attrape et je la serre dans mes bras, je la serre fort, elle fond en larmes, moi aussi, elle me dit désolée, papa je suis désolée, je lui dis c'est pas grave, c'est rien, moi aussi je suis désolé, je lui caresse le dos, et je cache mes larmes dans ses cheveux pendant qu'elle pleure contre ma poitrine. Isabelle sort de l'immeuble et nous enlace, elle pleure aussi, à chaudes larmes, et alors je suis heureux, bon sang qu'est-ce que je suis heureux, sur ce trottoir, avec ma femme et ma fille, tous les trois, dans les bras l'un de l'autre, puis Isabelle nous relâche, elle fait signe à Élise de monter, mais moi je n'ai pas envie qu'elle monte, j'ai envie qu'on reste ensemble. Une fois qu'elle a disparu derrière la porte, Isabelle me regarde profondément, elle dit merci Gabriel, elle me serre dans ses bras, je respire l'odeur de son parfum dans son cou, je sens son corps sous mes doigts, j'ai envie d'elle, terriblement envie d'elle, alors j'écarte un peu ma tête, je la regarde dans les yeux, je l'embrasse, elle se laisse faire, elle me serre fort, ma langue plonge dans sa bouche, sur chaque centimètre carré de sa peau contre la mienne je sens comme une décharge électrique, comme si on ne s'était plus touchés depuis quinze ans, j'ai envie de lui faire l'amour lentement, longuement, passionnément, j'attrape ses fesses avec mes mains, mais elle se dégage et elle dit non. Je la regarde, je lui dis que je l'aime, elle me dit c'est trop tard Gabriel, je dis rentre avec moi, rentre à la maison, elle dit non, je ne veux plus, tu m'as fait trop de mal, elle sèche ses larmes, puis elle me dit je suis désolée Gabriel, je suis désolée mais c'est fini, alors je la regarde disparaître derrière la porte puis je rentre dans ma voiture, seul, alors que ma femme et ma fille sont avec un autre type dans un appartement, et je roule, seul, et je reviens à notre appartement, seul, et je sais que c'est fini, que je serai toujours seul, jusqu'à la fin, plus de femme, plus de fille, juste ma sale bobine dans le miroir.

III

RÉPRESSIONS

22

Mardi 5 juillet 2011

Jérôme Dos Santos, dit Jéjé. Ton collègue aux Stups depuis douze ans. Ton pote à la vie à la mort. Un des trois membres du trio infernal que vous formez avec Sylvain Cazenave. Ton Jéjé, le visage déformé par la douleur. Quatre types qui parlent à peine français face à vous. Ils vous demandent. Où est l'argent. Tu sais de quoi ils sont capables. Tu les as vus faire. Ça fait cinq ans que tu les observes. Cinq ans que tu remontes la filière. Maintenant ils veulent récupérer ce que vous leur avez volé. Toi, Jéjé et Sylvain. Quatre millions d'euros en petites coupures. Où est l'argent ? Tu ne sais pas quoi dire. Il n'y a plus d'argent. Ils bâillonnent Jéjé. Ils l'attachent sur une table. Ils te disent qu'ils aiment le cinéma. Ils te demandent si tu as vu *Scarface*. Tu dis oui. Tu comprends pourquoi quand ils ouvrent un grand sac et qu'ils en sortent une tronçonneuse. Tu hurles. Tu fais dans ton froc. Où est l'argent ? Tu leur dis qu'il n'y a plus d'argent. Que tous les biftons sont dans la Manche. Ils rigolent. Ils allument la tronçonneuse. Où est l'argent ? Tu leur promets, tu leur jures que c'est vrai. Ils mettent en route la tronçonneuse. Jéjé hurle. Tu les supplies d'arrêter. Ils rigolent. Ils découpent le bras droit de Jéjé. Jéjé hurle. Tu hurles. Son bras tombe par terre. Le sang coule, par litres. Tu leur dis que tu vas les rembourser. Le sang ne s'arrête pas de couler. Où est l'argent ? Tu leur dis que tu ne l'as plus. Tu leur répètes que tu vas les rembourser. Ils rigolent. Ils approchent la tronçonneuse du deuxième bras. Tu hurles. Ils coupent le deuxième bras. Jéjé ne crie plus. Il est dans les vapes. Deux bras au sol. Tu hurles. Tu hurles sans t'arrêter. Tu ne vois plus rien, aveuglé par les larmes et par le sang. Où est l'argent ? Tu cries que tu as besoin d'appeler quelqu'un pour récupérer l'argent. Ils te prêtent un téléphone. Tu appelles Michel Morroni. Tu le connais depuis peu, mais tu sais qu'il peut t'aider. Tu lui expliques. Michel te dit qu'il va tout faire pour trouver les quatre millions. Qu'il a juste besoin de quelques jours. Tu raccroches. Tu leur dis que tu vas trouver une solution. Tu leur demandes d'amener Jéjé à l'hôpital. Ils rigolent. Ils attaquent la première jambe.

Tu te réveilles en sursaut. En sueur.

Tu ne vois rien.

Juste des lumières. Des formes. Des couleurs.

La jambe de Jéjé qui tombe. Qui saigne. Qui saigne sans s'arrêter.

Tu te frappes la tête pour chasser ces images. Les mêmes qui reviennent dans tes cauchemars depuis trois ans.

Quand tu frappes, tu as mal. Mal à la main. Main cassée. Mal à la tête. Tête cassée.

Tu essayes d'ouvrir grand les yeux, mais tu n'y arrives pas.

Tu sais que tu es allongé. Tu sais que tu es dans un lit. Tu essayes de reconnaître les odeurs, mais tu ne sens rien. Il n'y a plus d'odeur. Plus de sons non plus. Juste un bruit sourd et permanent qui cogne dans ton oreille droite.

Tu te frottes les yeux. Tu as un bandage sur l'œil droit. Tu touches. Tu glisses ton doigt dessous. Il n'y a plus d'œil.

Tu touches ton orbite gauche. Ça pique. Tu sens qu'il y a un œil. Tu le frottes. Tu commences à distinguer des formes plus nettes.

Draps blancs. Murs blancs.

Tu es dans un hôpital.

Tu touches ton visage. Tu sens ton nez cassé. Ta mâchoire cassée. Plusieurs dents en moins. Un bandage tout autour du crâne.

Tu n'as plus d'œil droit.

Plus de repères.

Plus de Clotilde.

Plus rien.

Tu te lèves. Ton estomac gronde. Ton corps pèse des tonnes. Toutes tes articulations te font mal. Tous tes os te font mal.

Tu arraches la perfusion qui te rentre dans le bras.

Ta tête tourne. Tu as comme un vertige permanent. Tu n'arrives plus à tenir droit. Tu n'as plus de notion d'espace. Plus aucun équilibre. Ton estomac hurle. Tu vomis. Rien dans le ventre, que de la bile. Tu vomis et puis tu tombes, sans pouvoir empêcher la chute.

La tronçonneuse qui découpe la deuxième jambe de Jéjé. Le sang qui coule et qui coule et qui coule et qui coule et qui coule et qui c

Tu reprends connaissance. Tu es par terre, allongé dans ton vomi. Tu te relèves difficilement.

Tu as mal au crâne. Un mal de chien comme tu n'as jamais eu. Tu sens une grosse douleur derrière les yeux, qui revient comme un cycle. Toutes les deux minutes, comme une bétonneuse qu'on met en marche. Qui monte, et qui descend. Qui monte, et qui descend.

Tu fouilles dans les placards. Tu trouves tes affaires. Ton téléphone. Éteint. Plus de batterie. Tu trouves tes vêtements. Tes clés. Tu t'habilles. Tu manques de tomber une nouvelle fois. Tu te redresses malgré le vertige. Tu sors de la chambre.

Tu reconnais les couloirs de Bichat.

La douleur qui monte, et qui descend.

Une infirmière paniquée arrive vers toi. Elle t'entraîne vers ta chambre. Tu la repousses. Tu essayes de parler. Ta mâchoire est complètement déboîtée. Impossible d'articuler normalement. Tu arrives à lui faire comprendre que tu dois sortir. Tu lui parles de Clotilde. Tu lui dis qu'elle va mourir si Deda la trouve avant toi. Elle ne répond pas. Elle essaye d'appeler ses collègues à la rescousse. Tu lui demandes quel jour on est. Elle te répond, mais tu ne comprends pas. Tu cries. La date, tu veux la date. Elle te parle, mais tu n'entends pas ce qu'elle dit. À la place, tu entends un bourdonnement infernal. Tu hurles. La date, bordel. Elle t'attrape. Elle essaye de te calmer. Elle te montre l'écran de son téléphone. *5 juillet 2011*. Tu fais le calcul. Six jours que tu es dans les vapes.

La douleur qui monte, et qui descend.

L'infirmière parle dans ton oreille droite. Elle crie. Tu commences à entendre des sons, mais tu ne comprends toujours pas ce qu'elle dit. Tu lui expliques que tu dois partir. Elle essaye à nouveau de te ramener vers ta chambre. Tu te dégages de son étreinte et tu la pousses contre le mur. Tu lui dis que tu ne veux pas être violent, mais qu'il faut te laisser sortir. Tu avances vers l'ascenseur. Il y a deux médecins devant toi. Ils te barrent la route. Tu leur fais non de la tête. Tu soulèves tes bras. Ils reculent.

Tu entres dans l'ascenseur. Un vertige énorme te frappe pendant que tu descends. Des étoiles devant les yeux. Plein d'étoiles. Tu t'accroupis. Tu sens que tu peux tomber à n'importe quel moment, mais tu n'as pas le temps. Tu dois retrouver Clotilde. Tu te relèves.

La douleur qui monte, qui monte et qui descend.

Tu sors de l'hôpital. Tu fais tourner ta mémoire. Ta voiture est restée devant l'appartement d'Inès. C'est à quinze minutes à pied d'ici. Tu marches. Le soleil cogne. Tu ne sais pas quelle heure il est. Tu lèves la tête. Il y a trop de lumière. Tu ne vois pas le soleil. Tu demandes l'heure à une dame dans la rue. Elle hurle. Tu regardes les gens autour de toi. Ils sont affolés en voyant ton visage. Tu continues à marcher. Tu arrives à ta voiture. Tu fouilles dans le coffre. Tu trouves ce que tu cherches. Du Fentanyl, un des opiacés les plus puissants du marché. Tu t'installes au volant de ta voiture. Tu mets la dose dans une seringue.

La douleur qui monte, qui monte, qui monte et qui descend.

Tu enlèves le garrot. Tu sens le produit qui se diffuse. La douleur qui s'estompe. Ta tête qui se détache de ton corps. Qui part flotter là-haut.

Tu branches ton téléphone sur l'allume-cigare.

Tu démarres. Direction Vaucresson, le domaine de Dominico.

Tu ne vois que d'un œil, mais tu te faufiles dans la circulation comme si tu étais sur un lit de nuages.

Sur la route, tu appelles Toussaint. Son téléphone est sur répondeur. Tu appelles Michel. Son téléphone est sur répondeur. Tu appelles Gabach. Son téléphone est sur répondeur.

Tu sens que ton oreille droite fonctionne mieux quand tu commences à comprendre ce que crache la radio.

... Alors que son sort judiciaire est en passe de se dénouer aux États-Unis, DSK est désormais attaqué dans son propre pays. Tristane Banon, la jeune journaliste et écrivaine, qui avait accusé l'ancien patron du FMI d'agression sexuelle en 2003, va porter plainte contre le socialiste...

Les messages de la semaine arrivent en pagaille sur ton téléphone. Michel, Toussaint, Rebecca Blanchart, Sylvain Cazenave, des numéros inconnus. Tu n'as pas le temps de les lire tous. Tu ouvres celui de Rebecca, envoyé hier. *Rappelez-moi vite.* Tu rappelles pendant que tu es au volant. Elle décroche. Tu entends mal. Elle est en larmes. Tu lui demandes de parler plus fort. Elle répète :

– Il est venu hier.

– Qui est venu ?

– Je ne sais pas qui c'est. Il a emmené Clotilde.

– De force ?

– Oui.

– Où vous étiez ?

– Chez moi.

– Clotilde était chez toi ?

– Oui.

– Pourquoi tu ne m'as pas dit l'autre jour qu'elle était là ?

– Clotilde ne voulait pas. Elle ne vous faisait pas confiance.

– Qu'est-ce qui s'est passé ? J'ai besoin que tu sois précise, Rebecca.

– Il est arrivé chez moi avec une matraque. Il nous a frappées toutes les deux. Je suis tombée dans les pommes, et quand je me suis réveillée Clotilde n'était plus là.

– C'était quand ?

– Hier après-midi.

– Un homme avec une cicatrice et une coupe militaire ?

– Non, je ne crois pas.

– T'es sûre ? Pas d'accent de l'Est non plus ?

– Non, mais pas de cicatrice ni d'accent.

– À quoi il ressemblait ?

– Très grand, assez fin, brun, les cheveux en brosse, la cinquantaine. Il ressemble à monsieur tout le monde, à part qu'il fait dix bons centimètres de plus que la moyenne.

– Clotilde t'a parlé de lui avant ?

– Non. Elle m'a juste dit que deux hommes la cherchaient.

– C'est tout ?

– Elle a crié un nom avant que je tombe dans les pommes. Peut-être le nom de ce type.

– Quel nom ?

– Je ne sais plus. Pavard, ou quelque chose comme ça.

– Bayard ?

– Bayard, oui, c'est ça.

– Comment il a fait pour vous retrouver ?

– J'en sais rien.

Toi tu sais. Il suffit de croiser les données. Les personnes qui connaissent l'existence de Rebecca Blanchart, et celles qui connaissent Bayard. Il y en a une. Une seule.

– Merci de m'avoir prévenu, Rebecca.

– Vous allez la retrouver ?

– Oui.

Tu fais demi-tour. Tu prends la direction de la rue Javel. L'adresse d'Annie, la cousine de Clotilde.

À la radio :

... Après des mois de travaux, la commission d'enquête interne du parti socialiste va enfin remettre son rapport sur les pratiques de la fédération des Bouches-du-Rhône et son président Jean-Noël Guérini, déjà sous les projecteurs l'an dernier quand son frère Alexandre a été mis en examen pour abus de biens sociaux et détournement de marchés publics à Marseille et en Corse...

Tu te gares juste en bas de l'immeuble. Tu sonnes. Ça ne répond pas. Tu regardes ton téléphone. Il est onze heures et demie. Tu sonnes une deuxième fois. Tu sens un bourdonnement dans ta tête. Tu t'assieds. Tu laisses passer le bourdonnement. Les petites étoiles. Tu attends. Cinq minutes. Tu sonnes une dernière fois. Ça ne répond toujours pas. Tu reprends ta voiture. Tu fonces chez Vincent Fernandez. Tu y arrives en moins de vingt minutes. Tu sonnes à l'interphone. Le petit Fernandez répond.

– Lieutenant Kertesz. On s'est vus il y a trois mois, tu te rappelles ?

– Qu'est-ce que vous voulez ?

– Je cherche Annie.

– Elle n'est pas là.

– Ouvre-moi.

– Je ne sais pas où elle est.

– Ouvre-moi petit con, ou je te coffre pour revente de shit et proxénétisme.

Il ouvre. Tu montes. Premier étage. Porte entrouverte. Tu entres. Fernandez est là. Il crie quand il te voit. Oui, tu as une sale tronche. Tu sais.

– Annie n'est pas l

– Ta gueule.

Tu lui écrases la tête contre le mur. Il tombe. Tu entres dans le salon. Personne. Tu déplaces le canapé. Le bureau. Personne. Tu vas dans la cuisine. Personne. Dans les toilettes. Personne. Dans la salle de bains. Personne. Dans la douche. Non plus. Tu en profites pour te regarder dans la glace. Tu as un bandage qui te recouvre tout le haut du crâne et l'oreille gauche. Un autre bandage sur l'œil qui cache une orbite vide. Le nez cassé. La bouche en partie édentée et la moitié de la mâchoire qui pend sur le côté droit. Tu ressembles à un monstre de foire. Tu t'en fous. Tu penses à une seule chose : Clotilde. Tu rentres dans la chambre. Personne. Tu ouvres l'armoire. Personne. Tu entends des sanglots.

– Sors de là, Annie, s'il te plaît.

Les sanglots s'arrêtent.

– Annie, sors de là ou c'est moi qui vais te sortir !

Anne-Marguerite de Beauvau sort de sous le lit. Elle est en larmes. Elle a peur.

– Qu'est-ce qui s'est passé ?

– Rien.

– Pourquoi tu te planques ici ?

– Je ne me planque pas. Je suis venue chez Vincent pour le déjeuner, c'est tout.

– Maintenant Annie, ça suffit les conneries. Dis-moi ce qui s'est passé, et vite. J'ai eu Rebecca au téléphone. Bayard est venu chercher Clotilde. Il l'a emmenée.

Annie fond en larmes.

– Je ne savais pas qu'elle était chez Rebecca, je ne voulais pas, je ne voulais p

– Tu ne voulais pas quoi ?

– Il m'a obligée, je ne voulais pas je vous p

– Explique-moi Annie, bordel !

Elle sèche ses larmes avec sa manche, et te regarde avec un air désolé.

– Bayard est venu chez moi hier matin. Il m'a demandé où était Clotilde mais je lui ai dit que je ne savais pas. Et puis il a sorti un grand couteau et il l'a placé sous ma gorge et il m'a d

Elle s'arrête. Elle pleure à nouveau. Tu mets une main sur son épaule. Tu la rassures. Elle lève ses yeux humides vers toi.

– Et il m'a demandé une liste des personnes qui connaissaient Clotilde. Je lui ai parlé de Rebecca, mais je ne savais pas que Clotilde était là-bas.

– Bayard était tout seul ?

– Oui.

– C'est qui, ce type ?

– L'homme qui nous a recrutées en décembre dernier.

– Qu'est-ce que tu sais sur lui ?

– Il ne nous a jamais rien dit. Mais il y a des rumeurs qui disaient qu'il travaillait dans l'administration et que son copain Michaud était flic. Et que c'était grâce à ses réseaux qu'ils trouvaient autant de clients prestigieux.

– Michaud était flic, oui. Il travaillait avec moi. Michaud était un nom d'emprunt. J'imagine que Bayard aussi ?

– Je ne sais pas.

– Qu'est-ce que tu sais d'autre sur lui ?

– Rien, je vous ai tout dit.

– Rien du tout ? Pas d'adresse ?

– Non. On ne le voyait presque jamais.

– Pas de surnom ? Pas de signe distinctif ?

– Il est grand, cinquante ans, il ressemble à n'importe quel vieux qui a un peu de fric.

– Comment vous l'avez rencontré ?

– C'est Michaud qui nous a présentés.

– Comment vous avez rencontré Michaud ?

– Clotilde le connaissait. Michaud est un ami de son père. Il fournit le père de Clotilde en filles. Édouard Le Maréchal organise des partouzes depuis longtemps. Parfois ça se passait chez eux. Clotilde avait onze ans quand elle s'en est rendu compte.

– Comment ?

– En se réveillant une nuit. Son père a toujours cru qu'il avait réussi à lui cacher ça, mais il est complètement aveugle. Contrairement à certains de ses amis. Il y a un type qui venait à toutes les partouzes, et qui venait aussi parler affaires avec Édouard parfois. Un jour Clotilde et lui se sont retrouvés seuls et Clotilde lui a proposé de le sucer. Il lui a filé trois cents balles. Ce type, c'était Michaud.

– Elle avait quel âge ?

– Treize ans. Après ça, Clotilde nous a dit qu'on pouvait gagner plein d'argent avec les garçons. Alors on a monté notre petit business au collège. Et puis un jour, Michaud est revenu. Et il nous a promis beaucoup d'argent.

– Pourquoi tu ne m'as pas dit ça avant ?

– Parce que j'avais peur.

Tu sens quelque chose qui claque sous ton crâne.

Tu vois Annie en double. En quadruple.

– Vous allez bien, monsieur ?

En centuple.

Annie se démultiplie, et puis plus rien.

Le corps tronc de Jéjé sur la table, qui continue à pisser le sang. Toi qui hurles et qui hurles et qui hurles et qui hurles et qui hurles et qui

Tu reprends contact. Tu es allongé sur la moquette d'Annie. Annie te passe de l'eau sur le visage.

– Qu'est-ce qui s'est passé ?

– Vous êtes tombé dans les pommes.

– Longtemps ?

– Vingt minutes.

Tu te lèves. Tu as mal. La bétonneuse qui revient. Qui monte et qui descend. Tu as besoin d'un autre shoot de Fentanyl.

– Merci Annie.

Tu rejoins ta voiture.

Tu fonces, comme un forcené, jusque chez Le Maréchal. Sa voiture n'est pas là. Le soum de Barbier non plus. Tu prends la direction du Sénat. Sur la route, tu te souviens que tu as son numéro. Tu l'appelles. Il ne répond pas. Tu lui laisses un message. Tu lui dis que tu sais tout. Les menaces de Michaud. Son business avec Jean-Yves Petit, Étienne Guison, Audrey Deleaume, Patrick Rougier, DSK, le Carlton. Tu lui dis que tu arrives et que tu vas faire un scandale au Sénat. Tu raccroches. Tu te gares en double file rue Guynemer. Tu marches le long du jardin du Luxembourg. Il fait chaud. Ton téléphone sonne.

– Monsieur Kertesz ?

– Oui.

– Ça ne sert à rien de venir jusqu'au Sénat, vous n

– Trop tard.

– Vous êtes où ?

– Juste devant.

Tu arrives devant le palais du Luxembourg.

– Repartez, Kertesz, ne venez pas ici, c'est mon lieu de t

– Je monte.

– Kertesz, ne faites p

Tu raccroches.

Tu essayes de rentrer dans le Palais. Deux plantons t'en empêchent. Tu leur dis que tu as rendez-vous avec Le Maréchal. Ils te demandent si tout va bien. Tu leur dis que tu as rendez-vous avec Le Maréchal. Ils te demandent qui tu es. Ils disent qu'ils sont inquiets pour ta santé. Qu'ils vont appeler l'hôpital. Tu leur sors ta carte. Tu leur dis que tu as rendez-vous avec Le Maréchal. Ils te demandent pourquoi tu es dans cet état. Tu leur dis que tu dois voir le sénateur maintenant. Tu essayes de forcer le passage. Ils crient. Ils t'empêchent de passer. Ils appellent leurs collègues.

Tu vois Le Maréchal arriver derrière eux, en courant. En panique. Il confirme que tu as rendez-vous avec lui. Tu passes le *checkpoint*. Tu suis Le Maréchal dans le Palais. Il ne parle pas. Il sue à grosses gouttes. Il sue la peur. Il t'emmène dans son bureau. Troisième étage. Tu sues aussi.

Les petites étoiles devant tes yeux.

La nausée qui revient.

La douleur qui monte, qui monte, et qui descend.

Il ferme la porte. Petit bureau de parlementaire.

– Vous êtes seul ?
– Oui.
– Pas de collaborateur ?
– Mon collaborateur, c'est ma femme. Elle travaille à la maison.
– Où est Clotilde ?
– Elle est partie en Asie pour finir son année et passer les vacances.
– Arrêtez vos conneries, monsieur Le Maréchal. Vous avez bien écouté mon message ?
– Oui, je l'ai écouté, monsieur Kertesz. Comment êtes-vous au courant de tout ça ?
– Ce qui importe, ça n'est pas comment je l'ai su, mais ce que je vais en faire. Je n'aimerais pas avoir à dévoiler tout ce que j'ai appris à la presse.
– Qu'est-ce que vous voulez ?
– Clotilde.
– Pourquoi est-ce que vous voulez ma fille ?
– Votre fille est en danger, monsieur Le Maréchal. Votre fille est en danger et je pense que vous en êtes parfaitement conscient.

Il ne répond pas. Il bredouille. Prêt à craquer. Tu en profites. Tu t'approches de lui. Tu te fais plus menaçant.
– Où est Clotilde ?
Il fond en larmes.
– J'en sais rien, monsieur Kertesz, j'en sais rien.
– Si, vous savez. Vous connaissez les deux hommes qui la cherchent, Bayard et Michaud.
– Je n'ai jamais vu Bayard. Je connais juste Michaud, il me fournissait parfois en filles. C'est lui qui nous fait chanter avec des mineures.
– Et en échange de son silence, vous lui avez fourni votre fille, c'est bien ça ?
– Non, bien sûr que non, vous êtes fou ?
– Comment est-ce que Clotilde l'a rencontré ?

– J'en sais rien, je ne savais pas qu'ils se connaissaient. Je l'ai appris il y a deux mois, quand Michaud m'a demandé de vous faire croire que je l'avais retrouvée.

– Pourquoi est-ce qu'il vous a demandé ça ?

– Il ne voulait pas que vous la retrouviez.

– Pourquoi ?

– J'en sais rien. Il m'a dit qu'elle reviendrait.

– Pourquoi vous lui avez obéi ?

– Pourquoi ? Vous avez vu ses lettres de menaces, non ? Si ça sort, je suis un homme mort. Une partie de notre club est déjà très mal en point à cause du coup de projecteur sur DSK. Je ne peux pas me permettre un scandale, les sénatoriales sont en septembre prochain et je ne serais pas le seul à tomber.

La nausée qui remonte le long de ton œsophage.

La douleur qui monte, qui monte, qui monte, qui monte.

– Vous êtes une ordure, Le Maréchal. Votre fille est en danger et vous ne pensez qu'à votre carrière.

– Pourquoi en danger ? Qu'est-ce qui se passe ?

– Vous n'avez pas compris ?

– Compris quoi ?

– Les filles avec le tatouage de la sirène qui fume, ça vous dit quelque chose ?

Le Maréchal ne répond pas. Expression d'horreur sur son visage. Il n'arrive plus à parler.

– Ces filles travaillaient pour Bayard, Michaud et un mac serbe du nom de Deda. Je ne sais pas ce qu'elles ont fait, mais ils ont décidé de toutes les tuer. Il en restait une dans le lot qu'ils n'avaient pas encore trouvée pour l'instant, et cette fille, c'est Clotilde.

La bouche grande ouverte de Le Maréchal. Comme s'il criait en silence.

– Alors maintenant, vous allez m'aider, bordel ! Qu'est-ce que vous savez sur Bayard et Deda ?

Il s'essuie le front. Essuie ses larmes. Se reprend.

– Rien, je vous l'ai déjà dit. Je connais juste Michaud.

– Michaud s'appelait en réalité Gérard Berthelot. Il est mort il y a un mois.

– Je ne savais pas. Mais je comprends mieux pourquoi il ne me répondait plus.

– Vous le connaissiez bien ?

– On se voyait souvent. J'ai cru qu'on était des partenaires en très bon termes, jusqu'à ce qu'il me fasse chanter avec les mineures. Avant ça, il m'a sorti le grand jeu. Il m'a invité chez lui deux fois, et à chaque fois il y avait une dizaine de filles dont on profitait toute la soirée, gratuitement.

– Chez lui ? Le petit appartement rue Gay-Lussac ?

– Non. Un grand loft. Rue de la Banque, dans le IIe.

– Chez lui ? Vous êtes sûr que c'était chez lui ?

– Oui.

Ton cœur qui s'emballe. Des petites étoiles qui se multiplient devant tes yeux. Tu sens que tu vas tomber dans les vapes. Tu ne peux pas. Tu dois tenir. Tu n'as pas le choix.

– Quel numéro ?

– Je ne sais plus. Juste en face d'un café.

– Restez disponible. Je veux que vous me répondiez si j'ai besoin de vous appeler.

Il acquiesce.

Tu sors du bureau en courant. Tu dévales les marches. Tu traverses la cour du Palais. Tu dépasses les deux piquets qui te toisent comme un paria. Tu rejoins ta voiture. Tu regardes dans le tableau de bord. Le double du trousseau de Gérard est toujours là. Les petites étoiles devant tes yeux aussi. Par dizaines. Tu as mal. De plus en plus mal. Tu démarres.

Tu te forces à écouter la radio pour ne pas tomber dans les vapes :

... Arrêté en mai en Serbie après seize ans de cavale, le général Ratko Mladić, ancien chef militaire des Serbes de Bosnie, a refusé hier de plaider coupable ou non coupable devant le Tribunal pénal international pour l'ex-Yougoslavie et a annoncé vouloir boycotter les prochaines audiences du procès pour lequel il est poursuivi pour crimes de guerre, crimes contre l'humanité...

Les sons qui se brouillent et se transforment en centaines d'étoiles.

La circulation qui disparaît derrière des milliers d'étoiles.

La couleur du jour qui fond sous des millions d'étoiles.

Trou noir.

Tu ouvres les yeux.

Ta voiture est garée devant un type qui crie. Il crie mais tu ne sais pas ce qu'il dit.

Garée sous le panneau *Rue de la Banque*.

Devant la terrasse d'un café.

Tu sors de la voiture.

La douleur qui monte, qui monte, qui monte, qui monte.

Tu essayes les clés du trousseau sur la porte d'en face, mais aucune ne rentre.

Tu essayes celle d'à côté et la porte s'ouvre.

Tu jettes un coup d'œil aux boîtes aux lettres. Pas de Berthelot. Pas de Michaud.

Tu montes. Tu frappes à toutes les portes. Tu essayes les clés sur celles qui restent silencieuses.

Au troisième étage, une des clés rentre dans la serrure et ouvre la porte.

Tu entres.

Un grand loft plongé dans le noir.

Meubles de luxe. Électroménager neuf. Tableaux sur tous les murs.

Tu ouvres. Tu casses. Tu détruis.

Tu trouves un coffre-fort. Deux coffres-forts.

Dans la chambre : un classe VE scellé au mur, à combinaison mécanique. Trop long à ouvrir.

Dans le salon : un classe IE encastré, à code digital. Planqué derrière une copie de Manet.

Tu sors le pied-de-biche et le burin. Tu ouvres le coffre en cinq sec.

Tu trouves un CD et un dossier de la BRP.

Tu ouvres le dossier. Des éléments de votre enquête sur Deda, que tu n'as jamais vus. Des dizaines et des dizaines de pages de retranscriptions d'écoutes, que Gérard a consciencieusement cachées.

Avec l'aide, forcément, du service de traduction. Sinon, des copies de ces écoutes seraient arrivées sur ton bureau.

Tu repenses à Jelena. Tu te rappelles que c'est Gérard qui a eu l'idée d'aller recruter à la fac. Gérard qui l'a trouvée et t'as proposé d'aller l'accoster. Pour que tu aies l'impression que ce soit toi qui la recrutes.

Tu bous.

Les petites étoiles qui reviennent.

La douleur, encore. Qui monte, qui monte, qui monte. Qui continue à monter.

Tu insères le CD dans la chaîne du salon.

Tu reconnais la voix du salopard qui t'a réduit le visage en bouillie.

– Bayard, c'est moi.

– Pourquoi tu m'appelles, Deda ? Pas d'appels, tu le sais très bien. Seulement s'il y a urgence.

Tu reconnais la voix de l'autre.

– Il y a urgence.

– Qu'est-ce qu'il y a ?

Tu ne sais pas qui c'est, mais tu connais cette voix.

– Je crois qu'une des filles est en train d'essayer de nous doubler.

– Qui ça ?

– Tatiana. Elle est venue fouiller dans mon ordinateur. Un de mes hommes l'a vue regarder dans mes e-mails.

– Tatiana ? Une gamine serbe de quinze ans qui essaye de te doubler ?

– Elle n'est pas seule. Je pense que c'est Danuta qui lui a demandé de faire ça.

– Danuta, t'es sûr ?

– Oui. Je pense que c'était elle aussi qui manipulait la petite Elena à l'époque. Tu te rappelles ?

– Oui. Qu'est-ce qu'elle a trouvé ?

– Je ne sais pas.

– Qu'est-ce qu'il y a dans tes e-mails ?

– Si on fouille bien, il y a mon vrai nom. Et le tien. Des échanges avec toi qui remontent à 2006.

– Où est la gamine ?

– Elle est partie bosser pour Danuta.

– Je m'en occupe.

Tu connais cette putain de voix.

Deuxième piste du CD.

Les mêmes voix.

– Fabrice s'est occupé des filles.

– Des deux ?

– Oui.

– Où elles sont ?

– Dans la Seine.

– Il a vérifié qu'elles savaient quelque chose ?

– Il n'en a pas eu besoin. Il a trouvé une clé USB, avec une copie des photos qu'on envoie aux clients. Ainsi qu'un fichier sur moi et un autre sur toi, avec notre état civil au complet.

– Juste nous deux ?

– Oui.

– Pas Michaud ?

– Non.

– C'est pas logique.

– Sauf si Michaud leur a facilité la tâche. Et qu'il constitue un dossier sur nous pour se protéger.

– Merde.

– Depuis qu'on a arrêté de travailler ensemble, je sens qu'il est sur les nerfs. L'argent et le pouvoir lui montent à la tête. Il est en train de nous doubler. Il faut le couler avec, on n'a pas le choix.

– Tu sais si elles ont pu transmettre l'info ?

– Non.

– Il faut s'assurer que l'info n'est pas passée. Les autres filles sont peut-être au courant.

– Quelles filles pourraient être au courant ?

– Notre club de petites sirènes : Amandine, Clotilde et Sharon.

– Dans ce cas on n'a pas le choix. Il faut s'occuper des filles maintenant.

– Je m'en charge.

– Merci Deda. Tiens-moi au courant si tu as besoin d'aide.

Le CD s'arrête.

Tu finis de feuilleter le dossier, assis sur le plancher du grand salon de Gérard.

Tu cherches.

Tu cherches minutieusement.

Et puis tu trouves.

Dans la traduction d'une conversation entre Danuta et une fille qui vient d'arriver en France.

Danuta qui demande à la fille d'aller faire un essai avec Deda.

Chez lui, dans un hôtel particulier. Rue Saint-Georges, dans le IXe.

Tu prends le CD et le dossier. La maigre assurance-vie de Gérard contre Bayard et Deda. Qui n'aura pas suffi.

Tu dévales l'escalier.

Les petites étoiles qui reviennent. La douleur qui monte encore.

Tu as besoin d'armes.

Tu rappelles Toussaint. Répondeur. Tu rappelles Michel. Répondeur. Tu rappelles Gabach. Répondeur.

Tu n'as pas le temps de faire l'aller-retour à Vaucresson.

Tu démarres la voiture. Tu fonces chez Tata. À l'époque, tu avais laissé chez elle un Glock 26 et un fusil Benelli.

À la radio :

... Les enquêteurs et les principaux intéressés dans l'affaire du Sofitel ne sont toujours pas d'accord sur le déroulement de la nuit, DSK tenant sa ligne d'une relation consentie, alors que Nafissatou Diallo explique que l'ancien directeur du FMI lui a imposé une fellation avant qu'elle réussisse à s'enfuir...

La douleur qui monte, qui monte, qui monte, qui monte, qui monte sans s'arrêter.

Tu as besoin de quelque chose pour tenir. Tu fouilles dans la boîte à gants pendant que tu conduis. Tu remets une photo de Clotilde sur le pare-soleil. Celle que tu préfères. Clotilde à la plage, qui se retourne vers toi. Surprise par l'objectif.

Ta Clotilde.

Ses yeux qui te dévisagent. Ses yeux qui t'appellent. Ses yeux qui crient.

Ses yeux remplis de larmes et d'effroi.

– Christian, mon Dieu, qu'est-ce qui t'est arrivé ?

Tu sens que tu vacilles.

Tu te forces à ouvrir ton œil gauche pour comprendre où tu es.

– Christian, tu m'entends ?

Tu es chez Tata.

– Où t'étais ? Ça fait une semaine qu'on n'a plus de nouvelles.

– À l'hôpital.

– Qu'est-ce qui t'est arrivé ?
– Deda et deux gusses à lui m'ont tendu un piège.
Tu es assis sur le lit et Tata examine ton crâne.
– T'es brûlant, Christian. Et t'as la moitié de la tête complètement aplatie.
– T'as toujours les armes que j'avais cachées à la cave ?
– Pour quoi faire ?
– J'ai trouvé l'adresse de Deda.
– Tu ne peux pas y aller dans cet état.
– T'as toujours les armes ?
– Je ne sais pas.
– Tata, s'il te plaît, c'est important. Il y a peut-être une fille qui est encore vivante. J'ai besoin de ces armes.
– Tu ne peux pas y aller tout seul.
– J'ai essayé d'appeler Toussaint et Michel, mais ils ne me répondent pas, je ne sais pas ce qu'ils foutent.
– T'es pas au courant ?
– Au courant de quoi ?
– Toussaint est mort. Gabach et un des frères Castelli aussi.
Une vague de chagrin qui te remonte dans la gorge. Tu n'as pas le temps pour ça. Tu déglutis. Tu la ravales.
– Qu'est-ce qui s'est passé ?
– Ils se sont fait piéger par les flics au London Club.
Tata t'enfonce un thermomètre dans la bouche.
Tu ne peux plus parler.
Tu penses à Toussaint.
Tata te prend dans ses bras. Elle t'embrasse sur le visage. Sur le ventre. Sur les bras. Elle reprend le thermomètre.
– T'as quarante de fièvre.
– Je suis désolé.
– De quoi ?

– D'avoir cru que c'était toi qui avais prévenu Jovanovic. De t'avoir frappée.

– C'est de l'histoire ancienne.

Pas pour toi. Tu te hais pour ce que tu lui as fait ce soir-là, devant le London Club.

Elle t'embrasse. Tu t'enfonces dans la douceur du lit et les caresses de Tata. Tu t'enfonces jusqu'à ce que tu ne sentes plus ton corps.

Deux jambes et deux bras par terre. Quatre Colombiens qui rient aux éclats en te regardant. Toi qui hurles et qui regardes le sang par terre et le sang sur leurs vêtements et le sang sur tes vêtements et le sang sur les meubles et le sang au plafond et le sang partout. Toi qui cours dans la rue. Libre. Tu hurles et tu cours comme un forcené. Partagé entre l'horreur d'avoir vu son corps tronc et le soulagement qu'ils t'aient laissé partir vivant.

Deux secondes plus tard. Ou peut-être deux jours. Tu ouvres les yeux. Il fait encore jour. Tu es dans un lit. Le lit de Tata. Elle est à tes côtés. Elle te regarde. Elle sourit.

– Je dors depuis longtemps ?

– Trois heures.

– Il faut que j'y aille.

– Tu ne vas nulle part, Christian. T'es pas en état.

– Il y a une vie en jeu.

– T'y arriveras pas. Pas dans cet état-là. Tu dois te reposer.

– J'ai pas le temps, Tata.

Tu lui donnes le CD et le dossier de Gérard.

– T'as tout là-dedans, dont l'adresse de Deda. Garde ça au chaud. Transmets ça à Guignard ou à Jouan si je ne reviens pas.

Une quinzaine de minutes après, tu es garé devant l'hôtel de Deda. Petite bâtisse sur quatre étages. Tu ne sais pas quelle heure il est, mais tu sens le soir qui commence à tomber.

La douleur qui monte, qui monte, qui monte, qui monte.

Tu te prépares un shoot de Fentanyl.

Tu sens la libération quand tu desserres le garrot.

Ta tête qui repart loin, loin, loin.

Tu mets le fusil dans ton sac de sport, avec le matos pour crocheter les serrures.

Le Glock à la ceinture.

Tu regardes la photo de Clotilde une dernière fois pour te donner du baume au cœur, et puis tu sors.

Tu avances jusqu'à la porte.

Un interphone. Tu sonnes. Tu lèves la tête. Tu sens une petite bruine qui tombe sur ton visage, douce comme les caresses de Tata. Des dizaines de gouttes que tu ressens une par une, à chaque contact avec ta peau.

– Qu'est-ce que vous voulez ?

Chaque goutte émet un son. Chaque goutte a une odeur. Chaque goutte t'effleure d'une manière différente. La bruine coule sur ton visage comme une petite musique divine. Comme une étreinte avec le ciel.

– Qu'est-ce que vous voulez, monsieur ?

La porte est ouverte. Un grand type te parle.

– Pardon ?

– Vous cherchez quelque chose ?

– Deda. Je cherche Deda.

Le type fait la moue. Il ne sait pas comment réagir. Il sent le coup fourré. Tu ne lui laisses pas le temps de se décider. Un coup de tête en plein dans le nez. Ses os qui craquent et son corps qui tombe à la renverse.

Derrière lui, tu reconnais le petit au crâne rasé que tu as vu chez Inès. Il fouille dans sa poche. Il n'a pas le temps de sortir son flingue. Tu dégaines ton Glock et tu lui envoies deux bastos avant qu'il ne puisse faire quoi que ce soit. Il s'écroule sur la belle moquette du hall d'entrée.

Tu enjambes le type à qui tu viens de briser le nez pour entrer dans l'immeuble. Tu fais le tour du rez-de-chaussée. Une seule pièce, comme un hall d'hôtel.

Tu entends de la musique là-haut. Une mélodie que tu connais, jouée très fort. The Eurythmics. Tu adorais ça quand tu étais au lycée.

Tu montes l'escalier à pas de loup.

La musique, de plus en plus fort.

Tu glisses sur les marches.

Tu ne sens presque plus ton corps, tellement il glisse.

Some of them want to use you...

Tu arrives au premier étage. Les rideaux des fenêtres sont tirés. Il fait sombre. Tu avances prudemment. Trois portes. Tu les ouvres, une par une. Personne dans la première pièce.

Some of them want to abuse you...

Personne dans la deuxième, ni dans la troisième pièce.

Tu reprends l'escalier.

La musique est de plus en plus forte.

Trop pour tes oreilles.

Some of them want to be abused...

Tu arrives au deuxième étage. Quatre portes, dont une ouverte. Une fille nue, allongée sur un lit. Qui fume un joint et écoute de la musique très très fort.

Elle te regarde.

Elle rit.

Tu t'approches d'elle.

– Où est Clotilde ?

Elle n'entend rien.

Tu regardes autour. Une autre fille nue, qui dort au fond de la pièce. Une table basse avec de la poudre et des seringues.

Tu lui montres ton arme.

– OÙ EST CLOTILDE ?

Elle secoue la tête pour te dire qu'elle ne sait pas.

Sweet dreams are made of this...

– OÙ EST DEDA ?

Elle pointe son index vers l'étage d'au-dessus.

Tu ramasses des vêtements par terre. Tu lui tends.

– Il faut partir maintenant.

Elle ne comprend pas.

Tu lui montres ton arme. Tu lui fais comprendre que ça va chauffer. Qu'il faut qu'elle réveille sa copine et qu'elles partent.

Elle a peur, mais elle fait ce que tu demandes sans broncher.

Tu fouilles dans la deuxième pièce de l'étage. Une chambre vide.

La musique qui continue, toujours aussi fort.

Everybody's looking for something...

Tu ouvres la troisième pièce. Un grand salon aménagé en studio pour films de cul. Deux caméras, quatre projos, des canapés, un lit. Des accessoires. Une grande télé. Des DVD gravés à la main posés à côté. Tu lis les inscriptions dessus. Des noms de filles par dizaines. Des noms de l'Est. Des noms africains. Des noms français. Amandine. Clotilde. Tatiana. Sharon. Le club des sirènes. Tu ouvres le DVD avec la sirène qui fume dessinée dessus. Tu mets le disque dans le lecteur. Quatre filles qui s'embrassent et se déshabillent. Les quatre petites sirènes. Tu reconnais les trois filles trouvées par la BC. Tu reconnais Clotilde.

Tu entends une voix qui les dirige en filmant.

– Clotilde, déshabille Tatiana.

Tu la connais, cette voix. Celle de Bayard.

– C'est bien. Touchez-vous. Léchez-vous.

Bordel, tu la connais cette putain de voix.

Toutes les filles sont nues et s'embrassent et se touchent et se lèchent et s

Tu ne peux pas regarder ça.

Tu éteins l'écran.

Keep your head up, movin' on...

Tu ouvres la quatrième pièce. Une chambre vide.

Tu montes l'escalier, sans faire un bruit. Le Glock pointé devant.

Les étoiles qui reviennent, par dizaines.

Vertige.

Tu encaisses et tu continues à monter.

Le son de la musique s'éloigne.

Tu entends des cris. Des filles qui jouissent ou qui font semblant de jouir.

Tu montes les dernières marches.

Tu arrives au troisième étage.

Quatre portes, dont une entrouverte avec de la lumière dedans.

Tu ouvres les trois portes fermées. Deux chambres et un bureau. Vides.

Tu rentres dans la dernière pièce. Une grande chambre. Lumière tamisée.

Un type dans un lit qui baise avec deux filles noires.

Tu t'approches.

Le type : Marcel Salun.

Les filles : des gamines, quatorze ans à tout casser.

Ils ne t'ont pas vu.

Ils continuent de baiser.

Tu lèves le Glock et tu tires en l'air. Les filles se retournent vers toi et crient. Tu leur fais signe de dégager. Elles se lèvent et partent en courant. Salun plonge vers le côté droit du lit. Tu vises son ventre. Tu tires. Il hurle. Touché à l'estomac. Il tend la main vers sa table de nuit. Tu t'approches de lui. Tu lèves ton pied et tu lui écrases l'avant-bras. Les os qui craquent. Salun hurle. Tu sors deux paires de menottes et tu l'attaches à l'armature du lit. Les pieds et les mains.

– Où est Deda ?

Salun ne répond pas.

Tu ouvres ton sac de sport. Tu lui montres la perceuse.

Il ne tique pas. Ancien légionnaire. Habitué à ce genre de situations.

– Où est Deda ?

– Il n'est pas là.

– Il est où ?

– Je ne sais pas.

Tu allumes la perceuse. Tu l'approches de sa jambe. Salun ne dit rien. Au moment où tu t'apprêtes à lui transpercer la plante du pied droit, tu aperçois son téléphone sur la table de nuit. Tu éteins la perceuse et tu prends le téléphone. Tu cherches dans les contacts. Tu trouves Deda. Tu souris à Salun. Il sourit aussi, comme s'il savait que ça allait bien finir pour lui. Tu appuies sur le bouton vert. Trois sonneries.

– Oui, Marco ?

– C'est pas Marco.

– C'est qui ?

– Devine.

– J'aime pas les devinettes.

– Kertesz.

Aucune réaction à l'autre bout du fil.

– Je suis dans ton petit hôtel de la rue Saint-Georges. J'ai le dossier de Berthelot avec moi. J'ai ton copain Marco. J'ai tes filles. J'ai tout. Il ne manque plus que toi.

– Qu'est-ce que tu veux ?

– Clotilde Le Maréchal.

– J'arrive.

– Je t'attends.

Tu raccroches.

Tu souris à Salun.

Salun te sourit.

Tu rallumes la perceuse.

23

Mardi 5 juillet 2011

Mon téléphone sonne, j'ouvre les yeux, je crève de chaud, cette bagnole est un four, je regarde le tableau de bord, midi vingt-deux, c'est dingue à quel point on peut dormir comme une masse avec des médicaments, mon téléphone sonne, je profite quelques secondes de la vue, les docks de Saint-Ouen en chantier, la Seine, ça fait trois nuits que je viens dormir ici, maintenant que je sais qu'Élise et Isabelle ne rentreront plus je n'arrive plus à dormir chez moi, j'ai l'impression d'être chez quelqu'un d'autre, alors je m'endors dans ma voiture, souvent très tard, mon téléphone sonne, généralement après avoir tourné dans les quartiers chauds de Paris toute la nuit, à la recherche de personnes qui ont des informations sur Deda, mon téléphone sonne, mais après trois nuits à ratisser tout le VIIIe, tout le XVIIe, tout le XVIIIe, je n'ai aucune info, je n'ai rien, mon téléphone sonne, rien de plus que le dossier de la BRP sur Deda que Guignard a bien voulu me photocopier, mais ce dossier est vide, des heures et des heures d'écoutes mais rien de concret, mon téléphone sonne, comme si Deda n'existait pas, comme si c'était un fantôme lui aussi, mon téléphone sonne, je l'attrape et je décroche :

– Gabriel, c'est Nesrine. Ça va ?

– On fait aller. Déjà revenue ?
– Je viens d'arriver au bureau. Je suis en béquilles mais je peux bosser. T'es où ?
– Sur la route, je suis à la bourre. J'ai repris avant-hier, après l'enterrement de Coco. Qu'est-ce qui se passe ?
– Kertesz s'est fait la malle.
– Bon Dieu. Comment ?
– Tout seul.
– Tout seul ? Dans son état ?
– Oui.
– C'est une vraie passoire cet hôpital, bon sang.
– Chatel m'a demandé qu'on se mette dessus, tous les deux. Elle nous donne jusqu'à demain pour le retrouver.
– Je m'en occupe.
– Gabriel, on fait ça à deux, c'est un boulot d'éq
– Je m'en occupe.

À treize heures zéro cinq, je me gare en face des bureaux de la brigade de protection des mineurs et j'attends, c'est ma dernière carte à jouer, un peu risquée mais il faut la tenter. De toute façon je n'ai pas vraiment le choix, ça fait trois fois que j'appelle le rectorat, trois fois que je relance Jacques Sartis pour avoir la liste des filles mais il me dit qu'ils ont besoin de temps pour réunir les informations, or ce temps je ne l'ai pas, je dois agir maintenant, il y a encore une fille à sauver, Fille Tatouée Numéro Quatre, avec ses cheveux blonds et ses grands yeux noirs. Je me donne l'après-midi pour m'occuper du commandant Alain Tardieu avant de me mettre sur Kertesz, en espérant qu'il n'a pas encore pris sa pause déjeuner et qu'il sortira du bâtiment. J'attends, de longues minutes, en préparant ce que je vais lui dire une fois que je l'aurai serré, et à treize heures quarante-deux le voilà qui sort de l'immeuble, seul, qui marche quelques dizaines de mètres puis s'enfonce dans une voiture. Je sors de la mienne en moins de deux et je cours jusqu'à lui, il démarre, il s'apprête à sortir, mais avant qu'il puisse tourner le volant je suis là, à la fenêtre de la portière passager. Je toque, il me regarde avec un air blasé, du genre *encore vous*, mais j'insiste, je toque encore, il m'ouvre, et je rentre dans la voiture, mon Sig Sauer dans la main droite.

– Non mais ça va pas, Prigent ?

– Ça va très bien, commandant, au contraire.

– Je savais que vous étiez cinglé, tout le monde le dit. Mais au point de venir me fourrer un flingue sous le nez, qu'est-ce qui vous prend ?

– J'ai eu une petite discussion avec Jacques Sartis de l'académie de Paris il y a quelques jours. Il m'a expliqué qu'il vous envoyait les noms des filles qui se prostituaient dans les établissements scolaires de la capitale.

– Oui, c'est la procédure. Et alors ?

– Et alors je pense que vous utilisez cette source d'information pour recruter des filles au berceau et les mettre dans les mains d'un mac serbe.

– Vous êtes complètement fou, Prigent.

– Bayard, vous connaissez ?

– Non.

– On ne vous appelle jamais Bayard ?

– Pourquoi est-ce qu'on m'appellerait Bayard, bon Dieu ?

– Michaud ?

– Mais qu'est-ce que vous me racontez, Prigent ?

– Les filles au tatouage, elles étaient sur ces listes. Pourquoi vous ne m'avez pas dit que vous aviez ces filles dans vos radars quand je suis venu vous voir la dernière fois ?

– Parce que je ne le savais pas.

– Vous venez de me confirmer que Jacques Sartis vous transmet les dossiers, commandant.

– Ces dossiers sont des dossiers dormants. On attend de rencontrer un véritable problème avant de faire les croisements.

– Vous êtes en train de me dire que ces filles se retrouvent dans les mains de types qui les assassinent parce que vous n'ouvrez pas les dossiers ? Arrêtez votre cirque, Tardieu. Vous et le bureau de Jacques Sartis êtes les seuls à disposer de cette liste.

– Non, pas les seuls. On transmet les dossiers.

– À qui ?

– À la BRP.

– Qui ça ?

– Le groupe Jouan. Anciennement groupe Berthelot.

– Vous vous foutez de moi ?

– Non, bien sûr que non. Pourquoi je me foutrais de vous ?

Je range mon Sig Sauer, je souffle, je sue, je réfléchis mais je n'y arrive pas, Kertesz et Berthelot qui maquent des mineures pour Deda, ça n'a pas de sens, soit c'est leur ennemi soit je n'ai rien compris, trop de paramètres dans ma tête, trop de gélules, je souffle un grand coup puis je regarde Tardieu :

– La liste des filles.

– Quoi ?

– J'ai besoin de cette liste. Vous l'avez ?

– On a un dossier informatique avec une fiche sur chaque fille, éditée par le rectorat.

– Je veux ces fiches.

– Quand ?

– Maintenant.

– Je ne suis pas certain de vouloir répondre au moindre désir d'un petit capitaine détraqué qui me braque avec une arme, Prigent.

– Vous préférez sûrement que je rende publique l'information selon laquelle l'académie vous a envoyé bien avant leur mort les noms des filles qui se sont fait dessouder dans l'affaire de la Sirène qui fume ? Ça fera sûrement un très beau sujet sur l'incompétence de la BPM, commandant.

Alain Tardieu grogne, range ses clés, sort de la voiture sans rien me dire, sans me regarder, mais je le suis, je sais que c'est une invitation à le suivre, il aurait trop peur d'entacher sa belle carrière à quelques années de la retraite.

Quand il revient dans son bureau, ses collègues le saluent, déjà fini de manger commandant, il grogne, j'ai eu un imprévu, il me montre du doigt et moi je leur fais des grands sourires. Tardieu me file un poste informatique, farfouille dans l'intranet, ouvre un dossier académie de Paris et me sort une liste avec des noms de filles, qui donnent accès à des fiches complètes avec dates de naissance, adresses, noms des parents, nom du lycée, numéros de téléphone, relations connues, remarques du CPE et même moyennes de fin d'année.

Je parcours la liste, seulement cinq cas en 2005, sept en 2006, huit en 2007, et ça continue à monter, vingt-deux cas en 2010, vingt-deux, bon Dieu, et déjà dix-huit pour l'année 2011. Je regarde chaque nom, je cherche, je cherche et je trouve, Elena Perales, Amandine Salmon, Sharon Niziolek, et des dizaines de noms de filles que je ne connais pas. Je regarde les noms plus en détail, et je trouve, la même année que Salmon, dans le même lycée que Salmon, deux noms que j'ai déjà vus, cités par Catherine Salmon comme étant des proches d'Amandine : Clotilde Le Maréchal et Anne-Marguerite de Beauvau. Je commence par elles en appelant les numéros qui sont donnés, un fixe pour Clotilde Le Maréchal et un portable pour Anne-Marguerite de Beauvau, ça sonne dans le vide pour la première, numéro non attribué pour la seconde. Je prends la liste à partir de 2007 et j'appelle chaque numéro, un par un, mais à chaque fois c'est un échec, soit ça ne répond pas, soit je tombe sur une fille qui explique que tout ça c'est du passé, soit je tombe sur ses parents qui me disent que tout s'est arrangé, j'appelle vingt, trente, quarante numéros, à chaque fois c'est un échec, je me rapproche de la fin de la liste, ça fait des heures que je suis là, j'ai chaud, je sens que je fatigue, que mes nerfs se tendent, et puis, enfin, cette fille, qui me répond, Chloé Ragot, quatorze ans, père en prison pour violences sexuelles, scolarisée au collège Edmond Michelet dans le XIXe, en quatrième, avec une année de retard, et signalée à Jacques Sartis en février 2011 :

– Mademoiselle Ragot ?

– J'attendais votre appel, qu'est-ce que vous faites ? Ça fait une demi-heure que je vous attends.

Je bredouille trois mots incompréhensibles, le temps de réfléchir et de préparer ce que je vais dire, puis je décide de tenter le coup de bluff :

– Désolé, je suis en retard.

– Il faut faire vite ou on ne va pas avoir le temps de se voir. C'était bien vous, le rendez-vous de dix-huit heures ?

– Oui, c'est moi.

– Vous pouvez arriver quand ?

– Maintenant.

– Alors venez vite.

– Où ?

– Chez moi, comme convenu.

– J'ai perdu l'adresse.

– Ah ben vous alors ! Vous êtes vraiment pas doué, dites donc. 17, rue Curial. Vous sonnez à Ragot.

– Je suis là dans quinze minutes.

Seize minutes après, je me gare devant un grand immeuble blanc, moderne, qui file sur dix étages, et je sonne à Ragot sur l'interphone :

– C'est pour le rendez-vous.
– Quatrième étage.

Je prends l'ascenseur, dans la glace je vois un homme vieux, triste et fatigué, mais il me fait moins peur qu'avant, l'habitude sûrement, depuis plusieurs jours c'est mon seul compagnon, alors je m'y fais petit à petit. L'ascenseur s'arrête, sur le palier il y a une porte entrouverte, je frappe et j'entends une voix qui m'invite à entrer. L'appartement est dans la pénombre, le soleil passe à travers des rideaux roses sur les fenêtres, lumière sensuelle dans la pièce, une fille est là, pas très grande, en mini jupe et soutien-gorge, talons, rouge à lèvres, mais elle fait jeune, terriblement jeune, bien plus que les autres, c'est une gamine déguisée en putain, et elle me regarde comme si j'étais un cambrioleur.

– Désolé pour le retard.
– N'essayez pas de me la faire à l'envers, j'ai eu l'autre type au téléphone. Le vrai, celui qui avait rendez-vous.
– Pourquoi tu m'as laissé monter ?
– Je suis curieuse. Tout le monde me dit que c'est un vilain défaut. Vous êtes qui ? Vous avez une tête de flic.
– Tant que ça ? Je suis flic, oui.
– Qu'est-ce que vous me voulez ? J'ai le droit d'inviter des types chez moi, non ?
– C'est chez toi, ici ?
– Chez mes parents.
– Ils sont où ?
– Mon père est en taule. Ma mère squatte chez un autre type, je ne la vois pas trop. C'est moi qui paye l'appartement, maintenant. Vous voulez quoi, alors ?
– Tu travailles toute seule ?
– Oui.
– Comment tu trouves les clients ?
– J'ai fait une fiche sur un site, avec mes mensurations et mon numéro. Vous voulez baiser ? Je peux vous faire

une réduc vu que vous êtes flic, mais faut faire vite parce que mon client de dix-neuf heures va bientôt arriver.

– J'enquête sur des filles qu'on a retrouvées mortes. Des collègues à toi. Les filles avec les tatouages. Tu vois de quoi je parle ?

– Oui, je regarde la télé, comme tout le monde.

– Tu les connaissais ?

– De vue.

– Où est-ce que tu les as vues ?

Elle ne répond pas, reste plantée là, au milieu de cette pièce qui rayonne de rose, en triturant ses doigts comme une gamine qu'on aurait surprise à faire une bêtise.

– Est-ce que des hommes sont venus te recruter au collège ?

Elle ne dit toujours rien, elle préfère massacrer ses petits doigts de fée, me regarde sans vraiment savoir quoi faire, et puis finalement elle se décide :

– Je peux vous le dire, puisque je ne travaille plus pour eux. J'avais les mêmes employeurs que ces filles.

– Deda ?

– Oui.

– Bayard ?

– Oui.

– Michaud ?

– Oui.

– Fabrice Nihoul ?

– Oui.

– Pourquoi tu ne travailles plus avec eux ?

– Ils m'ont virée. Je parlais mal aux clients et certains s'en sont plaints. Faut dire que c'est pas n'importe qui leurs clients, c'est du genre qui a plein de fric et qui veut qu'on soit bien élevée, alors avec moi ça a pas marché.

– Tu les as rencontrés quand ?

– En mars. Michaud est venu me voir un soir, après le collège. Il m'a dit qu'il avait appris que je suçais des bites pour quinze balles. Il m'a demandé si ça m'intéressait de le faire pour deux cents. J'ai dit oui, bien sûr.

– Tu pourrais le décrire ?

– C'est un gros lard, pas beau, avec une moustache de vieux et des cheveux longs, sales.

– Brun ?

– Ouais.

Bayard et Michaud. Kertesz et Berthelot.

Je sors mon téléphone de ma poche, fouille dans les photos, trouve celle du cadavre de Berthelot dans sa voiture, la montre à Chloé :

– C'est lui ?

– Ouais. Il est mort ?

– Oui.

– Tant mieux, c'était un sale type. Il se gênait pas pour baiser n'importe quelle fille de la bande quand il en avait envie. Et c'était pas du genre doux au plumard. Comme mon père, le même genre d'enfoiré.

– Comment ça s'est passé une fois qu'il t'a recrutée ?

– Il m'a présenté Fabrice et Deda. Fabrice s'est occupé de moi. Il m'a offert des nouveaux vêtements. Il m'a fait sortir. Il m'a appris comment me tenir avec les gens qui ont du fric. Fabrice, c'était une crème, il n'était pas méchant. C'est pas lui qui a fait ça, il aurait pas fait ça. C'est vous qui l'avez buté, non ? Votre tête me dit quelque chose.

– C'est moi qui pose les questions, Chloé. T'as travaillé combien de fois avec eux ?

– Juste deux fois. J'ai eu un avertissement à la première, et à la deuxième ils m'ont virée.

– Ça consistait en quoi, le boulot ?

– S'occuper d'un client, ou de plusieurs. La première fois, j'étais avec trois autres filles et on s'est occupées de quatre mecs. Des hommes d'affaires qui étaient venus à Paris pour un contrat et qui voulaient fêter ça. La deuxième fois j'étais toute seule, avec un type qui a une tête connue. Je ne sais plus où je l'ai vu, à la télé j'imagine.

– Ils savaient que vous étiez mineures ?

– Non, surtout pas. On devait leur faire croire qu'on était étudiantes.

– Qui vous mettait en relation avec les clients ?

– C'est Bayard qui trouvait les clients. Il nous téléphonait et nous donnait les consignes pour le rendez-vous.

– Tu l'as rencontré ?

– Une fois.

Je sors à nouveau mon téléphone, fouille dans les photos, trouve celle de Kertesz que m'avait envoyée Marignan, la montre à Chloé :

– C'est lui ?

– Non. Bayard est plus vieux, avec des cheveux en brosse.

– Un signe particulier ?

– Pas vraiment. Je me rappelle bien sa voix au téléphone. C'est lui qui m'avait prévenue qu'un client cinglé voulait tuer des filles.

– Qu'est-ce qu'il t'avait dit ?

– Qu'il fallait faire attention parce qu'un type avait pété un plomb. Mais qu'il n'en avait pas après moi. Juste après quatre filles, celles avec le tatouage. Je devais appeler Bayard si je voyais une des filles, pour qu'il les mette en sécurité.

– C'était qui, les quatre filles ?

– Tatiana, Sharon, Amandine et Clotilde.

– Clotilde ? T'es sûre de toi ?

– Oui.

Fille Tatouée Numéro Quatre.

– Clotilde Le Maréchal ?

La voix de sa mère, sa voix étrange, mélange de panique et de fermeté : *Clotilde n'a pas d'adresse e-mail. Envoyez-moi un courrier à mon domicile.*

– J'en sais rien. Je ne connais pas leurs noms.

Oui, c'est elle. Bien sûr que c'est elle.

– Bon sang.

Ma poche qui sonne, une fois, j'hésite, deux fois, je prends le téléphone, trois fois, c'est le bureau, je décroche :

– C'est Nesrine. On te cherche, ici.

– Qui ça ?

– Une fille vulgos qui ressemble à une pute.

– Comment elle s'appelle ?

– Elle dit qu'elle s'appelle Tata.

– J'arrive.

Je raccroche, m'approche de Chloé, détaille ce petit corps de gamine sacrifiée, lui passe une main dans les cheveux pendant qu'elle me regarde avec un air de mépris.

– Je dois y aller, Chloé. Il faut que je trouve Bayard et Deda rapidement. Clotilde est peut-être encore vivante, je dois les empêcher de lui faire du mal. Tu sais comment je peux les trouver ?

– Aucune idée.

– Tu ne connais pas leurs adresses ?

– Non, je ne sais rien sur eux. Ils nous cachaient tout. Il y a juste ce grand domaine à la campagne, où Bayard et Fabrice nous ont emmenées une fois. Ils organisent des soirées là-bas. On y fait des films et des séances de shooting aussi.

– Il est où, ce domaine ?

– Je ne sais pas. On y allait dans un minibus sans fenêtres. On n'avait pas le droit de regarder la route.

– C'était loin ?

– Une bonne heure de route de Paris.

– T'as pu reconnaître quel type de route c'était ? Au revêtement ou au bruit du trafic ?

– C'était d'abord de l'autoroute, ensuite de la route, et puis un chemin de terre sur quelques kilomètres.

– Combien de temps de chemin ?
– Moins de cinq minutes.
– Trois kilomètres ?
– Je ne sais pas, peut-être plus.
– Quatre kilomètres ?
– J'en sais rien je vous dis, oui quatre kilomètres si ça vous fait plaisir.
– À quoi ressemble le domaine ?
– C'est une grande maison avec beaucoup de fenêtres, des grandes fenêtres ovales, et entourée d'une forêt sur plusieurs kilomètres à la ronde. Il y avait aussi une cabane en haut d'une colline, en face de la maison, dans laquelle on a dû faire des choses.
– Faire quoi ?
– Des trucs entre filles, pendant qu'ils nous filmaient.
Je sors la photo de la Fille Tatouée Numéro Quatre de ma poche, celle où elle se caresse devant une petite cabane.
– C'est là ?
– Oui, c'est ça. Et elle, c'est Clotilde. La fille que vous cherchez.
– Merci Chloé. Tu veux que je t'envoie quelqu'un pour t'aider ?
– J'ai pas besoin d'aide. À chaque fois que les flics veulent m'aider, ils foutent la merde plus qu'autre chose. Je me débrouille très bien toute seule, merci.
Je me dirige vers la porte, et avant que je passe le palier, elle crie depuis le fond de la pièce :
– C'est qui, le tueur ? C'était pas Fabrice, hein ? C'est un autre type ?
Mais je ne réponds pas, je reprends l'ascenseur, je retrouve la voiture, et sur la route j'appelle Faustine Martial :
– Prigent, encore vous ?

– J'ai besoin que vous me passiez une disparition en avis de recherche prioritaire, avec diffusion de photo dans tous les commissariats franciliens.

– Il me faut l'aval de la DRPJ pour faire ça.

– Je ne l'aurai pas, je suis tout seul là-dessus.

– Alors je ne peux rien faire.

– Il y a une vie en jeu, merde !

– Vous m'emmerdez, Prigent. À chaque fois que vous m'appelez, c'est pour m'emmerder. Je continue à vous filer des coups de main, et vous continuez à m'emmerder. Donnez-moi son nom.

– Clotilde Le Maréchal. Je ne crois pas qu'elle ait été signalée.

– Ses parents n'ont pas déclaré de disparition ?

– Non. J'ai eu sa mère au téléphone il y a deux mois, qui m'avait dit que la petite était en Asie. Mais je doute que ce soit vrai.

– Donc vous me demandez de balancer à tous les commissariats d'Ile-de-France un avis de disparition prioritaire qui n'a été validé ni par la direction, ni par ses parents ?

– Oui.

– Vous plaisantez ?

– Pas du tout.

– C'est quoi, ce merdier ?

– J'en sais rien, bon sang, j'en sais rien. Mais faites ce que je dis, s'il vous plaît.

– Vous m'emmerdez, Prigent. Je vais le faire, mais vous m'emmerdez sérieusement.

Quand j'arrive au 36, je reconnais Tata qui attend sur son petit banc, face à l'accueil, maussade, des traces de mascara sur les joues, les yeux encore humides, perdus dans le vide, là-bas, quelque part sur le carrelage. Mes jambes arrivent dans son champ de vision, elle lève la tête, me voit, et me tend une feuille imprimée. C'est une retranscription d'écoute entre deux personnes, et il me suffit de parcourir la discussion en diagonale pour comprendre qu'il s'agit de Deda.

– Tu le cherches toujours ?

– Bien sûr.

– Son adresse est notée dessus.

Je cherche la ligne, je la trouve, Deda qui parle de son hôtel privé rue Saint-Georges, bon sang, je sens mes jambes qui flageolent, je comprends que la soirée ne va pas être de tout repos, je range le document dans ma poche et je m'assieds à côté de Tata.

– D'où ça vient ?

– Des écoutes réalisées par la BRP, gardées au secret par Gérard Berthelot. Christian les a trouvées cet après-midi et il est parti là-bas.

– Pour quoi faire ?

– Il cherche une fille.

– Qui ça ?

– Je ne sais pas, une fille qui a disparu.

– Clotilde Le Maréchal ?

– Clotilde, oui. Ça fait trois mois qu'il la cherche partout, il est en train de péter un plomb.

Je ferme les yeux, je repense à Kertesz qui débarque sur la scène de crime chez Amandine Salmon, Kertesz les yeux pleins de larmes, Kertesz qui m'envoie valser dans le lavabo, Kertesz qui regarde le tatouage, et maintenant je comprends, je comprends que comme moi il est obsédé par l'idée de sauver cette gamine.

– Il est parti quand ?

– Il y a une heure. J'ai peur pour lui. Je sais que tu cherches Deda aussi, alors il faut aller l'aider, maintenant.

– Bon sang.

– Tu vas y aller ?

– Oui.

Je remercie Tata, puis je monte au 415. Le bureau est calme, juste Nesrine qui tape sur son ordinateur, elle me voit, elle est remontée, très remontée, notre coup de fil de ce midi ne lui a visiblement pas plu du tout :

– T'as trouvé Kertesz ?

– Je sais où il est. Je vais le chercher et je reviens.

Je lui tends le document que m'a transmis Tata, elle lit quelques lignes, puis elle me regarde avec un air perplexe, comme si mon comportement était incompréhensible.

– Garde ça au chaud. Si je ne suis pas revenu dans deux heures, appelle Nadia Chatel et envoie la BRI à cette adresse.

– Tu vas où ?

– Je vais régler cette affaire.

– Quelle affaire ?

– Tu sais très bien de quelle affaire je parle.

– Non.

– La Sirène qui fume.

– Je viens avec toi.

– T'es en béquilles, Nesrine.

– Et pourquoi je ne pourrais pas y aller en béquilles ?

Je fouille dans l'armoire du bureau, je sors un pare-balles, un Kevlar et un fusil d'assaut HK, puis je regarde Nesrine, qui ouvre les yeux en grand, épouvantée.

– Parce que ça risque d'être dangereux.

– T'as pas eu ta dose avec le London Club ?

– Si, crois-moi. Je préférerais que ce soit terminé.

– Je ne sais pas où tu vas, mais tu ne peux pas y aller tout seul, Gabriel.

– Je ne serai pas tout seul, il y aura Kertesz.

– Appelle la BRI.

– J'ai aucune autorisation qui me le permette.

– Appelle Chatel et explique-lui.

– J'ai pas le temps.

– Tu vas te faire tuer, Gabriel.
– Je vais tout faire pour l'éviter.
– Tu fais n'importe quoi. Si tu sors de cette pièce, j'appelle Chatel.
– Appelle qui tu veux.

Il est vingt-et-une heures cinquante-trois quand je me gare rue Saint-Georges, à quelques mètres de la voiture de Kertesz, parquée n'importe comment, en biais, trois roues sur le trottoir. J'avale deux comprimés de Ritaline pour me donner un coup de fouet, je prends le temps de charger mon arme de service, de recompter les munitions, une par une, d'enfiler mon gilet pare-balles, et puis je sors de la voiture et je marche vers l'entrée de l'immeuble, doucement, pas forcément pressé d'y arriver, mon Sig Sauer tendu devant moi, les yeux fixés sur les fenêtres de l'immeuble. J'arrive devant la porte, elle est ouverte, je la pousse du pied, du sang sur le sol, juste quelques gouttes, j'avance, plus loin il y a un corps, allongé par terre, je m'approche, il est mort, une balle dans la tête et une autre en pleine poitrine. Je fais le tour du rez-de-chaussée, personne, je monte au premier, trois pièces, deux chambres et un salon, vides, pas un bruit, pas une âme qui vive, je monte au deuxième, dans le silence complet, quatre pièces, que j'inspecte une par une, méticuleusement, trois chambres vides, un mini studio de cinéma mais toujours personne, comme si on était dans un hôtel abandonné. Je monte au dernier étage, je vois de la lumière, enfin, dans une chambre, j'entre, mon Sig Sauer pointé devant moi, bon Dieu, il y a un corps, nu, attaché à un lit, recouvert de sang, je m'approche, il a un trou dans chaque pied, un trou dans chaque bras, un trou dans le ventre, et quand j'entends un bruit derrière moi je sens que c'est déjà trop tard, mais je me retourne quand même. Kertesz est face à moi, dans l'entrée de la chambre, avec son visage ravagé, et il me tient en joue avec un fusil, pendant que je pointe mon Sig Sauer sur lui.

– Prigent, je sais ce que tu crois mais tu te trompes. Dégage vite d'ici, sinon je vais devoir tirer.

– Ne fais pas de connerie, Kertesz. Je crois qu'on cherche la même chose.

– Qu'est-ce que tu fous là ?

– Ta copine Tata m'a donné le tuyau.

– Je n'irai pas en taule, Prigent. J'ai quelqu'un à trouver d'abord.

– Je sais. Je ne suis pas venu pour te passer les bracelets.

– Qu'est-ce que t'es venu faire ?

– La même chose que toi. Retrouver Clotilde Le Maréchal.

Kertesz ne répond pas, il est dans sa tête, comme s'il avait une absence, je le sens prêt à se décrisper, à relâcher la détente, mais il continue à me fixer comme s'il allait me tirer dessus, alors je garde mon arme levée, et je montre le corps qui gît sur le lit.

– C'est qui ?

– Marcel Salun.

– Pourquoi tu l'as buté ?

– Il n'est pas mort. Pas encore.

– Où est Deda ?

– Il arrive.

– T'as un plan ?

Kertesz baisse son arme, manque de se casser la gueule, se rattrape en se tenant contre le mur, puis laisse glisser son dos, jusqu'à se retrouver assis sur la moquette.

– Je ne tiens plus debout, Prigent. Il faut que tu m'aides à trouver Clotilde.

Je baisse mon arme à mon tour, m'assieds sur le rebord du lit, j'ai des fourmis dans les pieds, des fourmis dans les mains, et la Ritaline qui monte au cerveau.

– Je suis là pour ça. Comment tu vois les choses ?

– Il faut qu'on prenne Deda par surprise. Il pense que je suis seul. Planque-toi quelque part, je vais servir d'appât quand il va arriver.

– OK, mais une fois qu'on a Deda, on joue selon mes règles. On ne le touche pas. Je ne veux pas me retrouver avec un deuxième Marcel Salun avec des trous partout. Deda est un criminel de guerre, Kertesz. Recherché par Interpol. Il doit être jugé.

– On fera ce qu'il faut pour retrouver Clotilde.

– On fera ce qu'il faut tant qu'il ne s'agit pas de tomber aussi bas qu'eux, est-ce que c'est clair ?

Kertesz soutient mon regard, il n'acquiesce pas, je vois dans ses yeux qu'il s'est préparé au pire, et que peut-être il n'attend que ça, de faire la peau de Deda. Je n'insiste pas, vu l'état de Kertesz ça ne sert à rien, j'ouvre les portes d'un grand dressing face au lit, dans lequel je me glisse, et puis j'attends, quelques minutes, quelques longues minutes, je sens mes doigts qui s'engourdissent, des crampes dans mes jambes à force de me soutenir et de rester dans la même position, mais je ne peux pas bouger, je n'ai pas de place, alors j'attends et je prie pour que Deda arrive au plus vite. Quand enfin j'entends des bruits de pas dans l'escalier, je tends l'oreille, je compte, je cherche à distinguer les sons, il y a quatre jambes en tout, seulement deux hommes, je respire, deux hommes ça va, c'est largement faisable, je lève mon arme, prêt à sortir, mais j'attends encore, j'attends qu'ils se rapprochent, je tends l'oreille un peu plus, j'entends distinctement les pas qui se rapprochent, et puis une voix, avec un fort accent serbe :

– Eh bien, monsieur Kertesz, je pensais que c'était vous qui meniez la danse ? Vous m'avez l'air dans un piteux état pour imposer vos conditions.

Je m'apprête à sortir, il faut y aller, maintenant, la Ritaline explose dans ma tête, je lève mon arme, l'index sur la détente, le genou levé, prêt à ouvrir les portes en un éclair, et puis je compte, cinq…

– Lâchez votre arme, s'il vous plaît, monsieur Kertesz. Vous voyez bien qu'entre Miklos et moi, vous n'avez aucune chance.

Quatre…

– Dites-moi d'abord où est Clotilde.

Trois…

– Clotilde n'est pas là.

Deux…

– Où elle est ?

Un…

– Vous avez la peau dure, monsieur Kertesz. Nous n'avons pas eu le temps de finir le travail, mais je ne pensais pas vous voir aussi tenace. Où est le dossier de Berthelot ?

Je sors de la penderie, une fraction de seconde pour me tourner vers eux, une autre pour ajuster ma visée, je tire, la balle atteint un barbu en plein visage, Deda s'apprête à lever son flingue vers moi, mais c'est déjà trop tard, je pointe mon arme sur lui et il baisse la sienne, puis je lui montre le sol et il la pose à terre. Je lui lance un grand sourire, jovial, le sourire du prédateur qui s'apprête à manger sa proie :

– Et vous, monsieur Berisha, avez-vous la peau dure ?

– Je vois que vous êtes bien renseigné. Puis-je savoir à qui ai-je l'honneur ?

– Capitaine Prigent, brigade criminelle.

– Ah, c'est donc vous qui avez trouvé Fabrice. Le fameux héros dont parlent les médias.

– Je ne suis pas un héros, Deda, ne croyez pas ce que racontent les journaux. Votre ami Fabrice Nihoul était sans défense quand je lui ai tiré une balle dans la tête.

– N'essayez pas de m'impressionner, capitaine. Je vois bien que vous n'êtes pas un sauvage.

– Je n'en ai pas besoin. Je sais que je n'ai qu'à vous laisser seul avec Kertesz, qui lui est un vrai barbare. N'est-ce pas, lieutenant ?

Je tourne la tête vers Kertesz, mais il ne répond pas, il est complètement sonné, l'œil gauche ouvert mais le regard absent, fixé sur Deda, comme s'il allait l'étriper dans la minute, ou qu'il était en train d'y rêver.

– Pas besoin de vous montrer violent, capitaine. Que voulez-vous ?

– Des réponses. Amandine Salmon, c'est vous ?

– Oui.

– Elena Perales ?

– Oui.

– Sharon Niziolek ?

– Fabrice.

– Tatiana et Danuta ?

– Fabrice.

– Pourquoi ces filles ?

– Danuta a voulu nous doubler. Elle a mis les filles de son côté. Elle les a chargées de récolter des informations sur nous. Nous n'avons pas eu d'autre choix que les intercepter avant qu'elles puissent transmettre ces informations.

– Quelles informations ?

– Nos vraies identités.

– À qui ?

– À Bayard et à moi.

– Qui est Bayard ?

– Vous n'avez pas encore compris ? J'imagine dans ce cas que c'est ma seule porte de sortie, avec la petite

Le Maréchal. Je serai ravi de vous donner l'identité de Bayard, mais j'aimerais avoir une garantie en échange.

– Quelle garantie ?

– Celle de pouvoir quitter cet immeuble les mains libres. Et avec le dossier de Berthelot, bien entendu.

– Je crois que vous n'avez pas compris, Deda. Vous n'êtes pas en position de négocier. Dites-moi qui est Bayard.

– Bayard est un de vos collègues, Prigent. Tout comme Michaud.

– Un collègue de Berthelot à la BRP ?

– Non, Bayard et Michaud n'étaient pas dans le même service. Quand ils ont arrêté de travailler ensemble en tant que Bayard et Michaud, ça a d'ailleurs signé la fin de leurs bonnes relations. Berthelot a voulu nous doubler, il a essayé de récupérer les fruits de notre petite association tout seul, et c'est ça qui l'a perdu. Quand Bayard a su ça, il a tout fait pour le mettre hors circuit. Mais le couper des réseaux qu'il avait développés grâce à la police n'a pas suffi. Il a continué à nous menacer, alors Bayard l'a éliminé.

– Qui est Bayard, bon sang ?

– Un ancien de la brigade criminelle. Il y était en 2006, quand je l'ai rencontré. À l'époque, j'avais liquidé la petite Elena Perales, qui était venue fouiner chez moi. Bayard était chargé de l'enquête, il a vite compris que j'avais tué la petite. Il est venu me voir et m'a proposé de garder ça pour lui et de trouver un autre coupable en échange d'un partenariat. Il voulait que je lui fournisse des filles, pour des amis à lui.

Je cherche dans ma tête, je fais défiler les noms que j'ai vus sur les rapports du dossier Elena Perales : Beauvais, Coco, Gabach, Verhaeghen, Morroni, et puis d'autres mais je ne me rappelle plus leurs noms, des flics que je ne connais pas…

– Son nom, Berisha. Donnez-moi son nom.

Des flics que je ne connais pas, sauf un…

Sa voix en écho, à mon premier jour ici, au 36 : *Je connais bien votre groupe, Prigent. J'en ai fait partie il y a quelques années. J'ai été ami avec Michel Morroni et avec Franck Beauvais.*

– Vous savez très bien de qui je parle, capitaine, mais vous avez peur de voir la vérité en face.

Kertesz se lève, difficilement, montre la perceuse à Deda, qui garde son calme, implacable.

– Te fatigue pas, Prigent. J'ai reconnu sa voix sur les écoutes. J'ai mis du temps à comprendre, mais maintenant je sais qui c'est.

Kertesz allume la perceuse et la place juste devant le visage de Deda, qui a un geste de recul.

– C'est lui qui a Clotilde, hein ? C'est Marignan ?

– Oui, c'est lui.

– Où ils sont ?

– Je vous l'ai déjà dit, je veux une garantie.

– La seule garantie que je peux t'offrir, c'est de ne pas finir comme Salun avec des trous partout.

– Je veux une garantie, Kertesz. Et le dossier de Berthelot. Vous n'aurez pas la fille sinon.

Kertesz se retourne vers moi, tout en maintenant sa perceuse sur Deda :

– Tire-toi, Prigent.

– C'est hors de question.

– Tu ne veux pas voir ce que je vais faire.

– Tu ne vas rien faire, Kertesz. On va amener cet homme au 36.

– Si on fait ça, on ne trouvera pas Clotilde. Sors de cette chambre et laisse-moi seul avec lui.

Je regarde Deda, il ne dit rien, il espère que je vais lui proposer un deal, je regarde Kertesz, il tient à peine debout mais il est déterminé, il sait ce qu'il veut, il sait comment l'obtenir, je ne sais pas quoi faire, je veux retrouver Clotilde Le Maréchal, vivante, mais je ne veux pas de compromissions, je ne peux pas légitimer ce qu'il va faire, et pourtant je me dirige vers la porte, mes jambes me font sortir de cette chambre, Deda crie, capitaine, vous ne pouvez pas laisser faire ça, je pense non, je ne peux pas laisser faire ça, et pourtant mon corps me porte jusque dans le couloir.

Kertesz ferme la porte derrière moi, j'entre dans une autre pièce, une chambre plongée dans le noir, dehors il fait nuit, je regarde par la fenêtre, la pluie tombe à grosse gouttes, je m'allonge sur le lit, j'entends Deda qui crie, j'entends le bruit de la perceuse, j'entends Deda qui hurle, je ne peux pas laisser faire ça, c'est inhumain, j'enfonce mes doigts dans mes oreilles, aussi loin que je peux, jusqu'à ce que ça me fasse mal, je ferme les yeux, je crie moi aussi, je crie que je ne laisserai pas faire ça, que ça n'est pas possible, je crie à pleins poumons pendant plusieurs minutes, pour être sûr de ne rien entendre, je crie à l'intérieur de moi-même, je chante le plus fort possible, des vieux chants militaires, qui sont gravés dans ma mémoire depuis trente ans, ces mêmes chants qu'on récitait à tue-tête pour couvrir les cris des familles tchadiennes, ces familles qu'on assassinait à quelques mètres de nous, mon Dieu, oh mon Dieu, je suis complice d'un crime de guerre, je l'ai toujours été, et pour l'oublier je chante et je chante encore, pendant un temps interminable, je chante comme je chantais dans cette petite cahute au sud de Faya-Largeau, avec quinze autres bidasses, pendant qu'à côté de nous d'autres brûlaient des familles entières au lance-flammes, je chante pour couvrir les cris de Deda, pour oublier à quel point je ne suis plus un homme, et je sens cette odeur de brûlé, cette odeur qui nous donnait la nausée au Tchad, puis je sens une main sur mon épaule, j'ouvre les yeux, Kertesz est devant moi, il a du sang sur le visage, du sang sur ses vêtements, du sang partout, je débouche mes oreilles, je me lève et il me tend trois trousseaux de clés :

– Il l'a emmenée dans un de leurs appartements à touze.

– Pourquoi ?

– Pour la faire parler. S'assurer qu'elle n'a balancé son identité à personne d'autre.

– T'as l'adresse ?

– Il y a six appartements, mais il ne sait pas dans lequel ils sont. Trois rive gauche et trois rive droite. On se les partage, les adresses sont notées sur les trousseaux.

– Pourquoi ça sent le brûlé ?

– Parce que j'ai mis le feu.

Et quand il dit ça, la porte de la chambre s'embrase d'un coup, les flammes montent au plafond, alors je cours, je fonce dans l'escalier, en criant sur Kertesz, en le traitant d'inconscient, de cinglé, mais il ne m'entend pas, il est dans sa tête, il ne court pas, il ne peut pas courir, il descend les marches comme un cadavre, et moi je cours, tant pis s'il prend feu, je n'ai pas que ça à faire, il y a une gamine à sauver, alors je cours, je dévale l'escalier, je rejoins ma voiture et je démarre en trombe.

24

Mercredi 6 juillet 2011

Il fait beau.
Tu es sur la plage.
Tu as chaud.
Clotilde est dans l'eau.
Elle plonge ses yeux dans les tiens.
Tu la rejoins.
Tu es mouillé.
Tu ne sens plus tes jambes.
Tu ne sens plus tes bras.
Tu ne peux plus bouger.
Transi par le froid.
Tu es trempé.
Il pleut.
Tu es dans ta voiture.
La fenêtre est ouverte.
Tu as mal.
La bétonneuse.
Qui monte et qui descend.
Tu te prépares un shoot de Fentanyl.
Tu es devant le 13, rue d'Alsace.
Face à la gare de l'Est.
C'est le deuxième appartement que tu visites.

Peut-être le troisième si tu en as oublié un entre-temps.
Peut-être le premier si tu as fantasmé le précédent.
Tu ne sais plus.
Tu sens à nouveau le sang qui circule dans tes jambes.
Il fait nuit et il pleut.
Tu ne sais pas quelle heure il est.
Tu ne sais pas quel jour on est.
Tu ne sais pas comment tu es arrivé jusqu'ici.
Tu sors de la voiture.
Tu ouvres la porte de l'immeuble avec le trousseau correspondant.
Tu entres.
Noir complet.
Tu ne vois rien.
Juste des étoiles devant tes yeux.
Tu tâtonnes pour trouver l'interrupteur, mais tu ne trouves rien.
Tu avances dans le noir, en glissant tes mains le long des murs.
Tu sens une marche devant ton pied et tu montes.
Tu avances sans faire de bruit dans l'escalier.
Ton œil s'habitue doucement à la pénombre.
Un étage, deux étages.
Tu t'approches de la porte de gauche.
Tu places ton oreille fonctionnelle contre la porte, mais tu n'entends rien.
Tu essayes d'ouvrir.
La porte est fermée.
Tu glisses la clé.
Tu tournes.
Lentement.
Très lentement.
Tu essayes d'éviter de faire le moindre bruit, mais tu ne peux pas empêcher le déclic de la serrure.
Tu ouvres la porte.

Pas de bruit.
Pas de lumière.
Tu avances à pas de loup.
Tu entends un gémissement depuis le fond de l'appartement.
Tu traverses le couloir.
Tu te repères au son.
Tu te rapproches du bruit.
Une sorte de respiration plaintive.
Tu ouvres la porte du fond.
Tu passes tes doigts sur le mur et tu allumes la lumière.
Tu vois une forme sous un drap.
Une forme qui gémit.
Tu enlèves le drap.
La forme a un mouvement de recul.
Elle tourne sa tête vers toi, effrayée.
Clotilde.
Vivante.
Les pieds et les mains attachés avec du fil de fer.
Du Chatterton sur la bouche.
Des marques sur le visage.
Des marques sur les bras.
Des marques sur les jambes.
Des entailles sur tout le corps.
Des dizaines d'entailles.
Elle te regarde et elle a peur.
Tu la rassures.
Tu lui dis que tu viens la libérer.
Tu la détaches.
Un pied, deux pieds, et puis
Et puis un coup asséné sur l'arrière de ton crâne.
Tu tombes.
Des étoiles par centaines.
Tu te retournes.
Des étoiles par milliers.

Marignan est debout, face à toi, avec une matraque à la main.

Lieutenant Kertesz, quel plaisir de vous voir.

Tu ne réponds pas.

Deuxième coup de matraque, sur la tempe gauche.

Précisément à l'endroit où Deda t'a mis un coup de marteau.

Tu hurles de douleur.

Tu ne vois plus rien.

Des étoiles par millions.

Tu ne sens plus ton corps.

Juste ton oreille gauche, qui hurle de douleur.

Les sensations reviennent.

Tu sens qu'on t'attache les mains, puis les pieds.

Qu'on te met du Scotch tout autour de la bouche.

Quand tu ouvres enfin ton œil, tu es par terre, attaché, et Marignan te regarde en souriant.

Vous tombez à point, Kertesz. Ça fait des heures que j'essaye de la faire parler, mais il n'y a rien qui sort. J'allais finir le boulot, mais je ne savais pas comment m'y prendre. Maintenant que vous êtes là, on va pouvoir faire ça comme il faut. N'est-ce pas, Bayard ?

Il sourit de plus belle.

Tu essayes de te détacher, mais tu ne peux pas.

Tu bous à l'intérieur.

Kertesz et Berthelot. Bayard et Michaud. Crédible, non ? Naturellement, pour donner un peu de matière première à la police, il va falloir faire un peu de mise en scène. Et je crois que j'ai ma petite idée.

Marignan sort de la pièce.

Tu regardes Clotilde.

Elle te regarde.

Elle est paniquée.

Elle sait qu'elle va mourir.

Tu secoues la tête.

Non, non, tu ne vas pas mourir, Clotilde.

Je te le promets, tu ne vas pas mourir.

Marignan revient dans la chambre.

Une tronçonneuse dans la main.

Clotilde hurle sous son Chatterton.

Marignan sourit.

Un flic traumatisé par la mort de son collègue, qu'en pensez-vous, Kertesz ? Et qui reproduit le même modus operandi sur une petite pute, trois ans plus tard, pour exorciser ses démons. Ou même mieux ! Peut-être que c'était vous également qui aviez tué Jérôme Dos Santos ? Je laisse le soin à la police de trouver la version qui leur conviendra le mieux.

Tu cries à l'intérieur de ta bouche.

Tu te débats dans tous les sens possibles, mais tu es bloqué, à terre, et tu ne peux rien faire.

Marignan attrape Clotilde par les cheveux.

Cependant Kertesz, je ne suis pas un monstre. Je ne vais pas vous imposer ça. Je reviendrai m'occuper de vous ensuite. J'hésite encore sur votre sort. Un suicide ? Une disparition ?

Marignan te fait un clin d'œil et sort de la pièce avec Clotilde.

Tu sais que c'est une question de minutes.

Tu frottes tes mains entre elles pour essayer de faire sauter le nœud.

Tu entends Marignan qui amène Clotilde dans une autre pièce.

Tu frottes, tu frottes et tu frottes encore.

Tu entends des bruits sourds.

Tu visualises la scène : Marignan qui allonge Clotilde sur une table.

Tu frottes et tu frottes encore, mais tu restes prisonnier.

Tu entends le bruit de la tronçonneuse qui se met en marche.

Tu hurles à l'intérieur.
Tu bous.
Tu vas exploser.
Tu sens tes forces qui se décuplent.
Tu changes de technique pour te libérer.
Tu cognes ta main cassée contre le mur.
Tu cognes de toutes tes forces.
Tu entends la chenille de la tronçonneuse qui rencontre une résistance.
Le corps de Clotilde.
Sa chair.
Ses os.
Tu exploses à l'intérieur.
Tu cognes et tu cognes et tu cognes encore.
Tu sens ta main qui part en lambeaux.
Tes os qui se brisent.
Le moteur de la tronçonneuse qui continue de plus belle.
Tu cognes, tu cognes, tu cognes, tu cognes sans t'arrêter.
Ta main se transforme en bouillie.
Le nœud se desserre.
Tu t'aides de ta main valide pour le défaire.
Tu sens que tu es en train de te libérer.
Tu entends la tronçonneuse qui charcute Clotilde.
Tes mains sont libres.
Tu enlèves le nœud qui attache tes pieds.
Tu cherches ton fusil et ton Glock, mais ils ne sont plus là.
Tu prends la première chose que tu trouves.
La matraque.
Tu sors de la pièce.
Tu te repères au bruit de la tronçonneuse.
Tu ouvres la porte du salon.
Marignan est de dos, penché sur une table.
Du sang.

Partout.
Tu abats la matraque sur sa tête.
Tu sens le bruit des os qui craquent.
Il tombe à terre.
Un deuxième coup en plein sur le crâne, pour t'assurer qu'il tombe dans les vapes.
Tu lèves la tête.
Clotilde est allongée sur la table.
Le sang coule à flots.
Des litres de sang par terre.
Un bras et une jambe au sol.
Tu t'approches de son visage.
Tu sens son pouls.
Très irrégulier, mais il est là.
Tu prends des torchons dans une armoire pour arrêter l'écoulement du sang.
Tu fais un garrot pour chaque membre qui manque.
Tu la prends dans tes bras.
Tu gardes deux doigts sur l'artère carotide pour sentir son pouls.
Le cœur continue à battre.
Tu descends l'escalier à toute vitesse.
Le sang traverse les garrots et continue de couler.
Tu sens son pouls qui faiblit.
Tu sors dans la rue.
Tu cries.
Une ambulance, tu veux une ambulance.
Il pleut.
Tu sens son pouls qui s'arrête.
Tu cours vers la gare.
Tu cries, à chaque personne que tu croises.
Appelez une ambulance, vite !
Les gens sont effrayés.
Tu cours vers la gare.
Son cœur ne bat plus.

Tu hurles.
Tu entres dans la gare.
Le défibrillateur, tu cherches le défibrillateur.
Les gens voient le corps de Clotilde à la lumière.
Ils voient qu'il lui manque un bras et une jambe.
Ils voient ton visage plein de sang.
Ils crient.
Certains s'enfuient.
D'autres te parlent, mais tu ne les entends pas.
Son cœur ne bat plus.
Tu hurles plus fort.
Le défibrillateur, bordel !
Tu cherches des yeux, mais tu ne trouves pas.
Une dame te montre.
Là-bas, à quelques mètres.
Tu poses Clotilde par terre.
Le sang coule et coule et coule et coule encore.
Tu ouvres le défibrillateur.

Tu entends la machine parler, mais tu ne comprends pas les instructions.

Tu n'en as pas besoin.
Tu colles les électrodes sur le corps de Clotilde.

Une sous la clavicule droite et l'autre sous le sein gauche.

Tu branches le câble.

Tu enlèves tes mains pour laisser la machine faire l'analyse.

Autour de vous, les gens se massent.
Certains crient.
Certains tombent dans les vapes.
Tu leur cries encore la même chose.
Une ambulance, bordel de merde !
La machine a fini son analyse.
Choc recommandé.
Tu appuies sur le bouton.

La machine envoie le choc.
Pas de réaction.
Le corps de Clotilde est dans une mare de sang.
Tu regardes la machine. Deux minutes avant la prochaine analyse.
Tu places le talon de ta main cassée entre les seins de Clotilde.
Tu places ton autre main dessus pour faire pression, et tu masses.
Une, deux, trois.
Tu hurles de douleur.
Quatre, cinq, six.
Pas de réaction.
Sept, huit, neuf.
Tu bascules la tête de Clotilde en arrière.
Tu lui pinces le nez.
Tu prends ton inspiration et tu souffles lentement dans sa bouche.
Tu vois sa poitrine qui monte, et qui descend.
Tu recommences.
Une fois, deux fois.
Pas de réaction.
La machine lance une nouvelle analyse.
Tu enlèves tes mains pour la laisser faire.
Tu regardes autour de toi.
Une ambulance qui arrive.
La machine a fini son analyse.
Choc recommandé.
Tu appuies sur le bouton.
La machine envoie le choc.
La poitrine de Clotilde se soulève, et puis retombe.
Tu places tes doigts sur sa carotide.
Tu sens son cœur.
Bordel, tu sens son cœur.
Quatre ambulanciers arrivent.

Ils mettent Clotilde sur un brancard.

Ils te demandent ce qui s'est passé.

Tu ne peux pas répondre.

Tu veux accompagner Clotilde.

Tu sors ta carte de la BRP et ils te laissent monter dans l'ambulance.

Le véhicule prend la rue Ambroise-Paré et entre dans l'hôpital Lariboisière.

Pneus qui crissent sur l'asphalte quand le camion s'arrête.

Trente secondes chrono de temps de trajet.

Les portes s'ouvrent et ils engouffrent le brancard dans les urgences.

Deux médecins la prennent en charge et l'emmènent en courant vers un bloc opératoire.

Tu les suis, mais on t'empêche d'aller plus loin.

Tu ne veux pas faire de scandale.

Tu restes attendre au niveau de l'accueil.

L'effet du Fentanyl est passé.

Tu as mal partout.

Particulièrement à la main et à l'oreille.

Un médecin vient te voir. Te dit qu'il faut te soigner toi aussi.

Tu lui dis que tu dois passer un coup de fil d'abord.

Tu appelles Prigent.

Il vient de finir sa tournée sur la rive droite.

Tu lui expliques où est l'appartement. Tu lui dis que Marignan est là-bas. Qu'il faut faire vite.

Tu raccroches et tu suis le docteur dans un cabinet.

Il t'allonge sur un lit, te lave l'oreille et te fait un nouveau bandage.

Il te demande comment tu as pu faire ça à ta main.

Il te demande si un semi-remorque a roulé dessus.

Tu ris.

Il te dit que tu ne pourras plus jamais te servir de cette main.

Il te dit qu'il faut que tu restes plusieurs jours à l'hôpital pour qu'ils vérifient ton état.

Tu regardes l'heure.

Il est presque trois heures du matin.

Tu fermes les yeux et tu plonges dans un sommeil sans rêves.

Quand tu les rouvres, il est cinq heures.

Tu te lèves et tu cherches les médecins qui ont pris en charge Clotilde.

Tu en trouves un, qui te dit qu'elle a été opérée et que son état est stable.

Tu sens des larmes qui coulent sur tes joues.

Clotilde est dans un lit.

Un seul bras.

Une seule jambe.

Inconsciente.

Tu t'assieds à côté d'elle et tu regardes son visage.

Son si beau visage, entaillé.

Tu lui susurres à l'oreille.

Je t'aime, Clotilde, je t'aime.

Tu fermes les yeux.

Tu sens ta tête qui part doucement, là-haut.

Vers les étoiles.

Millions d'étoiles.

Milliards d'étoiles.

Et puis le trou noir, enfin.

25

Mercredi 6 juillet 2011

Le visage de Deda percé de trous qui clignote sous mes paupières comme un stroboscope infernal, les boulevards parisiens, déserts, la pluie qui tombe, sans discontinuer, sur la vitre, les essuie-glaces, qui exécutent leur petit ballet, de droite à gauche, de gauche à droite, de droite à gauche, de gauche à droite, la voix de Kertesz, qui résonne dans ma tête, *la petite Clotilde est vivante, elle est vivante*, j'arrive dans la rue d'Alsace, je me gare, j'entre dans l'immeuble, mon Sig Sauer pointé vers l'avant, je monte l'escalier, fatigué, je suis fatigué, trop de médicaments blancs, trop de médicaments bleus, au deuxième étage la porte est ouverte, j'entre, du sang, une mare de sang, un bras par terre, une jambe par terre, bon Dieu, nausée qui monte en flèche, la tête de Deda qui clignote, mes muscles qui lâchent, mon estomac qui se soulève, je vomis, sur le sol de la cuisine, un mélange de bile et de médicaments, puis je fouille toutes les chambres, pas de Marignan, personne, je reviens dans le salon, je cherche, une piste, quelque chose, le moindre signe, je cherche, dans les meubles, je cherche, dans chaque pièce, je cherche mais je ne trouve rien, c'est un appartement pour les passes, il n'est pas habité, il est juste décoré, quelques bibelots, des grandes photos sur les murs, des photos de forêt, des arbres par centaines, un domaine au milieu des bois, l'aile droite de ce domaine, je la reconnais, avec ces grandes fenêtres ovales, avec cette petite cabane en haut d'une colline, c'est le domaine depuis lequel les photos des filles ont été prises, bon sang, le domaine de Bayard et de Nihoul, alors je regarde, plus en détail, chaque photo, et sur l'une d'elles il y a un panneau, au loin, sur une route, à l'entrée d'un chemin, un grand panneau en bois, avec une carte et des inscriptions, illisibles, alors je plisse les yeux, je plisse et je déchiffre, *Parc naturel de la Haute Vallée de Chevreuse, commune de Foucherolles*, je sors de l'appartement en courant, je descends les marches, mon corps est épuisé, comme un boulet que je traîne, je démarre, j'écris Foucherolles sur le GPS, il me trouve l'itinéraire, c'est une commune à côté de Rambouillet, cinquante-deux minutes de trajet, la voix de Chloé Ragot en écho, *une bonne heure de route de Paris*, je file sur Magenta, puis sur Barbès, il est deux heures quarante-sept, ça trace tout droit sur la route, comme dans du beurre, le périphérique, puis l'A12, des kilomètres et des kilomètres de solitude, parfois je vois des feux arrière au loin, je les rattrape, je les dépasse, puis c'est à nouveau l'isolement, sur cette immense étendue d'asphalte, je sens mes yeux qui se ferment, j'entends la voix à l'intérieur, qui me dit de les ouvrir, qu'il faut tenir, que j'ai un gibier à ramener, un gros gibier, un salopard qui m'a manipulé de A à Z, qui m'a utilisé pour faire tomber Berthelot, je dois tenir pour avoir ma vengeance, à l'intérieur ça bout, et malgré tout mes yeux se ferment, je me laisse chuter dans les abysses insondables des rêves, TOURNEZ À DROITE À LA PROCHAINE SORTIE, la voix monocorde, robotique, du GPS, qui me délivre des bras de Morphée, j'ouvre les yeux en grand, je donne un coup de volant, bref, sur la droite, pour éviter le terre-plein vers lequel je me dirigeais, je sors de l'autoroute, continue sur une petite départementale qui s'enfonce dans le parc naturel, *c'était d'abord de l'autoroute, ensuite de la route, et puis un chemin de terre sur quelques kilomètres*, ici la nuit est noire, sans lune, sans étoiles, sans réverbères, sans aucune lumière, juste les feux de la voiture qui éclairent l'obscurité, inépuisable, qui se déroule sous mes yeux, puis, au bout de quelques kilomètres, le panneau Foucherolles, alors je scrute la nuit, à la recherche de l'entrée du domaine, je traverse la commune, je fais demi-tour, je reviens sur mon chemin, je sillonne les alentours, et puis je vois, enfin, ce chemin, qui part vers la droite, qui s'enfonce dans un bois, avec un panneau, propriété privée, domaine du Vauxerais, le voilà le domaine de Marignan, j'arrête la voiture, je m'avance vers le chemin, j'éclaire le sol avec une lampe torche, des traces de pneu fraîches, que la pluie n'a pas encore recouvertes, *la petite Clotilde est vivante, elle est vivante*, mais moi je n'ai sauvé personne, pas même Sharon Niziolek, pas même Vanina, je n'ai que des cadavres sur les bras, alors il m'en faut un de plus, un dernier, mon gibier à moi, ma partie de chasse, pour en finir avec tout ça, *j'en sais rien je vous dis, oui quatre kilomètres si ça vous fait plaisir*, je ne peux pas arriver en voiture, il ne faut pas effrayer sa proie, il faut la surprendre, sans qu'elle ait pu sentir l'approche du prédateur, alors j'ouvre le coffre, j'enfile mon pare-balles, mes bottes, mon couteau de chasse, un poignard Bowie, quarante centimètres de lame, je le glisse à ma ceinture, je prends mon Sig Sauer, chargé, capacité quinze coups, plus un deuxième chargeur, dans la poche de ma veste, plus le fusil d'assaut, emprunté au bureau, un HK G36, sept cents coups par minute, portée potentielle deux mille cinq cents mètres, magasin rempli, cent balles de calibre 5,56 mm OTAN, que j'attache en bandoulière, dans mon dos, et puis j'avance, au trot, comme à l'entraînement, et au moment d'entrer dans le domaine je ne prends pas le chemin, non, je prends le bois qui la longe, pour ne pas me faire repérer, et j'avance, *moderato*, dans la nuit noire, parmi les arbres, les fourrés, les ronces, les racines, les feuilles, les brindilles, je fatigue, je sens mon estomac qui brûle, je ne vois pas où je vais, les ronces effleurent mes bras, mes jambes, mon visage, puis elles se rapprochent, et alors elles éraflent mes flancs, écorchent mes jambes, m'agressent de tous les côtés, je passe mes mains sur ma peau, je saigne, je suis une plaie géante, ouverte, mordue par la nuit, je cherche dans ma poche, la boîte de Ritaline, j'avale tout ce qu'il reste, je n'ai plus rien à perdre, je sors des ronces, je navigue entre les arbres, je cours vers mon gibier, je sens mes jambes qui s'envolent, mes sens qui se démultiplient, mes oreilles à l'affût du moindre bruit, je ne sens presque plus mon corps, rien ne peut me toucher, rien ne peut me faire mal, je suis immortel, j'entends chaque son de cette forêt, chaque bruissement, chaque mouvement, chaque arbre qui pleure, chaque feuille qui sanglote, je les vois, tous les êtres vivants, sans lever les yeux, je suis l'esprit de la forêt, je suis la forêt, je suis les premiers rayons du soleil, qui percent à l'horizon, loin, là-bas, derrière la masse de nuages, je suis le chef d'orchestre d'une symphonie sauvage, faite d'échos, de gazouillis, de râles et de chuintements, de murmures et de crépitements, le tout rythmé par la course de mes pieds, qui m'emmènent vers ma proie, alors que partout la brume se diffuse, dans chaque interstice de cette forêt, elle nous enveloppe dans un voile gris et froid, et je la vois, là-bas, à travers le brouillard, la maison, une grande bâtisse, sur trois étages, bardée de fenêtres, *beaucoup de fenêtres, des grandes fenêtres ovales*, je les compte, dix-huit fenêtres, c'est la demeure des dieux, isolée en pleine nature, je cherche dans mon dos, j'attrape le fusil, j'enlève le cran de sécurité, je le tiens pointé devant moi, prêt à tirer si besoin, je m'approche de la maison, *allegro*, je sors du bois, mes pieds sur le gravier, ça fait du bruit mais je continue de courir, je fonce vers l'entrée, dix-huit fenêtres qui me regardent, je cours plus vite pour me mettre à l'abri, *prestissimo*, je tire un coup sur la porte pendant ma course, ça ne suffit pas, un deuxième coup, je vois la serrure qui lâche, je me précipite sur la porte, elle s'ouvre, je me jette au sol, le HK pointé dans toutes les directions, un tableau, grand tableau, face à moi, une sirène, qui me regarde, une sirène qui fume, avec un porte-cigarette, le même tableau que chez Nihoul, à l'identique, mais en plus grand, beaucoup plus grand, et tout autour des photos, en noir et blanc, grandeur nature, sur tous les murs, Amandine Salmon, Sharon Niziolek, Tatiana Stanković, Clotilde Le Maréchal, Chloé Ragot, et d'autres, des dizaines d'autres, qui me regardent, nues, et qui posent, sensuelles, vicieuses, provocatrices, je suis encerclé par ces filles, je suis désarmé, complètement désarmé, tout autour de moi des visages radieux, des seins fermes, des lèvres pulpeuses, des ongles vernis, des yeux maquillés, des corps de gamines, qui m'invitent à les rejoindre, des corps à n'en plus finir, étalés sur des grands tirages, qui remplissent les murs de cette pièce gigantesque, et moi, perdu au milieu de cet enfer, je reprends mon souffle, je reprends mes esprits, je me relève, j'entends des pas, j'entends des voix, mais j'ai la tête qui tourne, enivrée par tous ces clichés à taille réelle, la voix se rapproche, elle vient de derrière, je la connais cette voix, elle s'adresse à moi, je ne vous attendais pas de sitôt capitaine Prigent, je tourne la tête, Marignan est là, devant une porte, un fusil à la main, je n'ai pas le temps d'ajuster le mien, il tire le premier, la balle se plante dans le mur, je lève mon fusil vers lui, je tire trois coups, en rafale, je le rate, il prend la porte et s'enfuit, je sors de la maison, le soleil se lève, derrière les nuages, derrière le brouillard, qui a envahi tout le domaine, une vraie purée de pois, et j'entends Marignan, qui court devant moi, qui s'enfonce dans les bois, vers une colline qui surplombe le domaine, mais ma proie a disparu, je ne vois plus qu'une brume épaisse, opaque, dans laquelle on ne distingue rien à plus de dix mètres, j'avance tant bien que mal, à l'instinct, je me repère aux bruits des feuilles qu'il effleure dans sa course, à la traînée de parfum qu'il laisse derrière lui, un parfum fort, musqué, celui d'un déodorant, trop facile à repérer pour un chasseur aguerri, je sens des formes qui bougent, qui ondulent, peut-être des oiseaux, peut-être des cerfs, peut-être des sangliers, peut-être Marignan, je me dirige aux sons, aux mouvements et aux odeurs, comme au Tchad en 1983, quand on s'est retrouvés piégés dans la brume, j'avance dans des roseaux qui craquent sous mes pieds, puis je sens comme un choc, une balle qui se plante dans mon ventre, et le temps que je comprenne ce qui se passe, une autre qui passe à quelques millimètres de mon oreille, qui m'effleure comme une fusée, je plonge à terre, dans les roseaux, une troisième balle se plante dans le sol, à quelques centimètres de mon nez, une quatrième me passe au-dessus de la tête, Marignan est en train de me canarder, je roule sur moi-même, les balles me suivent, font voler la terre et les roseaux tout autour de moi, je roule encore et je tombe, d'un bon mètre, choc sur le dos, choc sur la tête, des cailloux, de l'eau qui coule, un cours d'eau, et du sang, mon sang, qui coule aussi, qui s'écoule dans l'eau, j'ai mal, j'ai sous-estimé mon gibier, Marignan sait ce qu'il fait, je me relève, je longe le cours d'eau, accroupi, je regarde à travers les branches, je sais d'où viennent les balles, elles viennent de là-haut, de cette petite colline, cachée par le brouillard, alors je l'attaque sur le flanc droit, de suffisamment loin pour qu'il ne m'entende pas, et je monte, pour me mettre à sa hauteur, pour me mettre même plus haut, pour profiter, quand le vent arrivera, de la brève fenêtre de tir qu'il m'offrira, comme en 1983, exactement comme en 1983, quand on n'a pas eu d'autre choix que de s'élever et d'attendre qu'une bourrasque dévoile l'ennemi en contrebas, alors je grimpe, dans le silence absolu, j'avance comme un lézard sur la pierre, évitant de toucher la moindre brindille, la moindre branche qui pourrait craquer, je monte jusqu'à ce que j'arrive au sommet, et je m'allonge, dans l'herbe, le HK pointé vers la brume, vers l'endroit où se trouve mon gibier, je regarde le ciel, le mouvement des nuages, j'attends la petite brise salvatrice, le doigt sur la détente, une minute, deux minutes, dix minutes, et puis, enfin, un vent léger arrive par la droite, découvre une partie du panorama, et alors je le vois, devant moi, à une centaine de mètres, allongé dans l'herbe, l'œil dans la lunette de son fusil, fouillant l'horizon, je prends le temps de savourer ce moment de communion avec ma proie, mais déjà le vent rabat la brume sur lui, alors je tire, une fois, deux fois, sans voir si mes deux balles l'ont atteint, le brouillard l'a déjà recouvert, je me relève, je cours vers lui, les épines et les ronces m'arrachent la peau, j'arrive à son poste mais il n'y a plus que son fusil, son fusil et du sang, une traînée de sang, alors je la suis, lentement, le HK pointé vers le sol, vers les gouttes de sang qui m'apparaissent une par une, comme les cailloux au Petit Poucet, j'entends un râle, une respiration à l'agonie, un corps qui glisse difficilement sur la terre, Marignan est là, devant moi, sur le ventre, il rampe vers un appentis, *une cabane en haut d'une colline, en face de la maison, dans laquelle on a dû faire des choses*, en se tenant la gorge avec la main droite, il perd du sang, beaucoup de sang, il réussit à se hisser jusqu'à l'entrée, il se traîne, sur le sol, je le suis, je rentre dans la cabane, tout est propre ici, impeccable, deux lits, une caméra, un appareil photo, des vêtements éparpillés, des sex-toys, des photos sur les murs, des photos de filles, encore, des armes sur un buffet, Marignan essaye de se lever, d'en attraper une, en vain, puis il se retourne, se met sur le dos, il me regarde, il tient sa plaie, il va mourir, il le sait, je dois abréger ses souffrances, je ne peux pas le laisser comme ça, ce n'est pas humain, alors je pointe mon fusil sur sa tête, je lui demande, pourquoi Marignan, pourquoi tout ça, il sourit, le pouvoir, Prigent, le pouvoir et l'argent, comme toujours, vous êtes ignoble, pas plus que vous, vous auriez fait pareil Prigent, une occasion s'est présentée, quand j'ai serré Deda il y a cinq ans, je l'ai saisie, c'est tout, non ce n'est pas tout, toutes ces filles mortes, pourquoi bon sang, je ne pouvais pas les laisser divulguer mon identité, quand on a le pouvoir on le garde, vous le savez Prigent, vous êtes comme moi, je pose le doigt sur la détente, je le regarde, les yeux dans les yeux, non je ne suis pas comme vous, si vous l'êtes, nous sommes forgés dans le même métal vous et moi, celui des puissants, celui des dominants, non, taisez-vous, je ne suis pas comme ça bon Dieu, si Prigent, vous êtes pareil, non, je hurle non, pas moi, et je tire, un coup, un seul coup, le bruit de la déflagration qui résonne dans la brume, sa tête qui retombe contre la terre, un trou entre les deux yeux, le sang qui s'écoule, lentement, de l'orifice créé par la balle, qui ruisselle le long de son visage, jusqu'au plancher de cette petite cabane, puis qui retourne à la terre, et je m'écroule, épuisé, à ses côtés, je ne sens plus mes jambes, je ne sens plus mon dos, je sens juste mon ventre, qui hurle comme s'il allait exploser, je me vois, dans un miroir posé au sol, le visage recouvert de boue, le haut du crâne en sang, les yeux vides, tellement vides, les vêtements déchirés, la peau écorchée par les ronces, les bras lacérés par les épines, un trou dans ma veste, au niveau de l'abdomen, du sang tout autour, qui s'écoule, toutes mes forces m'abandonnent, mon cœur ne bat plus que par saccades, je ne suis plus vraiment un homme, je suis déjà un cadavre, je cherche dans le petit buffet, quelque chose pour arrêter l'hémorragie, mais il n'y a rien, juste des cassettes vidéo, des photos, des classeurs entiers de photos, oh mon Dieu, des classeurs remplis de photos d'enfants, avec des numéros de commandes, des visages d'enfants, des regards d'enfants, figés dans l'instant, certains qui sourient, d'autres qui ont peur, des enfants de dix ans, de douze ans, de quatorze ans, des petits garçons, des petites filles blondes, brunes, rousses, des points rouges devant mes yeux, il y a des dizaines et des dizaines d'enfants, ils posent, à demi nus, en pyjama, avec des peluches, le pouce dans la bouche, je hurle, mon dieu, des peluches violettes, des cris d'enfants, le vent souffle contre la cabane, les animaux me rejoignent, ils viennent m'achever, une bête parmi les bêtes, c'est ce que je suis, c'est moi-même que je suis venu chasser, je suis mon propre gibier, une bête blessée, dans une cabane dans la forêt avec des enfants qui me regardent et qui hurlent, dans une cabane dans la forêt avec un dinosaure violet qui me regarde et qui hurle, dans une cabane dans la forêt avec Juliette qui me regarde, dans une cabane dans la forêt des points bleus des points verts des points rouges mon Dieu j'ai besoin de manger j'ai besoin de dormir j'ai besoin de sortir du cauchemar j'ai besoin d'enterrer les cadavres mais ils sont encore là visages fermés condamnés comme des anges de la mort qui dansent tout autour des anges de la mort qui dansent tout autour des anges qui meurent tout autour de la danse des anges qui meurent et qui dansent tout autour de moi des dizaines de points rouges je crache c'est du sang je vais mourir ici dans cette cabane de l'enfer seul avec des enfants qui dansent tout autour et qui hurlent et Juliette qui hurle et Émile le dinosaure violet qui hurle et des centaines de points rouges je ne vois plus rien je ne sens plus rien je n'entends plus rien seulement des milliers de points rouges des milliers de cadavres je ne veux pas mourir je veux retrouver ma fille avant des millions de points rouges mon cœur explose mon cerveau explose mon corps explose je suis un animal je suis la forêt je suis l'univers des milliards de points rouges des milliards de milliards de points rouges des milliards de milliards de milliards de points rouges et puis plus rien, juste des points rouges.

Les Éditions Points s'engagent pour la protection de l'environnement et une production française responsable

Ce livre a été imprimé en France, sur un papier certifié issu de forêts gérées durablement, chez un imprimeur labellisé Imprim'Vert, marque créée en partenariat avec l'Agence de l'eau, l'ADEME (Agence de l'environnement et de la maîtrise de l'énergie) et l'UNIIC (Union nationale des industries de l'impression et de la communication).

La marque Imprim'Vert apporte trois garanties essentielles :

- La suppression totale de l'utilisation de produits toxiques
- La sécurisation des stockages de produits et de déchets dangereux
- La collecte et le traitement de produits dangereux

RÉALISATION : NORD COMPO À VILLENEUVE-D'ASCQ
IMPRESSION : CPI FRANCE
DÉPÔT LÉGAL : FÉVRIER 2023. N° 152684-5 (2087871)
IMPRIMÉ EN FRANCE

Éditions Points

Collection Points Policier

DERNIERS TITRES PARUS

P5311. L'Arbre aux fées, *B. Michael Radburn*
P5312. Le Coffre, *Jacky Schwartzmann, Lucian-Dragos Bogdan*
P5313. Le Manteau de neige, *Nicolas Leclerc*
P5314. L'Île au secret, *Ragnar Jónasson*
P5335. L'Homme aux murmures, *Alex North*
P5336. Jeux de dames, *André Buffard*
P5337. Les Fantômes de Reykjavik
Arnaldur Indridason
P5338. La Défaite des idoles, *Benjamin Dierstein*
P5339. Les Ombres de la toile, *Christopher Brookmyre*
P5340. Dry Bones, *Craig Johnson*
P5341. Une femme de rêve, *Dominique Sylvain*
P5342. Les Oubliés de Londres, *Eva Dolan*
P5343. Chinatown Beat, *Henry Chang*
P5344. Sang chaud, *Kim Un-Su*
P5345. Si tu nous regardes, *Patrice Guirao*
P5346. Tu vois !, *Patrice Guirao*
P5347. Du sang sur l'asphalte, *Sara Gran*
P5348. Cool Killer, *Sébastien Dourver*
P5378. Angkar, *Christian Blanchard*
P5379. Que tombe le silence, *Christophe Guillaumot*
P5380. Nuuk, *Mo Malø*
P5381. Or, encens et poussière, *Valerio Varesi*
P5382. Le Goût du rouge à lèvres de ma mère, *Gabrielle Massat*
P5383. Richesse oblige, *Hannelore Cayre*
P5384. Breakdown, *Jonathan Kellerman*
P5385. Mauvaise graine, *Nicolas Jaillet*
P5386. Le Séminaire des assassins, *Petros Markaris*
P5387. Y. La Trilogie de K, *Serge Quadruppani*
P5388. Norlande, *Jérôme Leroy*
P5418. Le Bal des porcs, *Arpád Soltész*
P5419. Après le jour, *Christophe Molmy*
P5420. Quand un fils nous est donné, *Donna Leon*
P5421. Sigló, *Ragnar Jónasson*
P5422. La Gestapo Sadorski, *Romain Slocombe*
P5473. L'Emprise du chat, *Sophie Chabanel*
P5474. Somb, *Max Monnehay*
P5503. De cendres et d'or. Une enquête du ranger Taylor Bridges
B. Michael Radburn

P5504. Un dernier ballon pour la route, *Benjamin Dierstein*
P5505. Laisse pas traîner ton fils, *Rachid Santaki*
P5506. La Dernière Tempête, *Ragnar Jónasson*
P5507. Un dîner chez Min, *Xiaolong Qiu*
P5546. Dernier Tour lancé, *Antonin Varenne*
P5547. La Pierre du remords, *Arnaldur Indridason*
P5548. L'Ange déchu, *Chris Brookmyre*
P5549. Seul avec la nuit, *Christian Blanchard*
P5550. Une évidence trompeuse, *Craig Johnson*
P5551. Marseille 73, *Dominique Manotti*
P5552. Elma, *Eva Björg Ægisdóttir*
P5553. L'Ange rouge, *François Médéline*
P5554. Terminus Leipzig, *Jérôme Leroy, Max Annas*
P5555. Carnets d'enquête d'un beau gosse nécromant
Jung Jaehan
P5556. La Bête en cage, *Nicolas Leclerc*
P5557. Les Chiens de Pasvik, *Olivier Truc*
P5558. Xavier Dupont de Ligonnès. La grande enquête
Pierre Boisson, Maxime Chamoux, Sylvain Gouverneur, Thibault Raisse
P5580. La Maison du commandant, *Valerio Varesi*
P5581. Serial Bomber, *Robert Pobi*
P5582. L'Art de mourir, *Ambrose Parry*
P5583. Un flic bien trop honnête, *Franz Bartelt*
P5584. Le Second Disciple, *Kenan Görgün*
P5585. Maldonnes, *Serge Quadruppani*
P5586. L'Ami des ombres, *Alex North*
P5587. Resurrection Bay, *Emma Viskic*
P5588. En eaux dangereuses, *Donna Leon*
P5589. Disparaître / Dans la nature, *Evan Ratliff*
P5590. Trente Grammes, *Gabrielle Massat*
P5591. Heartbreak Hotel, *Jonathan Kellerman*
P5592. Mort aux hypocrites, *Petros Markaris*
P5593. Koba, *Robert Littell*
P5636. Le Serment, *Arttu Tuominen*
P5637. Indio, *Cesare Battisti*
P5638. L'Eau rouge, *Jurica Pavičić*
P5639. Analphabète, *Mick Kitson*
P5640. Larmes de fond, *Pierre Pouchairet*
P5641. L'inspecteur Sadorski libère Paris, *Romain Slocombe*
P5642. L'Os de Lebowski, *Vincent Maillard*
P5668. Un tueur sur mesure, *Sam Millar*
P5696. La Forcenée. La trilogie de K, *Serge Quadruppan*
P5697. Dix âmes, pas plus, *Ragnar Jónasson*
P5698. Tais-toi et meurs, *Alain Mabanckou*
P5699. La Cour des mirages, *Benjamin Dierstein*
P5881. Macha ou l'évasion, *Jérôme Leroy*